당시별재집 3

唐詩別裁集

오언율시(五言律詩)

An Anthology of Tang Poems

엮은이 심덕잠(沈德潛, Shen Deqian, 1673~1769) : 청대 시인이자 시론가. 자는 확사(確士)이고 호는 귀우(歸愚)로 중국 소주(蘇州) 사람이다. 고향에서 교육자로 살다가 고령인 67세에 과거에 급제하여 건륭제의 인정을 받은 후 고속으로 승진하여 예부시랑(禮部侍郞)에 이르렀다. 『당시별재집』 이외에 『고시원』(古詩源, 1725), 『명시별재집』(明詩別裁集, 1734), 『청시별재집』(淸詩別裁集, 1761) 등을 편찬했고, 그 밖에 시론집인 『설시수어』(說詩晬語), 『두시우평』(杜詩偶評) 등을 펴냈다.

옮긴이 서성(徐盛, Seo, Sung) : 홍익대학교 산업디자인과와 고려대학교 중어중문학과를 졸업했다. 고려대 중어중문학과에서 석사학위를, 북경대학 중문학과에서 박사학위를 받았다. 현재 열린사이버대학교 교수로 재직 중이다. 펴낸 책으로는 『양한시집』, 『한 권으로 읽는 정통 중국문화』, 『중국문학의 즐거움』(공저), 『삼국지, 그림으로 만나다』 등이 있고, 『그림 속의 그림』, 『대력십재자 시선』 등을 번역하였다.

당시별재집唐詩別裁集 **3 — 오언율시(五言律詩)**

1판 1쇄 인쇄 2013년 6월 15일 **1판 1쇄 발행** 2013년 6월 25일

엮은이 심덕잠 옮긴이 서성 펴낸이 박성모 펴낸곳 소명출판
등록 제13-522호 **주소** 137-878 서울시 서초구 서초동 1621-18 (란빌딩 1층)
대표전화 (02) 585-7840 **팩시밀리** (02) 585-7848
이메일 somyong@korea.com **홈페이지** www.somyong.co.kr

ISBN 978-89-5626-891-0 94820   값 35,000원 ⓒ 한국연구재단, 2013
ISBN 978-89-5626-888-0 (전 6권)

이 번역도서는 2007년도 정부재원(교육인적자원부 학술연구조성사업비)으로 한국연구재단의 지원에 의하여 연구되었음.

당시별재집 3

오언율시 (五言律詩)

심덕잠 엮음 | 서성 옮김

唐詩別裁集

소명출판

◆ 일러두기

1. 이 책은 1975년 중화서국(中華書局)에서 영인한 청대 교충당(敎忠堂)의 1763년 간행본 『당시별재집』(唐詩別裁集)을 저본으로 하여 번역하였다.
2. 시 원문의 교감 및 심덕잠의 오류는 상해고적출판사(上海古籍出版社)에서 1979년에 간행한 표점본 『당시별재집』을 참고하였으며, 시인 및 제목과 관련된 착오는 학계에서 공인된 의견을 참고하여 해설에서 밝혔다.
3. 모든 시는 각 구마다 원시와 번역문을 함께 제시하는 방식으로 축구(逐句) 번역하였다. 주석은 각주로 처리하였으며, 심덕잠(沈德潛)의 주석은 '심주'(沈注)라 표시하여 각주에 넣었다. 작품에 대한 심덕잠의 평은 작품 말미에 '평석'이라 표시하여 붙였으며, 각 작품 끝에 번역자가 간단한 '해설'을 달았다.
4. 한자가 필요한 경우는 우리말 독음 뒤 괄호 안에 한자를 넣었으며, 이름과 지명 등 고유명사의 독음은 대부분 한국 한자음으로 달았다. 주요한 지명은 괄호 안에 현재의 지명을 적었다.
5. 시인에 대한 소개, 시인별 작품 목록, 원시 제목 색인은 별책부록으로 만들었다.

당시별재집 권12 – 오언율시(五言律詩)

당시별재집 전체 차례

당시별재집 6-부록
　시인 소전
　시인별 작품 목록
　원시 제목 색인

당시별재집 권9

오언율시(五言律詩)

현종황제(玄宗皇帝)

평석 태종, 고종, 중종 모두 시를 지었으나 진(陳), 수(隋)의 뒤를 이었기에 고시나 율시가 모두 조화롭지 못했으며, 그러므로 현종을 시작으로 한다. 당 초기의 여러 신하들보다 먼저 내세운 것은 군주를 높이기 때문이다.(太宗、高宗、中宗皆有詩, 然承陳、隋之後, 古律俱未諧, 故以玄宗爲始. 冠於唐初諸臣之上, 尊君也.)

추 지방과 노 지방을 지나며,

공자에게 제사하며 탄식하다(經鄒魯, 祭孔子而歎之)¹⁾

夫子何爲者?	공부자께서는 무엇을 위하여
栖棲一代中.²⁾	일생 내내 분망하게 사셨는가?
地猶鄹氏邑,³⁾	땅은 지금도 추씨(鄹氏) 읍이고
宅卽魯王宮.⁴⁾	집은 한 노왕이 왕궁으로 삼은 곳
歎鳳嗟身否,⁵⁾	봉황을 노래하매 자신의 불우를 탄식하였고
傷麟怨道窮.⁶⁾	기린이 잡히자 대도가 막힘을 안타까워 하셨지
今看兩楹奠,⁷⁾	지금 정당에 올려진 제전을 바라보니

---

1) 鄒魯(추로) : 추 지방과 노 지방. 추(鄒)와 노(魯)는 춘추시대 나라 이름이지만, 나중에는 그 국가가 있었던 지역을 가리킨다. 지금의 산동성 추현과 곡부 일대이다. ○夫子(부자) : 공구(孔丘, 기원전 551∼479년)에 대한 존칭으로 흔히 공자(孔子)라고 한다.『논어』에서 제자들이 공자를 부르는 칭호로 자주 사용되면서 후세에는 스승을 의미하게 되었다.

2) 栖棲(서서) : 栖栖 또는 棲棲라고도 쓴다. 바쁘고 경황없는 모양. 공자는 일생 동안 사방을 분망히 다녔다.『논어』「헌문」(憲問)에 "공자여! 그대는 어찌하여 이처럼 바쁘고 경황없이 지내는가?"(丘何爲是栖栖者與?)라는 말이 있다.

3) 鄹氏(추씨) : 춘추시대 노나라의 지명. 지금의 산동성 곡부(曲阜)의 공부(孔府)가 소재한 곳이다. '鄹'는 '鄒'와 같다. 공자의 부친은 추읍의 대부(大夫)였다.

4) 宅卽(택즉) 구 : 집은 노왕의 왕궁 터. 노왕(魯王)은 노공왕(魯恭王)으로, 한(漢) 경제(景帝)의 다섯 째 아들 유여(劉餘)를 가리킨다. 처음에는 회양왕(淮陽王)이 되었다가 나중에 노왕이 되었다. 공자가 살던 저택을 허물고 왕궁을 만들었다. 이때 벽에서 전적이 나온 일이 유명한데, 그 벽을 '노벽'(魯壁)이라 한다.

5) 歎鳳(탄봉) : 초나라 은사 접여(接輿)가 공자를 봉황에 비유하면서 때를 잘못 만났음을 탄식한 일을 가리킨다.『논어』「미자」(微子)에 다음과 같은 말이 있다. "초나라 광인 접여가 노래를 하면서 공자 앞을 지나갔다. '봉이여, 봉이여! 어이하여 덕이 쇠락했나? 과거는 돌이킬 수 없지만 미래는 따라잡을 수 있다네. 끝났구나, 끝났구나! 지금의 위정자는 모두 위태롭구나!'"(楚狂接輿歌而過孔子曰, "鳳兮鳳兮! 何德之衰? 往者不可諫, 來者猶可追. 已而已而! 今之從政者殆而!")

6) 傷麟(상린) : 기린이 붙잡힌 것을 슬퍼하다. 공자가 만년에 기린이 잡혔다는 말을 듣고 난세에 상서로운 짐승이 나타났음을 슬퍼하며 눈물을 흘렸다.『춘추공양전』'애공(哀公) 14년'조에 나온다. 이는 곧 공자가 자신을 기린에 비겨 때를 만나지 못했음을 슬퍼한 일로 풀이된다.

7) 兩楹奠(양영전) : 두 기둥 사이에 있는 제전(祭奠). 두 기둥 사이에 영구(靈柩)를 안

當與夢時同.　　　　당시에 공자께서 꿈속에서 본 모습과 같으리라

평석 공자의 도(道)를 어디서부터 칭송할 것인가? 여기서는 때를 만나지 못한 일로 시상을 만들었으니 곧 그 구상이 고명하다(孔子之道, 從何處讚歎? 故只就不遇立言, 此卽運意高處.)

해설 현종이 725년(開元 13년) 11월 태산(泰山)에 봉선(封禪)하고 돌아가는 길에 곡부에 가서 공자(孔丘)를 제사하며 지은 시이다. 율시 한 편 속에 공자의 생애를 개괄하고 그의 평생의 처지를 안타까워하였다. 시 속에 차(嗟), 탄(歎), 상(傷), 원(怨) 등의 글자를 반복함으로써 애석함을 강조하였다. 장열(張說)과 장구령(張九齡)이 화답한 시도 현재 남아있다.

하지장을 보내며(送賀知章)[8]

遺榮期入道,[9]	부귀를 버리고 도사가 되려 했더니
辭老竟抽簪.[10]	나이를 이유로 끝내 벼슬에서 물러나네
豈不惜賢達?	어찌 현달을 아끼지 않으랴
其如高尙心.	그처럼 고상한 마음인 것을
寰中得秘要,[11]	우주의 가운데에서 깊은 이치를 터득하고
方外散幽襟.	세속을 떠난 방외에서 그윽한 심회를 펼치리

───

치하는 것은 은례(殷禮)로, 높은 대우를 의미한다. 『예기』 「단궁」(檀弓)에는 공자가 일찍이 자신이 두 기둥 사이에 있는 꿈을 꾸고는, 생전에는 사람들의 존경을 받지 못하다가 꿈속에서야 존귀한 자리에 안치되니 조만간 세상을 뜰 것을 알았다는 기록이 있다.

8)　賀知章(하지장) : 성당시기에 활동한 시인. 시인 소전 참조.
9)　遺榮(유영) : 영화와 부귀를 버리다.
10)　辭老(사로) : 늙음을 이유로 벼슬에서 물러나다. ○ 抽簪(추잠) : 비녀를 뽑다. 즉 벼슬을 그만두다. 사직한다는 어휘로 관을 벗어 걸어둔다는 뜻의 '괘관(挂冠)'이란 말도 쓰인다.
11)　寰中(환중) : 우주. 천하.

獨有靑門餞,¹²⁾　　구속 없는 큰 정신을 청문에서 전별하니

群僚悵別深.　　여러 신료(臣僚)들의 슬픔이 자못 깊어라

평석 주희가 말했다. "월주에 당의 조신들이 하지장을 보내며 쓴 시가 석각되어 있는데 오직 현종의 시 한 편이 좋을 뿐이다."(朱子云: "越州有石刻唐朝臣送賀知章詩, 只有明皇一首好.") ○그 현량함을 사랑하면서 그 절개를 보전케 했으니, 둘을 모두 얻었다.(愛其賢, 全其節, 兩得之矣.)

해설 현종이 하지장을 보내며 지은 시이다. 744년 하지장이 86세 때 도사가 되겠다며 귀향을 청하자 현종이 허락하였다. 이때는 비단 현종뿐만 아니라 황족과 문무백관이 장락파(長樂坡)까지 나와 시를 지어 전송했다. 현재 이백(李白), 노상(盧象), 저광희(儲光羲) 등이 지은 송별시도 남아있다.

서쪽 촉 지방에 행차할 때 검문에 이르러(幸蜀西至劍門)¹³⁾

劍閣橫雲峻,　　검각산이 구름 사이 솟았는데

鑾輿出狩回.¹⁴⁾¹⁵⁾　　난여를 타고 사냥 나왔다 돌아가네

---

12)　獨有(독유): 사물과 세속의 묶임에서 벗어나 정신의 자유로움으로 천지간을 홀로 오고 가는 경지를 말한다. 『장자』 「재유」(在宥)에 다음과 같은 말이 있다. "천지 사방을 드나들며, 구주(九州)를 마음대로 노닐며, 홀로 오가는 것을 '독유'(獨有)라고 한다. 이러한 '독유'를 가진 사람이 가장 존귀하다."(出入六合, 遊乎九州, 獨往獨來, 是謂獨有. 獨有之人, 是謂至貴.) ○靑門餞(청문전): 청문에서 전별(餞別)하다. 장안성 동청문(東靑門)은 이별하는 장소로 유명하였다.

13)　幸蜀(행촉): 촉 지방에 가다. 행(幸)은 임금의 이동을 의미한다. ○劍門(검문): 검문현(劍門縣). 지금의 사천성 검각현(劍閣縣) 동북에 소재. 주위에 검문산(劍門山)이 있어 이름 붙여졌다.

14)　심주: 검문에 이르렀으면서 '사냥 나왔다 돌아가네'라고 했으니 그 뜻을 모르겠다. (至劍門而云'出狩回', 未解.)

15)　鑾輿(난여): 천자가 타는 가마. ○出狩(출수): 밖에 나가 사냥함. 현종의 위의 시가 있고 난 후부터 임금이 난을 피해 달아남을 의미하는 뜻도 덧붙여졌다.

翠屛千仞合,	푸른 병풍 같은 산은 천 길 높이 둘러있고
丹嶂五丁開.[16]	붉은 봉우리는 다섯 장정이 열었어라
灌木縈旗轉,	높은 나무들이 깃발 사이에서 돌아가고
仙雲拂馬來.	구름이 말머리를 스치며 다가오네
乘時方在德,[17]	의지해야 할 것은 바로 덕이니
嗟爾勒銘才![18)19)]	아아!「검각명」을 지은 장재(張載)가 옳도다!

평석 웅건하고 힘차니 성당의 시풍을 앞서 열었다.(雄健有力, 開盛唐一代先聲.)

해설 당 현종이 안사의 난 때 촉 지방으로 피난 가면서 지은 시이다. 755
년 11월 9일 안록산이 십오만의 군사를 이끌고 범양(范陽, 지금의 북경)을
떠나 장안으로 향하였다. 반군은 하북을 평정하고 황하를 건너 낙양을
함락시킨 후, 다음 해인 756년 6월에 동관(潼關)을 쳐서 장안에 이르렀다.
6월 12일 70세가 된 현종은 양귀비와 종친들을 이끌고 장안을 탈출하였
다. 반군은 수일 후 장안에 입성하였다. 위 시는 현종이 피난 도중 험난
하기로 유명한 검각산에 이르러 지은 것으로 난리에 대한 일말의 감상
이 들어가 있다. 이 시는 성당의 말기에 썼으므로 심덕잠이 "성당의 시
풍을 앞서 열었다"고 평한 것은 적절하지 않다.

---

16) 五丁開(오정개) : 다섯 장정이 촉도(蜀道)를 열었던 전설을 가리킨다. "진 혜왕(秦惠
王)이 촉을 정벌하려 했지만 길을 몰랐다. 다섯 마리의 돌 소를 만들어 꼬리에 금을
달아놓고 소가 금을 배설한다고 말하였다. 촉왕이 자신의 힘을 믿고 다섯 장정을 시
켜 길을 닦게 하였다." 역도원(酈道元) 『수경주』 참조.
17) 乘時(승시) : 시기를 타다. 좋은 때를 이용하다.
18) 勒銘才(늑명재) : 바위에 명문을 새긴 인재. 서진의 장재(張載, 약 250~약 310년)를 가
리킨다. 그가 285년 촉에 가면서 쓴 「검각명」(劍閣銘)에 "흥함과 실질은 덕에 있으
니 지리적 험함도 의지하기 어렵도다"(興實在德, 險亦難恃)란 말이 있다. 이는 위에
서 말한 "의지해야 할 것은 바로 덕(德)이니"와 같은 맥락이다.
19) 심주 : 진(晉)의 장재가 「검각명」을 썼다.(晉張載有劍閣銘.)

왕적(王績)

들을 바라보며(野望)

東皐薄暮望,[1]	해질 무렵 동쪽 언덕에 올라 바라보나니
徒倚欲何依![2]	배회하며 장차 어디로 갈 것인가
樹樹皆秋色,	나무들은 모두 가을빛이고
山山唯落暉.	산마다 온통 석양빛이네
牧人驅犢返,	목동은 송아지를 몰고 돌아오고
獵馬帶禽歸.	사냥 간 말은 새 잡아 돌아오네
相顧無相識,[3]	주위를 보아도 알아주는 이 없어
長歌懷采薇.[4]	길게 노래 부르며 고사리 뜯던 사람을 그리워하네

평석 오언율시는 이 작품 이전에는 엄밀하지 않은 작품이 많으니, 응당 이 작품을 첫머리로 해야 할 것이다.(五言律前此失嚴者多, 應以此章爲首.) ○ 전편이 '알아주는 이 없어'란 뜻으로 이루어졌다. '고사리 뜯던 사람을 그리워하네'로 우연히 백이와 숙제에 흥(興)을 기탁하였다. 시평가들이 수나라가 장차 망하리라 느꼈다고 했는데 이는 견강부회가 아니겠는가!(通首只無相識意, '懷采薇', 偶然興寄古人也. 說詩家謂感隋之將亡, 毋乃穿鑿!)

---

1) 東皐(동고) : 왕적이 은거했던 고향의 동편 언덕. 동고란 말에는 문학적 의미도 있다. 완적(阮籍)의 「태위 장제에 보내는 주기」(奏記詣太尉蔣濟)에 "장차 동고의 남향에서 밭을 갈고"(方將耕於東皐之陽)란 말이 있고, 도연명의 「귀거래사」에도 "동고에 올라 휘파람을 불고"(登東皐以舒嘯)란 말이 있어, 이들에 대한 정신적 귀속도 함께 보이고 있다.

2) 徙倚(사의) : 서성거리다. 배회하다.

3) 相顧(상고) : 돌아보다. 相은 '서로'라는 뜻이 아니라 동작의 대상을 이끄는 역할을 한다. '四顧'라 된 판본도 있다.

4) 采薇(채미) : 상나라가 망하자 백이(伯夷)와 숙제(叔齊)가 두 임금은 섬기지 않겠노라고 수양산(首陽山)으로 들어가 고비(薇)만 뜯어먹고 지내다 굶어죽은 일을 가리킨다.

해설 왕적의 시 가운데 가장 잘 알려진 작품 가운데 하나이다. 눈앞에 전개되는 가을 풍경 속에 자신의 정치적 처지를 돌아보고 멀리 역사 속에서 처세의 지인을 찾아내었다. 수나라의 멸망과 당나라의 건국 속에 의지할 곳 없는 은자의 마음이 깃들어 있다. 완정한 율시이나 왕적 특유의 고졸한 맛이 남아있다.

왕발(王勃)

가을에 설승화와 헤어지며(秋日別薛昇華)[1]

送送多窮路,[2]	어려운 처지에서 매번 헤어졌으니
遑遑獨問津.[3]	안절부절 못하며 홀로 길을 찾았지
悲涼千里道,	슬프기 그지없는 천 리 먼 길
凄斷百年身.	처연하기 그지없는 백 년의 몸
心事同漂泊,	마음은 물 위에 뜬 배처럼 흔들리며

---

1) 薛昇華(설승화) : 초당시기 문인. 이름은 설요(薛曜)이고, 승화(昇華)는 자(字)이다. 포주(蒲州) 분음(汾陰, 지금의 산서성 萬榮縣) 사람. 생몰년은 미상. 시인 설원초(薛元超)의 아들로 성양공주(城陽公主)와 결혼했다. 『구당서』(舊唐書)에 『설요집』(薛曜集) 20권이 저록되어 있으나 망일되었고, 현재 시 여덟 편과 문 한 편만 전한다. 설승화는 왕발과 절친한 친구이다.

2) 送送(송송) : 보내고 보내다. 반복되는 이별을 가리킨다. ○ 窮路(궁로) : 막힌 길. 사람의 삶이 어려움을 비유한다.

3) 遑遑(황황) : '惶惶'과 같다. 불안한 모습. ○ 問津(문진) : 나루터가 어디인지 묻다. 여기에서 나아가 길이나 진리를 묻는다는 뜻으로 쓰인다. 『논어』 「미자」(微子)에 장저(長沮)와 걸익(桀溺)이 밭을 갈고 있을 때 공자가 지나가다 자로(子路)를 시켜 나루터가 어디인지 묻는 대목이 있다. 여기서는 공자가 여러 나라를 주유하면서 힘들었던 일을 비유하면서 동시에 벼슬길의 신산스러움을 환기한다.

生涯共苦辛.[4]　　생활은 자네나 나나 모두 신산스러워
無論去與住,[5]　　떠나는 사람이나 머무는 사람이나
俱是夢中人.[6]　　모두 다 꿈속에서만 만날 수 있어라

해설 왕발이 21세 때인 670년 사천의 면주(綿州)에서 친구 설승화와 헤어지며 지은 시이다. 그 한 해 전에 왕발은 장안에서 '닭 토격문 사건'으로 축출된 후 촉 일대를 떠돌아다니기 시작하였다. 왕발은 사천의 덕양과 면주에서도 설승화에게 여러 편의 시문을 지어주었다. 이 시는 자신의 처지를 통해 상대방을 위로하는 송별시 중의 가작으로, 첩자(疊字)를 잘 사용하였고 대구(對句)도 정연하다.

촉 지방으로 부임하는 두 소부를 보내며(杜少府之任蜀川)[7]

城闕輔三秦,[8][9]　　삼진(三秦)이 보위하는 수도 장안성에서
風煙望五津.[10][11]　　바람과 안개 속에 다섯 나루터 쪽 바라보네

---

4) 生涯(생애): 생활. 본래 『장자』「양생주」(養生主)에 "나의 생은 끝이 있어도"(吾生也有涯)에서 유래한 말로, 사람의 삶이 유한하다는 뜻이었다.
5) 去與住(거여주): 떠나는 사람과 머무는 사람. 설승화와 왕발 자신.
6) 夢中人(몽중인): 꿈속의 사람. 상대방이 꿈속에서만 만날 수 있는 사람이 되었다는 뜻.
7) 杜少府(두소부): 두씨 성을 가진 소부. 누구인지 미상이다. 소부(少府)는 현위(縣尉). ○之任(지임): 부임하러 가다. 之(지)는 가다. ○蜀川(촉천): 지금의 사천성 지역.
8) 심주: 자신이 있는 곳이다.(己所處.)
9) 城闕(성궐): 성벽과 궐문. 장안을 가리킨다. ○三秦(삼진): 장안 주위의 관중(關中) 지역을 통칭하는 말. 항우가 진(秦)을 멸망시킨 후 관중을 옹(雍), 새(塞), 적(翟) 세 나라로 나누었으므로 삼진(三秦)이라 칭했다. '城闕輔三秦'는 '三秦輔城闕'의 도치구로 보아, "삼진의 땅이 성궐을 보위하고"로 풀이해야 문맥이 자연스럽다. 또는 "성궐은 삼진에 의해 보위되고"라 해석해도 될 것이다.
10) 심주: 촉 지방으로, 소부의 임지이다.(蜀地, 少府任所.)
11) 風煙(풍연): 바람과 안개. 자연 풍광. ○五津(오진): 사천의 관현(灌縣)에서 건위(犍爲)까지의 민강(岷江)에 있던 다섯 나루로 백화진(白華津), 만리진(萬里津), 강수진(江首津), 섭두진(涉頭津), 강남진(江南津)을 말한다.

與君離別意,	그대와 이별하는 마음 생각해보면
同是宦遊人.[12]	나 역시 벼슬로 떠도는 사람
海內存知己,[13]	세상에는 나를 알아주는 친구가 있으니
天涯若比鄰.[14]	하늘 끝 먼 곳도 이웃과 같으리
無爲在岐路,[15]	갈림길 앞에서 부디 하지 말게나
兒女共霑巾.	아녀자처럼 눈물로 수건을 적시는 일은

해설 이 시는 왕발이 장안에 있을 때 촉 지방으로 가는 친구를 위해 지은 유명한 송별시이다. 특히 "해내존지기, 천애약비린"(海內存知己, 天涯若比鄰)은 지금도 애창되는 명구이다.

---

12) 宦遊(환유) : 객지에서 벼슬함. 제3, 4구는 "객이 객을 보내다"(客中送客)의 감회를 표현하였다.

13) 海內(해내) : 사해(四海)의 안. 온 세상. 이 2구는 조식(曹植)의 「백마왕 조표에게 드림」(贈白馬王彪)의 "장부의 뜻은 사해에 있나니, 만 리가 오히려 이웃과 같네. 은혜와 온정이 진실로 어그러지지 않으려니, 멀리 나뉘어 있다 해도 날이 갈수록 친해지리라"(丈夫志四海, 萬里猶比鄰. 恩愛苟不虧, 在遠分日親.)에서 나왔다. ○知己(지기) : 친구. 자신을 알아주는 사람. 『사기』「자객열전」(刺客列傳)에 "남자는 자기를 알아주는 이를 위해 죽고, 여인은 자기를 기쁘게 하는 이를 위해 화장한다"(士爲知己者死, 女爲悅己者容.)는 말이 있다.

14) 天涯(천애) : 하늘의 끝. 고향에서 아득히 먼 지역. 일반적으로 타향이나 이역을 가리킨다. ○比鄰(비린) : 가까운 이웃. 고대에는 나란히 있는 다섯 가호를 비(比)라 했다. 제5, 6구의 접속 관계를 병렬로 보아, "넓은 세상에는 어디를 가든지 친구가 있고, 하늘 끝 먼 곳이라도 이웃과 마찬가지라네"라고 풀이할 수도 있다.

15) 無爲(무위) : ~하지 마라. 여기서 '無'는 '勿'의 뜻. ○岐路(기로) : 갈림길.

양형(楊炯)

종군의 노래(從軍行)[1]

烽火照西京,[2]	봉홧불이 장안을 비추니
心中自不平.	마음이 절로 격분에 차올라라
牙璋辭鳳闕,[3]	군사들이 황성을 떠나
鐵騎繞龍城.[4]	철기(鐵騎)가 용성(龍城)을 둘러싸
雪暗凋旗畫,[5]	어두운 눈발에 깃발의 그림이 흐려지고
風多雜鼓聲.	강한 바람 속에 북 소리 섞여라
寧爲百夫長,[6]	차라리 백부장(百夫長)이 되는 것이
勝作一書生.	일개 서생 되기보다 나으리

평석 이 시는 무용으로 능력을 보이는 것이 경전을 배워 출세하는 것보다 나음을 말하였다. 명대 당여순은 조정에서 무인을 우대하자 양형이 회재불우하여 마음속에 불만을 품었다고 했는데 견강부회에 가깝다.(此泛言用武效力, 勝於一經自守. 唐汝詢謂朝廷尊寵武臣, 而盈川抱才不遇, 故尔心中不平, 亦近於鑿.)

---

1) 從軍行(종군행) : 악부 '상화가'(相和歌)에 속한 악부제의 하나. 일반적으로 전쟁의 고통이나 병사들의 생활을 소재로 한다.
2) 西京(서경) : 장안. 한대에 낙양을 동경(東京)이라 하고 장안을 서경(西京)이라 하였다.
3) 牙璋(아장) : 고대 군대를 출정시키는데 쓰였던 출근 명령서. 두 조각으로 나누어 조정과 사령관이 각각 나누어 갖게 되는데 마주 붙이는 곳이 들쭉날쭉하므로 이런 이름이 붙여졌다. 여기서는 군대를 가리킨다. ○ 鳳闕(봉궐) : 한대(漢代) 건장궁(建章宮) 동쪽에 있던 궐로 지붕에 청동 봉황이 장식되었으므로 이름 붙여졌다. 일반적으로 궁성을 가리킨다.
4) 龍城(용성) : 흉노가 천지(天地)와 조상에게 제사지내던 곳. 현재 몽골인민공화국의 타밀강 강가에 소재했다. 서한 때 위청(衛青)이 이곳을 점령한 적이 있다.
5) 凋旗畫(조기화) : 군기에 그려진 그림이 어둡고 흐릿함.
6) 百夫長(백부장) : 사졸 백 명의 장(長). 초급 장교를 일컬음.

해설 변방을 보위하며 공을 세우겠다는 굳센 마음을 표현했다. 더불어 서생인 자신의 처지에 대한 일말의 울분도 깃들어 있다. 격앙된 정조와 화려한 언어로 남조 말기부터 발전하기 시작한 변새시를 한 단계 높이 정련시킨 명작이다.

노조린(盧照鄰)

늦봄에 산장에서 가볍게 적다(春晩山莊率題)[1]

田家無四鄰,	시골이라 해도 이웃이 없어
獨坐一園春.	봄이 온 정원에 홀로 앉았노라
鶯啼非選樹,	꾀꼬리는 나무를 가리지 않고 날아와 울며
魚戲不驚綸.[2]	물고기는 낚시 줄에도 놀라지 않고 노는구나
山水彈琴盡,[3]	산수의 정취는 거문고 가락에 다 실어 보내고
風花酌酒頻.	바람 속 꽃은 술잔을 자주 기울이게 하여라
年華已可樂,[4]	아름다운 시절이 즐길 만하니
高興復留人.[5]	높은 흥취가 다시 사람을 붙드는구나

---

1) 率題(솔제) : 가볍게 지음. 깊이 고심하지 않고 기분이 가는 대로 가볍게 시를 지음.
2) 綸(륜) : 줄. 여기서는 낚시 줄.
3) 山水(산수) 구 : 산수 가운데서 체득한 의취(意趣)를 거문고 연주로 모두 다 표현한다는 뜻.
4) 年華(연화) : 해, 세월, 시간 등을 의미하며, 나아가 봄과 같이 일 년 중 좋은 때를 의미하기도 한다.
5) 高興(고흥) : 높은 흥취. 은중문(殷中文, ?~407년)의 「남주 환공 구정에서 짓다」(南州桓公九井作)에 "오직 맑은 가을날만이, 높은 흥취를 다 드러낼 수 있어라"(獨有淸秋日, 能使高興盡.)는 구절이 있다.

평석 청려하고 온건한 시가 절로 후인의 풍기를 열었다.(淸穩詩自開後人風氣.)

해설 산속에 홀로 지내는 정취를 노래하였다. 노조린은 여러 번 은거하였고 그의 불치병이 도질 때는 홀로 산속에서 지내기도 하였다. 이 시는 아마도 병을 가지고 은거할 때 지은 것으로 보인다. 이 시는 원래 2수 가운데 제2수인데, 제1수에서 "노니는 나비가 어지러이 풀숲에 나대고"(戱蝶亂依叢)나 "바람도 없이 꽃이 미친 듯하고"(花狂不待風) 등에서 중국 고전시에 드문 표현주의(表現主義)적인 경향이 보인다.

낙빈왕(駱賓王)

옥에서 매미를 읊다(在獄詠蟬)

西陸蟬聲唱,[1]	가을이라 매미가 소리 내어 우니
南冠客思侵.[2]	수인(囚人)의 고향생각이 어지러워라
那堪玄鬢影,[3]	어찌 견디랴, 검은 수염의 매미가
來對白頭吟![4]	다가와 내 흰머리 마주하고 울어대는 걸

---

[1] 西陸(서륙) : 가을. 원래 태양이 서쪽의 백도(白道)를 지나는 것을 서륙(西陸)이라 하는데, 곧 가을을 말한다.

[2] 南冠(남관) : 춘추시대 초나라 사람의 관. 춘추시대 초나라 종의(鍾儀)가 포로로 붙잡혔는데, 진후(晉侯)가 그를 보고 주위에 물었다. "남관을 쓴 채 잡혀 있는 저 자는 누구인가?"(南冠而繫者誰也?) 관리가 말했다. "정나라 사람이 잡아다 바친 초나라 죄수입니다."『좌전』'성공 9년'조 참조. 일반적으로 남방 출신의 사람을 가리키며, 여기서 시인도 남방인이므로 남관이란 말로 자신을 가리켰다. ○ 客思(객사) : 나그네의 고향 생각.

[3] 玄鬢(현빈) : 검은 살쩍머리. 여기서는 매미의 검은 날개.

[4] 白頭(백두) : 흰머리. 자신을 말함. 매미의 울음을 견디기 어렵다는 말은 현빈(玄鬢)

露重飛難進,[5]	이슬이 내린 탓에 날아가기 어렵고
風多響易沈.	바람이 심한 탓에 울음소리 가라앉아
無人信高潔,[6]	아무도 내 고결함을 믿지 않으니
誰爲表予心!	그 누가 내 마음을 밝혀주리오

평석 낙빈왕이 전투에서 패한 후 역사서에서는 주살되었다고 했고, 다른 기록에서는 도망하였다고 말하였으나 투옥되었다는 말은 없다. 이는 서경업의 수하에 들어가기 전에 수감되지 않았다는 뜻이다. 시의 서문에 '반역 평정을 이미 상주하여' 등의 말이 있는 것으로 보아 무측천을 친 때문이 아니었음이 아주 분명하다.(賓王兵敗後, 史稱被誅, 或云亡命, 無下獄之說, 意未從敬業之前曾見繫也. 原序'平反已奏'等語, 見非討武后之故甚明.)

해설 이 시는 시어사(侍御史)로 있을 때인 678년 시정(時政)에 대해 자주 풍간(諷諫)하다가 죄를 얻어 투옥되었을 때 지은 것으로 보인다. 매미가 지닌 고결한 이미지를 빌어 자신의 청렴과 고상함을 간결한 언어로 표현하였다. 당시 낙빈왕은 이 시외에도「유혈서정통간지기」(幽繫書情通簡知己),「형화부」(螢火賦) 등으로 자신의 울분을 토로하며 무죄를 호소하였다.

과 백발(白髮)의 대비에서 오는 슬픔도 있지만, 매미가 자신을 대신하여 고결하고 청빈하게 노래하기 때문으로 풀이된다.

5) 露重(노중), 風多(풍다) : 이슬과 바람은 역경을 상징한다. 또 풍(風)은 풍문을 의미하기도 한다. 이 2구는 심약(沈約)의「매미 울음을 듣고 삼가 응조함」(聽蟬鳴應詔)에 나오는 "나뭇잎이 빽빽하니 모습이 쉽게 드러나고, 바람이 돌아가니 소리가 머물기 어렵다"(葉密形易揚, 風回響難住.)에서 영향 받았다.

6) 高潔(고결) : 고대인은 매미를 높은 나무에 살면서 이슬을 먹고산다고 생각하여 고결하다고 생각하였다. 한대(漢代) 고관(高官)들은 매미모양을 관 위에 장식하기도 하였다. 시인은 자신을 매미와 동일시하며 자신의 무고(無辜)를 호소하고 있다.

소미도(蘇味道)

정월 십오일 밤(正月十五日夜)

火樹銀花合,[1]	등불 비친 나무에 은빛 꽃이 환하고
星橋鐵鎖開.[2]	은하수 같은 다리에 쇠사슬이 풀렸어라
暗塵隨馬去,	밤 먼지는 말을 따라 멀리 가고
明月逐人來.	밝은 달은 사람을 따라 다가오네
遊妓皆穠李,[3]	노니는 기녀들은 모두 화사한 오얏꽃 같고
行歌盡'落梅'.[4]	노래는 모두 「매화락」(梅花落)이라
金吾不禁夜,[5]	금오(金吾)가 통금을 해제하였으니
玉漏莫相催.[6]	물시계여! 시간을 재촉하지 말지어라

해설 정월 보름날인 상원절(上元節)에 장안의 번화하고 화사한 광경을 그린 시이다. 유숙(劉肅)의 『대당신어』(大唐新語)에서는 신룡(神龍) 연간(705~

---

1) 火樹(화수) : 불타는 나무. 또는 등불에 비친 나무. 부현(傅玄)의 「조회부」(朝會賦)에 "화사한 등불이 마치 불타는 나무 같고"(華燈若乎火樹)라는 말이 있다. ○ 銀花(은화) : 은빛 꽃. 등불에 비쳐진 봄밤의 꽃이 은빛을 띠므로 이렇게 표현했다. ○合(합) : 나무들이 둥그렇게 이어져 있음.

2) 星橋(성교) : 해자에 걸린 다리. 등불에 비친 해자가 멀리서 보면 마치 은하와 같으므로 이렇게 표현했다. 또는 이빙(李冰)이 천상의 일곱 개의 별과 대응시켜 일곱 개의 다리를 만들었는데 다리마다 쇠사슬을 걸었다. 두 가지 풀이 모두 가능하다. 쇠사슬을 열었다는 말은 이날 밤에 통금을 없애고 다리 위를 다닐 수 있도록 하였다는 뜻이다.

3) 穠李(농리) : 화사한 오얏꽃. 『시경』 「하피농의」(何彼穠矣)에 "어찌하여 저처럼 화사하고 아름다운가, 화사하기가 마치 복사꽃과 오얏꽃 같네"(何彼穠矣, 華如桃李.)란 말에서 유래했다.

4) 落梅(낙매) : 곡조의 이름으로 「매화락」(梅花落)을 가리킨다.

5) 金吾(금오) : 한대의 관직으로 금군(禁軍)의 하나이다. 궁정 외부의 경계와 황궁 주변의 치안을 담당하였다. 당대에는 상원절 당일을 포함하여 전후 각 일 일, 모두 삼일 동안 통금을 해제하였다.

6) 玉漏(옥루) : 옥으로 만든 물시계. 물시계에 대한 미칭(美稱).

707년)의 번화한 상원절 모습을 그리면서 이 시를 언급하고 있다. 현재 초당시기의 상원절을 소재로 한 시가 많이 남아있지만, 소미도의 위의 시가 가장 청신하고 격률도 정밀하여, 역대로 널리 애송되었다.

위승경(韋承慶)

이른아침 강 위에서의 나그네 생각(凌朝浮江旅思)[1][2]

天晴上初日,	맑은 하늘에 아침 해가 떠오를 때
春水送孤舟.	봄 강물 위에 배 한 척이 떠나간다
山遠疑無樹,	산은 멀어 나무들이 없는 듯하고
潮平似不流.	물결은 평평하여 흐르지 않는 듯해라
岸花開且落,	언덕 위의 꽃들이 피었다 지고
江鳥沒還浮.	강가의 새들이 가라앉았다 떠올라
羈望傷千里,[3]	고향 생각에 천 리 길이 시름겨운데
長歌遣四愁.[4]	긴 노래로「네 가지 근심의 시」를 읊노라

평석 제3, 4구는 눈앞의 실경으로, 그림의 원리를 깨달을 수 있다.(三四眼前眞景, 可悟畵理.)

---

1) 심주 : 다른 판본에서는 지은이가 마주(馬周)라 되어 있다.(一作馬周詩.)
2) 凌朝(능조) : 이른 아침.
3) 羈望(기망) : 나그네로 떠돌 때 일어나는 고향 생각.
4) 四愁(사수) : 동한 장형(張衡, 78~139년)의 「네 가지 근심의 시」(四愁詩)를 가리킨다. 장형이 하간상(河間相)으로 있을 때 세상이 점점 혼란스러워지는데도 자신의 뜻을 펴지 못함이 답답하여 「네 가지 근심의 시」를 지었다. 여기서는 이를 빌려 나그네의 시름을 표현하는 것으로 사용하였다.

해설 장강에서 배를 타고 가다가 고향을 생각하며 지은 시이다. 제3구와 제4구는 특히 역대로 많은 시평가(詩評家)들의 칭찬을 받았다. 공정(空靜)하고 소활(疏闊)한 의경은 초당시대에 보기 드문 것이어서 후대의 시풍을 열었다는 평가를 받는다.

유희이(劉希夷)

늦봄(晩春)

佳人眠洞房,[1]	가인(佳人)이 동방에서 잠을 자다가
回首見垂楊.	고개 돌려 수양버들을 바라보네
寒盡鴛鴦被,[2]	원앙이 수놓인 이불에 추위가 물러가고
春生玳瑁床.[3]	대모로 장식된 침상에 봄기운이 일어나네
庭陰幕靑靄,[4]	정원에는 푸른 기운이 드리워졌고
簾影散紅芳.[5]	주렴에는 붉은 꽃 그림자 흩어졌어라
寄語同心伴,	마음 맞는 친구에게 말해줄 생각에
迎春且薄粧.[6]	봄맞이 가고자 엷은 화장한다네

---

1) 洞房(동방) : 깊은 방. 여기서는 규방(閨房)을 가리킨다.
2) 鴛鴦被(원앙피) : 원앙의 모습을 수놓은 이불.
3) 玳瑁床(대모상) : 바다거북 대모(玳瑁)의 껍질로 장식한 침상.
4) 靑靄(청애) : 푸른색의 구름 기운. 푸른 기운이 드리워졌다 함은 정원에 봄이 와 초목이 우거졌다는 뜻이다.
5) 紅芳(홍방) : 붉은 꽃. 이 구는 바람이 불어 주렴이 흔들리니 꽃 그림자가 흩어짐을 묘사하였다.
6) 薄粧(박장) : 엷은 화장. 급히 알려줄 생각에 얼른 간단하게 화장한다는 뜻.

평석 육조의 풍치가 있어, 한 구마다 백 가지 아리따움이 있다.(六朝風致, 一語百媚.)

해설 규중 여성의 반응과 태도를 통해 봄이 온 기쁨을 묘사하였다. 시 속의 경치가 초봄이므로 '늦봄'이라는 제목이 부적절하다는 의견도 있다. 규원시 계열의 기법을 사용했으나 여기서는 여인의 원망과 관련 없이 아름다운 봄의 광경을 노래하고 있다.

진자앙(陳子昻)

저녁에 악향현에 묵으며(晚次樂鄕縣)¹⁾

故鄕杳無際,²⁾	고향은 아득하여 보이지 않는데
日暮且孤征.³⁾	해질 무렵에도 홀로 길을 걷노라
川原迷舊國,	강과 들은 오래된 고장으로 이어지고
道路入邊城.⁴⁾	길은 변방의 성읍으로 들어가네
野戍荒煙斷,⁵⁾	들의 수자리는 안개에 가려 끊어지고
深山古木平.	산속의 나무는 평평하게 보이는구나
如何此時恨,	지금의 서글픔을 어떻게 나타내리

---

1) 次(차) : 머물다. ○ 樂鄕縣(악향현) : 지금의 호북성 형문현 북 구십 리에 소재. 시인은 촉 지방에서 낙양 가는 길 도중에 이곳을 지나갔다.
2) 杳(묘) : 아득하다.
3) 迷(미) : 미혹하다. 여기서는 분간을 할 수 없다는 뜻. ○ 舊國(구국) : 고향. 국(國)은 고장이란 뜻으로 쓰였다.
4) 邊城(변성) : 벽지에 있는 성읍. 악향현이 중원과 떨어져 있는 작은 성읍이어서 변방의 느낌을 준다는 어감이 들어가 있다.
5) 斷(단) : 끊다. 여기서는 시선이 끊겨 보이지 않다.

嗷嗷夜猿鳴.⁶⁾　　　밤중에 들려오는 원숭이 울음소리

평석 이 시 이전에 풍격이 막 이루어졌으나 뛰어난 작품은 아직 갖추어지지 않았다. 진자앙이 우뚝 솟아나면서 강한 빛과 깊은 울림이 나왔으며, 마침내 두보에게 길을 열어주게 되었다. 원대 방회(方回)가 말했다. "「감우시」가 고조(古調)의 시작일 뿐만 아니라 그의 율시 또한 근체시의 시작이다."(前此風格初成, 精華未備. 子昂崛起, 堅光奧響, 遂開少陵之先. 方虛谷云: "不但感遇爲古調之祖, 其律詩亦近體之祖也.")

해설 여로 중에 지나는 타향의 모습과 자신의 감회를 서술하였다. 제3, 4구의 창망(蒼茫)하고 혼후(渾厚)한 의경은 성당(盛唐)의 선성(先聲)이다. 청대 장일규(蔣一葵)는 679년 진자앙이 21세 때 처음 고향 촉 지방을 떠나 낙양에 가며 들른 호북성 악향현에서 지은 시라고 보았다. 진자앙은 낙양에서 과거에 낙제한 후 고향으로 돌아갔다가 삼 년 후 다시 한 번 이 길을 거쳐 낙양에 갔고, 나중에 모친상으로 고향에 다녀온 적도 있다.

봄날 구화관에 올라(春日登九華觀)⁷⁾

白玉仙臺古,　　　백옥으로 지어진 선대(仙臺)가 오래니
丹丘別望遙.⁸⁾　　단구(丹丘)가 멀지 않구나
山川亂雲日,　　　산과 강은 햇빛 아래 어지럽고
樓榭入煙霄.　　　누각과 정자는 구름 속에 들어갔네
鶴舞千年樹,　　　학은 천 년 된 나무에서 춤추고

---

6) 嗷嗷(오오): 울음소리를 나타내는 의성어. 여기서는 원숭이가 우는 소리.
7) 九華觀(구화관): 장안성 안의 통의방(通義坊)에 있었던 도관(道觀).
8) 丹丘(단구): 전설 속의 신선이 사는 지방. 밤에도 어둡지 않다고 한다. 『초사』 「원유」(遠遊)에 "우인(羽人)을 따라 단구로 가서, 불사의 고향에 머무리"(仍羽人於丹丘兮, 留不死之舊鄉.)라는 말이 있다.

虹飛百尺橋.	무지개는 백 척 다리 위에 떠있구나
還逢赤松子,[9)	다시 적송자를 만났으니
天路坐相邀.[10)	그를 통해 하늘 길을 오르겠네

해설 구화관을 방문하여 그 정경과 선취(仙趣)를 노래하였다. 적송자는 도관에 기거하는 특정한 도사를 상정하는 듯하다. 진자앙의 시 가운데 비교적 드문 제재이다.

형문을 지나 초 지방을 바라보며(度荊門望楚)[11)

遙遙去巫峽,[12)	아득히 무협을 벗어나와
望望下章臺.[13)	멀리 바라보며 장화대로 내려가네
巴國山川盡,[14)	파국(巴國)의 산천을 모두 지내오니
荊門煙霧開.	형문(荊門)이 안개 속에 열리는구나

---

9) 赤松子(적송자): 고대의 신선. 전국시대부터 여러 문헌에 기록되어 있으나 내용이 서로 일치되지 않는 부분이 많다. 『신선전』(神仙傳)에서는 신농(神農) 때 우사(雨師)로 수옥(水玉)을 먹고 신농을 가르쳤다고 하며, 곤산(崑山)에서는 자주 서왕모(西王母)의 석실에 갔으며 비바람에 따라 위아래로 이동하였다고 한다. 『초사』「원유」(遠游)에 "적송자의 맑은 자취를 들었나니, 원컨대 그가 남긴 법칙에 따라 교화를 받고저"(聞赤松之淸塵兮, 願承風乎遺則.)란 말이 있다.

10) 坐(좌): 인하여. 이 때문에.

11) 荊門(형문): 형문산. 장강 중류의 남안에 있는 산으로, 지금의 호북성 의도현(宜都縣) 서북에 소재. 북안에 있는 호아산(虎牙山)과 함께 거대한 문처럼 생겼으므로 이름 붙여졌다.

12) 巫峽(무협): 삼협 가운데 하나. 중경시 무산현(巫山縣) 동쪽에 소재.

13) 望望(망망): 여러 번 바라보는 모양. ○ 章臺(장대): 장화대(章華臺). 춘추시대 초나라 영왕(靈王)이 세웠다. 지금의 호북성 감리현(監利縣) 서북에 소재했다는 설과 호북성 잠강현(潛江縣) 서남에 소재했다는 설이 있다.

14) 巴國(파국): 파(巴)는 전국시대의 국가로 진(秦)나라에 망하였다. 그 할거 지역은 중경(重慶)을 중심으로 한 가릉강(嘉陵江)의 동쪽 지역이다. 여기서는 중경시 일대를 가리킨다.

城分蒼野外,	성읍은 푸른 들 밖에 흩어져 있고
樹斷白雲隈.[15]	숲은 흰 구름에 끊어져 있어
今日狂歌客,[16]	오늘에야 내 호방히 노래하는 나그네로
誰知入楚來!	마침내 초 지방에 왔음을 누가 알랴!

평석 촉 지방에서 초 지방으로 들어서는 과정을 서술하였다. 결말에서는 초 지방에 '광가지사'(狂歌之士)가 있다는데, 오늘은 오히려 자신이 광가(狂歌)를 부르며 초 지방에 들어간다고 말하였다.(序自蜀入楚道路, 結言楚有狂歌之士, 今反狂歌入楚也.)

해설 이 시는 기행시(紀行詩)로 21세 때 처음 삼협을 지나 초 지방에 이른 감회를 서술하였다. 험난한 협곡과 드넓은 초 지방의 대비 속에 청년의 기개가 드러난다.

봄밤에 친구와 헤어지며(春夜別友人)

銀燭吐靑煙,	은빛 촛불이 푸른 연기를 토하고
金樽對綺筵.[17]	황금 술잔이 화려한 술자리에 놓여있네
離堂思琴瑟,[18]	헤어지는 집에서 금슬과 같은 우정을 생각하고
別路繞山川.	떠나가는 길은 산과 강을 굽이돌리라
明月隱高樹,	밝은 달이 높은 나무에 가려있고
長河沒曉天.[19]	은하수는 새벽하늘 속으로 잠겨드네

---

15) 隈(외) : 굽이도는 곳.
16) 狂歌客(광가객) : 춘추시대 초나라 광인 접여(接輿). 공자를 만났을 때 공자를 비판하는 노래를 불렀다. 여기서는 시인 자신을 가리킨다.
17) 金樽(금준) : 금 술잔. 또는 금으로 도금한 술잔. ○綺筵(기연) : 화려한 술자리.
18) 琴瑟(금슬) : 거문고. 거문고의 소리는 조화롭기에 친구 사이의 절친한 마음을 비유한다.
19) 長河(장하) : 긴 강. 여기서는 은하수.

悠悠洛陽道,	아득히 먼 낙양 가는 길
此會在何年?	이런 만남이 어느 해에 다시 있을까

해설 진자앙이 21세와 24세 때 낙양으로 과거에 응시하러 갔는데 그때 고향에서 친구들과 헤어지며 지은 듯하다. 같은 제목에 2수가 있는데 이 시는 제1수이다. 전편에 걸쳐 친구와의 석별의 정이 절절하다. 제 5, 6구는 시안(詩眼)으로, 뛰어난 풍경 묘사로 깊은 감정을 표현하였다.

종군하는 위대를 보내며(送魏大從軍)[20]

匈奴猶未滅,[21]	흉노가 아직도 소멸되지 않았으니
魏絳復從戎.[22]	위강(魏絳)이 다시 출정하도다
悵別三河道,[23]	삼하(三河)의 길을 비분강개하여 떠나
言追六郡雄.[24]	육군(六郡)의 우두머리를 따라 가는구나

---

20) 魏大(위대) : 진자앙의 친구로 이름은 미상. 성씨 다음에 붙은 대(大)는 '항제'(行第)이다. 일반적으로 숫자로 나타내는데 첫째는 대(大)로 표시한다. 이는 사촌까지 포함한 형제 사이에 차례를 붙여 이름을 대신한 것으로, 주로 당송(唐宋)시기에 유행하였다. 그 범위는 동일 증조(曾祖) 할아버지 아래의 형제들 사이의 차례로 정했다. 이백은 이십이(李十二), 두보는 두이(杜二), 백거이는 백이십이(白二十二), 한유는 한십팔(韓十八), 구양수는 구구(歐九) 등이다.

21) 匈奴(흉노) : 전국시대부터 위진남북조 사이에 중국의 북방에 거주했던 고대 민족. 이 구에서는 서한의 곽거병(霍去病)이 "흉노를 소멸시키지 않으면 집에 편히 있지 않으리라"(匈奴未滅, 無以家爲也.)고 한 말을 이용하였다. 여기서는 흉노를 빌려 돌궐(突厥)을 가리키는 듯하다.

22) 魏絳(위강) : 춘추시대 진(晉)의 대부. 융족(戎族)과 화친하여 외환을 없앴다. 여기서는 위강(魏絳)으로 성씨가 같은 위대(魏大)를 비유하였다. 화친을 주장하는 사람이 출정할 정도이니 그 결심이 얼마나 강하겠느냐는 뜻이 담겨 있다.

23) 三河(삼하) : 한대에 하동(河東), 하내(河內), 하남(河南) 세 지역을 삼하군(三河郡)이라 하였다. 낙양을 중심으로 한 황하 중류 지역을 가리킨다.

24) 言(언) : 어조사. ○六郡(육군) : 금성(金城), 농서(隴西), 천수(天水), 안정(安定), 북지(北地), 상군(上郡). 지금의 감숙성과 섬서성 서북 일대를 가리킨다. 한대에는 이곳

雁山橫代北,[25]　　안문산은 대북에 걸쳐 있고
狐塞接雲中.[26]　　비호새는 운중군에 접해 있다네
勿使燕然上,[27]　　연연산 위 바위에
唯留漢將功.　　　한(漢)나라 장군의 공만 새겨두게 하지 말지라

평석 위강(魏絳)은 본래 융족과 화친을 주장하였는데, 이 시에서는 '출정하도다'라 했으니, 이것이 바로 '활용'(活用)의 방법이다. 결말이 웅혼하다.(絳本和戎, 今曰'從戎', 此活用之法. — 結雄渾.)

해설 전장으로 가는 친구를 보내며 전공을 세우고 개선할 것을 격려한 시이다. 시에 나온 안문산, 대북, 비호새, 운중군 등의 지명으로 보아 주요 전장은 돌궐과 싸우던 곳으로 진자앙이 낙양에 재직하던 684~691년, 무측천시대에 쓴 것으로 보인다.

동으로 출정하는 저작랑 최융을 보내며(送別崔著作東征)[28]

金天方肅殺,[29]　　가을이 바야흐로 엄혹하고 소슬하여

에서 명장들이 많이 태어났다.

25)　雁山(안산) : 안문산(雁門山). 지금의 산서성 대현(代縣) 서북에 소재. ○代北(대북) : 대군(代郡)의 북쪽. 지금의 산서성과 하북성의 북부 일대.

26)　狐塞(호새) : 비호새(飛狐塞). 하북성 내원현(淶源縣) 북부. 지세가 험해 고대부터 하북 평원과 북방을 연결하는 교통의 요충지였다. ○雲中(운중) : 운중군(雲中郡). 지금의 산서성 대동시(大同市).

27)　燕然(연연) : 연연산(燕然山). 지금의 몽골인민공화국 경내에 있는 항아이산(杭愛山). 동한의 두헌(竇憲)이 흉노를 격파한 후 이 산의 바위에 공적을 새겼다.

28)　崔著作(최저작) : 최융(崔融, 653~706년)을 가리킨다. 자가 안성(安成)으로, 제주(齊州) 전절(全節, 산동성 제남시) 사람이다. 676년 사탄문율과(辭殫文律科)에 급제하여 관직을 시작하였다. 중종이 태자였을 때 시독(侍讀)으로 동궁의 표문과 소(疏)가 그의 손으로 이루어졌다. 이후 저작좌랑, 저작랑, 봉각사인(鳳閣舍人), 무주자사(婺州刺史), 춘관랑중(春官郎中), 지제고(知制誥) 등을 역임하였다. 장역지(張易之)와 관련

白露始專征.[30]　　　백로가 내리니 출정할 때이로다

王師非樂戰,　　　　왕의 군대는 전쟁을 즐기지 않나니

之子愼佳兵!　　　　그대는 용병에 부디 신중하기 바라노라

海氣侵南部,　　　　바다 기운이 남부를 침노하고

邊風掃北平.[31]　　　변방의 바람이 북평군을 쓸어가는구나

莫賣盧龍塞,[32]　　　상을 받기 위해 노룡새를 팔아먹지 말고

歸邀麟閣名.[33]　　　돌아와 기린각에 이름을 남기기를

평석 『위지』(魏志)에 기록하였다. "전주(田疇)가 서무산(徐無山)에 들어가 몸소 농사일을 하자 백성들이 귀의하였다. 태조(太祖, 즉 조조)가 오환(烏丸)을 치러 북정할 때 전진할 수 없었다. 전주가 말했다. '돌아서 가십시오 노룡구에서 험한 길로 백단을 넘어가면 길이 가깝고 편리합니다.' 태조가 군사를 이끌고 노룡구를 빠져나가 적을 참살하고 크게 이겼다. 논공행상을 할 때 전주는 상을 받으려 하지 않으며 말했다. '어찌 노룡구를 팔아 상으로 바꾸겠습니까!'"(魏志: "田疇入徐無山中躬耕, 百姓歸之. 太祖北征烏丸, 不得進. 疇曰: '可回軍, 從盧龍口越白檀之險, 路近而便.' 太祖引軍出盧龍, 大斬獲. 論功行封, 疇不受, 曰: '豈可賣盧龍塞以易

되어 원주자사(袁州刺史)로 폄적되었다가 곧 국자사업(國子司業)이 되고 『측천실록』(則天實錄)을 완성하여 청하현자(淸河縣子)에 봉해졌다. 최응의 문장은 전려(典麗)하다는 평을 받았으며, 당시 소미도(蘇味道), 이교(李嶠), 두심언(杜審言)과 함께 '문장사우'(文章四友)로 알려졌다. 원래 문집이 육십 권 있었다고 저록되어 있으나 산일되었고, 현재 시문이 일부 남아있다. ○ 東征(동정): 동쪽으로 출정하다.

29)　金天(금천): 가을. 오행을 계절과 연관 지을 때 금(金)은 가을과 상응된다. ○ 肅殺(숙살): 엄혹하고 소슬하다. 가을을 형용하는 말로 곧잘 쓰인다.

30)　專征(전정): 전권을 가지고 출전하다. 여기서는 출정하다.

31)　北平(북평): 북평군(北平郡). 지금의 하북성 준화현(遵化縣).

32)　盧龍塞(노룡새): 지금의 하북성 희봉구(喜逢口) 부근의 관문. 고대에는 동북 지역과 연결된 교통의 요충지였다. 삼국시대 조조가 오환을 정벌할 때 전주(田疇)가 향도가 되어 노룡새를 나갔다. 이후 평강을 거쳐 백량퇴에 오르고 유성(柳城)을 압박할 수 있었다. 돌아와 논공행상을 할 때 전주에게 정후(亭侯)의 작위를 내리자 전주는 사양하며 "어찌 노룡구를 팔아 상으로 바꾸겠습니까!"(豈可賣盧龍之塞, 以易賞祿哉?)고 말하였다. 『위서』(魏書) 「전주전」 참조. 상을 바라지 않고 공을 세우라는 뜻이다.

33)　麟閣(인각): 기린각(麒麟閣). 한대 선제 때인 기원전 51년 기린각을 세워 공신 열한 명의 얼굴을 그림으로 그려 모셨다.

賞哉!'") ○ 시의 뜻은 '용병에 신중하라'가 중심이다.(詩意以'愼佳兵'爲主.)

해설 696년 5월 영주(營州, 지금의 遼寧省 朝陽市)에서 이진충(李盡忠)과 손만
영(孫萬榮) 등이 거병하자, 최융은 7월 양왕(梁王) 무삼사(武三思)가 거란을
공격하러 가는데 수행한다. 이때 진자앙이 위 시를 지어 주었다. 진자앙
도 같은 해 9월 건안왕(建安王) 무유의(武攸宜)를 따라 유주(幽州)에 간다.
그곳에서 두 사람은 만나게 되며, 같은 해 11월 최융이 낙양으로 돌아갈
때 진자앙이 유주에서 다시 한 번 송별시를 써준다.(「登薊城西北樓送崔著作
融入都」)

두심언(杜審言)

봉래전 연회에 참석하여,
황제의 명을 받들어 '종남산'을 노래함(蓬萊三殿侍宴, 奉敕詠終南山)[1]

北斗挂城邊,[2]   성 옆에 북두가 걸려 있고
南山倚殿前.[3]   봉래전 앞에 종남산이 기대있어라

---

1) 蓬萊三殿(봉래삼전) : 장안성 대명궁(大明宮) 안에 있는 인덕전(麟德殿). 삼 면이 트여
   있으므로 삼전(三殿)이라고 하였다. 당대에는 여기에서 자주 연회를 열었다. ○ 奉敕
   (봉칙) : 황제의 명을 받아 시를 지음. ○ 終南山(종남산) : 지금의 섬서성 서안시 남쪽
   장안구에 있는 산으로, 서쪽 감숙성에서 동쪽으로 하남성까지 이어지는 진령산맥의
   일부이다. 고대에는 태일산(太一山), 지폐산(地肺山), 중남산(中南山) 또는 남산(南
   山)으로도 불렸다. 여기서는 장안성에서 바라보이는 산맥의 주봉(主峰)을 가리킨다.
2) 北斗(북두) : 북두칠성을 가리킨다. 또 장안성을 '두성'(斗城)이라 부르기도 했는데,
   성남이 남두칠성처럼 생겼고, 성북이 북두칠성처럼 생겼기 때문이다.
3) 南山(남산) : 종남산을 가리킨다.

雲標金闕迥,[4]	구름은 금궐(金闕)에서 멀리 붙어 있는 듯하고
樹杪玉堂懸.[5]	산의 나뭇가지는 옥당(玉堂) 앞에 걸려 있는 듯
半嶺通佳氣,[6]	산 중턱에 아름다운 기운이 오가고
中峰繞瑞煙.	봉우리엔 상서로운 안개가 감겨드네
小臣持獻壽,[7]	소신(小臣)이 종남산 같기를 축수 드리나니
長此戴堯天.[8]	지금같이 오래도록 요 임금 같은 세상을 누리고저

평석 초당 오언율시는 조탁하지 않았다. 조탁을 일삼는 후인들은 그야말로 그 경지에 이를 수 없으니, 그래서 '지나치게 공교함은 졸렬함만 못하다'는 것이다. 진자앙, 두심언, 심전기, 송지문 등은 충분히 이에 해당한다.(初唐五言律不用彫鏤, 然後人彫鏤者正不能到, 故曰'大巧若拙'. 陳、杜、沈、宋, 足以當之.) ○ 종남산을 읊으면서 봉래전을 말했으니 이것이 응제체이다.(詩詠終南而通說蓬萊, 此應製體也.)

해설 궁중의 연회 자리에서 황제의 명을 받아 쓴 시이다. 두심언이 장안성에서 근무할 때는 주로 만년이므로 중종(中宗) 때의 작품으로 보인다.

---

4) 雲標(운표) : 구름의 끝. 구름의 테두리.
5) 玉堂(옥당) : 옥으로 장식한 아름다운 궁전. 그러나 본래 한대의 궁전 이름으로, 후세에는 화려한 궁전을 가리킨다.
6) 半嶺(반령) : 산의 중턱.
7) 持獻壽(지헌수) : 종남산을 가지고 축수(祝壽)드리다. 『시경』「소아」「천보」(天保)에 "남산 같이 오래 사소서"(如南山之壽)란 말이 있다. 남산처럼 오래도록 장수하길 바란다는 말이 여기에서 비롯되었다.
8) 堯天(요천) : 하늘과 같은 요 임금의 교화(敎化). 『논어』「태백」(泰伯)에 "드높아라! 오직 하늘만이 가장 거대하며, 오직 요 임금만이 하늘 같은 준칙으로 교화할 수 있겠네"(巍巍乎, 唯天爲大, 唯堯則之.)라는 말에서 유래하였다. 후세에는 제왕의 성덕이나 태평성세를 가리킨다.

가을밤 임진현 정 명부 집 술자리에서(秋夜宴臨津鄭明府宅)[9]

行止皆無地,[10]	가고 멈추는데 일정한 의지처가 없어
招尋獨有君.	찾아가는 이라곤 오로지 그대뿐일세
酒中堪累月,[11]	술 가운데서 겨우 세월을 견딜 수 있나니
身外卽浮雲.[12]	몸 밖의 일은 곧 뜬 구름에 다름 아니어라
露白宵鐘徹,[13]	이슬이 희어 밤 종소리가 뚜렷하고
風淸曉漏聞.	바람이 맑아 새벽 물시계 소리 들려오네
坐携餘興往,[14]	여흥(餘興)을 가지고 떠나기 때문에
還似未離群.	아직도 그대들과 헤어지지 않은 듯 해

평석 '누월'(累月)과 '부운'(浮雲)은 활대(活對)를 절묘하게 구사하였다. 달과 구름이 모두 '활용'되었기에, 아래에 '상'(霜)자와 '풍'(風)자가 있어도 중복되었다는 혐의가 없다.('累月''浮雲', 妙用活對. 月與雲皆活用也, 故下有'霜''風'字而不嫌其複.)

해설 강음(江陰, 지금의 常州)에 재직하고 있을 때 같은 군의 현령 정씨의 집에서 술자리를 가진 일을 소재로 삼았다. 정교한 대구 속에 자연의 모습을 담았다.

---

9) 臨津(임진) : 임진현(臨津縣). 지금의 강소성 의흥(宜興) 서북에 소재했다. ○ 鄭明府(정명부) : 미상. 명부(明府)는 한대 군수(郡守)에 대한 존칭. 당대에는 일반적으로 현령을 가리켰다.
10) 行止(행지) : 걷고 멈춤. 나고 듦. 행동거지. ○ 無地(무지) : 의지할 곳이 없음.
11) 累月(누월) : 여러 달.
12) 浮雲(부운) : 뜬 구름. 값어치 없거나 관심 밖의 사물을 가리킨다.
13) 徹(철) : 소리가 뚜렷하여 멀리까지 들리다.
14) 坐(좌) : 인하다. 때문에.

여름날 정칠의 산재를 들러(夏日過鄭七山齋)¹⁵⁾

共有樽中好,¹⁶⁾	모두가 술을 좋아하는 기호가 있는지라
言尋谷口來.¹⁷⁾	정박(鄭璞) 같은 은사를 찾아 곡구(谷口)에 왔노라
薜蘿山逕入,¹⁸⁾	승검초와 새삼 덮인 산길로 들어서니
荷芰水亭開.¹⁹⁾	연꽃과 마름 핀 정자가 눈앞에 펼쳐지네
日氣含殘雨,²⁰⁾	햇빛은 잔비를 머금고
雲陰送晚雷.	구름은 저녁 천둥소리를 보내오네
洛陽鐘鼓至,	낙양에서 종과 북소리 들려오지만
車馬繫遲回.²¹⁾	말과 수레가 묶여 있어 늦게 돌아오누나

평석 햇빛 속의 비와 비 그친 후의 천둥을 썼으니 정(情)도 있고 경(景)도 있다.(寫日中之雨, 雨後之雷, 有情有景.)

해설 여름비가 그친 후의 산속 정자에서의 모임을 청신하게 묘사하였다. 제 5, 6구는 뛰어난 명구로 인구에 회자된다. 제 7, 8구를 보면 작자가

---

15) 鄭七(정칠) : 미상. 칠(七)은 항제(行第). ○ 山齋(산재) : 산중의 별장.

16) 樽中(준중) : 술잔 안. 곧 술을 가리킨다. 동한 말기 공융(孔融)은 "자리에 항상 손님이 많고 술잔에 술이 비지 않는다면 난 근심이 없겠네"(坐上客恒滿, 尊中酒不空, 吾無憂矣.)라고 하였다.

17) 言(언) : 조사로 어조를 고를 뿐 뜻이 없다. ○ 谷口(곡구) : 한대(漢代) 곡구현(谷口縣)으로 지금의 섬서성 경양현(涇陽縣) 서북에 소재. 여기서는 서한 말기 곡구현에 살았던 정박(鄭璞)을 연상시켜 정칠(鄭七)을 그와 비유하고 있다. 정박(鄭璞)은 은사(隱士)로 성제(成帝)의 삼촌인 대장군 왕봉(王鳳)이 예를 갖추어 초빙했으나 응하지 않았다. 양웅(揚雄)은 『법언』(法言) 「문신」(問神)에서 "곡구(谷口)의 정자진(鄭子眞, 정박)은 자신의 뜻을 굽히지 않고 산속에서 밭 갈고 살며 수도에 이름을 떨쳤다"(谷口鄭子眞, 不屈其志而耕乎巖石之下, 名震于京師.)고 칭송하였다.

18) 薜蘿(설라) : 승검초와 새삼 덩굴. 모두 덩굴식물이다. 『초사』 「산귀」(山鬼)에 "승검초로 옷 입고 새삼 덩굴로 띠 둘렀네"(被薜荔兮帶女羅)란 말이 있다.

19) 芰(기) : 마름. 수중 식물.

20) 日氣(일기) : 햇빛 속에 흩어져 나오는 열기.

21) 繫(계) : 묶다. ○ 遲回(지회) : 머뭇거리다. 떠나기 아쉬워 일어서려 하지 않는 모습.

낙양승(洛陽丞)으로 재직할 때 지은 것으로 보인다.

진릉 육승의 「이른 봄의 조망」에 화답하며(和晉陵陸丞早春遊望)[22]

獨有宦遊人,[23]	객지에서 벼슬하는 사람만이
偏驚物候新.[24][25]	계절이 바뀌면 특히나 놀라더라
雲霞出海曙,	노을이 바다에서 떠오르며 새벽이 되고
梅柳渡江春.	매화와 버들이 강을 건너며 봄이 오는구나
淑氣催黃鳥,[26]	온화한 봄기운은 꾀꼬리를 울게 재촉하고
晴光轉綠蘋.[27]	맑은 햇빛은 네가래를 녹색으로 물들이네
忽聞歌古調,[28]	홀연히 옛 가락을 들으니
歸思欲霑巾.	돌아가고픈 생각에 수건을 적실 듯해라

평석 말 2구는 육승의 시를 가리킨다. 고향을 그리워하는 육승의 시가 자신의 고향을 생각 나게 했음을 말한다.(末二句指陸丞之詩, 言陸懷歸, 幷動己之歸思也.)

해설 장강 강변에 온 이른 봄의 풍경을 묘사하면서 고향에 대한 그리움

---

22) 晉陵(진릉) : 진릉현(晉陵縣). 당대에는 강남도(江南道) 비릉군(毘陵郡)에 속하였다. 지금의 강소성 상주시(常州市). ○陸丞(육승) : 육씨 성을 가진 진릉현의 현승(縣丞). 미상. 시인의 친구이다.
23) 宦遊(환유) : 객지에서 벼슬을 함.
24) 심주 : 경책(警策)에 강건하다.(警健)
25) 物候(물후) : 계절의 추이에 따라 나타나는 자연의 변화.
26) 淑氣(숙기) : 온화한 봄기운.
27) 蘋(빈) : 네가래. 이 구는 강엄(江淹)의 「미인의 봄놀이를 읊다」(詠美人春遊)에 나오 는 "강남에 음력 이월 봄이 되면, 동풍이 불어 부평이 파래지네"(江南二月春, 東風轉 綠萍)라는 말을 이용하였다.
28) 古調(고조) : 육승의 시 「이른 봄의 조망」(早春遊望)을 가리킨다. 그의 시에 고인(古 人)의 풍격이 있다고 칭송하는 뜻을 넣었다.

을 함께 표현하였다. 계절의 변화에 따라 일어나는 신선한 감성을 잘 포착한 명시이다. 전체적으로 율시의 구성이 긴밀하며, 동사의 운용이 지극히 뛰어난다. 특히 제3, 4구는 천고의 명구로 회자된다. 명대 호응린(胡應麟)은 『시수』(詩藪)에서 위 시를 초당 오율 가운데 가장 뛰어난 시로 쳤으며, 두심언의 오언율시는 "모두 지극히 고화웅정(高華雄整)하다. 두보가 이어서 나타나 백대(百代)의 모범이 된 것은 내력이 있었다"(皆極高華雄整, 少陵繼起, 百代楷模, 有自來矣.)고 하였다. 두심언은 689년경부터 강음현(江陰縣)에서 임직하였는데 이 기간에 이웃 진릉현의 현승인 육씨와 사귀며 창화하였다.

양양성에 올라(登襄陽城)[29]

旅客三秋至,[30]	음력 구월 나그네 되어 이곳에 와
層城四望開.[31]	사방이 트인 높은 성에 오르나니
楚山橫地出,[32]	망초산(望楚山)은 평지에서 툭 튀어 올랐고
漢水接天回.[33]	한수(漢水)는 하늘에 잇닿아 굽이돌아가는구나
冠蓋非新里,[34]	관개리(冠蓋里)는 이미 새로운 곳이 아니며
章華卽舊臺.[35]	장화대(章華臺)는 그저 흔적만 남았구나

---

29) 襄陽(양양) : 양양군(襄陽郡). 당대에는 산남동도(山南東道)에 속했다. 지금의 호북성 양번시(襄樊市).

30) 三秋(삼추) : 음력 구월을 가리킨다. 가을 석 달 가운데 세 번째 달이라는 뜻이다.

31) 層城(층성) : 높은 성.

32) 楚山(초산) : 양번시 서남에 있는 마안산(馬鞍山). 일명 망초산(望楚山)이라고도 한다.

33) 漢水(한수) : 장강의 최대 지류. 섬서성 영강현(寧强縣)에서 발원하여 동남으로 흘러 양양에서 백하(白河)와 만나고 무한(武漢)에서 장강에 흘러든다. 양양성은 바로 한수가 굽이도는 곳 남안에 있다.

34) 冠蓋(관개) : 관개리(冠蓋里). 한대 선제(宣帝) 때 양양에 경사(卿士)나 자사(刺史) 등 이천석(二千石) 이상의 관리들 수십 명이 살았는데, 당시 그들이 거주하던 곳의 지명이다. 관(冠)과 차개(車蓋)는 모두 고관을 나타낸다.

習池風景異,³⁶⁾　　습지(習池)의 풍경도 달라졌으니

歸路滿塵埃.　　돌아가는 길에 보니 먼지가 가득하구나

평석 관개리, 장화대, 습욱지 등은 모두 양양에 있다. 회고시는 공허하게 써서는 안 되는데, 이 작품에서 이를 깨달을 수 있다.(冠蓋里、章華臺、習郁池皆在襄陽, 弔古詩不應空寫, 卽此可悟.)

해설 양양성에 올라 성안을 바라보고 지은 감회시이다. 초산과 한수로 지세를 묘사했고, 예전의 번화했던 모습이 사라진데 대한 회고(懷古) 의식을 토로했다. 제3, 4구는 대구가 완정하면서도 기상이 크고 아름다워 명구로 회자된다.

최융을 보내며(送崔融)³⁷⁾

君王行出將,³⁸⁾　　군왕 무삼사(武三思)가 통솔하여 출정하매

書記遠從征.³⁹⁾　　그대는 서기로 멀리 종군하는구나

祖帳連河闕,⁴⁰⁾　　송별의 자리는 이수(伊水)까지 이어졌고

---

35)　章華(장화) : 장화대(章華臺). 춘추시대 초나라 영왕(靈王)이 세웠다는 누대로 지금의 호북성 감리현(監利縣) 서북에 소재했다는 설과 호북성 잠강현(潛江縣) 서남에 소재했다는 설이 있다.

36)　習池(습지) : 양양성 남쪽에 있는 명승지. 동한 초기 시중(侍中)이었던 습욱(習郁)이 현산(峴山) 아래 만든 양어지(養魚池). 못 안에는 연꽃을 심고 낚시터를 만들었으며 못 주위에는 대와 나무를 심었다. 습가지(習家池), 습가당(習家塘)이라고도 한다. 나중에 서진(西晉) 때 정남장군 산간(山簡)이 양양에 있을 때 여기서 자주 연회를 열고 스스로 '고양주도(高陽酒徒)'라고 하였으며 이로 해서 이름도 고양지관(高陽池館)이라 바꾸었다.

37)　崔融(최융) : 앞의 진자앙의 「동정(東征)하는 저작랑 최융을 보내며」(送別崔著作東征) 참조.

38)　君王(군왕) : 양왕(梁王) 무삼사(武三思)를 가리킨다. ○ 將(장) : 거느리다. 통솔하다.

39)　書記(서기) : 관직 이름. 무삼사의 서기로 임명된 최융을 가리킨다.

軍麾動洛城.	대장기는 낙양성을 뒤흔드는구나
旌旆朝朔氣, [41]	아침이면 깃발에 북방의 한기가 맺히고
笳吹夜邊聲.	밤이면 호가 소리가 변방에서 울리리라
坐覺煙塵掃, [42]	금방 알게 되리니, 연기와 먼지가 없어지고
秋風古北平. [43]	가을바람이 북평(北平) 지역을 쓸어낼 것을

해설 낙양에서 출정하는 최융을 보내며 쓴 시이다. 출정하는 모습을 묘사함과 동시에 승전의 기원을 담았다. 696년 5월 영주(營州)에서 이진충과 손만영 등이 거병하자 7월 양왕(梁王) 무삼사(武三思)가 출정하였는데 이때 최융이 수행하였다. 당시 두심언은 낙양승(洛陽丞)으로 임직하고 있었으며, 최융은 「두심언을 두고 떠나며 더불어 낙양의 친구들에 보임」(留別杜審言幷呈洛中舊遊)이란 시를 남겼다.

---

40) 祖帳(조장) : 송별 때 길가에 가설한 천막. 조(祖)는 떠날 때 길의 신에게 제사하는 일을 가리킨다. 그 유래에 대해서는 황제(黃帝)의 아들 유조(纍祖)가 여행을 좋아했는데 길에서 죽었기에 후인들이 길의 신으로 삼았다고 한다. '조전'(祖餞)이란 말도 여기서 나왔다. ○ 河闕(하궐) : 낙양의 남쪽 교외에 있는 이궐(伊闕)을 가리킨다. 이수(伊水)를 사이에 두고 용문산과 향산이 솟아 있는 것이 마치 궐문과 같으므로 이런 이름이 붙여졌다.

41) 旌旆(정전) : 깃발. ○ 朔氣(삭기) : 북방의 추운 기운.

42) 煙塵(연진) : 봉홧불의 연기와 말굽에서 나는 먼지. 전쟁을 가리킨다.

43) 北平(북평) : 오늘날의 북경시와 하북성 동북 일대를 가리킨다. 서한 때 하북성 만성현(滿城縣)에 북평현(北平縣)을 설치했고, 서진 때 하북성 준화현(遵化縣)에 북평군(北平郡)을 설치하였다.

'첩박명'을 제목으로 지음(賦得妾薄命)[44]

草綠長門掩,[45]	우거진 풀이 장문궁(長門宮)을 덮고
苔青永巷幽.[46]	푸른 이끼에 영항(永巷)이 깊어라
寵移新愛奪,	총애는 새 사람에게 빼앗기고
淚落故情留.	떨어지는 눈물 속에 옛정만 남았어라
啼鳥驚殘夢,	지저귀는 새 소리에 새벽꿈이 깨고
飛花攪獨愁.	날리는 꽃은 홀로된 시름을 어지럽히네
自憐春色罷,	봄빛이 다 끝났음을 홀로 애석해하나니
團扇復迎秋.[47]	둥근 부채로 다시 가을을 맞이하네

평석 한대에 황후가 폐위되면 으레 장문궁에 거주하였고, 궁인들이 물러나면 으레 영항에 거주하였다. 제6구의 '교'(攪)자는 본래 『시경』 「하인사」(何人斯)의 '지교아심'(祗攪我心, 다만 내 마음을 어지럽히네)에서 유래한 말로 '어지럽히다'는 뜻이다.(漢代后廢每居長門, 宮人廢

---

44) 賦得(부득) : 제목이 지정되었거나 한정되었을 때 그 제목 앞에 쓰는 말이다. "~를 제목으로 하여 시를 짓다"는 뜻이다. 「賦得妾薄命」은 '妾薄命'이라는 제목을 받아 시를 쓴다는 뜻이다. ○ 妾薄命(첩박명) : 악부제로 '잡곡가사'(雜曲歌辭)에 속한다. 여인의 애원을 제재로 하였으며, 현존하는 작품 가운데 이 제목으로 쓴 가장 이른 작품은 조식(曹植)이 지었다.

45) 長門(장문) : 장문궁(長門宮)을 가리킨다. 한 무제 때 진황후(陳皇后)가 총애를 잃고 이곳에 거주하였다. 사마상여(司馬相如)가 「장문부」(長門賦)를 쓴 일이 유명하다.

46) 永巷(영항) : 깊은 골목이란 뜻으로 한대 궁녀나 비빈을 유폐하던 장소이다. 한대 초기 한고조 유방이 죽은 후 세력을 잡은 여후(呂后)가 척부인을 영항(永巷)에 가둔 일이 유명하다. 한무제 때 액정(掖庭)으로 이름을 바꾸었다.

47) 團扇(단선) : 서한 말기 성제(成帝) 때 반첩여(班婕妤)가 지은 「원가행」(怨歌行)을 가리킨다. 이 작품을 『문선』(文選)에서는 「단선가」(團扇歌)라 했고, 종영(鍾嶸)은 『시품』에서 「단선」(團扇)이라 했다. 그 내용은 다음과 같다. "새로 잘라낸 제(齊) 지방의 흰 비단, 맑고 깨끗하기 눈과 서리 같구나. 마름질하여 합환(合歡) 문양의 부채를 만드니, 둥글기가 보름달 같아라. 님의 품과 소매에 드나들면서, 흔들리며 미풍을 일으키네. 언제나 두려운 건 가을이 되어, 찬바람에 더위가 사라지면, 부채는 바구니에 버려지고, 은정도 중도에서 끊어지는 일."(新裂齊紈素, 鮮潔如霜雪. 裁爲合歡扇, 團團似明月. 出入君懷袖, 動搖微風發. 常恐秋節至, 涼飈奪炎熱. 棄捐篋笥中, 恩情中道絶.) 자신의 처지를 가을날의 부채로 비유해 찾는 이 없는 서글픔을 표현하였다.

每居永巷. 六語'攪'字, 本經語'祇攪我心', 謂亂也.)

해설 규원시(閨怨詩) 또는 궁원시(宮怨詩) 계열의 시로, 총애를 잃은 궁인의 슬픔을 노래하였다. 이러한 소재는 역대로 많은 시인들이 지속적으로 사용하였으며, 특히 성당시기의 이백과 왕창령이 잘 지었다. 두심언은 일생 중 폄적된 때가 많았으므로 미인의 실총을 빌려 자신의 심경을 표현한 것으로 보인다.

심전기(沈佺期)

동작대(銅雀臺)[1]

昔年分鼎地,[2]	예전에 삼국이 솥발처럼 맞서는 곳
今日望陵臺.[3]	오늘은 능묘가 보이는 동작대만 남았구나
一旦雄圖盡,[4]	하루아침에 웅대한 모략은 물거품으로 변하고
千秋遺令開.[5]	천 년에 걸쳐 유언만 전하는구나
綺羅君不見,	비단 옷 입은 여인들 주군이 보이지 않으니

1) 銅雀臺(동작대) : 악부제로 상화가사(相和歌辭)에 속한다. 동작대는 조조(曹操)가 원소(袁紹)의 세력을 소탕하고 210년 업(鄴, 지금의 하북성 臨漳縣)에 세운 궁전이다. 권7에 실린 유장경의 「동작대」 참조.
2) 分鼎(분정) : 삼국으로 나누다. 정(鼎)은 발이 세 개이므로 솥발은 곧 위, 오, 촉 세 나라가 맞선 형국을 가리킨다.
3) 望陵臺(망릉대) : 동작대를 가리킨다. 조조가 동작대에서 자신의 무덤을 바라보고 제사를 올리라고 했기에 이런 이름이 붙여졌다.
4) 雄圖(웅도) : 웅대한 계획. 천하를 통일하려는 의도. '雄圖盡'은 조조가 죽었다는 뜻이다.
5) 遺令(유령) : 조조가 임종하기 전에 남긴 당부. 위에서 말한 자신에 대한 제사.

歌舞妾空來,　　　　노래하고 춤추는 첩들이 여기 와도 부질없어라
恩共漳河水,[6)]　　　은혜는 장하(漳河)의 강물과 함께
東流無重回.　　　　동으로 흘러 다시 돌아오지 않을레라

평석 심전기의 근체시는 향기를 뿜어내며 안정되고 적절하다. 진자앙처럼 간결하고 노련하지 않고 두보처럼 혼후(渾厚)하지 않으면서 마침 그 중간에 놓여있어, 우열을 재기 어렵다. (雲卿近體, 呑吐含芳, 安詳合度, 不必陳之簡老, 杜之渾厚, 而位置其間, 自難軒輊.) ○ 위무제 조조를 조소하는 뜻이 언외(言外)에 드러난다.(嘲笑魏武意於言外見之.) ○ 고대에는 '경중'(輕重)의 '중'과 '중첩'(重疊)의 '중'이 통용되었다.(古人輕重之重與重疊之重通用.)

해설 동작대를 빌어 조조의 사적을 회고하였다. 호화롭고 거대한 업적도 시간의 제한 속에 갇혀 있어 당시의 위세가 오히려 부질없음을 드러내었다.

시험 제목으로 나온 '출새'(被試出塞)[7)]

十年通大漠,[8)]　　　십 년 동안 고비 사막을 지나가고
萬里出長平.[9)]　　　만 리 멀리 장평성을 나섰네

---

6) 漳河(장하) : 위하(衛河)의 지류로 산서성 동남부에서 발원하여 임장현을 거쳐 동으로 흘러간다. 『수경주』(水經注)에 보면 조조가 장하를 업성으로 끌어들여 동작대 아래로 지나가도록 했다고 한다.

7) 出塞(출새) : 변방의 요새를 나감. 한대 이래 변경의 환경과 전투하는 병사를 소재로 한 악부제(樂府題)로 횡취곡사(橫吹曲辭)에 속한다. 『진서』(晉書) 「악지」(樂志)에 "출새"와 "입새"(入塞)의 곡(曲)은 이연년(李延年)이 지었다"고 기록되어 있다. 그러나 『서경잡기』(西京雜記)에 "척부인(戚夫人)은 「출새」, 「입새」, 「망귀」(望歸)의 곡을 잘 불렀다"고 하였으므로 한고조 때 이미 이들 제목의 노래가 있었던 것으로 보인다. 당대에는 이들 곡에서 파생하여 「새상」(塞上)과 「새하」(塞下)의 곡이 나온 것으로 보인다.

8) 大漠(대막) : 몽골 고원의 고비 지역. 한해(瀚海) 또는 대적(大磧)이라고도 한다.

寒日生戈劍,	창과 칼에 차가운 햇빛이 비치고
陰雲拂斾旌.[10]	깃발자락에 어두운 구름이 스쳐가네
饑烏啼舊壘,	굶주린 까마귀는 무너진 참호에서 울고
疲馬戀空城.	지친 말은 빈 성에서 북방을 그리워하네
辛苦皐蘭北,[11]	힘들고 힘들어라, 고란산의 북쪽이여
胡塵掩漢兵.	오랑캐 먼지가 한나라의 병사를 뒤덮었구나

해설 북방의 풍광과 함께 대치된 군사적 상황을 긴장감 있게 그려내었다. 변새시(邊塞詩)는 성당 때 가장 발전하였지만, 여기서도 그 전조를 볼 수 있다. 말구는 '호상손한병'(胡霜損漢兵)이라 된 판본도 있는데, 그리되면 "북방의 서리에 한나라 병사들이 상하는구나"는 뜻이 된다.

티베트에 가는 금성공주를 보내며 응제하다(送金城公主適西蕃應製)[12]

| 金榜扶丹掖,[13] | 금빛 편액이 걸린 공주의 저택은 궁성 옆에 있고 |

---

9) 長平(장평) : 장평성(長平城). 지금의 산서성 고평현(高平縣) 서북에 소재. 진(秦)의 장수 백기(白起)가 조(趙)나라의 조괄(趙括)을 여기에서 대파하고 그 병사 사십만 명을 모두 죽인 곳이다.

10) 斾旌(패정) : 깃발.

11) 皐蘭(고란) : 고란산(皐蘭山). 지금의 감숙성 난주시(蘭州市) 소재. 난주라는 이름은 고란산이란 이름에서 따와 수대(隋代)에 지었다.

12) 金城公主(금성공주) : 옹왕(雍王) 이수례(李守禮)의 딸. 710년 2월 티베트(吐蕃)의 국왕에 시집갈 때 황제를 비롯하여 군신들이 시평(始平)까지 나와 전송하였다. 이때 응제시를 쓴 사람으로는 심전기 이외에 최일용(崔日用), 최식(崔湜), 이교(李嶠), 염조은(閻朝隱), 위원단(韋元旦), 당원석(唐遠悊), 이적(李適), 유헌(劉憲), 소정(蘇頲), 서언백(徐彦伯), 장열(張說), 설직(薛稷), 마회소(馬懷素), 무평일(武平一), 조언소(趙彦昭), 정음(鄭愔), 서견(徐堅) 등으로 그 작품들은 『문원영화』(文苑英華) 권 176에 실려 있다. ○西蕃(서번) : 토번(吐蕃)의 별칭. 7세기에 티베트족이 청해-티베트 고원에 세운 국가. 당대에는 그 세력이 강성하여 세력범위가 서역, 감숙성, 사천성 서부 일대까지 미쳤다. ○應制(응제) : 황제의 명령에 따라 시를 지음, 또는 그 작품. 직역하면 '제(製)에 응(應)하다'인데 제(製)는 황제의 명령이다.

銀河屬紫闥.[14]　　은하수는 자미궁과 이어져 있어

那堪將鳳女,[15]　　어찌 견디랴, 봉황 피리 부는 공주를

還以嫁烏孫![16]　　다시금 멀리 오손 나라에 시집보냄을!

玉就歌中怨,　　　옥 같은 공주는 노래를 지어 원망을 실어내고

珠辭掌上恩.[17]　　구슬 같은 소녀는 손 위의 은혜에서 멀어졌네

西戎非我匹,[18]　　서방의 오랑캐는 본래 우리의 짝이 아닌데도

明主至公存.　　　밝은 주인께서 공명정대함을 보이셨어라

평석 지극히 주도면밀하면 곧 지극히 흉하다.(極周旋正是極不堪處.)

해설 당대에 티베트는 강력한 국가로 종종 당나라를 위협하였다. 641년
당에서 문성공주를 시집보낸데 이어 710년 금성공주를 시집보낸 일이
이를 잘 말해준다. 당나라로 보아서는 비록 굴욕적인 것이나 시에서는

---

13) 金榜(금방) : 금으로 된 편액. 공주의 저택을 가리킨다. ○ 丹掖(단액) : 붉은 궁문. 황
    궁을 가리킨다.

14) 紫闥(자혼) : 자미성(紫微星)의 궁문. 궁전을 가리킨다.

15) 鳳女(봉녀) : 공주를 가리킨다. 『열선전』(列仙傳)에 의하면, 진 목공(秦穆公)의 딸 농
    옥(弄玉)은 피리를 잘 부는 소사(簫史)를 좋아하여 결혼했는데, 농옥도 몇 년 후 통
    소로 봉황의 울음을 낼 수 있게 되었다. 나중에 두 사람은 봉황을 타고 날아갔다.

16) 烏孫(오손) : 한대 서역에 있던 나라. 『한서』 권96 「서역전」(西域傳)에 다음과 같이
    기록되어 있다. "무제 원봉(元封, 기원전 110~105년) 연간, 강도왕(江都王) 유건(劉
    建)의 딸 유세군 공주를 오손왕(烏孫王) 곤막(昆莫)에게 시집보냈다. 황제는 탈 것과
    입을 것을 하사하고 관리와 시종을 수백 명 딸려 보냈다. 오손왕은 그녀를 우부인
    (右夫人)으로 삼았고, 흉노에서 보내온 공주를 좌부인(左夫人)으로 삼았다. 공주가
    그 나라에 이르러 스스로 궁을 만들고 살며, 계절마다 여러 번 곤막을 만나 술과 음
    식을 차려주었다. 곤막이 나이가 많거니와 또 말이 통하지 않은지라, 공주는 자신의
    처지가 슬퍼 노래를 치었다. '한(漢)나라 조정은 나를 하늘 끝에 시집보내, 멀리 이
    국땅에 보내어 오손왕을 모시게 했네. 파오로 집을 삼고 담요로 벽을 삼아, 고기를
    주식으로 하고 양젖을 음료로 하네. 언제나 고국 생각에 마음이 슬프나니, 원컨대
    고니 되어 고향으로 돌아가고파.'"(吾家嫁我兮天一方, 遠托異國兮烏孫王. 穹廬爲室
    兮氈爲墻, 以肉爲食兮酪爲漿. 居常土思兮心內傷, 願爲黃鵠兮還故鄉.)

17) 玉(옥), 珠(주) : 공주를 비유한다.

18) 西戎(서융) : 서방의 이민족. 여기서는 티베트를 가리킨다.

오히려 시혜의 태도를 보이고 있으니, 응제시의 특징이라 할 것이다.

소림사에서 놀며(遊少林寺)[19]

長歌遊寶地,[20]	길게 노래하며 절에서 노니나니
徙倚對珠林.[21]	아름다운 숲에서 차마 떠날 줄 몰라라
雁塔風霜古,[22]	사리탑들은 바람과 서리 속에 낡았고
龍池歲月深.[23]	연못은 세월 속에 깊어졌어라
紺園澄夕霽,[24]	감원(紺園)엔 저녁 하늘이 맑게 개어
碧殿下秋陰.	파란 전각에 가을 기운이 스며드네
歸路煙霞晚,	돌아가는 길에 노을이 저무는데
山蟬處處吟.	곳곳에서 우는 산 매미 소리

해설 소림사에서의 유람을 시화하였다. 안정된 대구와 격률 속에 여운을 남기는 모습이 초당의 궁정풍과 다른 시풍이다.

---

19) 少林寺(소림사) : 지금의 하남성 등봉시(登封市) 소실산(少室山) 아래 소재. 북위(北魏) 시대에 창건되었으며 양대(梁代)에 인도의 달마대사가 9년간 면벽한 일이 유명하다.
20) 寶地(보지) : 절을 가리킨다. 불지(佛地)와 같은 뜻이다.
21) 徙倚(사의) : 떠나지 못하고 머뭇거리다. ○珠林(주림) : 아름다운 숲.
22) 雁塔(안탑) : 승려의 사리를 보존한 탑. 『석씨육첩』(釋氏六帖)에서 인용한 『자은전』(慈恩傳)에 다음과 같은 이야기가 있다. "부처는 처음에 세 종류의 고기를 허락했는데, 어느 날 고기가 부족하였다. 기러기가 날아가는 것을 보고 탄식하며 말하니 앞에 가는 기러기가 스스로 떨어졌다. 승려들이 감히 먹지 못하고 탑을 세워 안장하였다."
23) 龍池(용지) : 절의 연못.
24) 紺園(감원) : 감우(紺宇)라고도 한다. 절을 가리킨다.

밤에 칠반령에 묵으며(夜宿七盤嶺)[25]

獨遊千里外,	홀로 천 리 밖을 가다가
高臥七盤西.	칠반령 너머 서쪽 산비탈에 묵노라
曉月臨窓近,	새벽달은 창문 가까이 다가오고
天河入戶低.	은하수는 문짝 아래로 들어온다
芳春平仲綠,[26]	향기로운 봄에 은행나무 푸르고
清夜子規啼.[27]	맑은 밤에 두견새가 울어라
浮客空留聽,	나그네 부질없이 귀 기울여 듣노니
襄城聞曙鷄.[28]	포성(襄城)에서 우는 새벽닭 울음소리

평석 평중(平仲)은 나무 이름으로 「오도부」(吳都賦)에 보인다. '청'(聽)과 '문'(聞)은 뜻이 중복되었다. 결말은 매번 힘이 약한데, 상관완아(上官婉兒)로부터 비판받은 것이 이를 말한다. ('平仲', 木名, 見吳都賦. '聽'與'聞'複. 結處每不用力, 爲昭容所抑, 亦由乎此.)

해설 여로에 칠반령을 넘으며 쓴 시이다. 낯선 고장의 모습을 인상 깊고 정감 있게 잘 그려내었다. 특히 제3, 4구는 잘 알려진 명구이다. 심전기 오율(五律)의 대표작으로, 호응린(胡應麟)은 "기상이 단정하고 구격(句格)이 거대하고 아름답다."(氣象冠裳, 句格鴻麗.)고 평하였다. 심전기가 705년(神龍 원년) 환주(驩州)로 유배되어 갈 때 쓴 것으로 보인다.

---

25) 七盤嶺(칠반령) : 일곱 굽이의 고개라는 뜻으로, 지금의 섬서성 면현(勉縣)과 사천성 광원현(廣元縣) 사이에 소재한 고개. 고대부터 중원에서 사천을 오갈 때 지나는 요지이다.
26) 平仲(평중) : 은행나무.
27) 子規(자규) : 두견새. 촉 나라의 왕 망제(望帝)는 별랭(鼈冷)이 무산(巫山)을 굴착하여 치수에 성공하자 자신은 덕이 없다고 여겨 나라를 별랭에게 물려주고 자신은 몸을 숨겨 두견새가 되었다고 한다. 『태평어람』참조. 중국인은 그 울음소리가 "부루궤이 취"(不如歸去, 돌아가는 것만 못하다)라고 한다고 알려졌다.
28) 襄城(포성) : 양주(梁州)의 속현. 지금의 섬서성 면현 동쪽에 소재.

잡시(雜詩)²⁹⁾

聞道黃龍戌,³⁰⁾	들자하니 황룡의 수자리는
頻年不解兵.	여러 해가 지나도 병력을 풀지 않는다는데
可憐閨裏月,	가련하여라, 규중에서 바라보는 달
偏照漢家營.³¹⁾	한나라의 병영만 비추고 있으니
少婦今春意,	봄을 만난 아낙의 마음은
良人昨夜情.³²⁾	바로 어젯밤 남편의 마음
誰能將旗鼓,³³⁾	그 누가 군대를 이끌어
一爲取龍城!³⁴⁾	단번에 용성(龍城)을 함락시킬까!

해설 변새시와 규원시가 결합된 모습이다. 아낙의 규중과 남편의 전장은 달을 매개로 연결된다. 시의 결말은 이백의 「자야오가」(子夜吳歌) 가운데

---

29) 雜詩(잡시) : 잡시는 주로 이별과 그리움을 표현한 내용으로 자체의 유래와 범주가 있다. 『문선』(文選)에는 '잡시'(雜詩)라는 소목(小目) 아래 「고시십구수」(古詩十九首), '이릉 소무 시'(蘇李詩), 「네 가지 근심의 시」(四愁詩) 외에 '잡시'(雜詩)라는 제목의 시들이 포함되어 있다. 이들은 대부분 정감이 풍부한 시로 타향을 떠도는 나그네가 집안을 그리워하거나 집안의 부인이 집을 떠난 남편을 그리워하는 내용이다. 이선(李善)은 『문선』의 왕찬(王粲) 「잡시」에 대한 주석에서 "잡(雜)이란 장르에 구애됨이 없이 눈에 보이는 대로 말했기에 잡(雜)이라 하였다"(雜者, 不拘流例, 遇物卽言, 故云雜也.)고 말했다. 현존하는 시작품 가운데 '잡시'를 제목으로 한 작품은 한말 건안(建安) 연간의 공융(孔融), 왕찬(王粲), 조식(曹植)의 작품이 가장 이르다. 본 시는 변새의 수자리꾼과 규중의 여인이 서로를 그리워하는 내용으로 전쟁이 끝나기를 염원하고 있다.
30) 黃龍戌(황룡수) : 황룡강(黃龍岡)으로 지금의 요녕성 개원현(開原縣) 북쪽에 소재. 당대에는 동북 지방의 요새였다. 산세가 굽이도는 것이 용과 같다 하여 이름 붙여졌다.
31) 漢家營(한가영) : 한나라의 병영. 한(漢)은 곧 당(唐)을 지칭하는 것으로 당대 시인들은 직설을 피하기 위해 곧잘 이렇게 당 대신 한이란 말을 대용하였다.
32) 良人(양인) : 아내가 남편을 지칭하는 말.
33) 將(장) : 이끌다.
34) 龍城(용성) : 흉노가 천지와 조상에게 제사지내던 곳. 『사기』「흉노전」에 "오월에 용성에서 큰 모임을 갖는다"(五月大會龍城)는 기록이 있다. 한대 위청(衛靑)이 흉노를 물리친 일을 상기시킨다.

「추가」(秋歌)의 "어느 날 오랑캐를 평정하고서, 양인은 원정을 마치고 돌아올까"(何日平胡虜, 良人罷遠征)와 유사하다. 「잡시」 가운데 제3수이다.

농두수(隴頭水)[35]

隴山飛落葉,[36]	농산에 낙엽이 날리면
隴雁度寒天.	농산의 기러기 겨울 하늘을 지나가네
愁見三秋水,[37]	음력 구월 농두수를 수심에 차 바라보니
分爲兩地泉.	샘물이 솟아 두 곳으로 나뉘네
西流入羌郡,[38]	서쪽으로는 강군(羌郡)으로 흘러가고
東下向秦川.[39]	동쪽으로는 진천(秦川)을 향해 내려가네
征客重回首,[40]	나그네가 다시 한 번 고개 돌려보니
肝腸空自憐.	애간장이 절로 녹아 슬픔이 가득하네

---

35) 隴頭水(농두수) : 섬서성과 감숙성의 경계인 천수군(天水郡)에 있는 농산(隴山)은 아홉 굽이로 올라가는데 칠 일이 걸렸다고 한다. 그 산정에는 맑은 물이 나와 동서로 나뉘어 흐르는데 이것이 곧 농두수(隴頭水)이다. 이 때문에 그곳의 역참을 분수역(分水驛)이라 하였다. 중원에서 부역으로 온 사람들이 이곳에 올라 멀리 바라보면 슬퍼하지 않는 사람이 없었다고 한다. 「농두가」(隴頭歌)는 본디 한대 악부 횡취곡(橫吹曲)이었으나 고사(古辭)는 망일되었고, 현재 『악부시집』에 '양 고각횡취곡(梁鼓角橫吹曲) 속에 3수가 수록되어 있다. 그중 제 3수는 "농두의 물이여, 그 소리가 오열하는 듯. 아득히 진천을 바라보니, 심장과 간이 끊어지는 듯"(隴頭流水, 鳴聲嗚咽. 遙望秦川, 心肝斷絶.)이라 되어 있다. 현재 남조 시인들이 같은 제목으로 지은 시가 다수 남아 있다.
36) 隴山(농산) : 육반산(六盤山) 남단을 가리키며, 농저(隴坻) 또는 농판(隴坂)이라고도 한다. 지금의 섬서성 농현(隴縣)과 감숙성 평량(平凉) 사이로 산세가 험준하다.
37) 三秋(삼추) : 음력 구월.
38) 羌郡(강군) : 강족들이 거주하는 진주(秦州) 등지를 가리킨다. 오늘날의 감숙성, 청해성, 사천성 일대이다.
39) 秦川(진천) : 고대 진나라의 강역이었던 지역으로, 대산관(大散關) 이북에서 위수(渭水)를 끼고 있는 관중 평원을 말한다.
40) 征客(정객) : 길을 가는 나그네.

해설 '농두수'는 전통적인 제재로 애절한 감정을 자아내는 소재이다. 삼협의 원숭이 울음소리와 함께 농두의 물도 전통적으로 일정한 이미지와 정감을 환기한다. 고대 시인들은 지역적 특성이 사람의 마음을 붙잡는 이러한 소재에 주목하였다.

송지문(宋之問)

여름날 선악정에서 응제하다(夏日仙萼亭應製)[1]

高嶺逼星河,[2]	높은 능선이 은하수에 가까운데
乘輿此日過.[3]	승여(乘輿)가 오늘 이곳에 이르렀네
野舍時雨潤,[4]	들녘은 때 맞춰 내린 비를 머금어 윤기나고
山雜夏雲多.	산은 여름 구름 속에 여기저기 솟았도다
睿藻光巖穴,[5]	제왕의 예지에 찬 시문은 바위 굴을 비추고
宸襟洽薜蘿.[6]	군주의 하늘 같은 마음은 덩굴풀을 적시도다

---

1) 仙萼亭(선악정) : 어디에 있는지 명확하지 않다. 선악정이 시 속에 나오는 것은 이 시 이외에 심전기의 「선악정에서 처음 시연하고 응제하다」(仙萼亭初成侍宴應制)뿐이다. 두 시 모두 높은 산을 묘사하고 있어 장안이나 낙양 주위의 산에 있는 것으로 보인다. ○應製(응제) : 황제의 명령에 따라 시를 지음, 또는 그 작품. 직역하면 '제(製)에 응(應)하다'인데 제(製)는 황제의 명령이다.

2) 星河(성하) : 은하수.

3) 乘輿(승여) : 황제가 타는 수레. 또는 황제를 가리킨다.

4) 時雨(시우) : 때 맞춰 내리는 비. 황제의 교화를 비유한다.

5) 睿藻(예조) : 제왕이 지은 시문. ○巖穴(암혈) : 바위 굴. 은자의 거처로, 은자를 '암혈지사(巖穴之士)'라고 한다.

6) 宸襟(신금) : 제왕의 마음. ○薜蘿(벽라) : 승검초와 새삼 덩굴. 모두 덩굴식물이다. 『초사』「산귀」(山鬼)에 "승검초로 옷 입고 새삼 덩굴로 띠 둘렀네"(被薜荔兮帶女羅)란 말이 있다. 후대에는 은사의 복장이나 거처를 의미했다.

悠然小天下,⁷⁾　　　유유히 천하가 작다고 여기나니

歸路滿笙歌.　　　　귀로에 생황의 노래 가득하여라

해설 황제를 수행하여 선악정에 다녀오며 쓴 시이다. 주위의 환경과 황제의 덕을 결합한 전형적인 응제시이다.

봉선 호종 도중에 지음(扈從登封途中作)⁸⁾

帳殿鬱崔嵬,⁹⁾　　　장막으로 세운 궁전들이 삐쭉삐쭉 솟았는데

仙遊實壯哉!　　　　신선의 유람이 진실로 장대하도다

晚雲連幕卷,　　　　저녁 구름이 장막과 이어져 감기고

夜火雜星回.　　　　밤의 불빛이 별들과 어우러져 돌아가도다

谷暗千旗出,　　　　어두운 계곡에서 수많은 기치가 물결쳐 나오고

山鳴萬乘來.¹⁰⁾　　울리는 산에서 만 량의 수레가 쏟아져 나오네

扈從良可賦,　　　　호종하는 일은 참으로 기록할 만하나

終乏掞天才.¹¹⁾　　다만 하늘을 비출만한 재능이 없음이 아쉬워라

---

7) 小天下(소천하) : 천하가 작다고 여기다. 『맹자』「진심상」(盡心上)에 "공자는 동산에 올라 노나라가 작다고 여겼으며, 태산에 올라 천하가 작다고 여겼다"(孔子登東山而小魯, 登泰山而小天下.)는 말이 있다.

8) 登封(등봉) : 산에 올라 봉선(封禪) 함, 또는 등봉현(登封縣)을 가리킨다. 696년 납월(臘月)에 무측천이 숭산(嵩山)을 봉선하였으므로 숭성현(嵩城縣)을 등봉현(登封縣)으로 개명하였다. 송지문이 호종하며 쓴 시문으로는 위 시 이외에도 여러 편의 시문이 있다.

9) 帳殿(장전) : 왕이 출행하여 쉴 때 장막을 쳐 행궁을 대신하였는데 이를 장전이라 하였다.

10) 萬乘(만승) : 만 량의 수레. 고대 천자의 병거(兵車)가 만승이었으므로, 만승은 천자를 가리킨다.

11) 掞天(섬천) : 하늘에 비추다.

평석 침웅(沈雄)한 작품이나, 말련(末聯)에서 어쩔 수 없이 뜻이 다 드러났다.(沈雄之作, 落句 不免意盡.)

해설 696년 무측천이 숭산(嵩山)에 봉선하러 갈 때 호종하며 쓴 시이다.

형주로 돌아가는 홍경, 도준, 현장을 보내며
응제하다(送沙門弘景、道俊、玄奘還荊州應製)[12][13]

三乘歸淨域,[14]	세 스님이 청정한 지역으로 돌아가니
萬騎餞通莊.[15]	수많은 기마가 한길에 나와 전송하네
就日離亭近,[16][17]	천자를 알현하고 역참으로 나아가니
彌天別路長.[18][19]	하늘 멀리까지 떠나는 길이 뻗어있구나
荊南旋杖鉢,[20]	형주의 남쪽으로 석장과 발우가 돌아가고 나면

---

[12] 심주 : 홍경과 도준은 누구인지 미상이다. 현장은 정관 연간에 서역에 불경을 가져와 번역했는데 고종이 형주로 돌아가라 하여 군신들이 송별하였다.

[13] 沙門(사문) : 승려. 상문(桑門)이라고도 한다. ○ 弘景(홍경), 道俊(도준), 玄奘(현장) : 세 명의 승려 이름이다. 이들은 장안에 갔다가 고향의 본사로 돌아가는 길이었다. 홍경은 『송고승전』에 소개된 스님이다. 현장은 강릉(江陵) 백마사(白馬寺)의 승려로, 정관(貞觀) 연간에 인도에 갔던 현장과는 다른 사람이다. 심덕잠의 주석은 잘못되었다. ○ 荊州(형주) : 한 무제가 설치한 13자사부(刺史部)의 하나. 치소는 지금의 호북성 형주시이다.

[14] 三乘(삼승) : 불교에서 말하는 소승, 중승, 대승으로, 불법을 말한다. 여기서는 세 스님을 환기한다. ○ 淨域(정역) : 불교에서 말하는 다섯 가지 탁함(五濁)이 없는 극락세계. 향역(香域) 또는 정토(淨土)라고도 한다.

[15] 通莊(통장) : 큰길. 넓게 뚫린 한길.

[16] 就日(취일) : 해에 다가서다. 여기서는 제왕에 접근한다는 뜻. ○ 離亭(이정) : 성 밖의 길옆에 지어진 정자. 이곳에서 송별하는 경우가 많다.

[17] 심주 : 황제를 알현한 일을 말한다.(以謁帝言.)

[18] 彌天(미천) : 하늘에 가득하다. 무척 넓음을 의미한다.

[19] 심주 : 떠난 후를 말한다.(以去後言.)

[20] 杖鉢(장발) : 석장과 발우. 승려들이 소용하는 물건.

渭北限津梁.　　　위수의 북쪽은 나루터를 두고 나뉘게 되리라
何日紆眞果,[21]　　어느 날이련가, 불법의 진체를 터득하고서
還來入帝鄉?　　　다시금 도성에 들어올 날은

평석 홍경과 도준은 미상. 현장은 정관 연간에 서역에 불경을 가져왔고 번역하여 보관하였다. 고종이 형주로 돌아가라고 칙명을 내려 여러 관료들이 전송하였다.(弘景、道俊未詳. 玄奘於貞觀中歷西域取經歸, 翻譯入藏, 高宗勅還荊州, 群僚錢之.) ○ '미천'(彌天)은 '요천'(遙天, 먼 하늘)과 같다. 이는 불가 용어이다.('彌天'猶遙天, 此僧家語.)

해설 709년 2월에 장안에서 호북으로 돌아가는 승려들을 전송하며 지은 시이다. 이 시는 『당시품휘』(唐詩品彙)에 송지문의 시로 수록하고 있고 『전당시』에도 송지문과 이교의 시로 각각 중복 수록하였다. 그러나 송대 계유공(計有功)의 『당시기사』 권 9에 "중종 경룡 3년 (…중략…) 2월 8일 형주로 돌아가는 사문 현장 등을 보내다. 이교(李嶠) 등이 시를 짓다"라 기록되어 있다. 또 『송고승전』(宋高僧傳)에는 위 기록과 함께 중종(中宗)이 직접 시를 지었다고 하였다. 여기서의 현장은 강릉 백마사의 승려로, 정관 연간에 인도에서 불경을 가져온 현장과는 동명이인이므로, 심덕잠의 평석은 잘못 되었다. 오늘날 학자들은 『당시기사』와 『송고승전』을 근거로 이교의 시로 본다. 현재 이교 이외에 이예(李乂)의 작품도 남아있다.

---

21)　紆(우): 묶다. 몸에 차다. 여기서는 휴대하다. ○眞果(진과): 불교의 진체(眞諦).

입춘일 시연하며 「내전에서 전채화가 나오다」에
삼가 화답하여 응제하다(奉和立春日侍宴內殿出剪綵花應製)[22]

金閣粧仙杏,	황금 누각에 살구꽃을 단장하고
瓊筵弄綺梅.	아름다운 잔치에서 비단 매화를 희롱하네
人間都未識,	인간 세상에서는 아무도 모르는 사이
天上忽先開.	천상에서 홀연히 먼저 피어나네
蝶繞香絲住,[23]	나비는 버들가지를 돌다가 머물고
蜂憐艶粉回.[24]	벌은 아리따운 꽃이 좋아 맴도네
今年春色早,	올해는 봄빛이 일찍 왔으니
應爲剪刀催.	응당 가위질을 재촉해야 하리

해설 708년(景龍 2년) 12월 6일 입춘일에 중종이 천복사(薦福寺)에서 놀고, 입춘 연회를 내전(內殿)에서 가졌다. 궁중에서는 입춘일에 비단을 오려 만든 꽃인 전채화를 군신들에게 나누어주는 풍습이 있었다. 『문원영화』(文苑英華) 권169에는 이날 같은 제목으로 시를 지은 이교(李嶠), 조언소(趙彦昭), 심전기(沈佺期), 유헌(劉憲), 소정(蘇頲), 상관완아(上官婉兒)의 작품이 함께 실려 있다.

---

22) 立春(입춘) : 이십사절기 가운데 하나. 양력 2월 4일 또는 5일이다. ○綵花(채화) : 비단을 오려 만든 꽃. 『대업습유』(大業拾遺)에 "수양제가 서원(西苑)을 축조했는데, 궁원의 나무가 가을과 겨울에 조락하기에 비단으로 꽃과 잎을 오려 가지에 붙였다"는 기록이 있다. 전채화(剪綵花)는 가위로 오린 비단 꽃. 『형초세시기』(荊楚歲時記)에서는 정월 7일 인일(人日)에 비단이나 금박을 사람 모양으로 오려 병풍에 붙이거나 머리에 꽂았다고 했으니 남조 때에도 이런 풍습이 있었음을 알 수 있다. 오늘날 전지(剪紙)는 여기에서 기원하였다.
23) 香絲(향사) : 향기로운 실. 버들가지를 가리킨다.
24) 艶粉(염분) : 아리따운 분가루.

아우 송지망을 두고 떠나며(留別之望舍弟)[25]

同氣有三人,[26]	같은 기운을 받은 형제 세 사람
分飛在此晨.	오늘 아침 제각기 흩어져 가는구나
西馳巴嶺徼,[27]	서쪽으로 파령(巴嶺)의 끝으로 달려가는가 하면
東去洛陽濱.	동쪽으로 낙양의 강가를 떠나는구나
强飲離前酒,	일부러 이별 앞에 술을 마셔보지만
終傷別後神.	그래도 결국엔 헤어짐에 마음 아프랴
誰憐散花萼,[28]	그 누가 흩어지는 꽃잎들을 가련히 여길까
獨赴日南春![29]	홀로 머나먼 일남(日南)으로 떠나는 걸

해설 말구에서 일남(日南)으로 간다는 것으로 보아 705년(神龍 원년) 농주 참군(瀧州參軍)으로 폄적될 때 지었다. 당시 송지문은 장역지와 연루되어 지금의 광동성으로 유배되었다. 자신의 처지와 형제의 이산 앞에 슬픔을 드러내지 않는 깊은 감정이 잘 드러나 있다. 송지문 시 가운데 만년의 시들은 응제시와 달리 생활의 실감이 잘 드러난 명편이 더러 있다.

---

25) 留別(유별) : 사람을 남겨두고 자신이 떠남. 송별시의 제목에 '송'(送)이나 '송별'(送別) 은 남을 보내는 것을 말하고, '유별'(留別)은 자신이 떠남을 말한다. ○ 之望(지망) : 송지망(宋之望). 송지문의 동생으로 나중에 송지손(宋之遜)으로 개명하였으며, 낙양 승(洛陽丞)과 형주자사(荊州刺史)를 역임하였다.
26) 同氣(동기) : 형제를 가리킨다. 『주역』「건」(乾) 「문언」(文言)에 "같은 소리는 서로 응 하고, 같은 기운은 서로 찾는다"(同聲相應, 同氣相求.)란 말이 있다. 송지문은 아 래로 동생 송지손(宋之遜)과 송지제(宋之悌)가 있었다.
27) 巴嶺(파령) : 지금의 섬서성 남정현(南鄭縣)을 가리킨다. 산의 남쪽은 고대 파국(巴 國)의 강역이었다. ○ 徼(요) : 변방. 변두리.
28) 花萼(화악) : 꽃받침. 꽃받침은 서로 가까이 의지하고 있으므로 형제를 비유한다. 『시 경』「소아」(小雅) 「당체」(棠棣)에 "당체의 붉은 꽃이여, 꽃받침이 선명하구나. 오늘날 세상 사람들, 형제만 못하구나"(常棣之華, 鄂不韡韡. 凡今之人, 莫如兄弟.)란 구절이 있다.
29) 日南(일남) : 일남군(日南郡). 한대 교주(交州)에 속한 군 이름. 지금의 영남(嶺南) 지 역을 가리킨다.

길에서 한식을 맞아(途中寒食)[30]

馬上逢寒食,	말 위에서 한식을 맞았으니
愁中屬暮春.[31]	시름 속에 늦봄을 마주하는구나
可憐江浦望,	가련하구나, 강의 포구에서 바라보아도
不見洛橋人.[32]	낙양의 다리에서 전송했던 친구들은 보이지 않네
北極懷明主,[33]	북극성을 보고 밝은 군주를 그리워하고
南溟作逐臣.[34]	남해에 가서는 방축된 신하가 되었네
故園腸斷處,	고향은 애 끊는 저 먼 곳이니
日夜柳條新.	밤낮으로 버들가지가 새로워지리

평석 이 시는 분명 농주로 폄적 갈 때 지었을 것이다. 결말의 '고원'(故園)과 제 4구의 '낙교'
(洛橋)가 서로 호응한다.(此詩應謫瀧州時作, 結處'故園'與四語'洛橋'相應.)

---

30) 寒食(한식) : 절령의 하나. 청명(淸明)의 이틀 전으로 이날 전후 삼 일 동안 불을 피
우지 않았다. 한식의 기원은 춘추시대 개자추(介子推)와 관련이 있다. 그는 진 헌공
(晉獻公)의 아들 중이(重耳, 나중의 晉文公)를 보좌하여 십구 년 동안 각국을 전전하
였다. 나중에 귀국하여 왕이 된 중이는 함께 수행했던 신하들에게 논공행상을 베풀
었지만 개자추는 빠뜨렸다. 이에 개자추는 그의 모친과 함께 면산(綿山, 지금의 산
서성 介休縣)에 은거하였다. 나중에 이를 알아차린 중이가 그를 불렀으나 나오지 않
자 나올 수 있도록 산에 불을 질렀다. 그는 끝내 산을 나오지 않고 나무를 안은 채
불타 죽었다. 이후 태원(太原), 상당(上黨), 서하(西河), 안문(雁門) 등지의 사람들은
그를 기념하기 위하여 매년 동지 후 백오 일째 되는 날에 불을 금하여 찬밥을 먹었
는데 이를 한식(寒食)이라 하였다.
31) 屬(촉) : 마침 만나다. 제때 만나다.
32) 洛橋(낙교) : 낙양의 남쪽 낙수(洛水)에 있었던 천진교(天津橋). 洛橋人(낙교인)은 낙
양에 있는 최융(崔融) 등 친구들을 가리킨다.
33) 北極(북극) : 북극성. 북신(北辰)이라고도 한다. 『논어』 「위정」(爲政)에 "도덕으로 나
라를 다스리면, 그 사람은 마치 북극성과 같이 일정한 자리에 있게 되어, 뭇 별들이
그를 향해 도는 것과 같다."(爲政以德, 譬如北辰, 居其所而衆星拱之.)고 하였다. 이
로부터 조정을 비유하기도 한다.
34) 南溟(남명) : 南冥(남명)이라고도 쓴다. 남쪽에 있다고 하는 큰 바다. 『장자』 「소요유」
(逍遙遊)에 나온다. 여기서는 남해를 가리킨다. 작자가 유배 가는 농주(瀧州)는 광동
성으로 남해에 가깝다. ○ 逐臣(축신) : 방축된 신하.

해설 농주로 유배가면서 쓴 시로, 한식의 절기를 맞은 감회로 낙양과 고향을 그리워하였다. 일말의 원망은 망향의 정 속에 드러날 듯 드러나지 않는다. 『전당시』 권52에는 제목이 「길에서 한식을 맞아, 황매현 임강역에 적고 최융에게 부침」(途中寒食題黃梅臨江驛寄崔融)이라 되어 있다. 황매현은 지금의 호북성 장강 북안(北岸)에 소재한다. 이 시에 화답한 최융과 호호(胡皓)의 시가 『당시기사』(唐詩紀事) 권8에 전한다.

선정사 누각에 올라(登禪定寺閣)[35]

梵宇出三天,[36]	삼계(三界)에서 솟아난 사찰에서
登臨望八川.[37]	높이 올라 장안의 여덟 강을 바라보노라
開襟坐霄漢,	옷자락을 열고 허공 속에 앉아
揮手拂雲煙.	손을 흔드니 구름이 만져지네
函谷青山外,[38]	함곡관은 푸른 산 너머에 있고
昆明落日邊.[39]	곤명지는 지는 해 옆에 있어
東京楊柳陌,[40]	낙양의 버들 늘어진 거리는

---

35) 禪定寺(선정사) : 장안성 영양방(永陽坊)에 소재했던 절. 607년 수 양제(隋煬帝)가 문제(文帝)를 위해 건립했다. 그 동쪽에 같은 규모의 대장엄사(大莊嚴寺)가 있었다. 처음에는 대선정사(大禪定寺)라고 했지만 618년 당이 건국되면서 총지사(總持寺)로 개명하였다. 총지(總持)는 불교어로 선을 보존하여 잃지 않도록 하고 악은 일어나지 않도록 하여 미비된 바가 없도록 한다는 뜻이다.

36) 梵宇(범우) : 절. ○三天(삼천) : 삼계(三界). 즉 욕계(欲界), 색계(色界), 무색계(無色界)를 일컫는다. 여기서는 세간(世間)을 가리킨다.

37) 八川(팔천) : 장안 근처의 여덟 개의 강으로 파수(灞水), 산수(滻水), 경수(涇水), 위수(渭水), 풍수(酆水), 호수(鎬水), 요수(潦水), 휼수(潏水)를 말한다.

38) 函谷(함곡) : 함곡관(函谷關). 원래 전국시대에는 지금의 하남성 영보시(靈寶市) 동북에 세워졌지만, 한대에는 여기서부터 동쪽으로 150킬로미터 떨어진 지금의 하남성 신안현(新安縣)으로 옮겨 세웠다.

39) 昆明(곤명) : 곤명지(昆明池). 지금의 서안시 서남 두문진(斗門鎭) 동남에 소재하였다.

40) 東京(동경) : 동도(東都)인 낙양을 가리킨다. 657년 고종(高宗)은 낙양을 동도(東都)로

少別已經年.[41]　　　잠시 헤어지니 벌써 한 해가 지났어라

해설 708년 윤9월, 중종이 총지사에 행차할 때 수행하면서 쓴 시이다. 『문원영화』 권178에 같은 제목으로 이교(李嶠), 유헌(劉憲), 이예(李乂) 등의 시도 함께 실려 있다.

대유령을 넘으며(度大庾嶺)[42]

度嶺方辭國.[43]　　　장안을 떠난 후 대유령을 넘다가
停軺一望家.[44]　　　수레를 멈추고 고향 쪽을 바라보네
魂隨南翥鳥,　　　혼은 남으로 날아가는 새를 따라가지만
淚盡北枝花.[45]　　　눈물은 북쪽 가지의 매화에 모두 뿌리노라
山雨初含霽,　　　산에 내리던 비가 막 개었고
江雲欲變霞.　　　강에 낀 구름은 노을이 되려하네
但令歸有日,　　　다만 돌아갈 날이 있을 터이니
不敢恨長沙.[46]　　　장사(長沙)에 왔다고 원망하지 않으리

　　개명하였다.
[41]　少別(소별) : 잠시 헤어지다.
[42]　大庾嶺(대유령) : 오령(五嶺)의 하나로 지금의 강서성(江西省) 대유현(大庾縣)과 광동성(廣東省) 남웅현(南雄縣)의 경계에 있다. 예전에 이곳에 유씨(庾氏)가 성을 쌓고 지키고 있었기에 대유령(大庾嶺)이란 말이 만들어졌다.
[43]　辭國(사국) : 수도를 떠나다. 國(국)은 나라의 수도를 말한다.
[44]　軺(초) : 가벼운 마차.
[45]　北枝花(북지화) : 대유령 매화나무의 북쪽 가지에 핀 매화. 『백씨육첩』(白氏六帖) 「매부」(梅部)에 보면, 대유령에는 매화가 많고 또 이곳을 경계로 기후가 크게 달라지는데, 능선에 피는 매화는 남쪽 가지가 꽃이 질 때 북쪽은 아직 피어있을 정도라고 한다. 송지문은 자신의 고향이 북방이므로 북쪽 가지의 꽃을 보고 고향생각을 한 것이다.
[46]　長沙(장사) : 호남성 장사로 한대 가의(賈誼)의 폄적지. 가의는 주발(周勃)과 관영(灌嬰) 등의 참훼를 받아 장사왕(長沙王) 태부(太傅)로 좌천되어 삼 년을 지내게 되었다. 어느 날 흉조인 복조(鵬鳥)가 날아들자 가의는 장사(長沙)가 습하여 스스로 장수

해설 705년 시인이 농주(瀧州)로 폄적되어 가는 도중에 대유령을 넘으며 지은 작품이다. 그의 농주 폄적 이후에 달라진 시풍을 대표하는 작품이다.

대유령 북역에 적다(題大庾嶺北驛)[47]

陽月南雁飛,[48]	시월에 남으로 날아가는 기러기는
傳聞至此回.[49]	여기에 이르면 다시 되돌아간다는데
我行殊未已,	그러나 나의 갈 길은 끝나지 않아
何日復歸來.	어느 날 다시 돌아갈 수 있을까
江靜潮初落,	조수가 밀려간 고요한 강
林昏瘴不開.[50]	장독(瘴毒)이 머문 어두운 숲
明朝望鄉處,[51]	내일 아침 고개 위 고향을 바라보는 곳에는
應見隴頭梅.[52][53]	응당 산꼭대기의 매화를 볼 수 있으리

해설 앞의 시와 마찬가지로 대유령을 넘으며 쓴 시이다. 돌아가는 기러기에 자신의 처지를 빗대면서 변방으로 폄적 가는 심회를 그렸다. 『당시

하지 못하리라 생각하고 부(賦)를 지었다.

47) 驛(역) : 역참. 공무를 위해 만들어둔 역참.

48) 陽月(양월) : 음력 시월.

49) 至此回(지차회) : 여기에 이르러 돌아간다. 가을에 기러기가 남으로 날아가 대유령에 머물다가 봄이 되면 다시 북으로 되돌아간다. 기러기는 양기를 따라 가는 새라 하여 '수양조(隨陽鳥)'라 부르기도 한다.

50) 瘴(장) : 장기. 남방의 산이나 숲에서 나오는 더운 습기. 고대인들은 이 습기를 쐬면 악성 학질과 같은 장려(瘴癘)에 걸린다고 생각하였다.

51) 望鄉處(망향처) : 고향을 바라보는 곳. 즉 고개 마루를 말한다. 작가가 쓴 앞의 시 「대유령을 넘으며」(度大庾嶺)를 보면 과연 그는 "수레를 멈추고 고향 쪽을 바라 본다"(停軺一望家)고 하였으니, 이 시를 먼저 썼음을 알 수 있다.

52) 심주 : '隴頭(농두)는 아마도 '嶺頭'(영두)인 듯하다.('隴頭'疑是'嶺頭'.)

53) 隴頭(농두) : 고개 마루. 대유령은 기후가 따뜻하므로 시월에도 매화를 볼 수 있다. 그래서 "시월인데도 고개에서는 매화가 먼저 피네"(十月先開嶺上梅)란 말이 있다.

삼백수』에도 수록된 송지문의 대표작이다.

육혼 산장(陸渾山莊)[54]

歸來物外情,[55]	돌아오니 세속을 초월한 마음
負杖閱巖耕.[56]	지팡이 짚고 산속에서 농사일 돌보네
源水看花入,	개울물에 흘러오는 꽃 따라 들어가고
幽林採藥行.	깊은 숲에서 약초 캐며 다니네
野人相問姓,[57]	농부가 이름이 무어냐고 물어도
山鳥自呼名.	산새는 자기 이름을 부를 뿐
去去獨吾樂,	떠나고 떠나와 오직 내 즐거움 속에서
無能愧此生.	이 생을 부끄럽게 하지 않으리

해설 육혼 산장에서 은거하며 지내는 즐거움을 그린 시이다. 산장은 숭산(嵩山)에 있으며 이를 소재로 한 시가 많다. 송지문의 궁정 시풍과 다른 면모를 볼 수 있다.

---

54) 陸渾(육혼): 육혼산(陸渾山). 방산(方山)이라고도 한다. 낙양의 서남 육혼현 이수(伊水)의 강가에 소재한다.
55) 物外(물외): 세속을 초탈한 세계.
56) 巖耕(암경): 산속에서 농사짓다. 은거(隱居)를 가리킨다. 이 말은 양웅(揚雄)의 『법언』(法言) 「문신」(問神)에 나오는 "곡구(谷口)의 정자진(鄭子眞, 정박)은 자신의 뜻을 굽히지 않고 바위 아래에서 밭 갈고 살았지만 수도에 이름을 떨쳤다"(谷口鄭子眞, 不屈其志而耕乎巖石之下, 名震于京師.)에서 유래하였다.
57) 野人(야인): 농부를 가리킨다.

이교(李嶠)

장녕공주의 동장에서 시연하며(長寧公主東莊侍宴)[1]

別業臨靑甸,[2]	동쪽 교외에 있는 별장에 가려고
鳴鑾降紫霄.[3]	방울을 울리며 어가가 궁전을 나서네
長筵鵷鷺集,[4]	넓은 연회석에는 원추새와 해오라기 모여들고
仙管鳳凰調.[5]	신선의 퉁소는 봉황 울음 같구나
樹接南山近,[6]	나무는 가까이 종남산에 잇닿아 있고
煙含北渚遙.[7]	안개는 멀리 북쪽 위수 강까지 덮여있네
承恩咸已醉,	모든 사람이 벌써 성은에 취하여
戀賞未還鑣.[8]	좋아하고 기리며 돌아갈 줄 모르네

평석 결말에서 임금의 은혜가 끝이 없음을 보였다.(結見君恩無已.)

---

1) 長寧公主(장녕공주) : 중종과 위서인(韋庶人) 사이에 태어났다. 일찍이 낙양에 저택을 지으며 재산이 고갈되었다. 또 장안의 고사렴(高士廉)의 저택과 좌금오(左金吾)의 폐영(廢營)을 구해 대저택을 만들면서 삼중 누각에 산을 만들고 못을 팠다. 이것이 곧 동장(東莊)으로 황제와 제후가 자주 행차하였다.

2) 別業(별업) : 별장. ○ 靑甸(청전) : 청(靑)은 오행에서 동쪽을 가리키며, 전(甸)은 경성의 근교를 말한다. 곧 장안의 동쪽 근교라는 뜻이다.

3) 鳴鑾(명란) : 어가의 방울을 울리다. 곧 천자의 행차를 말함. 鑾(란)은 천자가 타는 수레의 말굴레에 다는 방울. ○ 紫霄(자소) : 제왕의 거처.

4) 鵷鷺(원로) : 원추새와 해오라기. 원추새는 신화 중의 봉황과 비슷한 새. 두 새는 모두 질서 있게 나는 습성이 있다. 여기서는 군신들을 비유한다.

5) 仙管(선관) : 퉁소. ○ 鳳凰調(봉황조) : 봉황의 가락. 『열선전』(列仙傳)에 의하면, 진 목공(秦穆公)의 딸 농옥(弄玉)은 피리를 잘 부는 소사(簫史)를 좋아하여 결혼했는데, 농옥도 몇 년 후 퉁소로 봉황의 울음을 낼 수 있게 되었다. 나중에 두 사람은 봉황을 타고 날아갔다고 한다.

6) 南山(남산) : 종남산.

7) 北渚(북저) : 북쪽의 물가. 곧 장안의 북쪽에 걸쳐 있는 위수(渭水)를 가리킨다.

8) 鑣(표) : 재갈. 여기서는 말을 타다.

해설 710년(景龍 4년) 4월 중종(中宗)이 장녕공주 동장에 가서 놀 때 시연하며 쓴 시이다. 이때 이교 이외에 최식(崔湜), 이적(李適), 유헌(劉憲), 이예(李乂), 정음(鄭愔) 등이 지은 시가 남아있다.

티베트에 가는 금성공주를 보내며 응제하다(送金城公主適西蕃應製)⁹⁾

漢帝撫戎臣,¹⁰⁾	한나라 제왕이 서융의 신하를 보살펴
絲言命錦輪.¹¹⁾	비단 수레를 준비하라 명하시네
還將弄機女,¹²⁾¹³⁾	베틀 짜는 직녀 같은 공주를
遠嫁織皮人.¹⁴⁾¹⁵⁾	멀리 가죽 짜는 나라에 시집보내네
曲怨關山月,¹⁶⁾	〈관산월〉 음악에 원망이 깊어지고
粧消道路塵.	화장은 길 위의 먼지 때문에 지워지리
所嗟穠李樹,¹⁷⁾¹⁸⁾	아아! 화사한 오얏꽃 핀 나무여

---

9) 앞에 나온 심전기의 같은 제목의 시 참조.

10) 漢帝(한제) : 한(漢)의 제왕. 당 중종을 비유한다. ○ 戎臣(융신) : 이민족 신하. 티베트의 왕을 비유한다.

11) 絲言(사언) : 사륜(絲綸). 제왕의 조서나 말을 가리킨다.『예기』「치의」(緇衣)에 "왕의 말은 처음에는 실과 같으나 나중에는 밧줄과 같아진다"(王言如絲, 其出如綸.)는 말에서 유래했다.

12) 심주 : 하늘의 자손임을 비유했다.(比天孫.)

13) 弄機女(농기녀) : 베틀을 짜는 여인. 전설 속의 직녀.『사기』「천관서」(天官書)에 "직녀는 하늘의 손녀이다"(織女, 天女孫也.)라고 했다. 공주는 천자의 딸이므로 직녀로 금성공주를 비유하였다.

14) 심주 : 서융이다.(西戎.)

15) 織皮人(직피인) : 중국의 서북 지방에서 있던 국가.『상서』「우공」(禹貢)에 "직피의 백성은 곤륜산, 석지산, 거수산 아래에 사는데, 서융의 여러 민족이 순종하였다"(織皮昆侖, 析支, 渠搜, 西戎卽敍)는 말이 있다.

16) 關山月(관산월) : 한대 악부의 횡취곡 이름이다. 주로 이별의 아픔을 내용으로 하였다.

17) 심주 : 왕의 딸에 대한 고사를 사용했다.(用王姬事.)

18) 穠李(농리) : 화사한 오얏꽃.『시경』「하피농의」(何彼穠矣)의 "어찌하여 저처럼 화사하고 아름다운가, 화사하기가 마치 복사꽃과 오얏꽃 같네"(何彼穠矣, 華如桃李.)란 말에서 유래했다.

空對小楡春.[19]　　　봄 되어도 부질없이 느릅나무를 마주하리라

평석 화친으로 공주를 티베트에 시집보내는 일은 나라의 지극히 굴욕적인 사건이다. 비록 어명을 받들어 지어도 풍간이 있어야 하는 것이 입언(立言)의 체제이다.(公主和蕃, 極辱國事, 雖奉詔作, 亦帶諷諫, 此立言之體也.)

해설 앞에 나온 심전기(沈佺期)의 동일 제목의 시와 같은 배경에서 지어졌다.

종초객(宗楚客)

「인일 청휘루 연회에서 군신들이 눈을 맞으며」에
삼가 화답하여 응제하다(奉和人日淸暉樓宴群臣遇雪應製)

窈窕神仙閣,[1][2]　　　깊고 우아한 신선의 누각
參差雲漢間.　　　　은하수 사이에 삐죽빼죽 솟았네
九重中禁啓,[3]　　　구중궁궐 속에 황제의 거처가 열리고
七日早春還.[4][5]　　　인일(人日)에 봄이 일찍 왔어라
太液天爲水,[6][7]　　　태액지에는 하늘이 물이 되어 흐르고

---

19) 楡(유) : 느릅나무. 고대에는 북방의 변새에 많이 자랐다.
1) 심주 : 청휘루이다.(淸暉樓.)
2) 窈窕(요조) : 그윽하고 아름답다.
3) 中禁(중금) : 황제의 거처.
4) 심주 : 인일이다.(人日.)
5) 七日(칠일) : 음력 1월 7일을 가리킨다. 고대에는 일곱째 날을 사람의 날이라 하여 명절로 쳤다.
6) 심주 : 하늘이 물속에 있다고 말하는 것과 같다.(猶云天在水.)

蓬萊雪作山.⁸⁾⁹⁾   봉래전은 눈이 산을 이루었구나
今朝上林樹,   오늘 아침 상림원의 나무는
無處不堪攀.¹⁰⁾   어느 곳 하나 오르지 못할 게 없어라

해설 709년(景龍 3년) 정월 인일(人日, 7일)에 중종이 청휘각(淸暉閣)에 놀 때 시연하며 지은 시이다. 이때 종초객 이외에 이교(李嶠), 유헌(劉憲), 소정(蘇頲), 이예(李乂), 조언소(趙彦昭) 등이 모두 응제하였다.

장손정은(長孫貞隱)

회일에 고씨 임정에서 연회하며,
     함께 화(華)자 운으로 쓰다(晦日宴高氏林亭, 同用華字)¹⁾

晦晚屬煙霞,   회일 저녁 안개와 노을이 펼쳐져
遨遊重歲華.²⁾   세시명절이라 다시 즐거이 노닐어라
歌鐘雖戚里,³⁾   노래와 음악을 들으면 제왕의 외가댁이지만
林藪是山家.⁴⁾   산과 숲을 보면 바로 은거하는 곳이라네

---

7) 太液(태액) : 태액지(太液池). 당대 대명궁(大明宮) 안의 함량전(含凉殿) 뒤에 있던 호수. 가운데에 태액정(太液亭)이 있었다.
8) 심주 : 눈을 맞다.(遇雪.)
9) 蓬萊(봉래) : 봉래전. 장안성 대명궁(大明宮) 안에 있는 인덕전(麟德殿).
10) 심주 : 꼭대기에서 마무리했다.(頂上作結.)
1) 晦日(회일) : 음력 매월 말일. 당대에는 정월 말일을 회절(晦節)이라 하여 명절로 삼고 풍년을 기원하였다.
2) 歲華(세화) : 歲時(세시)와 같다. 정월의 회일은 세시 절기에 해당한다.
3) 戚里(척리) : 제왕의 외척이 사는 곳.

細雨猶開日,	가랑비 내리는데도 햇빛이 나고
深池不漲沙.	못이 깊어도 모래 밖으로 넘치지 않아
淹留迷處所,[5]	오래도록 머물다보니 어디에 있는지 모르겠는데
巖岫幾重花.	산의 바위에는 꽃들이 몇 겹으로 피었는가

해설 680년(調露 2년) 정월 회일에 고씨 임정(高氏林亭)에 놀러가 진자앙(陳子昻) 등 21명이 모두 '화'(華)자를 운으로 삼아 시를 지었고, 진자앙이 서문을 썼다. 다른 시인들이 쓴 시는 『전당시』 권72, 권56, 권105에 실려 있다.

곽진(郭震)

새상곡(塞上)[1]

塞外虜塵飛,[2]	변새 밖에서 오랑캐 군마의 먼지가 일어나니
頻年出武威.[3]	올해에도 무위(武威)로 출정나가네
死生隨玉劍,[4]	생사를 옥구검에 맡기고

---

4) 林藪(임수): 산림과 소택. 은자가 거처하는 곳을 말한다.
5) 淹留(엄류): 오래도록 머물다.
1) 塞上(새상): 새상곡(塞上曲). 새하곡(塞下曲)과 함께 가곡 이름으로, 당대에 새로운 악부제로 유행하였다. 새상은 '변방 너머'라는 뜻이다.
2) 虜塵(노진): 서북 민족들의 군대가 침입하면서 일으키는 먼지.
3) 武威(무위): 양주(涼州). 치소는 지금의 감숙성 武威市를 가리킨다. 수대(隋代)에 무위군(武威郡)을 설치하였다. 당대에는 양주도독부(涼州都督部)가 양주(涼州), 감주(甘州), 숙주(肅州), 이주(伊州), 과주(瓜州), 사주(沙州), 웅주(雄州) 등 일곱 주를 통솔하였다.
4) 玉劍(옥검): 옥구검(玉鉤劍). 동한 광무제가 풍이(馮異)에게 옥구검을 하사하며 병사를 데리고 출정하라고 명하였다.

辛苦向金微,[5]   어려움을 무릅쓰고 금미산(金微山)으로 향하네

久戍人將老,   사람은 수자리에서 늙어가고

長征馬不肥.   말은 싸움터를 전전하느라 살찔 겨를 없어

仍聞酒泉郡,[6]   또 다시 들려오는 건, 주천군(酒泉郡)이

已合數重圍.   몇 겹으로 포위되었다는 소식

해설 전운(戰雲)이 감도는 변방의 상황과 전공을 이루려는 포부를 표현한 변새시이다. 변새시에 보이기 쉬운 과장된 호언장담이 없이 깊은 감정을 표현하였다.

소정(蘇頲)

「여산 정상에 올라」에 삼가 화답하여 응제하다(奉和登驪山高頂應製)

仙蹕御層氛,[1]   천자의 수레가 층층의 구름 위로 행차하니

高高積翠分.   높디높게 쌓인 비취 숲이 좌우로 나뉘는구나

巖聲中谷應,   바위에서 떨어지는 샘물소리 계곡을 울리고

天語半空聞.   하늘 위에서 하시는 말씀은 허공에서 들려라

豐樹連黃葉,[2]   신풍(新豐)의 누런 낙엽이 산까지 이어졌고

---

5) 金微(금미) : 금미산(金微山). 지금의 알타이산. 동한 91년(永元 3년) 경기(耿夔)가 흉노의 선우(單于, 왕)를 금미산에서 포위하여 크게 깨뜨렸다.

6) 酒泉郡(주천군) : 숙주(肅州)를 가리킨다. 치소(治所)는 지금의 감숙성 주천(酒泉).

1) 仙蹕(선필) : 신선의 행차에서 길라잡이가 나서 사람의 통행을 금하여 길을 치움. 일반적으로 천자의 수레 또는 행차를 가리킨다. ○ 層氛(층분) : 층층으로 쌓인 구름.

2) 豐(풍) : 신풍(新豐). 장안의 동쪽에 있던 위성 도시로, 지금의 섬서성 서안시 임동구 동쪽에 소재.

函關入紫雲.³⁾ 　함곡관(函谷關)의 관문이 구름 속에 가려져 있네

聖圖恢宇縣,⁴⁾ 　성왕의 재략은 천하를 덮으시고

歌賦少橫汾.⁵⁾ 　지으신 시는 「추풍사」(秋風辭)보다 뛰어나구나

해설 709년 12월 중종(中宗)이 온천궁(溫泉宮, 화청지)에 행차하여 여산(驪山)에 올랐을 때 지은 「여산 정상에 올라 바라보며」(登驪山高頂寓目)에 대해 화답한 시이다. 전형적인 응제시로 정연한 구성 속에 제왕의 덕을 칭송하였다. 당시 소정 이외에도 최식(崔湜), 이교(李嶠), 유헌(劉憲), 장열(張說), 이예(李乂), 무평일(武平一), 조언소(趙彦昭), 염조은(閻朝隱) 등이 창화하였다.

최식(崔湜)

절양류(折楊柳)¹⁾

二月風光半, 　　　이월이라 풍광이 무르익어 가건만

---

3) 函關(함관) : 함곡관(函谷關). 장안을 지키는 주요한 관문 가운데 하나. 원래 전국시대에는 지금의 하남성 영보시(靈寶市) 동북에 세워졌지만, 한대에는 여기서부터 동쪽으로 150킬로미터 떨어진 지금의 하남성 신안현(新安縣)으로 옮겼다.

4) 聖圖(성도) : 성왕의 책략. ○恢(회) : 넓다. ○宇縣(우현) : 우주(宇宙)와 적현(赤縣). 즉 천하를 가리킨다.

5) 橫汾(횡분) : 한 무제가 분하(汾河)를 횡단하며 지은 시. 『한 무제 이야기』(漢武故事)에 따르면 무제는 하동(河東, 지금의 산서성)에 가서 토지신인 후토(后土)에 제사지낸 후 분하(汾河)를 건너며 즐거이 군신들과 술을 마시고 「추풍사」(秋風辭)를 지었다. 그중 "누선(樓船)을 띄우고서 분하를 건너가니, 강물을 가로지르며 흰 물결 일으키네"(泛樓船兮濟汾河, 橫中流兮揚素波.)라는 대목이 있다. 후세에 횡분(橫汾)은 일반적으로 제왕이 지은 작품을 가리킨다.

1) 折楊柳(절양류) : 피리 곡 이름으로, 악부의 '횡취곡'(橫吹曲)에 속한다. 한대(漢代) 이래 헤어질 때 버들의 가지를 꺾어 둥글게 말아서 떠나는 사람에게 주는 습속이 있었

三邊戍不還.[2]	변방의 수자리에서 돌아오지 않네요
年華妾自惜,[3]	첩은 좋은 시절 스스로 아쉬워하며
楊柳爲君攀.	그대 돌아오길 바라며 버들을 꺾어요
落絮縈衫袖,[4]	흩날리는 버들개지 소매 둘레에 엉기고
垂條拂髻鬟.	늘어진 가지는 쪽진 머리를 어루만져요
那堪音信斷,[5]	어찌 견딜까, 편지 한 장 없는 걸
流涕望陽關![6]	눈물을 흘리며 양관(陽關) 쪽 바라보아요

해설 서북쪽 멀리 양관에 수자리에 나간 남편을 기다리는 여인의 마음을 노래했다. 봄이 되어 아름다운 계절이 다가오나, 헛되이 홀로 보내야 하는 아쉬움과 안타까움을 표현하였다.

는데, 이러한 풍습에 근거하여 이 곡이 생긴 것으로 보인다. 풍습의 기원에 대해서는 버들에 벽사(辟邪)의 힘이 있다고 믿은 점도 있지만, 버들가지를 둥글게 말은 것은 '고리'를 의미하는 '환'(環)으로 이는 곧 '돌아오다'는 '환'(還)의 뜻과 통하기에 '일찍 돌아오라'는 의미를 기탁한 것으로 풀이한다. 그 밖에 버들의 긴 가지로 떠나는 사람을 묶어두고 싶다거나, 버들은 이른 봄에 가장 일찍 싹이 피기 때문에 가장 일찍 돌아오라는 의미가 깃들어 있다거나, 버들을 뜻하는 '류'(柳)는 머물다라는 뜻의 '류'(留)와 해음(諧音)이 되어 만류하며 이별을 아쉬워한다는 등의 뜻으로 설명하기도 한다.

2) 三邊(삼변) : 변방 지역을 통칭하는 말. 한대에는 유주(幽州), 병주(幷州), 양주(凉州)를 가리켰다.

3) 年華(연화) : 해, 세월, 시간 등을 의미하며, 나아가 봄과 같이 일 년 중 좋은 때를 의미하기도 한다.

4) 落絮(낙서) : 버들개지.

5) 那堪(나감) : 어찌 견디랴. 어찌 능히 받아들이랴.

6) 陽關(양관) : 한대(漢代)에 세운 관(關) 이름. 지금의 감숙성 돈황시 서남에 소재. 옥문관(玉門關)의 남쪽에 있으므로 양관이라 하였다. 중국에서 서역으로 오가려면 반드시 거쳐야 할 관문이었다. 왕유(王維)의 시에 나오는 "그대에게 다시 한 번 술 한 잔 권하노니, 서쪽으로 양관에 나가면 친구도 없으리"(勸君更盡一杯酒, 西出陽關無故人.)라는 구절 속의 지명으로 유명하다.

장열(張說)

여정전 서원에서 잔치를 베풀어주심에 응제하며
─'임'운(林韻)으로 쓰다(恩敕麗正殿書院宴應製, 得林字)[1]

東壁圖書府,[2]	동쪽의 벽수(壁宿)별은 궁중의 도서관이요
西園翰墨林.	서쪽의 정원은 한묵(翰墨)의 숲이라
誦詩聞國政,	『시경』을 낭송하며 국정을 듣고
講易見天心.	『주역』을 강론하며 천심을 보네
位竊和羹重,[3]	만사를 조정하는 재상의 자리에서
恩叨醉酒深.[4]	외람되게도 제왕의 은혜에 깊이 취하였어라
載歌春興曲,[5]	봄날의 흥취를 노래하나니
情竭爲知音.	지음을 위해 마음을 다하노라

---

1) 恩敕(은칙) : 제왕의 은사(恩賜). ○ 麗正殿(여정전) : 당대 궁전 이름. 717년 현종은
전각 안에 건원원(乾元院)을 설치하고 마회소(馬懷素)를 수서사(修書使)로 임명하여
국가의 도서를 정리하게 하였다. 다음 해 건원원은 여정전수서원(麗正殿修書院)이
라 개명하고, 더불어 장안 광순문(光順門) 밖과 낙양 명복문(明福門) 밖에도 여정전
수서원을 설치하였다. 725년 현종은 이를 집현전서원(集賢殿書院)이라 바꾸면서 장
열을 집현전학사로 임명하였다. ○ 應製(응제) : 황제의 명령에 따라 시를 지음, 또는
그 작품. 직역하면 '제(製)'에 응(應)하다'인데 제(製)는 황제의 명령이다.
2) 東壁(동벽) : 별이름. 즉 벽수(壁宿)를 가리킨다. 현무 7수(七宿) 가운데 하나. 『진서』
「천문지」(天文志)에 "동쪽 벽수 별 2개는 문장을 주관하며 천하 도서의 소장처이다.
별이 밝으면 왕업이 흥성하고 바른 정치가 시행되며 나라에 군자가 많아진다"(東壁
二星, 主文章, 天下圖書之秘府也. 星明, 王者興, 道術行, 國多君子.)고 하였다. 일반
적으로 황궁의 장서각을 가리킨다.
3) 和羹(화갱) : 여러 가지 맛으로 간을 맞춘 국. 『상서』「열명」(說命)에 "간이 맞는 국
을 만드는 데는 오직 소금과 매실이 있다"(若作和羹, 爾惟鹽梅.)고 하였다. 후세에는
여러 업무를 조정하여 군주를 보좌하는 재상 등 대신을 가리킨다.
4) 叨(도) : 외람되이. 자신을 낮추는 말.
5) 載歌(재가) : 노래하다.

해설 현종이 베푼 여정전의 잔치자리에서 장열이 지은 시이다. 첫 2구는 매우 뛰어나나 그 이후는 평범하다. 장열은 723년 2월 외직에서 돌아와 중서령(中書令)으로 재상의 자리에 올랐고, 5월에 여정전서원(麗正殿書院) 수서사(修書使)를 겸직하여 그 일을 총괄하게 되었다. 여정전은 이 년 후인 725년 3월 집현전(集賢殿)으로 바뀌어지므로, 이 시는 723~725년 사이에 지어졌다.

악주 술자리에서 담주자사 왕웅과 헤어지며(岳州燕別潭州王熊)[6]

絪雲通省閣,[7]	병부(兵部) 관리로 함께 중서성을 오갔는데
溝水遽西東.[8]	도랑물처럼 갑자기 동서로 헤어졌었지
然諾心猶在,[9]	서로를 허락한 마음 아직도 있는데
榮華歲不同.	영화(榮華)는 해에 따라 달라지는구나
孤城臨楚塞,[10]	외떨어진 성은 초 지방에 있고
遠樹入秦宮.[11]	멀리 늘어선 나무는 장안성으로 들어가리
誰念三千里,	누가 생각이나 해주랴, 삼천 리 밖
江潭一老翁?	강가의 한 늙은이를

---

6) 王熊(왕웅) : 태원 기현(祈縣) 사람으로 그림으로 이름 높았다. 가부원외랑(駕部員外郎), 고부랑중(庫部郎中), 낙양령(洛陽令) 등을 역임하였다. 716년 담주도독(潭州都督)이 되었을 때 장열과 창화하였다. 그러나 정치에 대한 치적은 높지 않다.

7) 絪雲(진운) : 황제(黃帝)시대 때는 구름으로 관직을 나타내었는데, 진운은 하관(夏官)으로, 군정(軍政)을 담당한다. 당대에는 병부(兵部)의 별칭으로 쓰였다. ○ 省閣(성각) : 상서성, 중서성, 문하성 등 성(省)의 전각. 궁중의 주요 관서. 여기서는 장열이 임직했던 중서성을 가리킨다.

8) 溝水(구수) : 도랑의 물. 한대 악부 「백두음」(白頭吟)에 "도랑의 물은 동서로 나뉘어 흘러가더라"(溝水東西流)에 근거한 말로 사람의 이별을 비유한다. ○ 遽(거) : 갑자기.

9) 然諾(연락) : 연(然)과 락(諾). 모두 "예", "그래" 등의 뜻으로 허락을 나타나는 답사.

10) 楚塞(초새) : 초 지방의 변방.

11) 秦宮(진궁) : 진의 궁. 여기서는 장안의 황궁을 가리킨다.

해설 716년 겨울 담주자사 왕웅(王熊)이 장안으로 돌아가며 악주를 들렀을 때 준 시이다. 제5구의 고성(孤城)으로 자신을 나타내고 제6구의 원수(遠樹)로 왕웅을 비유하였다. 장열은 715년부터 악주자사(岳州刺史)로 악주(지금의 호남성 악양시)에 있었다. 원래 모두 2수로 이 시는 제2수이며, 왕웅 역시 「장연공의 '악주 술자리에서 헤어지며'에 답하며」(答張燕公岳州燕別) 2수를 남기고 있다.

심도역(深渡驛)[12]

旅泊靑山夜,	밤중에 청산 옆에 배를 대니
荒庭白露秋.	황량한 정원은 이슬 내린 가을이라
洞房懸月影,[13]	깊은 방에는 달빛이 걸리고
高枕聽江流.	높은 베개 베고 강물소리 들노라
猿響寒巖樹,	원숭이는 바위 나무 위에서 울고
螢飛古驛樓.	반디는 낡은 역루(驛樓) 앞을 날아
他鄕對搖落,[14]	타향에서 시들어 떨어지는 낙엽을 마주하니
幷覺起離憂.[15]	더불어 일어나는 근심을 어쩔 수 없어라

해설 낯선 역사(驛舍)의 풍경과 나그네의 고적감을 나타내었다. 제3, 4구는 객수를 실감 있게 나타낸 명구로 알려졌다. 말구로 보아 자신을 굴원(屈原)에 비유하면서 충정을 알아주지 않는 데 대한 울분을 간접적으로

---

12) 深渡驛(심도역) : 역 이름. 지금의 안휘성 흡현(歙縣) 경내에 소재.
13) 洞房(동방) : 동굴같이 깊고 조용한 방.
14) 搖落(요락) : 시들어 떨어지다.
15) 離憂(이우) : 근심하다. 우환을 만나다. 『사기』 「굴원가생열전」(屈原賈生列傳)에서 굴원의 「이소」(離騷)에 대해 풀이하면서 그 제목의 뜻을 "'이소'는 근심을 만난다는 말이다"(離騷者, 離憂也.)고 하였다.

드러내었음을 알 수 있다.

단주 역전에서 고전과 헤어진 곳에 돌아와(還至端州驛前與高六別處)[16]

舊館分江口,[17]	강가에서 헤어진 예전의 역관에서
凄然望落暉.	처연히 떨어지는 석양을 바라보네
相逢傳旅食,[18]	서로 만나 음식을 전해주었고
臨別換征衣.[19]	헤어지면서 옷을 바꾸어 입었지
昔記山川是,	예전에 기록했던 산과 강은 그대로인데
今傷人代非.[20]	지금은 인간 세상이 달라졌음을 슬퍼하노라
往來皆此路,	함께 이 길을 가고 왔으나
生死不同歸.	생사가 달라 함께 돌아갈 수 없구나

평석 장열은 일찍이 악주에 폄적되었는데, 고전(高戩)을 만났다가 곧 헤어졌다. 장열이 수도
로 소환되어 갈 때 고전은 이미 세상을 떠난 뒤였으니, 옷을 벗어주고 음식을 전해준 정겨
운 일을 떠올리니 처연하다. 지금 장소는 그대로인데 사람은 없고 삶과 죽음이 다른 길을
가게 되었으니 애도와 탄식을 이길 수 없다.(燕公嘗貶岳州, 與高遇而旋別. 及召還而高已辭世,
念及解衣推食情事凄然. 今地是人非, 死生異路, 不勝悼歎也.)

---

16) 端州(단주) : 지금의 광동성 조경시(肇慶市). ○高六(고륙) : 고전(高戩). 배항이 6번째
    였다. 무후 때 사례승(司禮丞)이 되었으며, 태평공주의 비호를 받았다. 703년 위원충
    (魏元忠)과 함께 장역지 형제의 참언을 받아 영남으로 유배되어 갔다가 그곳에서 죽
    었다.
17) 舊館(구관) : 예전에 묵었던 역관(驛館). ○分江口(분강구) : 강가에서 헤어지다. 여기
    서 강은 주강(珠江)의 하나인 서강(西江)으로 광동성 서부를 지나간다.
18) 傳旅食(전려식) : 여행 중 서로 음식을 전해 줌.
19) 심주 : 앞전의 만남과 이별에 대해 서술하였다.(追敍從前會合及別離事.)
20) 人代(인대) : 人世(인세). 인간 세상. 당 태종 이세민(李世民)의 이름을 피휘하기 위해
    '세'(世)를 쓰지 않고 '대'(代)를 썼다.

해설 703년 9월 장역지(張易之), 장창종(張昌宗) 형제가 어사대부 위원충(魏元忠)과 사례승 고전(高戩)이 역모를 하였다고 무고하였다. 장열이 이를 변호하자 무측천이 크게 화를 내어, 위원충은 고요현(高要縣, 광동성 高要縣) 현위로, 고전은 영남(嶺南)으로, 장열은 흠주(欽州, 광동성 欽縣 북쪽)로 유배가게 되었다. 장열은 704년 봄 흠주에 도착하기 전 단주에서 고전과 만나 시를 주고받았다. 이 시는 705년 봄 장열이 사면되어 병부원외랑이 되어 장안에 돌아가는 길에 단주에서 썼다. 이때는 고전이 이미 죽은 다음이어서 시가 절로 참담해질 수밖에 없었다.

악주에서 광평공 송 대부에게(岳州贈廣平公宋大夫)[21]

亞相本時英,[22]	어사대부는 본래 당대의 영걸이라
歸來復國楨.[23]	돌아가면 다시 나라의 기둥이 되리
朝推長孺直,[24]	조정에서는 급암(汲黯)의 강직함을 높이 사고
野慕隱之清.[25]	재야에서는 오은지(吳隱之)의 마음을 흠모하리

---

21) 廣平公(광평공) 宋大夫(송대부) : 송경(宋璟)을 가리킨다. 광평(廣平, 하북성 雞澤) 사람으로 약관에 과거에 급제하였다. 나중에 재상이 되었으며 720년 광평군공(廣平郡公)에 봉해져 '송광평'(宋廣平)이라 불렸다. 당대 현상(賢相) 가운데 한 사람으로 치적이 많다. 시인 소전 참조.

22) 亞相(아상) : 승상 아래의 대신이란 말로 어사대부를 가리킨다. 진한(秦漢)시대에는 어사대부(御史大夫)가 부승상에 해당하여 승상 직에 결원이 생기면 어사대부가 승진하였다. ○ 時英(시영) : 당시의 영재.

23) 國楨(국정) : 나라의 기둥.

24) 長孺(장유) : 서한 무제 때 활동한 급암(汲黯)의 자(字). 성정이 엄격하고 직간을 잘하여 '사직(社稷)의 신하'라는 말을 들었다.

25) 隱之(은지) : 동진의 오은지(吳隱之). 광주(廣州) 부근에 탐천(貪泉)이란 샘이 있었는데 이를 마시면 탐욕이 일어난다고 했다. 오은지가 광주자사(廣州刺史)로 부임할 때 탐천에 이르러 이를 마시며 노래지었다. "옛 사람이 이 샘물에 대해 말하기를, 한 번 들이키면 천 금을 생각한다지. 백이와 숙제에게 이 샘물을 마시게 해보게, 그래도 결국 마음 변하지 않으리니"(古人云此水, 一歃懷千金. 試使夷齊飲, 終當不易心.) 이후 오은지는 더욱 청렴해졌다고 한다.

傳節還閩嶂,²⁶⁾　　　부절을 들고 민(閩) 지방에서 돌아가

皇華入漢京.²⁷⁾　　　빛나는 꽃인 양 사신으로 수도에 들어가네

寧思江上老,²⁸⁾　　　어찌 생각이나 해주리오, 강가의 늙은이를

歲晏獨無成!²⁹⁾　　　한 해가 저물도록 이룬 바 없으니!

해설 716년 겨울 송경(宋璟, 54세)이 광주도독(廣州都督)에서 형부상서(刑部尙書)로 전임되어 장안에 가면서 악주에 들렀을 때 장열(張說, 50세)이 지어준 시이다. 두 사람 모두 좌천되어 외직에 있는 비슷한 처지에서, 송경이 먼저 조정으로 들어가게 되자 이를 축하하면서 자신의 처지를 돌아보았다.

위 복야의「고향에 돌아가며」에 화답하여(和魏僕射還鄕)³⁰⁾

富貴還鄕國,　　　　부귀의 신분으로 고향에 돌아가니

光華滿舊林.³¹⁾　　　광영이 고향 마을에 가득 차리라

秋風樹不靜,³²⁾　　　가을바람에 나무가 잘 날 없었으니

---

26)　閩嶂(민장) : 민(閩) 지방의 산. 민(閩)은 지금의 복건성과 광동성 일대. 여기서는 남방 지역을 가리킨다.

27)　皇華(황화) : 정부의 명령을 받고 임무를 수행하는 사신. 『시경』「황화」(皇華)에 "빛나는 것은 꽃이여"(皇皇者華)로 사신을 칭송하였다.

28)　심주 : 자신을 말한다.(自謂.)

29)　歲晏(세안) : 歲晚(세만)과 같다. 세밑. 연말.

30)　魏僕射(위복야) : 위원충(魏元忠, ?~약 707년). 송주(宋州, 하남성 商丘) 사람으로, 태학생(太學生) 때 상서(上書)를 올려 비서성 정자(秘書省正字)가 되었다. 전중시어사(殿中侍御史), 낙양령(洛陽令), 시어사(侍御史), 어사중승(御史中丞)을 역임하였고, 699년 봉각시랑(鳳閣侍郎)이 되었다. 703년 장역지 형제의 중상을 받아 고요위(高要尉)로 좌천되었으며, 중종이 즉위한 후 병부상서(兵部尙書), 시중(侍中), 중서령(中書令)이 되었다. 706년 무삼사(武三思)의 위세가 등등한데 대해 불안감을 느껴 은퇴하였으나, 곧 이들의 비방으로 사천 거주(渠州)로 좌천되었으며 그곳에서 죽었다.

31)　舊林(구림) : 새들이 예전에 깃들어 살던 나무와 숲. 일반적으로 고향을 비유한다.

32)　秋風(추풍) 구 : 부모가 돌아가 효도를 다할 수 없음을 뜻한다. 『한시외전』(韓詩外傳) 권9에 공자가 길을 가다보니 고어(皐魚)가 길가에서 곡을 하고 있기에 불러서 물어

君子歎何深!³³⁾	군자의 탄식이 얼마나 깊었은가!
故老空懸劍,³⁴⁾³⁵⁾	돌아가신 어르신께는 부질없이 검을 걸어드리고
鄰交日散金.³⁶⁾³⁷⁾	이웃에게는 날마다 황금을 써 잔치를 베풀리라
衆芳搖落盡,	온갖 꽃들이 모두 시들고 난 지금
獨有歲寒心.³⁸⁾	오로지 추위에 견디는 세한(歲寒)의 마음이 있어라

해설 706년 가을 위원충이 은퇴하여 고향에 돌아갈 때 「고향에 돌아가며 감회가 있어」(還鄕有懷)를 쓰자 장열이 쓴 화답시이다. 소정(蘇頲)의 화답시도 현재 남아있다. 위원충과 장열은 무측천시대 후기에 음모가 난무하는 조정에서 함께 지내며 서로를 인정한 사이였다. 특히 703년 9월 장역지 형제가 위원충을 역모 혐의로 무고하자 장열이 이를 변호하다가 함

보니, 고어는 "나무는 가만히 있고자 하나 바람은 멈추지 않고, 자식은 봉양코자 하나 부모는 기다려 주지 않는다"(樹欲靜而風不停, 子欲養而親不待.)고 하였다. 여기서는 이 뜻을 채용하였다.

33) 심주 : 고어(皐魚)의 말을 사용하였는데, 고향에 돌아가도 부모가 계시지 않음을 말한다.(用皐魚語, 謂歸而親沒也.)

34) 심주 : 계찰의 전고를 사용하였다.(用季子事.)

35) 懸劍(현검) : 검을 걸어두다. 『사기』「오태백세가」(吳太伯世家)에 잘 정리된 이야기로 괘검(挂劍), 해검(解劍), 허검(許劍), 탈검(脫劍) 등이라고도 하며, '송지괘검'(松枝挂劍) 또는 '계찰괘검'(季札挂劍)이란 성어로도 쓰인다. 춘추시대 오(吳)의 공자 계찰(季札)이 서(徐)나라를 지나갈 때 서나라의 국왕이 계찰의 보검이 마음에 들었으나 말을 꺼내지 않았다. 계찰이 이를 알아차렸으나 사신의 신분으로 아직 임무가 끝나지 않았으므로 검을 헌상할 수 없었다. 계찰이 임무를 마치고 다시 서나라를 들렀을 때 서나라 국왕은 이미 죽은 뒤였다. 이에 계찰은 보검을 풀어 국왕의 무덤가 나무에 걸어두고 마음을 허락한 뜻을 표시하였다. 이 전고는 신의를 중시하는 의미로 쓰였다.

36) 심주 : 태부 소광의 전고를 사용하였다.(用疏傳事.)

37) 散金(산금) : 금을 흩뜨리다. 서한 선제(宣帝) 때의 태부(太傅) 소광(疏廣)은 퇴직을 청하자 당시 사람들이 스스로 물러날 줄 안다며 그 현명함을 칭송하였다. 선제는 황금 이십 근을, 태자는 금 오십 근을 하사하였다. 소광은 고향에 돌아와 매일 친지와 이웃을 불러 잔치를 베풀어 일 년 안에 거의 다 써버렸다. 『한서』「소광전」(疏廣傳)에 자세하다.

38) 歲寒心(세한심) : 추위를 견디는 본성. '세한'(歲寒)은 『논어』「자한」(子罕)에 "한 해가 추워진 연후에야 소나무와 측백나무가 다른 나무보다 나중에 시듦을 안다"(歲寒然後知松柏之後彫也)에서 유래하였다. '心'(심)은 식물 줄기의 중심이란 말과 본성이란 말이 중의적으로 쓰였다.

께 광동으로 좌천되기도 하였다. 이 시는 70세가 넘은 원로 정치가에 대한 장열(40세)의 헌사이다.

유주에서 밤에 술을 마시며(幽州夜飮)[39]

涼風吹夜雨,	서늘한 바람이 밤비를 몰고 와
蕭瑟動寒林.	우수수 찬 숲을 흔들고 간다
正有高堂宴,	마침 높은 대청에 술자리를 벌렸으니
能忘遲暮心.[40]	어찌 노년이라고 장대한 마음이 없겠는가
軍中宜劍舞,	군중이라 검무가 어울리고
塞上重笳音.[41]	변방이라 호가 소리 무거워라
不作邊城將,	변방에서 장수가 되어보지 못한다면
誰知恩遇深?[42]	어찌 천자의 깊은 은혜를 알 수 있으랴?

평석 이러한 종류의 결말은 후대에 오직 두보만 할 수 있었다. 멀리 나가 있는 신하라면 의당 이러한 생각을 가져야 하리라.(此種結, 後惟老杜有之. 遠臣宜作是想.)

해설 장열은 718년부터 720년까지 유주도독(幽州都督)을 지냈다. 이 시기에 지은 위 작품은 군중의 생활에서 오는 소회를 돈후(敦厚)한 풍격으로 읊었다.

---

39) 유주(幽州) : 지금의 북경시와 하북성 북부 일대. 치소는 지금의 북경시.
40) 遲暮(지모) : 늦은 저녁. 사람의 노년을 비유한 말. 굴원(屈原)의 「이소」(離騷)에 "초목이 시들어 떨어짐을 생각하면, 미인(美人)이 늙을까 두려워지네"(惟草木之零落兮, 恐美人之遲暮.)라는 말에서 나왔다. 장열이 유주에 있을 때는 52~54세였다. 遲暮心(지모심)은 만년의 마음이란 뜻으로, 조조(曹操)가 「보출하문행－거북이 오래 산다 해도」(步出夏門行－龜雖壽)에서 말한 "천리마가 늙어 말구유에 있어도, 그 뜻은 천리를 달리고 싶어 하고, 열사가 나이 들어 노년이 되어도, 웅대한 마음은 누그러들지 않네"(老驥伏櫪, 志在千里. 烈士暮年, 壯心不已.)와 같은 뜻으로 보인다.
41) 笳(가) : 호각. 북방의 비한족에서 유래한 악기.
42) 恩遇(은우) : 천자가 은혜로 대우함.

남중에서 청주로 가는 장잠을 보내며(南中別蔣五岑向靑州)[43]

老親依北海,[44]	연로한 부모는 북해(北海)에 계시는데
賤子棄南荒.[45]	불초한 아들은 황량한 남방에 방축되었지
有淚皆成血,	눈물을 흘리면 모두 피가 되어 흐르고
無聲不斷腸.	소리를 낼 때마다 애간장이 끊어져
此中逢故友,	이곳에서 옛 친구를 만나
彼地送還鄕.	고향에 돌아가는 그대 보내네
願作楓林葉,	바라건대 단풍나무 잎이 되어
隨君度洛陽.	그대 따라 낙양으로 가고 싶어라

해설 장열은 703년부터 705년까지 광동 흠주에 유배 갔었다. 이때 그곳에서 만난 친구 장잠이 청주로 돌아간다기에 이 시를 써주었다. 시를 보면 장잠은 부모가 계신 청주로 먼저 갔다가 다시 낙양으로 들어가는 듯하다. 머나먼 객지에서의 만남으로 자신의 처지를 호소하였다.

남중에서 고전에게(南中贈高六戩)[46]

北極辭明代,[47]	정치가 밝은 조정을 떠나와

---

43) 南中(남중) : 영남 지역. 여기서는 장열이 유배된 흠주(欽州)를 가리킨다. ○ 蔣五岑(장오잠) : 장잠(蔣岑). 배항이 다섯 번째였다. 의흥(義興) 양선(陽羨) 사람으로 감찰어사(監察御史), 선부원외랑(膳部員外郞), 사농소경(司農少卿) 등을 역임하였다. ○ 靑州(청주) : 지금의 산동성 청주 일대. 치소는 산동성 익도(益都).

44) 北海(북해) : 청주를 가리킨다. 한대에는 북해군(北海郡)이었다가 수대(隋代)에 청주라 하였다.

45) 南荒(남황) : 남방의 황량하고 먼 곳.

46) 高六戩(고륙전) : 고전(高戩). 앞에 나온 「단주(端州) 역전 고전(高戩)과 헤어진 곳에 돌아와」(還至端州驛前與高六別處) 참조.

47) 北極(북극) : 북극성. 북신(北辰)이라고도 한다. 일반적으로 조정을 비유한다. ○ 明

南溟宅放臣.⁴⁸⁾　　　방축된 신하가 남해에 살고 있어라
丹誠由義盡,　　　　붉은 정성은 의로움 때문에 끝없고
白髮帶愁新.　　　　흰 머리는 시름으로 새로워라
鳥墜炎洲氣,⁴⁹⁾　　　남방의 열기에 날아가던 새마저 떨어지는데
花飛洛水春.　　　　낙양의 강가에서는 봄꽃이 날리리라
平生歌舞席,　　　　평소 노래하고 춤추는 자리에서
誰憶不歸人?　　　　그 누가 자리에 없는 우리를 기억해주리?

해설 704년 흠주(欽州)로 유배간 장열이 함께 광동으로 유배간 고전(高戩)에게 준 시이다. 남방과 낙양의 지리적 차이는 곧 정치적 거리이어서 이를 해소하기를 기다리는 마음이 지극하다.

장구령(張九齡)

달을 보며 멀리 있는 사람을 그리다(望月懷遠)¹⁾

海上生明月,²⁾　　　밝은 달이 바다 위에 떠오르면

代(명대) : 정치가 청명한 시대. 태평한 시대. 첫 2구는 앞에 나온 송지문(宋之問)의 「길 가는 도중에 한식을 맞아」(途中寒食)의 제5, 6구와 비슷하다.

48) 南溟(남명) : 남해. ○放臣(방신) : 방축된 신하. 유배된 신하.

49) 炎洲(염주) : 전설 중의 남해에 있다는 섬. 동방삭이 썼다고 전해지는 『십주기』(十洲記)에 무더운 섬으로 묘사된다. 여기서는 영남 지역을 가리킨다.

1) 懷遠(회원) : 먼 곳에 있는 사람을 그리워하다.

2) 海上(해상) 2구 : 사장(謝莊)의 「월부」(月賦)에 나오는 "미인은 멀리 떠나 소식이 끊겼으나, 천 리 멀리 떨어져 있어도 명월을 함께 하네"(美人邁兮音塵闕, 隔千里兮共明月.)의 뜻을 이용하였다.

天涯共此時.[3][4]	멀리에서 그대도 이때를 함께 하리
情人怨遙夜,[5]	정 깊은 사람은 긴 밤을 원망하여
竟夕起相思.[6]	밤이 다하도록 그리움에 젖노라
滅燭憐光滿,[7]	무량한 달빛을 좋아하여 촛불을 끄고
披衣覺露滋.	이슬이 차게 느껴져 옷을 걸치고 나가보네
不堪盈手贈,[8]	달빛을 두 손 가득 담아 드릴 수 없으매
還寢夢佳期.[9]	침상에 돌아가 꿈에서나 만나리라

해설 달이 훤하게 뜬 밤에 멀리 있는 사람을 그리워한 내용이다. 그리운 대상은 고전시의 전통에서 볼 때 친구일 가능성이 크다. 정운(情韻)이 깊은 어휘와 청징하고 우미한 정서가 어우러진 명편이다. 이러한 시풍은 맹호연과 왕유의 시풍을 열었다.

---

3) **심주**: 감정이 지극한 말이다.(情至語.)

4) 天涯(천애) : 천변(天邊)과 같다. 하늘가. 멀리 떨어진 곳.

5) 情人(정인) : 정이 깊은 사람. 작가 자신을 가리킨다. ○ 遙夜(요야) : 긴 밤.

6) 竟夕(경석) : 밤이 끝나도록.

7) 光滿(광만) : 달빛이 천지에 가득한 모습. 실제에 있어선 달빛이 맑고 깨끗할 때 느껴지는 감각이다. 제5, 6구는 "憐光滿而滅燭, 覺露滋而披衣."가 도치되었다.

8) 不堪(불감) 구 : 달빛은 빛이 있으되 형상이 없으므로 손에 담으려 해도 담을 수 없음을 묘사하였다. 그 정취는 육기(陸機)의 「'달빛은 어찌 그리 밝고 깨끗한지'를 모의하여」(擬明月何皎皎)에 "비추인 빛이 방안에 가득하나, 손으로 담으려 해도 담을 수 없구나"(照之有餘暉, 攬之不盈手.)와 비슷하다.

9) 佳期(가기) : 좋은 기약. 즐거운 만남의 때.

회양의 역참에서 묵으며 즉흥적으로 짓다(旅宿淮陽亭口號)[10]

日暮荒亭上,[11]	황량한 역참 위로 해가 저무니
悠悠旅思多.	나그네 시름 아득히 많아라
故鄕臨桂水,[12]	고향은 계수(桂水)의 강가
今夜眇星河.	오늘밤은 은하수처럼 멀고 멀어라
暗草霜華發,[13]	어두운 풀에는 서리가 맺히고
空亭雁影過.	빈 역참에는 기러기 그림자 지나가누나
興來誰與晤?[14]	일어나는 감개를 누구와 이야기하리?
勞者自爲歌.[15]	스스로 노래 불러 기탁해 볼 뿐

평석 소주(韶州)의 계수 강가에 있는 고향을 나그네 길에서 생각하니 아득히 은하수처럼 멀다. 이러한 활대(活對)는 사람들에게 시 짓기의 비결을 알려준다.(故鄕臨韶州之桂水, 旅中念及, 眇若天河. 此種活對, 度人無限金針.)

해설 가을날 낯선 역참에서 밤을 보내며 일어나는 감회를 쓴 시이다. 제

---

10) 淮陽(회양) : 지금의 하남성 회양현. 현재 주구시(周口市)에 속한다. ○ 口號(구호) : 입에서 나온대로 쓴 시라는 뜻으로 일반적으로 제목에 붙인다. 남조 양(梁) 간문제(簡文帝)의 「보위 신유후(新渝侯)의'성내 순찰에 화답하며 즉흥적으로 짓다」(仰和衛尉新渝侯巡城口號)에서 시작되었다.

11) 荒亭(황정) : 황량한 역참.

12) 桂水(계수) : 곡강현(曲江縣, 광동성 韶關市) 서북 40리에 있는 강. 현의 경계에 있는 계령(桂嶺)에서 발원하여 동쪽으로 흘러 무수(武水)와 합류한다. 계림의 계수와는 다르다.

13) 霜華(상화) : 霜花(상화)라고도 쓴다. 서리. 華(화)는 사물의 미세한 부분을 가리키는 접미어.

14) 晤(오) : 만나서 이야기하다. 誰與晤(수여오)는 與誰晤(여수오)와 같다. 대명사의 동사 선행 용법.

15) 勞者(노자) 구 : 일하는 사람은 자신의 일을 노래한다는 뜻. 동한 하휴(何休)의 『춘추공양전해고』(春秋公羊傳解詁) 권16에 "주린 자는 음식을 노래하고, 일하는 자는 일을 노래한다"(飢者歌其食, 勞者歌其事.)는 말에서 유래했다. 여기서는 알아주는 사람이 없으니 스스로 시를 지어 정회를 기탁해본다는 뜻.

3, 4구는 단순하면서도 깊은 울림을 준다. 탄식과 서술과 서정이 어우러져, 읽으면 전편이 맑고 신선하다. 이러한 청신한 격조는 이후 왕유(王維)로 계승되었다.

절양류(折楊柳)[16]

纖纖折楊柳,[17]	섬섬옥수로 꺾은 버들
持此寄情人.[18]	멀리 있는 정인에게 보내어요
一枝何足貴,	가지 하나 무어 그리 귀하겠어요
憐是故園春.	그저 고향의 봄을 그려보라는 거지요
遲景那能久?[19]	저녁의 햇빛은 오래 가지 않고
芳菲不及新.	향기로운 꽃도 다시 피지 않아요
更愁征戌客,	더욱이 근심스러운 건 수자리 나간 그 사람
容鬢老邊塵.[20]	변방의 먼지 속에 얼굴이 늙었겠지요

해설 멀리 수자리 나간 남편을 그리워하는 여인의 마음을 그렸다. 버들을 꺾어 가는 봄을 아쉬워하며 더불어 지나가는 청춘을 안타까워하였다. 전편이 고시(古詩)의 풍격이 농후하며, 특히 제3, 4구는 정감이 깊다.

---

16) 折楊柳(절양류) : 최식(崔湜)의 「절양류」(折楊柳) 참조.
17) 纖纖(섬섬) : 섬섬하다. 가늘고 작은 모습. 여기서는 여인의 가늘고 긴 손을 가리킨다. 동한 '고시십구수' 가운데 「파릇파릇한 강가의 풀」(靑靑河畔草)에 "살짝 내민 희디흰 섬섬옥수"(纖纖出素手)라는 표현이 있다.
18) 情人(정인) : 정이 깊은 사람. 여기서는 변방에 나간 남편을 가리킨다.
19) 遲景(지경) : 저녁 무렵의 햇빛.
20) 容鬢(용빈) : 얼굴과 머리카락. ○邊塵(변진) : 변방의 먼지.

호수 어귀에서 여산 폭포를 바라보며(湖口望廬山瀑布水)[21]

萬丈紅泉落,	만 길 붉은 물줄기가 떨어지니
迢迢半紫氛.[22]	멀리 자줏빛 숲을 반으로 가르네
奔飛下雜樹,	잡목들 끝에서 내달리듯 쏟아내려
灑落出重雲.	층층의 구름 위로 솟아나와 흩뿌려지네
日照虹霓似,	해가 비치면 무지개가 걸친 듯하고
天淸風雨聞.	하늘이 맑은데도 비바람 소리 들려라
靈山多秀色,	신령스런 산이 빼어난 모습도 많아
空水共氤氳.[23]	하늘과 호수가 자욱히 한 기운 속이로다

평석 임화는 이백의 「여산 폭포를 바라보며」를 무척 좋아하면서, "바닷바람은 쉼 없이 불어오는데, 강 위의 달은 아직도 공중을 비추누나" 2구를 인용하였는데, 위 시가 바로 이에 필적할 만하다.(任華愛太白瀑布詩, 係"海風吹不斷, 江月照還空"二語, 此詩正足相敵.)

해설 여산 폭포의 웅장한 모습을 그렸다. 이백의 「여산 폭포를 바라보며」(望廬山瀑布水)가 클로즈업하였다면 이 시는 원경을 잡았다. 장열은 727~730년 사이에 홍주자사(洪州刺史)를 지냈는데 이 시기에 지은 것으로 보인다.

---

21) 湖口(호구) : 호수 어귀. 호수는 강서성에 있는 팽려호(彭蠡湖, 지금의 鄱陽湖)를 가리킨다. ○廬山(여산) : 지금의 강서성 구강시(九江市) 남부에 소재. 북으로 장강과 닿아있고 동쪽으로 파양호(鄱陽湖)와 면해있다. 일명 광산(匡山), 광려산(匡廬山), 남장산(南障山)이라고도 한다.
22) 迢迢(초초) : 아득히. 멀리. 먼 모양. ○紫氛(자분) : 자줏빛 기운. 여산의 짙푸른 숲을 가리킨다.
23) 氤氳(인온) : 구름이나 안개가 자욱한 모양.

손적(孫逖)

운문사 전각에서 묵으며(宿雲門寺閣)[1]

香閣東山下,[2]	동산(東山) 아래 있는 운문사
煙花象外幽.[3]	안개 속 풍경이 물상을 초월하여 그윽하여라
懸燈千嶂夕,	등불을 내거니 보이는 천 개 봉우리의 저녁
卷幔五湖秋.[4]	휘장을 걷어 올리니 다섯 호수의 가을
畫壁餘鴻雁,	벽화에는 몇 마리 기러기가 날고
紗窓宿斗牛.[5]	창문에는 두성(斗星)과 우성(牛星)이 머물어
更疑天路近,[6]	더구나 하늘로 통하는 길이 가까운 듯하니
夢與白雲遊.	꿈속에서 흰 구름을 타고 놀아보리라

평석 '천 개 봉우리의 저녁'과 '다섯 호수의 가을'은 '물상을 초월하여 그윽하여라'를 이어 받아 말하였다. 제5구는 절이 오래되었음을 말하고 제6구는 전각이 높음을 말하였다.('千嶂 夕'·'五湖秋'承'象外幽'言之. 五言寺之古, 六言閣之高.)

---

1) 雲門寺(운문사) : 지금의 절강서 소흥시(紹興市) 운문산에 소재한 절. 『여지기승』(輿 地紀勝)에는 동진의 왕헌지가 이곳에 거처할 때 오색구름이 감돌아 절을 세우면서 운문사라 하였다고 한다. 이후 양대(梁代)에는 하윤(何胤), 당대(唐代)에는 지영(智 永) 등 명승이 거처하였다.

2) 香閣(향각) : 절의 전각. ○ 東山(동산) : 운문산(雲門山)을 가리킨다.

3) 煙花(연화) : 꽃무리 진 풍경. 일반적으로 봄날의 맑고 아름다운 풍경을 가리킨다. ○ 象 外(상외) : 물상의 외형 이외의 내재된 의미. 형상에 머무르지 않고 그 정취를 파악한 다는 뜻.

4) 五湖(오호) : 오월(吳越) 지방의 호수들. 다섯 군데 호수에 대해서는 역대로 여러 설 이 있다. 춘추 말기 월(越)의 범려(范蠡)도 월왕 구천을 도와 월나라를 부흥시킨 후 배를 타고 오호(五湖)에 은거하였다. 『국어』「월어」(越語) 참조.

5) 斗牛(두우) : 두성(斗星)과 우성(牛星). 이 구는 운문사가 지극히 높은 곳에 있음을 형용하였다.

6) 天路(천로) : 하늘에 통하는 길.

해설 운문사에 들러 하룻밤을 묵은 감회를 쓴 시이다. 전편이 시간과 공간의 순서에 따라 운문사 가는 길, 절에서 본 밤의 원경, 전각 안의 모습, 꿈에 드는 장면을 그렸다. 시점도 원경에서 근경으로, 밖에서 안으로 이어지면서 운문사의 높고 오래된 모습이 절로 시원스레 드러났다.

양헌(梁獻)

왕소군(王昭君)[1]

圖畵失天眞,[2]	화공의 그림이 사실과 달라
容華坐誤人.[3]	아름다운 용모 때문에 몸을 망쳤네
君恩不可再,	임금의 은총을 다시 받을 수 없고
妾命在和親.[4]	여인의 운명은 화친(和親)의 역할이라네

---

1) 王昭君(왕소군) : 서한 원제(元帝) 때 궁녀. 본명은 왕장(王嬙). 소군(昭君)은 자(字)로, 서진(西晉) 때 사마소(司馬昭)의 이름을 피휘(避諱)하기 위해 명군(明君)이라 했고, 이로부터 명비(明妃)라고도 칭했다. 기원전 33년 흉노의 왕 호한야(呼韓邪)가 한나라에 구혼할 때, 왕소군은 궁에 들어간 지 여러 해 지나도 왕을 만날 수 없자 자원하였다. 원제는 이때에서야 비로소 왕소군의 용모가 뛰어남을 알고 후회했지만 이미 응낙했기에 어쩔 수 없이 보내야 했다. 왕소군은 흉노의 지역에서 죽어 묻혔는데, 겨울이 되어도 무덤의 풀이 시들지 않아 그 무덤을 '청총'(靑塚)이라 하였다.

2) 圖畵(도화) : 화공이 그린 그림. ○ 天眞(천진) : 사물의 본래 모습. 진대 갈홍(葛洪)의 『서경잡기』(西京雜記)에는 당시 원제는 후궁에 미인이 많아 화공들이 그린 미인도를 보고 행차하였다고 한다. 이에 궁녀들이 화공들에게 뇌물을 주며 잘 그려달라고 하였는데, 왕소군은 뇌물을 주지 않자 추하게 그려져 황제를 만날 수 없었다. 왕소군의 모습을 보고서야 원제는 이를 알고 화공들을 모두 죽였다고 한다.

3) 容華(용화) : 아름다운 용모. 유장경(劉長卿)의 「왕소군」에도 "오히려 아름다운 모습 때문에 몸을 그르치게 되었네"(却使容華飜誤身)란 말이 있다. ○ 誤人(오인) : 사람에게 해를 끼치다. 여기서는 자신이 흉노족에게 시집가게 된 일을 가리킨다.

4) 和親(화친) : 고대에 혼인 관계를 통하여 나라 또는 민족 사이의 평화 관계를 유지하

涙點關山月,　　　눈물은 관산의 달빛 아래 뿌려지고
衣銷邊塞塵.　　　옷은 변새의 먼지 속에 닳아졌어라
一聞陽鳥至,[5]　　기러기가 날아왔다고 들었어도
思絶漢宮春.　　　한나라 궁궐의 봄은 이미 잊었어라

평석 운명에 순응하는 말이 실제로 더 깊은 원망을 나타낸다.(安命語實深于怨.) ○ 당대 시인들이 지은 왕소군 작품은 대부분 섬세하여 대중에 영합하는데, 이 작품은 일부러 아음(雅音)으로 지었다. 예컨대 두보의 "산들과 수많은 골짜기 지나 형문으로 나아가네"와 같은 작품은 필치가 노니는 용과 같아 모방할 수 없다.(唐人詠昭君者, 多纖巧恬俗, 此作故爲雅音. 若少陵"群山萬壑赴荊門", 筆如遊龍, 不可方物矣.)

해설 흉노에게 시집간 왕소군의 처지를 동정한 시이다. 서진(西晉) 석숭(石崇)의 「왕소군사」(王昭君辭) 이래 특히 당대 들어 왕소군을 소재로 한 시가 증가하였다. 왕소군 소재의 시는 다양한 시각이 있으나 이 시는 왕소군 개인의 입장에서 그 고충을 위로하였다.

최호(崔顥)

양주 장 도독에게(贈梁州張都督)[1]

聞君爲漢將,　　　그대가 장수로 부임한다는 말을 듣고는

는 제도.
5) 陽鳥(양조) : 기러기와 같이 해를 따라 움직이는 철새.
1) 梁州(양주) : 일반적으로 한중(漢中)과 사천 북부를 가리킨다. 삼국시대 위(魏)의 양

虜騎罷南侵.[2]	오랑캐 기마대가 남으로 내려오지 못 했다지
出塞淸沙漠,	변새로 나가면 사막을 평정하고
還家拜羽林.[3]	고향으로 돌아오면 우림장군이 되리
風霜臣節苦,[4]	역경 속에서 신하의 절개 굳세고
歲月主恩深.	해와 달이 흐를수록 군주의 은혜 깊어라
爲語西河使,[5]	황하의 서쪽으로 부임하는 그대에게 말하노니
知予報國心.	나라에 보답하는 마음을 나에게 알려주게

평석 말구의 '予'(여)자는 도독 자신을 말하며, 변방에서 그의 충용과 나라에 보답하는 마음을 알게 되어 이민족이 감히 침입하지 못하게 하고자 한다. 이러한 결말의 작법은 두보에게도 있다.(末語'予'字都督自謂, 欲虜地知其忠勇報國之心, 不敢犯邊也. 此種結法, 少陵有之.)

해설 전방으로 부임하는 장 도독을 격려한 변새시이다.

주 치소는 면양(沔陽, 섬서성 勉縣)이었지만, 당대에는 그 관할구역이 좁아졌으며 치소도 지금의 섬서성 한중(漢中)이었다. ○張都督(장도독) : 미상. 都督(도독)은 주(州)의 지방 군정사령관. 당대에는 일부 지역에 크기에 따라 대중소(大中小) 도독부를 설치하였다. 일반적으로 해당 주의 군사 업무를 관장하였지만 자사를 겸하는 경우가 많았다. 현대 학자 담우학(譚優學)은 시에 '출새'(出塞)라는 말에서 梁州(양주)는 涼州(양주, 감숙성 武威)의 잘못으로 보았으며, 장 도독도 723년에 양주도독(涼州都督) 및 하서절도사(河西節度使)로 임명된 장경충(張敬忠)으로 추정하였다.

2) 虜騎(노기) : 북방 민족의 기마대.
3) 羽林(우림) : 우림군. 원래는 한 무제가 건장궁(建章宮)을 지키기 위해 설치한 근위대였다. 당대에는 황궁을 보위하는 근위대로 좌우우림군(左右羽林軍)을 두었으며 대장군, 장군 등의 관직을 두었다. 여기서는 우림장군.
4) 臣節(신절) : 신하의 절개.
5) 西河(서하) : 서부에 있는 황하. 지금의 감숙성, 영하회족자치구, 내몽골자치구 등을 지나는 황하를 말한다. 서하사(西河使)는 서하에 부임하는 사신으로, 장 도독을 가리킨다.

서하로 부임하는 선우도호부 배 도호를 보내며(送單于裴都護赴西河)⁶⁾

征馬去翩翩,⁷⁾　　　　떠나는 말은 날듯이 달리는데
城秋月正圓.　　　　　　가을이 온 성(城)에는 달이 마침 둥글어라
單于莫近塞,⁸⁾　　　　선우(單于)가 변새에 다가오지 못하는 건
都護欲臨邊.　　　　　　도호(都護)가 변방으로 나가기 때문
漢驛通煙火,⁹⁾　　　　한족의 역마 길은 봉화로 통하고
胡沙乏井泉.¹⁰⁾　　　　오랑캐 사막에는 샘물이 적다네
功成須獻捷,　　　　　　공을 이루면 마땅히 승전보를 올리기를
未必去經年.¹¹⁾　　　　굳이 해를 넘길 필요 없으리

해설 전방에 부임하는 배 도호를 격려한 변새시이다. 비교적 간결한 구성과 언어로 선명한 이미지를 만들었다. 고시(古詩)의 담백함을 율시로 만드는 성당시기의 특징이 잘 드러나 있다.

동관 성루에 적다(題潼關樓)¹²⁾

客行逢雨霽,¹³⁾　　　　나그네 가는 길에 비가 개어

---

6)　單于(선우): 선우도호부(單于都護府). 당대 6도호부 가운데 하나로 664년 설치되었다. 관할 지역은 지금의 내몽골 음산(陰山)과 황하 이북이다. 치소는 운중(雲中, 내몽골 和林格爾 서북). ○裴都護(배도호): 미상. 도호는 도호부의 지휘관인 대도호(大都護) 또는 도호를 가리킨다.
7)　翩翩(편편): 가볍게 날거나 빠르게 달리는 모습.
8)　單于(선우): 흉노의 왕. 여기서는 비한족의 통치자. ○塞(새): 변병의 요새나 성.
9)　漢驛(한역): 한족의 역마길. ○煙火(연화): 봉화.
10)　胡沙(호사): 서북방의 비한족이 거주하는 사막 지역.
11)　經年(경년): 한 해가 지나감.
12)　潼關(동관): 관문 이름. 장안의 동쪽 교외에 있어 장안을 지키는 최후의 방어선에 해당한다. 당시 화주 화음현(華陰縣, 지금의 섬서성 화음시) 소재.

歇馬上津樓.[14]	말에서 내려 나루 옆 성루에 오르네
山勢雄三輔,[15]	산세는 삼보(三輔)에서 가장 웅장하고
關門扼九州.[16]	관문은 구주(九州)를 제어하는구나
川從陝路去,[17]	황하는 섭원(陝原)을 따라 흘러가고
河繞華陰流.[18]	위하(渭河)는 화산의 북쪽을 돌아나가네
向晚登臨處,	저녁이 되어 높이 올라간 곳
風煙萬里愁.	바람 속 만 리를 바라보며 시름겨워 하여라

해설 동관에 오른 소회를 쓴 시이다. 성루에 오르는 시간과 장소, 동관의 지리적 위치, 동관에서 바라본 강들을 차례로 묘사하고, 말 2구에서 감회를 표현하였다.

---

13) 雨霽(우제) : 비가 개다.
14) 津樓(진루) : 나루 옆의 성루. 동관은 북쪽에 황하, 위하(渭河), 낙수(洛水)가 모이는 곳에 위치하였으므로 나루를 끼고 있었다.
15) 三輔(삼보) : 원래 서한 때 장안(長安) 근처의 세 지역 또는 그 지역을 다스리는 관직을 가리켰다. 즉 장안 동쪽의 경조윤(京兆尹), 북쪽의 좌풍익(左馮翊), 서쪽의 우부풍(右扶風)을 말한다. 치소는 모두 장안에 있었다. 나중에는 수도의 근교 또는 관중 지역을 가리킨다.
16) 扼(액) : 누르다. 통제하다. ○九州(구주) : 중국을 가리킨다. 고대에는 중국을 아홉 주(州)로 나누었다.
17) 川(천) : 황하. ○陝路(섬로) : 섬맥(陝陌) 또는 섬원(陝原)이라고도 한다. 지금의 하남성 섬현(陝縣)으로 황하 남안의 삼문협(三門峽) 근처를 가리킨다.
18) 河(하) : 여기서는 위하(渭河)를 가리킨다. ○華陰(화음) : 화산의 북면.

유신허(劉愼虛)

맹호연의 유문을 구하려 강도에게 부침(寄江滔求孟六遺文)[1]

南望襄陽路,[2]	남으로 양양 가는 길을 바라보니
思君情轉親.[3]	그대 그리는 마음 더욱 애절하여라
偏知漢水廣,[4]	한수(漢水)가 넓어 내 가기 어려운데
應與孟家鄰.[5]	그대 응당 맹호연과 이웃해 살았으리라
在日貪爲善,[6]	살았을 때는 선행하는데 힘쓰다가
昨來聞更貧.[7]	근래에 더욱 가난해졌다지
相如有遺草,[8]	사마상여처럼 원고를 남겼는지
一爲問家人.	나를 위해 한 번 집안사람들에게 물어 봐주게

평석 죽은 친구를 저버리지 않았으니 옛 사람의 우정이다.(不負死友, 古人交誼.) ○ 유고에는

---

1) 江滔(강도) : 미상. 맹호연의 친구로 보인다. ○ 孟六(맹륙) : 맹호연(孟浩然). ○ 遺文 (유문) : 죽은 사람이 생전에 남긴 시문.
2) 襄陽(양양) : 지금의 호북성 양번시(襄樊市). 맹호연의 고향이자 살았던 곳이다.
3) 심주 : 강도를 가리킨다.(指滔.)
4) 漢水廣(한수광) : 한수(漢水) 강이 넓다. 『시경』「한광」(漢廣)에 나오는 "한수가 넓고 넓어, 헤엄쳐 건널 수 없네"(漢之廣矣, 不可泳思.)라는 말을 이용하였다.
5) 孟家鄰(맹가린) : 맹호연의 집과 이웃하다. 더불어 맹모삼천지교(孟母三遷之敎)의 전 고도 중의적으로 표현하였다.
6) 在日(재일) : 맹호연이 생존할 때. ○ 貪爲善(탐위선) : 선행을 쉬지 않고 하다.
7) 昨來(작래) : 근래.
8) 相如(상여) : 서한의 사마상여(司馬相如). ○ 遺草(유초) : 유문(遺文). 유고(遺稿). 이 구는 『사기』「사마상여전」(司馬相如傳)의 일을 가리킨다. 사마상여가 만년에 무릉 (茂陵)에 살다 병이 심하여지자 무제(武帝)가 유고를 찾으러 사신을 보냈다. 사신이 도착하니 사마상여는 이미 죽었다. 그 아내에게 유고를 찾으니 쓸 때마다 사람들이 가져가서 남겨진 글이 없다고 했다. 오직 「봉선서」(封禪書)만 한 권 있어 이를 무제 에게 바치자, 무제가 기이하게 여겼다. 일반적으로 '무릉의 책'(茂陵書)이라고 하는 이 일은 문인을 애도하는 전고로 쓰인다.

분명 「봉선서」(封禪書)는 없었을 것이다.(遺草中必無封禪書.)

해설 맹호연의 유고를 구하려고 그 이웃에게 편지 삼아 부친 시이다. 강도(江滔)라는 친구에 대해 안부를 물으면서 다시 맹호연에 대한 깊은 애정을 표현하는 구성이 특이하다.

궐제(闕題)

道由白雲盡,[9]	길은 흰 구름 속으로 들어가고
春與青溪長.	봄은 푸른 시내 따라 길어라
時有落花至,	때로 떨어진 꽃잎이 날아와
遠隨流水香.	흐르는 물 따라 멀리까지 향기롭구나
閑門向山路,	한가한 문은 산길을 향해 열려있는데
深柳讀書堂.	우거진 버들에 둘러싸인 독서당
幽映每白日,[10]	나뭇잎에 새어드는 빛나는 해는
清輝照衣裳.	맑고 서늘한 빛을 내 옷에 비추는구나

평석 일은 지나치게 구하면 바로 앞에 있는 뛰어난 장소도 소홀히 지나치고 알지 못한다. 이러한 점을 깨달으면 비로소 자연의 정취를 볼 수 있다.(每事過求, 則當前妙境, 忽而不領. 解此意方見其自然之趣.)

해설 늦봄이 된 깊은 산 속의 정경을 묘사한 시이다. 그 중심은 시인이 은거하고 있는 심류독서당(深柳讀書堂)으로 짙은 버들로 둘러싸여 있는 서재이다. 원경부터 근경으로 잡아드는 구성으로 앞뒤의 호응이 긴밀하

---

9) 由(유): 때문에.
10) 幽映(유영): 흐릿한 햇빛. 여기서는 우거진 버들을 통과한 햇빛.

며, 그 가운데 맑은 시어의 이미지가 자유롭게 걸쳐졌다. 유신허의 대표 작이자 당시의 명작으로 역대로 애송되었다.

장자용(張子容)

양양으로 돌아가는 맹호연을 보내며(送孟浩然歸襄陽)

東越相逢地,[1]	월 지방의 동쪽에서 만나
西亭送別津.[2]	서정(西亭)의 나루터에서 헤어지누나
風潮看解纜,	바람과 조수를 살펴 닻줄을 푸니
雲海去愁人.	구름 낀 바다를 떠나가는 시름 깊은 사람
鄕在桃林岸,	고향은 저 먼 복숭아 숲 언덕
山連楓樹春.	봄이 온 산에는 단풍나무가 이어졌으리
因懷故園意,	고향의 동산을 그리는 이 마음
歸與孟家鄰.[3]	그대와 더불어 그대 집 옆으로 돌아가네

해설 730년 맹호연이 화동 지방을 여행할 때 연말에 온주(溫州)에 들러 장자용을 만났다. 두 사람이 그해 세모에 만나서 쓴 시가 현재 각각 남아 있다. 이 시는 다음 해 초에 헤어질 때 장자용이 쓴 시이다. 어려서부

---

1) 東越(동월) : 월 지방의 동부. 곧 영가(永嘉, 절강성 溫州) 일대를 가리킨다.
2) 西亭(서정) : 영가의 나루터에 있는 역참 이름.
3) 孟家鄰(맹가린) : 맹호연의 이웃. 장자용은 일찍이 양양에서 맹호연과 함께 은거했으며, 집안이 대대로 서로 알고 지내는 사이였다. 맹호연의 「세모의 밤에 낙성 장 소부 집에서 만나」(歲除夜會樂城張少府宅)에서도 "대대로 두 집안이 알고 지내는 사이로, 서로 거리낌이 없이 친했어라"(疇昔通家好, 相知無間然.)고 하였다.

터 이웃에 살았던 두 사람이 머나먼 객지에서 만난 감회가 적지 않았을
것이다.

낙성 현위로 폄적된 날 지음(貶樂城尉日作)[4]

竄謫邊窮海,[5]	멀리 방축되어 바다 끝에 왔나니
川原近惡溪.[6]	강과 들이 악계(惡溪)와 가까워라
有時聞虎嘯,	때때로 호랑이 포효소리 들리고
無夜不猿啼.	원숭이가 울지 않는 밤이 없어라
地暖花長發,	땅이 무더우니 꽃이 오래 피고
巖高日易低.	암벽이 높으니 해가 일찍 지네
故鄕可憶處,	고향만이 기억할 만하나니
遙指斗牛西.[7]	멀리 두성(斗星)과 우성(牛星) 서쪽을 가리켜본다

해설 낯선 남방으로 폄적된 소감을 쓴 시이다. 당시 절강성 남쪽은 개발
이 덜 된 유배지로, 작자는 궁해(窮海)와 악계(惡溪)라는 말로 벽지에 대한
감정을 나타내었다. 짐승의 울음과 오래 핀 꽃도 이역의 새로움이 아닌

---

4) 樂城(낙성) : 온주 낙성현. 지금의 절강성 온주 낙청시(樂淸市).
5) 竄謫(찬적) : 폄적되어 방축되다. 장자용은 727년경 온주 낙성현 현위로 좌천되었다.
   그 이전의 직위나 좌천 이유에 대해서는 미상.
6) 惡溪(악계) : 지금의 절강성 진운현(縉雲縣) 동북 대분산(大盆山)에서 발원하여 서남
   으로 여수(麗水)로 흘러가는 강. 이 강은 본래 구십 리에 오십육 개의 여울이 있는
   급류로 '대악'(大惡)이라 하였는데, 수대(隋代)에 강 이름을 여수(麗水)라 바꾸고, 당대
   에는 현의 이름으로도 사용하였다. 강물에는 원래 괴물이 많았는데 만당시기에 단성
   식(段成式)이 선정을 베풀면서 괴물들이 사라졌다고 한다. 악계는 유배지인 낙성의
   서북쪽에 소재한다. 맹호연의「천태산을 찾아」(尋天台山)에서도 "화정봉을 찾아 갈
   수 있다면, 악계의 이름도 두려워 않노라"(欲尋華頂去, 不憚惡溪名.)는 말이 나온다.
7) 斗牛(두우) : 두성(斗星)과 우성(牛星). 이들 별과 대응되는 지상의 분야(分野)는 지금
   의 절강성, 강소성, 안휘성, 강서성 일대이다. 시인의 고향인 양양은 이 지역의 서쪽
   에 해당한다.

낯섦으로 인식하였다. 변경에 대한 부정적 인식은 고대 문인들의 전형적인 것으로, 중앙에서 밀려나온 심리적인 고립감을 함께 표현하였다.

하지장(賀知章)

군대 가는 사람을 보내며(送人之軍中)[1]

常經絶脈塞,[2]	일찍이 지맥이 끊어진 장성에 갔다는데
復見斷腸流.[3]	다시 농산(隴山)의 흐느끼는 강물을 만나겠네
送子成今別,	그대 보내며 지금 이별하게 되니
令人起昔愁.	예전의 슬픔이 다시금 일어나네
隴雲晴半雨,[4]	농산은 갠 날에도 한쪽은 비가 내리고
邊草夏先秋.	변방의 풀은 여름인데도 가을처럼 시든다네
萬里長城寄,[5]	만리장성같이 나라를 보위하는 사람이 되어

---

1) 之(지) : 가다. 동사로 쓰였다.
2) 絶脈塞(절맥새) : 지맥이 끊긴 변방. 변방의 장성을 가리킨다. 진시황의 명령으로 장성을 축조한 몽념이 임종 때 "임조에서 시작하여 요동까지 이어져 성벽과 도랑이 만여 리에 걸쳐져 있는데, 그 가운데 지맥이 끊어지지 않은 곳이 없을 수 없으니, 이는 곧 몽념의 죄로다"(起臨洮屬之遼東, 城塹萬餘里, 此其中不能無絶地脈哉? 此乃恬之罪也.)고 하였다. 『사기』「몽념열전」(蒙恬列傳) 참조. 絶脈(절맥)이란 곧 몽념 말 중의 絶地脈(절지맥)을 가리킨다.
3) 斷腸流(단장류) : 애가 끊어지듯 울리는 강물 소리. 농산(隴山)의 분류수(分流水)를 가리킨다. 본권에 실린 심전기(沈佺期)의 「농두수」(隴頭水) 참조.
4) 隴雲(농운) : 농산(隴山)의 구름. 농산은 섬서성과 감숙성의 경계에 있는 산.
5) 萬里長城(만리장성) : 본래 장성을 가리키나, 여기서는 국가가 믿고 의지하는 장군을 비유한다. 유유(劉裕)를 따라 후진(後秦)을 대파하는데 혁혁한 전공을 세운 단도제(檀道濟)가 나중에 북위(北魏)와 싸우다가 크게 패하였다. 송 문제(宋文帝)는 그의 세력을 경계하여 죽이자, 단도제가 죽으면서 분노하여 "너의 만리장성을 무너뜨리

無貽漢國憂.[6]　　　　한나라가 근심하지 않게 해주게나

해설 농산 지역으로 출군하는 사람을 보내며 쓴 시이다. 변방의 환경을
상기하며 나라를 위해 분투할 것을 당부하였다.

장팔원(章八元)

신안강을 지나며(新安江行)[1]

江源南去永,　　　　강물이 남으로 길게 흘러가는데
野飯暫維梢.[2]　　　들에서 밥을 먹고 잠시 배를 댄다네
古戌懸魚網,　　　　오래된 수자리엔 그물이 걸려있고
空林露鳥巢.　　　　빈 숲에 새 둥지가 드러나 보이네
雪晴山脊見,　　　　눈발이 갠 산 능선이 수척한데
沙淺浪痕交.　　　　얕은 모래톱엔 물결 자욱이 엇갈렸네
自笑無媒者,[3]　　　추천해주는 사람 없음을 스스로 비웃나니
逢人作解嘲.[4]　　　사람을 만나면 스스로를 변명해야 하리라

　　는구나!"(乃復壞汝萬里之長城!)라고 소리쳤다. 『송서』 「단도제전」(檀道濟傳) 참조.
[6]　漢國(한국) : 한족의 국가. 여기서는 당나라를 가리킨다.
[1]　新安江(신안강) : 절강(浙江, 전당강)의 상류. 안휘성 흡현(歙縣) 황산(黃山)에서 발원
　　하여, 동남으로 절강성 순안현(淳安縣)을 지나 건덕시(建德市) 매성현에서 난계(蘭
　　溪)와 합류하여 전당강으로 흘러든다.
[2]　維梢(유초) : 維稍라 쓰기도 한다. 배를 묶어 정박시키다. 梢와 稍는 모두 艄(소)의
　　통가자(通假字)로 배의 고물이란 뜻이며, 곧 배를 가리킨다.
[3]　無媒(무매) : 중매자가 없음. 추천하는 사람이 없어 발탁되기 어려움을 비유한다.
[4]　解嘲(해조) : 다른 사람의 조소에 대해 스스로 자신을 변호함. 서한 양웅(揚雄)이 지
　　은 「해조」(解嘲)를 환기한다.

해설 겨울철 배를 타고 가며 바라본 신안강가의 광경과 자신의 감회를 표현한 작품이다. 강남의 겨울 풍경을 담담히 묘사한 중간의 4구는 비록 고적한 의경을 잘 포착하였지만 원근의 호응과 동정(動靜)의 관계가 정연하지 않은 편이다. 말 2구는 고향 사람들에게 자신의 처지를 설명해야하는 미묘한 심리가 드러나 있지만 전개가 갑작스럽다.

왕유(王維)

평석 왕유의 오언율시는 두 종류가 있다. 하나는 청원(淸遠)한 풍격이 두드러진 것으로 "걷다가 보면 샘물이 솟아나는 곳에 이르고, 앉아서 바라보면 구름이 일어나는 때라"가 그러하다. 다른 하나는 웅혼한 풍격이 두드러진 것으로 "하늘에서 장군성이 움직일 때는, 중원은 버들가지 푸른 봄날"이 그러하다. 응당 나누어 살펴야 할 것이다.(右丞五言律有二種 : 一種以淸遠勝, 如"行到水窮處, 坐看雲起時"是也; 一種以雄渾勝, 如"天官動將星, 漢地柳條靑"是也. 當分別觀之.)

기왕을 따라 양씨 별장을 방문하여 응교하다(從岐王過楊氏別業應敎)[1][2]

揚子談經處,[3]   양웅이 경전을 담론하던 곳에

---

1) 심주 : 기왕은 이름이 이범으로 현종의 동생이다.(岐王名範, 玄宗弟.)
2) 岐王(기왕) : 예종(睿宗)의 넷째아들이자 현종의 동생으로 이름은 이범(李範). 예종이 즉위하자 기왕(岐王)으로 봉해졌고, 현종이 즉위한 후 태자소사(太子少師), 강주(絳州)·정주(鄭州)·기주(岐州) 자사(刺史), 태자태부(太子太傅) 등을 역임하였다. 726년 졸. ○過(과) : 방문하다. ○楊氏別業(양씨별업) : 양씨의 별장. 양씨는 미상. ○應敎(응교) : 왕의 명령에 따라 화답한 시문. 위진 이래 신하가 제왕의 시문에 화답한 것을 '응조'(應詔)라 하고, 태자의 시문에 화답한 것을 '응령'(應令)이라 하고 왕의 시

淮王載酒過.[4)	회남왕이 술을 들고 방문하였네
興闌啼鳥換,[5)	우는 새가 바뀐 걸 보니 흥이 높음을 알겠고
坐久落花多.	꽃이 쌓인 걸 보니 오래 앉았음을 알겠노라
徑轉廻銀燭,	오솔길이 굽이도니 은 촛불이 따라 돌아가고
林開散玉珂.[6)	숲 속으로 길이 펼쳐지니 옥 굴레 소리가 흩어지네
嚴城時未啓,[7)	통금이라 아직 성문이 열리지 않는 시간
前路擁笙歌.[8)	선두의 악대들이 생황을 불고 가네

평석 양웅으로 양씨를 비기고 회남왕으로 기왕을 비겼다. 제3, 4구는 즐기고 논지가 오래되었음을 말한다. 뒤에서 심야가 되어서야 돌아가는 장면은 정감이 무한하다.(揚子雲比楊氏, 淮王比岐王. 三四言賞玩之久也. 後言深夜始歸, 餘情無盡.)

해설 제목에서 말한 대로 기왕을 따라 양씨 별장에 가서 놀다온 장면을 쓴 시이다. 비록 응교시(應敎詩)이나 아부에 떨어지지 않고 고아한 밤의 정취를 잘 표현해내었다. 제3, 4구는 경관의 아름다움 뿐만 아니라 시간의 길이까지 표현하여 역대로 잘 인용되는 운미(韻味)가 깊은 명구이다. 더불어 전편에 움직임과 정지, 소리와 고요가 긴장감 있게 어우러져 있

문에 화답한 것을 '응교'(應敎)라 했다.

3) 揚子(양자) : 서한 말기에 활동한 양웅(揚雄)을 가리킨다. 문학가이자 학자로, 세상의 명예와 이익에 뜻을 두지 않고 연구하여 『법언』(法言), 『태현경』(太玄經) 등을 지었다. 특히 술을 좋아하였기에 호사들은 술과 안주를 들고 찾아가 배웠다고 한다. 여기서는 양웅으로 제목에 나오는 양씨(楊氏)를 비유하였다.

4) 淮王(회왕) : 서한 회남왕(淮南王) 유안(劉安)을 가리킨다. 문학과 방술을 좋아하였으며 자신을 낮추고 널리 문사들을 불러 모았다. 여기서는 회남왕으로 기왕(岐王)을 비유하였다.

5) 興闌(흥란) : 흥이 무르익다. ○啼鳥換(제조환) : 우는 새가 바뀌었다. 밤에 우는 새와 새벽에 우는 새가 다르므로 시간이 한참 지났다는 뜻.

6) 開(개) : 펼쳐지다. 숲 속에 들어서니 넓은 공간이 나오다. ○玉珂(옥가) : 말굴레에 매다는 패각으로 만든 장식물. 여기서는 말을 가리킨다.

7) 嚴城(엄성) : 사람의 통행을 막은 성. 고대에는 야간에 사람의 통행을 금지하였다.

8) 擁(옹) : 무리를 지어 가다.

어 깊은 즐거움을 표현하였다. 초기 대표작으로 720년 장안에서 지은 것으로 보인다.

최 원외의 「가을밤에 당직을 서며」에 화답하며(同崔員外秋宵寓直)[9][10]

建禮高秋夜,[11][12]	건례문(建禮門)에 한가을 밤
承明候曉過.[13][14]	승명려(承明廬)에서 새벽이 오는지 살피노라
九門寒漏徹,[15]	궁중의 아홉 문에 물시계 소리도 잦아들고
萬井曙鐘多.	수많은 우물가에 새벽 종소리 울려라
月逈藏珠斗,[16]	달이 멀어지니 북두성이 숨어들고
雲消出絳河.[17]	구름이 사라지니 은하수 물이 빠져나가네
更慚衰朽質,[18]	노쇠한 몸이라 더욱 부끄러운데
南陌共鳴珂.[19]	남쪽 길로 함께 말 타고 돌아가누나

9) 심주 : 궁중에서 숙직하다.(禁中直宿.)
10) 崔員外(최원외) : 미상. ○寓直(우직) : 원래 다른 관아에 가서 당직을 선다는 뜻이었으나, 나중에는 관청에서의 당직을 의미했다.
11) 심주 : 건례는 문 이름이다.(門名.)
12) 建禮(건례) : 건례문(建禮門). 한대의 궁문으로 그 안에 상서대(尚書臺)가 있었다. 여기서는 당 상서성을 가리킨다.
13) 심주 : 승명은 여 이름이다.(廬名.)
14) 承明(승명) : 승명려(承明廬). 서한 석거각(石渠閣) 밖에 있던, 시종들이 당직을 서던 곳. 위(魏)의 궁문에도 승명문(承明門)이 있어, 명제(明帝)가 조회하러 이문을 드나들었다.
15) 九門(구문) : 황성의 남북 중축선으로 서 있는 아홉 개의 궁문. 일반적으로 황궁의 문을 가리킨다. ○徹(철) : 끝나다.
16) 珠斗(주두) : 구슬같이 엮어져 있는 북두성.
17) 絳河(강하) : 은하수. 은하가 북극성의 남쪽에 있으므로, 남방의 색인 붉은색의 뜻으로 '강(絳)'을 붙였다.
18) 衰朽(쇠후) : 노쇠하고 무능하다. 작자 자신을 가리킨다.
19) 鳴珂(명가) : 울리는 옥 소리. 말의 굴레 따위에 장식한 옥이 울리는 소리.

해설 가을밤에 장안성에 숙직을 선 정황을 묘사한 시이다. 왕유가 상서성 문부랑중(文部郎中)으로 있을 때인 752~754년 사이에 지은 것으로 보인다.

장 소부에게 답하며(酬張少府)[20]

晚年惟好靜,	늘그막이 되니 오로지 조용함이 좋아
萬事不關心.	온갖 세상일에 마음을 두지 않아라
自顧無長策,[21]	돌아봐도 스스로 좋은 계책이 없어
空知返舊林.	그저 예전의 숲으로 돌아올 수밖에
松風吹解帶,	솔바람은 풀어진 허리띠를 흔들고
山月照彈琴.	산에 뜬 달은 거문고를 비추어
君問窮通理,[22]	그대 묻는가, 궁달(窮達)의 이치를
漁歌入浦深.[23]	어부의 노랫소리 포구 안으로 들어오네

평석 결말은 답하지 않음으로 답하였다.(結意以不答答之.)

해설 은거 생활의 한가로움과 자유로움을 노래한 시이다. 왕유가 만년에 종남산 망천(輞川)에서 지내며 반관반은(半官半隱)생활을 할 때 쓴 시이다. '궁달'(窮達)이란 말에서 이 시는 단순한 산수시가 아니라 시의 뿌리에

---

20) 張少府(장소부) : 미상. 소부는 현위(縣尉). 당대에는 관직을 다른 이름으로 붙여 부르기를 좋아하였다. 현령을 명부(明府)라 하고, 현승(縣丞)을 찬부(贊府)라 부르는 등이다.

21) 長策(장책) : 좋은 계책.

22) 窮通(궁통) : 막힘과 통함. 곤궁과 영달.

23) 漁歌(어가) : 어부의 노랫소리. 말구는 장 소부의 물음에 대한 답으로, 굴원(屈原)의 「어부」(漁父)에서 말하는 원만한 처세의 뜻을 간접적으로 환기한다. 또는 어부처럼 순박하고 자연스럽게 살아가는 은일의 즐거움을 제시한다고도 볼 수 있다.

정치와 처세에 관한 고민이 연결되어 있음을 알 수 있다. 제5, 6구는 소요자재(逍遙自在)하는 풍신(風神)을 잘 묘사한 명구이다. 역대 문인들의 처세에 관한 이상이 시적 형식으로 형상화되었다고 할 수 있다.

망천에서 한가히 지내며 수재 배적에게(輞川閑居贈裴秀才迪)[24]

寒山轉蒼翠,	서늘한 산은 비췻빛으로 바뀌고
秋水日潺湲.[25]	가을 물은 날이 갈수록 졸졸 흐르네
倚杖柴門外,	사립문 앞에서 지팡이에 기대어
臨風聽暮蟬.	바람 속 저물녘 매미울음 들어라
渡頭餘落日,	나루터엔 저무는 석양빛
墟里上孤煙.	마을에는 떠오르는 외줄기 연기
復值接輿醉,[26]	다시금 술에 취한 접여(接輿)를 만났으니
狂歌五柳前.[27]	다섯 그루 버들 앞에서 마음껏 노래 부르네

---

24) 輞川(망천) : 지금의 섬서성 서안시 남전현(藍田縣) 동남에 소재한 작은 강. 종남산(終南山)의 망곡(輞谷)에서 발원하여 파수(灞水)로 흘러든다. 산이 험하고 길이 좁아 풍경이 아름다운 곳으로 왕유의 별장이 있었다. ○ 裴迪(배적) : 성당 때 시인. 왕유와 절친했으며 두보, 이기, 맹호연 등과도 교유하였다. 안사의 난 후에 촉주자사(蜀州刺史)를 지냈다. ○ 秀才(수재) : 여기서는 선비라는 뜻. 당대 초기 과거에 진사과와 함께 수재과도 있었으나 651년 수재과는 폐지되었다. 이후 과거 시험을 준비하는 사람을 수재 또는 진사라 불렀다.

25) 潺湲(잔원) : 물 흐르는 소리. 졸졸.

26) 接輿(접여) : 춘추시대 초나라의 은사(隱士). 미친 척 하면서 세상을 피해 살았기에 광인(狂人)이라 하였다. 『논어』 「미자」(微子)에 초나라 광인 접여가 노래를 부르며 공자 앞을 지나갔다. "봉이여, 봉이여! 어이하여 덕이 쇠락했나? 과거는 돌이킬 수 없지만 미래는 따라잡을 수 있다네. 끝났구나, 끝났구나! 지금의 위정자는 모두 위태롭구나!"(鳳兮鳳兮! 何德之衰? 往者不可諫, 來者猶可追. 已而已而! 今之從政者殆而!) 여기서는 배적을 가리킨다.

27) 五柳(오류) : 도연명은 자신의 집 앞에 다섯 그루 버드나무를 심었으며, 스스로를 '오류선생'(五柳先生)이라고 하였다. 여기서는 작자의 망천산장(輞川山莊)을 가리킨다.

해설 가을날 저녁 산촌의 한가한 풍경과 여유 있는 심정을 묘사하였다. 여기에 지인이 찾아왔으니 그 즐거움이 지극하였다. 계절을 나타내는 말과 빛의 변화를 묘사하는 어휘들로 조용한 산촌이 지극히 생동적인 모습으로 바뀌었다. 제5, 6구는 도연명의 「전원에 돌아와 살며」(歸園田居) 제1수에 나오는 "희미하게 보이는 먼 마을, 하늘하늘 오르는 마을의 연기"("曖曖遠人村, 依依墟里煙)와 곧잘 비교되는데, 왕유 시의 구도가 더욱 명확하다는 평을 받는다. '일'(日)자가 중복되는 등 일부러 구성한 흔적이 없는데도 격조 높은 정서가 드러난 명작이다.

산속의 가을 저녁(山居秋暝)²⁸⁾

空山新雨後,	사람 없는 빈 산에 비 내린 후
天氣晚來秋.²⁹⁾	저녁 되니 하늘은 가을이로다
明月松間照,	밝은 달은 소나무 사이를 비추고
淸泉石上流.	맑은 샘물이 바위 위에 흘러라
竹喧歸浣女,³⁰⁾	대숲이 수런대니 빨래하다 돌아가는 여인이요
蓮動下漁舟.	연잎이 움직이니 내려가는 고깃배가 있었어라
隨意春芳歇,³¹⁾	제멋대로 봄꽃이 시들고 가을이 되니
王孫自可留.³²⁾	왕손(王孫)은 절로 산중에 머물만하다네

---

28) 暝(명) : 저녁. 밤.
29) 晚來(만래) : 저녁. 저녁 무렵.
30) 浣女(완녀) : 빨래하는 여인. 비가 온 후라 빨래하기 좋다.
31) 隨意(수의) : 마음대로, 제멋대로. ○ 春芳(춘방) : 봄꽃.
32) 王孫(왕손) : 은사(隱士)에 대한 존칭. 나아가 귀족 자제를 의미한다. 그러나 후대에 이 어휘가 많이 쓰이면서 나그네를 의미하기도 한다. 여기서는 작가 자신을 가리킨다. 제7, 8구는 한대(漢代) 회남소산(淮南小山)의 「은사를 부르다」(招隱士)에서 "왕손(王孫)이여, 그대 떠나간 후 돌아오지 않더니, 봄풀은 자라서 파릇파릇 우거졌네 (…중략…) 왕손(王孫)이여, 어서 돌아오라! 산속은 오래도록 머물 곳이 아니라네"(王孫遊兮不歸, 春草生兮萋萋 (…중략…) 王孫兮歸來, 山中兮不可以久留.)란 구절을

평석 봄꽃이 시든다 해도 산속에 절로 머물만하다고 말했다.(言春芳雖歇, 山中自可留也.)

해설 비 갠 가을 저녁의 산촌을 묘사하였다. 왕유는 가을 저녁 비갠 모습을 즐겨 묘사하였는데, 이 시는 어느 한 구를 뽑을 필요 없이 전편이 산뜻하고 청신하며 또한 완정하다. 자연의 동정(動靜)이 자연스럽고, 인물의 등장도 측면으로 묘사되어 자연의 일부가 되었다. 왕유의 대표작일 뿐만 아니라 중국고전시의 대표작이다.

숭산에 돌아와 지음(歸嵩山作)[33]

清川帶長薄,[34][35]	맑은 강을 따라 초목이 길게 이어져
車馬去閑閑.[36]	수레를 타고 한가히 가노라
流水如有意,	흐르는 강물은 마치 말을 거는 듯하고
暮禽相與還.[37]	저녁 새들도 나와 더불어 산에 돌아가누나
荒城臨古渡,	황량한 성곽은 오래된 나루터 옆에 있고
落日滿秋山.	떨어지는 석양빛은 가을 산에 가득해라

응용하였다. 「은사를 부르다」에서 사용된 왕손(王孫)은 진(秦)이 전국을 통일하면서 멸망한 여러 나라들의 귀족을 왕손(王孫)이나 공자(公子) 등으로 부른데서 시작되었다. 왕부지(王夫之)는 "진한(秦漢) 이전에 사인(士人)들은 모두 왕후(王侯)의 후예들이었으므로 왕손이라 하였다"고 했다. 유안(劉安)은 봄날에 산중에 있는 귀족 자제를 불러내고 있지만, 왕유는 이를 빌어 거꾸로 자신은 가을이 되어도 산에 있겠다고 말하고 있다. ○ 自(자) : 친히. 몸소.

33) 嵩山(숭산) : 하남성 등봉시(登封市) 북쪽에 소재한 명산. 오악 가운데 중악(中嶽)에 해당한다. 고대에는 방외산(方外山), 태실산(太室山), 숭고산(嵩高山) 등으로 불렸다.

34) 심주 : 초목이 뒤섞여 있음을 薄(박)이라 한다.(草木交錯曰薄.)

35) 薄(박) : 초목이 무성히 자란 곳. 長薄(장박)은 길에 펼쳐진 녹지를 말한다.

36) 閑閑(한한) : 한가하고 여유로운 모양.

37) 暮禽(모금) 구 : 이 구는 도연명의 「술을 마시며」(飮酒) 제5수에 나오는 "산 빛은 저녁이 되어 아름다운데, 새들은 짝을 지어 함께 돌아온다"(山氣日夕佳, 飛鳥相與還.)는 이미지와 비슷하다.

迢遞嵩高下,³⁸⁾　　　　나의 집은 저 높은 숭산의 기슭 아래인데

歸來且閉關.³⁹⁾　　　　돌아왔으니 이제 문을 닫고 지내리

평석 사람의 정과 물상의 속성을 매번 의식과 무의식 중간에서 썼다.(寫人情物性, 每在有意

無意間.)

해설 숭산의 은거지로 돌아가며 일어난 감흥을 지은 시이다. 전반 4구는
산으로 돌아가는 도중에 본 풍경을 묘사하였고, 후반 4구는 산에 돌아간
이후의 적막한 심정을 나타내었다. 은거지에 있어서 장안에 종남산이 있
다면 낙양에 숭산이 있는 셈이다. 현대 학자 진철민(陳鐵民)은 734년 지은
것으로 보았다. 후기 망천시기의 시보다는 다소 엄격한 구성을 갖추고
있음이 눈에 뜨인다.

망천에서 한가히 지내며(輞川閑居)

一從歸白社,⁴⁰⁾　　　　백사(白社)와 같은 은거지로 돌아왔으니

不復到靑門.⁴¹⁾　　　　다시는 장안성으로 들어가지 않으리

---

38) 迢遞(초체) : 높다는 뜻과 멀다는 뜻이 있다. 여기서는 높은 모양. ○ 嵩高(숭고) : 숭
고산(嵩高山). 숭산을 가리킨다.
39) 閉關(폐관) : 문을 닫다. 문을 닫아걸어 손님의 방문을 받지 않는다는 뜻이다.
40) 一從(일종) : ~부터. ○ 白社(백사) : 낙양의 방리(坊里) 이름. 낙양사(洛陽社)라고도
한다. 진대(晉代) 낙양성 건춘문(建春門) 밖 사당이 많은 곳. 『진서』(晉書)「은일전」
과 『포박자』「잡응」(雜應) 등의 기록에 따르면, 어느 지방 사람인지 모르는 동경(董
京, 자 威輦)이란 자가 농서(隴西)의 계리(計吏)를 따라 이곳에 와서는, 머리를 풀고
걸어 다니며 소요하고 읊조리며 살았다고 한다. 저작랑(著作郎) 손초(孫楚)가 수레
에 태워 데려왔지만 결국 앉지도 않고 돌아간 후, 나중에는 종적이 묘연했다고 한
다. 후대에는 白社(백사)는 은자의 거처를 가리킨다.
41) 靑門(청문) : 장안성의 동남문. 원래 패성문(霸城門)이었는데 문의 색이 청색이어서
청성문(靑城門) 또는 청문(靑門)이라고 했다. 이곳을 나서면 종남산 망천과 통한다.

時倚檐前樹,　　　　　때로 처마 앞의 나무에 기대어
遠看原上村.　　　　　멀리 들녘의 마을을 바라보네
青菰臨水映.42)　　　　푸른 교백(茭白)은 물가에 비치고
白鳥向山翻.　　　　　흰 새는 산을 향해 날아가는구나
寂寞於陵子,43)　　　　적막하여라, 오릉(於陵)의 진중자(陳仲子)여
桔槹方灌園.44)　　　　두레박으로 물을 길어 논밭에 대는구나

평석 제3, 4구는 자연의 힘으로 절로 이루어졌다. '靑'(청)자와 '白'(백)자가 중복되었다.(三四
天然. '靑''白'字複.)

해설 망천의 경관과 은거의 정취를 표현한 시이다. 장안에 다시 가지 않
겠다는 말에서 관직생활의 염증을 결연한 어조로 나타내고, 동경(董京)과
진중자(陳仲子) 등 고대의 은자로 자신의 처세 기준을 표방하였다. 제3, 4
구는 도연명의 구법(句法)으로, 작자의 눈으로 풍광을 드러내는 명구로,
원대 방회(方回)는 "내가 특히 끝없이 심취한다"(予獨心醉不已)고 하였고,
청대 장겸의(張謙宜)는 "경치가 없는 가운데 경치가 있다"(無景中有景)고
하였고, 청대 기윤(紀昀)은 "자연스럽게 흘러나왔으니 흥상이 절로 이루
어졌다"(自然流出, 興象天然.)고 평하였다.

---

42) 靑菰(청고) : 일반적으로 교백(茭白)이라고 한다. 강가나 소택지에서 자라는 구근식
　　물로, 잎과 뿌리를 모두 식용하는데, 주로 중국의 강남에서 난다. 고대에는 그 뿌리
　　를 곡식의 하나로 쳤다.
43) 於陵子(오릉자) : 전국시대 제(齊)의 진중자(陳仲子)를 가리킨다. 오릉(於陵)은 지금
　　의 산동성 추평현(鄒平縣). 『맹자』「등문공」(滕文公)에는 그의 형 진대(陳戴)가 제나
　　라에서 만종(萬種)의 봉록을 받고 살아도 이를 불의하다고 여겨 부모형제와 떨어져
　　오릉(於陵)에서 살았다고 하였다. 『고사전』(高士傳)에는 진중자가 처와 함께 초나라
　　에 갔는데, 초나라 왕이 그가 어질다는 말을 듣고 사신을 보내 재상으로 삼고자 부
　　르니, 진중자는 처와 함께 달아나 남의 논밭에 물을 대는 일을 하였다고 기록하였
　　다. 여기서는 오릉자로 시인 자신을 비유하였다.
44) 桔槹(길고) : 두레박. ○灌園(관원) : 채마밭이나 과수원에 물을 주다. 진중자의 일을
　　빌어 자신을 나타내었다.

종남산(終南山)[45]

太乙近天都,[46]	태을봉은 하늘에 닿을 듯하고
連山到海隅.	연이은 산들은 바다로 이어지네
白雲廻望合,	하얀 구름은 돌아보면 모여 있고
青靄入看無.[47]	파란 안개는 가까이 다가가면 보이지 않더라
分野中峰變,[48]	중봉에서 지상의 분야(分野)가 갈라지고
陰晴衆壑殊.	계곡마다 맑거나 흐리며 날씨가 다르더라
欲投人處宿,	사람 사는 데 묵으려고
隔水問樵夫.	물 건너 나무꾼에게 말을 건네

평석 '하늘에 가깝고'는 산의 높음을 말하고, '바다까지 이어졌는데'는 산이 긴 것을 말하며, '지상의 분야' 2구는 산의 거대함을 말한다. 40글자로 포괄하지 않은 것이 없으니 필력이 두보보다 못하지 않다.('近天都'言其高, '到海隅'言其遠, '分野'二句言其大, 四十字中, 無所不包, 手筆不在杜陵下.) ○ 혹자는 말 2구가 전체와 어울리지 않는다고 말한다. 지금 그 뜻을 음미해보면 산이 길고 사람이 적음을 드러낸 것으로 일반적인 사경(寫景)과 비교할 수 없다.(或謂末二句似與通體不配. 今玩其語意, 見山遠而人寡也, 非尋常寫景可比.)

해설 종남산의 높고 큰 모습과 웅혼한 기상을 생동감 있게 묘사하였다. 필력이 강건하고 기세가 울창하다. 시종 시점을 바꾸어 대자연의 모습을

---

45) 終南山(종남산) : 장안성 남쪽에 있는 산. 본권의 두심언(杜審言)의 시 「봉래전 연회에 참석하여, 황제의 명을 받들어 '종남산'을 짓다」(蓬萊三殿侍宴, 奉敕詠終南山) 참조.
46) 太乙(태을) : 태일(太一)과 같다. 원뜻은 도가(道家)에서 말하는 우주 만물의 근원으로서의 '도'(道). 여기서는 종남산의 주봉인 태을봉으로, 때로 종남산을 가리킨다. ○ 天都(천도) : 천제의 도성. 장안성 또는 하늘을 가리킨다.
47) 青靄(청애) : 푸른색의 구름 기운.
48) 分野(분야) : 천상의 별자리를 각각 지상에 대응시킨 지역. 고대에 십이 별자리(나중에는 스물여덟 개)의 위치를 지상의 주(州)나 국(國)에 대응시켰는데, 이때 천상의 별자리를 분성(分星)이라 하고, 이에 대응된 지상의 지역을 분야(分野)라 하였다. 이 구는 종남산이 거대하여 중봉에서 분야가 나누어진다고 과장하였다.

재현하려 하였다. 제1, 2구에서 산의 위치와 전모를 드러내고, 제3, 4구
에서 산의 정면을 조망하다가 산속에 들어가면서 본 모습을 그렸고, 제5,
6구는 고공에서 부감하는 시점에서 그렸고, 말미에서 산의 계곡이 휘도
는 곳으로 내려가 그렸다. 이러한 산점투시의 묘사는 곧 중국화의 구성
방법으로 거대한 산의 전모를 드러내려는 의도가 보인다. 특히 말 2구는
저도 모르게 산의 매력에 빠져 들어간 시인이 묵을 곳을 찾는 장면으로,
거대한 산에 대비하여 사람이 작게 그려진 산수화의 운미가 느껴진다.
『문원영화』(文苑英華)에는 제목이 「종남산 가는 길」(終南行)이라 되어있다.

늦봄에 엄 소윤과 여러 사람의 방문을 받고(晚春嚴少尹與諸公見過)[49]

松菊荒三徑,[50]	세 갈래 오솔길 황량하나 솔과 국화가 아직 있고
圖書共五車.[51]	책은 다섯 수레에 실을 정도라네
烹葵邀上客,[52]	규채를 삶아 귀한 손님들 부르니
看竹到貧家.[53]	대나무 구경하러 가난한 집에 오셨어라

---

49) 嚴少尹(엄소윤): 엄무(嚴武). 안사의 난 이후 757년 9월 당의 정부군이 장안을 수복
한 후 엄무는 경조소윤(京兆少尹)이 되었다. 나중에 758년 6월 파주자사(巴州刺史)
로 폄적되었다. 少尹(소윤)은 부(府)의 부장관으로 종4품 직책이다.

50) 松菊(송국) 구: 도연명의 「귀거래사」(歸去來辭)에 나오는 "집안의 세 갈래 작은 길에
는 잡초가 무성하지만, 소나무와 국화는 아직도 남아있다"(三徑就荒, 松菊猶存.)는
뜻을 이용하였다. 三徑(삼경)은 원래 서한 말기 장후(蔣詡)가 왕망(王莽)의 출사 권
유를 거절하고 두릉(杜陵)에 은거하며, 집안에 오솔길을 세 개 만들어 놓고 구중(求
仲)과 양중(羊仲) 두 사람하고만 왕래한 일을 가리킨다.

51) 五車(오거): 다섯 수레에 실을 정도로 많은 책. 『장자』「천하」(天下)에 "혜시의 학설
은 다방면에 걸쳐 있고, 읽은 책도 다섯 수레에 쌓을 정도이다"(惠施多方, 其書五
車.)는 말이 있다.

52) 烹葵(팽규): 구채를 익히다. 규채는 마당에 흔히 자라는 접시꽃 비슷한 식물로 잎사
귀는 식용하였다. 송옥의 「풍부」(諷賦)에 "귀한 손님이 멀리서 왔으니 (…중략…) 교
백(茭白)으로 밥을 짓고, 규채의 국을 만들어 먹게 하였다"(上客遠來 (…중략…), 乃
炊雕胡之飯, 烹露葵之羹以食之.)는 말이 있다.

53) 看竹(간죽): 대나무를 감상하다. 동진 왕휘지(王徽之, 서예가 왕희지의 아들)의 전고

雀乳先春草,[54]	참새는 봄풀이 나기 전부터 알을 품고
鶯啼過落花.	꾀꼬리는 꽃이 지고 나서도 울고 있네
自憐黃髮暮,[55]	스스로 누런 머리의 노년을 아쉬워하니
一倍惜年華.[56]	두 배로 시간을 아껴야 하리라

해설 758년 3월 엄무(嚴武) 등 손님들의 방문을 받고 쓴 시이다. 자신의 거처, 손님을 부름, 봄의 풍경, 늦봄에 대한 감회 등을 차례로 읊었다. 제3, 4구도 자연스러운 전고로 뛰어나지만 제5, 6구는 눈앞의 정경이면서 곧 봄에 대한 애석함을 환기하므로 더욱 청신하다.

향적사를 찾아(過香積寺)[57]

不知香積寺,	향적사가 어디 있는지 알 수 없어
數里入雲峰.[58]	몇 리를 걸어 구름 낀 봉우리로 들어가네
古木無人徑,	고목만 서 있을 뿐 오솔길도 없는데
深山何處鐘?	깊은 산 어디선가 울려오는 종소리
泉聲咽危石,	샘물은 높은 바위를 지나며 울어 에이고

로, 『세설신어』 「간오」(簡傲)에 나온다. 왕휘지가 오중(吳中, 절강성 소주시)의 사대부 집에 좋은 대나무가 있다는 말을 듣고 찾아가 감상하였다. 주인이 청소를 해놓고 앉기를 기다렸으나 왕휘지는 돌아보지도 않았다. 이에 주인이 문을 닫으려 하자 비로소 왕휘지가 주인과 환담을 나누고 떠났다.

54) 乳(유) : 새가 알을 부화하다.
55) 黃髮(황발) : 머리가 누렇게 센 노인. 백발이 오래 되면 황발이 된다고 한다. 혹은 백발이 빠지고 난 후 다시 황발이 난다는 설도 있다.
56) 年華(연화) : 해, 세월, 시간 등을 의미하며, 나아가 봄과 같이 일 년 중 좋은 때를 의미하기도 한다.
57) 香積寺(향적사) : 지금의 섬서성 서안시 장안구에 소재했었지만, 송대에 없어졌다. 현재 가리촌(賈里村)에 있는 향적사는 당대의 향적사와 다르다.
58) 數里(수리) : 몇 리. 일 리(里)는 오늘날 400미터이지만 당대에는 559.8미터였다.

日色冷青松.[59]	햇빛은 푸른 소나무에 걸치어 맑고 차가워
薄暮空潭曲,	해거름이 내리면 빈 연못가에서
安禪制毒龍.[60]	참선에 들어 독룡 같은 망념을 다스리네

해설 고요한 산사의 풍경을 묘사한 시이다. 향적사를 찾아가고픈 마음에서 길을 나섰지만 심산을 먼저 휘돌며 저도 모르게 샘물과 소나무가 짜놓은 유현한 정취를 가득 느끼게 된다. 마침내 절의 맑은 연못에 이르러 깨달음을 얻게 된다.

변각사에 올라(登辨覺寺)[61]

竹徑從初地,[62]	대숲 길이 절의 계단으로 이어지더니
蓮峰出化城.[63]	연화봉에 환상의 성곽이 나타나는구나
窗中三楚盡,[64]	창문으로는 초 지방이 모두 보이고

---

59) 심주 : '咽'(열)과 '冷'(냉)은 용자(用字)의 뛰어난 예이다.('咽'與'冷'見用字之妙.)

60) 安禪(안선) : 선정(禪定)에 들다. ○ 毒龍(독룡) : 흉악한 용. 번뇌와 망념을 비유한다. 『대지도론』(大智度論) 권14에 보면, 부처가 일찍이 거대한 독룡이었는데 중생의 피해가 막심하였다. 나중에 계율을 받고 나서 사냥꾼으로부터 껍질이 벗겨지고 벌레들로부터 몸을 파먹히는 고통을 견뎠으며, 마침내 몸이 말라 죽은 후 부처가 되었다고 한다. 『선비요법경』(禪秘要法經)에서는 몸속에 무수한 독룡과 독사가 있다는 말로 번뇌와 망집을 비유하였다.

61) 辨覺寺(변각사) : 여산(廬山)에 소재한 절로 보인다.

62) 初地(초지) : 불교 용어로, 수행의 열 단계 중 첫 단계. 대승보살에서 십지(十地) 가운데 첫 번째인 초지는 환희지(歡喜地)이다. 여기서는 절의 계단을 가리킨다.

63) 蓮峰(연봉) : 여산의 연화봉(蓮花峰)을 가리키는 듯하다. ○ 化城(화성) : 환상으로 만들어진 성곽. 『법화경』「화성유품」(化城喩品)에 나오는 비유로, 부처가 모든 중생에게 대승의 깨달음을 주려했지만 그 길이 멀고 험하여 중생이 두려워하고 차라리 물러서려 하였다. 이에 부처가 도중에 잠시 화성(化城)을 만드니 중생들이 편히 쉬며 정력을 회복하였으며, 그런 연후에 부처는 성을 없애고 중생들에게 계속 나갈 것을 권하였다. 여기서는 화성으로 변각사를 비유하였다.

64) 三楚(삼초) : 전국시대 초(楚)나라를 남초(南楚, 江陵), 동초(東楚, 吳 지방), 서초(西

林外九江平.[65]	나무숲 밖으로는 아홉 갈래 강이 흘러라
軟草承趺坐,[66]	부드러운 풀을 깔고 가부좌를 트니
長松響梵聲.[67]	소나무 숲 사이로 독경 소리 울려퍼지네
空居法雲外,[68]	스스로 구름 같은 불법 속에 거하고 있으니
觀世得無生.[69]	세상을 관찰하며 무생(無生)의 이치를 얻는다네

해설 변각사를 찾아가 바라본 모습을 그렸다. 변각사에 대해서 원대 방회(方回)는 "이곳은 여산의 절인 듯하다"(此似是廬山僧寺)고 하였다. 현대학자 진철민(陳鐵民)은 왕유가 741년 전중시어사(殿中侍御史)로 남선(南選), 즉 영남 지역의 관리 선발을 감독하러 갔다가 계주(桂州)—호상(湖湘)—장강(長江)—여산(廬山)—윤주(潤州)—변수(汴水)—장안으로 귀환하는 도중 여산에 들렀을 때 지은 것으로 보았다.

楚, 彭城)로 나누었다. 즉 초 지방 전체를 통칭한 말이다.

65) 九江(구강): 구파(九派)라고도 한다. 아홉 갈래의 강줄기. 『상서』 「우공」(禹貢) 등에 나온다. 후대에 이에 대한 해석이 분분하나 일반적으로 장강의 아홉 개 지류를 가리킨다. 한대 유흠(劉歆)은 팽려호(彭蠡湖, 지금의 鄱陽湖)로 흘러드는 아홉 개의 강으로 보았다. 여기서는 이에 따른다.

66) 趺坐(부좌): 결가부좌(結跏趺坐)의 줄임말. 불교에서 참선 수행할 때 앉는 자세로, 두 발을 교차하여 발등을 좌우 허벅지 위에 얹는다. 불경에 의하면 결가부좌는 망념을 줄이고 생각을 집중시킬 수 있다고 한다.

67) 梵聲(범성): 승려가 독경하는 소리.

68) 法雲(법운): 불법이 구름같이 모든 것을 포함한다는 뜻.

69) 無生(무생): 열반(涅槃) 또는 법성(法性)이란 뜻과 같다. 불교에서는 모든 현상의 본성은 '거대한 고요'(大寂靜)이므로 무생(無生)하고 무멸(無滅)한다고 본다. 『인왕경』(仁王經) 권중(卷中)에 "일체의 법성은 진실로 공(空)하니, 오지도 않고 가지도 않으며, 생기지도 않고 없어지지도 않는다"(一切法性眞實空, 不來不去, 無生無滅.)고 하였다.

촉 지방으로 돌아가는 엄 수재를 보내며(送嚴秀才還蜀)[70]

寧親爲令子,[71]	부모를 편안히 모시는 훌륭한 아들이자
似舅卽賢甥.[72]	명망 높은 삼촌을 닮은 어진 조카로다
別路經花縣,[73][74]	떠나는 길에 꽃 핀 하양현(河陽縣)을 지나고
還鄉入錦城.[75][76]	고향에 돌아가며 금관성(錦官城)에 들어가리
山臨靑塞斷,[77]	풀 우거진 푸른 관문 옆에 산이 끊어져 있고
江向白雲平.	흰 구름을 향해 강이 펼쳐져 있으리
獻賦何時至?[78]	어느 때에 부(賦)를 지어 올릴 터인가?
明君憶長卿.[79]	밝은 군왕이 사마상여를 기다리고 있으니

---

70) 嚴秀才(엄수재) : 미상. 수재는 과거를 준비하는 사람.

71) 寧親(영친) : 부모를 편안히 함. ○ 令子(영자) : 훌륭한 자식.

72) 似舅(사구) : 삼촌과 비슷하다. 『진서』 「하무기전」(何無忌傳)에 나오는 전고. 하무기는 그의 삼촌이자 동진의 명장인 유뇌지(劉牢之)와 용력이 비슷하였다. 환현(桓玄)이 제위를 찬탈하자 하무기는 유유(劉裕) 등과 함께 군사를 일으켰다. 환현의 수하들이 유유를 깔보자 환현이 말했다. "유유는 삼군에서 용맹이 제일이거니와 현재 무적이다. (…중략…) 하무기는 유뇌지의 조카로 그 삼촌을 빼닮았다. 이들이 함께 대사를 일으켰으니 무슨 일인들 못할까?"(劉裕勇冠三軍, 當今無敵, (…중략…) 何無忌, 劉牢之之甥, 酷似其舅, 共擧大事, 何謂無成?) 엄 수재도 그의 삼촌이 명망 있는 사람이었던 것으로 보인다.

73) 심주 : 삼촌을 뵈려 함이다.(將謁舅也.)

74) 花縣(화현) : 하양현(河陽縣)을 가리킨다. 서진의 반악(潘岳)이 하양령이 되었을 때 현의 경내에 온통 오얏꽃과 복사꽃을 심어, 사람들이 '하양은 온통 꽃'(河陽一縣花)이라고 한 데서 유래하였다. 하양은 지금의 하남성 낙양시의 동북 황하 북안에 있는 맹현(孟縣).

75) 심주 : 귀향하여 부모를 뵈다.(歸省親也.)

76) 錦城(금성) : 금관성(錦官城)의 준말. 사천성 성도(成都)를 가리킨다. 성도는 대성(大城)과 소성(少城)으로 되어 있었는데, 삼국시대 촉한 때 소성에 비단을 관장하는 관서가 있어 금관성이라 하였다.

77) 靑塞(청새) : 초목이 푸르게 우거진 관새(關塞).

78) 獻賦(헌부) : 문장을 지어 진상하다. 당대에는 과거나 추천 이외에 문장이나 저서를 지어 올려 벼슬을 구하는 것이 관례였다. 두보도 「삼대례부」(三大禮賦)를 지어 벼슬을 구하였다.

79) 長卿(장경) : 서한의 사마상여(司馬相如)를 가리킨다. 촉군(蜀郡) 성도 출신으로, 자(字)가 장경(長卿)이었다. 한 무제는 「자허부」(子虛賦)를 읽고 사마상여를 만나고 싶

해설 촉으로 돌아가는 엄 수재를 보내며 지어준 송별시이다. 가는 경로의 풍광을 미리 상상하여 묘사하고 문장으로 발탁되기를 격려하였다.

하서로 부임하는 장 판관을 보내며(送張判官赴河西)[80]

單車曾出塞,[81]	일찍이 홀로 변새에 나간 것은
報國敢邀勳?[82]	나라를 위함이지 어찌 공훈을 바래서이랴?
見逐張征虜,[83]	이제 정로장군 장비(張飛)를 따르고
今思霍冠軍.[84]	지금 관군후 곽거병(霍去病)을 추앙하누나
沙平連白雪,	드넓은 사막은 흰 눈 내린 산으로 이어지고
蓬卷入黃雲.	굴러가는 마른 쑥은 누런 구름으로 들어가리
慷慨倚長劍,[85]	강개한 마음으로 긴 칼을 차고
高歌一送君.	소리 높여 노래 부르며 그대를 보내노라

해설 하서절도부로 부임하는 장 판관을 보내며 준 송별시이다. 왕유 자신이 737년 하서절도사 판관이 된 적이 있으며, 746년 사신으로 하서에

어하였으며, 사마상여는 그 작품은 제후의 일을 적었기에 볼만한 게 없다며 다시 「유렵부」(遊獵賦)를 지어 올렸다.

80) 張判官(장판관) : 미상. 판관은 절도사의 속관. ○ 河西(하서) : 하서절도. 710년 처음 설치되었다. 양주(涼州), 숙주(肅州), 과주(瓜州), 사주(沙州), 회주(會州) 등 5주를 관할하며 치소는 양주이다.

81) 單車(단거) : 수레 한 대. 수종원 없이 홀로 가다.

82) 敢邀勳(감요훈) : 감히 공훈을 구하겠는가? 변방에 나가는 일은 나라를 위해서일 뿐이지 자신의 이익을 위해서 하는 일이 아니라는 뜻.

83) 見(현) : 나타나다. 지금이란 뜻도 있다. ○ 張征虜(장정로) : 삼국시대 촉한의 장비(張飛). 정로장군(征虜將軍)에 봉해졌다.

84) 霍冠軍(곽관군) : 서한의 명장 곽거병(霍去病). 관군후(冠軍侯)에 봉해졌다.

85) 慷慨(강개) : 평소 자신의 뜻을 펴지 못하는데서 오는 아쉽고 격한 감정. 허신(許愼)은 『설문해자』(說文解字)에서 "장사가 마음에 뜻을 얻지 못함"(壯士不得志於心也)이라 풀이하였다. ○ 倚長劍(의장검) : 장검을 짚다. 장검을 차다.

간 적도 있다. 안사의 난을 전후하여서는 하서와의 왕래가 더욱 빈번해졌다. 이 시는 이러한 배경 속에 변방으로 가는 장 판관을 격려하였다.

최흥종의 「원공을 보내며」에 화답하며(同崔興宗送璦公)[86]

言從石菌閣,[87]	형산 석균봉에서 내려와
新下穆陵關.[88]	목릉관을 지나 이곳에 왔었지
獨向池陽去,[89]	홀로 장안 근처 지양(池陽)을 향해 갔으니
白雲留故山.[90]	흰 구름만 형산(衡山)에 남아있으리
綻衣秋日裏,[91]	가을 햇빛 속에서 터진 옷을 깁고
洗鉢古松間.	오래된 소나무 사이에서 바리때를 씻었지
一施傳心法,[92]	한 번 심법(心法)을 전해 주시더니
唯將戒定還.[93]	계율과 선정만 가지고 돌아가시네

---

86) 崔興宗(최흥종) : 박릉(博陵, 하북성 安平) 사람으로, 왕유의 내제(內弟, 아내의 남동생). 752년 우보궐(右補闕). 최흥종 역시 종남산 남전(藍田)에 별장이 있어 왕유, 배적 등과 왕래하며 수창하였다. 현재 시 5수가 남아있다. ○ 璦公(원공) : 형산(衡山)의 절에 거주하는 승려. 그 밖은 미상.

87) 石菌(석균) : 봉우리 이름. 형산 칠십이 봉 가운데 하나.

88) 穆陵關(목릉관) : 광주(光州)와 황주(黃州) 사이에 있는 관문. 지금의 호북성 마성(麻城)에 있으며 하남성과 호북성의 경계를 이룬다.

89) 池陽(지양) : 한 혜제(漢惠帝) 때 좌풍익(左馮翊) 아래에 설치한 현으로, 당시 지양궁(池陽宮)을 세웠다. 당대에는 경조부(京兆府)의 속현으로 涇陽(경양)이라 하였다. 지금의 섬서성 경양(涇陽) 서북에 해당한다.

90) 故山(고산) : 형산을 가리킨다.

91) 綻衣(탄의) : 옷을 깁다. 綻(탄)의 원뜻은 '옷이 터지다'이나 그 반대의 의미로 쓰였다.

92) 傳心法(전심법) : 심법을 전하다. 선종에서 말하는 '이심전심(以心傳心)'의 방법. 『육조단경』(六祖壇經)「행유품」(行由品)에 "법은 마음에서 마음으로 전해지니, 모두 스스로 깨닫고 스스로 풀어야 한다"(法則以心傳心, 皆令自悟自解.)는 말이 있다. 사람의 마음이 본디 일체의 불법을 구비하고 있으므로 내심을 수양하면 절로 깨닫는다고 보았다. 혜능의 제자인 회양(懷讓, 677~744년)과 희천(希遷, 700~790년) 등이 모두 형산에 거주하며 선종을 알렸으므로, 원공 역시 남종선(南宗禪)의 계보에 속한다.

93) 戒定(계정) : 계율과 선정.

평석 '바느질하여 깁다'(紉綻)를 '옷이 터지다'(綻)고 해석하는 것은 澣(한, 빨래하다)을 汚(오, 더럽히다)라 풀이하고, 治(치, 다스리다)를 亂(난, 어지럽다)이라 풀이하는 것과 같다.(以紉綻 爲綻, 猶以澣爲汚, 以治爲亂也.)

해설 753년 9월 장안에 왔다가 형산으로 돌아가는 원 상인(瑗上人)을 보내며 쓴 시이다. 이 시는 다른 판본에 「최흥종의 '남으로 돌아가는 형악 원공을 보내며'에 화답하며—서문 붙임」(崔興宗送衡嶽瑗公南歸, 幷序)이라 되어 있다. 서문에 의하면, 방관(房琯)이 의춘(宜春)으로 폄적되었을 때(약 747년)도 원공과 서로 왕래했으니 당시에도 이미 이름이 높았다고 하였다.

평담연 판관을 보내며(送平淡然判官)[94]

不識陽關路,[95]	일찍이 양관(陽關)으로 가는 길을 몰랐더니
新從定遠侯.[96]	이제 정원후 반초(班超)를 따라 그곳에 가는가
黃雲斷春色,	누런 구름 낀 서역이라 봄빛은 오지 않고
畫角起邊愁.[97]	뿔 나팔 소리에 변방의 시름이 일어나리
瀚海經年到,[98]	한 해를 걸쳐 머나먼 사막에 도착하고
交河出塞流.[99]	변새를 나가면 교하(交河)의 강물이 흐르리

---

94) 平淡然(평담연) : 미상.
95) 陽關(양관) : 한대(漢代)에 세운 관(關) 이름. 지금의 감숙성 돈황시 서남에 소재. 옥문관(玉門關)의 남쪽에 있으므로 양관이라 하였다.
96) 定遠侯(정원후) : 동한 반초(班超)를 가리킨다. 역사가 반고(班固)의 동생. 명제(明帝) 때 서역으로 출사하여 삼십일 년간 서역을 경영하면서 오십 여개 나라를 귀순하게 하였다. 이 공로로 정원후(定遠侯)의 작위를 받았다. 여기서는 절도사를 가리킨다.
97) 畫角(화각) : 그림이 새겨진 뿔 나팔. 길이 오 척에 모양은 죽통 같다. 군중에서 시간을 알리거나 신호를 보내는데 쓰이는 악기로, 그 소리가 애절하고 높다.
98) 瀚海(한해) : 거대한 사막. ○ 經年(경년) : 한 해가 지나다.
99) 交河(교하) : 서역의 강 이름이자 지명. 강은 지금의 신강(新疆) 투루판시 서쪽 약 10 킬로미터의 아얼후(雅爾湖)향(鄉) 소재. 두 줄기의 강이 둘러싸며 요새와 같은 지형

須令外國使,　　모쪼록 외국의 사신들로 하여금
知飮月支頭.[100]　　월지왕의 두개골로 물을 마셨음을 알게 하네

평석 흉노가 월지왕을 죽이고 그 두개골을 물그릇으로 사용하였다. 여기서는 이를 활용하였다.(匈奴破月支王, 以其頭爲飮器, 今借來活用.)

해설 안서(安西) 또는 북정(北庭)으로 가는 판관을 보내며 쓴 시이다. 왕유의 변새시 계열의 대표작 가운데 하나로, 서역의 풍광에 대한 개괄성 높은 묘사와 함께 공을 이루기 바라는 기원을 담았다.

대주로 부임하는 조 도독을 보내며(送趙都督赴代州)[101]

天官動將星,[102]　　하늘에서 장군성이 움직일 때는

을 만들고 있기에 교하(交河)라 하였다.

100) 月支(월지) : 月氏(월지)라고도 쓴다. 진한(秦漢)시기에 돈황과 하서회랑에서 활동했던 민족. 나중에 흉노족의 공격을 받아 이리하(伊犁河) 상류로 옮겨간 일부는 대월지(大月氏)라 하고, 기련산에 남은 일부는 소월지(小月氏)라 하였다. 이 구는『사기』「대완열전」(大宛列傳)에 나오는 "흉노의 노상(老上) 선우시대에 이르러서는 월지왕을 죽이고 그 두개골을 물그릇으로 사용하였다"(至匈奴老上單于, 殺月氏王, 以其頭爲飮器.)는 전고를 가리킨다.

101) 趙都督(조도독) : 미상. 도독은 주(州)의 지방 군정사령관. 당대에는 일부 지역에 크기에 따라 대중소(大中小) 도독부를 설치하였다. 일반적으로 해당 주의 군사 업무를 관장하였지만 자사를 겸하는 경우도 많았다. ○代州(대주) : 지금의 산서성 북부. 치소는 대현(代縣). 대주도독부는 대주, 흔주(忻州), 울주(蔚州), 삭주(朔州), 영주(靈州) 등 5개 주를 관할했다. 742년 안문군(雁門郡)으로 개칭하였다가 758년 대주로 복귀하였다.

102) 天官(천관) : 천상의 성좌. ○將星(장성) : 별이름. 지상의 제왕장상(帝王將相)에 대응하여 천상에도 각기 별이 있었다.『수서』「천문지」(天文志)에 "천장군 12성은 누성(婁星)의 북쪽에 있는데 군사를 주관한다. 중앙의 큰 별이 하늘의 대장이고, 밖의 작은 별이 관리이다. 대장성이 움직이면 군사가 일어나고 대장이 출동한다. 작은 별이 모두 보이지 않으면 전쟁이 일어난다"(天將軍十二星, 在婁北, 主武兵. 中央大星, 天之大將也; 外小星, 吏士也. 大將星搖, 兵起, 大將出; 小星不具, 兵發.)고 하였다. 動將

漢地柳條靑.[103]	중원은 버들가지 푸른 봄날
萬里鳴刁斗,[104]	만 리 멀리 동라(銅鑼)를 울리며
三軍出井陘.[105]	삼군(三軍)이 정형관(井陘關)을 나서리라
忘身辭鳳闕,[106]	궁성을 하직하면 일신의 안위를 잊고
報國取龍庭.[107]	용성(龍城)을 취하여 나라에 보답하리
豈學書生輩,	어찌 본받으려 하리, 서생의 무리를
窓間老一經!	창가에서 경전 하나로 늙어가는 걸

해설 변방으로 부임하는 도독을 전송하며 쓴 시이다. 말구는 양형(楊炯)의 「종군의 노래」에서 "차라리 백부장(百夫長)이 되는 것이, 일개 서생 되기보다 나으리'(寧爲百夫長, 勝作一書生)라는 말과 궤를 같이 한다. 당시 많은 청년들이 출세하기 위해 변방으로 나섰다.

방성현 위 명부를 보내며(送方城韋明府)[108]

遙思葭菼際,[109]	멀리 갈대와 억새 우거진 곳을 생각하니

星(동장성)은 장군성이 움직인다는 뜻으로 곧 전쟁이 일어난다는 뜻이다.
103) 漢地(한지) : 漢土(한토)라는 뜻. 한족이 사는 지역. 곧 중원을 가리킨다.
104) 刁斗(조두) : 군중에서 사용하는 동으로 만든 솥. 낮에는 솥으로 쓰고 밤에는 순라 돌 때 친다.
105) 井陘(정형) : 토문관(土門關) 또는 정형구(井陘口)라고도 한다. 고대 구새(九塞) 가운데 하나. 지금의 하북성 정형현(井陘縣) 정형산에 소재했다. 고대에는 군사 요충지였다.
106) 忘身(망신) : 생사를 잊고 자기 몸을 돌보지 않음. ○ 鳳闕(봉궐) : 한대(漢代) 건장궁(建章宮) 동쪽에 있던 궐로 지붕에 청동 봉황이 장식되었으므로 이런 이름이 붙여졌다. 일반적으로 궁성을 가리킨다.
107) 龍庭(용정) : 용성(龍城)을 말한다. 흉노가 천지(天地)와 조상에게 제사지내던 곳. 현재 몽골의 타밀강 강가에 소재했다. 서한 때 위청(衛靑)이 이곳을 점령한 적이 있다.
108) 方城(방성) : 당주(唐州)에 속한 현. 치소는 지금의 하남성 방성현. ○ 韋明府(위명부) : 미상. 명부는 현령.

寥落楚人行.[110]　　　드넓은 초 지방을 행인으로 걸어가리

高鳥長淮水,　　　　진 회수 따라 새가 높이 날고

平蕪故郢城.[111][112]　초목 우거진 들에는 옛 영성(郢城)이 있어라

使車聽雉乳,[113]　　　노공(魯恭) 같은 덕정으로 아이들은 꿩도 잡지 않고

縣鼓應鷄鳴.[114]　　　등유(鄧攸)처럼 선정을 베풀어 새벽 닭 울 때 떠나기를

若見州從事,[115]　　　만약에 주의 종사를 만나면

無嫌手板迎.[116]　　　홀을 들고 맞이하여도 무방하리라

해설 지방의 현령으로 부임하는 위 명부를 보내면 쓴 송별시이다. 제3구
는 회수를 따라 지방으로 부임하는 위 명부를 환기한다. 노공(魯恭)과 등
유(鄧攸)처럼 덕정을 베풀기를 바라는 뜻을 기탁하였다.

---

109) 葭菼(가담) : 갈대와 억새.

110) 寥落(요락) : 성기다. 드물다. ○楚人行(초인행) : 방성은 춘추시대에 초(楚)나라에 속
했다.

111) 심주 : 원경이 눈앞에 보인다.(遠景在目.)

112) 平蕪(평무) : 초목이 우거진 들판. ○郢城(영성) : 초나라의 도읍지로 지금의 호북성
형주 서북.

113) 使車(사거) 구 : 동한 노공(魯恭)의 덕정에 대한 전고이다. 노공이 중모령(中牟令)으
로 선정(善政)을 베풀었더니 황충이 경내에 들어가지 않았다. 하남윤(河南尹)이 사
실을 확인하기 위해 사람을 보냈더니 과연 꿩이 사람을 무서워하지 않았으며, 아이
들이 꿩이 새끼를 치고 있음을 알고 잡지 않는 등 기이한 일들이 있었다. 『후한서』
「노공전」(魯恭傳) 참조. 雉乳(치유)는 꿩이 새끼를 치다. 이 구를 직역하면 "수레를
타고 온 관리는 아이들이 꿩을 잡지 않는 건 새끼를 치기 때문이란 말 듣고"가 될
것이다.

114) 縣鼓(현고) 구 : 진(晉) 등유(鄧攸)의 선정에 대한 전고이다. 등유가 오군(吳郡) 태수
로 형벌과 정치를 청명하게 하였더니 백성들이 즐거워하였다. 나중에 태수직을 떠
나려니 수천 명의 백성들이 배를 붙들고 놓아주지 않았다. 이에 밤에 떠나니 백성들
이 "오경의 북소리를 둥둥 울리고, 닭이 우니 하늘이 밝아오네."(紞如打五鼓, 鷄鳴天
欲曙)라며 노래 불렀다. 『진서』 「등유전」(鄧攸傳) 참조. 이 구를 직역하면 "현의 북
소리가 새벽의 닭 울음소리와 어울리고"가 될 것이다.

115) 州從事(주종사) : 주(州)의 자사(刺史)를 보좌하는 별가(別駕)나 치중(治中) 등을 가리
킨다.

116) 手板(수판) : 홀(笏). 관리들이 조회 때 들고 있는 판.

재주로 가는 이 사군을 보내며(送梓州李使君)[117]

萬壑樹參天.[118][119]	골짝이란 골짝은 나무들이 하늘을 찌르고
千山響杜鵑.[120]	산이란 산에는 두견 울음 가득하리
山中一夜雨,	산속에 온 밤 내내 비가 내리면
樹杪百重泉.[121][122]	가지 끝마다 끝없이 샘물이 흐르리
漢女輸橦布.[123]	사천 지방 여인들은 동포(橦布)를 조세로 바치고
巴人訟芋田.[124]	파촉 지방 사람들은 토란 밭으로 송사를 벌리리라
文翁翻教授.[125]	문옹(文翁)이 미개한 풍습을 교화했으니

---

117) 梓州(재주) : 지금의 사천성 삼대현(三臺縣). ○李使君(이사군) : 미상. 사군은 자사(刺史)의 별칭.

118) 심주 : 지극히 험준하다.(斗絶.)

119) 參天(참천) : 하늘 높이 솟아 있다. 참(參)은 들어가다, 참가하다는 뜻.

120) 杜鵑(두견) : 두견새, 소쩍새, 자규(子規), 귀촉도(歸蜀道), 두우(杜宇), 두혼(杜魂), 불여귀(不如歸), 자규(子規) 등 여러 이름이 있다. 전설에 의하면 고대 촉국의 왕 두우(杜宇)의 혼이 변한 것이라고 한다. 그 울음소리가 마치 '차라리 돌아가자'라는 뜻의 '부루궤이취'(不如歸去)라고 하는 듯하여 송별시에 자주 등장한다.

121) 심주 : 위에서 연속하여 내려오면서 이 구 안에서 다시 유수대를 사용하였다. 고대 시인의 작품 중에 드물게 보인다.(從上蟬聯而下, 而本句中復用流水對, 古人中亦偶見.)

122) 百重泉(백중천) : 백 겹의 샘물. 가지 끝에서 물방울이 끝없이 떨어지는 모습을 샘에서 물이 쉬임 없이 흘러나온 것으로 표현하였다.

123) 漢女(한녀) : 사천의 여인. 현대 학자 진이흔(陳貽焮)은 고대에 가릉강(嘉陵江)을 서한수(西漢水)라 한데서, 가릉강 주위에 살던 소수민족의 여자라 풀이하였다. 진철민(陳鐵民)은 유비(劉備)가 세운 나라 한(漢)에서 유래했다고 풀이하였다. ○輸(수) : 납세하다. ○橦布(동포) : 동나무의 면으로 짠 베. 사천 지방에서 나는 동나무는 목면과 비슷한 꽃이 피는데, 꽃이 진 후 열리는 열매 안에 면이 들어 있어 이것으로 베를 짤 수 있다.

124) 巴人(파인) : 중경 사람들. 파(巴)는 원래 주(周)의 제후국으로 지금의 중경에 도읍하고 가릉강 동쪽 지역에 할거하였으나, 나중에 진(秦)에 멸망하였다. 그 후 한대에 파군(巴郡)을 설치하였다. 여기서 파인(巴人)은 사천 일대에 사는 사람을 가리킨다. ○芋田(우전) : 토란 밭.

125) 文翁(문옹) : 서한 사람으로 경제(景帝) 말에 촉군(蜀郡) 태수가 되었다. 촉 지방이 편벽하고 만이(蠻夷)의 풍습이 있어 학교를 세우고 인재를 키워 파촉 지방을 개화시켰다. ○翻(번) : 바꾸다. 옛 풍습을 바꾸다. 여기서는 '반대로', '오히려' 등 부사어로 풀이해도 좋다. ○教授(교수) : 교화하다. 교육하다.

不敢倚先賢?[126]　　그대도 어찌 선현을 따르지 않으리오?

평석 결말의 의미는 지금 급한 것은 변방의 방비에 있으니, 문옹이 촉 지방을 다스리면서 풍속을 교화한 것을 법도로 삼아 따르면 아마도 이 사군이 내세울 업적이 없게 되니 선현을 따라서는 안 될 것이다는 말이다. 그러나 이 역시 탄력적으로 보아야 할 것이다.(結意言時之 所急在征戍, 而文翁治蜀, 翻在教授, 準之當今, 恐不敢倚先賢也. 然此亦須活看.)

해설 촉 지방에 관리로 가는 친구를 보내며 쓴 시이다. 전반부에서는 촉 지방으로 가는 도중의 풍경을 쓰고, 제5, 6구에서는 풍토와 인정을 서술하고, 제7, 8구에서 이 사군에게 정치를 잘 할 것을 격려하였다. 전반 4구는 이 시의 뛰어난 부분으로, 떠나는 사람에게 신선한 시구를 제시함으로써 정신을 진작시키고 있다. 송별시에 자주 등장하는 이러한 청신한 시구는 곧 일종의 당부이자 '정신의 선물'이다.

안서로 부임하는 유 사직을 보내며(送劉司直赴安西)[127]

絶域陽關道,[128]　　머나먼 이역 양관 가는 길은

---

126) 不敢(불감) 구 : 심덕잠은 직역하여 "선현의 업적에 감히 안주해서는 안 되리라"고 풀이하였으며, 교화는 이미 이루어졌으니 변방의 방비에 힘쓰라고 해석하였다. 그러나 변방의 방비에 대해서는 시중에 나오지 않으므로 이 의견에 문제가 있다. 한편 청대 조전성(趙殿成)은 그 뜻을 더욱 명확히 하기 위해 '감불의선현?(敢不倚先賢?)'이 적절하다며 "그대도 어찌 선현을 따르지 않으리오?"라고 보았다. 문맥으로 보아 이 해석이 더 적절하다. 그러나 본인이 보기에 이 구 자체를 의문문으로 본다면 굳이 글자를 바꾸지 않아도 같은 뜻이 될 것이다. ○倚(의) : 依傍(의방). 본받다. ○先賢(선현) : 문옹(文翁)을 가리킨다. 이전의 관리들을 가리키는 것으로 볼 수도 있다.

127) 劉司直(유사직) : 미상. 사직은 대리시(大理寺) 소속으로 종6품상이며, 사신으로 나간 관리를 감찰한다. ○安西(안서) : 안서도호부. 640년 이래 안서도호부를 설치하였으며, 쿠차(龜玆), 언기(焉耆), 우전(于闐), 소륵(疏勒) 등 네 개의 진(鎭)을 통제하며, 치소는 쿠차(지금의 신강성 庫車)이다.

128) 絶域(절역) : 먼 지역. 서역(西域)을 가리킨다. ○陽關(양관) : 한대(漢代)에 세운 관(關)

胡沙與塞塵.	사막과 먼지 뿐
三春時有雁.[129]	봄에는 때로 기러기 있다 해도
萬里少行人.	만 리 먼 길에는 행인도 없으리
苜蓿隨天馬.[130]	개자리는 천마를 따라 들어왔고
葡萄逐漢臣.[131]	포도는 한나라 사신을 따라 왔으니
當令外國懼.	응당 외국이 두려워하도록 해야지
不敢覓和親.[132]	화친은 도모하지 말아야 하리

평석 혼돈의 기운, 비범한 용맹(一氣渾淪, 神勇之技.)

해설 안서로 종군하는 관리를 보내며 쓴 시이다. 왕유의 시는 크게 청월(淸越)과 웅혼(雄渾)한 풍격으로 나눌 수 있는데, 이 시는 웅혼한 시풍을 대변한다. 먼저 서역의 황량한 풍광을 그리고, 한대의 상황을 제시하며 그때처럼 나라를 강성하게 해줄 것을 당부하였다.

이름. 지금의 감숙성 돈황시 서남에 소재. 옥문관(玉門關)의 남쪽에 있으므로 양관이라 하였다.
129) 三春(삼춘): 봄 석 달.
130) 苜蓿(목숙): 개자리. 말이 잘 먹는 풀로, 원래 서역에서 자랐는데 한대에 중국에 들어왔다. ○ 天馬(천마): 대완(大宛, 지금의 우즈베키스탄 페르가나에 소재했던 고대 국가) 또는 중앙아시아에서 나는 명마. 달릴 때 갈기에서 붉은 피가 흘러 내려 '한혈마'(汗血馬)라고도 하는데, 현재에도 중앙아시아 일대에서 난다. 말의 품종이 아주 뛰어나기에 '천마'라는 이름을 붙였다.
131) 葡萄(포도): 蒲桃 또는 蒲陶라고 쓰기도 한다. 포도. ○ 漢臣(한신): 중국 조정의 신하. 이광리(李廣利)를 가리킨다. 한 무제 때 이광리가 여러 차례에 걸쳐 십여만 명의 군사를 이끌고 사 년 동안 대완을 공격하였다. 이에 "대완의 왕 선봉과 한나라가 조약을 맺어 매년 천마 두 필을 보내기로 하였으며, 한나라 사신이 포도와 목숙의 종자를 가지고 돌아왔다."(宛蟬封與漢約, 歲獻天馬二匹, 漢使采蒲陶目宿種歸.) 『한서』「서역전」(西域傳) 참조.
132) 和親(화친): 고대에 혼인 관계를 통하여 나라 또는 민족 사이의 평화 관계를 유지하는 제도. 서한 초기에는 흉노에 대해 화친정책을 채택한 데서 알 수 있듯, 화친은 중국이 약할 때 채용한 외교 정책이었다.

조카 하수 원외랑을 보내며(送賀遂員外外甥)[133]

南國有歸舟,[134]	남방에는 돌아가는 배가 있으니
荊門溯上流.[135]	형문에서 강을 거슬러 올라가리
蒼茫葭菼外,[136]	아득히 멀리 갈대와 억새 너머로
雲水與昭丘.[137]	구름과 강물이 소구(昭丘)까지 이어졌으리
檣帶城烏去,[138]	돛대에는 성의 까마귀가 앉아 함께 가고
江連暮雨愁.	강물은 저녁 비와 잇닿아 시름 겨우리
猿聲不可聽,[139]	원숭이 울음소리 차마 들을 수 없으니
莫待楚山秋.	가을이 오기 전에 초 지방의 산을 지나가게

해설 조카 하수를 보내며 쓴 송별시이다. 하수는 장안에서 한수를 따라 내려가다가 형주에서 장강을 거슬러 삼협으로 가는 듯하다. 전편이 모두 행정에 나타날 광경을 묘사하고 있으며, 원경과 근경으로 넓고 먼 강변의 풍경을 그려내고 있다.

───

133) 賀遂(하수) : 왕유의 조카. 이밖에 왕유의 시 「봄에 하수 원외랑의 약원을 찾아」(春過賀遂員外藥園)가 있고, 이화(李華)의 산문 「하수 원외랑의 약원 소산지에 대한 기록」(賀遂員外藥園小山池記)이 있다. ○ 員外(원외) : 원외랑. ○ 外甥(외생) : 누나 또는 여동생의 자식.

134) 南國(남국) : 고대에는 장강과 한수 일대의 제후국을 가리켰다. 『시경』「사월」(四月)에 "도도히 흐르는 장강과 한수는, 남국의 줄기라네"(滔滔江漢, 南國之紀.)라는 말이 있다.

135) 荊門(형문) : 형문산. 장강 중류의 남안에 있는 산으로, 지금의 호북성 의도현(宜都縣) 서북에 소재. 북안에 있는 호아산(虎牙山)과 함께 거대한 문처럼 생겼기에 이름 붙여졌다. 당대에는 형주를 가리키는 경우가 많다.

136) 葭菼(가담) : 갈대와 억새.

137) 昭丘(소구) : 춘추시대 초나라 소왕(昭王)의 묘. 지금의 호북성 당양(當陽) 동남에 소재.

138) 檣(장) : 돛대.

139) 猿聲(원성) 구 : 삼협의 강변에는 원숭이가 많고 그 울음소리가 객수를 자아내기로 유명하다. 『수경주』(水經注) 「강수」(江水)에 "파동의 삼협 가운데 무협이 가장 긴데, 원숭이 울음소리 세 마디에 눈물로 옷을 적신다"(巴東三峽巫峽長, 猿鳴三聲淚沾裳.)는 「파동삼협가」(巴東三峽歌)를 싣고 있다.

과주로 부임하는 양 장사를 보내며(送楊長史赴果州)[140]

褒斜不容幰,[141]	포야곡(褒斜谷)은 수레도 갈 수 없이 좁은데
之子去何之?[142]	그대 지금 떠나 어디로 가는가?
鳥道一千里,[143]	새만이 넘을 수 있는 험난한 산길 천 리
猿聲十二時.[144]	원숭이 울음소리 하루 종일 끊이지 않으리
官橋祭酒客,[145]	다리 위에선 행인을 위해 제사를 올리고
山木女郎祠.[146]	산속 나무 사이에는 여랑(女郎)의 사당이 있으리
別後同明月,[147]	헤어진 후에는 밝은 달을 함께 할 뿐이니

140) 楊長史(양장사) : 청말 학자 고보영(高步瀛)은 『영규율수』(瀛奎律髓)본에 실린 이 시의 제목이 長史(장사) 아래 濟(제)자가 있는 것을 근거로 하여 양제(楊濟)로 보았다. 『구당서』에 양제는 766년 2월 대리소경(大理少卿) 겸 어사중승(御史中丞)으로 티베트와 우호를 맺었다고 하였다. 장사는 지방의 자사(刺史)를 도와 정무를 처리하는 직책으로 품계는 정6품이다. ○ 果州(과주) : 지금의 사천성 남충(南充) 북쪽. 원래 남충군(南充郡)이었으나 758년 과주로 개명하였다. 그러므로 이 시는 758년부터 왕유가 죽은 761년 사이에 지어진 것으로 보인다.

141) 褒斜(포야) : 섬서성 종남산에 있는 계곡 이름. 북쪽의 어귀인 야곡(斜谷, 鄠縣 서남)에서 남쪽의 어귀인 포곡(褒谷, 褒城縣 북쪽)까지 약 사백오십 리이다. 중간에 잔도(棧道)가 있는데 북잔(北棧) 또는 연운잔(連雲棧)이라고 한다. 한대 이래 장안에서 촉 지방을 오가는 주요한 통로였다. ○ 幰(헌) : 수레의 휘장. 여기서는 수레를 가리킨다.

142) 之子(지자) : 이 사람. 이 분. 양 장사를 가리킨다.

143) 鳥道(조도) : 짐승이나 사람은 갈 수 없고 새만이 넘어 갈 수 있는 산속의 험하고 좁은 길.

144) 十二時(십이시) : 하루 이십사 시간. 고대에는 십이지(十二支)에 따라 하루의 시간을 십이 등분으로 나누었다. 고대의 일 시(時)는 지금의 두 시간에 해당한다.

145) 官橋(관교) : 조정에서 놓은 다리. ○ 祭酒(제주) : 길을 떠나는 사람을 위해 술을 붓고 제사를 지냄. 고대에는 사람이 길을 떠날 때, 길에 작은 흙무덤을 만든 후 마른 띠풀로 신주(神主)를 만들어 세우고 술과 포를 차려 제사를 지낸다. 제사를 지낸 후에는 수레바퀴로 이를 밀고 지나간다.

146) 女郎祠(여랑사) : 섬서성 포성현 여랑산(女郎山)에 있는 사당. 『수경주』(水經注)와 『여지광기』(輿地廣記) 등에 의하면, 산 위에는 장로(張魯)의 딸이 묻힌 여랑총(女郎塚)이 있고, 산 아래에는 여랑묘(女郎廟)와 다듬이돌이 있다고 한다. 먼 길을 오가는 사람들이 여기에서 안전을 기도하였다.

147) 同明月(동명월) : 명월을 함께 하다. 헤어진 사람이 각기 다른 곳에서 동시에 밝은 달을 바라보며 서로를 생각하다. 사장(謝莊)의 「월부」(月賦)에 나오는 "천 리 멀리

君應聽子規.¹⁴⁸⁾　　두견새 울음 들으면 그대 돌아오기 바라네

평석 두견새는 '부루궤이춰'(不如歸去)라고 운다. 돌아오길 바라는 뜻이다.(子規叫'不如歸去', 蓋望其歸也.)

해설 촉 지방으로 떠나는 양 장사를 보내며 쓴 송별시이다. 제3, 4구의 숫자로 이루어진 대구가 참신하고, 제5, 6구의 장안에서 촉으로 들어가는 연도에 나타나는 특이한 풍물은 초속적인 분위기를 일으킨다. 처음과 끝에 나타나는 석별의 정도 전체와 잘 어울려졌다.

형 계주를 보내며(送邢桂州)¹⁴⁹⁾¹⁵⁰⁾

鐃吹喧京口.¹⁵¹⁾　　경구(京口)에 고취곡(鼓吹曲)이 떠들썩한데
風波下洞庭.¹⁵²⁾　　바람 탄 물결이 동정호로 내려가네

───
　　　떨어져 있어도 명월을 함께 하네"(隔千里兮共明月)의 뜻과 같다.
148)　子規(자규) : 두견새. 앞에 나온 「재주로 가는 이 사군을 보내며」(送梓州李使君) 참
　　　조. 두견새의 울음은 '부루궤이춰'(不如歸去)와 비슷하므로 이를 듣고 빨리 돌아오라
　　　는 뜻을 기탁하였다.
149)　심주 : 당대의 계주는 한대의 합포이다.(唐之桂州, 卽漢之合浦.)
150)　邢桂州(형계주) : 미상. 청대 조전성(趙殿成)은 760~761년 사이에 계주도독(桂州都
　　　督)으로 임명된 형제(邢濟)라 보았다. 그러나 현대 학자 진철민(陳鐵民)은 시의 내용
　　　이 경구(京口)에서 지은 것에 착안하여 왕유가 741년 봄 계림에서 윤주(潤州)를 거
　　　쳐 장안으로 들어올 때 지은 것으로 보면서, 그 인물도 형제(邢濟)가 아니라고 보았
　　　다. 계주는 지금의 광서 계림(桂林). 원래 계주이던 것을 742년 시안군(始安郡)이라
　　　개명하였다가 758년 다시 계주라 복귀하였다.
151)　鐃吹(요취) : 요가(鐃歌)를 말한다. 고취악(鼓吹樂)의 일종으로 군악(軍樂)이다. ○ 京
　　　口(경구) : 윤주(潤州)를 가리킨다. 삼국시대 동오(東吳)의 손권이 성 동쪽에 있는 경
　　　현산(京峴山)에서 이름을 따 붙였다. 지금의 강소성 진강시(鎭江市).
152)　洞庭(동정) : 동정호. 시의 내용을 보면 형 계주(邢桂州)의 행로는 경구(京口)에서 장
　　　강을 거슬러 올라갔다가 동정호에 이르러 상수(湘水)를 따라 남쪽으로 내려가는 것
　　　으로 보인다.

赭圻將赤岸.[153]	자기성(赭圻城)과 적안산(赤岸山)을 지나
擊汰復揚舲.[154]	물결을 치며 배가 나아가리라
日落江湖白,	해가 저물면 강과 호수가 하얗게 떠오르고
潮來天地靑.	조수가 일어나면 천지가 검푸르게 변하리
明珠歸合浦,[155]	합포(合浦)로 진주가 돌아오는 선정(善政)이
應逐使臣星.[156]	응당 사신의 별을 따라 들어가리라

평석 제3, 4구는 당구대(當句對)이면서 다시 활대(活對)를 사용하였다. '조수가 일어나면' 구는 기이하고 놀랍다. 말미에서 탐욕을 부리지 말기를 권하였다. 시인의 구상은 미묘하고 완곡하다.(三四當句對, 復用活對. '潮來'句奇警. 末諷以不貪也. 古人運意曲折微婉.) ○『후한서』에 말했다. "맹상은 자가 백주로 합포 태수가 되었다. 그 전의 태수가 탐욕스러워 진주가 교지로 가버렸는데 맹상이 부임하자 떠났던 진주가 다시 돌아왔다."(後漢書 : "孟嘗字伯周, 遷合浦太守. 先時宰守貪, 珠徙交趾, 嘗到官, 去珠復還.)

---

153) 赭圻(자기) : 선주(宣州) 남릉현(南陵縣, 안휘성 繁昌)에 소재했던 성(城). 장강을 끼고 있다. ○將(장) : ~과. ○赤岸(적안) : 적안산(赤岸山). 양주(揚州) 육합현(六合縣) 동남에 있는 산.

154) 擊汰(격태) : 노로 물결을 치다. ○揚舲(양령) : 닻을 올리다. 舲(령)은 창문이 있는 작은 배. 양(梁) 유효위(劉孝威)의 「촉도난」(蜀道難)에 "닻을 올려 배를 띄우고 비단 물결에 씻는다"(揚舲濯錦流)는 표현이 있다.

155) 明珠(명주) 구 : 동한 맹상(孟嘗)의 고사. 『후한서』「순리열전」(循吏列傳)에 의하면, 합포군(合浦郡, 지금의 광서성 합포)에는 다른 산물이 안 나는 대신 진주가 많이 났는데, 당시 태수가 남획하자 진주들이 점점 교지(交趾) 쪽으로 가버렸다. 맹상이 이 곳에 태수로 부임한 후에 이러한 폐해를 없애니, 일 년이 채 되지 않아서 진주들이 돌아왔다. 일반적으로 '주귀합포'(珠歸合浦) 또는 '합포주환'(合浦珠還)이라는 성어로 많이 알려졌다.

156) 使臣星(사신성) : 조정의 일을 수행하러 지방에 가는 관리를 가리킨다. 동한 화제(和帝)가 즉위한 후 지방에 사신을 보내 암행으로 민정을 관찰하게 하였다. 두 사신이 여름에 익주에 도착하자 접대를 담당하는 이합(李郃)이 이들과 함께 노천에 앉았다. 이합이 하늘의 별을 바라보며 혹시 수도를 출발할 때 사신 두 사람을 만나지 않았느냐고 물었다. 두 사람은 놀랐지만 모른다고 대답하자, 이합은 두 '사신의 별'(使星)이 익주를 향하고 있어 알았노라고 대답하였다. 『후한서』「방술열전」(方述列傳) 참조. 여기서는 형 계주를 가리킨다.

해설 계주로 부임하는 사람을 보내며 쓴 시이다. 먼저 경구에서 떠나는 장면을 묘사하고, 배를 타고 가는 도중의 경유지와 아름다운 광경을 쓰고, 마지막으로 선정을 베풀 것을 당부하였다. 제5, 6구는 장려한 기세 가운데 청려함이 있어 역대로 애송되었다.

과거에 낙제하여 강동으로 돌아가는 구위를 보내며(送邱爲落第歸江東)[157]

憐君不得意,	안타까워라, 그대 뜻을 얻지 못했으니
況復柳條春.	더구나 버들가지 다시 푸르러지는 봄인데
爲客黃金盡,[158]	객지에 살면서 황금은 모두 써버렸고
還家白髮新.	고향에 가려니 흰머리만 더 세었구나
五湖三畝宅,[159]	태호 부근 세 마지기 집
萬里一歸人.	만 리 멀리 돌아가는 한 사람
知禰不能薦,[160][161]	예형(禰衡)같은 그대를 추천하지 못하였으니

---

157) 邱爲(구위): 소주 가흥(嘉興) 사람. 여러 해 낙제하였다가 743년에 진사 급제. 주객 랑중(主客郎中), 사훈랑중(司勳郎中), 태자우서자(太子右庶子) 등을 역임하였으며, 나이 팔십이 넘어 좌산기상시(左散騎常侍)로 벼슬에 물러났다. 시인 소전 참조. ○ 江東(강동): 장강 하류의 남안 지역.

158) 爲客(위객): 객지에서 생활하다. ○ 黃金盡(황금진): 황금을 다 쓰다. 『전국책』「진책」(秦策)에 소진(蘇秦)이 "진왕(秦王)에게 유세하며, 상서를 열 번이나 올려도 채납되지 못하였는데, 그 동안 담비 가죽옷은 헤어졌고 황금 백 근은 다 써버렸다"(說秦王, 書十上而說不行, 黑貂之裘弊, 黃金百斤盡)고 하는 말이 있다.

159) 五湖(오호): 오월 지방의 호수들. 다섯 군데 호수에 대해서는 역대로 여러 설이 있다. 일반적으로 태호(太湖) 주위의 호수를 가리킨다. ○ 三畝宅(삼무택): 세 마지기의 집. 일 畝(무)는 지역에 따라 다르지만 일반적으로 약 666평방미터(약 이백 평)이다. 우리나라에서 많이 써온 일 마지기도 논은 150~300평, 밭은 100~400평이므로 그 면적이 대략 비슷하다. 이 말은 『회남자』「원도훈」(原道訓)의 "그러므로 한 사람의 능력을 가지고는 세 마지기의 집을 관리하기에 부족하다"(故任一人之能, 不足以治三畝之宅也.)에서 나온 것으로, '세 마지기의 집'은 한 사람이 운영하는 땅을 의미한다.

160) 심주: 공융이 예형을 추천한 일을 둘러서 사용하였다.(反用孔融薦禰衡事.)

161) 禰(예): 예형(禰衡). 동한 말기 문인으로 어려서부터 재주 있고 변론이 뛰어났으며

羞稱獻納臣.[162]　　스스로 헌납관(獻納臣)이라 칭하기 부끄러워라

평석 말구에서 자신을 책망하였는데, 내가 그대의 현능함을 알면서 조정에 추천하지 못하니 헌납신(獻納臣)으로 비유됨이 부끄럽다는 말이다. 현종은 이궤사(理匭使)를 헌납사(獻納使)라 개명하였기에 이렇게 말했다.(末句自咎, 言我知君而不能薦之于朝, 羞自比于獻納臣也. 玄宗改理匭使爲獻納使, 故有是稱.)

해설 과거에 낙제하여 고향으로 돌아가는 친구 구위를 보내며 쓴 시이다. 낙제, 장안의 생활, 귀향의 광경을 차례로 묘사하고, 말 2구에서 자신의 힘이 닿을 수 없는데 대해 안타까워하였다. 전편이 친구의 처지를 동정하고 헤아리는 깊고 진지한 우정이 배어있다. 742년 3월 왕유가 좌보궐(左補闕)에 임직할 때 지은 것으로 보이며, 당시 구위를 보내며 조영(祖詠)이 쓴 시도 남아있다.

한강에서 배를 타고(漢江臨泛)[163]

楚塞三湘接,[164]　　초 지방의 변경은 삼상(三湘)과 이어지고

성격이 강직하고 오만하였다. 공융(孔融), 양수(楊修)와 어울렸다. 당시 공융은 마흔이고 예형은 스무 살에 불과했는데도 공융은 나이를 잊고 사귀었으며 그 재주를 아껴 조조(曹操)에게 추천하였다. 여기서는 예형을 구위에 비유하고 자신은 구위의 재주를 잘 알면서도 공융처럼 추천하지 못하였음을 말하였다.

162) 獻納臣(헌납신) : 군왕의 측근에서 충언을 하는 보궐(補闕)이나 습유(拾遺) 등 간관(諫官)을 가리킨다. 이들의 직무 가운데는 현능한 인재를 추천하는 일도 포함되어 있다.
163) 漢江(한강) : 한수(漢水). 장강의 최대 지류로, 섬서성 영강현(寧羌縣)에서 발원하여 동쪽으로 흐르다가 양양(襄陽)을 거쳐 무한(武漢)에서 장강에 합류한다.
164) 楚塞(초새) : 초 지방의 변방. 양양은 전국시대 초나라의 강역이었다. ○三湘(삼상) : 상수(湘水)의 총칭. 원상(沅湘), 소상(瀟湘), 자상(資湘) 등 상수로 흘러드는 강을 말한다. 때로 동정호 일대를 가리킨다.

荊門九派通.[165]	형문(荊門)은 아홉 물길과 통해있어
江流天地外,	강줄기는 천지의 밖으로 흘러가고
山色有無中.	산의 풍광은 아득하여 있고 없고 하여라
郡邑浮前浦,	성읍은 포구의 강물 위에 떠 있고
波瀾動遠空.	물결은 먼 하늘을 흔드는데
襄陽好風日,[166]	양양의 바람과 햇빛 좋은 날에는
留醉與山翁.[167]	산간(山簡)을 붙들고 함께 취하리라

해설 양양의 풍광을 노래한 시이다. 먼저 양양의 형세를 묘사하고, 이어서 드넓은 한수의 기상을 노래하였다. 끝으로 바람이 온화하고 햇빛이 아름다운 '풍화일려'(風和日麗)의 날을 찬미하였다. 특히 제3, 4구는 의경이 넓고 기상이 장대한 명구로 역대로 애송되었다.

제주로 방축되어 나가며(被出濟州)[168]

| 微官易得罪, | 낮은 벼슬은 죄를 얻기 쉬워 |

---

165) 荊門(형문): 형문산(荊門山). 장강 중류의 남안에 있는 산으로, 지금의 호북성 의도현(宜都縣) 서북에 소재. 북안에 있는 호아산(虎牙山)과 함께 거대한 문처럼 생겼기에 이름 붙여졌다. ○九派(구파): 장강을 가리킨다. 전설에 의하면 우 임금이 형문을 굴착하여 아홉 물길을 통하게 했다고 한다. 제1, 2구는 한수(漢水)를 두고 초 지방과 상수가 이어지며, 형문에서 장강과 통한다는 뜻이다.
166) 襄陽(양양): 지금의 호북성 양번시(襄樊市)로 한수의 북안에 위치한다.
167) 與(여): ~과 같이. ○山翁(산옹): 서진의 산간(山簡). 자는 계륜(季倫)이며, 하내(河內) 회(懷, 하남성 武陟縣) 사람. 죽림칠현의 한 사람인 산도(山濤)의 아들. 그가 진남장군(鎭南將軍)으로 양양에 진주할 때 어떤 일도 관여하지 않고 하루 종일 술 마시고 놀았다. 당시 부호인 습씨(習氏)에게 아름다운 정원이 있었는데 매번 그곳에 갈 때마다 취하여 돌아왔다.
168) 濟州(제주): 치소는 노현(盧縣, 산동성 茌平)으로, 그 성은 754년 황하의 범람으로 매몰되었다. 시의 제목은 『하악영령집』에는 「제주(濟州)로 방축되어 나가며 성중의 친구와 헤어지다」(被出濟州別城中故人)로 되어 있다.

謫去濟川陰.[169]	폄적되어 제수(濟水)의 남쪽으로 가네
執政方持法,[170]	담당관은 이미 법에 따라 처리했지만
明君無此心.[171]	밝은 군주는 좌천시킬 마음 없었지
閭閻河潤上,[172]	여염집들은 강가에 걸쳐있고
井邑海雲深.[173]	마을 위로 바다 구름이 많으리라
縱有歸來日,	언젠가는 결국 돌아올 날 있겠지만
多愁年鬢侵.[174]	세월에 살쩍이 희어질까 걱정되어라

해설 제주로 좌천되어 가며 지은 시이다. 721년 왕유는 태악승(太樂丞)에서 제주사창참군(濟州司倉參軍)으로 폄적되었다. 그 원인에 대해서는 『집이기』(集異記)와 『당어림』(唐語林)에 따르면, 왕유가 "태악승이 되었을 때, 악관이 황사자 춤을 춘 일로 연좌되어 외직으로 좌천되었다. 황사자 춤은 한 사람이 아니면 출 수 없다"(及爲太樂丞, 爲伶人舞黃獅子, 坐出官. 黃獅子者, 非一人不舞也.) 여기서 한 사람이란 곧 황제로, 황제만이 그 역할을 담당하는데 악관이 연기했다는 것이다. 이 일에 대해 당시 태악령(太樂令) 유황(劉貺)이 직접적인 책임을 져야했지만 왕유는 그 아래 태악승으로 있었기에 연좌되었다. 이 시에는 사소한 일에 연루되어 좌천되는 데 대한 서운한 마음이 미묘하게 표현되어 있다.

---

169) 濟川陰(제주음) : 제수(濟水)의 남쪽. 강의 북쪽을 '양'(陽)이라 하고 남쪽을 '음'(陰)이라 한다. 제수는 고대 사독(四瀆) 가운데 하나로, 하남 왕옥산(王屋山)에서 발원하여 산동성 지역에서 황하와 나란히 바다로 들어갔다. 나중에 황하의 물길이 변하면서 제수의 하류는 황하로 편입되어 제수는 더 이상 존재하지 않게 되었다.
170) 執政(집정) : 일정한 행정 사무를 맡은 사람. 관리. ○方(방) : 이미.
171) 심주 : 예의에 합당하면서도 분개가 있다.(亦周旋, 亦感慎.)
172) 閭閻(여염) : 마을의 입구에 있는 문. 일반적으로 서민들이 사는 거리나 골목을 가리킨다. ○河潤(하윤) : 강물이 침윤된 곳.
173) 井邑(정읍) : 성읍(城邑). 마을. 이 말은 『주례』 「소사도」(小司徒)의 "아홉 장정이 모여 일 정(井)이 되고, 사 정이 모여 일 읍(邑)이 된다"(九夫爲井, 四井爲邑.)는 말에서 나왔다.
174) 年鬢(연빈) : 나이와 살쩍머리.

사신으로 변새에 가며(使至塞上)

單車欲問邊,[175]	변방을 위문하고자 홀로 수레를 타고
屬國過居延.[176]	귀속지 거연(居延)을 방문하노라
征蓬出漢塞,	굴러가는 쑥대는 국경을 넘어가고
歸雁入胡天.	날아가는 기러기는 오랑캐 하늘로 들어가네
大漠孤煙直,[177]	광활한 사막에 연기는 직선으로 오르고
長河落日圓.[178]	긴 강물에 태양은 원형으로 떨어지네
蕭關逢候吏,[179]	소관에서 척후병을 만났더니
都護在燕然.[180]	도호가 이미 연연산을 점령했다네

해설 간결한 필치로 변경의 풍광을 묘사한 시이다. 왕유가 737년(開元 25
년) 여름 감찰어사로 양주(涼州)에 처음 갔을 때 지었다. 제3, 4구에서 보
이는 황량한 변새 속의 객수감은 제5, 6구의 웅장하고 기려한 풍광 속에
소실되는 듯하며, 제7, 8구의 승전보에서 완정하게 보상받는다. 추상적

---

175) 欲(욕) : 곧(方), 마침(正). ○ 問(문) : 방문하다. 위문하다.
176) 屬國(속국) : 한대에 영토는 한(漢)에 귀속되었으나 풍속은 그대로 남긴 지역을 속국
(屬國)이라 하였다. ○ 居延(거연) : 서북 지역의 군사 중진. 지금의 감숙성 장액 일
대. 한대에는 지금의 내몽골 어지나기(額濟納旗) 북쪽에 거연택(居延澤)이 있었고,
당대에는 이를 거연해(居延海)라 하였다. 한대의 장액군(張掖郡) 거연현(居延縣)이
근처에 있었다. 이 구는 "귀속지가 거연 너머까지 이어졌다"고 해석할 수도 있지만,
'過居延屬國'의 도치로 보면서 '과(過)'를 방문하다는 동사로 풀이할 수도 있다. 여기
서는 후자로 한다.
177) 大漠(대막) 구 : 지리학자 곽배령(郭培嶺)이 감숙(甘肅)과 신강(新疆) 등지에서 실제
조사를 벌인 후 내놓은 「왕유의 '사신으로 변새에 가며'에 대한 고찰」(王維使至塞上
考釋)에 따르면, 시에서 묘사한 현상은 기상학에서 말하는 진권풍(塵卷風), 즉 회오
리바람으로 모래먼지가 곧추 올라가는 현상이라고 하였다.
178) 長河(장하) : 아마도 양주(涼州) 북쪽의 텅거리(騰格里) 사막으로 흘러들어가는 지금
의 석양하(石羊河)를 가리키는 듯하다.
179) 蕭關(소관) : 지금의 영하회족자치구 고원현(固原縣) 동남에 소재했던 관문.
180) 燕然(연연) : 지금의 몽골인민공화국 경내에 있는 항아이산(杭愛山). 동한의 두헌(竇
憲)이 흉노를 격파한 후 이 산의 바위에 공적을 새기고 돌아왔다.

인 구도로 짜 만든 제5, 6구는 역대로 명구로 칭송되었다.

겨울밤 눈을 바라보며 호 거사의 집을 생각하다(冬晚對雪憶胡居士家)[181]

寒更傳曉箭,[182]	밤의 경고(更鼓) 소리가 새벽을 알릴 때
清鏡覽衰顔.	거울 속 노쇠해진 얼굴을 바라보노라
隔牖風驚竹,	들창 밖으로 댓잎을 후드기는 바람 소리에 놀라
開門雪滿山.	문을 열어보니 눈이 산에 가득하여라
灑空深巷靜,[183]	온 하늘에 흩날리고 깊은 골목 적막한데
積素廣庭閑.[184]	하얗게 쌓이니 넓은 마당이 한가롭구나
借問袁安舍,[185]	묻노니, 그대도 원안(袁安)의 집과 같이
儵然尚閉關.[186]	아직도 소탈하게 문을 닫고 있는가

---

181) 胡居士(호거사) : 미상. 왕유의 시에 「병들어 누워있는 호 거사에게 쌀을 보내며」(胡居士臥病遺米因贈)와 「호 거사와 함께 병을 얻었기에 이 시를 부치며, 불교를 배우는 사람들에게 보임」(與胡居士皆病寄此詩兼示學人)이란 시로 보아, 두 사람은 친구 사이이며, 호 거사는 가난하나 성격이 활달한 것으로 보인다. 거사(居士)는 출가하지 않고 집에 있으면서 불교에 귀의한 사람.
182) 寒更(한경) : 추운 밤의 경고(更鼓) 소리. ○曉箭(효전) : 새벽 물시계의 시각을 알리는 바늘. 새벽을 의미한다.
183) 灑空(쇄공) : 공중에 흩뿌리다.
184) 積素(적소) : 적설. 쌓인 눈. 이 어휘는 사혜련(謝惠連) 「설부」(雪賦)의 "쌓인 눈이 아직 녹지 않아, 빛나는 태양 아래 선명하다"(積素未虧, 白日朝鮮)에서 유래했다.
185) 袁安(원안) : 동한 여음(汝陰, 하남성 商水) 사람. 『후한서』 「원안전」(袁安傳)의 주석에서 인용한 『여남선생전』(汝南先生傳)에 따르면, 눈이 한 길 정도 내린 겨울, 가난한 사람들이 모두 눈을 쓸고 밥을 구걸하러 나왔다. 오직 원안의 집만이 눈이 쌓인 채 열려있지 않아 낙양령(洛陽令)이 죽은 줄 알고 사람에게 눈을 치우고 들어가게 하니 침상에 누워 자고 있었다. 왜 나오지 않았냐고 물으니 눈이 많이 내린 날은 모두 굶고 있으니 자신마저 구하러 가선 안 된다고 대답하였다. 낙양령이 이를 현능하다고 여겨 효렴(孝廉)으로 추천하였다. 여기서는 호 거사에 비유하였다.
186) 儵然(소연) : 얽매이지 않고 초탈한 모습. ○閉關(폐관) : 문을 닫다.

평석 '눈을 바라보며'의 뜻을 썼는데 일부러 다듬지 않은데도 적절하고, 그리지 않은데도 공교하다. '호 거사를 생각하다'는 말미에 보일 뿐이다.(寫'對雪'意, 不削而合, 不繪而工. '憶胡居士'只末一見.)

해설 눈 내리는 밤 친구를 그리며 쓴 시이다. 중간의 제3, 4구와 제5, 6구는 필치가 소탈스러울 뿐만 아니라 눈 내리는 모습을 묘사한 명구로 잘 알려져 있다. 특히 제3구는 먼저 바람 소리로 눈의 느낌을 잡아내고 있어 역대 시평가들의 칭찬을 받았다. 물상의 외면에 머무르지 않으면서 놀라고(驚), 가득하고(滿), 적막하고(靜), 한가로운(閑) 정서를 발전시킨 감각도 눈여겨 볼만하다. 이들이 친구의 초탈한 모습과 어울려 독특한 시공간을 만들어내었다.

종남산 별장(終南別業)[187]

中歲頗好道,[188]   중년이 되어 불교를 무척 좋아하였더니
晚家南山陲.[189]   근래에 종남산 기슭에 집을 얽었어라
興來每獨往,[190]   흥이 일어나면 매번 거리낌 없이 혼자 다니며

---

187) 終南(종남) : 종남산. ○別業(별업) : 별장. 제목이 『하악영령집』(河岳英靈集)에는 「입산한 후 성안의 친구에게 부침」(入山寄城中故人)이라 되어 있고, 역시 당대 744년 예정장(芮挺章)이 편찬한 『국수집』(國秀集)에는 「처음 산에 이르러」(初至山中)라 되어 있다.
188) 中歲(중세) : 중년. ○道(도) : 불가의 이치.
189) 晚(만) : 최근. 요즈음. ○家(가) : 집을 짓다. 동사로 쓰였다. ○南山陲(남산수) : 종남산 기슭.
190) 獨往(독왕) : 혼자 다니다. 더불어 사물의 한계를 벗어나 천지간을 자유롭게 오간다는 의미를 중의적으로 표현하였다. 『장자』 「재유」(在宥)에 "천지 사방을 드나들며, 구주(九州)를 마음대로 노닐며, 홀로 오가는 것을 '독유'(獨有)라고 한다. 이러한 '독유'를 가진 사람이 가장 존귀하다."(出入六合, 遊乎九州, 獨往獨來, 是謂獨有. 獨有之人, 是謂至貴.)는 말이 있다.

勝事空自知.[191]	즐거운 일을 다만 혼자서 체득할 뿐이네
行到水窮處,	걷다가 보면 샘물이 솟아나는 곳에 이르고
坐看雲起時.	앉아서 바라보면 구름이 일어나는 때라
偶然值林叟,[192]	우연히 나무하는 노인을 만나면
談笑無還期.[193]	말하고 웃으며 돌아갈 때를 잊어라

평석 행함과 머묾이 자연스러우니 온통 조화의 중심이다. 말구의 '無還期'(무환기)는 '돌아갈 때가 정해져 있지 않다'는 뜻이다. '無'(무)자는 다른 판본에 '滯'(체)라 되어 있는데, 뜻이 통한다.(行所無事, 一片化機. 末語'無還期', 謂不定還期也. '無'字或作'滯', 亦可.)

해설 종남산에 은거하며 느끼는 한가롭고 즐거운 정취를 표현하였다. 산수의 묘사나 정서의 유로는 모두 간단한 흔적만을 제시하고 있어 독자가 감정을 이입하여 그 속에 들어가지 않으면 느끼기 어렵다. 자연에 대한 지극한 경도를 작위 없이 평담하게 펼쳐 보이는데서 그 누구도 모방할 수 없는 작품을 완성하였다. 왕유는 728년경부터 장안 천복사(薦福寺)의 도광(道光) 선사로부터 불교를 수련하였고, 743년경부터 종남산 망천장을 사들여 은거하였다. 왕유의 자연에 대한 애호를 송대 황정견(黃庭堅)은 '고황에 들어간 병'(膏肓之疾)이라 불렀다.

수재 배적의 작은 누대에 올라 지음(登裴迪秀才小臺作)

| 端居不出戶,[194] | 평소에 문밖을 나가지 않아도 |

---

191) 勝事(승사) : 마음에 드는 좋은 일. 여기서는 산속에서 지내며 느끼는 기쁜 마음을 가리킨다.
192) 値(치) : 만나다.
193) 無還期(무환기) : 돌아갈 때를 잊다.
194) 端居(단거) : 평소. 평생. 한가히 지냄.

滿目望雲山.	두 눈 가득 구름 덮인 산을 볼 수 있어
落日鳥邊下,	날아가는 새들 아래로 석양이 떨어지고
秋原人外閑.	가을 들녘은 세속의 밖에서 한가로워
遙知遠林際,	멀리서도 알겠나니, 저 먼 숲가에선
不見此簷間.	이곳의 처마 사이가 보이지 않으리
好客多乘月,[195]	손님을 좋아하는 주인이 달 떠올라야 보내니
應門莫上關.[196]	시동은 내 집 대문 빗장을 걸지 말아야 하리라

평석 먼 숲에서 작은 누대를 바라보니 구성이 완곡하다. '먼 숲'은 자신의 집이 그 속에 있다. 그러므로 말미에서 대문에서 기다리며 문을 잠그지 말라고 하였다.(轉從遠林望小臺, 思路曲折. '遠林'己之家中也. 故結言應門有待, 莫便上關.)

해설 가을 저녁 배적의 누대에 올라 바라본 경치를 노래하였다. 배적도 오랫동안 종남산 망천에 은거하였으므로 아마도 왕유가 살던 곳 근처였던 것으로 보인다. 중간에 시각을 전환하여 멀리서 작은 누대를 바라본다는 설정이 참신하며, 전편의 시상 전개가 자연스럽고 한아하다.

가을밤 홀로 앉아(秋夜獨坐)

獨坐悲雙鬢,	홀로 앉아 두 살쩍이 세어짐을 슬퍼하니
空堂欲二更.[197]	빈 집안이 이경(二更)의 시간이 되려하는구나
雨中山果落,	빗속에 산열매가 떨어지고

---

195) 乘月(승월) : 달빛을 받으며 놀다.
196) 應門(응문) : 문을 지키는 사람. 또는 문을 열어주는 사람. ○ 上關(상관) : 빗장을 지르다.
197) 二更(이경) : 二鼓(이고)라고도 한다. 밤 9시에서 밤 11시 사이. 밤을 오 경으로 나누었을 때 두 번째 시간.

燈下草蟲鳴.	등 아래 풀벌레가 울어
白髮終難變.[198]	백발은 결국 다시 검게 바꾸기 어렵고
黃金不可成.[199][200]	단사로는 황금을 만들어 장수할 수 없어
欲知除老病,	이미 알았나니, 늙음과 병을 없애려면
惟有學無生.[201]	오로지 무생(無生)의 도리를 배워야 함을

해설 가을밤 홀로 앉아 인생에 대해 생각하였다. 노년에 처한 시인의 적막하고 구슬픈 감성이 잘 드러났다. 제3, 4구와 같이 소리로 가을밤의 고요함을 표현한 명구도 끼어들어 있지만, 전편의 정서는 다분히 침중하다.

사냥 구경(觀獵)

風勁角弓鳴,[202]	바람 드세지자 각궁이 저 홀로 울어
將軍獵渭城.[203]	장군이 위성(渭城)으로 사냥을 나가네
草枯鷹眼急,	초목이 시든 후라 매의 눈알 날래고
雪盡馬蹄輕.	쌓인 눈 녹은 뒤라 말발굽 경쾌해
忽過新豊市,[204]	삽시간에 신풍(新豊)을 지나고

---

198) 白髮(백발) 구: 백발이 검게 되기 어렵다. 『열선전』(列仙傳)에 나오는 "완구(阮丘)가 마침내 주황(朱璜)을 따라 부양산(浮陽山) 옥녀사에 들어갔다. 다시 팔십 년이 지나 예 살던 곳에 가니 백발이 모두 검게 변했고 세 자 이상 자라났다"(丘遂與璜俱入浮陽山玉女祠. 且八十年, 復見故處, 白髮盡黑鬢, 更長三尺餘.)는 발상을 이용하였다.
199) 심주: 방사의 말을 이용하였다.(翻方士語.)
200) 黃金(황금) 구: 단사로 황금을 만들 수 없다. 『사기』 「봉선서」에는 단사(丹砂)로 황금을 만들 수 있고, 황금으로 그릇을 만들어 먹고 마시면 장수하고, 장수하면 동해 봉래산의 신선을 만날 수 있고, 그 후 봉선(封禪)하면 죽지 않는다고 하였다. 이 구는 이러한 황백지술(黃白之術)이 이루어질 수 없으므로 장생하기 어렵다는 뜻.
201) 無生(무생): 열반(涅槃) 또는 법성(法性)이란 뜻과 같다. 불교에서는 모든 현상의 본성은 '거대한 고요'(大寂靜)이므로 생기지도 않고(無生) 멸하지도 않는다(無滅)고 본다.
202) 角弓(각궁): 짐승의 뿔로 장식한 활.
203) 渭城(위성): 지금의 섬서성 서안의 북쪽에 있는 함양(咸陽)의 옛 성. 진(秦)의 도읍지.

還歸細柳營. 205)　　　다시 세류영(細柳營)에 돌아오네

回看射雕處, 206)　　　수리 쏘아 맞힌 곳 되돌아보니

千里暮雲平.　　　　천 리에 가로 걸린 저녁 구름 뿐

평석 장법, 구법, 자법이 모두 절정에 이르렀으니, 이런 시는 성당시 중에서도 드물다.(章法、句法、字法俱臻絶頂, 盛唐詩中亦不多見.) ○ 첫 2구는 만약 도치되었다면 평범한 시구가 되었을 터인데, 보통 사람보다 뛰어난 것은 전적으로 돌올(突兀)에 있다. 결말에서도 몸을 돌려 수리를 쏘아 맞힌 솜씨가 있다.(起二句若倒轉便是凡筆, 勝人處全在突兀也. 結亦有回身射雕手段.)

해설 장군의 사냥을 묘사하였다. 첫 구의 "바람 드세지자 각궁이 저 홀로 울어"는 발상이 뛰어난 명구이며, 제3, 4구는 매의 눈알과 말발굽만으로 사냥의 민첩함을 표현하였다. 제5, 6구는 사냥 장소의 이동을 통해 신출귀몰함을 표현하였으며, 말 2구에서는 장대한 경관으로 장군의 기개를 이미지화하였다. 장군의 충만한 무예와 함께 구경하는 사람의 격정도 함께 표현되었다.

---

204) 新豐(신풍) : 장안의 동쪽에 있던 위성 도시. 지금의 섬서성 서안시 임동구(臨潼區) 동쪽에 소재.

205) 細柳營(세류영) : 장안 주위에 세류(細柳)라는 지명은 두 곳으로, 하나는 함양시 서남 위수(渭水)의 북안으로 한대의 명장 주아부(周亞夫)가 둔병하던 곳이다. 다른 하나는 장안의 서남 곤명지(昆明池) 남쪽에 위치한 세류원(細柳原)이다. 여기서는 전자를 가리킨다.

206) 射雕(사조) : 수리를 쏘다. 수리는 날쌔기 때문에 웬만한 명궁이 아니면 쏘아 맞히지 못한다. 수리 맞추기와 관련된 전고는 일반적으로 두 가지가 있다. 하나는 이광(李廣)과 관련된 전고이다. 한나라의 중귀인(中貴人)이 기병 수십을 데리고 흉노 세 명과 싸우는데, 흉노가 말 위에서 몸을 돌려 활을 쏘아 중귀인을 상처 입히자 중귀인이 도망쳐 이광에게 달려갔다. 이에 이광이 '이는 필시 수리를 쏜 사람일 것이다(是必射雕者也)'고 했다. 다른 하나는 북제(北齊)의 곡률광(斛律光)이 큰 수리의 목을 쏘아 잡자 승상부에 있던 형자고(邢子高)가 '수리를 쏜 명수'라는 뜻의 '사조수'(射雕手)라 칭송한 일이다.

맹호연(孟浩然)

평석 맹호연의 시가 보통 사람의 시보다 뛰어난 곳은 매번 의식적으로 공교함을 추구하지 않은 곳이다. 그러면서도 청월하며 속됨이 없으니 참으로 사람의 의표를 찌른다.(孟詩勝人 處, 每無意求工, 而淸越超俗, 正復出人意表.) ○ 맑고 쉬운 말들은 읊조리면 절로 돌 위에 계 곡 물이 흐르고, 바람이 불어 솔바람 소리가 일어난다.(淸淺語, 誦之自有泉流石上, 風來松下 之音.)

동정호에서 장구령 승상께 올림(臨洞庭上張丞相)[1]

八月湖水平,[2]	물이 불어난 팔월의 동정호
涵虛混太淸.[3]	태허를 담고 천공과 뒤섞이네
氣蒸雲夢澤,[4]	비등하는 수증기에 운몽택을 감싸고
波撼岳陽城.[5]	파도 소리는 악양성을 뒤흔드는구나
欲濟無舟楫,[6][7]	호수를 건너려하나 배와 노가 없어

---

1) 張丞相(장승상) : 장구령(張九齡). 733~737년까지 재상으로 있었다. 다른 판본에서는 제목이 「악양루」(岳陽樓) 또는 「동정호에서」(臨洞庭)라 되어 있다.
2) 湖水平(호수평) : 물이 불어 가을 호수의 물높이가 언덕과 나란해졌다는 뜻.
3) 虛(허) : 태허(太虛). 원기(元氣). 허공. 하늘. ○ 太淸(태청) : 하늘. 도교에서 말하는 하늘로 삼청(三淸), 즉 옥청(玉淸), 상청(上淸), 태청(太淸)이 있는데 그중 하나이다.
4) 雲夢(운몽) : 고대의 거대한 습지로, 호북성의 장강 남북에 걸쳐 분포되어 있었다. 원 래 운몽택(雲夢澤)은 강북의 것을 운택(雲澤)이라 하고 강남의 것을 몽택(夢澤)이라 했지만, 소택지가 점점 육지가 되면서 이를 통칭하여 운몽택(雲夢澤)이라 하였다. 당대에는 이미 없어졌으므로 여기서는 동정호 등의 호수를 가리킨다.
5) 波撼(파감) 구 : 동정호의 파도가 마치 북을 치듯 소란스럽다 하여 악양성을 흔든다 고 말하였다. ○ 岳陽(악양) : 동정호의 동북에 면해 있는 성읍.
6) 심주 : 하반부는 장 승상께 올리는 부분이다.(下半上張丞相.)
7) 舟楫(주즙) : 배와 노. 관직에 나아가는 방도를 비유하였다. 원래 주즙(舟楫)은 천자 를 보필하는 재능을 말한다. 『상서』 「열명」(說命)에 "만일 큰 강을 건너려고 한다면,

端居恥聖明.[8]　　태평시대에 가난하게 지냄이 부끄러워라

坐觀垂釣者,[9]　　호수에서 낚시하는 사람을 바라보니

空有羨魚情.　　고기를 잡으려는 마음이 저도 모르게 일어나네

평석 도입부가 드높고 혼후하며, 제3, 4구는 웅장하고 드넓어, 족히 제목과 어울린다.(起法高渾, 三四雄闊, 足與題稱.) ○ 이 시를 읽어보면 맹호연은 은둔에 만족하지 않았음을 알 수 있다. 속담에 말하기를 "연못가에서 고기를 부러워하기보다는 돌아가 그물을 짜는 게 낫다"고 했는데, 언외에 장구령이 발탁해주기를 바라는 뜻이 있다.(讀此詩知襄陽非甘于隱遁者. 語云 : "臨淵羨魚, 不如退而結網." 意外望張公之援引也.)

해설 드넓은 기상과 높은 격조로 동정호의 풍경을 노래하고 정치에 대한 열정을 표시하였다. 이 시는 맹호연의 시 가운데 기상이 가장 웅대한 작품이다. 제3, 4구는 두보(杜甫)의 「악양루에 올라」(登岳陽樓)에 나오는 "오 지방과 초 지방을 동남으로 갈랐고, 하늘과 땅이 밤낮으로 떠 있어라"(吳楚東南坼, 乾坤日夜浮.)와 함께 동정호의 장대함을 묘사한 구로 유명하다. 737년 장구령이 형주자사가 되었을 때 맹호연은 그의 막부에 객으로 들어가 약 2년간 함께 놀거나 공무를 보았다.

———

　　너를 배와 노로 쓰리라"(若濟巨川, 用汝作舟楫.)는 말이 있다.

8) 端居(단거) : 평소, 평생, 한가히 지냄 등의 뜻. 이 어휘는 앞 구의 욕제(欲濟)와 대응되도록 "살기를 보통으로 한다"(평범하게 살다)라고 풀이해야 할 것이다. 이 구는 『논어』 「태백」(泰伯)에 "나라에 바른 정치가 행해질 때 가난하고 비천한 것은 수치스러우나, 나라에 바른 정치가 행해지지 않을 때 부유하고 귀인이 되는 것은 수치스럽다."(邦有道, 貧且賤焉, 恥也; 邦無道, 富且貴焉, 恥也.)에서 유래하였다. ○ 聖明(성명) : 천자의 뛰어난 덕. 여기에서 나아가 천자 또는 태평시대를 가리킨다.

9) 坐(좌) : 부질없이, 하릴없이. 허사(虛詞)로 空(공)이나 徒(도)의 쓰임과 같다. 말 2구는 남의 발탁을 기다리며 벼슬을 구하는 마음을 표현하였다. 『회남자』 「설림훈」(說林訓)의 "강가에서 고기를 부러워하기보다는 집에 돌아가 그물을 짜는 게 낫다"(臨河而羨魚, 不若歸家織網.)란 말을 이용하였다.

여러 사람과 현산에 올라(與諸子登峴山)[10]

人事有代謝,[11]	인간사는 낡은 것이 새것으로 대체되고
往來成古今.	시간은 오고 가며 과거와 현재가 된다
江山留勝迹,[12]	강산이 훌륭한 유적지를 남겨놓아
我輩復登臨.	우리들이 다시 이곳에 오르누나
水落魚梁淺,[13]	물이 빠지니 어량주(魚梁洲)가 얕아지고
天寒夢澤深.[14]	하늘이 차가우니 운몽택이 깊어졌네
羊公碑尚在,[15]	양호(羊祜)의 '타루비'(墮淚碑)가 아직 남아있어
讀罷淚沾襟.	비문을 읽고 나니 눈물이 옷깃을 적시는구나

평석 청원한 작품으로 일부러 고음(苦吟)하거나 힘을 들이지 않았다.(淸遠之作, 不煩攻苦著力.)

해설 가을날 양양의 현산에 올라 풍광과 유적지를 둘러보고 읊은 시이다. 시 속에 나오는 양호(羊祜)도 현산에 올라 강산은 의구한데 인생은 짧음을 아쉬워하였다. 맹호연은 이러한 중국의 전통 의식을 다시 시화하였다.

---

10) 峴山(현산) : 현수산(峴首山)이라고도 한다. 호북성 양번시 양양성 남쪽에 소재. 동으로 한수와 면해있다.
11) 代謝(대사) : 낡은 것이 없어지고 새것이 생김.
12) 勝迹(승적) : 명승고적. 뛰어난 유적지. 아래에 나오는 양호(羊祜)의 유적지 등을 가리킨다.
13) 魚梁(어량) : 어량주(魚梁洲). 양양성 동문 밖 삼 면이 강물인 곳을 통칭한다. 갈수기에는 사람들이 통발을 세워 고기를 잡았으므로 이름 붙여졌다. 맹호연의 시 속에 여러 차례 이곳 지명이 나온다.
14) 夢澤(몽택) : 앞의 시 참조. 당대에는 몽택이 이미 없어졌으므로, 여기서는 호수나 소택지를 가리킨다.
15) 羊公碑(양공비) : 양호(羊祜)의 비석. 서진(西晉)의 양호(羊祜)가 양양을 지킬 때 풍경이 아름다운 날에는 반드시 현산에 올라 종일 술을 마셨다. 그의 사후에 사람들은 그의 치적을 기려 현산에 사당을 세우고 비석을 세웠는데, 비석을 바라보는 사람은 누구나 그를 그리워하여 눈물을 흘렸다고 하여 '타루비'(墮淚碑)라 하였다.

늦봄(晚春)

二月湖水清,   이월이라 호수가 맑고
家家春鳥鳴.   집집마다 봄새가 우는구나
林花掃更落,   숲 속의 꽃은 쓸어도 다시 떨어지고
徑草踏還生.   오솔길의 풀은 밟아도 다시 나는구나
酒伴來相命,[16]   술친구가 와서 부르니
開樽共解酲,[17]   술통을 열고 함께 해장주를 마시노라
當杯已入手,   이제 술잔을 이미 손에 들었으니
歌妓莫停聲.   가기(歌妓)여! 노래를 멈추지 말지어다

해설 늦봄의 호방한 정취를 노래하였다. 제3, 4구는 봄의 신선한 감각을 잘 살린 명구이다. 해장주를 마시는 것으로 보아 이미 전날에도 술에 취했음을 알 수 있다.

의공 선방에 적다(題義公禪房)[18]

義公習禪寂,[19]   선정(禪定)을 닦는 의공(義公)이
結宇依空林.[20]   빈 숲 속에 집을 얽었네

---

16) 相命(상명) : 서로 부르다. 서로 약속하다.
17) 解酲(해정) : 전날의 숙취를 풀다. 우리말의 '해장'은 이 말에서 유래했다.
18) 義公(의공) : 승려의 이름. 다른 판본에는 「대우사 의공 선방에 쓰다」(題大禹寺義公禪房)라 하여 스님의 절이 표기되어 있다. 대우사(大禹寺)는 지금의 절강성 소흥시 회계산에 소재.
19) 禪寂(선적) : 생각이 끊어짐. 불교에서는 적멸(寂滅)을 중심 사상으로 한다. 『유마힐경』(維摩詰經)에서 "한마음으로 생각이 끊어지면 온갖 어지러움과 악함을 다스릴 수 있다"(一心禪寂, 攝諸亂惡.)고 하였다.
20) 結宇(결우) : 집을 짓다.

戶外一峰秀,	창밖으론 빼어난 봉우리 하나
階前衆壑深.	계단 앞에는 깊이 파인 골짜기들
夕陽連雨足,[21]	석양이 빗줄기를 따라 함께 드는데
空翠落庭陰.[22]	비췻빛 산 빛이 마당 그늘에 떨어져라
看取蓮花淨,[23]	연잎같이 선명한 눈동자를 바라보니
方知不染心.	그대 마음 세속에 물들지 않았음을 알겠네

해설 스님 의공을 칭송한 시이다. 중간의 4구는 숲 속의 환경이지만 동시에 청정하고 초속적인 의공의 심경(心境)이기도 하다. 이런 까닭에 경물은 지극히 순화될 수밖에 없다.

이씨 정원에서 병들어 누워(李氏園臥疾)[24]

我愛陶家趣,[25]	내 도연명의 정취를 사랑하나니
園林無俗情.[26]	정원과 숲에는 속기가 없어라
春雷百卉坼,[27]	봄 천둥에 온갖 풀이 싹을 틔우고

---

21) 雨足(우족) : 빗줄기.
22) 空翠(공취) : 하늘 아래의 비췻빛 산색.
23) 看取(간취) : 보다. 取(취)는 조사. ○ 蓮花淨(연화정) : 연잎같이 눈동자가 맑다. 불교에서는 넓고 길쭉한 청색 연잎(靑蓮)으로 곧잘 부처의 눈동자를 비유하였다. 『유마힐경』에 "눈이 맑고 길고 넓은 것이 마치 연잎 같다"(目淨修廣如靑蓮)고 하였다. 이에 대해 승조(僧肇)가 주석을 달기를 "인도에 청련화(靑蓮花)가 있는데, 그 잎이 길고 넓으며, 청색과 백색이 분명하다. 대인(大人)의 목상(目相)인지라 이에 비유하였다"(天竺有靑蓮花, 其葉修而廣, 靑白分明, 有大人目相, 故以爲喩也.)라 하였다.
24) 李氏園(이씨원) : 이씨의 정원. 시의 내용으로 보아 낙양에 소재한 듯하다.
25) 陶家趣(도가취) : 도연명의 정취.
26) 園林(원림) 구 : 도연명의 시에 "『시경』과 『상서』를 전부터 좋아하였으니, 숲과 전원에는 속기가 없어라"(詩書敦宿好, 林園無俗情.)는 말이 있다.
27) 春雷(춘뢰) 구 : 『주역』 「해」(解) 괘에 "천지가 풀리면 천둥과 비가 일어난다. 천둥과 비가 일어나면 온갖 나무와 풀의 껍질이 터진다"(天地解, 而雷雨作; 雷雨作, 而百果

寒食四鄰淸. [28]	한식이라 사방 주위가 맑기만 하여라
伏枕嗟公幹, [29]	베개에 엎드려 유정(劉楨)과 같이 탄식하고
歸田羨子平. [30]	전원에 돌아간 향장(向長)을 부러워하네
年年白社客, [31]	해마다 백사(白社)의 나그네 되어
空滯洛陽城.	부질없이 낙양에 머물러 있구나

평석 유정(劉楨)의 시에 "저는 오래 묵은 고질에 걸려, 맑은 장수(漳水) 강가에 숨어 살았지요"라는 구가 있다.(劉公幹詩: "余嬰沈痼疾, 竄身淸漳濱.") ○ 장평자(張平子, 張衡)는 「귀전부」를 지었지만, 향자평(向子平, 向長)에 대해서는 어떤 일을 가리키는지 모르겠다.(張平子有歸田賦, 向子平不知何指.)

해설 낙양에서 병들어 있을 때 지은 시이다. 맹호연은 양양에서 살았지만 출로를 찾기 위해 여러 차례 낙양과 장안을 오갔다. 이 시는 객지에서 뚜렷한 일을 이루지 못한 채 은거 아닌 은거를 할 수밖에 없는 처지와 그 정신적 면모를 잘 드러낸 작품이다.

草木皆甲坼.)란 말이 있다.
28) 寒食(한식): 한식. 절기의 하나로 청명일의 하루 또는 이틀 전으로, 이날을 포함하여 전후 삼 일간 불을 피우지 않고 찬 음식을 먹었다.
29) 伏枕(복침): 베개에 엎드리다. 병들어 눕다. ○公幹(공간): 삼국시대 위(魏)의 유정(劉楨). 공간은 그의 자(字)이다. '건안칠자'의 하나. 그는 「오관중랑장에게」(贈五官中郎將)에서 "저는 오래 묵은 고질에 걸려, 맑은 장수(漳水) 강가에 숨어 살았지요"(余嬰沈痼疾, 竄身淸漳濱.)라 했다.
30) 子平(자평): 동한의 향장(向長). 자평은 그의 자. 하내(河內) 조가(朝歌, 하남성 淇縣) 사람이다. 은거하며 『노자』과 『주역』에 통달하였다. 벼슬을 주겠다고 하였으나 거절하였다. 자식들을 모두 결혼시킨 후 자신이 죽었다고 생각하라며 일체의 일에 관여하지 않았다. 결국 뜻을 같이 한 친구와 함께 오악(五嶽)과 명산을 유람하였다.
31) 白社(백사): 낙양사(洛陽社). 낙양성 밖 사당이 많은 곳. 진대 은자 동경(董京)이 지냈던 곳으로, 일반적으로 은자의 거처를 가리킨다. 왕유의 「망천에서 한가히 지내며」(輞川閑居) 참조.

매 도사를 찾아(尋梅道士)[32]

彭澤先生柳,[33]	도연명의 집처럼 버들이 늘어서 있고
山陰道士鵝,[34]	산음(山陰)의 도사(道士)처럼 거위를 길러
我來從所好,[35]	내가 마음으로 좋아하는 곳을 찾아
停策夏陰多.[36]	걸음을 멈추니 여름철 녹음이 짙어라
重以觀魚樂,[37]	다시금 물고기가 즐거이 노님을 바라보고
因之鼓枻歌.[38]	나도 이들을 따라 뱃전을 두드리며 노래 불러라

32) 梅道士(매도사) : 미상. 시의 내용으로 보아 맹호연의 고향에 사는 친구로 보인다. 매 도사에 대해서는 아래에 나오는 「매 도사의 물가 정자」(梅道士水亭) 이외에 「청명일에 매 도사와 술자리에」(淸明日宴梅道士)라는 시가 남아있다.

33) 彭澤(팽택) : 팽택현. 강주(江州)의 속현. 팽성호(彭城湖) 남쪽에 있기에 이름 지어졌다. 지금의 강서성 구강시(九江市) 동북부 장강 남안에 소재. 일찍이 동진의 도연명(陶淵明)이 팽택령(彭澤令)이 되었다. ○ 柳(류) : 도연명은 자신의 집 앞에 다섯 그루 버드나무를 심었으며, 이 때문에 스스로를 '오류선생'(五柳先生)이라고 하였다.

34) 山陰(산음) : 월주(越州)의 속현으로 지금의 절강성 소흥시. 여기서는 우군장군(右軍將軍)이었던 왕희지(王羲之)를 가리킨다. ○ 道士鵝(도사아) : 왕희지는 거위를 좋아하였는데, 산음의 한 도사가 좋은 거위를 기르고 있다고 하여 찾아갔다. 거위를 본 왕희지가 기뻐하며 거위를 사려고 하자 도사는 『도덕경』을 써주면 모두 주겠다고 하였다. 이에 왕희지가 『도덕경』을 써주었고 그 대가로 거위를 광주리에 담아 갔다. 여기서는 산음의 도사로 매 도사를 비유하였다.

35) 從所好(종소호) : 좋아하는 바를 따르다. 이 말은 『논어』 「술이」(述而)에서 유래하였다. "부를 만약 구할 수 있다면 채찍을 잡는 천한 노릇일지라도 내가 하겠지만, 만약 구할 수 없는 것이라면 내가 좋아하는 바를 따르겠다'(富而可求也, 雖執鞭之士吾亦爲之; 如不可求, 從吾所好.) 삼국시대 하안(何晏)은 공자가 '좋아하는 바'란 '고인의 도'(古人之道)라고 주석하였다.

36) 停策(정책) : 지팡이를 멈추다. 걸음을 멈추다.

37) 觀魚樂(관어락) : 물고기를 바라보는 즐거움. 『장자』 「추수」(秋水)에 나오는 장자와 혜자의 대화를 가리킨다. "장자와 혜자가 호수(濠水)의 다리 위에서 노닐고 있었다. 장자가 말했다. '백어(白魚)가 나와 한가히 노닐고 있구나, 이것이 곧 물고기의 즐거움이라.' 혜자가 말했다. '그대는 물고기가 아닌데 어찌 물고기의 즐거움을 아는가? 장자가 말했다. '그대는 내가 아닌데 어찌 내가 물고기의 즐거움을 모른다고 생각하는가? (…중략…) 나는 호수(濠水)의 다리 위에서 물고기의 즐거움을 알았네.'"(莊子與惠子遊於濠梁之上. 莊子曰: "儵魚出遊從容, 是魚之樂也." 惠子曰: "子非魚, 安知魚之樂?" 莊子曰: "子非我, 安知我不知魚之樂? (…중략…) 我知之濠上也.")

38) 鼓枻歌(고설가) : 어부가 뱃전을 두드리며 부르는 노래. 『초사』 「어부」(漁父)에 어부

崔徐迹未朽,[39]　　최주평과 서서의 족적이 아직 남아있으니

千載揖淸波.[40]　　천 년이 지나도 그 맑은 물결에 읍례를 올리네

해설 매 도사의 고결한 성품을 예찬한 시이다. 고대의 은자들을 인용하여 탈속의 풍기를 강조하였다. 특히 최주평과 서서는 제갈량의 친구로 시인의 고향 양양에서 살았던 사람들인데, 이들로 매 도사의 성격을 더욱 친밀하게 부각시키고 있다.

매 도사의 물가 정자(梅道士水亭)

傲吏非凡吏,[41]　　오만한 정원지기였던 장자처럼 그대는 범상치 않고

名流卽道流.[42]　　명망 높은 인사는 바로 그대 도사(道士)였더라

隱居不可見,[43]　　산야에 묻혀 살기에 드러나 보이지 않고

가 뱃전을 두드리며 창랑가(滄浪歌)를 부르는 장면이 있다.

39) 崔徐(최서) : 최주평(崔州平)과 서서(徐庶). 동한 말기 양양에서 은거하던 고사(高士)들로, 제갈량의 친구들이다.

40) 揖(읍) : 두 손을 모아들고서는 고개를 가볍게 숙이는 읍례. ○ 淸波(청파) : 맑은 물결. 여기서는 군자의 고상한 품덕을 비유한다. 이백(李白)의 「맹호연에게」(贈孟浩然)에 나오는 "높은 산을 어찌 우러러 볼 수 있는가, 다만 맑은 향기에 읍례를 할 뿐이네"(高山安可仰, 徒此揖淸芬.)의 '청분(淸芬)과 같은 뜻이다.

41) 傲吏(오리) : 예법에 구속되지 않은 오만한 정원지기. 곽박(郭璞)의 「유선시」(遊仙詩) 제1수에 나오는 "칠원에는 벼슬을 물리치는 오만한 장자가 있고, 노래자(老萊子)에게는 은일을 권하는 현명한 처가 있다"(漆園有傲吏, 萊氏有逸妻.)는 말에서 나왔다. 『사기』「노장신한열전」(老莊申韓列傳)에 "장자는 일찍이 칠원(漆園)을 지키는 정원지기였는데, 초 위왕(楚威王)이 그가 현명하다는 말을 듣고 사신을 보내어 후한 재물을 주어 재상으로 삼으려 불렀다. 장자가 웃으며 사신에게 말했다. '자네는 빨리 이곳을 떠나 나를 더럽히지 말게나. 나는 차라리 더러운 곳에서 놀며 즐거워하기보다는 왕에게 얽매이지 않고 끝까지 벼슬하지 않으면서 내 뜻에 즐거워하겠네.'"(嘗爲蒙漆園吏. 楚威王聞莊周賢, 使使厚幣迎, 許以爲相. 莊周笑謂楚使者曰 : "子亟去, 無汚我! 我寧遊戱汚瀆之中自快, 無爲有國者所羈, 終身不仕, 以快吾志焉.")

42) 名流(명류) : 유명인사. 명사(名士). ○ 道流(도류) : 도사(道士).

43) 隱居(은거) : 산야에 깊이 묻히어 지내며 벼슬하지 않음.

高論莫能酬.	고담준론은 응대하기 어려워
水接仙源近.[44]	강물은 신선의 처소와 가깝고
山藏鬼谷幽.[45]	산은 귀곡자를 깊이 숨기고 있어라
再來尋處所,[46]	다시금 그대 사는 곳 찾아보려고
花下問漁舟.	꽃잎 떠내려가는 강가에서 어부에게 묻노라

해설 매 도사의 정자를 찾아가며 쓴 시이다. 곽박(郭璞)의 「유선시」와 도연명의 「도화원기」로 촉발되는 이미지가 중첩되면서 매 도사의 유현한 풍모를 드러내고 있다.

천태산을 찾아(尋天台山)[47]

吾愛太乙子,[48]	내 태을자(太乙子)를 사랑하노니

---

44) 仙源(선원) : 신선이 거처하는 곳. 『운급칠첨』(雲笈七籤)에 복지(福地)로 동선원(東仙源)과 서선원(西仙源)을 들고 있다. 여기서는 도사가 은거하는 곳.

45) 鬼谷(귀곡) : 귀곡자(鬼谷子). 전국시대 은사(隱士)로 본명은 왕후(王詡)이다. 귀곡에 은거하였으므로 귀곡자라 하였다. 일설에는 소진(蘇秦)과 장의(張儀)의 스승으로 알려졌다. 곽박(郭璞)의 「유선시」(遊仙詩) 제2수에 "천길 높은 청계산에, 도사 한 사람 살고 있으니. 구름이 들보 사이에 흘러 다니고, 바람이 창문 안에서 불어오네. 묻노니 이 사람은 누구인가, 대답하노니 바로 귀곡자라네"(青溪千餘仞, 中有一道士. 雲生梁棟間, 風出窓戶裏. 借問此何誰? 云是鬼谷子.)라는 구절이 있다. 이선(李善)은 주석에서 유중용(庾仲雍)의 『형주기』(荊州記)에 "임저현(臨沮縣)에 청계산이 있고, 산 동쪽에 샘물이 있으며, 샘 옆에 도사의 초막이 있다"는 말을 인용하였다. 귀곡(鬼谷)은 은자를 가리킨다.

46) 再來(재래) 2구 : 도연명의 「도화원기」(桃花源記)에서 어부가 도화원에 들어간 일을 이용하였다. 은거하는 곳이 깊어 속인이 찾기 어려움을 비유한다.

47) 天台山(천태산) : 태주(台州)의 명산. 지금의 절강성 천태시 북쪽에 소재. 주봉 화정봉은 해발 1133미터. 서남으로 괄창산(括蒼山)과 안탕산(雁蕩山)이 이어져 있고, 서북으로 사명산과 금화산이 이어져 있다. 도교에서는 천태산을 남악 형산(衡山)의 보조로 여겼고, 불교의 천태종도 여기에서 발원했다.

48) 太乙子(태을자) : 太一子(태일자)라 된 판본도 있다. 천태산 도사의 이름. 맹호연의 시에 「월 지방에서 천태산 태일자를 만나」(越中逢天台太一子)란 시가 있다.

餐霞臥赤城.[49]　　　　적성산에 누워 아침노을을 먹으리

欲尋華頂去,[50]　　　　화정봉(華頂峰)을 찾아 갈 수 있다면

不憚惡溪名.[51]　　　　악계(惡溪)의 이름도 두려워하지 않으리

歇馬憑雲宿,[52]　　　　말에서 내려 구름에 기대어 잠들고

揚帆截海行.[53]　　　　돛을 올리고 바다를 가로질러 가노라

高高翠微裏,[54]　　　　높디높은 저 파르스름한 산 위에

遙見石梁橫.[55]　　　　멀리 가로놓인 돌다리가 보이는구나

평석 처주에 악계가 있으므로 응당 처주에서 천태산에 가는 길이리라. 화정봉은 천태산의 최고봉이다. 청대 『일통지』에 돌다리는 너비가 1척을 넘지 않고 길이가 수십 장이며 아래는 절벽이라 했다. 내가 그곳을 유람했는데 길이가 3장여 되었으며 승려와 나무꾼이 그곳을 지나다녔다.(處州有惡溪, 應從處州至天台也. 華頂, 天台之巓. 一統志謂石梁廣不盈尺, 長數十丈,

---

49) 餐霞(찬하) : 아침 기운을 들이마시다. 신선술을 연마한다는 뜻. 『초사』 「원유」(遠遊)에 "여섯 가지 기운을 먹고 밤기운을 마시며, 해의 기운으로 양치질하고 아침노을 머금는다"(餐六氣而飲沆瀣兮, 漱正陽而含朝霞.)는 말이 있고, 사마상여(司馬相如)의 「대인부」(大人賦)에 "밤기운을 호흡하고 아침노을을 먹는다"(呼吸沆瀣兮餐朝霞)는 말이 있다. 도교에서는 익힌 음식을 먹지 않고 이슬과 노을을 먹으며 수련하면 신선이 될 수 있다고 했다. ○赤城(적성) : 적성산. 천태산의 남문에 해당한다. 흙이 모두 붉은색이며 그 모습이 노을 같아 멀리서 보면 성벽처럼 보이기에 이름 붙여졌다.
50) 華頂(화정) : 천태산의 주봉. 동쪽으로 바다를 볼 수 있으므로 망해첨(望海尖)이라고 한다.
51) 惡溪(악계) : 지금의 절강성 진운현(縉雲縣) 동북 대분산(大盆山)에서 발원하여 서남으로 여수(麗水)로 흘러가는 강. 이 강은 본래 구십 리에 오십육 개의 여울이 있는 급류로 '대악(大惡)이라 하였는데, 수대(隋代)에 강 이름을 여수(麗水)라 바꾸고, 당대에는 현의 이름으로도 사용하였다. 강물에는 원래 괴물이 많았는데 만당시기에 단성식(段成式)이 선정을 베풀면서 괴물들이 사라졌다고 한다. 천태산의 서남 방면에 소재한다.
52) 憑雲宿(빙운숙) : 구름에 의지하여 자다. 높은 산속의 구름 속에서 잠든다는 뜻.
53) 截海行(절해행) : 바다를 가로질러 가다.
54) 翠微(취미) : 산기슭의 깊은 곳에 긴 파르스름한 기운. 『이아』(爾雅)에서 "산의 정상 아래를 취미라 한다"(山未及上, 翠微.)고 했다. 여기서는 푸른 산을 가리킨다.
55) 石梁(석량) : 천태산의 명승지인 석량비폭(石梁飛瀑). 석교(石橋)라고도 한다. 긴 바위가 두 산 사이에 걸쳐져 있어 마치 다리같이 보이므로 이름 붙여졌다.

下臨絶澗. 予遊其地, 長三丈許, 僧與樵人每經行焉.)

해설 천태산의 도사를 찾아가는 모습을 그린 시이다. 산을 넘고 바다를 건너는 멀고 험난한 역정에 초점을 맞추었으며, 말구에서 비로소 천태산의 명물인 돌다리를 바라보는 감격으로 도사와 산에 대한 애정을 표현하였다.

종남산에 돌아와(歸終南山)

北闕休上書,⁵⁶⁾	북궐에서 상서 올리기를 그만두고
南山歸弊廬.⁵⁷⁾	남산에 있는 낡은 초가로 돌아왔나니
不才明主棄,	재주가 없어 밝은 군주로부터 내쳐졌고
多病故人疎.⁵⁸⁾	병이 많아 친구도 드물어졌어라
白髮催年老,	백발은 늙음을 재촉하고
靑陽逼歲除⁵⁹⁾	세모를 몰아 봄이 서둘러 오는구나
永懷愁不寐,	오래도록 생각하니 시름에 잠 못 들어
松月夜窓虛.	밤의 창문에 소나무와 달이 밝아라

평석 맹호연이 과거에 급제하지 못하여 돌아와 쓴 시이다. 당시 황제가 왕유의 거처에 행차

---

56) 北闕(북궐) : 궁궐의 북면에 있는 성루. 신하들이 상서를 올리거나 알현하기 위해서 이곳에서 대기하였다.
57) 弊廬(폐려) : 낡은 집. 자신의 집을 겸칭한 말.
58) 疎(소) : 소원해지다.
59) 靑陽(청양) : 봄. 고대에는 쇠(金), 물(水), 나무(木), 불(火), 흙(土) 등 다섯 가지 원소를 계절, 방위, 색채 등에 대응시켰는데, 이중 나무(木)는 계절에 있어서는 봄, 색채에 있어서는 청색, 방위에 있어서는 동쪽에 해당한다. 그래서 '청양은 곧 봄을 의미한다. 『이아』(爾雅) 「석천」(釋天)에서 "봄은 청양이다(春爲靑陽)"라 하였다. ○歲除(세제) : 한 해가 지나가다.

했을 때 맹호연도 함께 있었다. 황제가 평소의 시를 지어보라고 하니 맹호연이 이 시를 읊었다. 황제가 말했다. "경이 벼슬을 구하지 않았지, 짐이 언제 경을 내쳤는가!" 이리하여 마침내 귀향하였다. 당시 「동정호에서 장구령 승상께 올리다」(臨洞庭上張丞相)를 읊지 않고 「종남산에 돌아와」(歸終南山)를 읊어 명령에 사실대로 했으니, 맹호연도 주관이 없는 사람이다.(此浩然不第歸來作也. 時帝幸王維寓, 浩然見帝, 帝命賦平日詩, 浩然卽誦此篇. 帝曰: "卿不求仕, 朕何嘗棄卿!" 遂放還. 時不誦臨洞庭而誦歸終南, 命實爲之, 浩然亦有不能自主者耶!)

해설 회재불우(懷才不遇)의 아쉬움과 나이 들어 귀향하는 슬픔을 쓴 명시이다. 제목에 대해서는 『하악영령집』에는 「고향에 돌아와 지음」(歸故園作)이라 되어 있고, 통행본에서는 「세모에 남산에 돌아와」(歲暮歸南山)라 되어 있어, 학자들은 일반적으로 장안을 떠나며 쓴 시로 본다. 이때 남산은 종남산이 아니라 고향 양양의 현산(峴山) 옆에 있는 남산이다. 이 시와 관련하여 잘 알려진 이야기, 즉 왕유의 관서에서 우연히 현종을 만난 맹호연이 이 시를 내놓자, 현종이 자신은 내치지 않았는데 어찌 "밝은 군주로부터 내쳐졌고"(明主棄)라 했느냐며 맹호연을 방축시켰다는 일은, 일반적으로 실화가 아닌 만들어진 이야기로 본다.

동관을 막 나온 밤에 역참에 앉아,
교서랑 왕창령을 그리다(初出關旅亭夜坐, 懷王大校書)[60]

向夕槐煙起,[61]	저녁이 되자 푸른 안개처럼 홰나무 일어서고
葱蘢池館曛[62]	나무 울창한 연못가 역참에는 석양이 비쳐라

---

60) 出關(출관) : 관문을 나서다. 여기서는 장안 동쪽에 있는 동관(潼關)을 말한다. ○ 旅亭(여정) : 역참. ○ 王大(왕대) : 왕창령(王昌齡). 성당시기에 활동한 시인. 大(대)는 왕씨 가문에서 항렬이 첫째라는 뜻. 시인 소전 참조. ○ 校書(교서) : 교서랑(校書郎). 서적을 정리하는 직책. 왕창령은 727년 과거에 급제하여 비서성 교서랑이 되었다.

61) 向夕(향석) : 저녁 무렵. ○ 槐煙(괴연) : 안개처럼 잎이 무성한 홰나무.

客中無偶坐,[63]	나그네라 마주 앉아 이야기할 사람도 없고
關外惜離群.	관문을 나서서는 홀로 지냄을 아쉬워하네
燭至螢光滅,	촛불이 다 타고나니 반딧불이 명멸하고
荷枯雨滴聞.	마른 연잎에 빗방울이 떨어지는 소리 들리네
永懷芸閣友,[64]	오래도록 운향각(芸香閣)에 있는 친구를 그리나니
寂寞滯揚雲.[65]	적막하게도 양웅(揚雄)처럼 길이 막혔어라

해설 화산(華山) 아래 동관의 역참에서 왕창령을 그리며 쓴 시이다. 승진되지 못하고 있는 왕창령의 처지를 안타까워하지만, 맹호연 자신도 장안에서 출로를 찾지 못하고 떠나는 길이기에 그 안타까움은 더욱 강렬하다.

친구의 집을 방문하여(過故人莊)[66]

| 故人具鷄黍,[67] | 친구가 닭을 잡고 기장밥 지어 |
| 邀我至田家. | 나를 시골집으로 불렀어라 |

---

62) 葱蘢(총롱): 수목이 푸르고 무성한 모습. ○曛(훈): 황혼.
63) 偶坐(우좌): 마주 앉다. 여기서는 마주 앉은 사람.
64) 芸閣(운각): 芸香閣(운향각): 비서성(秘書省)의 별칭. 도서를 보관하는 곳에 벌레가
쓰는 것을 방지하기 위해 강한 향기가 나는 운향(궁궁이)을 사용하였기에 이름 붙여
졌다.
65) 揚雲(양운): 서한 말기의 문학가인 양웅(揚雄). 자가 자운(子雲)이므로 약칭하여 양
운이라 하였다. 비록 대문학가이자 대학자이지만 불우하게 지냈다. 왕망(王莽)의 정
권 아래서는 천록각(天祿閣)에서 교서(校書) 작업을 하였다. 여기서는 능력은 뛰어
나지만 승진하지 못하는 왕창령을 비유한다.
66) 過(과): 방문하다. ○故人(고인): 친구.
67) 鷄黍(계서): 닭과 기장밥. 당시 농촌에서 손님을 대접할 수 있는 가장 귀한 음식이다.
이 구는『논어』「미자」(微子)에 "자로가 공자를 따르다가 뒤처지다, 한 어른을 만났는
데 지팡이에 삼태기를 매고 있었다. (…중략…) 자로를 묵게 하고 닭을 잡고 기장밥
을 하여 먹게 하였다"(子路從而後, 遇丈人, 以杖荷篠 (…중략…) 止子路宿, 殺鷄爲黍
而食之.)는 이야기 속에서 유래하였다. 좁쌀은 두 종류가 있는데 검은색의 차조가 서
(黍)이고, 노란색의 일반 조가 직(稷)이다. 기장은 검은색의 차조와 비슷하다.

綠樹村邊合, 초록빛 나무는 마을 주위에 우거졌고
青山郭外斜. 푸른 산은 성곽 밖에 비스듬히 기울어
開軒面場圃,[68] 창을 여니 타작장과 채마밭 보이는데
把酒話桑麻.[69] 술잔 들어 다만 뽕과 마를 이야기하네
待到重陽日,[70] 구월 구일 중양절이 오면은
還來就菊花.[71] 다시 와서 국화 앞에 서리라

평석 전편이 청고하고 절묘하다. 말구의 '就'(취)자는 지어낸 것이지만 자연스럽게 처리되었다.(通體淸妙, 末句'就'字作意, 而歸於自然.)

해설 친구의 농가를 찾아가며 바라본 광경과 친구와의 순박한 우정을 노래하였다. 매 구를 조탁하지 않았는데도 지극히 자연스럽고 담백하다. 성당시의 표지이다.

---

68) 軒(헌) : 창이 있는 회랑. 여기서는 창문. ○ 場圃(장포) : 타작마당과 채마밭.
69) 把酒(파주) : 술잔을 들다. 이 구는 도연명(陶淵明)의 「전원에 돌아와 살며」(歸園田居)에 "서로 만나도 잡다한 말은 하지 않고, 다만 뽕과 마가 얼마나 자랐냐고 묻는다"(相見無雜言, 但道桑麻長.)를 이용하였다.
70) 重陽(중양) : 음력 구월 구일. 구월 구일은 월과 일이 양수 가운데 가장 높은 수인 '아홉'이 겹치므로 '중양'(重陽)이라고 하였다. 남북조 이래로 이날 산에 올라 빨간 수유 열매의 가지를 머리나 관에 꽂고 국화주를 마시는 풍습이 있었다.
71) 就(취) : 가다. 여기서는 감상하다는 뜻. 이 글자에 대해서는 명대 양신(楊愼)의 『승암시화』(升庵詩話) 권7에 다음과 같은 기록이 있다. "還來就菊花(환래취국화)는 각본(刻本)에는 就(취)자가 없다. 그래서 사람에 따라서는 醉(취), 賞(상), 泛(범), 對(대) 등으로 모두 다르게 써넣었다. 나중에 완정한 본을 보니 就(취)라 되어 있으니, 비로소 그 就(취)자의 절묘함을 알겠다."

배 사사의 방문을 받고(裴司士見尋)[72]

府僚能枉駕,[73]	부(府)의 관료가 친히 찾아주시어
家醞復新開.[74]	집에서 빚은 술을 처음 개봉하노라
落日池上酌,	해 떨어지는 연못가에서 술잔을 따르니
清風松下來.	맑은 바람이 소나무 아래로 불어오는구나
廚人具鷄黍,[75]	부엌 사람은 닭 잡고 기장밥 짓고
稚子摘楊梅.[76]	아이들은 양매(楊梅)를 따네
誰道山翁醉,[77]	누가 산간(山簡)을 취했다고 말했는가
猶能騎馬回.[78]	그래도 말을 타고 돌아갈 수 있었는 걸

평석 즉 산간이 수레에 거꾸로 실려 간다는 뜻이다. '山翁'(산옹)은 의당 '山公'(산공)이라 써야 맞다.(卽山巨源倒載意也, '山翁'仍宜用山公.)

해설 배 사사의 방문을 받은 정황과 함께 어울려 즐거이 취한 모습을 쓴 시이다. 제5, 6구는 농가의 소박한 모습을 묘사한 명구이다.

---

72) 裴司士(배사사) : 미상. 사사(司士)는 교량 가설이나 건축 등 토목을 관장하는 관직이다. 부(府)에는 사조참군(士曹參軍)이, 주(州)에는 사사참군(司士參軍)이, 현에는 사사(司士)가 있었다.
73) 府僚(부료) : 부(府)의 관료. ○ 枉駕(왕가) : 왕림하다. 남의 방문에 대한 경어(敬語).
74) 家醞(가온) : 집안에서 빚은 술.
75) 鷄黍(계서) : 앞의 시 참조.
76) 楊梅(양매) : 산도(山桃)라고도 한다. 소귀나무 열매.
77) 山翁醉(산옹취) : 산공취(山公醉)라 해야 옳다. 서진(西晉) 때 산간(山簡)이 양양에 주둔하고 있을 때 자주 습가지(習家池)에 가서 술에 취하자, 양양의 아이들이 동요를 지었다. "저녁이면 수레에 거꾸로 실려 돌아오니, 고주망태가 되어 아무것도 모르네. 준마는 탈 수 있다고 해도, 흰 두건은 거꾸로 썼네"(日夕倒載歸, 茗艼無所知. 復能乘駿馬, 倒箸白接䍦.) 심덕잠의 평석에서 '山巨源'은 '山季倫'이라 써야한다.
78) 猶能(유능) 구 : 산간이 아무리 고주망태가 되었어도 말을 탈 정도로 의식이 남아있었지만, 자신을 찾아온 배 사사는 그보다 더 즐거이 마셔 진정으로 취하게 하겠다는 뜻.

이 시어의 「송자강을 건너며」에 화답하며(和李侍御渡松滋江)[79]

南紀西江闊,[80]	남방의 서부에 있는 장강은 드넓은데
皇華御史雄.[81]	화려한 꽃 같은 시어사(侍御史)는 위풍당당하여라
截流寧假楫,[82]	노가 없어도 강을 건널 수 있으니
挂席自生風.[83]	돛을 올리니 절로 바람이 불어오네
寮宷爭攀鷁,[84]	동료들이 다투어 앞머리에 올랐는데
魚龍亦避驄.[85]	물속 어족들도 총마(驄馬) 탄 시어사를 피하는구나
坐聽白雪唱,[86]	고아한 「백설」의 곡조를 듣노라니

79) 李侍御(이시어) : 미상. 시어(侍御)는 어사대의 속관으로 시어사, 전중시어사, 감찰어
사를 통칭한다. ○ 松滋江(송자강) : 장강이 지금의 호북성 남부 송자시(松滋市)를 지
나가는 부분을 가리킨다.

80) 南紀(남기) : 장강과 한수, 또는 남방을 가리킨다. 『시경』 「사월」(四月)에 "도도히 흐
르는 장강과 한수는, 남국의 줄기라네"(滔滔江漢, 南國之紀.)라는 말에서 유래했다.
○ 西江(서강) : 남기(南紀)의 범위 내에서 서쪽에 해당하는 강으로, 곧 장강의 중상
류를 가리킨다.

81) 皇華(황화) : 정부의 명령을 받고 임무를 수행하는 사신. 『시경』 「황화」(皇華)에서
"빛나는 꽃이여"(皇皇者華)로 사신을 칭송하였다.

82) 截流(절류) : 강을 가로질러 건너다. ○ 假楫(가즙) : 강을 건너기 위해 노와 배를 빌리
다. 『순자』 「권학」(勸學)에 "가마와 말을 빌리는 사람은 발이 빠르지 않다고 하더라
도 천 리를 갈 수 있고, 노와 배를 빌리는 사람은 헤엄할 줄 몰라도 강을 건널 수
있다"(假輿馬者, 非利足也, 而致千里; 假楫舟者, 非能水也, 而絶江河.)는 말을 이용하
였다.

83) 挂席(괘석) : 돛을 걸다. 배를 띄우다. 고대에는 깔고 앉는 자리를 돛으로 쓰기도 하
였다.

84) 寮宷(요채) : 동료 관원. ○ 鷁(익) : 배를 가리킨다. 원래 익조는 해오라기 비슷한 물
새로 뱃사람들이 그 모습을 그려서 뱃머리를 장식하여 배의 운항이 잘 되기를 기원
하였다.

85) 魚龍(어룡) : 물속의 동물들. ○ 避驄(피총) : 피총마어사(避驄馬御史). 즉 총마어사를
피하다. 총마어사는 동한의 환전(桓典)을 가리킨다. 강직한 환전이 시어사가 되자
거리낌 없이 법을 집행하여 득세한 환관들마저 모두 그를 두려워했다. 환전은 총마
(驄馬)를 타고 다녔으므로 경성 사람들이 노래를 지었다. "가다가 가다가 서는 것은,
총마어사를 피하기 위해서라네."(行行且止, 避驄馬御史.) 여기서는 총마어사로 이
시어를 비유하였다.

86) 白雪(백설) : 악곡 이름. 전국시대 초나라의 고아한 음악인 「백설」(白雪)을 말한다.

翻入棹歌中.　　　　뱃노래가 그 속으로 섞여드는구나

해설 시어사와 함께 장강을 건너며 쓴 시이다. 시의 말미에서 말하는 고 아한 「백설」의 곡조란 곧 시어사가 읊은 작품으로 이 시는 그에 대한 화 답시이다. 시어사의 위풍과 강직함을 칭송하였다.

동려강에서 묵으며 광릉의 친구들에게 부침(宿桐廬江寄廣陵舊遊)[87]

山暝聞猿愁,	어두워진 산에는 원숭이 울음 시름겨운데
滄江急夜流.	검푸른 강물이 밤을 도와 빠르게 흘러가네
風鳴兩岸葉,	바람은 강 양안의 나뭇잎을 울리고
月照一孤舟.	달빛은 외로운 쪽배를 비추는구나
建德非吾土,[88]	건덕이 좋다 해도 나의 고향이 아니니
維揚憶舊遊.[89]	양주에 있는 친구들이 생각나누나

일반적으로 「양춘」(陽春)과 함께 제시된다. 송옥(宋玉)의 「대초왕문」(對楚王問) 참 조. "초나라 수도 영(郢)에서 노래하는 사람이 있었는데, 처음에 「하리」와 「파인」을 부르니 수도에서 이어 부르며 화답하는 사람이 수천 명이었다. 「양아」와 「해로」를 부르니 수도에서 이어 부르며 화답하는 사람이 수백 명이었다. 「양춘」과 「백설」을 부르니 수도에서 이어 부르며 화답하는 사람이 수십 명이었다. (…중략…) 곡이 고 상해질수록 화답하는 사람이 적어졌다."(客有歌於郢中者, 其始曰'下里''巴人', 國中屬 而和者數千人. 其爲'陽阿''薤露', 國中屬而和者數百人, 其爲'陽春''白雪', 國中屬而和者 數十人. (…중략…) 其曲彌高, 其和彌寡.)

87) 桐廬江(동려강) : 절강(浙江, 즉 전당강) 가운데 동려현(桐廬縣) 지역을 지나는 단락 을 가리킨다. 절강의 수원은 북쪽의 신안강(新安江)과 남쪽의 난계(蘭溪) 두 갈래로, 이들이 지금의 건덕시(建德市) 매성현(梅城縣)에서 만나 동려현을 지나는데, 이를 동강(桐江) 또는 동려강이라 한다. ○廣陵(광릉) : 지금의 양주(揚州). 한대에 광릉국 (廣陵國)에 속했다. ○舊遊(구유) : 친구.

88) 建德(건덕) : 지금의 절강성 건덕시. ○非吾土(비오토) : 나의 고향이 아니다. 왕찬(王 粲)의 「등루부」(登樓賦)에 "비록 진실로 아름답다고 하더라도 나의 고향은 아니어 서"(雖信美而非吾土兮)라는 말이 있다.

89) 維揚(유양) : 양주의 별칭. 『상서』「우공」(禹貢)에 '회해유양주'(淮海惟揚州, 회수와

還將兩行淚,　　　흘러내리는 두 줄기 눈물을
遙寄海西頭.[90]　　멀리 바다의 서편 끝에 부치노라

평석 맹호연의 시는 첫 구의 음이 높은데, 그러기에 맑되 차갑지 않다.(孟公詩高于起調, 故淸 而不寒.)

해설 맹호연이 오월 지방을 유력하며 남긴 시 가운데 하나로, 가을밤 강 가의 고적한 풍광을 묘사하면서 광릉(양주)의 친구들을 그린 시이다. 전 반부에 그려진 풍광은 객수 탓인지 약간 표현적으로 그려졌다.

동으로 돌아가는 친구를 보내며(送友東歸)

士有不得志,　　　　뜻을 얻지 못한 선비가 있으니
栖棲吳楚間.[91]　　오 지방과 초 지방에서 애쓰며 분주하네
廣陵相遇罷,[92]　　광릉에서 이제 막 만났는데
彭蠡泛舟還.[93]　　배를 타고 팽려호로 돌아간다네
檣出江中樹,　　　　돛대는 강 중간에 나무처럼 솟아났고
波連海上山.　　　　파도는 바다 위의 산처럼 이어졌어라
風帆明日遠,　　　　바람 안은 돛폭이 내일이면 멀어지려니

황해 사이는 양주이다)라는 말에서 후인들이 '惟揚'(유양)이란 말을 잘라내어 사용하 였다. '惟'는 원래 어조사이며, '惟'와 '維'는 통가자이다.

90) 海西頭(해서두) : 바다의 서쪽 끝. 양주를 가리킨다. 양주의 강역은 넓어 장강 하류 북안 일대를 차지하므로 황해의 서쪽 끝에 있는 셈이다. 수 양제(隋煬帝)는 「용주를 띄우고」(泛龍舟)에서 "묻노니 양주는 어디에 있는가? 회수의 남쪽, 장강의 북쪽, 바 다의 서쪽 끝에 있다네"(借問揚州在何處? 淮南江北海西頭.)라 하였다.

91) 栖棲(서서) : 바쁘고 경황없는 모양. ○吳楚(오초) : 오 지방과 초 지방. 지금의 강남 일대를 가리킨다. 제1, 2구는 친구를 가리키기도 하고 자신을 가리키기도 한다.

92) 廣陵(광릉) : 양주.

93) 彭蠡(팽려) : 지금의 파양호.

何處更追攀?　　　　어디에서 그대 모습 좇을 수 있나?

해설 강호에서 배를 타고 떠나는 친구를 보내며 쓴 시이다. 제5, 6구의 강의 나무와 바다의 산에 대한 비유가 새롭다. 통행본에서는 제목이 「광릉에서 설팔을 보내며」(廣陵別薛八)라 되어 있다. 설팔은 광릉에서 알게 된 친구이다.

왕유를 두고 떠나며(留別王維)

寂寂竟何待,⁹⁴⁾　　　　적적히 끝내 무엇을 기다렸는가?
朝朝空自歸.　　　　　　날마다 아무런 소득 없이 처소로 돌아왔었지
欲尋芳草去,⁹⁵⁾　　　　이제 풀숲을 찾아 떠나려니
惜與故人違.　　　　　　아쉽지만 그대와도 헤어져야 한다네
當路誰相假?⁹⁶⁾　　　　요로에 있는 그 누구도 도와주지 않으니
知音世所稀.⁹⁷⁾　　　　나를 알아주는 이 세상에 드물어라
只應守寂寞,　　　　　　그저 적막하게 살아가며
還掩故園扉.　　　　　　돌아가 고향집 대문을 닫은 채 살아가리라

해설 장안에서 고향 양양으로 돌아가며 왕유에게 준 시이다. 과거에 낙제한 후 의지할 곳 없는 처지와 낙백한 심사가 손에 잡힐 듯 뚜렷하다. 맹호연은 장안을 여러 번 방문하고 또 낙향하였는데 이 시는 비교적 만년에 쓴 것으로 보인다.

---

94) 심주 : 나그네의 무료한 상황이다.(客中無聊之況.)
95) 尋芳草(심방초) : 풀을 찾다. 숲이나 산야로 은거하러 가다.
96) 當路(당로) : 정권을 잡다. 여기서는 고위 관료. ○相假(상가) : 힘을 빌려주다. 돕다.
97) 知音(지음) : 친구. 지기(知己).

한가한 정원에서 소자를 그리다(閑園懷蘇子)[98]

林園雖少事,	정원에는 비록 일이 없다 해도
幽獨自多違.[99]	홀로 지내니 절로 마음에 들지 않는 일 많구나
向夕開簾坐,	저녁 무렵 주렴을 걷고 앉으니
庭陰落翠微.	그늘진 마당에 푸르스름한 산 기운이 내리네
鳥從煙樹宿,[100]	새는 안개 낀 나무에서 잠들고
螢傍水軒飛.[101]	반디는 물가의 난간 위에 날아다니네
感念同懷子,[102]	의취가 같은 사람을 생각하노니
京華去不歸.[103]	경화(京華)에 가서는 언제 돌아오는가

해설 장안에 간 친구를 생각하며 쓴 시이다. 중간 4구는 저녁의 한가한 정원을 그린 장면으로, 조탁하지 않은 어휘로 전원의 정취를 그려내었다. 사물과 자연에 대해 적절한 표현을 잡아내는 능력이야말로 맹호연의 장기로, 후세 시인들이 이를 따라 하려 해도 그 균형감을 얻지 못하면 이내 가벼워져버린다.

이른 추위에 감회가 있어(早寒有懷)

木落雁南渡,[104]	낙엽지고 기러기 남으로 가는데

---

98) 蘇子(소자) : 미상.
99) 幽獨(유독) : 조용한 곳에서 홀로 지내다. 『초사』 「구장」(九章)에 "나의 생에 즐거움이 없음을 슬퍼하나니, 조용히 산중에서 홀로 지내네"(哀吾生之無樂兮, 幽獨處乎山中.)란 말이 있다. ○ 多違(다위) : 많이 위배되다. 마음에 들지 않다.
100) 煙樹(연수) : 해거름이나 안개가 낀 나무.
101) 水軒(수헌) : 물가의 난간.
102) 同懷子(동회자) : 뜻이나 취향이 같은 사람. 소자(蘇子)를 가리킨다.
103) 京華(경화) : 수도. 화(華)는 번화하다는 뜻.

北風江上寒.[105]	북풍에 강물 위가 차가와라
我家襄水曲,[106]	나의 집은 양수(襄水)가 굽이져 흐르는 곳
遙隔楚雲端.	멀리 초 지방 구름 너머에 있어라
鄕淚客中盡,	고향 생각에 흘린 눈물 객지에서 다 말랐고
孤帆天際看.	외로운 돛배는 하늘 끝에 보이누나
迷津欲有問,[107]	나루터가 어디 있는지 물어보려는데
平海夕漫漫.[108]	저물녘 강물만 바다같이 끝없이 드넓어라

해설 객지에서 떠돌다 일찍 찾아온 추위에 고향을 생각한 시이다. 제1구의 기러기는 작가 자신을 가리키는 듯하며, 강호에서 떠도는 것은 귀처가 없는 인생을 비유하는 듯하다. 이는 곧 맹호연의 인생을 스스로 개괄한 것이라 할 수 있다. 당대 예정장(芮挺章)이 744에 편집한 『국수집』(國秀集)에는 제목이 「강위에서 돌아갈 생각하며」(江上思歸)라 되어 있다.

길가는 도중에 날이 개어(途中遇晴)

已失巴陵雨,[109]	파 지방의 능선에는 비가 이미 그쳤는데
猶逢蜀坂泥.[110]	촉 지방 산 언덕은 아직도 진흙길이라

---

104) 木落(목락) : 나뭇잎이 떨어지다.
105) 심주 : 첫머리는 모름지기 이처럼 높은 격조가 있어야 한다.(起手須得此高致.)
106) 襄水(양수) : 양양 일대를 지나는 한수(漢水)를 가리킨다. 襄水曲(양수곡)은 양수가 굽이져 흐르는 곡안(曲岸)으로 곧 양양(襄陽)을 가리킨다.
107) 迷津(미진) : 나루를 잃다. 길을 잃다.
108) 平海(평해) : 바다같이 평평한 강물.
109) 巴陵(파릉) : 지명으로 보면 지금의 호남성 악양시를 가리키나, 여기서는 시의 문맥으로 보아 파(巴) 지방의 능선이라 해석하여야 할 것이다. 파(巴)는 전국시대의 국가로 그 강역은 중경(重慶) 일대였다.
110) 蜀坂(촉판) : 촉 지방의 산언덕. 제1구의 巴陵(파릉)과 호문(互文)으로 곧 "파촉(巴蜀) 지방의 능선과 언덕"이란 뜻이다.

天開斜景遍,[111]　　　하늘이 열리어 비낀 햇빛이 두루 퍼지고
山出晚雲低.　　　산을 나오니 저녁 구름이 낮게 걸렸어라
餘濕猶沾草,　　　남은 습기에 풀들이 아직 젖어 있는데
殘流尙入溪.　　　모여든 빗물들이 아직도 계곡에 흘러드네
今宵有明月,　　　오늘밤 밝은 달이 떠오르면
鄕思遠悽悽.　　　머나먼 고향 생각에 마음이 처연하리라

평석 갠 저녁의 노을을 그림같이 묘사하였다.(狀晚霽如畵.)

해설 촉 지방으로 가는 도중 날씨가 갤 때 느낀 감회를 썼다. 맹호연의 입촉(入蜀)에 대해선 자료가 부족하나 「삼협에 들어가며 동생에게 부침」 (入峽寄弟) 등을 보면 짧은 시기 동안 삼협을 다녀온 듯하다.

장안 가는 도중 눈을 만나(赴京途中遇雪)

迢遞秦京道,[112]　　　장안으로 가는 머나먼 길
蒼茫歲暮天.[113]　　　세모의 하늘이 창망하여라
窮陰連晦朔,[114]　　　깊은 겨울이 초하루에서 그믐까지 이어져
積雪遍山川.　　　산과 강이 온통 눈으로 덮였어라
落雁迷寒渚,　　　내려앉는 기러기는 모래톱을 찾지 못하고

---

111) 斜景(사경) : 비스듬히 비치는 햇빛.
112) 迢遞(초체) : 높다는 뜻과 멀다는 뜻이 있다. 여기서는 먼 모양. ○秦京(진경) : 장안. 장안은 진(秦) 지방에 있으므로 진경이라 하였다.
113) 蒼茫(창망) : 멀고 아득한 모습.
114) 窮陰(궁음) : 한겨울. 가을과 겨울을 음(陰)의 계절로 보았는데 이 가운데서도 음기가 가장 성한 겨울의 막바지를 말한다. ○晦朔(회삭) : 晦(회)는 음력 말일이고 朔(삭)은 음력 초하루. 連晦朔(연회삭)은 한 달 내내.

飢烏噪野田,　　　　　주린 까마귀는 들에서 우짖는데

客愁空佇立,[115]　　　나그네 시름에 공연히 우두커니 섰나니

不見有人煙.　　　　 사방을 바라보아도 인가조차 없구나

해설 장안 가는 도중 눈이 온 광경을 묘사하였다. 깊은 겨울의 추위와 삭막함 속에 자리를 잃은 기러기와 까마귀는 작자의 분신인 듯하다.

밤에 상수를 건너며(夜渡湘水)[116]

客行貪利涉,[117]　　　객지의 일정이라 길을 빨리 가려고

夜裏渡湘川.　　　　 밤중에 상수(湘水)를 건넌다네

露氣聞芳杜,[118]　　　안개 속에 향기로운 두약 향기 떠돌고

歌聲識采蓮.[119][120]　노랫소리 들으니 〈채련곡〉이로다

榜人投岸火,[121]　　　뱃사공은 강 언덕의 불을 보고 배를 대고

漁子宿潭煙.　　　　 어부는 연못가 모깃불 옆에서 잠을 자네

行旅時相問,　　　　 나그네가 때때로 물어보나니

潯陽何處邊?[122]　　　잠양(潯陽)은 어디쯤에 있는가?

---

115) 佇立(저립) : 우두커니 서다.

116) 湘水(상수) : 광서성 홍안현(興安縣) 양해산(陽海山)에서 발원하여 동북으로 호남성 경내로 들어가 북쪽으로 장사(長沙)를 거쳐 동정호(洞庭湖)로 흘러든다.

117) 利涉(이섭) : 순조롭게 강을 건너다.

118) 芳杜(방두) : 향기로운 두약(杜若). 굴원의 「상군」(湘君)에 "아름다운 섬에서 두약을 따서, 장차 상군(湘君)의 시녀에게 주려고 하네"(采芳洲兮杜若, 將以遺兮下女.)란 말이 있다.

119) 심주 : 이날 밤에 건너다.(是夜渡.)

120) 采蓮(채련) : 남조의 가곡 이름인 〈채련곡〉(采蓮曲). 청상곡사(淸商曲辭)에 속한다. 양 무제(梁武帝, 蕭衍)는 '서곡(西曲)'을 〈강남농〉(江南弄) 일곱 곡으로 개작하였는데 채련곡은 그중 하나이다. 여기서는 연밥을 딸 때 부르는 노래.

121) 榜人(방인) : 뱃사공. ○投岸火(투안화) : 강 언덕의 불이 비치는 곳에 배를 대다.

122) 潯陽(심양) : 강주(江州, 강서성 구강시). 그러나 심양은 상수와 관련이 없으므로『하

평석 '나그네'는 자신을 말한다. '물어보다'는 뱃사공과 어부에게 물어본다는 말이다.('行旅'
自謂, 問者問榜人漁子也.)

해설 밤중에 상수를 건너며 보고 느낀 소감을 썼다. 여로의 광경과 나그
네의 마음이 쓸쓸하게 그려졌다.

상건(常建)

파산사 뒤의 선방(破山寺後禪院)[1]

清晨入古寺,	이른 아침 오래된 절에 들어가니
初日照高林.	떠오르는 해가 높은 숲을 비추어라
曲徑通幽處,	굽이진 길은 그윽한 곳으로 통하고
禪房花木深.	선방엔 꽃과 나무들 무성하구나
山光悅鳥性,	산의 풍광에 새의 본성이 기뻐하고
潭影空人心.[2][3]	맑은 못에 사람의 마음이 비워지는구나

악영령집』과 『문원영화』 등 판본에 따라 '涔陽'(잠양)으로 보아야 한다. 잠양은 지금
의 호남성 예현(澧縣) 근처의 잠수(涔水) 북안. 굴원의 「상군」(湘君)에 "멀고먼 포구
잠양을 아득히 바라보니, 장강을 가로질러 빛나는 기운 드러내네"(望涔陽兮極浦, 橫
大江兮揚靈)라는 말이 있다. 작자는 이를 상기하여 묻고 있다.
1) 破山寺(파산사) : 지금의 강소성 상숙시(常熟市) 우산(虞山)의 북쪽 기슭에 있는 흥복
사(興福寺)의 옛 이름. 원래 남조 제(齊)나라 때 예덕광(倪德光)의 거주지였으나, 나
중에 불교에 귀의하여 자신의 집을 절로 만들었다. 868년 의종(懿宗)이 '파산흥복사'
(破山興福寺)란 편액을 하사하였다. ○ 禪房(선방) : 승방. 선방. 선실(禪室). 절.
2) 심주 : '空'(공)자는 평성으로, 여기서는 고대의 구법이 들어갔다.('空字平聲, 此入古句法.)
3) 潭影(담영) 구 : 연못의 맑은 빛이 사람의 마음을 맑게 한다. 못이 맑아 이를 보고 있
으면 속세의 잡념을 맑게 한다는 뜻. 후인들이 절의 연못을 '공심담(空心潭)이라 하

萬籟此俱寂,[4]　　모든 소리가 여기에선 적막한데
惟聞鐘磬音.[5]　　들리는 건 오로지 종소리와 편경소리 뿐

평석 새의 본성이 기뻐하기에 산의 풍광을 만나 기뻐하고, 사람의 마음이 비어 있기에 못을 만나 비어진다. 이는 도치 구법이다.(鳥性之悅, 悅以山光, 人心之空, 空因潭水, 此倒裝句法.) ○ 전편이 지극히 그윽하다. 송대 구양수는 스스로 배워도 할 수 없다고 생각했는데, 고대 사람들이 허심으로 남의 장점을 배우는 것이 이와 같았다.(通體幽絶, 歐陽公自謂學之未能, 古人虛心服善如是.)

해설 파산사의 아름다운 풍광을 노래했다. 이 가운데는 빛과 색과 소리가 어울려 있고, 만상의 고요 속에 선적(禪的) 정밀함이 깃들어 있다. 제3, 4구는 대구를 맞추지 않고 있어 오언율시 가운데는 특이한 예인데, 이러함으로써 오히려 고졸한 풍격을 나타내고 있다.

우이에 배를 대고(泊舟盱眙)[6]

泊舟淮水次,[7]　　회수 강가에 배를 대고 묵나니
霜降夕流清.　　저녁이 되니 서리가 내려 맑아라
夜久潮侵岸,[8]　　밤이 깊어지자 조수가 강 언덕을 파고들고
天寒月近城.　　하늘이 차가워지자 달이 성벽에 다가가네
平沙依雁宿,　　너른 모래밭에서 기러기들 잠드는데

는 것은 이 시에서 유래했다.
4) 萬籟(만뢰) : 자연의 소리. 이 세상의 모든 소리.
5) 鐘磬音(종경음) : 종과 편경의 소리. 절에서 독경이나 예불을 시작할 때는 종을 치고 끝날 때는 경쇠를 쳐서 알렸다. 이 구는 소리로써 적막감을 표현한 대표적인 예이다.
6) 盱眙(우이) : 초주(楚州)의 속현으로, 지금의 강소성 우이현.
7) 次(차) : 묵다.
8) 夜久(야구) : 밤이 깊다.

候館聽鷄鳴.[9]   객사에서 들리는 닭 울음소리
鄕國雲霄外,[10]   고향은 구름 밖에 있나니
誰堪羈旅情?[11]   그 누가 객지의 시름을 견딜 수 있나?

해설 우이에서 저녁 배를 댈 때의 풍경과 일어나는 향수를 썼다. 상건은
727년 왕창령(王昌齡)과 함께 과거에 급제한 후 한때 우이현(盱眙縣)의 현
위를 지냈으므로, 이 시는 아마도 부임할 때 지은 듯하다.

---

9) 候館(후관) : 객사(客舍). 관리나 나그네가 묵을 수 있는 역참.
10) 鄕國(향국) : 고향.
11) 羈旅(기려) : 나그네생활에 묶이다. 타향에서 살다.

가지(賈至)

남주에서 시를 주며(南州有贈)[1]

極浦三春草,[2]	머나먼 포구에는 늦봄의 풀이 자라는데
高樓萬里心.	높은 누대에는 만 리를 그리는 마음
楚山晴靄碧,[3]	초 지방 산에는 맑은 날 구름이 푸르고
湘水暮流深.	상수의 강물은 저녁 되어 깊어라

---

1) 南州(남주) : 남방 지역을 통칭한 말이다. 여기서는 동정호 남쪽에 있는 악양을 가리 킨다.

2) 極浦(극포) : 머나먼 포구. 악주(岳州, 악양)를 가리킨다. ○三春(삼춘) : 늦봄. 봄 석 달 가운데 세 번째 달.

3) 晴靄(청애) : 맑은 날의 구름.

忽與朝中舊,　　　　뜻밖에 조정의 옛 동료를 만나
同爲澤畔吟. 4)5)　　함께 굴원처럼 강가에서 노래하여라
停杯試北望,　　　　술잔을 멈추고 잠시 북쪽을 바라보니
還欲淚沾襟.　　　　다시금 눈물이 옷깃을 적실 듯해라

평석 분명 악주에 폄적되었을 때 지은 것으로, 친구와 마시며 장안을 생각하였다.(應是貶岳州時作, 與故人飮而念京華也.)

해설 다른 판본에서는 제목이 「악양루 연회에서 장사로 폄적 가는 왕 원외를 보내며」(岳陽樓宴王員外貶長沙)라 되어있다. 가지는 안사의 난 이후 759년부터 762년까지 악주사마(岳州司馬)를 지냈다. 스스로 좌천되어 있는 상황에서 다시 좌천되어 오는 왕 원외를 만났기에 동병상련의 감회를 노래하였다.

잠삼(岑參)

평석 잠삼의 오언율시는 격앙되고 웅장한 소리가 많다.(嘉州五言, 多激壯之音.)

---

4)　심주 : 의측체를 만들었으니 특출하고 비범하다.(作欹側體, 孑然異人.)

5)　澤畔吟(택반음) : 강가에서 읊다. 방축되어 강과 호수를 떠돌며 시를 짓던 굴원을 가리킨다. 『사기』 「굴원열전」에 "굴원이 방축된 후 강과 호수를 떠돌며 강가에서 읊으니 얼굴은 초췌하고 모습은 말랐다"(屈原旣放, 遊於江潭, 行吟澤畔, 顔色憔悴, 形容枯槁.)고 하였다.

고관곡 골짜기 입구에서 정호를 찾으며(高冠谷口招鄭鄠)[1]

谷口來相訪,	골짜기 입구로 그대 찾으러 왔더니
空齋不見君.	서재는 비어있고 그대는 보이지 않구료
澗花然暮雨,	시냇가에 핀 꽃은 저녁 비에 불타는 듯하고
潭樹暖春雲.	연못가의 나무는 봄 구름 속에 따스하여라
門徑稀人迹,	문으로 이어진 길엔 사람 자취 없는데
檐峰下鹿群.	추녀 같은 봉우리에 사슴들이 내려오네
衣裳與枕席,	그대의 옷과 침구와 자리에는
山靄碧氛氳.[2]	푸르른 산 구름 냄새만 가득해

평석 제3, 4구의 '然'(연)자와 '暖'(난)자는 공들여 단련하였다.(三四'然'字'暖'字, 工於烹鍊.)

해설 잠삼은 744년(30세) 과거에 급제하여 우내솔부(右內率府) 병조참군(兵曹參軍)이 되기 전에는 종남산 고관곡에서 은거하였다. 이 시는 당시 자신이 은거하던 고관곡에 친구를 찾아간 정경을 그렸다. 경물에 대한 묘사가 신선하고 은거 생활의 한적하고 고일(高逸)한 풍모를 절로 드러냈다.

처음 관직에 받고 고관곡 초당에 적다(初授官題高冠草堂)[3]

三十始一命,[4]	서른 살이 되어서 겨우 얻은 말단 관직

---

1) 高冠谷口(고관곡구) : 고관곡의 입구. 잠삼이 종남산에서 은거하던 곳. 지금의 섬서성 호현(戶縣) 동남에 소재. 잠삼의 시집에 '고관 초당'이나 '고관담'(高冠潭)이란 지명이 자주 보인다. ○ 鄭鄠(정호) : 미상.

2) 山靄(산애) : 산속의 구름. ○ 氛氳(분온) : 구름이 가득한 모양.

3) 高冠草堂(고관초당) : 종남산 고관곡에 있는 초당.

4) 一命(일명) : 가장 낮은 등급의 관직. 命(명)은 관직의 등급으로 주대(周代)에는 일명(一命)에서 구명(九命)까지 있었다. 여기서는 그가 받은 우내솔부(右內率府) 병조참

宦情多欲闌.[5]	벼슬에 대한 마음 사라지려 하네
自憐無舊業,[6]	조상의 업적이 없음이 스스로 아쉬워
不敢恥微官.	미미한 관직을 부끄러워할 수 없어라
澗水呑樵路,	계곡의 물은 오솔길을 삼키고
山花醉藥欄.[7]	산에 핀 꽃은 울타리 안에서 취한 듯 붉어라
只緣五斗米,[8]	오로지 오두미(五斗米) 때문에
辜負一漁竿.[9]	낚시하는 은거 생활 저버렸어라

평석 제5, 6구의 '呑'(탄)자와 '醉'(취)자는 앞의 시와 마찬가지로 잘 단련하였다.(五六'呑'字 '醉'字, 與前一首同.)

해설 처음 관직을 받고 은거하던 초당을 떠나면서 초당의 벽에 쓴 시이다. 은일과 출사(出仕) 사이의 고민과 함께 회재불우의 아쉬움을 토로하였다.

군(兵曹參軍)을 가리킨다. 우내솔부는 십 솔부 가운데 태자의 속관으로, 동궁을 지키거나 그 의장(儀仗) 역할을 한다. 병조참군은 종9품으로 무관의 문서를 담당한다.

5) 宦情(환정) : 벼슬에 대한 마음. ○闌(란) : 다하다. 사라지다.

6) 舊業(구업) : 조상이 남긴 재산이나 사업. 잠삼의 증조 잠문본(岑文本), 백부 잠장천(岑長倩), 당백부 잠희(岑羲) 등은 모두 재상이었다. 그러나 잠희는 잠삼이 태어나기 이 년 전에 죄를 지어 살해되었고 친족들도 모두 방축되어 잠삼이 어릴 때 이미 가세가 기울었다.

7) 藥欄(약란) : 작약 화단의 난간. 일반적으로 꽃밭을 둘러친 작은 울타리를 말한다. 일설에는 藥(약)은 곧 난(欄)으로 보고, 난간이라 풀이하기도 한다.

8) 五斗米(오두미) : 다섯 말의 쌀. 미미한 봉록을 가리킨다. 『진서』 「도잠전」(陶潛傳)에 "군에서 현으로 독우를 파견하면 관리는 허리띠를 묶고 응대해야 하니 도연명이 탄식하여 말하였다. '나는 오두미를 위하여 허리를 꺾으며 향리의 소인을 공손히 섬길 수 없다.' 의희 2년(406년) 관인을 풀어두고 현을 떠났다."(郡遣督郵至縣, 吏白應束帶見之, 潛歎曰 : '吾不能爲五斗米折腰, 拳拳事鄕里小人邪!' 義熙二年, 解印去縣.)고 하였다.

9) 辜負(고부) : 저버리다. ○漁竿(어간) : 낚싯대. 은일생활을 가리킨다.

낙제하여 육혼 별장으로 돌아가는 두좌를 보내며(送杜佐下第歸陸渾別業)[10]

正月今欲半,	정월이 이제 반쯤 지났으니
陸渾花未開.	육혼산에 아직 꽃이 피진 않았으리
出關見青草,[11]	동관(潼關)을 나서면 풀이 푸르러
春色正東來.	봄빛이 마침 동쪽에서 오고 있으리
夫子且歸去,	그대 지금 잠시 돌아가지만
明時方愛才.[12][13]	밝은 시대라 나라에서는 인재를 아낀다네
還須及秋賦,[14]	부디 가을의 공사(貢士)에 끼어야 하니
莫卽隱蒿萊.[15]	잡풀더미 속에서 은거만 하고 있지 말게나

평석 만당시기의 고섬(高蟾)이 "부용이라 그것도 가을철 강가에 있어, 봄바람에 피지 못했다고 원망하지 않는다네"라 한 것처럼 분수에 만족하는 말이다. 이 시는 온전히 위로와 권면을 썼는데, 마음이 화평하고 기질이 평온한 성당 사람의 수준을 쉽게 따를 수 없다.('芙蓉生在秋江上, 不向東風怨未開', 安分語耳. 此詩純用慰勉, 心和氣平, 盛唐人身分, 故不易到.)

해설 낙제하여 은거지로 돌아가는 두좌(杜佐)를 격려하며 쓴 시이다. 봄의 절기로 희망의 뜻을 환기하고 공정한 시대로 도전의 뜻을 북돋워주고 있다. 낙관적인 정신과 상대에 대한 믿음이 은연중에 표현되었다.

---

10) 杜佐(두좌) : 두보의 시 「조카 두좌에게 보임」(示姪佐)에 나오는 두좌를 가리키는 듯하다. 두번(杜繁)의 아들로 관직이 대리정(大理正)에 이르렀다. ○陸渾(육혼) : 육혼산(陸渾山). 낙양 서남의 이수(伊水) 강을 끼고 있다.
11) 出關(출관) : 동관(潼關)을 나가다.
12) 심주 : 위 2련은 모두 유수대로 전후구가 잘 연결되었다.(二聯俱用流走.)
13) 明時(명시) : 정치가 청명한 때.
14) 秋賦(추부) : 가을의 공사(貢士). 지방에서 뛰어난 인재를 뽑아 가을에 장안으로 보내어 봄에 과거를 보게 하는 일. 마치 지방의 특산물을 공물로 보내는 것과 같다고 하여 이런 이름이 붙여졌다.
15) 蒿萊(호래) : 쑥과 명아주. 즉 잡풀더미. 은자가 거처하는 곳.

남해에 현위로 가는 장자를 보내며(送張子尉南海)[16]

不擇南州尉,[17]	머나먼 남방에 현위라 해도 가리지 않은 건
高堂有老親.[18]	높은 대청에 노친이 살아계시기 때문
樓臺重蜃氣,[19]	바닷가라 신기루가 층층이 만들어지고
邑里雜鮫人.[20]	마을 사람들은 교인(鮫人)들과 뒤섞여 살아가리
海暗三山雨,	바다가 어두우면 삼신산(三神山)에 비가 내리고
花明五嶺春.[21]	꽃이 환히 피면 오령(五嶺)에 봄이 오리라
此鄉多寶玉,[22]	그곳은 보옥이 많이 나오므로
愼勿厭淸貧.	부디 청빈함을 멀리하지 말기를

평석 첫머리와 마무리에 유념하였다.(著眼起結.) ○ 당대 시인들은 마무리에 한가한 말을 자

---

16) 張子(장자) : 미상. 子(자)는 남자에 대한 존칭으로 성씨 뒤에 붙인다. 『문원영화』본
　　에서는 '양원'(楊瑗)이라 되어 있다. ○ 尉(위) : 현위(縣尉). 여기서는 동사로 쓰였다.
　　현위가 되다. ○ 南海(남해) : 남해현. 영남도(嶺南道) 광주(廣州)의 속현. 지금의 광
　　동성 광주시(廣州市).

17) 不擇(불택) 구 : 『설원』「건본」(建本)에 "자로가 말하였다. '무거운 짐을 지고 멀리 가
　　는 사람은 땅을 가리지 않고 쉬고, 집안이 가난하여 부모가 연로한 사람은 녹봉을
　　가리지 않고 벼슬을 한다"(子路曰 : "負重道遠者不擇地而休, 家貧親老者不擇祿而
　　仕.")는 말이 있다. 여기서는 노친을 봉양하기 위해 먼 곳의 낮은 직책도 마다하지
　　않는다는 뜻.

18) 高堂(고당) : 부모가 거처하는 정실.

19) 蜃氣(신기) : 광선의 굴절로 인해 하늘이나 지상에 만들어지는 기이한 환영. 주로 바
　　다나 사막 지역에서 일어난다. 고대인들은 이무기(蜃)가 뿜어내는 입김 때문에 이루
　　어졌다고 생각하여 '신기'(蜃氣)라고 하였다. 『사기』「천관서」(天官書)에 "바다 옆에
　　서 신(蜃)이 내뿜는 입김은 누대와 같고, 넓은 들의 응결된 기운은 궁궐과 같다"(海
　　傍蜃氣象樓臺, 廣野氣成宮闕然.)고 하였다.

20) 鮫人(교인) : 전설에서 바닷속에 산다는 반신반어(半身半魚)의 인어. 『박물지』 권2에
　　"남해 밖에 교인이 있는데 물고기처럼 물에서 살고, 길쌈을 하며, 그 눈은 울면 눈물
　　이 진주가 된다"(南海外有鮫人, 水居如魚, 不廢織績, 其眼能泣珠.)고 하였다.

21) 五嶺(오령) : 다섯 고개. 대유령(大庾嶺), 기전령(騎田嶺), 도방령(都龐嶺), 맹저령(萌
　　渚嶺), 월성령(越城嶺) 등으로 광동성, 광서성, 강서성, 호북성의 경계를 이룬다.

22) 此鄉(차향) 구 : 고대부터 광동성 일대에는 진주, 상아, 피혁 등 진기한 특산물이 많
　　이 났다.

유롭게 쓰는 경우가 많은데, 이러한 권유와 풍자는 상당히 적절하다.(唐人結意虛詞游衍者多,
此種規諷有體.) ○ 탐욕을 부리지 말 것을 권하였다. '청빈함을 멀리하지 말기를' 당부하였으
니 옳은 길을 정성으로 알리는 것이 절로 마땅하다.(諷以不貪, 而云'勿厭淸貧', 忠告善道, 自
宜爾爾.)

해설 멀리 남해로 부임하는 친구를 보내며 쓴 시이다. 연로한 부모와 헤
어지는 사정을 동정하면서, 독특한 경물과 자연을 묘사하고 청렴히 지낼
것을 권고하였다.

조 소윤의 남정에서,
동대로 가는 정 시어를 보내며(趙少尹南亭, 送鄭侍御歸東臺)[23]

紅亭酒甕香,	붉은 정자에 술 항아리가 향기로운데
白面繡衣郎.[24]	흰 얼굴의 정 시어는 수놓인 옷 입었어라
砌冷蟲喧座,	섬돌이 차가우니 자리까지 벌레소리 시끄럽고
簾疎月到床.	주렴이 성기니 달이 평상까지 비치누나
鐘催離思急,	종 치는 소리에 헤어지는 마음 급한데
絃逐醉歌長.	거문고 소리는 취한 노래를 따라 길어라
關樹應先落,[25]	동관(潼關)의 나뭇잎이 먼저 떨어지려니
隨君滿路霜.	그대 따라 길 가득 서리가 내리리

---

23) 趙少尹(조소윤): 미상. 소윤은 지금의 부시장에 해당한다. ○ 鄭侍御(정시어): 미상.
○ 東臺(동대): 동도(東都) 낙양에 있는 어사대(御史臺).
24) 繡衣(수의): 수놓인 옷. 어사(御史)를 가리킨다. 한대에는 시어사를 '직지사(直指使)'
라 하여 각지에 파견하여 주요한 사건을 처리하게 하였다. 그 신분을 존중한다는 뜻
에서 수놓인 옷을 입게 했기에 '수의직지'(繡衣直指)라 하였다.
25) 關樹(관수): 동관(潼關)의 나무.

해설 낙양의 어사대로 가는 정 시어를 보내며 쓴 시이다. 붉은 정자 속의 흰 얼굴로 정 시어의 모습을 부각시킨 후, 가을밤 벌레 울고 달 비치는 술자리의 정경을 그리고, 악기로 헤어지는 마음을 표시하였다. 말 2구에서는 시어사의 직책이 주는 엄정함을 계절의 감각으로 나타내었다.

동으로 돌아가는 장 도위를 보내며(送張都尉東歸)[26]

白羽綠弓絃,[27]	백우전(白羽箭)에 녹색의 활을 들고
年年只在邊.	해마다 변방에만 있었어라
還家劍鋒盡,	집으로 돌아가려니 칼날이 다 닳았고
出塞馬蹄穿.	변새를 떠날 때는 말발굽도 다 닳았네
逐虜西踰海,	오랑캐를 좇아 서쪽으로 바다를 넘었고
平胡北到天.	오랑캐를 평정하러 북쪽 하늘 끝까지 갔어라
封侯應不遠,[28]	후작을 얻는 일이 분명 멀리 있지 않으니
燕頷豈徒然![29]	반초(班超) 같은 제비 턱 관상이 헛되지 않으리!

평석 제3구만이 전송하는 뜻을 나타내었고, 그 아래로는 모두 공적을 서술하였다.(只第三句見送歸意, 下皆追敍其功.)

---

26) 張都尉(장도위) : 미상. 도위는 병사를 통솔하는 관직. 부병제(府兵制)에 따라 부(府)마다 절충도위(折衝都尉)가 부병(府兵)을 통솔했으며, 그 아래 좌우로 과의도위(果毅都尉)가 한 명씩 있었다.
27) 白羽(백우) : 백우전(白羽箭). 화살 이름. ○綠弓絃(녹궁현) : 녹색 칠을 한 활. 고대에 녹침궁(綠沉弓)이 있었는데 이를 가리키는 듯하다.
28) 封侯(봉후) : 후작에 봉하다. 일반적으로 관직과 작위를 얻는다는 뜻으로 쓰인다.
29) 燕頷(연함) : 제비의 입처럼 큰 입. 고대에는 귀인의 관상으로 쳤다. 동한의 반초(班超)를 본 관상가가 손으로 가리키며 "제비의 턱에 호랑이의 목을 한 것이 날아가며 고기를 먹을 상이니, 이는 만 리 땅을 다스리는 후작의 상이다."(相者指曰 : '燕頷虎頸, 飛而食肉, 此萬里侯相也.')고 하였다 한다. 『후한서』 「반초전」(班超傳) 참조.

해설 756년 봄 안서절도부에서 지은 시이다. 변방에서 전전하며 공을 세운 장 도위가 오히려 조정으로부터 상을 받지 못하는 불공평한 상황을 그렸다. 송각본(宋刻本)과 명초본(明抄本)에는 제목 아래에 "당시 봉상청(封常淸) 대부가 죄를 얻었다"(時封大夫初得罪)는 주석이 있다. 755년 11월 봉상청은 범양평로절도사에 임명되어 낙양에 나가 안록산과 싸웠으나 대패하여 동관(潼關)으로 철수하였으며, 이 때문에 관작을 삭탈당하고 곧 참형에 처해졌다. 이 시는 장 도위를 기리는 한편, 봉상청이 지나치게 엄격하게 단죄된 데 대한 불평을 호소한 것으로 보인다.

위북절도사로 충원된
이 태보 겸 어사대부를 삼가 보내며(奉送李太保兼御史大夫充渭北節度使)[30][31]

| 詔出未央宮,[32] | 미앙궁에서 황명을 받들고 출사하니 |
| 登壇近總戎.[33] | 단(壇)에 올라 임명받고 군사를 거느리도다 |

---

30) 심주 : 태위 이광필(李光弼)의 동생이다.(卽太尉光弼弟.)

31) 李太保(이태보) : 이광진(李光進). 영주(營州) 유성(柳城) 사람. 그 선조는 거란(契丹)의 추장이며, 그 부친 이해락(李楷洛)은 개원 초기 삭방절도부사(朔方節度副使)로 계국공(薊國公)에 봉해졌다. 756년 하북도채방사로 여러 차례 사사명을 격퇴하였다. 안사의 난을 평정한 이광필(李光弼)의 동생으로, 764년 이래 태자태보(太子太保) 겸 어사대부, 양국공(凉國公), 위북절도사(渭北節度使)가 되었다. 태보는 태자태보의 준말로 태자를 보좌하는 직책. ○ 充(충) : 임무를 맡다. 충원되다. 정식의 직책을 가진 채 별도로 다른 일을 수행할 때 쓰는 말이다. ○ 渭北節度使(위북절도사) : 760년 처음 설치된 부방단연절도사(鄜坊丹延節度使)를 가리킨다. 부주(鄜州, 섬서성 富縣), 방주(坊州, 섬서성 黃陵縣), 단주(丹州, 섬서성 宜川縣), 연주(延州, 섬서성 安塞縣)를 관할하며 치소는 방주에 있었다.

32) 詔出(조출) : 봉조출사(奉詔出使). 어명을 받들어 사신으로 나감. ○ 未央宮(미앙궁) : 한대 장안의 궁전 이름. 여기서는 당대의 황궁을 가리킨다.

33) 登壇(등단) : 단에 올라 장수를 임명하다. 고대에는 제사, 회맹(會盟), 즉위, 장수 임명 등의 의식은 단을 만들어 거행하였다. 특히 한 고조 유방(劉邦)이 한왕(漢王)일 때 특별히 단을 쌓아 한신(韓信)을 대장군에 임명한 일에서 무장을 대우하여 임명한다는 뜻으로 쓰인다. ○ 總戎(총융) : 군대를 통솔하다.

上公周太保,[34]　　　　상공의 직책은 주나라의 태보에 해당하고

副相漢司空.[35]　　　　부승상의 관직은 한나라의 사공(司空)과 같아라

弓抱關西月,[36]　　　　활은 관서의 달을 안고

旗翻渭北風.　　　　깃발은 위북의 바람에 펄럭이네

弟兄皆許國,[37]　　　　형제가 모두 나라에 몸을 허락하였으니

天地荷成功.[38]　　　　천하의 사람들이 공업의 은덕을 입으리라

평석 활과 깃발이 모두 평상시의 광경에 근거한 것인데, '관서'와 '위북' 속으로 들어가니 위북절도사의 모습이 절실히 그려진다. 게다가 '抱'(포)자와 '翻'(번)자는 특히 구를 힘차게 만들었다.(弓與旗皆隨常景, 點入'關西' '渭北', 便切渭北節度, 而 '抱'字 '翻'字, 尤使句中有力.)

해설 764년 1월 장안에서 위북절도사로 출사하는 이광진(李光進)을 보내며 쓴 시이다. 새로 임명받은 직책, 늠름한 풍모, 공업의 찬양을 차례로 묘사하였다. 오언율시의 형식과 구성이 주는 전아함 속에 간결한 어휘가 어우러져 장중한 격조를 자아낸다.

---

34)　上公(상공) : 주대(周代) 관직에서 삼공(三公 : 太師師, 太傅, 太保) 가운데 덕행이 있어 봉호(封號)가 추가된 사람을 상공이라 한다. 태자태보는 상공(上公)의 지위는 아니나 여기서는 이로써 이광진을 높였다.

35)　副相(부상) : 어사대부. 한대에는 어사대부가 부승상을 겸하였다. ○司空(사공) : 한대의 삼공은 승상, 태위, 어사대부였으나, 서한 말기에 대사도(大司徒), 대사마(大司馬), 대사공(大司空)으로 바뀌었고, 동한 때 다시 사도, 사마, 사공으로 개칭하였다. 서한의 어사대부는 곧 동한의 사공이다.

36)　關西(관서) : 동관(潼關)의 서쪽 지구. ○弓抱(궁포) : 달을 끼다. 활이 달과 같이 생겼으므로 이렇게 표현하였다.

37)　許國(허국) : 나라에 몸을 허락하다.

38)　荷(하) : 은혜를 입다. ○成功(성공) : 공업을 이루다.

장안으로 말을 사러가는
천평현 부현령 하씨를 괵주에서 보내며(虢州送天平何丞入京市馬)[39]

關樹晩蒼蒼,[40]	저물녘에 동관(潼關)의 나무는 푸르고
長安近夕陽.[41]	장안 쪽으로 석양이 내려가는구나
回風醒別酒,	돌개바람에 이별주 취기가 흩어지고
細雨濕行裝.	가는 비에 행장이 젖어라
習戰邊塵黑,[42]	전투 훈련에 변방의 먼지가 검게 일어나고
防秋塞草黃.[43]	가을 전란 방비에 풀들이 누렇다
知君市駿馬,[44]	알겠나니 그대가 준마를 사러 가는 건
不是學燕王.[45]	연 소왕(燕昭王)처럼 인재 때문이 아님을

해설 장안으로 말을 구하러 가는 부현령 하씨를 보내며 쓴 시이다. 당시 장안 근처에서 안사의 난이 일어난 이후 전란을 방비하는 상황을 엿볼 수 있다.

---

39) 天平(천평) : 문향현(聞鄕縣)의 서쪽에 인접한 호성현(湖城縣)으로, 758년에 천평현이
     라 개명하였다. 지금의 하남성 영보시(靈寶市) 서북. ○丞(승) : 현승(縣丞). 부현령.
40) 關(관) : 동관(潼關).
41) 近夕陽(근태양) : 석양에 가깝다. 장안이 괵주의 서쪽에 있으므로 이렇게 표현하였다.
42) 邊塵(변진) : 변방의 먼지. 천평현은 장안과 낙양 사이로 변방은 아니지만, 안사의 난
     이 일어나 관군과 반란군이 천평현 동쪽에서 전투를 벌였으므로 변방이라 하였다.
43) 防秋(방추) : 가을의 전란에 대비하다. 고대에 북방의 민족들은 말이 살찌는 가을에
     중원을 공격하였다.
44) 市駿馬(시준마) : 준마를 사다. 전국시대 연나라 소왕(昭王)에게 곽외(郭隗)가 현능한
     인재를 구하라며 말한 우언. 왕이 삼 년 동안 천 금을 걸고 천리마를 구했으나 구하
     지 못하자 왕의 시종이 오백 금으로 죽은 말의 머리를 사들고 왔다. 왕이 화를 내자
     시종이 말하기를 사람들이 분명 왕께서 말을 볼 줄 안다며 천리마를 팔러 올 것이
     라고 하였다. 과연 일 년이 지나지 않아 천리마가 삼 필이나 왔다.『전국책』「연책」
     (燕策) 참조. 여기서 하승이 말을 사는 것은 적을 막기 위해서이지 인재를 구하기
     위함이 아니라는 뜻으로 쓰였다.
45) 燕王(연왕) : 연 소왕(燕昭王).

무위의 늦봄에 우문 판관이

이미 서쪽 진창으로 갔다는 소식을 듣고(武威暮春, 聞宇文判官西使還, 已到晉昌)[46]

片雨過城頭,[47]	한바탕 비가 성벽 위를 지나더니
黃鸝上戍樓.[48]	꾀꼬리가 수루 위로 날아오르네
塞花飄客淚,	변새의 꽃은 나그네의 눈물로 흩날리고
邊柳挂鄕愁.	변방의 버들은 고향 생각으로 길게 늘어져
白髮悲明鏡,	거울에 비친 백발을 슬퍼하나니
靑春換弊裘.	청춘을 낡은 가죽옷과 바꾸었어라
君從萬里使,[49]	그대는 만 리 멀리 사신으로 나가
聞已到瓜州.	이미 과주(瓜州)에 닿았다고 들었네

평석 판관이 서쪽으로 돌아가매 자신은 무위에 머물러 있게 됨을 아쉬워하였다. 무위는 양주에 속하고 진창과 과주는 농우도에 속하였다.(因判官之歸, 慨己之滯於武威也. 武威屬涼州, 晉昌、瓜州屬隴右道.)

해설 잠삼은 749년부터 안서도호(安西都護) 고선지(高仙芝)의 막부에 있었다. 이 시는 751년 늦봄에 장안으로 돌아오는 도중 무위에서 지었다. 황막한 공간 속에 고향을 찾는 자신의 모습을 그리며 동시에 머나먼 거리를 두고 친구를 생각하였다.

---

46) 武威(무위): 양주(涼州)를 가리킨다. 지금의 감숙성 무위(武威)시. ○宇文判官(우문판관): 안서도호 고선지(高仙芝) 아래에 있었던 사람으로 잠삼의 시에 종종 등장한다. ○晉昌(진창): 진대(晉代)에 돈황과 주천(酒泉)을 진창군(晉昌郡)이라 하였다. 당대에는 과주(瓜州)라 하였다. 치소는 지금의 감숙성 안서현(安西縣) 교자향(橋子鄕).
47) 片雨(편우): 한바탕 내리는 비.
48) 戍樓(수루): 병사들이 수자리를 지키는 누대. 여기서는 성루(城樓).
49) 從(종): 맡다. 일하다.

문하성 좌습유 두보에게 부침(寄左省杜拾遺)[50]

聯步趨丹陛,[51]	걸음을 나란히 하여 붉은 계단을 올라
分曹限紫微.[52][53]	자미궁을 가운데 두고 부서가 나뉘어라
曉隨天仗入,[54]	새벽에는 천자의 의장대를 따라 들어가고
暮惹御香歸.	저녁에는 궁중의 향기를 이끌고 돌아오누나
白髮悲花落,	백발에 떨어지는 꽃을 슬퍼하고
靑雲羨鳥飛.	청운에 날아가는 새를 부러워한다
聖朝無闕事,[55]	밝은 조정이라 과실이 적다보니
自覺諫書稀.	간언하는 상소도 드문 걸 알겠노라

평석 하반부는 자신이 연로하면서도 국가에 건의할 수 없음을 상심하였다. 탄식하는 말이 조정을 비호하면서 나오는데 이것이 바로 시인의 주지이다.(下半自傷遲暮, 無可建白也. 感歎語以回護出之, 方是詩人之旨.)

해설 758년 봄 잠삼이 장안에서 우보궐(右補闕, 종7품)로 임직할 때 지었다. 당시 두보는 좌습유(左拾遺, 종8품)로 다 같이 황제에게 직언하는 직책에

---

50) 左省(좌성) : 문하성(門下省). 대명궁(大明宮)의 선정전(宣政殿)에서 남쪽을 향해 바라보았을 때 왼쪽인 동쪽에 있었으므로 좌조(左曹) 또는 동성(東省)이라고도 했다. 이에 비해 중서성을 우성(右省)이라 하였다. 문하성은 주로 왕명을 심사하고 주장을 검토하는 최고 권력 기관 가운데 하나이다. ○杜拾遺(두습유) : 두보(杜甫)를 가리킨다. 당시 두보는 좌습유(左拾遺)로 임직했다.
51) 聯步(연보) : 걸음을 나란히 하다. 동행하다. ○丹陛(단폐) : 붉은 계단.
52) 심주 : 잠삼은 우성에 있고 두보는 좌성에 있는데, 자미성이 가운데 있으므로 '限'(한, 경계 짓다)이라 하였다.(岑居右省, 杜居左省, 紫微省居中, 故云'限'.)
53) 分曹(분조) : 분야를 나누다. ○紫微(자미) : 자미궁. 별자리이나 여기서는 정궁인 선정전(宣政殿)을 가리킨다. 문하성과 중서성은 선정전을 중심으로 좌우로 나뉘어져 있었다.
54) 天仗(천장) : 천자의 의장.
55) 聖朝(성조) : 당왕조를 가리킨다. 자신이 살고 있는 왕조를 성조라 하였다. ○闕事(궐사) : 부족한 일. 실수.

있었다. 전반부에서는 두보와 함께 조회에 나가는 장면을 그리고 후반부
에서는 나이 든 채 중용되지 못한 자신의 처지를 아쉬워하였다. 당시는
아직 안사의 난이 종결되지 않은 때로 말 2구는 표면적인 뜻과는 달리
자신의 의견이 중시되지 않는 사정을 에둘러 말하였다. 두보의 답시가
남아있다.

총지사 누각에 올라(登總持寺閣)[56]

高閣逼諸天,[57]	높은 누각이 하늘에 닿을 듯해
登臨近日邊.	올라가 바라보니 태양이 가까워라
晴開萬井樹,[58]	날씨가 개이니 집집마다 나무가 뚜렷한데
愁看五陵煙.[59]	근심스레 오릉(五陵)의 안개를 바라보네
檻外低秦嶺,	난간 밖으로 진령이 낮게 내려앉고
窓中小渭川.	창문 사이로 위수가 실낱같아라
早知淸淨理,[60]	일찍부터 청정의 이치를 알았으니
常願奉金仙.[61]	언제나 부처님 받들기를 바라노라

해설 장안의 총지사에 올라 바라본 광경과 불교에의 귀의를 희원한 시이
다. 잠삼의 시 가운데는 이와 비슷하지만 구성과 묘사가 더 복합적인

---

56) 總持寺(총지사) : 장안에 있는 절 이름. 송지문의 「선정사 누각에 올라」(登禪定寺閣)
참조.
57) 諸天(제천) : 하늘. 불교에서 말하는 욕계(欲界)의 육천(六天), 색계(色界)의 십팔천
(十八天), 무색계(無色界)의 사천(四天) 등을 통칭한 말.
58) 萬井(만정) : 수많은 집들. 팔 가호를 일 정(井)이라 했으므로 만정은 팔만 호가 된다.
59) 五陵(오릉) : 장안성 밖에 있는 한대 다섯 군주의 능묘. 나중에 귀족들이 이 지역에
거주함으로써 권세가들의 지역으로 알려졌다.
60) 淸淨(청정) : 불교 용어로 감각에 영향 받지 않으며 진성(眞性)에 도달한 상태를 말
한다.
61) 金仙(금선) : 부처. 몸이 금빛으로 되어 있어 이렇게 불렸다.

「고적, 설거와 함께 자은사 탑에 올라」(與高適、薛據同登慈恩寺浮圖)가 있다.

사막에서 장안으로 들어가는 이 판관을 보내며(磧西頭送李判官入京)[62][63]

一身從遠使,[64]	온몸으로 이역으로 가는 절도사를 따랐으니
萬里向安西.[65]	만 리 멀리 안서로 향했어라
漢月垂鄕淚,	떠오른 달에 고향 그리며 눈물 흘리고
胡沙費馬蹄.	이역의 먼지에 말발굽이 닳았어라
尋河愁地盡,[66]	황하의 수원을 찾느라 땅 끝까지 가고
過磧覺天低.	사막을 지나니 하늘이 낮아지더라
送子軍中飮,[67]	그대를 보내며 군중에서 마시니
家書醉裏題.	집에 보내는 편지도 취중에 쓰노라

해설 잠삼은 749년과 754년 두 번에 걸쳐 안서(安西)에 종군하였다. 이 시는 자신은 안서로 가는데 비해 이판관은 장안으로 돌아가는 사실에서 중원에 대한 강렬한 향수를 표현하였다.

---

62) 심주 : 당시 잠삼은 사막의 서쪽에서 기실의 직책으로 있었다.(時岑留磧西, 爲記室.)
63) 磧(적) : 사막. 원래 자갈밭을 말하나 잠삼은 사막의 뜻으로 사용하였다.
64) 從遠使(종원사) : 원방의 절도사를 따름.
65) 安西(안서) : 안서도호부. 치소는 쿠차(지금의 신강성 庫車).
66) 尋河(심하) : 황하의 수원을 찾다. 이 구는『사기』「대완전」(大宛傳)의 내용을 환기한다. "한나라의 사신이 황하의 끝을 찾아가니 수원이 돌무더기에서 흘러나왔다. 그 산에 옥이 많았는데 이를 캐어 오니 천자가 고대의 서책에 근거하여 물줄기가 시작되는 산을 곤륜이라 하였다."(漢使窮河源, 河源出於寘, 其山多玉石, 釆來, 天子案古圖書, 名河所出山曰崑崙云.) 지극히 먼 곳에 와 있음을 표현하였다.
67) 子(자) : 그대. 상대에 대한 경칭.

섬주 월성루에서 입주하러 장안에 가는
신 판관을 보내며(陝州月城樓送辛判官入奏)[68]

送客飛鳥外,[69]	날아가는 새보다 높은 곳에서 나그네를 보내니
城頭樓最高.	성머리에 솟아 있는 가장 높은 누각이라
尊前遇風雨,	술잔 앞에서 비바람이 몰아치고
窓裏動波濤.[70]	창문 안에서 파도가 출렁이네
謁帝向金殿,[71]	황제를 알현하러 금전(金殿)으로 향하니
隨身唯寶刀.	몸에 지니고 있는 건 오로지 보도(寶刀) 뿐
相思灞陵月,[72]	파릉의 달이 그리워지면
只有夢偏勞.	오로지 꿈속에서나 수고로이 찾아야 하리

평석 첫머리는 반드시 평범하지 않아야 하는데, 송대 시인들은 이러한 원칙을 중시하지 않았으므로 기세가 약하였다.(入手須不平, 宋人不講此法, 所以單弱.)

해설 월성루에서 장안으로 들어가는 신 판관을 보내며 쓴 시이다. 전반부의 장면이 광활한 의경을 펼쳐 보이고 있어 잠삼의 시풍을 보여준다. 말미에선 장안을 그리는 자신의 마음을 표현하였다. 762년 잠삼은 태자중윤, 전중시어사의 직책으로 관서절도판관에 충임되어 있었다.

---

68) 陝州(섬주) : 지금의 하남성 삼문협시(三門峽市). ○ 月城(월성) : 방비에 쉽도록 성의 정문 밖으로 양쪽에서 성벽이 더 나오도록 축조하여 반월형의 모습을 만든 것. 옹성(甕城)이라고도 한다. ○ 辛判官(신판관) : 미상. ○ 入奏(입주) : 조정에 들어가 군주에게 아뢰거나 상서를 올림.
69) 送客(송객) 구 : 성루가 지극히 높음을 형용한 표현.
70) 窓裏(창리) 구 : 성이 황하에 면해 있어 창문 밖으로 그 파도가 보인다는 뜻.
71) 金殿(금전) : 군주의 궁전. 금빛으로 휘황하다는 뜻을 취하였다.
72) 灞陵(파릉) : 패릉(霸陵)이라고도 한다. 장안 동쪽 교외 백록원(白鹿原)의 서한 문제(文帝)의 능묘가 있는 곳.

산사의 승방 벽에 적다(題山寺僧房)

窓影搖群木,	창 그림자가 나무들을 흔들고
墻陰載一峰.	그늘진 벽담 위로 봉우리 하나 올라있어
野爐風自爇,[73]	밖의 화로에 바람은 절로 타들어가고
山碓水能舂.	산의 방아에 물이 곡식을 찧을 수 있어라
勤學翻知誤,[74]	힘써 배운 것이 오히려 착오임을 알겠고
爲官好欲慵,[75]	관리가 되니 게으레 지내기 적합해라
高僧暝不見,[76]	고승은 저물녘이라 보이지 않는데
月出但聞鐘.	달이 떠오르니 종소리만 들리는구나

해설 산중의 승방 벽에 적은 시로, 상투적인 표현을 벗어나려는 잠삼의 기호가 잘 반영되어 있다. 첫 2구에서 시각적인 착시로 신선한 효과를 노렸고, 제5, 6구에서 반어법으로 불가에 대한 이해와 관리생활의 특징을 서술하였다.

파남의 배에서 밤에 일을 쓰다(巴南舟中夜書事)[77]

渡口欲黃昏,	나루터에 황혼이 오자
歸人爭渡喧.	귀가하는 사람들이 왁자지껄 다투어 건너
近鐘淸野寺,	들의 절에서는 맑은 종소리

---

73) 爇(설) : 불타다. 불사르다.
74) 심주 : 힘써 배우는 것은 곧 마음을 비우는 일이고, 이로부터 자신의 착오를 알게 된다.(勤學則虛心, 故知己之誤.)
75) 好(호) : 마땅하다.
76) 暝(명) : 저물녘. 황혼.
77) 巴南(파남) : 고대 파(巴) 나라의 남쪽. 지금의 중경시 일대. ○書事(서사) : 일에 대해 씀.

遠火點江村.	먼 강촌에서는 점점의 불빛
見雁思鄕信,	기러기를 보니 고향 소식 그립고
聞猿積淚痕. [78]	원숭이 울음소리에 자주 눈물을 흘려라
孤舟萬里夜,	쪽배 타고 만 리 멀리 고향 떠나 있는 밤
秋月不堪論!	가을 달 바라보니 말로 표현할 수 없어라

해설 타향에서 배를 타고 가며 저녁부터 밤까지의 광경을 그리고 고적한 심경을 서술하였다. 768년 잠삼이 가주자사(嘉州刺史)를 마치고 배를 타고 남하하여 장강으로 내려가려 하였다. 그러나 도중에 융주(戎州)와 노주(瀘州) 일대에서 도적에게 막혀 성도로 돌아갔다. 이 시는 장강 중류를 지나갈 때 지었다.

언덕에서 봄날에 누워 왕씨에게 부침(丘中春臥寄王子) [79]

田中開白室, [80]	밭 가운데 조촐한 집을 짓고
林下閉玄關. [81]	숲 속에서 문을 닫아라
卷迹人方處, [82]	사람이 자취를 지우고 깃들어 사는 곳
無心雲自閑. [83]	구름은 무심히 저 홀로 한가로워

---

78) 積淚痕(적루흔) : 눈물 흔적이 쌓이다. 눈물을 많이 흘렸음을 형용하였다.

79) 丘中(구중) : 산중(山中)과 같다. 산속의 언덕. ○王子(왕자) : 왕씨. 子(자)는 남자에 대한 존칭.

80) 開(개) : 개척하다. 세우다. ○白室(백실) : 백옥(白屋)과 같다. 별다른 장식이 없는 집, 또는 흰 띠풀로 지은 집. 잘 알려진 시구로는 유장경(劉長卿)의 「눈을 만나 부용산 아래 민가에서 묵으며」(逢雪宿芙蓉山主人)에 "해 저물자 푸른 산이 멀어지고, 하늘이 차가운데 흰 집이 조촐하다"(日暮蒼山遠, 天寒白屋貧.)는 말이 있다.

81) 玄關(현관) : 문.

82) 卷迹(권적) : 행적을 감추다. 은거하다. ○處(처) : 동사로 쓰였다. 머무르다. 살다.

83) 無心(무심) : 자연에 따르며 머무르지 않음. 도연명의 「귀거래사」(歸去來辭)에 "구름은 무심히 산 동굴에서 흘러나오고"(雲無心以出岫)라는 말에서 유래했다.

竹深喧暮鳥,	대숲 우거진 곳에 저녁 새 소리 수런대고
花缺露春山.	꽃 사이로 멀리 봄 산이 드러나네
勝事那能說,[84]	마음 흡족한 일 누구에게 다 말할 수 있으랴
王孫去未還.[85]	그대는 아직 돌아오지 않았는데

해설 젊은 시절 숭산 소실산(少室山)에서 은거하던 때의 한가하고 적막한 심경을 노래하였다. 잠삼은 「감구부」(感舊賦)에서 "15세 때 숭산에서 은거하고 20세 때 장안 궁궐 아래에서 상서를 올렸다"고 하였다. 이 시는 일반적으로 그의 시집 맨 처음에 실려 있다.

처음 건위현에 이르러 지음(初至犍爲作)[86]

山色軒檻內,[87]	산의 풍광은 난간 안까지 들어오고
灘聲枕席間.	여울 소리는 베개 밑에서도 들리어라
草生公府靜,	풀이 나는 걸 보니 관서가 조용하고
花落訟庭閑.	꽃이 떨어지는 걸 보니 송사가 드물구나
雲雨連三峽,	비구름은 삼협(三峽)과 이어져 있고
風塵接百蠻,[88]	바람은 남만(南蠻) 지역을 오고가네
到來能幾日,	여기에 온지 얼마나 되었다고
不覺鬢毛斑.[89]	저도 모르게 살쩍이 반백이 되었구나

---

84) 勝事(승사) : 마음에 드는 좋은 일.
85) 王孫(왕손) : 은사(隱士)에 대한 존칭. 왕유의 「산속의 가을 저녁」(山居秋暝) 참조. 여기서는 왕씨를 가리킨다.
86) 犍爲(건위) : 검남도(劍南道) 가주(嘉州). 742년 가주를 건위군(犍爲郡)으로 개명하였다가 758년 다시 가주라 하였다. 지금의 사천성 남안현(南安縣).
87) 軒檻(헌함) : 방 앞의 난간.
88) 百蠻(백만) : 중국의 남방에 거주하는 여러 민족.
89) 斑(반) : 반백이 되다. 흰 머리와 검은 머리가 반반씩 섞이다.

해설 가주자사로 부임했을 때의 한가한 관청과 주위 환경을 묘사한 시이다. 잠삼은 765년(51세)부터 768년(54세)까지 가주자사를 지냈다.

고적(高適)

삭방절도판관으로 충원된 유 평사를 보내며,
'정마사'(征馬嘶)를 제목으로(送劉評事充朔方判官, 賦得征馬嘶)[1]

征馬向邊州,[2]	떠나는 말이 변방으로 향하면서
蕭蕭嘶不休.[3]	히이힝거리며 쉬지 않고 울어대니
思深應帶別,[4]	아쉬움이 깊은 듯 이별의 기색 역력하고
聲斷爲兼秋.[5]	마디지는 소리에는 가을의 처량함이 묻어있네
岐路風將遠,[6]	갈림길에선 바람만이 먼 길을 함께 하고
關山月共愁.	관산을 넘을 땐 달만이 함께 근심해주리
贈君從此去,	떠나는 그대에게 이 시를 주노니
何日大刀頭?[7]	어느 날에 그대 돌아올 텐가?

---

1) 劉評事(유평사) : 미상. 평사는 대리시(大理寺)의 속관으로 형옥(刑獄)을 담당한다. ○朔方(삭방) : 삭방절도사. 치소는 영주(靈州, 지금의 영하회족자치구 寧武縣). ○賦得(부득) : 제목이 지정되었거나 한정되었을 때 쓰는 말로, "~를 제목으로 하여 시를 짓다"는 뜻.
2) 征馬(정마) : 먼 길을 가는 말. ○邊州(변주) : 변방의 주(州). 여기서는 삭방을 가리킨다.
3) 蕭蕭(소소) : 히이힝. 말이 우는 소리를 표현한 의성어. ○嘶(시) : 말이 울다.
4) 帶別(대별) : 이별의 감정을 띠고 있다.
5) 聲斷(성단) : 소리가 처절하다. ○兼秋(겸추) : 가을의 처량한 정서를 겸하다.
6) 將(장) : ~과. 함께.
7) 大刀頭(대도두) : 돌아오다. 원래 대도두(大刀頭)는 칼의 손잡이 끝에 있는 도환(刀環)으로, 고리를 뜻하는 '환'(環)은 '돌아오다'는 뜻의 '환'(還)과 음이 같아 '돌아오다'

해설 헤어짐을 아쉬워한 송별시이다. 송별하는 사람들이 주위의 사물을 하나씩 가져와 이를 소재로 삼아 지을 때 고적은 '정마사'(征馬嘶)를 제목으로 하여 지었다. 그 결과 다른 시와 달리 말의 입장에서 석별의 정을 나타내면서 일찍 돌아올 것을 바랐다.

민중으로 폄적가는 정 시어를 보내며(送鄭侍御謫閩中)[8]

謫去君無恨,	폄적되어 떠난다고 그대 한스러워 말게
閩中我舊過.[9]	가는 곳 민중(閩中)은 나도 예전에 살았으니
大都秋雁少,[10]	아마도 가을 기러기 적고
只是夜猿多.[11]	밤에 우는 원숭이는 많으리
東路雲山合,	동쪽으로 가는 길은 구름 낀 산 첩첩하지만
南天瘴癘和.[12]	남쪽의 하늘엔 장려(瘴癘)가 심하진 않으리
自當逢雨露,[13]	응당 황제의 우로(雨露)를 만날 터이니
行矣愼風波![14]	그대 떠나게나, 풍파를 조심하고!

는 뜻으로 쓰인다. 한대 「고절구」(古絶句) 가운데 "하당대도두?"(何當大刀頭?)라는 구가 있는데, "언제 돌아오나요?"라는 뜻이다.

8) 鄭侍御(정시어) : 미상. ○閩中(민중) : 지금의 복건성 복주시(福州市). 이름의 유래는 진나라가 민월(閩粵)을 통일하면서 그 군왕을 없애고 민중군(閩中郡)을 설치하여 생겼다.

9) 舊過(구과) : 예전에 방문하다. 고적이 20세 이후에 광동 지방에 간 적이 없으므로 아마도 어렸을 때 그의 부친 고종문(高從文)이 소주장사(韶州長史)로 지금의 광동성 소관(韶關)에 근무할 때 갔던 것으로 추정된다.

10) 大都(대도) : 대개.

11) 심주 : 기러기는 적고 원숭이는 많으니, 바로 여로에서 그리움을 견디기 어려움을 말하였다.(雁少猿多, 正言旅思不堪也.)

12) 瘴癘(장려) : 습기가 많고 더운 중국 남방 지방에서 유행하는 악성 학질과 비슷한 질병.

13) 雨露(우로) : 비와 이슬. 만물을 윤택하게 한다는 뜻에서 황제의 은택을 비유한다.

14) 심주 : 충실하고 마음이 두텁다!(忠厚!)

해설 남방으로 좌천되어 떠나는 사람을 보내며 쓴 송별시이다. 남방의 풍토를 묘사하며 아쉬움을 표현하였다. 말미에서는 사면을 받아 일찍 돌아오기를 기원하였다.

청이군을 따라 거용관에 들어가며(使靑夷軍入巨庸)[15]

匹馬行將久,[16]	필마로 다니는 일 오래 되었는데
征途去轉難.	가는 길이 갈수록 힘들어
不知邊地別,[17]	변새의 기후가 다른 줄 모르겠거니
只訝客衣單.	사람들은 나그네의 얇은 옷에 놀라는구나
溪冷泉聲苦,	시내는 차고 물소리 처절한데
山空木葉乾.	빈 산에 나뭇잎이 모두 말랐어라
莫言關塞極,	관새에 이미 다 왔다고 말하지 말라
雲雪尚漫漫.[18]	구름과 눈이 아직도 망망히 있으니

해설 750년(天寶 9년) 겨울 고적이 봉구현 현위로 청이군(靑夷軍)이 있는 계주(薊州, 지금의 북경시 일대)로 봉구현의 병사들을 호송하는 임무를 맡아 갈 때 지었다. 변방의 황량한 경관과 자신의 뜻을 펼치지 못한데서 오는 울적감을 표현하였다. 원래 3수로 이 시는 그중 제1수이다.

---

15) 靑夷軍(청이군) : 범양절도사가 통솔하는 구군(九軍) 가운데 하나로, 거용관(巨庸關) 밖의 규주(嬀州, 지금의 하북성 懷來縣)에 주둔한 군대. ○巨庸(거용관) : 계문관(薊門關) 또는 군도관(軍都關)이라고도 한다. 지금의 북경시 팔달령 남쪽에 소재.
16) 將(장) : 또.
17) 別(별) : 다르다. 이 구는 변방의 기후가 내지와 다르지 않다는 뜻.
18) 漫漫(만만) : 끝없이 넓은 모양.

취한 후 장욱에게(醉後贈張九旭)[19]

世上謾相識,[20]	세상 사람들은 서로 겉으로 사귀지만
此翁殊不然.	이 늙은이는 유독 그러하지 않다네
興來書自聖,[21]	감흥이 일어나면 서예가 절로 신품(神品)이요
醉後語尤顛.[22]	취한 후에 하는 말은 더욱 제멋대로이다
白髮老閑事,	한가한 일 속에서 백발로 늙었지만
青雲在目前.[23]	언제나 눈앞에는 푸른 구름을 마주하네
床頭一壺酒,	상머리엔 술 한 병이 있으니
能更幾回眠?	몇 번이나 더 취해 잘 수 있을까?

평석 세속 사람들의 사귐은 친하지 않으면서도 지기라고 흔하게 말하는데, 이것이 곧 시에서 말하는 '謾相識'(겉으로 사귐)이다.(世俗交誼不親, 而泛云知己, 所謂'謾相識'也.)

해설 서예가 장욱에게 증정한 시이다. 장욱의 소탈한 성품과 광달한 행동을 생동감 있게 묘사하고, 자적하는 처세의 태도까지 언급하였다. 장안에서 장욱과 사귈 때 쓴 시이다.

---

19) 張九旭(장구욱) : 장욱(張旭). 항제가 9번째이다. 소주(蘇州) 사람으로 시인이자 서예가. 그의 서예는 이백의 시, 배민(裴旻)의 검무와 함께 '세 개의 최고'라는 뜻의 '삼절'(三絶)이라 칭해졌다.
20) 謾相識(만상식) : 가볍게 서로 사귀다. 진심으로 대하지 않으면서 서로 지기(知己)라고 부르다. 謾(만)은 漫(만)과 같다. 가볍게. 아무렇게.
21) 聖(성) : 뛰어나다. 절묘하다. 어느 한 방면에 최고의 경지를 이루다. 두보 「음주팔선가」(飲酒八仙歌)에 "장욱이 술을 세 잔 마시면 초서의 신품이 세상에 전한다"(張旭三杯草聖傳)고 하였다.
22) 顛(전) : 癲(전)과 같다. 뒤집어지다. 미치다. 『신당서』 「이백전」(李白傳)에 다음과 같은 기록이 있다. "장욱은 소주 오(吳) 사람으로 술을 좋아하였다. 매번 크게 취하면 소리 지르며 내달리고 붓을 잡았다. 때로 머리에 묵을 묻혀 글씨를 썼는데 깨어나 스스로 바라보며 '신품이다. 이와 같은 작품은 다시 얻을 수 없다'고 하였다. 세상 사람들이 '장전'(張顛, 장 미치갱이)이라 불렀다."
23) 青雲(청운) : 푸른 하늘의 구름. 여기서는 은거 생활을 가리킨다.

저광희(儲光羲)

장곡 농가(張谷田舍)[1)]

縣官淸且儉,[2)]	현령이 청렴하고 검소하다는데
深谷有人家.	깊은 계곡에 인가가 있어라
一徑入寒竹,	오솔길이 서늘한 대숲으로 들어가고
小橋穿野花.	작은 다리가 들꽃 속으로 지나가네
碓喧春澗滿,[3)]	물방아 소리 소란하니 봄 계곡물이 가득함 알겠고
梯倚綠桑斜.	사다리가 기대있으니 뽕나무가 기울었음 알겠네
自說年來稔,[4)]	스스로 말하기를 올해도 풍년이 들면
前村酒可賒.	앞마을에서 술을 빌릴 수 있다네

평석 농가의 즐거움은 현령의 청렴과 검소에서 나오니, 백성을 편안히 하려면 먼저 적합한 사람을 구하는 것이 중요하다.(田舍之樂, 由縣官淸儉, 欲安民先貴得人也.)

해설 봄이 온 농가의 생기 있는 풍광과 한가한 심정을 노래했다. 이 시는 『문원영화』에 정곡(鄭谷)의 시로 되어 있고, 송본(宋本) 『정곡집』(鄭谷集)에도 수록되어 있으므로 만당 시인 정곡의 시로 보아야 할 것이다.

---

1) 張谷(장곡) : 화산(華山)의 계곡 이름. 오리관(五里關) 남쪽에 소재. 동한의 장공초(張公超)가 이곳에 집을 짓고 살았기에 장공곡(張公谷) 또는 장선곡(張仙谷)이라고도 한다.
2) 縣官(현관) : 현의 관리. 다른 한편으로 왕은 천하를 다스리는 관리라는 뜻에서 관아, 조정, 천자 등의 뜻으로도 쓰인다.
3) 碓(대) : 물방아.
4) 稔(임) : 곡식이 익다.

규 상인의 방에 적다(題虯上人房)[5]

禪宮分兩地,[6]	선방은 마당을 두 곳으로 나누고
釋子一爲心.[7]	승려는 마음을 하나로 모은다
入道無來去,[8]	오고 감이 없는 불법에 들어가
淸言見古今.[9]	청담으로 고금의 지혜를 드러낸다
江寒池水綠,	강이 차가우니 연못이 푸르고
山暝竹園深.	산이 어두우니 대숲이 깊어
別有中天月,[10]	게다가 하늘에 떠오른 달에
遙遙散夕陰.[11]	멀리 저녁 해거름이 흩어진다

해설 규 상인의 풍모와 선방 주위의 모습을 그렸다. 제1구에서 근경을 잡았을 뿐 주로 주위의 경관을 원경으로 묘사하여 청정한 선방을 그렸다.

최서(崔曙)

길 가는 도중 새벽에 출발하며(途中曉發)

曉霽長風裏,	개인 새벽바람 속

---

5) 虯上人(규상인) : 미상.
6) 禪宮(선궁) : 승려가 거주하는 곳. 사찰.
7) 釋子(석자) : 석가의 제자. 곧 승려를 가리킨다.
8) 入道(입도) : 출가하여 승려가 됨. ○無來去(무래거) : 오고 감이 없이 언제나 존재함. 불법(佛法)을 가리킨다.
9) 淸言(청언) : 청담. 맑고 고아한 담론.
10) 中天月(중천월) : 하늘 가운데 떠오른 달.
11) 夕陰(석음) : 저녁 무렵의 해거름.

勞歌赴遠期. 1)　　　　먼 길을 가며 이별 노래 부르네

雲輕歸海疾,　　　　구름은 가벼워 바다로 빠르게 달려가고

月滿下山遲.　　　　달은 둥글어 산을 천천히 내려가네

旅望因高盡, 2)　　　높은 곳에 올라 끝 간 데 없이 바라보니

鄕心遇物悲.　　　　만나는 경물마다 고향 생각 간절해라

故林遙不見,　　　　고향의 숲은 멀어서 보이지 않는데

况在落花時.　　　　하물며 꽃이 떨어지는 때임에랴

해설 객지를 여행하는 도중에 객지의 풍광을 묘사하고 향수를 노래하였다. 새벽의 신산스런 여로가 뚜렷하면서도 감성이 청신하게 살아있다.

구씨산 사당(緱山廟)3)

遺廟宿陰陰, 4)　　　왕자교를 모신 사당은 깊고 어두운데

孤峰映綠林.　　　　산봉우리가 푸른 숲을 비추어라

步隨仙路遠,　　　　걸음은 사당의 길을 따라 멀리 가고

意入道門深.　　　　마음은 도관의 문 속으로 깊이 들어가

澗水流年月,　　　　계곡 물에 해와 달이 흘렀고

山雲變古今.　　　　산 구름에 고금이 변하였네

----

1) 勞歌(노가) : 이별 노래. 원래 노로정(勞勞亭, 남경의 유명한 송별지)에서 나그네를
보내며 부르는 노래. ○ 遠期(원기) : 오랜 기간.

2) 旅望(여망) : 여행하는 사람이 높은 곳에 올라가 먼 곳을 바라봄.

3) 緱山廟(구산묘) : 구씨산(緱氏山)의 왕자교(王子喬)를 기리는 사당. 지금의 하남성 언
사현(偃師縣) 소재. 낙양과 숭산의 중간에 위치한다. 춘추시대 주 영왕(周靈王)의 태
자인 희진(姬晉 : 왕자교 또는 왕자진이라고도 한다)이 이곳에서 신선이 되어 백학을
타고 하늘에 올랐다고 한다. 또 서왕모가 일찍이 이곳에서 수도하였는데 그녀의 성
이 구씨(緱氏)였기에 구씨산 또는 구산(緱山)이라 하였다고 한다.

4) 陰陰(음음) : 깊고 어두운 모양.

只聞風竹裏,　　　다만 들리는 건 바람 부는 대숲 속
猶有鳳笙音.⁵⁾　　아직도 생황의 봉황 울음소리

해설 구씨산의 왕자교 사당을 찾아 주위의 산수를 둘러보고 신선의 자취를 찾았다.

성시에 출제된 '명당 화주'(奉試明堂火珠)⁶⁾⁷⁾

正位開重屋,⁸⁾　　제왕이 즉위하여 중층의 명당을 만드시니
凌空出火珠.　　　공중 위로 화주(火珠)가 떠오르네
夜來雙月滿,⁹⁾　　밤이 되면 달과 함께 쌍으로 빛나다가
曙後一星孤.　　　새벽이면 별 하나로 외로이 남는구나
天淨光難滅,　　　하늘이 맑은지라 그 빛은 꺼지지 않고
雲生望欲無.　　　구름이 일어나면 사라질 듯하여라
遙知太平代,　　　변방에서도 아나니 태평의 시대

---

5) 鳳笙(봉생) : 생황의 일종으로 봉황의 울음소리가 난다는 뜻을 취하였다. 『열선전』 (列仙傳)에 의하면 왕자교는 생황을 잘 불어 봉황의 울음을 내었다고 한다.

6) 심주 : 최서는 이 시로 이름이 났지만 그 다음 해 죽었다. 오직 하나 있는 딸의 이름이 '성성'(星星)이니 이 시는 '시참'(詩讖, 시의 예언)이다.(曙以是詩得名, 明年卒, 惟一女名星星, 是爲詩讖.)

7) 奉試(봉시) : 성시(省試) 또는 예부시(禮部試)라고도 한다. 각 주현(州縣)에서 보낸 공사(貢士)를 모아 상서성 예부에서 주관하여 치루는 과거 시험. ○明堂火珠(명당화주) : 무측천 때 낙양에 고대의 체제에 따라 명당을 중건했는데 지붕 용마루에 봉황을 새겨 장식했다가 나중에 화주(火珠)로 대치했다.

8) 正位(정위) : 자리의 주인이 되다. 명당은 고대부터 제왕이 정교를 선포하고 조상에게 제사지내는 곳이므로, 제왕이 즉위하기 위해서는 반드시 명당을 지어야 한다. ○重屋(중옥) : 이층 건축물. 명당의 위는 원형이고 아래는 네모꼴로 만든다. 위층에서는 하늘에 제사지내며 아래층에는 오행에 따라 오실(五室)을 만든다.

9) 雙月(쌍월) : 보주를 달에 비겨, 하늘에 떠 있는 달과 함께 두 개가 되므로 이렇게 말하였다.

國寶在名都.¹⁰⁾　　　나라의 보배가 도읍지 낙양에 있어라

해설 낙양에 세워진 명당의 화주(火珠)를 노래한 시이다. 특히 제3, 4구는 용마루에 떠있는 화주의 모습을 달과 별에 비기어 표현한 명구이다. 738년 과거 시험에 제출한 답안으로, 최서는 이 시로 이름을 얻었다.

은요(殷遙)

낙제하여 고향으로 가는 친구를 보내며(送友人下第歸省)¹⁾

君此卜行日,	그대 이제 떠나는 날을 정했으니
高堂應夢歸.²⁾	부모님께선 응당 돌아오는 그대 꿈을 꾸시리
莫將和氏淚,³⁾	부디 화씨(和氏)의 눈물로
滴著老萊衣.⁴⁾	노래자(老萊子)의 옷을 적시지 말게나
嶽雨連河細,	산의 비가 강까지 가늘게 이어지고

---

10)　名都(명도) : 낙양.
1)　下第(하제) : 落第(낙제)와 같다. 과거 시험에 떨어지다. ○歸省(귀성) : 귀향성친(歸鄕省親)의 준말. 고향에 돌아가 부모를 뵘.
2)　高堂(고당) : 부모가 거주하는 정실. 여기서는 부모를 가리킨다.
3)　和氏淚(화씨루) : 변화(卞和)의 눈물. 『한비자』「화씨」(和氏)에 나오는 이야기. 춘추시대 초나라의 변화는 형산(荊山)에서 진귀한 박옥(璞玉)을 발견하곤 여왕(厲王)과 무왕(武王)에게 헌상하였으나 모두 사기죄를 뒤집어쓰고 두 다리를 잘리는 형벌을 받았다. 변화는 형산 아래에서 박옥을 안고 울었다. 문왕(文王)이 즉위하여 이를 가공하게 하여 유명한 화씨벽(和氏璧)을 얻었다. 여기서는 변화가 벽옥을 헌상했으나 거절당한 일에서 친구가 재능이 있으나 합격되지 못함을 비유하였다.
4)　老萊衣(노래의) : 노래자(老萊子)의 옷. 노래자는 나이가 칠십이 되어서도 언제나 채색의 옷을 입고 재롱을 피워 부모를 기쁘게 해드렸다.

田禽出麥飛.　　　밭의 새가 보리밭 밖으로 날아오르리
到家調膳後,[5]　　 집에 도착하여 음식을 장만하여 드린 후
吟好送斜暉.　　　좋은 시 짓거들랑 석양 편으로 보내주게

평석 진실된 마음이 지극한 경지에 이르렀으니 '풍아'에서 멀지 않다.(眞到極處, 去風雅不遠.) ○'화씨의 눈물'과 '노래자의 옷'은 본래 상투어인데 이를 연결하여 사용하니 그 절묘함이 드러나고, 진정한 성정이 필묵의 끝에서 흘러나온다.('和氏淚''老萊衣'本屬套語, 合用之只見其妙, 有眞性情流于筆墨之先也.)

해설 낙제하여 고향으로 돌아가는 친구를 위로하며 쓴 시이다. 균형 잡힌 구성 속에 소박하고 절실한 감정이 드러났다.

이기(李頎)

진 지방 평원을 바라보며(望秦川)[1]

秦川朝望逈,　　　아침에 진 지방 평원을 멀리 바라보니
日出正東峰.[2]　　 해가 정동향의 봉우리에 떠오르네
遠近山河淨,　　　맑게 씻긴 산과 강이 원근에 놓여 있고
逶迤城闕重.[3]　　 이어진 성궐이 굽이굽이 장려하구나

---

5) 調膳(조선) : 調饍이라고도 쓴다. 음식을 요리하여 부모님을 봉양함.
1) 秦川(진천) : 지금의 진령(秦嶺) 이북의 섬서성과 감숙성의 평원지대. 전국시대 진나라의 강역에 속하므로 이런 이름이 붙여졌다. 川(천)은 평원이란 뜻. 여기서는 장안 일대의 평원 지역.
2) 正東峰(정동봉) : 추분 전후 해가 정동향에서 떠오름을 나타내었다.

秋聲萬戶竹,	집집마다 대나무에 가을 소리요
寒色五陵松.⁴⁾	오릉의 소나무는 차가운 빛이라
客有歸與歎,⁵⁾	나그네가 '돌아가자!'고 탄식하니
淒其霜露濃⁶⁾	된서리와 이슬에 처연하여라

해설 가을날 진 지방 평원의 풍광과 이를 바라보는 감회를 그렸다. 된서리와 이슬로 벼슬길이 순탄하지 않음을 나타내고 뜻을 얻지 못함을 은연중에 드러내었다. 시인이 만년에 고향 영양(潁陽)에 돌아가기 전에 지은 것으로 보인다.

기무잠(綦毋潜)

영은사 산정선원 벽에 적다(題靈隱寺山頂禪院)¹⁾

招提出山頂,²⁾	절이 산꼭대기에 솟아있어

---

3) 逶迤(위이): 굽이지면서 먼 모양.
4) 五陵(오릉): 한대 다섯 군주의 능묘. 모두 장안 근처 위수(渭水)의 북안에 소재한다. 잠삼의 「총지사 누각에 올라」(登總持寺閣) 참조.
5) 歸與(귀여): 돌아가자!『논어』「공야장」(公冶長)에 나오는 말이다. "공자가 진나라에 있을 때 말하였다. '돌아가자! 돌아가자! 우리 무리의 젊은이는 뜻은 높으나 일에는 소홀하고, 비록 문채는 찬란해도 처리하는 방법은 알지 못하는구나.'"(子在陳, 日: "歸與! 歸與! 吾黨之小子狂簡, 斐然成章, 不知所以裁之.")
6) 淒其(처기): 처연하다. 『예기』「제의」(祭義)에 "서리와 이슬이 내려 군자가 이를 밟으면 반드시 처연한 마음이 생기는데, 이는 차가워서가 아니다"(霜露旣降, 君子履之必有悽愴之心, 非其寒之謂也.)는 말이 있다.
1) 靈隱寺(영은사): 지금의 절강성 항주시 서호 서북에 소재한 사찰. 당대에는 영은산 위에 선원이 있었다.
2) 招提(초제): 절. 관청에서 편액을 내린 곳을 '寺'(사)라 하고, 개인이 지은 곳을 '招提'

下界不相聞.　　　　하계의 소리는 들리지 않아라
塔影挂清漢,³⁾　　탑 그림자는 맑은 은하에 걸려있고
鐘聲和白雲.　　　　종소리는 흰 구름 속에 뒤섞여
觀空靜室掩,⁴⁾　　공(空)의 이치를 관조하느라 선방이 닫혀있고
行道衆香焚.⁵⁾　　도를 닦으면서 여러 향을 태우네
且駐西來駕,　　　더구나 서쪽에서 온 수레가 여기에 멈추었으니
人天日未曛.⁶⁾　　세상을 비추는 해가 아직 어두워지지 않았어라

해설 영은사의 위치와 환경을 그리고 승려들의 생활을 묘사하였다. 말미
에서는 서방에서 온 불법이 인간 세상에 빛을 준다는 뜻을 나타내었다.

장위(張謂)

장안으로 돌아가는 배 시어를 보내며(送裴侍御歸上都)¹⁾

楚地勞行役,²⁾　　　초 지방에서 공무를 보고 있을 때

　　(초제) 또는 '蘭若'(난야)라고 한다. 원래 인도어를 음역하여 척투제사(拓鬪提奢)라
　　썼으나, 약칭되는 과정에서 拓(척)이 招(초)로 바뀌어 초제(招提)가 되었다.
3)　清漢(청한) : 맑은 은하수. 여기서는 하늘.
4)　觀空(관공) : 세상의 사물과 현상이 모두 공이라는 이치를 관찰함. ○ 靜室(정실) : 사
　　찰의 거처.
5)　行道(행도) : 수도. 일정한 원칙이나 사상을 실천하는 일.
6)　人天(인천) : 불교 용어에서 말하는 천상, 인간, 아수라, 축생, 아귀, 지옥 등 6개의 윤
　　회계 가운데 천상(天道)과 인간(人道). 여기서는 세간과 중생을 가리킨다. ○ 曛(훈)
　　: 저물다.
1)　裴侍御(배시어) : 미상. ○ 上都(상도) : 수도 장안. 762년(寶應 원년) 동서남북 각각에
　　배도(陪都)를 설치하고 수도 장안을 상도라 하였다.

秦城罷鼓鼙.3)	장안에서는 전란이 그쳤다 하더이
舟移洞庭岸,	배를 동정호의 물가로 대면
路出武陵溪.4)	길은 무릉의 계곡으로 이어지리
江月隨人影,	강의 달은 사람 그림자를 따라오고
山花趁馬蹄.	산의 꽃은 말발굽을 좇아오리
離魂將別夢,	나그네 마음과 이별의 꿈이
先已到關西.5)	이미 동관의 서쪽에 먼저 닿는구료

해설 지방에서 공무를 보던 배 시어를 장안으로 보내며 쓴 송별시이다. 장안으로 가는 길의 풍광을 묘사하여 석별의 정을 나타내었다. 767년 담주자사(潭州刺史)로 있을 때 지은 것으로 보인다.

왕 징군의 「상수에서의 감회」에 화답하며(同王徵君湘中有懷)6)

八月洞庭秋,	팔월의 동정호에 가을이 오니
瀟湘水北流.7)	상수(湘水)의 강물이 북으로 흘러들어
還家萬里夢,	만 리 멀리 집으로 돌아가는 꿈에

---

2) 行役(행역) : 병역이나 노역 또는 공무로 힘겨운 여행을 함.
3) 秦城(진성) : 장안성. 장안은 전국시대 진(秦)의 강역이었다. ○ 罷鼓鼙(파고비) : 북소리가 그치다. 765년 9월 티베트(吐蕃) 병사 십만이 봉천(奉天, 섬서성 乾縣)으로 진격하였고, 10월 티베트와 회흘(回紇)이 연합하여 경양(涇陽)을 포위하였다. 곽자의(郭子儀)가 회흘을 설득하여 함께 티베트를 공격함으로써 전란을 막을 수 있었다. 여기서는 이때의 일을 가리킨다.
4) 武陵溪(무릉계) : 무릉계곡. 도연명의 「도화원기」(桃花源記)에 나오는 시내. 풍경이 그윽하고 아름다운 곳.
5) 關西(관서) : 동관(潼關)의 서쪽. 곧 장안을 가리킨다.
6) 同(동) : 다른 사람의 작품에 화답하여 짓다. ○ 王徵君(왕징군) : 미상. 징군은 조정에서 징초를 받았으나 응하지 않은 은사. ○ 湘中(상중) : 상수(湘水) 일대. 지금의 호남성.
7) 瀟湘(소상) : 소수(瀟水)와 상수(湘水). 호남성 경내에 있는 주요 강으로, 소수는 상수로 흘러 들어가므로, 여기서는 결국 상수를 가리킨다.

爲客五更愁.[8]　　나그네는 새벽 오경까지 시름겨워라

不用開書帙,　　책을 펴들기보다는

偏宜上酒樓.　　그저 주루(酒樓)에 오르는 게 좋아

故人京洛滿,　　친구들이 장안과 낙양에 가득한데

何日復同遊?　　어느 날 다시 함께 놀 수 있을까?

해설 동정호에서 관중을 그리며 지은 시이다. 시의 내용으로 보아 왕 징 군 역시 장안과 낙양 일대에서 활동하다가 담주에 은거한 것으로 보인 다. 담주자사로 재직할 때 그와 화답한 시이다.

왕만(王灣)

북고산 아래에 머물며(次北固山下)[1]

客路青山外,　　나그네가 걷는 길은 청산 너머로 이어지고

行舟綠水前.　　떠나가는 배는 푸른 강물 앞에 있어라

潮平兩岸失,[2]　　강물이 불어나니 양안이 잠겨들고

---

8)　五更(오경) : 밤의 시간을 오 단락의 경(更)으로 나누었을 때의 다섯 번째의 경(更). 하늘이 밝아오는 새벽 시간이다.

1)　次(차) : 묵다. 배를 대다. 고대에는 군대가 하루 묵는 것을 사(舍)라 하고, 이틀 묵는 것을 신(信)이라 하고, 사흘 이상 묵는 것을 차(次)라 하였다. ○北固山(북고산) : 지 금의 강소성 진강시 소재. 북으로 장강에 면해 있다. 금산(金山), 초산(焦山)과 함께 '경구 삼산'(京口三山)이라 칭해진다. 이 시의 제목은 『하악영령집』에서는 「강남의 뜻」(江南意)이라 되어 있다.

2)　潮平(조평) : 강물이 불다. 조수가 밀물져 수량이 증가하는 현상을 말하며, 더불어 봄 이 되어 강물이 불어나는 것도 조(潮)라고 한다. 여기서는 후자를 가리킨다.

風正一帆懸.[3]　　순풍이 부니 돛폭이 부풀려졌네

海日生殘夜,[4]　　바다의 태양은 남은 밤을 뚫고 솟아오르고

江春入舊年.　　강가의 봄은 묵은해를 지나서 다가오네

鄕書何處達?　　고향의 편지는 어디에 가고 있는가?

歸雁洛陽邊.　　돌아가는 기러기가 낙양 근처에 갔으리

평석 '兩岸失'(양안실)은 강물이 불어 양안이 보이지 않는다는 말이다. 다른 판본에서는 '兩岸闊'(양안활, 양안이 넓어지고)이라 되어 있는데 맛이 적다.('兩岸失', 言潮平而不見兩岸也. 別本作'兩岸闊', 少味.) ○강에서 해가 일찍 떠오르고, 묵은 겨울이 가고 봄이 온다는 것은 본디 평범한 말이나 닦고 다듬으니 지극히 기묘한 말이 되었다. 이는 두보의 "바람이 없는데 구름은 관새를 넘어가고, 밤이 아닌데도 달은 관문 위에 떠있네"와 같은 종류의 필묵이다.(江中日早, 客冬立春, 本尋常意, 一經鍾鍊, 便成奇絶. 與少陵'無風雲出塞, 不夜月臨關', 一種筆墨.) ○제5, 6구는 장열(張說)이 재상이 되었을 때 손수 써서 정사당(政事堂)에 걸어두고 본으로 삼았다.(五六語張燕公手書進士堂, 以示楷式.)

해설 봄이 오는 장강에 돛대를 높이 걸고 지나가는 기상을 그렸다. 특히 제5, 6구는 새것과 헌것이 교체되는 철리를 형상화한 명구이다. 좋은 시는 높은 개괄성을 가지고 있으며, 이는 곧 성당시의 특징이기도 하다.

---

3)　風正(풍정) : 바람이 바르게 불다. 순풍이 불다.
4)　殘夜(잔야) : 남은 밤. 곧 밤이 다하는 새벽 무렵.

조영(祖詠)

양자진에 배를 대고(泊揚子岸)[1]

才入維揚郡,[2]	이제야 비로소 양주에 들어서니
鄕關此路遙.[3]	고향은 이 길 따라 멀리에 있구나
林藏初霽雨,	숲 속에는 비가 막 갠 하늘이 있고
風退欲歸潮.	바람은 썰물지는 조수를 밀어내네
江火明沙岸,[4]	강의 배에 걸린 등불이 강가 모래를 밝히고
雲帆礙浦橋.	구름 높이 솟은 돛폭이 포구의 다리를 가리네
客衣今日薄,	나그네 입은 옷이 오늘 따라 얇은 탓에
寒氣近來饒.	특히나 근래에는 한기가 많아라

해설 뱃길로 양주에 들어서며 느낀 인상을 그렸다. 원경과 근경이 어우러져 입체감을 나타내었고 고향을 떠나온 심회를 가을의 차가운 촉감으로 감각화시켰다.

소씨 별장(蘇氏別業)

別業居幽處,	별장이 그윽한 곳에 자리 잡고 있기에
到來生隱心.[5]	이곳에 오니 은거하고픈 마음 절로 생겨

---

1) 揚子(양자) : 나루터 이름. 揚子津(양자진) 또는 양자도(揚子渡)라고도 한다. 강소성 강도현(江都縣) 남쪽 장강의 북안에 소재.
2) 維揚郡(유양군) : 양주의 별칭.
3) 鄕關(향관) : 고향.
4) 江火(강화) : 강 위의 배에 걸린 등불.

南山當戶牖,[6]   방문은 바로 종남산과 마주하고

灃水映園林.[7]   풍수(灃水)의 강물이 정원의 숲을 비추네

竹覆經冬雪,   겨울 내내 대숲에 덮인 눈

庭昏未夕陰.[8]   저녁이 되기 전에 깔리는 마당 어스름

寥寥人境外,[9]   마을에서 멀리 떨어진 적막한 곳에서

閑坐聽春禽.   한가히 앉아 봄의 새 소리를 들어라

해설 한적하고 유현한 별장의 모습을 묘사하면서 은거에 대한 지향을 토로하였다. 중간의 4구는 원경과 근경을 참신한 각도에서 그려내어 새로운 감성을 표현하였다.

이백(李白)

평석 초탈한 기개가 구름 위로 솟구치고 천연스럽고 수려하다. 어떤 연을 뽑아 들어도 두보, 왕유, 맹호연의 시와 다름을 알 수 있다.(逸氣凌雲, 天然秀麗, 隨擧一聯, 知非老杜詩, 非王摩詰、孟襄陽詩也.)

---

5) 隱心(은심) : 은거하려는 마음.

6) 南山(남산) : 종남산. 장안의 남쪽 교외에 소재.

7) 灃水(풍수) : 섬서성 서안시 남쪽 장안구(長安區) 진령산에서 발원한 강으로 서안시의 서북을 지나 위수(渭水)에 합류한다

8) 未夕陰(미석음) : 아직 저녁의 어둠이 오지 않다.

9) 寥寥(요료) : 드넓고 비어있는 모습. ○ 人境(인경) : 인간 세상. 사람들이 사는 곳.

궁중행락사 7수(宮中行樂詞七首)[1][2]

제1수

小小生金屋,[3]	어려서 금옥(金屋)에서 자라며
盈盈在紫微.[4]	자미궁에서 어여쁜 자태를 뽐내었지
山花挿寶髻,	산꽃이 꽂힌 아름다운 머릿단

---

1) 심주 : 원래 남조의 제나라와 양나라 때 기원하였는데, 감정을 나타내고 기미한 기풍 가운데 풍간의 뜻을 잊지 않았으니 기탁하는 바가 특히 깊다.(原本齊梁, 緣情綺靡中 不忘諷意, 寄興獨遠.)

2) 「궁중행락사」는 신악부제(新樂府題)로『악부시집』에서는 '근대곡사'(近代曲辭)로 분류하였다. 이 연작시의 제목은『재조집』(才調集)에서는 시를 나누어 '자궁락'(紫宮樂)과 '궁중락'으로 나누어 제목이 붙여져 있고,『문원영화』에서는 「취중에 시연하며 응제하다.(醉中侍宴應製)라 되어 있다. 송본(宋本)에는 제목 아래에 "어명을 받들어 오언시를 짓다"(奉詔作五言)고 되어 있다. 743년 이백이 장안성에서 한림(翰林)으로 있을 때 지었다. 연작시로 원래 십 수였으나 현재 팔 수만 남아있다. 심덕잠은 칠 수를 뽑았다. 맹계(孟棨)의『본사시』(本事詩)에는 이 시와 관련된 잘 알려진 이야기가 적혀있다. 현종이 일찍이 궁인들과 노닐 때 환관 고력사(高力士)에게 말하였다. "오늘같이 좋은 날 아름다운 풍경 속에 어찌 노래만 듣고 즐길쏘냐, 뛰어난 재인과 시인을 불러 읊게 한다면 후세에 자랑거리가 될 것이다." 그리하여 이백을 불렀다. 이백은 이때 영왕(寧王)의 초청을 받고 가서 술에 취해 있었다. 이백이 오자 현종은 그가 성률을 강구하지 않음을 알고는 「궁중행락」 오언율시 십 수를 짓게 하였다. 이백이 머리를 조아리고 말하기를 "영왕께서 신에게 술을 내려 이미 취했습니다. 만약 폐하께서 신에게 기탄없는 대우를 내리신다면 신의 짧은 기량을 다 부려보겠습니다"고 말했다. 현종이 응낙하고는 두 사람의 내신(內臣)에게 부축하게 하고 먹을 갈아 붓에 묻혀 주게 하였다. 또 두 사람에게 붉은 줄이 쳐진 종이를 펼치게 하였다. 이백은 붓을 들고 구상하더니 쉬지 않고 십 수를 바로 완성하였는데, 쓰고 나서 점 하나 더 하지 않았다. 필적은 강하고 날카로워 봉황과 용이 다투는 듯하고 성률과 대구도 지극히 정밀하였다.

3) 小小(소소) : 어리다. ○ 金屋(금옥) : 화려하고 아름다운 집.『한 무제 이야기』(漢武故事)에 의하면, 무제가 어렸을 때 장공주(長公主)가 그를 무릎에 앉혀놓고 각시를 얻고 싶은지 물었다. 어린 무제가 주위의 백여 명의 사람에 대해 고개를 젓자 장공주는 아교(阿嬌)는 어떠냐고 물었다. 무제는 웃으며 "아교(阿嬌, 나중의 陳皇后)를 각시로 얻으면 당연히 금옥(金屋)에다 살게 하지"(若得阿嬌作婦, 當作金屋貯之.)라 대답하였다.

4) 盈盈(영영) : 여인의 자태가 아름다운 모양. ○ 紫微(자미) : 자미궁. 북두칠성 근처의 별자리로, 제왕이 거처하는 궁전을 비유한다.

石竹繡羅衣.5)　　패랭이꽃이 수놓인 비단 옷
每出深宮裏,　　깊은 궁전 안을 드나들 때마다
常隨步輦歸.6)　　언제나 보련(步輦)을 따라 다녔지
只愁歌舞散,　　오로지 근심스러운 건 노래와 춤을 마치고
化作彩雲飛.　　노을이 되어 사라질까 하였지

해설 화사한 언어로 궁중에서 자란 여인의 모습을 그렸다. 말미는 무산 (巫山)의 선녀가 구름과 비가 되는 고사를 응용하여 표묘(縹緲)한 미감을 나타내었다.

제2수

柳色黃金嫩,　　여린 싹 나온 버들은 황금빛으로 흔들리고
梨花白雪香.　　활짝 핀 배꽃은 흰 눈으로 향기로워
玉樓巢翡翠.7)　　화려한 누각에 물총새가 둥지 틀고
金殿鎖鴛鴦.8)　　전각 앞 연못에 원앙새가 노닐어라
選妓隨雕輦,9)　　무희를 뽑아 가마를 뒤따르게 하고
徵歌出洞房.10)　　가녀를 불러 내실에서 나오게 하였으니
宮中誰第一?　　궁중에서 이들 중 그 누가 제일인가?
飛燕在昭陽.11)　　당연히 소양전(昭陽殿)의 조비연(趙飛燕)일세

---

5) 石竹(석죽) : 패랭이꽃. 잎이 댓잎 같다고 해서 이름 붙여졌다. 위진시대 이래 당대까 지 옷에 수놓는 문양으로 쓰여졌다.

6) 步輦(보련) : 가마. 황제나 황후가 타는 들것. 초당시기 염립본(閻立本)이 그린 「보련 도」(步輦圖)에서 당시의 모습을 볼 수 있다.

7) 玉樓(옥루) : 화려한 누대. ○翡翠(비취) : 물총새. 취작(翠雀) 또는 취조(翠鳥)라고도 한다. 깃털이 붉은색과 청색이 섞여 아름답기 때문에 장식품으로 많이 쓰인다.

8) 金殿(금전) : 황금 칠을 한 화려한 궁전.

9) 雕輦(조련) : 조각하고 색을 칠한 황제나 황후의 가마.

10) 徵歌(징가) : 가녀(歌女)를 징초하다. ○洞房(동방) : 동굴같이 깊고 조용한 방.

11) 飛燕(비연) : 서한 성제(成帝) 때의 황후 조비연(趙飛燕). 『서경잡기』(西京雜記) 권상

평석 위의 시와 함께 양귀비를 노래했다. 여인에 대한 총애로 한나라가 망했음을 이면에 깔 았다.(連上首專詠貴妃, 言下有禍水滅漢之意.)

해설 봄이 온 궁중의 화려한 전각을 묘사하고 가녀와 무희 가운데 가장 뛰어난 조비연을 등장시켰다. 심덕잠은 조비연은 곧 양귀비를 비유하며 이는 한나라의 쇠망을 환기하므로 현종에게 풍간한다고 해석하였지만, 현종의 지시로 시를 짓는 이백이 이러한 뜻을 넣었을 리가 없다. 화려한 어휘를 구사하였지만 시선의 안배가 적절하여 번잡한 느낌이 없다. 이백의 특기가 잘 발휘되었다.

제3수

盧橘爲秦樹,[12]	촉 지방의 노귤이 장안에서 자라고
蒲萄出漢宮.[13]	서역의 포도가 한나라 궁중에서 나오네
煙花宜落日,[14]	꽃무리 진 모습이 석양에 어울리는데
絲管醉春風.	관악기와 현악기가 봄바람에 취하여라
笛奏龍吟水,[15]	횡적을 연주하니 용이 물에서 나와 울고

(卷上)에 "조황후는 몸이 가볍고 허리가 가늘어 걸음걸이와 앞뒤로 오가는 동작을 잘 하였는데, 동생 소의(昭儀)가 따라 할 수 없었다. 그러나 소의는 뼈가 여리고 피부가 풍만하였으며 특히 웃기와 말을 잘 하였다. 두 사람은 모두 얼굴이 홍옥 같아 당시 제일이었고 후궁에서 총애를 독차지하였다."(趙后體輕腰弱, 善行步進退. 女弟昭儀不能及也. 但昭儀弱骨豐肌, 尤工笑語, 二人幷色如紅玉, 爲當時第一, 皆擅寵後宮.)고 하였다. 여기서는 양귀비를 비유한다. ○昭陽(소양) : 조비연이 거처했던 소양전.

12) 盧橘(노귤) : 사천 지방에서 나는 귤의 일종. 껍질이 두껍고 구월에 열매가 열리어 다음 해 이월에 청흑색이 된 후 여름에 익는다. 사마상여(司馬相如)의 「상림부」(上林賦)에 "노귤이 여름에 익고"(盧橘夏熟)라는 말이 나온다.

13) 蒲萄(포도) : 포도. 서한 때 서역의 대완(大宛)에서 가져와 심었다. 위 2구는 궁중에 진귀한 과일이 생산된다는 뜻.

14) 煙花(연화) : 꽃무리 진 풍경. 일반적으로 봄날의 맑고 아름다운 풍경을 가리킨다.

15) 笛奏(적주) 구 : 횡적 소리가 물속의 용 울음소리와 비슷하다는 뜻. 동한 마융(馬融)의 「장적부」(長笛賦)에 "근래의 쌍적(雙笛)은 강족(羌族)에서 시작했으니, 강족들은

簫鳴鳳下空.[16]	퉁소를 불자 봉황이 하늘에서 내려오네
君王多樂事,	군왕에게 기쁜 일 많은데
還與萬方同.[17]	그래도 사방의 백성과 함께 즐기네

평석 중간에 권계와 풍간이 있다.(中有規諷.)

해설 궁중의 번영을 노래하였다. 진귀한 물산이 나오고 아름다운 풍경이 펼쳐지고 신선의 음악이 울리는 가운데 군왕은 이들 즐거움을 백성들과 함께 하려고 한다. 말미에는 군왕에 대한 완곡한 권유 또는 풍간이 깃들어 있다.

제4수

玉樹春歸日.[18]	아름다운 나무는 봄 되어 화사하고

대나무를 수없이 베었지. 물속에서 우는 용 그 모습은 보이지 않는데, 대나무를 잘라 부니 소리가 비슷하다"(近世雙笛從羌起, 羌人伐竹未及已. 龍鳴水中不見己, 截竹吹之聲相似)는 말이 있다.

16) 簫鳴(소명) 구: 퉁소 소리가 봉황이 내려오며 우는 소리 같다는 뜻. 『열선전』에 나오는 소사(簫史)와 농옥(弄玉)의 고사를 말한다. 소사(簫史)라는 사람은 퉁소를 잘 불어 공작과 백학을 마당으로 불러낼 수 있었다. 진 목공(秦穆公)의 딸 농옥(弄玉)이 소사를 좋아하자 목공이 두 사람을 결혼시켰다. 소사가 날마다 농옥에게 퉁소 부는 방법을 가르쳐주었다. 농옥도 몇 년 후 퉁소로 봉황 울음을 낼 수 있게 되자 봉황이 그 집에 내려와 앉았다. 목공이 봉황대를 만들어주자 부부가 그 누대에 올라가 몇 년간 내려오지 않다가 어느 날 봉황과 함께 날아갔다.(簫史者, 秦穆公時人也, 善吹簫. 能致孔雀白鶴於庭, 穆公有女, 字弄玉, 好之, 公遂以女妻焉. 日教弄玉作鳳鳴, 居數年, 吹似鳳聲, 鳳凰來止其屋. 公爲作鳳臺, 夫婦止其上, 不下數年. 一旦, 皆隨鳳凰飛去.)

17) 萬方(만방): 사방. 여기서는 사방의 백성. 이 구는 여민동락(與民同樂)을 의미한다.

18) 玉樹(옥수): 아름다운 나무. 신선 세계에서 자란다는 나무. 『한 무제 이야기』(漢武故事)에 "황제가 신선의 집을 세우고 마당에 옥수를 심었는데, 산호로 가지를 만들고 벽옥으로 잎을 만들었다. 꽃과 과실은 푸르고 붉은데 주옥으로 만들어졌다. 그 속은 방울처럼 비었으며 딸랑딸랑 소리가 났다"(上起神屋, 前庭植玉樹, 以珊瑚爲枝, 碧玉爲葉. 華子靑赤, 以珠玉爲之. 空其中如小鈴, 槍槍有聲.)고 하였다.

金宮樂事多.[19]　　　궁중에는 즐거운 일이 많아라
後庭朝未入,[20]　　　군왕은 낮에는 후정(後庭)에 들어가지 않다가
輕輦夜相過.　　　밤이 되어야 가벼운 가마 타고 들어가
笑出花間語,　　　꽃 사이에서 웃음소리가 흘러나오고
嬌來竹下歌.　　　대나무 아래서 아리따운 노랫소리 들려오네
莫敎明月去,　　　저 밝은 달을 붙들고 지지 않도록 하여라
留著醉嫦娥.[21]　　　아직 항아와 함께 취해야 하니까

해설 현종의 궁중생활을 그렸다. 봄이 온 궁중에서 낮에는 정무에 바쁘다가 저녁에는 비빈들의 웃음과 노래에 취한다. 말 2구는 신선의 세계와 현실을 몽환적으로 결합하여 표현하였다.

제5수

繡戶香風暖,[22]　　　조각한 문 안에는 향기로운 바람 따뜻한데
紗窓曙色新.　　　얇은 사 창문에 새벽빛이 새로워라
宮花爭笑日,　　　궁전의 꽃들이 햇살에 다투어 웃고
池草暗生春.　　　연못가 풀들이 봄 되어 무성히 자라
綠樹聞歌鳥,　　　푸른 나무에서 노래하는 새 소리 들리고
青樓見舞人.[23]　　　청색 누각에서 춤추는 사람이 보이네
昭陽桃李月,　　　소양전에 복사꽃과 오얏꽃 사이로 달이 지는데

---

19) 金宮(금궁) : 금전(金殿)과 같다. 금빛이 나는 화려한 궁전.
20) 後庭(후정) : 후궁의 침전. 비빈들의 거처.
21) 嫦娥(항아) : 姮娥라고도 쓴다. 달에 산다는 선녀. 『회남자』「남명훈」(覽冥訓)에 "예(羿)가 서왕모로부터 불사의 약을 구했는데, 항아가 이를 훔쳐 달아났다"(羿請不死藥於西王母, 嫦娥竊以奔之.)고 하였다.
22) 繡戶(수호) : 화려하게 조각한 문. 일반적으로 여인의 거실을 가리킨다.
23) 青樓(청루) : 청색의 칠을 한 호화로운 누대의 집. 고대에는 여인이 거처하는 방을 가리킨다.

羅綺自相親.[24]　　　비단 옷 궁녀들이 아직도 웃고 있어라

해설 봄의 밤부터 새벽까지 춤과 노래를 즐기는 궁녀들의 모습을 그렸다. 바람과 햇빛이 봄의 양기를 내뿜으니 꽃과 풀이 생기발랄하게 자란다. 춤추고 노래하는 궁녀들의 흥취는 달이 지고 날이 밝아도 끝나지 않는다.

제6수

寒雪梅中盡,　　　차가운 눈도 매화꽃 속에서 다 녹고
春風柳上歸.　　　봄바람이 버들에 푸른빛을 돌려주네
宮鶯嬌欲醉,　　　궁중의 꾀꼬리는 아리따운 소리에 취할 듯하고
簷燕語還飛.　　　처마 앞의 제비는 지저귀며 날아오네
遲日明歌席,[25]　　봄날의 더딘 해는 노래하는 자리를 비추고
新花艶舞衣.　　　새로 핀 꽃은 춤추는 무희의 옷자락에 비치어라
晚來移彩仗,[26]　　저녁이 되면 의장대가 자리를 옮기니
行樂泥光輝.[27]　　제왕의 행락에 광휘가 머무는구나

해설 봄이 온 궁중에서의 행락을 묘사하였다. 말구의 '泥'자는 다른 판본에서는 '好'자로 되어 있는데, 이런 경우 뜻이 상반되어 현종이 낮을 이어 밤에도 의장대를 옮겨 행락을 계속한다는 뜻이 된다. 명대 당여순(唐汝詢)은 이러한 해석을 채용하였다. 현대 학자 안기(安旗)는 '泥'자가 앞구에 더 잘 부합한다고 하였다.

---

24)　羅綺(라기) : 비단 옷. 여기서는 화려한 비단 옷을 입은 미녀.
25)　遲日(지일) : 더디게 지는 해. 봄날의 해를 가리킨다. 『시경』「칠월」(七月)에 "봄날의 해는 더디 지고"(春日遲遲)라는 말에서 유래했다.
26)　彩仗(채장) : 여러 색깔로 꾸민 의장(儀仗).
27)　泥(니) : 멈추다. ○光輝(광휘) : 천자가 행차하는 곳이 빛남.

제7수

水綠南薰殿,[28]	남훈전 앞 연못에는 물이 푸르고
花紅北闕樓.[29]	북궐루 주위에는 꽃이 붉어라
鶯歌聞太液,[30]	태액지에서 꾀꼬리 같은 노랫소리 들려오고
鳳吹繞瀛洲.[31]	봉래산에선 봉황 울음의 생황소리 가득해
素女鳴珠佩,[32]	소녀(素女)는 패옥을 울리듯 거문고를 뜯고
天人弄綵毬.[33]	제왕과 종친들은 채구(綵毬)를 즐기는구나
今朝風日好,	오늘 아침 바람 맑고 햇빛 밝으니
宜入未央遊.[34]	의당 미앙궁에 들어가 놀아야 하리

해설 봄이 온 대명궁에서 음악과 채구를 즐기는 모습을 그렸다. 화려한 어휘에 격률과 대구가 가지런하다. 신선의 이미지를 끌어와 고아하고 화미한 풍격을 나타냈다.

---

28) 南薰殿(남훈전) : 장안의 흥경궁(興慶宮) 안에 있는 궁전. 『장안지』(長安志)에 "흥경전 앞에는 영주문이 있고 안에는 남훈전이 있으며 북에는 용지가 있다"(興慶殿 : 前有瀛洲門, 內有南薰殿, 北有龍池.)고 하였다.

29) 北闕樓(북궐루) : 궁중의 북면에 있는 문루. 일반적으로 대신 등이 조견을 기다리거나, 상서 또는 알현하는 사람들이 기다리는 곳이다.

30) 鶯歌(앵가) : 꾀꼬리처럼 노래하다. ○太液(태액) : 대명궁 안 함원전 북쪽에 있는 태액지(太液池). 연못 가운데 있는 섬을 봉래산이라 했다. 한 무제 때도 건장궁 북쪽에 거대한 태액지를 만들고 연못 가운데 영주, 봉래, 방장 등 삼신산을 본떠 섬을 만들었다.

31) 鳳吹(봉취) : 생황을 불다. ○瀛洲(영주) : 태액지 가운데 있는 봉래산을 가리킨다.

32) 素女(소녀) : 전설에 나오는 신녀의 이름. 황제(黃帝)와 동시대 활동했다고 하기도 하고 음악에 뛰어났다고도 한다. 『사기』「봉선서」(封禪書)에 "옛날 태제가 소녀에게 오십 현 슬을 연주하게 하였다. 너무 슬퍼 태제가 참지 못하였다. 이에 슬을 이십오현으로 개조하였다"(昔者太帝使素女鼓五十絃瑟, 悲, 帝禁不止, 故破其瑟爲二十五絃.)고 하였다. 여기서는 궁중의 연주자를 가리킨다.

33) 天人(천인) : 신선. 신인(神人). 여기서는 현종과 왕들을 가리킨다. ○綵毬(채구) : 당대 궁중의 놀이의 하나. 두 팀이 각각 긴 대나무로 문을 만들어 그 위에 그물을 치고, 상대방의 문에 공(毬)을 넘기면 점수를 얻는다. 축국(蹴鞠)의 변형이라 할 수 있다.

34) 未央(미앙) : 한대 장안의 궁전 이름. 여기서는 당대의 황궁을 가리킨다.

새하곡 3수(塞下曲三首)[35]

제1수

五月天山雪,[36]	오월인데도 천산에는 눈이 내리어
無花只有寒.	꽃도 피지 않고 춥기만 하구나
笛中聞折柳,[37]	피리 소리는 「절양류」를 연주하나
春色未曾看.[38]	봄의 풍광은 아직 볼 수 없어라
曉戰隨金鼓,	아침에는 북소리 따라 전장에 나가고
宵眠抱玉鞍.	밤에는 말안장 껴안고 잠을 자니
願將腰下劍,	원컨대 허리에 찬 검을 들고
直爲斬樓蘭.[39]	곧바로 누란(樓蘭)의 왕을 베리라

해설 변방에서 살아가는 병사들의 노고를 그렸다. 오월에도 눈보라가 치고 피리 소리에서 봄을 상상해야 하는 침중한 분위기 속에 말미에서 호방한 의기를 드러내었다. 이러한 정서의 급락과 급등에서 군사들의 사기

---

35) 塞下曲(새하곡) : 악부(樂府)의 제목 가운데 하나. 「새상곡」(塞上曲)과 함께 당대에 유행한 악부제(樂府題)이다. 이 가곡은 한대 악부 「출새」(出塞) 또는 「입새」(入塞)에서 유래하였는데, 대부분 변방의 전쟁과 병사들의 노고를 내용으로 하였다.

36) 天山(천산) : 지금의 신강 위구르자치구 경내에 있는 산. 산에는 일 년 내내 눈이 덮여 있어 설산(雪山) 또는 백산(白山)이라고도 한다.

37) 折柳(절류) : 피리의 곡 이름으로 일반적으로 절양류(折楊柳)라 한다. 최식(崔湜)의 「절양류」(折楊柳) 참조.

38) 심주 : 전반 4구는 한 번에 써 내려갔는데, 일찍이 이런 격식이 없었다.(四語直下, 從前未具此格.)

39) 樓蘭(누란) : 한대 서역에 있었던 국가. 한 무제 때 한의 사신이 대완(大宛)에 갈 때 누란이 길목을 막고 한나라의 사신을 공격하였다. 기원전 77년(元鳳 4년) 소제(昭帝) 때 대장군 곽광(霍光)이 평락감(平樂監) 부개자(傅介子)를 파견하여 누란의 왕을 참살하였다. 여기서는 고대의 일을 빌려 변방의 근심을 평식하고 싶다는 비유로 사용하였다. 이백의 친구인 왕창령(王昌齡)의 「종군의 노래」(從軍行)에서도 "누런 사막 수많은 전투에서 황금 갑옷이 헤어져도, 누란의 왕을 베지 못하면 끝내 돌아가지 않으리"(黃沙百戰穿金甲, 不斬樓蘭終不還.)라는 시구가 보인다.

의 실질을 표현하였다.

제2수

駿馬似風飇,	내닫는 준마는 회오리바람 같아
鳴鞭出渭橋.[40]	채찍을 울리며 위수 다리를 떠나네
彎弓辭漢月,	휘어진 활은 밤중에 중원 땅을 떠나고
插羽破天驕.[41]	오늬에 당긴 화살은 천교(天驕)를 향하네
陣解星芒盡,[42]	적진이 부서지고 별빛도 다 사라지더니
營空海霧消.	병영은 비고 안개는 걷히었어라
功成畵麟閣,[43]	공명을 이루어 기린각에 모셔지는 건
獨有霍嫖姚![44]	오직 표요교위 곽거병 뿐이라네!

평석 오직 귀족과 왕실의 친척에게만 공이 돌아가기에 병사들은 사기를 잃었다.(獨有貴戚得以紀功, 則勇士喪氣矣.)

해설 출정하여 적을 쳐부순 병사들의 활약을 그렸다. 말 2구에서는 공훈을 받는 사람은 기린각에 그려진 대장뿐이라고 탄식하였다. 이는 '장수

---

40) 渭橋(위교) : 장안 북쪽을 흐르는 위수에 놓인 다리 가운데, 함양과 가까운 곳에 있는 다리를 말한다. 위수의 다른 다리와 구별하여 '중위교'(中渭橋)라 불렀다. 당대에 서역으로 가는 사람은 도성을 나온 다음 먼저 이곳을 지나야 했다.

41) 插羽(삽우) : 화살 깃을 오늬에 꽂다. ○ 天驕(천교) : 흉노가 스스로를 부른 말. 『한서』「흉노전」(匈奴傳)에 선우(單于)가 한나라에 보낸 글에 "남쪽에는 위대한 한(漢)이 있고, 북쪽에는 강한 호(胡)가 있다. 호(胡)란 하늘의 뛰어난 아들이다"(胡者, 天之驕子也.)란 말에서 유래했다. 일반적으로 서북의 비한족 또는 그 왕을 가리킨다.

42) 星芒(성망) : 별빛. 여기서의 별은 묘두성(昴頭星)으로 이 별빛이 요동치면 북방 민족이 전쟁을 일으킨다고 한다.

43) 麟閣(인각) : 기린각(麒麟閣). 한 고조(漢高祖) 때 소하(蕭何)가 도서를 보관하기 위해 지은 건물로, 선제(宣帝) 때 곽광(霍光) 등 십일 인의 공신을 그려 이곳에 걸었다.

44) 霍嫖姚(곽표요) : 표요교위 곽거병(霍去病). 한무제 때 흉노를 격파한 공으로 표요교위가 되어 세인들은 그를 '곽 표요'라 했다.

한 사람의 공훈은 병사들 만 명의 뼈로 이루어진다'(一將功成萬骨枯)는 말을 각화한 셈이다. 실제에 있어서 한대에 기린각에 그려진 11인의 공신 가운데 곽거병은 포함되지 않았다. 오히려 그는 한나라의 친척으로써 한 무제의 총신을 받았다. 그러므로 여기서 곽거병이 상훈을 받았다는 것은 친인척을 중용했음을 풍자한 것으로 볼 수 있다. 두보의 「후출새」 제2수에서도 "묻노니, 대장은 누구인가? 아마도 표요교위 곽거병이리라!"(借問大將誰?, 恐是霍嫖姚!)는 구가 보인다.

제3수

塞虜乘秋下,[45]	변방의 오랑캐가 가을을 틈타 내려오니
天兵出漢家.	한나라에서 용맹한 군사가 출정하네
將軍分虎竹,[46]	장군은 호부(虎符)를 들고 나가고
戰士臥龍沙.[47]	병사들은 타클라마칸 사막을 사수한다
邊月隨弓影,	변방의 반달은 활처럼 둥글고
胡霜拂劍花.	북방의 서리는 검망처럼 일어나
玉關殊未入,[48]	옥문관에 아직 들어서지도 않았으니

---

45) 塞虜(새노) : 변새의 오랑캐. 서북방 이민족을 가리킨다. ○乘秋下(승추하) : 가을을 틈타 내려오다. 북방족들은 말이 살찌고 활이 단단해지는 가을에 중원을 침공하는 경우가 많았다.

46) 虎竹(호죽) : 동호부(銅虎符)와 죽사부(竹使符)의 병칭. 호부는 군대를 동원하는데 쓰이고 죽부는 물건을 징발하는데 쓰인다. 반으로 나누어 오른쪽은 수도에 두고 왼쪽은 지방관에게 주어, 나중에 군대를 동원할 때 반드시 두 쪽을 맞추어보고 일치해야 병력을 동원할 수 있다. '分虎竹'은 장군이 조정의 명령을 받아 군사를 이끌고 출정한다는 뜻.

47) 龍沙(용사) : 변방의 사막 지대.

48) 玉關(옥관) : 옥문관. ○殊(수) : 아직. 그래도. 이 구는 한 무제 때 이사장군(貳師將軍) 이광리(李廣利)의 전고를 사용하였다. 기원전 104년 이광리가 군사를 이끌고 대완(大宛, 지금의 우즈베키스탄 페르가나에 소재했던 고대 국가)을 공격하다가 실패하여 돈황에 돌아온 후 조정에 철수를 건의하였다. 무제가 크게 노하여 "옥문관을 들어서는 병사는 참수한다"(軍有敢入, 斬之.)고 하였다. 이후 이광리는 어쩔 수 없이

少婦莫長嗟. [49]   규중의 아낙이여, 탄식하지 말지라

평석 활은 달과 같고 검망은 서리 같다고 했을 뿐인데, 붓끝이 닿으니 바로 기이한 빛이 만들어졌다.(只弓如月、劍如霜耳, 筆端點染, 遂成奇彩.) ○ 마무리의 뜻도 깊고 완곡하다.(結意亦復深婉.)

해설 서북으로 출정한 군사의 교착 상태에 빠진 전황을 묘사하였다. 서한 이광리(李廣利)의 전고로 전투의 지난함과 이를 규중 아낙의 관점과 연결시켜 사건을 복합적으로 구성하였다.

가을의 그리움(秋思) [50][51]

燕支黃葉落, [52]	연지산(燕支山)에 누런 나뭇잎 떨어지면
妾望白登臺. [53]	아낙은 백등대(白登臺)에 올라 바라보네
海上碧雲斷, [54]	사막 위의 구름은 끊어지고
單于秋色來. [55]	선우(單于) 지역에서 가을 기운이 내려오네

    돈황에 머물며 군사를 확충한 후 대완을 공격하여 성공하였다.

49) 長嗟(장차) : 장탄식.

50) 심주 : 고대의 금조(琴操) 가운데 상조곡(商調曲)이다.(古琴操商調之曲.)

51) 秋思(추사) : 악부제의 하나. 『악부시집』에서는 '금곡가사'(琴曲歌辭)로 분류하였다. 아낙이 집을 떠난 남편을 그리워하는 내용이다.

52) 燕支(연지) : 焉支(언지) 또는 胭脂(연지)라고도 한다. 감숙성 영창현(永昌縣) 서쪽에 소재한 산. 물이 맛있고 목축하기 좋은 한편, 산세가 험난하여 역대로 요새이기도 하였다. 곽거병이 이 산을 넘어 흉노를 대파하였다는 기록이 있다.

53) 白登臺(백등대) : 산서성 대동시(大同市) 동쪽의 백등산 위에 있는 대. 한 고조 유방이 백등산에서 흉노에 칠 일간 포위된 적이 있다.

54) 海(해) : 한해(瀚海), 곧 사막.

55) 單于(선우) : 선우대도호부(單于大都護府)를 가리킨다. 내몽골자치구 허린걸(和林格爾) 서북에 소재. 여기서는 변방을 가리킨다. 북방은 춥기 때문에 가을이 그곳으로부터 내려오는 것처럼 느껴진다.

胡兵沙塞合,[56]	오랑캐 병사들이 변방의 사막에 모인다는데
漢使玉關回.[57]	한나라 사신은 옥문관에서 돌아왔네
征客無歸日,	출정한 사람에게 돌아온다는 기약이 없어
空悲蕙草摧.	부질없는 슬픔에 향기로운 혜초만 시드는구나

평석 선우는 흉노의 군주 칭호이자 지명이기도 하니, 이익의 "가을바람 불어와 '소선우' 곡조에 들어가네"가 바로 그러하다. 제4구는 응당 지명을 가지고 말한 것이다.(單于, 匈奴主號, 亦是地名, 李益"秋風吹入小單于"是也. 四語應以地言.)

해설 출정나간 남편을 기다리는 여인을 그렸다. 변새시와 규원시를 결합시켜 전란과 규원의 주제를 다 같이 강조했다. 말구에서는 향기로운 혜초의 시듦으로 청춘이 헛되이 사라짐을 안타까워하였다.

온천궁 행차에 시종하며 지음(侍從遊宿溫泉宮作)[58]

| 羽林十二將,[59] | 우림군의 열두 장수 |
| 羅列應星文.[60] | 천상의 성좌와 대응하여 벌려있구나 |

---

56) 沙塞(사새) : 사막이 있는 변새. ○合(합) : 모이다.

57) 漢使(한사) : 한나라의 사신. 여기서는 당나라의 사신. ○玉關(옥관) : 옥문관. 이 구는 한나라 사신이 북방족과 나눈 회담이 결렬되어 돌아왔다는 뜻.

58) 溫泉宮(온천궁) : 당대 장안의 동쪽 교외에 있는 이궁. 747년부터 화청궁(華清宮)이라 개명하였다. 지금의 섬서성 서안시 임동현 소재.

59) 羽林(우림) : 우림군. 원래는 한 무제(漢武帝)가 건장궁(建章宮)을 지키기 위해 설치한 근위대였다. 당대에는 황궁을 보위하는 근위대로 좌우우림군(左右羽林軍)을 두었다. 우림은 별자리 이름이기도 하다. 『진서』「천문지」(天文志)에 "우림 사십오 성은 영실(營室)의 남쪽에 위치하는데 천군성(天軍星)이라고도 하며 기병을 주관하고 또 왕의 우익을 주관한다. 누벽진(壘壁陣) 십이 성은 우림성의 보루로 위병을 주관하여 군영의 방패가 된다."(羽林四十五星, 在營室南. 一曰天軍, 主軍騎, 又主翼王也. 壘壁陣十二星, 在羽林北, 羽林之垣壘也, 主軍衛爲營壅也.)고 하였다. '羽林十二將'은 천상의 성좌와 대응하여 우림군의 십이 장수를 지칭하는 듯하다.

霜仗懸秋月,⁶¹⁾   엄숙한 의장대의 노부(鹵簿)는 가을 달처럼 걸려있고

霓旌卷夜雲.⁶²⁾   오색의 깃발은 밤의 구름처럼 말려있어라

嚴更千戶肅,⁶³⁾   경고(更鼓)가 울리어 천가만호가 조용할 때

淸樂九天聞.⁶⁴⁾   청악(淸樂)이 높은 하늘에서 들려오는구나

日出瞻佳氣,⁶⁵⁾   해가 떠오르니 상서로운 기운이 일어나

葱葱繞聖君.⁶⁶⁾   울창히 성군을 둘러싸고 있어라

해설 742년 이백이 장안에서 한림으로 있을 때 지었다. 밤부터 아침까지 시간에 이루어진 현종의 온천궁 행차의 위엄과 성세를 그렸다. 현종은 여산(驪山)의 온천궁을 좋아하여 매년 시월에서 다음 해 이월까지 양귀비와 함께 그곳에서 피한(避寒)하였다.

---

60) 星文(성문) : 별자리의 형상.

61) 霜仗(상장) : 서릿발처럼 삼엄한 의장대.

62) 霓旌(예정) : 오색의 깃털을 꿰어 만든 깃발. 무지개의 기운과 유사하다 하여 이름 지어졌다. 고대 제왕의 의장 가운데 하나.

63) 嚴更(엄경) : 야간 통행을 감독하며 치는 북소리. 밤을 오경(五更)으로 나누어 그때마다 북을 쳐 알렸다.

64) 淸樂(청악) : 청상악(淸商樂). 원래 한대 민간의 악곡인 상화가(相和歌)로 평조(平調), 청조(淸調), 슬조(瑟調)의 가곡이 있어 '청상삼조'(淸商三調)라 하였다. 수 양제(隋煬帝)가 구성한 구부악(九部樂) 가운데 하나였으며, 당은 이를 그대로 연용하였다. ○ 九天(구천) : 높은 하늘.

65) 佳氣(가기) : 길조와 번영을 가져온다는 아름다운 기운. 고대에는 기운을 보고 운수를 예측하는 망기술(望氣術)이 있었다.

66) 葱葱(총총) : 초목이 푸르고 무성한 모습. 기운이 성한 모습. 『후한서』 「광무제기」(光武帝紀)에 보면, 광무제는 남양 사람으로 용릉(春陵)에서 군사를 일으키자, 왕망이 망기술을 보는 소백아(蘇伯阿)를 파견하였다. 소백아가 남양에 도착하여 멀리 용릉을 보며 말하였다. "기운이 아름답구나! 울울창창하구나!"(氣佳哉! 鬱鬱葱葱然!)

즉흥적으로 지어 노홍 징군에게 주다(口號贈徵君盧鴻)[67][68]

陶令辭彭澤,[69]	도연명은 팽택령을 사직했고
梁鴻入會稽.[70]	양홍은 회계로 가 은거했네
我尋『高士傳』,[71]	내가 『고사전』을 찾아보니
君與古人齊.	그대의 사적은 고인들과 같더이
雲臥留丹壑,[72][73]	구름 속에 누워 붉은 언덕에 노니는데
天書降紫泥.[74][75]	붉은 인주 찍힌 황제의 편지가 내려왔네
不知楊伯起,[76]	알지 못하나니, 양백기(楊伯起)와 같은 그대
早晩向關西?	언제 관서(關西)로 향해 가려는가?

---

67) 심주: 이백은 당시 징초를 받았다.(公時被召.)

68) 口號(구호): 입에서 나온 대로 쓴 시라는 뜻으로 일반적으로 제목에 붙인다. ○徵君(징군): 징사(徵士). 조정에서 징초하였으나 응하지 않은 은사. ○盧鴻(노홍): 성당 시기의 은사. 자는 호연(顥然). 적관은 범양(范陽). 나중에 낙양으로 이사한 후 숭산에 은거하였다. 개원 초기 현종이 여러 차례 징초하였으나 나가지 않았다. 717년 재차 징초하자 마침내 낙양에 갔다. 현종이 간의대부(諫議大夫)를 제수하였으나 받지 않고 숭산에 돌아가 제자들을 가르쳤다. 박학하고 서예에 뛰어났다. 현재 시 십 수가 남아있다.

69) 陶令(도령): 팽택령을 지냈던 도연명.

70) 梁鴻(양홍): 동한의 은사. 그와 결혼한 맹광(孟光)이 거안제미(擧案齊眉)로 양홍을 섬긴 일화가 유명하다. 양홍은 맹광과 함께 패릉산(霸陵山)에 숨어살며 농사와 베 짜기를 업으로 삼았다. 나중에 제노(齊魯) 지방에 갔다가 다시 오(吳) 지방으로 가서 살았다. 오 지방은 진대(秦代)에 회계군(會稽郡)에 속했다.

71) 高士傳(고사전): 서진(西晉)시대 황보밀(皇甫謐)이 지은 책. 중국 고대의 은자 구십일 인의 언행과 일화를 담았다.

72) 심주: 노홍 징군을 말한다.(謂徵君.)

73) 丹壑(단학): 丹丘(단구)와 같다. 전설 속에 나오는 바다 밖 신선이 거주한다는 곳으로, 밤과 낮이 모두 밝아 '붉은 언덕'이라 하였다. 일반적으로 은거하는 곳의 언덕을 가리킨다.

74) 심주: 자신을 말한다.(謂自己.)

75) 天書(천서): 군주가 내린 조서(詔書). ○紫泥(자니): 군주가 편지를 봉할 때 쓰는 도장 인주. 무도(武都, 감숙 무도현)에서 나는 점성이 있는 자주색 진흙을 원료로 쓴다.

76) 楊伯起(양백기): 동한의 양진(楊震). 자가 백기(伯起)이다. 화음(華陰) 사람으로 박식하여 유학자들이 '관서의 공자 양백기'(關西孔子楊伯起)라고 칭하였다. 수십 년간 주군(州郡)에서 벼슬을 내리며 불렀으나 나가지 않았다. ○早晩(조만): 언제.

해설 현종의 징초를 받았으나 벼슬에 나가지 않은 노홍의 고상함을 노래했다. 판본에 따라 제목을 '盧鴻'(노홍) 대신 '鴻'(홍), '楊鴻'(양홍), '陽'(양) 등으로 되어 있다. 심덕잠은 노홍과 함께 이백 자신의 징초도 함께 말했다고 보았다.

맹호연에게(贈孟浩然)

吾愛孟夫子,[77]	내가 경애하는 맹 선생
風流天下聞.[78]	그 멋과 풍도는 천하가 다 알지
紅顔棄軒冕,[79]	젊어서는 벼슬을 버리고
白首臥松雲.	늙어서는 소나무와 구름 사이에 누웠어라
醉月頻中聖[80]	달에 취하여 자주 술을 마시고
迷花不事君.	꽃에 미혹되어 임금을 섬기지 않았지
高山安可仰?[81]	높은 산을 어찌 우러러 볼 수 있는가
徒此揖淸芬.[82]	다만 맑은 향기에 읍례를 할 뿐이네

해설 맹호연의 고결한 성품과 은거하는 생활을 찬미한 시이다. 맹호연의

---

77) 夫子(부자) : 재능과 덕망이 있는 중년 이상의 남자에 대한 존칭.

78) 風流(풍류) : 풍도가 있고 성격이 시원스러움.

79) 紅顔(홍안) : 붉게 윤기 나는 얼굴. 청년 시절을 가리킨다. ○ 軒冕(헌면) : 수레와 예관. 고대에 대부(大夫) 이상의 관리는 수레를 타고 예관을 썼다. 벼슬을 가리킨다.

80) 中聖(중성) : 술에 취하다. 『삼국지』 중의 『위서』(魏書) 「서막전」(徐邈傳)에 보면, 조조가 정권을 잡으면서 금주를 엄격히 시행하였다. 사람들이 술이란 말을 금기시하여 청주(淸酒)를 성인(聖人)이라 부르고 탁주를 현인(賢人)이라 불렀다. 상서랑 서막(徐邈)이 몰래 술을 마시고는 스스로를 '중성인'(中聖人)이라고 하였다. 이후 '중성' 또는 '중성인'은 술에 취한다는 뜻이 되었다.

81) 고산(高山) 구 : 높은 산을 우러러 보기 어렵다는 말로 맹호연의 풍모를 비유하였다. 이 비유는 『시경』 「거할」(車舝)에 "높은 산은 우러러보고, 큰 길은 걸어가네"(高山仰止, 景行行止.)에서 유래했다.

82) 淸芬(청분) : 맑은 향기. 고결한 덕행을 비유한다.

권세가에 굽히지 않는 성격은 이백과 무척 닮았다. 맹호연이 자신을 추천하려는 한조종(韓朝宗)과의 약속을 친구들과의 술자리 때문에 가지 않았다는 일화는 유명하다. 맹호연이 죽기 전 해인 739년 이백이 양양에 맹호연을 찾아간 적이 있는데 이때 지은 것으로 보인다.

회남의 친구에게 부침(寄淮南友人)

紅顔悲舊國,[83]	젊었을 때 장안을 떠돌며 슬퍼했는데
靑歲歇芳洲.[84]	봄날에 향기로운 물가에서 쉬노라
不待金門詔,[85]	금마문의 발탁을 기다리지 않고
空持寶劍遊.	부질없이 보검을 들고 유람했어라
海雲迷驛路,	바닷가 구름은 역참길에서 길을 잃고
江月隱鄕樓.	강 위의 달은 고향의 누대를 가리어라
復作淮南客,	다시 회남의 나그네 되었으니
因逢桂樹留.[86]	계수나무 자란 곳에서 머물며 은거하고저

해설 시의 전반부에선 자신의 예전 경력을 말하고 후반부에선 은거의 염두를 썼다. 비록 처연한 분위기이지만 시원스런 맛이 깃들어 있어, 이백의 시를 지배하는 낙관적인 정조가 이 시에서도 드러난다. 이백은 회남에 726년 처음 간 이래 739년 두 번째 방문하였다.

---

83) 舊國(구국) : 당의 수도 장안.
84) 靑歲(청세) : 봄날.
85) 金門(금문) : 금마문(金馬門). 한 무제(漢武帝)가 미앙궁(未央宮) 앞에 있는 금마문에 뛰어난 문인들을 두어 고문에 응하게 하였다. 뛰어난 문인들이 발탁되어 활동하는 장소를 가리킨다.
86) 桂樹(계수) : 이상적인 은거지. 서한 회남소산(淮南小山)의 「은사를 부르다」(招隱士)에서 "계수나무 우거졌네, 깊은 산 속에"(桂樹叢生兮山之幽)로 은자의 거처를 묘사하였다.

형문산을 지나 이별하며(渡荊門送別)[87][88]

渡遠荊門外,	멀리 형문산 너머에서 건너와
來從楚國遊.[89]	초 지방에서 함께 유람하는구나
山隨平野盡,	산은 평야를 따라 점점 낮아지고
江入大荒流.[90]	강은 드넓은 대지로 흘러드는구나
月下飛天鏡,[91]	달이 떨어지니 하늘의 거울이 나는 듯하고
雲生結海樓.[92]	구름이 일어나니 바다의 신기루가 만들어지네
仍憐故鄉水,[93]	여전히 사랑하는 건 고향의 강물
萬里送行舟.[94]	만 리 멀리 가는 배를 전송하고 있구나

해설 이백이 형문산을 지나와 친구를 보내며 쓴 시이다. 학자들은 그 시기를 일반적으로 이백이 처음 삼협을 빠져나온 때인 25세(725년)로 잡는 경우가 많다. 현대 학자 마무원(馬茂元)은 당시 이백이 친구를 보낸 게 아니라 자기 자신이 삼협을 빠져나와 호북성 지역으로 들어갔으므로, 장강이 자신을 송별한 것으로 해석하였다. 말 두 구에서 고향의 강물이 떠나

---

87) 심주 : 시에 송별의 뜻이 없으므로 제목 중의 두 글자는 삭제해도 좋다.(詩中無送別意, 題中二字可刪.)

88) 荊門(형문) : 장강 중류의 남안에 있는 산. 지금의 호북성 의도시(宜都市) 서북에 소재하며, 형세가 험해 예부터 초(楚)와 촉(蜀)의 경계를 이루었다. 강 건너에 있는 호아산(虎牙山)과 함께 그 모양이 마치 형주(荊州)로 들어가는 문과 같다 하여 형문산이라 하였다. 제1구는 작가가 형문산을 지나 초국에 이르러 쓴 것으로 가정되므로 '荊門外'는 사천성 쪽을 가리킨다고 보아야 할 것이다.

89) 楚國(초국) : 지금의 호북성 일대를 가리킨다. 전국시대 초나라의 중심 지역에 해당한다.

90) 大荒(대황) : 드넓고 황막한 대지.

91) 天鏡(천경) : 하늘의 거울. 달을 가리킨다. 고대의 청동 거울은 일반적으로 원형이었다.

92) 海樓(해루) : 바다 위의 신기루.

93) 仍憐(잉련) : 여전히 사랑하다. ○故鄉水(고향수) : 고향의 강물. 여기서는 장강을 가리킨다. 이백의 고향은 사천성이므로 그곳을 지나온 강물이란 뜻.

94) 심주 : 이백은 촉 지방 사람이며, 장강도 촉 지방에서 발원한다.(太白蜀人, 江亦發源於蜀.)

는 배를 송별한다고 되어 있기 때문이다. 그러나 이백이 삼협을 처음 빠져나올 때 이 시를 썼는지는 명확한 근거가 없으며, 강물이 떠나는 사람을 송별한다는 것은 이백이 애용하는 비유이므로, 이백이 형문을 지나 친구를 이별하는 것으로 해석함이 옳을 듯하다. 중간의 "산은 평야를 따라 점점 낮아지고, 강은 드넓은 대지로 흘러드는구나"는 장대한 산천의 아름다움과 자신의 드넓은 심회를 함께 묘사한 것으로, 두보의 「여행하는 밤에 감회를 쓰다」(旅夜書懷)에 나오는 "광활한 들에는 별이 쏟아지고, 출렁이는 강물에서 달이 솟구친다"(星垂平野闊, 月湧大江流)는 구절과 곧잘 비교된다. 명대 호진형(胡震亨)은 이를 가지고 이백은 장대하고 두보는 골력이 있다고 평하였다. 달에 대한 이백의 선명한 비유는 이외에도 '백옥반'(白玉盤)이란 말이 유명하다. 그의 「고낭월행」(古朗月行)에 "어렸을 때 달이 무엇인지 몰라, 백옥반이라 불렀지. 또 요대에서 신선들이 보던 거울이, 구름 끝으로 날아간다고 여겼지."(小時不識月, 呼作白玉盤. 又疑瑤臺鏡, 飛在青雲端)라는 묘사가 있다.

친구를 보내며(送友人)

青山橫北郭,[95]	푸른 산은 북쪽 성에 걸쳐 있고
白水繞東城.	하얀 물은 동쪽 성 휘도는데
此地一爲別,	이곳에서 한 번 헤어지면
孤蓬萬里征.[96]	외로운 쑥처럼 만 리를 굴러 가리
浮雲遊子意,	뜬 구름은 나그네의 뜻이런가

---

95) 北郭(북곽): 북쪽에 있는 외성(外城). 고대의 성은 일반적으로 내성과 외성으로 되어 있는데, 내성을 성(城)이라 하고 외성을 곽(郭)이라 하였다.
96) 孤蓬(고봉): 외로운 쑥대머리. 쑥대머리는 가을이 되면 바람에 이리저리 굴러다니므로 나그네에 비유했다.

落日故人情.[97]	지는 해는 오랜 벗의 정이려나
揮手自茲去,	손을 흔들고 이제 떠나니
蕭蕭班馬鳴.[98]	히이힝 얼룩말이 우네

평석 제3, 4구는 유수대로 잘 연결되었지만 결국 흩어지게 되므로 첫머리가 반드시 가지런해야 한다.(三四流走, 亦竟有散行者, 然起句必須整齊.) ○ 소무와 이릉의 증별시는 비록 흐느끼는 말은 많으나 촉박하고 부자연스러운 소리는 없다. 고대 시인은 뜻이 다하지 않는 함축을 알고 있었는데, 이백도 이러한 뜻을 잃지 않았다.(蘇、李贈言多唏噓語而無蹙蹙聲, 知古人之意在不盡矣, 太白猶不失斯旨.)

해설 친구와 헤어지며 쓴 송별시이다. 역대로 송별시의 대표작으로 꼽힌다. 첫 2구에서 헤어지는 장소를 그린 후, 제3, 4구는 헤어진 후 친구의 행로를 묘사했으며, 제5, 6구는 풍경에 마음을 기탁하였고, 말 2구에서 석별의 아쉬움을 토로하였다.

촉 지방에 들어가는 친구를 보내며(送友人入蜀)

| 見說蠶叢路,[99] | 잠총(蠶叢)이 다스렸다는 촉 지방 |
| 崎嶇不易行.[100] | 길이 거칠고 험난하여 가기 쉽지 않으리 |

---

97) 故人(고인) : 친구. 여기서는 자신을 가리킨다. 상대방의 입장에서 본 자신을 가리켰다.
98) 蕭蕭(소소) : 히이힝. 말울음 소리를 나타낸 의성어. 『시경』 「거공」(車攻)에 "히이힝 거리 며 말이 울고"(蕭蕭馬鳴)란 말이 있다. ○ 班馬(반마) : 무리에서 떨어진 말.
99) 見說(견설) : 듣자하니. ○ 蠶叢(잠총) : 전설 속의 촉나라 왕 이름. 양웅(揚雄)의 『촉왕본기』(蜀王本紀)에 "촉왕의 선조는 이름이 잠총, 백관, 어부, 포택, 개명이다. (…중략…) 개명부터 거슬러 올라 잠총까지 삼만 사천 년이다."(蜀王之先、名蠶叢、柏灌、魚鳧、蒲澤、開明. (…중략…) 從開明上到蠶叢, 積三萬四千歲.)고 하였다. 여기서는 촉 지방을 가리킨다.
100) 崎嶇(기구) : 길이 울퉁불퉁하여 험난한 모양.

山從人面起,	산봉우리가 사람 얼굴 옆에서 솟아나고
雲傍馬頭生.	구름이 말머리 옆에서 일어나리라
芳樹籠秦棧, [101]	향기로운 봄 나무는 잔도를 덮고
春流繞蜀城. [102]	봄 강물은 성도(成都)를 굽이돌겠지
升沉應已定, [103]	오름과 내림이 이미 정해졌으니
不必問君平. [104]	엄군평(嚴君平)을 찾아가 점쳐볼 필요 없으리

평석 기이한 말들로 길 가기 쉽지 않다는 뜻을 전하였다. '잔도를 덮고'와 '성도를 굽이돌겠지'는 경과하는 곳을 말하였다. 말미에서 촉 지방 사람으로 마무리했으니 마침 잘 하였다. (奇語傳出不易行意. '籠秦棧', '繞蜀城', 以所經言之. 結用蜀人恰好.)

해설 촉 지방으로 좌천되어 가는 친구를 보내며 쓴 송별시이다. 길의 험난함으로 인생행로의 힘겨움을 비유하였지만 중간의 4구는 기특하고 섬세하다. 말 2구는 불평의 뜻을 숨김으로써 실의에 찬 친구와 더불어 자신을 위로하고 있다.

국 소부를 보내며(送麴十少府) [105]

試發清秋興, [106]	맑은 가을의 흥취가 일어나는 때

---

101) 秦棧(진잔) : 진 지방에서 촉으로 들어가는 길의 잔도(棧道). 잔도는 벼랑에 각목을 박아 그 위에 널빤지를 깔아 만든 길.

102) 春流(춘류) : 봄 강물. 성도를 흐르는 강으로는 비강(郫江)과 유강(流江)이 있다. ○ 蜀城(촉성) : 성도(成都)를 가리킨다.

103) 升沉(승침) : 오름과 내림. 벼슬의 승진과 좌천.

104) 君平(군평) : 서한 엄준(嚴遵). 군평은 자(字). 일반적으로 엄군평이라 부르는 경우가 많다. 『한서』「엄군평전」(嚴君平傳)을 보면, 은거하며 벼슬하지 않고 성도의 저자에서 점을 쳤다. 매일 필요한 백냥(百錢)을 벌면 문을 닫고 『노자』를 읽었다.

105) 麴十少府(국십소부) : 국(麴)은 성씨, 십(十)은 배항, 소부(少府)는 관직으로 현위(縣尉). 미상.

因爲吳會吟.[107]	그대와의 이별로 오회(吳會)를 노래하네
碧雲斂海色,	구름이 거두어진 바다는 푸르기만 하고
流水折江心.	세찬 물살은 강 가운데서 꺾어지리
我有延陵劍,[108]	나는 계찰(季札)처럼 보검이 있지만
君無陸賈金.[109]	그대는 육가(陸賈)처럼 뒷날의 안배가 없구나
艱難此爲別,	지극한 어려움 속에 이제 이별해야 하니
惆悵一何深!	마음속 슬픔이 얼마나 깊은가!

해설 회계 지방에 현위(縣尉)로 내려가는 국 소부를 보내며 쓴 시이다. 지방의 현위는 말단직으로 당대 문인들이 가장 하기 싫어했던 관직 가운데 하나였다. 더구나 제6구에서 국소부의 어려운 가정형편을 말하고 있어 가을의 흥취가 무색해진다.

---

106) 秋興(추흥): 가을날의 감개와 흥취. 반악(潘岳)의 「추흥부」(秋興賦) 서문에 "지금 때는 가을이므로 추흥으로 글을 짓는다"(於時秋也, 故以秋興命篇.)고 하였다.

107) 吳會(오회): 회계 일대. 지금의 절강성 소흥시. 동한시기에 오군(吳郡)과 회계군(會稽郡)이 있었는데 이를 병칭한 말.

108) 延陵劍(연릉검): 춘추시대 오나라 공자 계찰(季札)의 검. 계찰은 오왕 수몽(壽夢)의 넷째 아들로 왕위를 맏형 제번(諸樊)에게 양보한 탓에 연릉 땅에 봉해져 연릉의 계자(延陵季子)라 불리었다. 그가 서(徐)나라 국왕이 원하는 보검을 국왕의 사후 무덤가 나무에 걸어둔 이야기가 유명하다. 장열(張說)의 「위 복야의 '고향에 돌아가며'에 화답하여」(和魏僕射還鄉) 참조. 여기서는 신의를 중시한다는 뜻.

109) 陸賈金(육가금): 육가(陸賈)의 금덩이. 육가는 서한 초기의 사상가이자 정치가로 한 고조(漢高祖) 유방(劉邦)의 통일 사업을 도왔다. 유방이 죽은 후 정권을 잡은 여후(呂后)가 옛 공신을 시기하자 육가는 병을 빌미로 나가지 않았다. 예전에 남월(南越)에 사신으로 갔을 때 받은 천 금을 다섯 아들에게 나누어주고 생업에 종사케 하였으며 자신은 아들들의 봉양을 받으며 편안하게 살았다.

옹 존사의 은거지를 찾아(尋雍尊師隱居)[110]

群峭碧摩天,	벽옥색 깎아지른 봉우리가 하늘에 닿는 곳
逍遙不記年.	세상 밖을 소요한지 얼마나 되었는가
撥雲尋古道,	구름을 헤쳐 오솔길을 찾고
倚樹聽流泉.	나무에 기대어 계곡 물소리 들었지
花暖青牛臥,[111]	따뜻한 꽃밭에 청우(青牛)가 누워있고
松高白鶴眠.	높다란 소나무에 백학(白鶴)이 자고 있구나
語來江色暮,	이야기 나누는 사이 강 빛이 저물어
獨自下寒煙.	홀로 안개 가득한 산을 내려가누나

평석 혹자는 청우는 꽃이나 잎 위의 파란 벌레로 소와 같은 모양의 뿔을 가지고 있어 이름 지었다고 하는데, 그 설을 따라도 좋을 듯하다.(或云青牛花葉上青蟲, 有角如牛, 故名, 其說似可從.)

해설 깊은 산중의 옹 존사를 찾아간 일을 시간 순으로 묘사하였다. 세속과 격절된 심산을 그려 물외(物外)에서 초연히 소요함을 강조하였으며, 누운 청우와 자는 백학으로 사물들의 자득(自得)한 모습을 그렸다. 제7구조차 지극히 자연스러워 여덟 구가 모두 신운(神韻)을 얻었다.

---

110) 雍尊師(옹존사) : 미상. 존사(尊師)는 도사에 대한 존칭.
111) 青牛(청우) : 검은색 소. 『열선전』(列仙傳)에 노자(老子)가 청우를 타고 함곡관(函谷關)을 나갔다는 이야기에서, 청우는 신선이나 도사가 타는 동물로 간주된다.

대천산 도사를 만나지 못하고(訪戴天山道士不遇)[112]

犬吠水聲中,	물소리 속에 개가 짖고
桃花帶雨濃.	빗방울에 젖은 복사꽃이 선연해라
樹深時見鹿,	숲이 깊어 때로 사슴이 보이는데
溪午不聞鐘.[113]	시내는 점심이 되어도 종소리 없구나
野竹分靑靄,[114]	들의 대나무는 푸른 안개를 나누고
飛泉挂碧峰.	나르는 폭포는 푸른 봉우리에 걸렸어라
無人知所去,	도사께서 어디 가셨는지 아는 사람 없어
愁倚兩三松.	두세 그루 소나무에 기대어 아쉬워한다

해설 대천산에 도사를 찾아간 일을 적었다. 시는 '만나지 못함'(不遇)을 시종일관 떠나지 않으면서, 전반부에선 산중의 선명한 근경을 묘사하고 후반부는 원경을 바라보며 아쉬워하였다. 학자들은 이백이 19살 때 지었다고 추정한다. 쉬운 시어를 아무렇게 쓴 듯하면서도 율격와 대구가 공정(工整)하다.

최씨의 물가 정자를 방문하고(過崔八丈水亭)[115]

高閣橫秀氣,	높은 누각에 빼어난 기운이 가득하니
淸幽幷在君.	맑고 그윽함은 모두 그대와 함께 있어라
檐飛宛溪水,[116]	처마 끝에서 완계의 물이 날아가고

---

112) 戴天山(대천산) : 대강산(大康山) 또는 대광산(大匡山)이라고도 한다. 지금의 사천성 강유시(江油市) 소재. 산에 있는 대명사(大明寺)는 이백이 젊어서 독서하던 곳이다.
113) 不聞鐘(불문종) : 종소리가 들리지 않는다. 도사가 출타하고 없음을 가리킨다.
114) 靑靄(청애) : 푸른색의 구름 기운.
115) 崔八丈(최팔장) : 성이 최씨이고 항렬이 여덟 번째인 어르신. 미상.

窓落敬亭雲.[117]　　　창문 앞에서 경정산의 구름이 떨어지는구나

猿嘯風中斷,　　　때때로 바람이 원숭이 울음소리 실어오고

漁歌月裏聞.　　　달빛 아래 어부의 노랫소리 들려온다

閑隨白鷗去,[118]　　한가하게 흰 갈매기 따르며

沙上自爲群.　　　모래밭 위에서 절로 함께 놀겠네

해설 선성(宣城)의 물가 정자에서 한일한 경지를 노래했다. 일상적인 언어로 맑고 '청유'(淸幽)한 격조를 만들었다. 특히 제3, 4구는 참신하고 활달하다. 753년경 선성에 있을 때 지었다.

가을 선성 사조북루에 올라(秋登宣城謝朓北樓)[119]

江城如畫裏,[120]　　강가의 성은 마치 그림 속 같아

山曉望晴空.　　　새벽이 오는 산에서 갠 하늘을 바라보네

兩水夾明鏡,[121]　　성을 둘러싼 완계와 구계는 거울처럼 빛나고

雙橋落彩虹.[122][123]　완계의 두 홍교는 무지개가 내려온 듯

---

116) 宛溪(완계) : 선주(宣州) 성 북쪽 경정산(敬亭山)의 동쪽에 있는 강. 지금의 안휘성 선성시(宣城市) 소재.

117) 敬亭(경정) : 경정산. 지금의 안휘성 선성시 북쪽으로 약 5킬로미터에 소재. 해발 317미터. 원래 이름은 소정산(昭亭山). 풍경이 아름답다. 원래 산 위에는 남조의 시인 사조(謝朓, 464~499년)가 즐겨 시를 지었던 경정(敬亭)이 있었다.

118) 白鷗(백구) : 흰 갈매기. 『열자』「황제」(黃帝)에 나오는 '해객압구'(海客狎鷗) 이야기를 가리킨다. 갈매기와 친하게 놀던 사람이 어느 날 이들을 잡으려는 기심(機心)을 가지고 다가가니 갈매기들이 더 이상 가까이 오지 않았다. 여기서는 기심(機心) 없이 노니는 물아일체의 경지를 표현하였다.

119) 謝朓北樓(사조북루) : 남조의 제(齊)나라 시인 사조(謝朓)가 선성태수로 있을 때 지은 누각. 안휘성 선성시의 능양산(陵陽山) 소재. 사공루(謝公樓) 또는 사조루(謝朓樓)라고도 했는데, 당대에는 첩장루(疊嶂樓)라 개명하였다.

120) 江城(강성) : 강가에 있는 성. 선성(宣城)은 수양강(水陽江) 가에 위치한다.

121) 兩水(양수) : 선성을 돌아 흐르는 완계(宛溪)와 구계(句溪).

人煙寒橘柚,	인가의 연기는 귤 숲 속에 있어 차가워 보이고
秋色老梧桐.	가을의 풍광은 조락한 오동 속에 시들었구나
誰念北樓上,	누가 내 마음 알아주랴, 북루에 올라
臨風懷謝公?[124]	바람을 맞으며 사조(謝朓)를 그리워함을

평석 인가가 귤 숲 속에 있기에 차가워 보이고, 오동잎이 일찍 떨어졌기에 오래되어 보인다.(人家在橘柚林, 故寒; 梧桐早凋, 故老.)

해설 선성의 북루에 올라 수려한 풍광을 둘러보고 남조의 시인 사조를 그리워하였다. 이백 시 가운데 서경이 뛰어난 시로 손꼽는다. 이백은 위진남북조 시인 가운데 사조를 가장 존경하였다.

사공정(謝公亭)[125][126]

謝公離別處,[127]	사조(謝朓)가 범운(范雲)과 헤어진 곳
風景每生愁.	풍경을 볼 때마다 수심이 생겨나
客散青天月,	나그네 떠난 후 푸른 하늘에 달 떠오르고
山空碧水流.[128]	사람 없는 빈 산에는 벽계수만 흘렀지
池花春映日,	봄에는 연못가 꽃에 햇빛이 비치고

---

122) 심주 : 두 연이 모두 그림 같다.(二聯俱是如畵.)
123) 雙橋(쌍교) : 완계의 위쪽에 있는 봉황교(鳳凰橋)와 아래쪽에 있는 제천교(橋川濟). 모두 수대 개황(開皇) 연간(581~600년)에 세웠다.
124) 謝公(사공) : 사조(謝朓)를 가리킨다.
125) 심주 : 사조가 범운과 함께 놀던 곳이다.(與范雲同遊處.)
126) 謝公亭(사공정) : 바로 앞의 시에 나오는 북루(北樓).
127) 謝公(사공) 구 : 사조가 범운(范雲)과 헤어졌던 곳으로, 사조의 「신정의 물가에서 범운과 헤어지며」(新亭渚別范雲)라는 시가 남아있다.
128) 심주 : 그 당시를 말한다.(言當時.)

窓竹夜鳴秋.[129]　　가을이면 창가의 대숲이 밤중에 수런댄다
今古一相接,　　지금의 나와 예전의 시인은 서로 이어져 있으니
長歌懷舊遊.[130]　　노래 부르며 그들이 노닐던 곳을 둘러보노라

해설 사공정에서 사조에 대한 무한한 앙모를 표현하였다. '금고일상접'
(今古一相接)이라며 고인에 대해 진정한 지음(知音)을 자처하는 이러한 태
도는 곧 자신을 알아주는 사람이 없음을 아쉬워하는 표현이기도 하다.
고금을 두고 떨어져 있어도 이백은 이를 동시화(同時化)시켰다.

태원의 이른 가을(太原早秋)[131]

歲落衆芳歇,[132]　　한 해도 한참이 지나 온갖 꽃이 시들고
時當大火流.[133]　　대화성(大火星)도 서쪽으로 기울기 시작해
霜威出塞早,　　변새 밖으로 이른 서리가 매섭고
雲色渡河秋.　　황하를 건너온 구름이 가을빛이로다
夢繞邊城月,　　꿈은 변방의 달에 감겨있고
心飛故國樓.[134]　　마음은 고향의 집으로 날아가네
思歸若汾水,[135]　　돌아가고픈 정념은 분수(汾水)와 같아

---

129) 심주 : 지금을 말한다.(言今日.)
130) 심주 : 위의 두 연을 마무리하였다.(收上二聯.)
131) 太原(태원) : 지금의 산서성 태원시. 당 고조 이연(李淵)이 태원에서 흥기하였기에 태
　　원부(太原府)로 승격하였고, 나중에 북도(北都) 또는 북경(北京)이라 하였다.
132) 歲落(세락) : 歲晩(세만)과 비슷하다. 한해에서 반 이상이 지났으므로 '낙(落)'이란 말
　　을 썼다.
133) 大火(대화) : 별 이름. 동방의 일곱 개 별자리 중의 심수(心宿, 전갈좌)에 속하는 별.
　　『시경』「칠월」(七月)에 "칠월엔 대화성(大火星)이 내려오고"(七月流火)란 말이 있다.
　　여기서는 칠월을 가리킨다.
134) 故國(고국) : 고향. 여기서는 아내 허씨가 있는 안륙(安陸)을 가리킨다.
135) 분수(汾水). 산서성 영무현(寧武縣) 관잠산(管涔山)에서 발원하여 태원시를 거쳐 하

無日不悠悠.[136]　　　밤낮으로 쉬지 않고 흘러가누나

해설 735년 5월부터 1년 동안 친구 원연(元演)의 초대로 태원에 가 있을 때 썼다. 기후와 천상의 변화로 가을의 도래를 그리고 고향을 그리워하였다. 간결함 속에 고일(高逸)한 정취를 담았다.

사냥 구경(觀獵)

太守耀清威,[137]　　　태수는 준수하고 위엄 있는 모습인데
乘閑弄晩暉.　　　　　한가한 틈을 내어 저녁 햇빛을 희롱하네
江沙橫獵騎,　　　　　강가의 모래톱에서 말을 내달리고
山火繞行圍.[138]　　　산에 불을 놓아 짐승을 포위하네
箭逐雲鴻落,　　　　　화살은 구름 속의 기러기를 떨어뜨리고
鷹隨月兔飛.　　　　　매는 달 속의 토끼를 따라 날아간다
不知白日暮,　　　　　어느새 하루해가 저무는 줄도 몰랐는데
歡賞夜方歸.　　　　　즐거이 노닐다 밤에야 비로소 돌아온다

해설 저녁 무렵 사냥에 나간 태수의 풍모와 사냥하는 광경을 그렸다. 특히 제6구는 이백 특유의 신묘함이 드러났다. 왕유도 같은 제목의 시가 있어 함께 비교하며 읽을 수 있다.

　진현(河津縣)에서 황하로 들어간다. 황하의 두 번째로 큰 지류.
136)　悠悠(유유) : 여러 가지 뜻이 있으나 여기서는 강물이 느리고 멀리 흐르는 모양. 동시에 돌아가고픈 마음을 비유하였다.
137)　清威(청위) : 용모가 청준(清俊)하고 위엄이 있다.
138)　山火(산화) : 산불. 사냥하는 사람들이 짐승을 몰기 위해 지른 불. ○行圍(행위) : 포위망.

밤에 우저에 배를 대고 회고하다(夜泊牛渚懷古)[139][140]

牛渚西江夜,[141]	장강을 따라 들어온 우저의 밤
青天無片雲.	맑은 하늘에는 구름 한 조각 없어라
登舟望秋月,	배에 올라 가을 달 바라보니
空憶謝將軍.	절로 사상(謝尚) 장군이 그리워지네
余亦能高詠,	나 또한 원굉(袁宏)처럼 기개 높은 시 지을 수 있으나
斯人不可聞.[142]	사상 장군 같은 사람 다시 만날 수 없다네
明朝挂帆去,	내일 아침 돛폭을 걸고 떠나면
楓葉落紛紛.	강가에선 단풍이 분분히 떨어지리라

평석 대우를 쓰지 않고 단숨에 꺾이며 휘돌아 갔으니, 율시 가운에 독특한 격식이다.(不用對偶, 一氣旋折, 律詩中有此一格.)

해설 가을 달밤에 우저를 지나가다 옛일을 회고하며 자신의 회재불우를 아쉬워하였다. 평범한 언어로 깊은 감개를 표현한 명편으로, 청대 왕사진(王士禛)은 "사물의 형상이 모두 비어있는"(色相俱空) '일품'(逸品)으로 쳤다. 평측에 있어서는 율격을 지키고 있지만 여덟 구 모두 대구가 없어

---

139) 원주 : "이곳은 사상이 원굉의 영사시를 들었던 곳이다."(原注 : "此地卽謝尚聞袁宏詠史處.")

140) 牛渚(우저) : 우저기(牛渚磯) 또는 채석기(采石磯)라고도 한다. 지금의 안휘성 마안시(馬鞍市) 채석강(采石江) 강변에 있는 큰 바위이다. 이백의 시에는 이에 대한 묘사가 많으며, 「고숙 십영 – 우저기」(姑熟十詠 – 牛渚磯)도 이를 읊었다. 이에 대해서는 『세설신어』 「문학」(文學)에 자세하다. 동진의 진서장군(鎮西將軍) 사상(謝尚)이 배를 타고 우저기를 지나갈 때 달밤에 누군가 배 위에서 시 읊는 소리가 들렸다. 이를 오래 듣고 있던 사상이 사람을 시켜 알아보니 원굉(袁宏)이었고, 그를 불러 이야기를 나누느라 새벽이 오는 것조차 잊었다고 한다.

141) 西江(서강) : 예전에 강소성 남경에서 강서성 구강(九江)까지의 장강을 서강이라고 했다. 우저는 이 구간에 있다.

142) 斯人(사인) : 이 사람. 사상(謝尚)을 가리킨다. ○不可聞(불가문) : 작가가 읊는 시를 사상이 들을 수 없다.

고시(古詩)의 풍모를 가지고 있다.

두보(杜甫)

평석 두보의 근체시는 기백과 격식이 넓고 크며, 전고는 법식이 있고 적절하다. 그러나 다른 시인들이 미치지 못하는 바는, 특히 자유분방한 뜻을 엄정한 구성 속에 변화 있게 펼치는 것으로, 이는 족히 천 년을 두고 시인들을 압도한다.(杜詩近體, 氣局闊大, 使事典切, 而人所不可及處, 尤在錯綜任意, 寓變化于嚴整之中, 斯足凌轢千古.)

연주성 성루에 올라(登兗州城樓)[1]

東郡趨庭日,[2][3]	동군(東郡)에 아버님을 뵈러 온 날
南樓縱目初.[4]	남쪽 성루에 처음 올라와 조망하노라
浮雲連海岱,[5]	구름은 발해와 태산까지 이어져있고

---

1) 兗州(연주) : 지금의 산동성 연주현.
2) 심주 : 두보의 부친 두한(杜閑)은 연주사마로 있었다.(公父閑爲兗州司馬.)
3) 東郡(동군) : 한대(漢代) 연주 관할의 군. 여기서는 연주를 가리킨다. ○ 趨庭(추정) : 아들이 아버지의 가르침을 받음. 공자가 어느 날 마당을 지나가는 아들 공리(孔鯉)를 붙들고 가르쳤는데 여기에서 이 말이 유래했다. "공자가 일찍이 혼자 서 있는데, 공리가 잰걸음으로 마당을 지나가기에 물었다. '시는 배웠느냐?' 공리가 대답했다. '아직요.' '시를 배우지 않으면 말을 할 수가 없다.' 이에 공리가 물러나와 시를 배웠다."((孔子)嘗獨立, 鯉趨而過庭. 曰:"學詩乎?"對曰:"未也." "不學詩, 無以言." 鯉退而學詩.) 『논어』 「계씨」(季氏) 참조.
4) 縱目初(종목초) : 처음으로 조망하다.
5) 海岱(해대) : 발해(渤海)와 태산. 지금의 산동성 일대를 가리킨다. 『상서』 「우공」(禹貢)에 "발해와 태산은 청주이다"(海岱惟靑州)라는 말이 있다.

平野入靑徐.⁶⁾	평야는 청주와 서주까지 펼쳐져 있어

平野入靑徐.⁶⁾　　평야는 청주와 서주까지 펼쳐져 있어

孤嶂秦碑在,⁷⁾　　우뚝 선 역산(嶧山)에는 진시황 비석이 있고

荒城魯殿餘.⁸⁾　　황량한 곡부(曲阜)에는 노영광전(魯靈光殿)이 남아있네

從來多古意,⁹⁾　　예전부터 고대의 유물을 많이 그리워하였기에

臨眺獨躊躕.¹⁰⁾　　사방을 바라보며 홀로 배회하여라

평석 제3, 4구는 형세를 묘사했고, 제5, 6구는 유적을 썼다. 다음으로 마침 맞게 회고가 이어졌다.(三四寫形勢, 五六寫古迹, 下恰好接懷古.)

해설 연주 성루에 올라 바라본 광경과 감회를 서술하였다. 738년(27세) 경 처음으로 제(齊)와 조(趙) 지방을 유람할 때 지었다. 현존하는 두보 시 가운데 가장 이른 오언율시로 구성이 엄정하고 격률이 가지런하여 후세 사람들이 모범으로 삼았다.

방 병조 호마 시(房兵曹胡馬詩)¹¹⁾

胡馬大宛名,¹²⁾　　서역의 말 가운데 대완의 말이 유명한데

---

6) 靑徐(청서) : 청주와 서주. 모두 연주(兗州)와 이웃하고 있다.

7) 孤嶂(고장) : 외로 선 높은 산. 지금의 산동성 추현(鄒縣) 동남에 소재한 역산(嶧山)을 가리킨다. 진시황이 기원전 219년에 이 산에 올라 진나라의 흥성을 찬양하는 내용을 새긴 비석을 세웠다.

8) 荒城(황성) : 황량한 성. 곡부(曲阜)를 가리킨다. ○ 魯殿(노전) : 영광전(靈光殿)을 가리킨다. 한 경제(漢景帝)의 아들 노공왕(魯恭王)이 지었으며, 이 건축물을 묘사한 동한 왕연수(王延壽)의 「노영광전부」(魯靈光殿賦)가 유명하다.

9) 古意(고의) : 회고의 뜻.

10) 躊躕(주주) : 躊躇(주저)라고도 쓴다. 머뭇거리다. 배회하다.

11) 房兵曹(방병조) : 성씨가 방씨이고 직책이 병조인 사람. 미상. 병조는 병조참군(兵曹參軍)으로 주군(州郡)의 군사를 담당하는 관직이다. ○ 胡馬(호마) : 중국의 서북 지역 또는 서역에서 난 말.

12) 大宛(대완) : 지금의 우즈베키스탄 페르가나에 소재했던 고대 국가. 『사기』 「대완열

鋒稜瘦骨成.[13]　　모서리가 솟은 듯 마른 골격을 갖추었어라

竹批雙耳峻,[14]　　대통을 깎은 듯 두 귀는 뾰쪽 서고

風入四蹄輕.　　바람을 말아 가듯 네 발굽이 가벼워라

所向無空闊,[15]　　가는 곳이 어디든 드넓은 줄 모르니

眞堪託死生.　　진실로 생사를 맡길 수 있어라

驍騰有如此,[16][17]　　이처럼 용감하고 재빠르니

萬里可橫行.　　만 리를 종횡으로 다닐 수 있으리

평석 전반부는 골상을 논했고 후반부는 성정을 언급했다. '만 리를 종행을 다닐 수 있으리'
는 방 병조를 가리키지만, 제목과 멀지도 가깝지도 않는 적당한 거리를 유지하였다.(前半論
骨相, 後半幷及性情. '萬里橫行'指房兵曹, 方不粘著題面.)

해설 방 병조의 준마를 예찬한 시이다. 말의 귀와 발굽 등 외모를 그리
고, 동시에 골격과 속도와 힘 등 본질적인 측면을 포착하여 묘사함으로
써 영물시의 경지를 한 단계 올렸다. 이런 이유로 단순히 말에 대한 예
찬에 그치지 않고 두보 자신의 용맹하고 강직한 기질과 바람을 딛고 달
리려는 정신적 풍모를 비유한 것으로 파악된다. 두보 시 가운데 말을 노
래한 영마시(詠馬詩)는 모두 11수로, 이 시는 741년(30세) 경 낙양에서 지
은 것으로 추정된다.

　　전」(大宛列傳)에는 대완에 좋은 말이 많이 난다고 기록하였다.
13) 鋒稜(봉릉) : 뾰쪽하며 모가 나 있음.
14) 竹批(죽비) : 대통을 자르다. 『상마경』(相馬經)에 의하면 좋은 말은 "귀가 대통을 자
　　른 듯하고"(耳如削竹), "귀가 미루나무 잎 같다"(耳如楊葉)고 하였다. 또 가사협(賈思
　　勰)의 『제민요술』(齊民要術)에서도 말은 "귀가 작고 짧아야 하며 모양은 대통을 자
　　른 듯해야한다"(耳欲得小而促, 狀如斬竹筒.)고 하였다.
15) 無空闊(무공활) : 공활함을 모르다.
16) 심주 : 이 한구로 단단히 묶었다.(一句束住.)
17) 驍騰(효등) : 용감하고 재빠름.

그림 속의 매(畫鷹)

素練風霜起,¹⁸⁾¹⁹⁾	흰 비단 위에 서릿바람이 일어나더니
蒼鷹畫作殊.²⁰⁾	알고 보니 매를 그린 그림이었구나!
攫身思狡兔,²¹⁾	솟구친 죽지는 날랜 토끼를 잡으려는 듯하고
側目似愁胡.²²⁾	흘기는 눈은 걱정하는 오랑캐를 닮아 있어
絛鏇光堪摘,²³⁾	쇠막대 위에 묶인 다리 풀어내어
軒楹勢可呼.²⁴⁾²⁵⁾	기둥 사이에서 금방이라도 불러낼 수 있을 듯
何當擊凡鳥,	어느 때에야 평범한 새들을 치게 하여
毛血灑平蕪!²⁶⁾	깃털과 피를 들판 위에 흘뿌릴 수 있을까!

해설 그림 속의 매를 예찬하였다. 신기에 가까운 그림 솜씨를 예찬하면서 동시에 그림 속 매의 형상과 풍모를 정묘하게 각화하였다. 말미에서는 매의 역량과 용맹을 빌려 세상의 범용한 무리를 물리치려는 작가의 포부를 표현하였다.

---

18) 심주: 두보의 다른 시에 나오는 "흰 명주에서 막막하게 모래 바람이 일어난다"와 일치한다.(可與"縞素漠漠開風沙"印合.)

19) 素練(소련): 하얀 비단. ○風霜(풍상): 바람과 서리. 여기서는 매의 매서운 기상을 나타낸다.

20) 殊(수): 특이하다. 여기서는 그림을 뛰어나게 잘 그리다.

21) 攫(송): 몸을 곧추 세우다.

22) 愁胡(수호): '호인'(胡人) 즉 서역 사람의 눈이 걱정하는 듯 움푹 들어간 모습을 가리킨다. 손초(孫楚)의 「응부」(鷹賦)에 "깊이 파인 눈과 누에 수염 같은 눈썹, 그 모습은 걱정하는 오랑캐 같고"(深目蛾眉, 狀如愁胡.)라는 말이 있다. 일설에는 걱정하는 원숭이의 모습이라고 한다.

23) 絛(조): 끈. ○鏇(선): 쇠막대. ○堪摘(감적): 풀 수 있다.

24) 심주: 이 연은 그림을 묘사했다.(聯寫畫.)

25) 軒楹(헌영): 집의 기둥. 그림 속 매가 있는 장소.

26) 심주: 마음 속 포부를 모두 드러냈다.(懷抱俱見.)

좌씨 저택의 밤잔치(夜宴左氏莊)

風林纖月落,	바람 부는 숲에 길쭉한 달이 떨어지고
衣露淨琴張.²⁷⁾	옷에 이슬 내리는 밤 거문고를 연주하네
暗水流花徑,²⁸⁾	보이지 않는 물은 꽃길을 흘러가고
春星帶草堂.²⁹⁾	봄밤의 별은 초당 주위에 낮게 드리웠네
檢書燒燭短,³⁰⁾	서책을 뒤적여 시 짓다 보니 초가 타서 짧아지고
看劍引杯長.³¹⁾	검을 꺼내 들여다보다 가득 채운 술잔을 드네
詩罷聞吳詠,³²⁾	시를 짓고 나면 오 지방 말로 읊조리는데
扁舟意不忘.³³⁾³⁴⁾	쪽배 타고 은거하는 뜻이 절로 일어나네

해설 좌씨의 저택에서 보내는 아름다운 밤의 광경을 묘사하였다. 더불어
범려(范蠡)와 같이 공업을 세우고 은거하려는 뜻을 밝혔다.

봄날 이백을 그리며(春日憶李白)

白也詩無敵.³⁵⁾	이백은 시에 있어 필적할 사람이 없고

---

27) 張(장) : 현악기의 줄을 누르다. 곧 연주하다. 『예기』 「단궁」(檀弓)에 "거문고를 연주
해도 가락을 고를 수 없고"(琴瑟張而不平)란 말이 있다.
28) 심주 : 달이 졌으므로 어두워 보이지 않는다. (月落故暗.)
29) 심주 : 帶(대)는 低(저, 낮다)의 뜻과 비슷하다. (猶低也.)
30) 檢書(검서) : 책을 뒤적여 내용을 조사하다.
31) 看劍(간검) : 칼을 바라보고 호방한 흥취를 일으키다.
32) 吳詠(오영) : 손님 중에 어떤 사람이 오 지방 말로 시를 읊다.
33) 심주 : 두보가 일찍이 오월 지방을 유람했기에 오 지방 말로 읊는 시를 듣고 이를 회
상하였다. (公曾遊吳、越, 故聞吳詠而思之.)
34) 扁舟意(편주의) : 쪽배를 타고 은거하려는 마음. 범려(范蠡)는 춘추시대 사람으로 월
왕 구천(句踐)을 도와 오나라를 멸망시킨 후 "쪽배를 타고 강호를 떠돌았다."(乃乘扁
舟浮於江湖) 『사기』 「화식열전」(貨殖列傳) 참조. 오 지방 말로 읊는 시를 듣고 연상
하였거나 또는 시 속의 내용을 말하는 것으로 볼 수 있다.

飄然思不群.[36]	활달하고 표일한 시상은 범인을 초월한다
淸新庾開府,[37]	청신하기로는 유신(庾信)이요
俊逸鮑參軍.[38]	준일하기로는 포조(鮑照)라
渭北春天樹,[39]	위수 북쪽에서 나는 봄날의 나무를 바라보지만
江東日暮雲.[40]	강동에서는 그대 해 저무는 구름을 바라보리
何時一尊酒,	어느 때 한 동이 술을 두고
重與細論文?[41]	다시금 더불어 시문을 자세히 논할까?

평석 두보는 위수 북쪽에 있고 이백은 강동에 있으므로, 경치를 쓰니 이별의 정이 절로 드러났다.(少陵在渭北, 太白在江東, 寫景而離情自見.)

해설 두보와 이백은 744년 여름 낙양에서 처음 만났다. 이때 두보는 33세였고 이백은 44세였는데, 당시 고적(45세)과 함께 세 사람은 양송(梁宋, 하남성) 일대를 유람하였다. 다음 해인 745년 가을 두보와 이백은 다시 제노(齊魯, 산동성) 지방을 유람하였다. 이 시는 747년 봄 장안에서 지은 것으로, 이백의 뛰어난 작시 능력을 칭송하면서 강남에 가 있는 이백과 다시 만나기를 기대하였다. 그러나 두보와 이백은 이후 다시 만나지 못하였다.

---

35) 白也(백야) : 이백. 이름 뒤에 조사 也를 붙이는 구법은 『논어』나 『좌전』 등에 자주 보인다.
36) 思(사) : 시상(詩想).
37) 庾開府(유개부) : 남조 양대(梁代)에 활동한 유신(庾信, 513~581년). 554년 서위(西魏)에 사신으로 간 사이 나라가 망해 서위에 그대로 머물렀다. 서위가 망하고 북주(北周)가 들어서자 표기대장군(驃騎大將軍), 개부의동삼사(開府儀同三司)를 역임하였다. 오언시의 시풍이 청신하다는 평을 받았다.
38) 鮑參軍(포참군) : 남조 유송(劉宋) 때 활동한 포조(鮑照, 약414~466). 임해왕 유자진(劉子頊)의 전군참군(前軍參軍)이 되었다. 칠언 가행시에 뛰어났으며 시풍이 준일하고 호방하다.
39) 渭北(위북) : 위수의 북쪽. 여기서는 위수 일대로 곧 자신이 있는 장안을 가리킨다.
40) 江東(강동) : 장강의 동쪽. 곧 이백이 있는 강남 지역을 가리킨다.
41) 論文(논문) : 시문에 대해 논하다.

눈을 마주하고(對雪)

戰哭多新鬼,[42]	전장터에서 우는 곡소리는 대부분 요즘 죽은 귀신들
愁吟獨老翁.[43]	시름에 읊조리는 사람은 오로지 늙은이 나 혼자뿐
亂雲低薄暮,	어지러운 구름은 노을보다 낮게 내려앉고
急雪舞廻風.	휘날리는 눈발은 돌개바람에 춤을 추네
瓢棄尊無綠,[44]	동이에 술이 없어 바가지마저 치워졌고
爐存火似紅.	불꽃이 있는 듯한 착각에 화로를 놓아두네
數州消息斷,	여러 고을에서 소식이 끊기어
愁坐正書空.[45]	근심스레 앉아서 은호(殷浩)처럼 허공에 글자를 쓰네

평석 제3, 4구만 눈 내리는 광경이고, 나머지는 모두 감회이다.(三四對雪之景, 餘俱感懷.)

해설 756년(45세) 겨울 안사의 난 때 반란군이 점령한 장안에 머물며 지내는 초조감을 그렸다. 눈을 묘사했다기보다는 자신의 불만을 표현한 시로, 현실의 어려운 상황을 동이의 술과 화로의 불도 없는 엄혹한 겨울에 빗대어 비유하였다.

---

42) 新鬼(신귀) : 최근에 전사한 사람들. 756년 10월 방관(房琯)이 진도(陳陶)에서 반란군과 싸우다 대패하면서 많은 장병이 죽었다.

43) 老翁(노옹) : 늙은이. 두보 자신을 가리킨다. 이때 두보는 45세였다. 당시 장안의 많은 고관대작들이 반란군에 투항했기에 이에 대비하여 희생된 장병을 걱정하는 사람이 적었으므로 '독'(獨)을 사용하였다.

44) 綠(녹) : 술을 가리킨다. 녹의(綠蟻). 고대에는 술을 증류하지 않았기 때문에 동동주처럼 만들었다. 곡식을 익힌 후 누룩과 섞어 발효시키는데 술 위에 떠있는 술지게미가 파르스름하게 녹색을 띠고 개미처럼 가늘기 때문에 녹의(綠蟻)라 하였다. 술지게미를 버린 후 술을 걸러 내어 마셨다.

45) 正書空(정서공) : 공중에 글씨를 쓰는 시늉을 하다. 『진서』(晉書) 「은호전」(殷浩傳)에 은호가 환온(桓溫)에게 폐직당한 후 종일 공중에 '돌돌괴사'(咄咄怪事) 넉 자를 썼다고 한다. 일반적으로 불만이나 분노를 나타내는 모습이다.

달밤(月夜)

今夜鄜州月,[46]	오늘밤 부주(鄜州)에 뜬 달
閨中只獨看.[47]	규방의 아내만 혼자 보리라
遙憐小兒女,[48]	멀리 있는 가여운 자식들
未解憶長安.[49]	장안(長安)의 내 마음 헤아리지 못하리
香霧雲鬟濕,[50]	향기로운 안개에 구름같은 머리가 젖고
淸輝玉臂寒.	맑은 달빛에 옥 같은 팔이 차가우리
何時倚虛幌,[51]	어느 때라야 얇은 휘장에 기대어
雙照淚痕乾.[52]	나란히 눈물 마른 얼굴을 달빛에 비추어볼거나

평석 '혼자 보리라'는 장안을 그리는 것이고, 자식들은 모르기 때문에 장안을 그리는 사람의 고충을 헤아리지 못하는 것이다. 곡절 있게 반복하였으니 음미하면 할수록 맛이 우러나온다.('只獨看'正憶長安, 兒女無知, 未解憶長安者苦衷也. 反復曲折, 尋味不盡.) ○ 제5, 6구는

---

46) 鄜州(부주) : 당시 두보의 처자가 피난하고 있던 장소. 구체적인 장소는 부주(鄜州) 삼천현(三川縣) 강촌(羌村), 지금의 섬서성 富縣). 장안에서 북으로 200킬로미터 정도 떨어져 있다.

47) 閨中(규중) : 여인이 거처하는 방. 곧 두보의 처 양씨(楊氏)가 거처하는 방을 가리킨다.

48) 小兒女(소아녀) : 어린 아들과 딸. 당시 두보에게는 아들과 딸이 둘씩 있었다. 아들은 웅아(熊兒, 杜宗文)와 기자(驥子, 杜宗武)이다.

49) 未解(미해) : 알지 못한다. 또는 다음에 '憶'이라는 동사가 나오므로 '解'를 '能'이라 새겨 "~할 수 없다"라고 풀이할 수도 있다. ○ 憶長安(억장안) : 여러 가지로 해석할 수 있는데, ① 장안에서 적에게 잡혀있는 나를 생각하다, ② 장안에서 함께 산 단란한 때를 기억하다, ③ 부인이 달 아래서 배회하며 나를 생각하다 등이다. 여기서는 ①의 해석을 따랐다.

50) 香霧(향무) : 안개에는 본래 향기가 없으나 규방에는 향기가 있으므로 이런 표현을 썼다. ○ 雲鬟(운환) : 구름처럼 말아 올린 쪽진 머리. 부인의 머리를 미화시켜 표현하였다. 옥비(玉臂) 역시 처의 팔을 아름답게 묘사하였다.

51) 虛幌(허황) : 투명한 휘장.

52) 雙照(쌍조) : 달빛이 두 사람을 비추다. ○ 淚痕乾(루흔건) : 눈물의 흔적이 마르다. 눈물이 마른 다음에 웃는 얼굴을 가리킨다. 황생(黃生)은 이 구로부터 각각 나누어져 있는 지금은 눈물이 마르지 않고 있음을 가리킨다고 했다.

시어는 아름다우나 정조는 슬퍼 일반적인 농염함과는 다르다.(五六語麗情悲, 非尋常穠艷.)

해설 안사의 난으로 756년(天寶 15년) 6월 장안이 함락되자 45세인 두보는 가솔을 이끌고 부주(鄜州) 삼천현(三川縣) 강촌(羌村, 지금의 섬서성 富縣)으로 피난 갔다. 강촌은 장안에서 북으로 200킬로미터 정도 떨어져 있다. 7월에 숙종이 영무(靈武, 지금의 寧夏 靈武縣)에서 즉위했다는 소식을 들은 두보는 그곳으로 가려는 도중에 반란군에 붙잡혀 장안에 연금되었다. 이러한 상황에서 두보는 달밤에 부주에 있는 가족을 그리워하며 이 시를 썼다. 달을 통해 혼자 보는 달에서 나중에 재회했을 때의 행복한 달을 상정하였다. 청대 양륜(楊倫)은 『두시경전』(杜詩鏡詮)에서 "'독'(獨)과 '쌍'(雙) 두 글자가 시안(詩眼)이다"고 말했다. 특히 습윤하고 청랭한 감각을 묘사한 제5, 6구는 상당히 염려(艶麗)한 면도 있어, 중년의 아내를 악부 등에 나오는 우수어린 미인의 모습으로 그렸다.

봄의 조망(春望)

國破山河在,[53]	도읍은 깨졌어도 산하는 그대로라
城春草木深.[54]	봄이 온 성터에 초목이 짙푸르다
感時花濺淚,[55]	시절을 느껴 꽃을 보고도 눈물 뿌리고

---

53) 國(국) : 수도. '나라'의 뜻으로 새기기도 한다.
54) 春(춘) : 봄이 되다. 동사로 쓰였다. 제1, 2구는 인사(人事)의 무상을 자연의 변함없음에 대비하여 표현하였다.
55) 感時(감시) : 때를 느끼다. 여기서 '때'는 봄이라는 계절과 함께 전란이 가져온 세상의 변화를 함께 환기한다. ○ 濺(천) : 흩뿌리다. '花濺淚'는 직역하면 "꽃이 눈물을 뿌리다"는 뜻으로 꽃잎에 맺힌 이슬에서 이러한 표현을 썼다고 볼 수 있다. 다른 한편, "사람들이 꽃을 보고 눈물을 흘리다"고 풀이할 수도 있다. 다음 구의 '鳥驚心'에 대해서도 "새 소리에 계절의 빠른 추이에 놀라다"고 할 수도 있고, "사람들이 불안감에 새 소리에도 놀라다"고 풀이할 수도 있다.

恨別鳥驚心.[56][57]　　이별이 서러워 새 소리에도 놀라는 마음
烽火連三月,[58]　　봉화는 봄 석 달 연이어 오르는데
家書抵萬金.[59][60]　　집에서 부친 편지는 만 금에 값 하네
白頭搔更短,[61]　　흰머리 긁다보니 더욱 드물어져
渾欲不勝簪.[62]　　이제는 비녀조차 꽂을 수 없을 듯해라

해설 757년(至德 2년) 3월 장안에 있을 때 지었다. 이때는 안록산의 난이
일어난 지 삼 년째로 수도는 함락되고, 46세의 두보는 장안에 억류되어
있었다. 가족들은 부주(鄜州)에 있었지만 정세가 불안정하였기 때문에 생
사를 알지 못하였다. 안사의 난은 755년(天寶14년) 11월 9일 안록산이 십
오만의 군사를 이끌고 범양(范陽, 지금의 북경)을 떠나 장안으로 향하면서
시작되었다. 반군은 금방 하북을 평정하고 황하를 건너 낙양을 함락시킨
후, 다음 해인 756년 6월에는 동관(潼關)을 쳐서 장안에 이르렀다. 6월 12
일 70세가 된 현종은 양귀비와 종친들을 이끌고 장안을 탈출하였다. 반
군은 수일 후 장안에 입성하였고 장안을 떠나지 못한 왕유(王維), 저광희
(儲光羲), 이화(李華) 등은 어쩔 수 없이 반군의 압력하에 관직을 맡았다. 7
월 장안 서북의 영무(靈武)로 피난 간 황태자 이형(李亨)이 갑자일에 즉위
하였으니 곧 숙종(肅宗)이다. 8월 부주(鄜州)에서 숙종의 즉위 소식을 들은
두보는 가족을 둔 채 혼자서 숙종에게 가는 도중 반군에 체포되어 장안

---

56) 심주 : '눈물 뿌리고'와 '놀라는 마음'이 오히려 꽃을 보고 새 소리를 듣고 그러했으니,
　　즐거워해야 할 대상이 모두 슬퍼진다.('濺淚'驚心', 轉因花鳥, 樂處皆可悲也.)
57) 恨別(한별) : 가족과의 생이별에 슬퍼하다.
58) 三月(삼월) : 봄 석 달. 아름다운 봄날 내내 전쟁이라는 뜻.
59) 심주 : 제5, 6구는 직서하였다.(五六直下.)
60) 抵(저) : 値(치)와 같다. 값하다. 상당하다.
61) 短(단) : 적다. 원래의 뜻은 '짧다'이지만, 여기서는 길이가 아닌 양적인 측면에서 '적
　　다'는 뜻으로 쓰였다.
62) 渾(혼) : 온통. 정말. ○不勝(불승) : 이기지 못하다. 견디지 못하다. ○簪(잠) : 비녀.
　　당시에 성인 남자는 모두 관을 쓰고 비녀를 질렀다.

에 연금되었다. 이후 가족을 그리는 「달밤」(月夜)을 지었다. 757년 1월 안록산이 그의 아들 안경서(安慶緒)에 의해 살해되고, 사사명(史思明)이 분리되는 등 반군 내부에 내홍이 일어났다. 이를 안 숙종(肅宗)은 2월 행재소를 팽원(彭原, 감숙성 寧縣)에서 봉상(鳳翔)으로 옮기고 반군을 타도할 준비를 하였다. 「봄의 조망」(春望)은 이러한 배경에서 지어졌다. 이 시를 지은 후 얼마 안 있어 4월 두보는 반군의 눈을 피해 장안을 탈출하는데 성공하여 숙종(肅宗)의 행재소인 봉상으로 달려갔고, 숙종은 이러한 두보의 행동을 가상히 여겨 5월 두보에게 좌습유(左拾遺)의 직책을 수여했다.

행재소에 이르러 기뻐하며 3수(喜達行在所三首)[63][64]

제1수

西憶岐陽信,[65]	서쪽에 있는 봉상의 소식을 기다렸지만
無人遂却廻.[66]	아무도 장안에 알려주는 사람 없었지
眼穿當落日,[67]	해가 지는 쪽으로 눈이 뚫어져라 바라보며
心死著寒灰.[68]	마음은 차가운 재를 뒤집어쓴 듯했네

---

63) 심주: 숙종은 당시 봉상에 있었다.(肅宗時在鳳翔.)

64) 行在所(행재소): 군주가 수도를 떠나 있을 때 임시로 거주하는 곳. 통행본에서는 제목이 「수도에서 봉상으로 달아나, 행재소에 이름을 기뻐하며」(自京竄至鳳翔喜達行在所)라 되어 있다.

65) 岐陽(기양): 기산(岐山)의 남면. 봉상을 가리킨다. 후위(後魏) 때 성을 쌓았으며 수대에 성안에 기양궁(岐陽宮)을 지었다. 607년 부풍군(扶風郡)이라 하였고, 618년 기주(岐州)라 하였다가, 756년 봉상군(鳳翔郡)이라 개명하였다. ○信(신): 소식.

66) 遂(수): 성취하다. 성공하다. ○却廻(각회): 거꾸로 돌아오다. 봉상에서 장안 쪽으로 오는 사람이 없다는 뜻.

67) 眼穿(안천): 뚫어져라 바라보다. ○落日(낙일): 지는 해. 봉상은 장안의 서쪽에 있다.

68) 心死(심사): 정신적 공황으로 마음이 자포자기에 빠지다. 원래는 마음의 동요가 없다는 뜻으로『장자』「제물론」(齊物論)에 유래했다. "육체는 고목처럼 만들 수 있고, 마음은 꺼진 불의 재처럼 만들 수 있습니까?"(形固可使如槁木, 而心固可使如死灰乎?)

茂樹行相引,[69]	무성한 나무가 앞에서 나를 끌어 부르고
連山望忽開.[70][71]	연이어진 산들이 홀연히 길을 텄어라
所親驚老瘦,[72]	친구들이 늙고 야윈 나를 보고 놀라며
辛苦賊中來.[73]	적중에서 오느라 고생했다고 말하네

평석 제1수는 적중에서 탈출한 기쁨, 제2수는 군주를 만난 기쁨, 제3수는 중흥의 업적을 목도하게 된 기쁨을 각각 썼다. 장법이 정연하다.(首章喜脫賊中, 次章喜見人主, 三章喜睹中興之業, 章法井然不亂.)

해설 757년 4월 두보는 위험을 무릅쓰고 장안을 탈출하여 숙종이 있는 봉상(鳳翔)으로 갔다. 제1수는 장안에서 봉상에 이르는 과정과 도착의 기쁨을 서술하였다.

제2수

愁思胡笳夕,[74]	호가(胡笳) 소리 듣던 밤을 생각하니
凄凉漢苑春.[75]	봄이 온 장안이 처량하였지
生還今日事,	오늘은 살아 돌아와 있지만
間道暫時人.[76]	어제는 샛길에서 목숨이 경각에 달렸었지

---

69) 行相引(행상인) : 사람이 걸어가니 앞에 있는 나무가 부르는 것 같다.

70) 심주 : 2구는 도중의 광경이다.(二句途中.)

71) 連山(연산) : 이어진 산들. 태백산(太白山)과 무공산(武功山) 등을 가리킨다.

72) 所親(소친) : 친한 사람. 곧 친구. ○老瘦(노수) : 늙고 마름. 곧 자신을 가리킨다.

73) 심주 : 친구들이 물어보는 말이다.(所親問語.)

74) 胡笳(호가) : 호인(胡人)들이 갈대 잎으로 만든 피리. 나중에 목관으로 만들어 구멍을 세 개 내었다. 소리가 무척 비량하다.

75) 漢苑(한원) : 한나라의 정원. 한대 수도 일대의 지리를 적은 『삼보황도』(三輔黃圖) 권 4에 "삼십육원"(三十六苑)이란 말이 있다. 여기서는 당대 장안의 곡강(曲江)이나 남원(南苑)과 같은 지역을 가리킨다.

76) 間道(간도) : 지름길. 샛길. ○暫時人(잠시인) : 생사가 잠시의 상황에 따라 갈리는 사람.

司隷章初睹,[77]	광무제의 전장제도가 숙종에게도 처음 목도되고
南陽氣已新.[78]	남양의 기운이 봉상에 이미 새로워라
喜心翻倒極,	기쁜 마음이 지극하다보니 오히려 그 반대로
嗚咽淚霑巾.[79]	흐느껴 울며 눈물이 수건을 적시누나

평석 '간도'(間道)는 『한서』에 나오는 말로, 틈을 엿보아 다님을 말한다.('間道'本漢書, 謂伺間間隙之道而行也.) ○ '司隷'(사례) 2구는 『후한서』 「광무제기」에 나오는 내용이다.('司隷'二句, 用光武紀中語.)

해설 행재소의 새로운 기상과 도착의 감격을 그렸다. 후한의 광무제가 끊어진 한왕조의 적통을 다시 연 점을 들어 전란 속의 숙종이 당나라를 중흥시키기를 기원하였다.

제3수

死去憑誰報?	오는 도중 죽었다면 누가 이를 알렸을까?
歸來始自憐.	지금에서야 비로소 내 자신을 가여이 여기노라
猶瞻太白雪,[80]	아직도 태백산의 눈을 바라볼 수 있고

---

77) 司隷(사례): 동한의 광무제(光武帝) 유수(劉秀)를 가리킨다. 갱시제(更始帝)가 도읍을 낙양으로 정하면서 유수를 사례교위(司隷校尉)로 임명하고 궁궐을 정비하게 하였다. 이에 유수가 이전의 제도에 따라 관리 체계를 갖추었다. 갱시제가 장안에 입성할 때 경기 일대의 관리와 사대부들이 이들을 맞이하였는데, 그 차림새를 보고 웃거나 달아났으나, 유수의 막료들을 보고는 모두가 기뻐하였고, 늙은 관리 가운데는 눈물을 흘리면서 "오늘 한나라 관리의 위의를 다시 보게 될 줄은 생각지도 못하였습니다"(不圖今日復見漢官威儀!)라고 말하는 사람도 있었다.

78) 南陽氣(남양기): 남양의 기운. 제왕의 기상을 가리킨다. 광무제는 남양 사람으로 용릉(春陵)에서 군사를 일으켰다. 망기술(望氣術)을 보는 소백아(蘇伯阿)가 왕망의 명을 받고 남양에 가서, 멀리 용릉을 보며 말하였다. "기운이 아름답구나! 울울창창하구나!"(氣佳哉! 鬱鬱葱葱然!) 『후한서』 「광무제기」(光武帝紀) 참조. 여기서는 숙종의 기상을 비유하였다.

79) 심주: 고통이 가라앉은 뒤에 고통을 생각하면 더욱 고통스럽다(痛定思痛.)

喜遇武功天.[81]	기쁘게 무공산의 하늘을 만날 수 있으니
影靜千官裏,[82]	조정의 관리들 사이에 나의 몸을 세우고
心蘇七校前.[83]	황제의 근위대 앞에서 나의 마음이 살아난다
今朝漢社稷,	오늘 아침 당나라의 사직은
新數中興年.[84]	새로운 중흥의 해가 시작되어라

평석 '中興'(중흥)의 中(중)자는 衆(중)으로 읽으며, 뜻은 '當'(당, 맞다)과 비슷하다.('中興'讀音 衆, 猶當也.) ○「행재소에 이르러 기뻐하며」 3수, 「수도 수복」 3수, 「느낀 바가 있어」 5수 등 은 모두 뿌리와 마디가 굵은 작품들로 수록하여야 마땅할 것이다.(喜達行在三首、收京三 首、有感五首, 皆根本節目之大者, 不宜去取.)

해설 봉상에서 좌습유 벼슬을 받은 후 당나라의 중흥을 기원하였다.

도성 수복 3수(收京三首)

제1수

仙仗離丹極,[85)86]	천자의 의장이 붉은 궁전을 떠난 것은

---

80) 太白(태백) : 태백산. 종남산의 일부로 지금의 섬서성 미현(眉縣) 남쪽에 소재. 봉상 은 미현의 서북쪽에 있다.
81) 武功(무공) : 무공산. 지금의 섬서성 무공현 남쪽에 소재. 장안에서 서쪽으로 가다보 면 무공현이 나오고 이어서 미현이 나온다.
82) 影(영) : 몸. ○靜(정) : 편안히 하다.
83) 七校(칠교) : 한 무제 때 장안 경비군으로 칠교위(七校尉)를 설치하였다. 여기서는 숙 종의 근위대.
84) 數(수) : 헤아리다. 동사로 쓰였다.
85) 심주 : 선장(仙仗)은 상황 현종을 가리킨다.(指上皇.)
86) 仙仗(선장) : 황제의 의장. ○丹極(단극) : 궁전 가운데 붉은 건물. 이 구는 안사의 난 이 일어나자 현종이 756년 6월 장안을 떠나 촉 지방으로 피난 간 일을 가리킨다.

妖星照玉除. [87)88)]　요사스런 별빛이 옥 계단을 비추었기 때문

須爲下殿走, [89)]　천자가 모름지기 전각을 내려가야 했으니

不可好樓居. [90)]　더 이상 좋은 누각에서 살 수 없었어라

暫屈汾陽駕, [91)92)]　요(堯)의 분양(汾陽) 행차처럼 촉 몽진은 잠시였고

聊飛燕將書. [93)94)]　편지로 연나라 장수를 항복시키듯 반란군을 물리쳤네

依然七廟略, [95)]　나라를 안정시킬 계책이 아직도 있으니

更與萬方初.　다시금 만방에 새로운 시작을 여는구나

평석 전반부에서 장안이 함락된 이유를 말하고 후반부에서 새로운 기상을 말했다. 제3구는

87) 심주 : 요성(妖星)은 안록산이다.(祿山.)

88) 妖星(요성) : 혜성과 같이 재난을 예고하는 별. 여기서는 안록산을 가리킨다. ○ 玉除 (옥제) : 옥 계단.

89) 下殿走(하전주) : 전각 아래로 내려가다. 양 무제(梁武帝)의 일을 가리킨다. 양 무제 가 534년 "화성이 남두(南斗)에 들어가면 천자는 전각 아래로 내려가네"(熒惑入南斗, 天子下殿走.)라는 민요를 듣게 되었다. 이에 맨발로 전각 아래로 내려가 재난을 없 애달라고 기도하였다.

90) 好樓居(호루거) : 누각에 살기를 좋아하다. 『한서』 「효무본기」(孝武本紀)에 공손경 (公孫卿)이 무제에게 한 말 속에 보인다. "신선은 볼 수 있으나 천상에서는 항상 급 히 다니기 때문에 보이지 않는 것입니다. 지금 폐하께서 누각을 만들어 구씨성에 가 서 육포와 대추를 진설하시면 신선이 아마 올 것입니다. 게다가 신선은 누각에서 사 는 걸 좋아합니다."(仙人可見, 上往常遽, 以故不見. 今陛下可爲館, 如緱氏城, 置脯棗, 神人宜可致. 且仙人好樓居.) 이 구는 현종과 양귀비 사이의 일을 가리킨다.

91) 심주 : 촉 지방에 들어감을 말한다.(言入蜀.)

92) 暫屈(잠굴) : 잠시 왕림하다. 굴(屈)은 지위가 높은 사람이 몸을 굽혀 아래 사람을 찾 아가는 것을 말한다. 『장자』 「소요유」(逍遙遊)에 보면, 요(堯)가 분수(汾水)의 북쪽, 막고야산에서 신선을 만난 후 그의 마음은 세상 밖으로 원유(遠遊)를 떠나 자신이 다스리는 천하를 잊었다. 현종이 촉으로 도망간 일을 비유하였다.

93) 심주 : 하북의 전란 평정을 말한다.(言河北事定.)

94) 燕將書(연장서) : 연나라 장수를 항복시킨 편지. 전국시대 연나라 장수가 제나라 요 성(聊城)을 함락시킴에 따라 제나라 군사가 반격하였으나 오래도록 되찾지 못하였 다. 노중련이 편지를 써서 요성에 쏘아 보내니 연나라 장수가 이를 읽고 자살하였 다. 『사기』 「노중련추양열전」(魯仲連鄒陽列傳) 참조. 관군이 반란군을 진압한 사실 을 가리킨다.

95) 七廟略(칠묘략) : 나라를 안정시키는 웅대한 계책. 칠묘는 사친묘(四親廟 : 부, 조, 증 조, 고조), 이조(二祧), 시조묘(始祖廟)를 가리킨다.

궁궐을 떠남이요, 제4구는 신선을 모셔도 무익함을 말했고, 제6구는 하북이 쉽게 평정되리라 예상하였다. 드러내놓고 아뢰기 어려우므로 은미한 말로 표현하였다.(前半言陷京之由, 後半言更新氣象. 三語謂離宮闕也, 四語見奉仙無益也, 六語計河北易定也. 難顯然直陳, 故出以隱語.)

해설 757년 9월 관군이 장안을 수복하고 10월에 낙양을 수복한 후, 10월 28일 숙종이 장안에 입성하였다. 비록 양경이 수복되었다고 하더라도 당시 두보는 기뻐만 하지 않고 냉정하게 국난의 경과를 살피고 앞날을 준비하기를 바랐다. 11월 두보가 부주(鄜州) 강촌에 있을 때 지은 것으로 보인다.

제2수

生意甘衰白,[96)	살아가면서 늙음과 백발을 감내하겠거니와
天涯正寂廖.[97)	하늘 끝 멀리 있으니 참으로 적막하구나
忽聞哀痛詔,[98)	문득 임금이 자신을 꾸짖는 조서를
又下聖明朝.[99)	다시 성명한 조정에서 내렸다고 들었네
羽翼懷商老,[100)	후계자 보좌로는 상산사호(商山四皓)를 그리워하고

---

96) 生意(생의) : 살아가다. 생활하다. ○ 衰白(쇠백) : 몸이 노쇠하고 머리카락이 희어짐.
97) 天涯(천애) : 하늘 끝. 장안에서 멀리 떨어진 부주(鄜州)를 가리킨다.
98) 哀痛詔(애통조) : 군주가 재해나 전란 등으로 백성이 살기 어려워질 때 자신에게 잘못이 있음을 알리는 조서. 숙종은 장안에 입성하자마자 단봉루(丹鳳樓)에 올라 자신을 질책하는 조서를 내렸다.
99) 심주 : 열 글자로 한 문장을 만들었다.(十字成句.)
100) 商老(상로) : 상산사호(商山四皓). 진대(秦代) 말기 상산에 은거하던 네 노인. 동원공(東園公), 녹리선생(甪里先生), 기리계(綺里季), 하황공(夏黃公). 한 고조(漢高祖) 유방(劉邦)이 만년에 여태후(呂太后)가 낳은 태자 유영(劉盈, 나중에 惠帝가 됨)을 폐하고 총애하는 척부인(戚夫人)의 아들 유여의(劉如意)를 후계자로 삼으려 하였다. 그러나 여태후가 장량(張良)의 계책을 써서 '상산사호'(商山四皓)를 태자 유영의 빈객으로 불러 보좌하게 하였다. 태자에게 이미 세력이 형성된 걸 본 유방은 태자를 바꿀 도리가 없었다. 이 구에서 말한 商老(상로)가 누구를 지칭하느냐에 대해 이설이 많다. 구조오(仇兆鰲)는 청대 초기 주학령(朱鶴齡)의 설을 받아들여, 대신들의 모함에 해를 입을 수 있는 광평왕(廣平王) 이숙(李俶, 나중의 代宗)에 대해 일찍이 그를 지지했으나 형산(衡山)으로 돌아간 이필(李泌)로 상정하였다. 그러나 포기룡(浦

文思憶帝堯.[101]　　지혜와 도덕은 요(堯)와 같은 현종을 생각하네
叨逢罪己日,[102]　　다행히 임금이 스스로를 꾸짖는 때를 만나
灑涕望靑霄.　　푸른 하늘을 바라보며 눈물을 뿌리노라

평석 '상산사호'는 이필이 태자를 보좌해주기를 바란 것이다. '제요'(帝堯)는 상황인 현종을 말한다.('商老'望李泌調護太子; '帝堯', 謂上皇.)

해설 장안을 수복한 후 조정에서 후계자를 세우고 현종을 모셔오길 바라는 뜻을 환기하였다. 마무리에서는 전란이 마무리되고 새로운 중흥의 조짐에 감격하였다.

제3수

汗馬收宮闕,[103]　　말들이 땀을 흘려 궁궐을 수복했으니
春城鏟賊壕,[104]　　봄이 온 성 안에서 적의 참호를 메꾸리라
賞應歌杕杜,[105][106]　　상을 내리면서「팥배나무」를 노래하고
歸及薦櫻桃.[107]　　장안에 돌아와 종묘에 앵두를 바치리라

起龍)은 두보가 기쁜 소식을 듣고 궁중의 음험한 내막을 상상하지 않았을 것이며, 멀리 있으면서 이필이 형산에 돌아갔는지 알 수 없을 것이란 등의 이유를 들며, 후계자를 둘 것을 기원하였다고 보았다. 여기서는 포기룡의 설에 따른다.

101)　文思(문사) : 지혜와 도덕. 일반적으로 제왕을 칭송하는 말로 쓰인다. 『상서』「요전」(堯典)에 요를 "경건하고 총명하시며, 지혜롭고 사려 깊으시며"(欽明文思)라 칭송하였다. 요가 순(舜)에게 선양한 것으로 현종이 숙종에게 양위하였음을 비유하였다. ○帝堯(제요) : 요 임금. 현종을 가리킨다.

102)　叨(도) : 외람되다. ○罪己(죄기) : 군주가 국난을 자신의 탓으로 돌림.

103)　汗馬(한마) : 말을 달려 땀나게 하다. 힘써 전투를 한다는 뜻.

104)　鏟(산) : 평평하게 깎다. ○賊壕(적호) : 적이 파놓은 참호.

105)　심주 : 이는 돌아온 군대에 대한 시이다.(此還師之詩.)

106)　杕杜(체두) : 『시경』「소아」(小雅)의 시 제목. 전쟁에서 개선하는 병사를 위로하는 내용이다.

107)　薦櫻桃(천앵도) : 『예기』「월령」(月令)에 천자가 중하(仲夏)의 달에 함도(含桃)를 침

雜虜橫戈數,[108]　　여러 오랑캐들은 창을 들고 자주 싸우고
功臣甲第高.[109]　　공신들은 드높은 저택을 하사 받으리
萬方頻送喜,[110]　　사방에서 자주 축하의 메시지를 보내니
無乃聖躬勞!　　　장래를 도모할 황제를 수고롭게 하지 말기를!

평석 이 시는 장안을 수복한 후 나중에 일어날 일에 대한 염려로, 오랑캐가 횡행하고 대신들이 교만하고 발호하여 조정을 유린할까 걱정하였다. 반어로써 풍자하였으니 언외의 뜻을 생각할 수 있다(此收京而爲事後之慮也, 恐虜橫臣驕, 復成蹂躪跋扈之勢. 反詞致諷, 言外可思.)

해설 군사가 개선하고 돌아온 후의 장안을 상상하면서, 축하 속에서도 장래를 준비하길 기원하였다.

은하수(天河)

常時任顯晦,[111]　　평시에는 밝아졌다 어두워졌다 하다가
秋至最分明.　　　가을이 되면 가장 뚜렷해진다
縱被微雲掩,　　　때로 얇은 구름에 가려지기도 하지만
終能永夜淸.　　　결국에는 긴 밤을 지새며 맑아지네
含星動雙闕,[112]　　별빛을 품고 궁궐의 문 위에 빛나고

　　　묘(寢廟, 종묘의 前廟와 後寢)에 진헌한다고 했다.
108)　雜虜(잡로) : 여러 비한족들. 당시 관군을 도운 위구르족과 티베트족 등을 가리킨다.
　　　○橫戈(횡과) : 창을 가로들다. 전투를 하다는 뜻.
109)　甲第(갑제) : 가장 좋은 저택. 여기서는 천자가 공신에게 하사한 가장 높은 등급의 저택.
110)　送喜(송희) : 축하 메시지를 보내다.
111)　常時(상시) : 평상시. 여기서는 가을 이외의 계절. ○顯晦(현회) : 밝음과 어두움. 밝아졌다 어두워졌다 함.
112)　雙闕(쌍궐) : 궁문의 양옆에 있는 망루. 궐(闕)은 원래 궁문 양쪽에 망루처럼 솟아 있는 건물을 말하는데, 좌우에 있으므로 쌍궐이라 하였다.

伴月落邊城.[113]　　　달과 더불어 변방의 성 위로 기울어져

牛女年年渡,[114]　　　견우와 직녀가 해마다 건넌다는데

何曾風浪生?　　　　언제 물결이 일어난 적이 있는가?

해설 가을밤 은하의 모습을 노래하였다. 몇몇 시평가들은 구름과 풍랑을 소인의 중상이라고 하지만 취하지 않는다. 759년 가을 진주(秦州, 지금의 감숙성 천수)에서 지었다.

단옷날 옷을 하사하시다(端午日賜衣)[115]

宮衣亦有名,[116]　　　궁의를 하사하심에 내 이름이 있을 줄 몰랐는데

端午被恩榮.[117]　　　단옷날에 황제의 은총을 입게 되었어라

細葛含風軟,[118]　　　가는 베옷은 바람이 통하여 부드럽고

香羅疊雪輕.　　　　향기로운 비단은 눈을 쌓아놓은 듯 가벼워

自天題處濕,[119]　　　어필(御筆)로 쓴 글씨가 아직 마르지 않았는데

當暑著來淸.　　　　더운 날씨에 입어보니 의외로 청량해라

意內稱長短,[120]　　　옷의 크기가 몸에 맞아 마음에 드는데

終身荷聖情.[121]　　　평생 성군의 자애로운 마음을 입겠네

---

113) 邊城(변성): 변방의 성. 진주를 가리킨다.

114) 牛女(우녀): 견우와 직녀.

115) 端午(단오): 음력 오월의 첫 번째 오일(午日). 하력(夏曆)에 따르면 정월이 인(寅)에 속하고 오월은 오(午)에 속한다. 그러므로 오(午)가 겹치므로 중오(重午)라고도 한다. 양기(陽氣)가 강한 홀수의 달과 날이 겹쳐 치는 것을 중요시해서 만들어진 명절이다.

116) 宮衣(궁의): 궁녀가 지은 옷. ○亦有名(역유명): 또한 나의 이름도 있다. 명단에 자신의 이름도 끼어 있다는 뜻.

117) 恩榮(은영): 군주의 은총을 입은 영광.

118) 含風(함풍): 바람을 품다. 베옷은 기공이 많아 바람이 잘 통한다.

119) 自天(자천): 천자로부터. ○題(제): 쓰다.

120) 意內(의내): 마음속. 작자의 마음.

해설 두보가 좌습유로 봉직하고 있던 758년, 음력 5월 5일 단옷날에 궁의(宮衣)를 하사받고 지은 시이다.

봄에 문하성에서 숙직하며(春宿左省)[122]

花隱掖垣暮,[123]	꽃들이 그늘지며 대궐의 담장이 저물고
啾啾棲鳥過.[124]	새들이 지저귀며 둥지로 돌아가네
星臨萬戶動,	별빛은 만 개의 궁문 위에 빛나고
月傍九霄多.[125]	달빛은 구중 하늘 옆에서 무량해라
不寢聽金鑰,[126]	자물쇠가 열리는 소리 들릴까 잠들지 못하고
因風想玉珂.[127]	바람 소리에 딸랑이는 말굴레 소리를 연상하네
明朝有封事,[128]	내일 아침 상소할 일이 있어
數問夜如何?[129][130]	밤이 얼마나 지났느냐고 자주 묻는다

---

121) 聖情(성정) : 성군의 자애로운 마음.
122) 左省(좌성) : 문하성(門下省). 대명궁(大明宮)의 선정전(宣政殿)에서 남쪽을 향해 바라보았을 때 왼쪽인 동쪽에 있었으므로 좌조(左曹) 또는 동성(東省)이라고도 했다. 이에 비해 중서성을 우성(右省)이라 하였다.
123) 掖垣(액원) : 궁중의 벽담. 당대에는 선정전 좌우에 각각 문하성과 중서성이 있었으므로 이 둘을 말했다. 이로부터 문하성을 좌액(左掖)이라 하고 중서성을 우액(右掖)이라 하는 말이 생겼다. 여기서는 두보가 근무하는 문하성을 가리킴과 동시에 벽담을 가리킨다.
124) 啾啾(추추) : 짹짹. 새들이 우는 소리를 형용한 의성어.
125) 九霄(구소) : 가장 높은 하늘.
126) 金鑰(금약) : 자물쇠.
127) 玉珂(옥가) : 말굴레에 매다는 패각으로 만든 장식물.
128) 封事(봉사) : 밀봉한 상소문. 좌습유의 직책은 풍간(諷諫)을 주로 하므로 상소를 올리는 것이 주요한 일 가운데 하나였다.
129) 심주 : 간언하는 신하의 마음이다.(諫臣心事.)
130) 數問(삭문) : 자주 묻다. ○ 夜如何(야여하) : 밤이 얼마나 지났는가? 『시경』「정료」(庭燎)에 "밤이 얼마나 지났는가? 날 새기 아직 멀었네"(夜如何其? 夜未央.)란 말에서 나왔다.

평석 제3, 4구는 경치를 묘사한 명구이다. 그러나 주석가들은 백성이 힘들기에 별들이 움직이며, 달은 음(陰)의 형상이므로 여인과 소인을 가리킨다고 하였다. 가파르고 좁은 마음으로 시인의 돈후한 뜻을 측량하고 있으니 얼마나 가소로운가!(三四卽景名句, 而注釋家謂民勞則星動, 月屬陰象, 指女子小人. 以峭刻深心測詩人敦厚之旨, 一何可笑!)

해설 758년 봄 좌습유의 직책으로 문하성에서 숙직할 때 쓴 시이다. 저녁부터 새벽까지의 시간 순서에 따라 달라지는 궁중의 광경과 정무에 충실한 마음을 형상화하였다. 말미에서 날 새기를 기다리며 자주 시간을 묻는 모습은 자신의 직무에 전심을 다하는 모습이다.

남해에 비석을 새기러 가는
한림 장 사마를 보내며(送翰林張司馬南海勒碑)[131][132]

冠冕通南極,[133]	예관을 쓴 사신이 남방의 끝으로 교통하러 가니
文章落上台.[134]	문장은 상태성에서 떨어지듯 재상이 지었어라
詔從三殿去,[135]	조서를 들고 인덕전(麟德殿)에서 떠나면
碑到百蠻開.[136]	비석은 남만의 땅에 이르러 세워지리
野館濃花發,	가는 길의 역관에선 붉은 꽃이 피고

---

131) 翰林(한림) : 한림원. ○張司馬(장사마) : 미상. 한림원에는 사마라는 직책이 없으므로 겸직한 것으로 보인다. ○南海(남해) : 남해군(南海郡). 지금의 광동성과 광서성 지역. ○勒碑(늑비) : 비문을 비석에 새기다.
132) 원주 : "재상이 비문을 지었다."(原注 : "相國製文.")
133) 冠冕(관면) : 당대 문관들이 쓰는 예관. ○南極(남극) : 남쪽의 끝. 남해군을 가리킨다.
134) 上台(상태) : 원래 하늘에 있는 상태(上台), 중태(中台), 하태(下台) 등 세 별자리 가운데 하나로, 각기 삼공(三公)과 대응시켰다. 상태의 별 두 개는 문창성(文昌星) 가까이 있어 재상을 가리켰다. 이 구는 재상이 비문을 지었다는 뜻이다.
135) 三殿(삼전) : 장안성 대명궁(大明宮) 안에 있는 인덕전(麟德殿). 삼 면이 트여 있으므로 삼전(三殿)이라고 하였다. 한림원은 인덕전의 서쪽에 있었다.
136) 百蠻(백만) : 중국의 남방에 거주하는 여러 민족.

春帆細雨來.　　　　봄 배를 타고 갈 땐 가는 비가 내리리라
不知滄海上,¹³⁷⁾　알지 못하여라, 멀리 푸른 바다 위에서
天遣幾時廻?¹³⁸⁾¹³⁹⁾　천자의 사신은 언제 돌아올 것인지

해설 비석을 쪼러 남해에 가는 장 사마를 보내며 쓴 시이다. 전반부는 장 사마의 출사를 장중하게 묘사하였고, 후반부는 먼 길을 평안하게 다녀오라는 송별의 뜻으로 장 사마를 격려하였다.

저녁에 문하성을 나오며(晚出左掖)¹⁴⁰⁾

晝刻傳呼淺,¹⁴¹⁾　　낮의 시각을 알리는 소리 나지막한데
春旗簇仗齊.¹⁴²⁾　　봄의 깃발이 의장대 속에 가지런해라
退朝花底散,　　　　조회에서 물러나온 사람들 꽃 아래 흩어지고
歸院柳邊迷.¹⁴³⁾　　성중(省中)에 돌아가며 버드나무에 가려지네
樓雪融城濕,　　　　궁루의 눈이 녹아 성벽이 젖고
宮雲去殿低.¹⁴⁴⁾　　구름이 멀어지니 전각이 낮게 보이네
避人焚諫草,¹⁴⁵⁾　　사람을 피해 주장(奏章)의 초고를 태우고

---

137) 滄海上(창해상) : 다른 판본에는 蒼海使(창해사)라 되어 있다. 먼 바다로 가는 사신.
138) 심주 : 천견(天遣)은 곧 천자의 사신이다.(卽天使.)
139) 天遣(천견) : 천자가 파견한 사람. 앞 구를 蒼海使(창해사)로 보면, 이 구는 "하늘이 언제 돌아오게 하는가?"라 풀이된다.
140) 左掖(좌액) : 문하성. 위의 「봄에 문하성에서 숙직하며」(春宿左省) 참조.
141) 晝刻(주각) : 낮의 시각. ○傳呼(전호) : 소리쳐 전하다. 궁위(宮衛)가 소리를 질러 시간을 알리는 일. ○淺(천) : 소리가 낮다.
142) 簇仗(족장) : 모여 있는 의장대 깃발.
143) 歸院(원) : 자신의 근무처인 문하성으로 돌아가다. ○迷(미) : 가리다. 청대 구조오(仇兆鰲)는 '가리다'는 뜻으로 '차미'(遮迷)라고 풀이하였는데 이에 따른다. 당대에는 궁중에 버들을 많이 심었다.
144) 宮雲(궁운) 구 : 구름이 가까이 오면 전각이 높은 곳에 있는 듯한데, 구름이 높이 떠가면 전각이 낮게 내려앉은 듯 보인다는 뜻.

騎馬欲鷄棲.[146]　　　말을 타고 귀가할 때는 닭이 홰대에 오를 무렵이라

평석 누각은 성벽 위에 있으므로 눈이 녹으면서 습해졌고, 전각은 높이 구름 가까이 솟았으므로 구름이 사라지면 전각이 낮아 보인다.(樓在城上, 故雪融而濕; 殿高逼雲, 故去殿若低.)

해설 758년 봄 좌습유로 근무할 때 지은 시이다. 하루의 일과를 아침부터 저녁까지 시간 순으로 기술하였다. 말미에서 주장의 초고를 태우는 것은 남들이 군주의 과실을 보지 못하게 하려는 뜻으로 보인다.

태자중윤 왕유께 삼가 드리며(奉贈王中允維)[147]

中允聲名久,　　　태자중윤의 명성을 들은 지 오래인데
如今契闊深.[148]　　지금에 이르러서는 힘들고 어려운 때로군요
共傳收庾信,[149]　　사람들은 양 원제가 유신(庾信)을 채용한 것과 같지만
不比得陳琳.[150]　　조조가 진림(陳琳)을 얻은 것과는 다르다 하는군요

---

145) 심주 : 대신의 마음이다.(大臣心事.)
146) 심주 : 저녁에 나온다는 뜻을 표현하였다.(晚出意.)
147) 中允(중윤) : 왕유를 가리킨다. 왕유는 양경이 수복된 후 757년 12월 태자중윤(太子中允)을 제수받았다.
148) 契闊(계활) : 부지런히 힘씀. 어려움을 무릅쓰고 일함.
149) 共傳(공전) : 세상 사람들이 모두 말하다. ○收庾信(수유신) : 유신을 채용하다. 유신은 남조 양(梁)나라 때 후경(侯景)의 난(548년)이 일어나자 간문제(簡文帝)의 명을 받아 군사를 이끌고 주작항(朱雀航)을 지켰는데, 후경의 군사가 다가오자 싸우지도 않고 강릉(江陵)으로 달아났다. 강릉에서 원제(元帝)가 계위(552년)하자 유신을 어사중승(御史中丞)에 임명하였다. 왕유가 반란군에 연루된 후 나중에 숙종에게 다시 임용된 상황이 유신과 비슷하다는 뜻.
150) 陳琳(진림) : 동한 말기 문학가. 건안칠자(建安七子) 가운데 한 사람. 처음에는 원소(袁紹) 아래 장서기(掌書記)로 있었고 조조를 토격하는 격문을 쓰기도 하였으나, 나중에 원소가 패하자 조조(曹操) 아래에서 일하였다. 이에 비해 왕유는 반란군에 붙잡혀 관직을 맡았지만 「응벽지」(凝碧)를 지었다. "온 백성 상심 속에 들판에 연기 오르는데, 백관들은 언제 다시 임금께 조회하나? 깊은 궁중 속 가을 회나무 잎 다 떨

一病緣明主,[151]	병으로 가장한 것은 군주를 잊지 않았기 때문이요
三年獨此心.[152)153)]	삼 년 동안 오로지 절개를 지키는 마음이었소
窮愁應有作,	궁핍한 시기에는 응당 시를 지었으리니
試誦白頭吟.[154]	그대의 새로 지은 「백두음」을 읊어보고자 하오

평석 『구당서』에 기록하였다. "천보 말 왕유는 급사중이었는데 천자의 호종에 따라가지 못
하고 적에게 붙잡혔다. 왕유는 약을 먹고 설사를 하며 거짓으로 말 못하는 병에 걸렸다고
하였다. 안록산은 평소 왕유의 재주를 아꼈으므로 사람을 파견하여 낙양에 맞이하여 보시
사에 연금시켜 조정의 일을 맡도록 압박하였다. 반란이 평정되자 반란군 아래 벼슬을 한 사
람들을 6등급으로 나누어 치죄하였다. 왕유가 「응벽시」를 행재소에 보내었기에 숙종이 특
별히 용서했으며 벼슬은 태자중윤으로 강등되었다.(舊唐書 : "天寶末, 維歷官給事中, 扈從不
及, 爲賊所得, 服藥取痢, 詐稱喑病. 祿山素憐之, 遣人迎至洛陽, 拘于普施寺, 迫以僞署. 賊平, 陷
賊官六等定罪. 維以凝碧詩聞於行在, 肅宗特宥之, 責授太子中允.")

해설 태자중윤이 된 왕유에게 증정한 시이다. 급사중(給事中)의 직책에 있
던 왕유는 안사의 난 때 장안이 함락된 756년 6월부터 장안이 수복된
757년 9월까지 1년 4개월 동안 붙들려 있었고 안록산 아래에서 급사중
직책을 계속 수행하였다. 수복 후인 757년 12월 조정에서는 적에 부역한

어질 때, 응벽지 가에선 관악기와 현악기의 목메는 소리"(萬戶傷心生野煙, 百僚何日
更朝天? 秋槐落盡深宮裏, 凝碧池頭咽管絃.) 이러한 면은 진림과 다르다.
151) 一病(일병) : 왕유는 장안이 함락되자 설사약을 먹고 거짓으로 벙어리 행세를 하였
다. 안록산은 이를 안타깝게 여겨 낙양 보리사(菩提寺)에 연금시켰다.
152) 심주 : 천보 말에서 건원까지이므로 곧 삼 년이다.(天寶末至乾元, 乃三年也.)
153) 三年(삼년) : 삼 년 동안. 안사의 난이 일어난 755년부터 757년까지 장안 수복 때까지
의 기간.
154) 白頭吟(백두음) : 진(晉) 갈홍(葛洪)의 『서경잡기』(西京雜記)에서는 "사마상여가 장차
무릉(茂陵)의 여자를 첩으로 맞이하려고 하자, 탁문군(卓文君)이 「백두음」을 지어
결별하고자 하니 사마상여가 그만두었다"고 하였다. 역대로 이 이야기로 널리 알려
졌다. 그러나 학계에서는 심약(沈約)이 쓴 『송서』 「악지」(樂志)에서 한대(漢代) 민간
가요라고 하는 설을 정론으로 따르고 있다. 여기서는 왕유의 「응벽지」(凝碧) 시가
탁문군이 변함없는 한 마음을 강조한 것과 같다는 뜻.

사람들을 6등급으로 정죄하였다. 왕유는 여러 논란 속에 태자중윤으로 강등되었다. 이러한 배경 속에 두보는 이 시에서 왕유의 절조를 찬양하였다.

진주 잡시 4수(秦州雜詩四首)

제1수

滿目悲生事,[155]	보이는 건 모두 비참한 살림살이라
因人作遠遊.[156]	타인에 의지하여 멀리 가노라
遲廻度隴怯,[157]	두려워하며 농산(隴山)을 머뭇거리며 넘고
浩蕩及關愁.[158]	산란한 마음으로 농관(隴關)에 이르렀네
水落魚龍夜,[159]	강물이 줄어드는 어룡천의 밤
山空鳥鼠秋.[160]	텅 빈 조서산의 가을
西征問烽火,[161]	서쪽으로 가려다 전쟁이 있다고 하니
心折此淹留.[162]	심장이 부서져 여기 진주에 머물게 되었어라

---

155) 滿目(만목) 구: 역사서에는 당시 관중에 가뭄이 들고 기근이 덮쳐, 쌀 한 되가 칠천 전(錢)이 나갔으며, 사람들이 서로 잡아먹었다고 기록하였다. ○ 生事(생사): 생계.
156) 因人(인인): 사람에 의지하다. 두보가 진주로 가게 된 배경에 대해서는 여러 설이 있다. 진주 동가곡(東柯谷)에 살고 있는 조카 두좌(杜佐) 때문이라는 설과 장안에서 탈출할 때 도와준 진주 서지촌(西枝村)에 살고 있는 승려 찬공(贊公) 때문이라는 설이 대표적이다.
157) 遲廻(지회): 머뭇거리다. ○ 隴(농): 隴山(농산). 지금의 섬서성과 감숙성의 경계에 있다. 권9의 심전기 「농두수」(隴頭水) 참조.
158) 浩蕩(호탕): 정신이 어지러운 모양. ○ 關(관): 농관(隴關). 대진관(大震關)이라고도 한다. 지금의 섬서성 농현(隴縣) 서쪽의 농산 아래에 소재. 지세가 높고 험하다.
159) 魚龍(어룡): 진주 부근에 있는 어룡천(魚龍川).
160) 鳥鼠(조서): 진주 부근에 있는 조서산(鳥鼠山).
161) 西征(서정): 서쪽으로 가다. ○ 問烽火(문봉화): 봉횃불이 일어났는지 묻다. 가는 곳에 전쟁이 있는지 물어보다. 당시 티베트족이 일대에 출몰하였다. 실제로 두보가 촉 지방에 들어간 이후인 763년에 진주는 티베트의 지배로 들어갔다.

평석 어룡천과 조서곡은 모두 진 지방에 있다.(魚龍川、鳥鼠谷皆秦地.)

해설 두보는 758년 좌습유에서 화주(華州) 사공참군으로 좌천되었다가, 그곳이 전란으로 기근에 빠지자 벼슬을 버리고 식구들을 데리고 떠돌기 시작하였다. 먼저 당도한 곳이 진주(秦州, 지금의 감숙성 천수시)로 이곳에서 759년 7월부터 10월까지 있었다. 당시 지은 잡시는 모두 20수로 오언율시 연작시로 획기적인 사례이다. 여기서는 4수를 뽑았는데, 제1수는 진주에 들어설 때의 감상을 적었다.

제2수

南使宜天馬,[163]	남사(南使)의 관할지는 말을 치기 좋아
由來萬匹强.	예부터 만 필 이상을 길렀다네
浮雲連陣沒,[164]	부운(浮雲)과 같은 준마는 진지에서 죽고
秋草遍山長.	가을 풀만 산을 둘러 높이 자랐구나
聞說眞龍種,[165]	듣건대 이곳에는 진짜 용종으로
仍殘老驌驦.[166]	아직도 늙은 숙상(驌驦)이 많다고 하더이
哀鳴思戰鬪,	전장으로 달려가고 싶어 목을 빼고 울며

---

162) 心折(심절) : 심장이 부서질 정도로 놀라다. ○淹留(엄류) : 머물다.

163) 南使(남사) : 농우(隴右) 지역의 말을 관리하는 관직.『구당서』에 "목장은 남사, 북사, 동사, 서사 등 네 사신이 나누어 감독하며 통제한다"(凡諸牧監分南北東西四使以統之.)라는 말이 있다. 남사의 관할 지역은 진주 북부이다. 다른 판본에서는 西使(서사)라 되어 있어 한대 서역으로 간 장건(張騫)으로 풀이하는 경우가 많지만, 이럴 경우 '의'(宜)자와의 연결이 자연스럽지 않다. ○天馬(천마) : 서역에서 나는 말.

164) 浮雲(부운) : 준마의 이름.『서경잡기』(西京雜記)에 "한 문제(漢文帝)가 대(代) 지방에서 돌아오면서 좋은 말 아홉 필을 데려왔는데 모두 천하의 준마였다. 그중 하나가 부운(浮雲)이다."(文帝自代還, 有良馬九匹, 皆天下之駿馬也, 一名浮雲.)고 했다. ○連陣(연진) : 연이어진 전투. 이 구에 대해 구조오(仇兆鰲)는 759년 3월 업성(鄴城) 전투에서의 관군의 패전을 가리킨다고 하였다.

165) 龍種(용종) : 용의 종자. 고대인들은 준마는 용이 낳는다고 생각하였다.

166) 驌驦(숙상) : 肅霜 또는 肅爽이라고도 쓴다. 준마의 이름.

迥立向蒼蒼.[167]　　　하늘을 바라보며 우두커니 서 있다네

평석 殘(잔)은 餘(여, 남다)로, "山中漏茅屋"(산중에 모옥이 남아있다)의 漏(루)와 같은 뜻이다.(殘, 餘也, 與"山中漏茅屋"漏字義同.) ○말이 구유에 엎드려 길게 울고 있으니, 은연중에 자신을 비유하였다.(伏櫪長鳴, 隱然自寓.)

해설 진주에서 말을 치는 것을 보고 반란군을 섬멸할 것을 생각하였다. 시에서는 용종의 출현과 건공을 기대하였는데, 용종에 대해 청대 구조오(仇兆鰲)는 곽자의(郭子儀)를 비유하는 것으로 보았고, 청대 노원창(盧元昌)은 조왕(趙王) 이적(李適)을 가리킨다고 보았다.

제3수

莽莽萬重山,[168]　　　멀고 멀리 이어진 만 겹의 산
孤城山谷間.[169]　　　외로운 성이 산 사이에 있어라
無風雲出塞,　　　바람이 없는데 구름은 관새를 넘어가고
不夜月臨關.　　　밤이 아닌데도 달은 관문 위에 떠있네
屬國歸何晚?[170]　　　티베트에 간 사신은 아직 돌아오지 않고
樓蘭斬未還.[171]　　　부개자(傅介子)와 같이 공훈 세운 장수가 없구나
煙塵獨長望,[172]　　　연기와 먼지 가득한 하늘을 홀로 멀리 바라보니

---

167)　蒼蒼(창창): 짙푸르다. 하늘을 가리킨다.
168)　莽莽(망망): 크고 긴 모양.
169)　심주: 첫머리에 만 길의 벽을 세웠다.(起手壁立萬仞.)
170)　屬國(속국): 전속국(典屬國)의 준말. 한대의 관직으로 귀순한 이민족을 관리하였다. 서한 무제 때 소무(蘇武)가 흉노에 사신으로 나가 억류되었다가 십구 년 후 돌아와 전속국에 임명되었다. 여기서는 티베트로 간 사신을 가리킨다.
171)　樓蘭(누란): 한대 돈황의 서남에 있던 국가. 이백의 「새하곡」(塞下曲) 3수 가운데 제1수 참조. 한 소제(漢昭帝) 때 부개자(傅介子)가 누란 왕을 죽이고 돌아왔다. 여기서는 티베트를 비유하였다.
172)　煙塵(연진): 봉홧불의 연기와 말굽에서 나는 먼지. 전쟁을 가리킨다.

衰颯正摧顔.¹⁷³⁾　　　쓸쓸한 풍경이 나의 얼굴을 상하게 하는구나

평석 기이한 광경이 우연히 그려져 나왔다. 혹자는 '無風'(무풍)과 '不夜'(불야)를 지명으로 보지만 이는 비단 지나친 천착일 뿐만 아니라 그리하면 두보 시가 맛이 없게 된다.(奇景偶然 寫出, 或以'無風''不夜'爲地名, 不但穿鑿, 亦令杜詩無味.)

해설 진주의 지세와 풍경을 바라보며 시사(時事)를 걱정하였다. 한대 국세 가 창성했던 시기의 소무(蘇武)와 부개자(傅介子)를 연상하면서 지금의 정 세와 대비하였고, 자신의 노쇠함을 슬퍼하였다.

제4수

鳳林戈未息.¹⁷⁴⁾　　　봉림(鳳林)에서는 전쟁이 끝나지 않아
魚海路長難.¹⁷⁵⁾　　　어해(魚海)로 가는 길은 오랫동안 힘들어라
候火雲烽峻,¹⁷⁶⁾　　　봉화가 구름 위까지 치솟아 오르고
懸軍幕井乾.¹⁷⁷⁾　　　외떨어진 군대의 병영에는 우물이 말랐다네
風連西極動,¹⁷⁸⁾　　　바람은 서쪽 끝에서 불어와 흔들리고
月過北庭寒.¹⁷⁹⁾　　　달빛은 북정(北庭)을 지나와 차가워

---

173) 衰颯(쇠삽) : 쇠락하고 쓸쓸하다. 환경을 묘사한 말이다.
174) 鳳林(봉림) : 하주(河州)의 속현으로 지금의 감숙성 임하현(臨夏縣) 동북. 당시 티베 트가 막 점령하였다.
175) 魚海(어해) : 백정해(白亭海)라고도 한다. 지금의 감숙성 무위시(武威市) 소재. 당 조 정에서는 그곳에 백정군(白亭軍)을 설치하였다.
176) 候火(후화) : 봉화.
177) 懸軍(현군) : 적진 깊이 들어간 군대. 진주 지방으로 온 당의 관군을 가리킨다. ○ 幕 井(막정) : 군대의 우물.
178) 西極(서극) : 서쪽 끝. 진주를 가리킨다.
179) 北庭(북정) : 당대의 서북방 지역을 가리킨다. 북정은 한대에 북흉노가 거주하던 지 금의 몽골 서쪽을 가리켰으며 당대에는 천산 이북을 관할하는 북정도호부가 설치되 었다. 이사업(李嗣業)이 티베트를 이기는데 공을 세워 북정절도사로 임명되었으나 업성(鄴城) 전투에서 전사하였다. 이곳은 안사의 난 이후에는 회흘(回紇)과 티베트

| 故老思飛將,[180] | 노인들은 서한의 비장군 이광 같은 사람을 그리니 |
| 何時議築壇?[181] | 조정에서는 어느 때 단을 만들어 그런 장수 임명할까? |

평석 당시 곽자의는 어조은의 참언으로 직위에서 물러나 장안으로 돌아왔기에 단을 만들어 임명되기를 바랐다.(時郭子儀以魚朝恩譖罷歸京師, 故以築壇望之.)

해설 진주 일대의 봉화와 군대를 바라보며 서북 지역을 안정시킬 장수의 출현을 기다리는 마음을 표현하였다. 군더더기 없는 표현으로 강력하고 응집된 사념을 드러내었다. '진주 잡시' 연작시는 초기의 웅건한 시풍에서 수경(瘦勁)한 풍격으로 변모하는 표지가 되는 작품들이다.

달밤에 아우를 그리며(月夜憶舍弟)[182]

戍鼓斷人行,[183]	수자리 북소리에 행인들 걸음이 끊어지고
邊秋一雁聲.[184]	변방의 가을에 외기러기 울음소리 높구나
露從今夜白,[185]	이슬을 오늘 밤부터 희어지니

가 차례로 점령하였다.
180) 故老(고로) : 늙은이. 진주 지방의 노인들이라는 설과 두보 자신을 가리킨다는 설이 있다. 모두 통한다. ○ 飛將(비장) : 한 무제 때 활약한 이광(李廣)을 가리킨다. 기원전 128년 우북평(右北平) 태수로 부임하자 흉노족이 그를 '한의 비장군(漢之飛將軍)'이라 불렀다.
181) 築壇(축단) : 단을 쌓다. 한 고조 유방(劉邦)이 한왕(漢王)일 때 특별히 단을 쌓아 한신(韓信)을 대장군에 임명하였다.
182) 舍弟(사제) : 집안의 동생. 남에게 자신을 약간 낮추어 부르는 어감이 있다.
183) 戍鼓(수고) : 수자리의 북.
184) 一雁(일안) : 외기러기. 안행(雁行)이란 말이 형제를 비유하므로, 외기러기가 운다는 것은 형제의 이산을 의미한다. 『예기』「왕제」(王制)에 "아버지의 연배에게는 그 뒤를 따라가고, 형의 연배에게는 기러기처럼 뒤로 나란히 걸어가고, 친구 사이에서는 서로 앞서 가지 않는다"(父之齒隨行, 兄之齒雁行, 朋友不相踰.)는 말이 있다.
185) 露從(노종) 구 : 절기상 백로(白露)임을 말하였다. 백로는 이십사 절기 가운데 처서와

月是故鄉明.[186]　　　달빛은 여전히 고향에서 보던 그대로 밝아라

有弟皆分散,　　　　아우들이 있으나 모두 흩어졌고

無家問死生.[187]　　고향집조차 부서져 생사를 물을 길 없구나

寄書長不達,　　　　편지를 부쳐도 멀어서 이르지 못하는데

況乃未休兵.[188]　　하물며 전란도 아직 끝나지 않았음에랴

해설 변방 가을 저녁의 쓸쓸한 광경 속에 전란 중의 고향과 아우를 그리워하였다. 두보에게는 동생이 두영(杜穎), 두관(杜觀), 두풍(杜豐), 두점(杜占) 네 명 있는데, 그중 막내 두점만이 두보와 함께 다녔고, 나머지는 하남과 산동 등지에 흩어져 있었다. 759년 가을 백로 때 진주에서 지었다.

다듬이질(搗衣)

亦知戍不返,[189]　　올해에도 수자리에서 돌아오지 않으시니

秋至拭清砧.[190]　　가을이 되어서 다듬잇돌을 닦습니다

已近苦寒月,[191]　　벌써 혹한의 계절이 가까워지는데

況經長別心.　　　　하물며 오랜 이별을 지내온 마음인걸요

寧辭搗衣倦?　　　어찌 다듬이질의 수고로움을 마다하겠나요?

───

추분 사이로 양력으로 치면 매년 9월 7일 전후에 해당한다. 여름이 지나가고 주야간의 온도가 차이나면서 이슬이 내리기 시작할 때이다. 중국에서는 기러기와 제비가 남으로 날아가고 뭇 새들이 겨울 준비로 먹이를 모으는 때로 인식하였다.

186) 月是(월시) 구 : "저 달은 고향을 밝게 비추리"라고 해야 자연스러우나 지금 고향은 전란으로 파괴되었으므로, 여기서는 구조오(仇兆鰲)의 해석에 따랐다.

187) 無家(무가) 구 : 두보의 고향은 낙양 부근 공현(鞏縣)으로 당시 전란으로 파괴되었다.

188) 況乃(황내) 구 : 759년 9월 사사명(史思明)이 낙양을 비롯하여 제주(齊州), 여주(汝州), 정주(鄭州), 활주(滑州) 4주를 함락시켰는데, 이 시는 이로부터 일 개월 전쯤에 썼다.

189) 亦知(역지) : 올해에도 알게 되다. 주어는 규중의 아낙.

190) 拭(식) : 먼지를 닦다. ○淸砧(청침) : 다듬잇돌.

191) 苦寒(고한) : 혹한(酷寒). 모진 추위.

一寄塞垣深.[192]	온 마음을 다해 머나먼 변방으로 부치렵니다
用盡閨中力,[193]	여인의 연약한 힘을 다 썼으니
君聽空外音.[194]	당신은 하늘 밖에서 이 소리 들으소서

평석 전편이 수자리 나간 남편을 기다리는 여인의 말을 대언체로 하여, 단숨에 휘돌아 갔으니, 온전히 정신의 운행으로 이루어졌다.(通首代戍婦之辭, 一氣旋折, 全以神行.)

해설 다듬이 소리를 듣고 아낙을 대신하여 쓴 시이다. 대언체(代言體) 속에 고시(古詩)의 온유하고 깊은 정서를 담았다. 말구는 왕만(王灣)의 「다듬이질」에 "바람에 실린 소리가 그대에게 이르지 않아"(風響傳聞不到君)와 비슷하다. 759년 가을 진주에서 지었다.

멀리 가는 사람을 보내며(送遠)

帶甲滿天地,[195]	갑옷 입은 병사들이 천지에 가득한데
胡爲君遠行?[196]	무슨 일로 그대는 먼 길을 가는가?
親朋盡一哭,	친한 친구들이 모두 슬퍼 우는데
鞍馬去孤城.[197]	말을 타고 외로운 성을 떠나는구나
草木歲月晚,	한해 끝의 초목들이 그대를 따르고
關河霜雪淸.	관문과 강에는 서리와 눈발이 치리라

---

192) 一寄(일기): 전심으로 부치다. 一(일)은 온통, 전부. ○塞垣(새원): 변방의 벽담. 일반적으로 장성(長城)을 말하는데, 여기서는 남편이 있는 변경을 가리킨다.
193) 閨中力(규중력): 규중에서 사는 여인의 나약한 힘.
194) 空外(공외): 하늘 밖.
195) 帶甲(대갑): 갑옷을 입은 병사.
196) 심주: 첫머리가 얼마나 대단한가! 두보 시를 읽으면 이러한 점에 주목해야 한다.(何等起手! 讀杜詩要從此種著眼.)
197) 鞍馬(안마): 말에 안장을 올리다. 즉 말을 타다.

別離已昨日,[198]   이별은 이미 어제 일인데도 여전히 슬퍼
因見古人情.[199]   이로써 고인(古人)의 이별하는 마음을 알겠노라

평석 이는 이별 후에 시를 지어 증정한 것이다.(此旣別後作詩贈之.) ○ 강엄의 「'고별리'를 모의하여,(擬古別離)에 "그대를 보낸 게 어제 같은데, 처마 앞 이슬은 이미 둥글었어라"는 구가 있는데, 이별의 정은 고금이 똑같이 슬프다.(江淹擬古別離有"送君如昨日, 檐前露已團"句, 言別離之情, 古今有同悲也.)

해설 전란의 시기에 멀리 떠나는 사람을 보내고 나서 쓴 시이다. 말 2구로 보아 헤어진 뒤 보낸 시로 보이며, 자신의 슬픔을 고대인들의 슬픔과 동일시하였다. 759년 겨울 진주에서 지었다.

땅 끝에서 이백을 그리며(天末懷李白)[200][201]

涼風起天末,   하늘 끝 아득한 이곳에 가을바람 부나니
君子意如何![202]   이백이여, 그대 마음 지금은 어떠신가?
鴻雁幾時到?[203]   나의 편지는 언제 그대에게 이르려나
江湖秋水多.   그대가 다니는 강호에 가을 풍파가 많으리라
文章憎命達,[204]   문장에 뛰어나면 오히려 출세를 못한다지

---

198) 別離(이별) 구 : 강엄(江淹)의 시구를 사용하였다. 심덕잠의 평석 참조. 여기서도 어제의 이별이 아직도 눈앞에 있는 듯하다는 뜻을 나타내었다.
199) 古人(고인) : 옛사람. 강엄 등 고시(古詩)의 작가들.
200) 심주 : 당시 이백은 야랑으로 유배되었다.(時李流竄夜郞.)
201) 天末(천말) : 하늘 끝. 아득히 먼 곳. 천애(天涯) 또는 천변(天邊)이라고도 한다. 두보가 있는 진주를 가리킨다.
202) 君子(군자) : 이백을 가리킨다.
203) 鴻雁(홍안) : 편지를 전달하는 사람. 가을이 되면 기러기가 남으로 날아가므로 자신의 편지를 전해주는 매개자로 보았다.
204) 命達(명달) : 운세가 잘 풀림.

魑魅喜人過.[205)206)]   요괴인 이매망량은 행인을 좋아하니 조심하게
應共冤魂語,[207)208)]   그대 응당 원통한 굴원의 혼령과 이야기하며
投詩贈汨羅.[209)210)]   시를 지어 멱라수에 던지리라

해설 멀리서 이백을 그리워하며 지은 시이다. 759년(48세) 가을 진주에서 지었다. 이백은 757년 영왕(永王) 이린(李璘)의 막부에 들어갔다가 반란이 실패하자 심양(潯陽)의 감옥에 투옥되었다. 다음 해 758년 야랑(夜郎)으로 유배되었다가 759년(59세) 백제성에서 사면을 받았다. 두보는 이백이 야랑으로 유배되는 사실만 들었을 뿐 아직 사면에 대해선 듣지 못했기에 이 시를 지어 그의 안위를 걱정하였다.

종군하는 사람을 보내며(送人從軍)

弱水應無地,[211)]   약수(弱水)는 땅 끝으로 흐르고

---

205) 심주 : 깊고 빽빽하다.(沈鬱.)
206) 魑魅(이매) : 이매망량(魑魅魍魎). 산과 들에 사는 요괴로, 사람을 잡아먹는다고 한다. 군자를 참훼하는 소인을 비유한다.
207) 심주 : 원혼은 굴원을 가리킨다.(指屈原.)
208) 冤魂(원혼) : 억울한 영혼. 전국시대 초나라의 굴원(屈原). 충성을 다하였으나 방축되었기에 스스로 멱라강에 빠져 죽었다. 이백 또한 죄가 없이 유배되었으므로 그 상황이 같으므로 함께 이야기를 나눌 수 있으리라 보았다.
209) 심주 : 이백이 시를 써서 굴원에게 증정하다.(李投詩贈之.)
210) 汨羅(멱라) : 멱라강. 굴원이 빠져 죽은 곳. 지금의 호남성 멱라시 소재. 이백이 야랑(夜郎)에 유배 갈 때 장강과 동정호를 지나게 되므로 두보는 이렇게 가정하였다. 말구는 "나 또한 시를 지어 멱라수에 보내리라"로 풀이할 수도 있다. 서한 초기 가의(賈誼)가 장사로 좌천되었을 때 동정호에 이르러 부를 지어 굴원을 추모하였듯이, 두보도 이를 본받아 시로 이백의 억울한 혼백을 위로하고자 하였다.
211) 弱水(약수) : 배를 띄울 수 없을 정도의 얕은 강. 여러 곳의 지명으로 쓰이는데, 『상서』 「우공」(禹貢)에 나오는 약수도 그중 하나이다. "흑수에서 서하 사이는 옹주이다. 약수는 서쪽으로 흘러간다"(黑水西河惟雍州, 弱水旣西.)는 말이 있다. 그 상류는 지금의 감숙성 산단하(山丹河)이고 하류는 내몽골로 들어가는 어지나하(額濟納河)이

陽關已近天.[212]	양관(陽關)은 하늘에 가깝다지
今君渡沙磧,[213]	지금 그대가 사막을 지나가면
累月斷人煙.	여러 달이 지나도 인가를 볼 수 없으리
好武寧論命?	무예를 좋아하니 어찌 목숨을 논하며
封侯不計年.	봉후를 얻는데 어찌 나이를 따지랴?
馬寒防失道,	추위에 말이 길을 잃지 않도록 하게나
雪沒錦鞍韉.[214]	눈이 쌓여 말안장까지 파묻힐 터이니

평석 서방은 땅이 높으므로 하늘에 가깝다고 하였다. 잠삼도 "서쪽으로 말 달리니 하늘에 닿을 듯 해"라 했고, 또 "사막을 지나니 하늘이 낮음을 알겠고"라 했다. 제5, 6구는 비장하여 전편이 모두 진동한다.(西方地高, 故云近天. 岑參亦云"走馬西來欲到天", 又云"過磧覺天低". 五六悲壯, 通體皆振.)

해설 티베트 지역으로 종군하러 가는 사람을 보내며 쓴 시이다. 원주(原注)에 "당시 티베트에 전투가 있었다"(時有吐蕃之役)고 하였다. 전장으로 나가는 길의 어려움을 서술하고 공을 세우고 돌아오길 바라는 마음을 그렸다. 759년 가을 진주에서 지었다.

들을 바라보며(野望)

| 清秋望不極,[215] | 맑은 가을이라 끝없이 보이나니 |

다. ○無地(무지) : 땅이 끝나는 곳.
212) 陽關(양관) : 한대(漢代)에 세운 관(關) 이름. 지금의 감숙성 돈황시 서남에 소재. 옥문관(玉門關)의 남쪽에 있으므로 양관이라 하였다.
213) 沙磧(사적) : 사막.
214) 韉(천) : 언치. 말안장 밑에 까는 담요.
215) 望不極(망불극) : 끝없는 곳까지 바라보다. 구조오(仇兆鰲)는 제2구와 연결하여 "끝없이 먼 곳을 볼 수 없다"(不能極遠也)라 했는데, 시 전체에 원경이 많으므로 "끝없는

迢遞起層陰.[216]　　아득한 곳에 검은 구름 일어나네

遠水兼天淨,　　먼 강물은 하늘에 잇닿아 맑고

孤城隱霧深.　　외로운 성은 안개에 가리어 깊다

葉稀風更落,　　드물어진 나뭇잎에 바람은 또 잎을 떨구고

山逈日初沈.　　멀리 떨어진 산으로 해가 막 가라앉는다

獨鶴歸何晚?　　학 한 마리 늦게 돌아오는데

昏鴉已滿林.　　저녁 까마귀는 숲에 이미 가득하여라

해설 늦가을에 원경을 조망하였다. 원근과 명암이 중첩되면서 소슬한 가을의 모습이 드러났다. 말 2구에서는 둥지로 돌아오는 새들을 보고 객지에서의 감회를 기탁하였다. 759년 가을 진주에서 지었다.

봄밤의 비를 기뻐하다(春夜喜雨)

好雨知時節,　　좋은 비 때를 아는 듯

當春乃發生.[217]　　봄을 맞아 싹을 틔우는구나

隨風潛入夜,　　바람 따라 몰래 밤에 와

潤物細無聲.　　온 세상 적시우는 사뿐한 소리

野徑雲俱黑,　　들길과 구름이 모두 캄캄한데

江船火獨明.　　강의 배엔 불빛만 홀로 밝아라

曉看紅濕處,　　새벽녘 붉게 젖은 곳 보리라

花重錦官城[218]　　금관성엔 꽃이 흐드러지겠지

곳까지 바라보다'라 해야 적절할 것이다.

216) 迢遞(초체): 迢遰라고도 쓴다. 먼 모양. 아득히. 멀리. ○層陰(층음): 짙은 구름.

217) 發生(발생): 싹이 나 자라나다. 『이아』「석천」(釋天)에 "봄에는 싹이 터 자란다"(春爲發生)는 말이 있다.

218) 花重(화중): 꽃이 무거워 보이다. 꽃이 비에 젖어 그 색이 짙고 무거워 보이다. 이는

평석 '내려야 할 때를 아는'은 『시경』의 '좋은 비가 내려'이다. 제3, 4구는 봄비의 내재적 특징을 표현해내었다.('知時節', 卽所云'靈雨旣零'也. 三四傳出春雨之神.)

해설 봄비가 내려 기뻐한 시이다. 밤부터 새벽까지 시간의 추이에 따라 내리는 비와 내린 후의 광경을 청각과 시각을 사용하여 그려내었다. '잠'(潛)과 '세'(細)로 봄비의 양태를 정확히 포착하였으며 '중'(重)으로 봄의 강렬한 생명력을 표현하였다. 761년(50세) 봄 성도(成都)에서 지었다. 당시 두보는 성도 교외의 완화계(浣花溪)에서 초당을 짓고 비교적 안정된 날을 보냈다.

강가의 정자(江亭)

坦腹江亭暖,[219]	강가의 정자에 따뜻한 날이면 배를 드러내 눕고
長吟野望時.	멀리 들을 바라볼 때면 길게 읊조린다
水流心不競,[220]	강물이 흘러가니 내 마음도 다투지 않고
雲在意俱遲.[221][222]	구름이 있으니 내 뜻도 더불어 한가해라
寂寂春將晚,	적적하여라, 봄이 장차 저물어감이
欣欣物自私.[223][224]	즐거워라, 초목들이 저마다 자라남이

남조 때부터 꽃의 아름다움을 표현한 묘사로 예컨대, 간문제(簡文帝)는 「계단에 들이치는 비'를 제목으로」(賦得入階雨)에서 "꽃이 비에 젖으니 가지가 무거워 보이고"(漬花枝覺重)라 하였다. ○錦官城(금관성) : 성도의 별칭. 성도는 대성(大城)과 소성(少城)으로 되어 있는데, 삼국시대 촉한 때 소성에 비단을 관장하는 관청 즉 금관(錦官)이 있었다. 소성은 진(晉)의 환온(桓溫)이 촉을 평정할 때 파괴되었다. 이후 금관성은 성도를 지칭하는 말이 되었다.

219) 坦腹(탄복) : 등을 바닥에 대고 누워서 배를 드러냄.

220) 不競(불경) : 다투지 않음. 억지로 하지 않음. 마음이 가는 대로 내맡김.

221) 심주 : 이어(理語)를 쓰지 않았는데도 절로 이취(理趣)가 감돈다.(不着理語, 自足理趣.)

222) 雲在(운재) : 구름이 존재하다. 출구(出句)의 水流가 주어+술어 관계로 "물이 흐르다"인 것과 마찬가지로 입구(入句)인 이 구도 주어+술어 관계이다.

故林歸未得,[225]　　고향에는 돌아가려 해도 갈 수 없으니
排悶强裁詩.[226][227]　　번민을 떨치려 일부러 이 시를 짓는다

해설 봄날 강가의 정자에서 혼자 있으며 일어나는 감흥을 적었다. 여기서의 강은 초당에 있는 완화계(浣花溪)이다. 761년 봄 성도에서 지었다.

다시 놀러가서(後遊)[228]

寺憶曾遊處,　　　수각사(修覺寺)를 보니 전에 놀러온 곳이라
橋憐再渡時.　　　강을 다시 건너려니 다리마저 정감이 가네
江山如有待,　　　강산은 내가 다시 오길 기다린 듯하고
花柳更無私.[229]　　꽃과 버들 또한 사심 없이 아름다움 드러내네
野潤煙光薄,　　　엷은 안개 깔리니 들판이 젖어들고
沙暄日色遲.[230]　　해가 더디 기우니 모래톱이 따뜻해
客愁全爲減,　　　나그네 시름이 완전히 사라졌으니
舍此復何之?[231]　　이곳을 두고 다시 어디로 갈 것인가?

평석 '物自私'(물자사)는 사물이 각기 그 본성을 이루는 것이며, '更無私'(갱무사)는 사물들이 더불어 천성을 누리는 것이다.('物自私', 物各逐其性也. '更無私', 物共適其天也.)

---

223) 심주 : 사물이 각기 영위할 바를 얻다.(物各得所.)
224) 私(사) : 자신의 생을 영위하다.
225) 故林(고림) : 고향의 숲. ○歸未得(귀미득) : 돌아가려 해도 돌아갈 수 없다.
226) 심주 : 말 2구는 위의 여섯 구와 어울리지 않은 듯하다.(與上六句似不合.)
227) 排悶(배민) : 번민을 떨치다. ○裁詩(재시) : 시를 마름하다. 시를 짓다.
228) 後遊(후유) : 두 번 놀러간 가운데 나중에 놀러간 일.
229) 無私(무사) : 사심이 없음. 누구든지 그 아름다움을 마음껏 즐기게 함.
230) 沙暄(사훤) : 햇빛이 비치어 강가의 모래톱이 따뜻해짐.
231) 此(차) : 여기. 수각사(修覺寺)를 가리킨다. 수각사는 성도의 서쪽 신진현에 소재.

해설 두보는 759년 12월에 성도에 도착한 후 초당을 짓고 살 때, 여러 차례 성도 서쪽에 있는 촉주(蜀州, 지금의 사천성 崇州市)의 신진현(新津縣)에 놀러갔다. 처음에는 배적(裴迪)과 함께 돌아보기도 했으며, 760년 늦가을에는 마침 옛 친구 고적(高適)이 촉주자사(蜀州刺史)로 부임하였기에 이곳을 방문하기도 하였다. 이 시는 761년 봄 신진현의 수각사(修覺寺)에 두 차례 놀러간 중 나중에 간 때의 소회를 그렸다.

못본 지 오래(不見)[232][233]

不見李生久,[234]	이백을 못본 지 오래라
佯狂眞可哀.[235]	미친 척 하며 살던 모습 정말로 슬펐지
世人皆欲殺,[236]	세상 사람들이 모두 그를 죽이려했지만
吾意獨憐才.	나만이 홀로 그의 재능을 아까워했어라
敏捷詩千首,	민첩한 발상에 시 천 수를 지었지만
飄零酒一杯.[237]	영락하여서는 다만 술 한 잔이 있을 뿐
匡山讀書處,[238]	광산(匡山)은 예전에 그가 공부했던 곳
頭白好歸來.	머리가 세었으니 돌아오면 좋으리라

해설 오랫동안 소식이 없는 이백을 생각하며 지은 시이다. 성도에 있는

---

232) 원주 : "근자에 이백의 소식이 없다."(原注 : "近無李白消息.")
233) 不見(불견) : 보지 않다. 만나지 않다. 시의 처음을 따서 제목으로 붙였다.
234) 李生(이생) : 이백.
235) 佯狂(양광) : 거짓으로 미친 체함.
236) 世人(세인) 구 : 이백은 평소 권세가들에게 고개 숙이지 않았기에 미움을 샀고, 특히 757년 이린(李璘)의 반란에 연루되었을 때 숙종과 근신들이 이백을 죽이려 하였다.
237) 飄零(표령) : 나부끼고 흩어짐. 여기서는 영락하여 떠돌아다님.
238) 匡山(광산) : 지금의 사천성 강유시(江油市)에 있는 산으로, 대천산(戴天山) 또는 대강산(大康山)이라고도 한다. 산 중턱의 대명사(大明寺)는 이백이 젊어서 독서하던 곳이다. 이백의 「대천산 도사를 찾았으나 만나지 못하고」(訪戴天山道士不遇) 참조.

두보는 가까이에 있는 광산이 이백의 연고지임을 알고 그를 그리워하였다. 이백은 762년(62세) 당도(當塗)에서 죽었는데 이 시는 두보가 그 1년 전인 761년(50세) 성도에서 지었다. 두보가 이백을 그리며 지은 마지막 시이다.

객정(客亭)[239]

秋窓猶曙色,[240]	가을 창문에 새벽빛이 벌써 환한데
落木更天風.[241]	낙엽이 지고 또 하늘에서 바람이 불어오네
日出寒山外,	해는 차가운 산 너머에서 떠오르고
江流宿霧中.[242]	강은 짙은 안개 속을 흘러가는구나
聖朝無棄物,	성명(聖明)한 시대에는 버려진 인재가 없다는데
老病已成翁.[243]	나는 늙고 병들어 벌써 늙은이가 되었어라
多少殘生事,	남은 생에 얼마나 많은 일이 있을까
飄零似轉蓬.	떠도는 모습은 구르는 쑥대 같아라

평석 맹호연의 "재주가 없어 밝은 군주로부터 내쳐졌고"와 비교하면 얼마나 온후하고 함축적인가?(比"不才明主棄", 蘊藉何如?)

해설 나이 들어 떠돌아다니는 처지를 슬퍼하였다. 762년(51세) 가을 재주(梓州, 지금의 사천성 三臺縣)에서 지었다.

---

239) 客亭(객정) : 성 밖 또는 동구 밖의 나그네를 보내는 정자.
240) 猶(유) : 이미.
241) 落木(낙목) : 낙엽. ○天風(천풍) : 바람.
242) 宿霧(숙무) : 밤이 새고도 걷히지 않은 안개.
243) 심주 : 부르고 답하며 서로 호응한다.(一呼一應.)

느낀 바가 있어 5수(有感五首)

제1수

將帥蒙恩澤,[244]	장수들이 임금의 은택을 입었으나
兵戈有歲年.	나라는 여러 해 동안 전쟁에 시달렸네
至今勞聖主,[245]	지금도 여전히 성상께서 수고로우시니
何以報皇天![246]	어떻게 해야 하늘 같은 은혜에 보답할까!
白骨新交戰,[247]	백골이 흩어진 요즘의 전쟁터는
雲臺舊拓邊.[248][249]	운대에 그려진 옛 공신들이 넓힌 강토
乘槎斷消息,[250]	티베트에 간 사신은 소식이 없는데
無處覓張騫.[251]	장건과 같은 사신은 어디에 있는가

---

244) 將帥(장수) : 장수. 여러 지방의 절도사 또는 장군들을 가리킨다.

245) 勞聖主(노성주) : 군주를 수고롭게 하다. 당시 대종(代宗)의 피난을 가리킨다. 대종은 숙종의 장자로 762년 즉위하였다. 다음 해 763년 1월 사조의(史朝義)가 자살함으로써 7년 3개월간의 안사의 난은 끝났지만, 번진의 발호와 외족의 소요는 계속되었다. 763년 10월에는 반란군과 싸우느라 서부의 군대가 대부분 관동으로 간 틈을 타 티베트가 장안을 점령하였고 대종은 섬주(陝州)로 피난 갔다. 곽자의(郭子儀)가 티베트를 몰아내었지만 함락된 십오 일간 장안은 피폐해졌다.

246) 皇天(황천) : 하늘. 여기서는 하늘 같은 황제의 은혜.

247) 白骨(백골) 구 : 763년에 일어난 티베트와의 전쟁을 가리킨다.

248) 심주 : 개국공신을 그리워하다.(思開國功臣.)

249) 雲臺(운대) : 동한 남궁(南宮)에 있던 누각. 한 명제(漢明帝)가 60년 광무제 때의 공신과 명장 이십팔 명의 화상을 그려놓게 하였다. 여기서는 당의 능연각(凌煙閣)을 가리킨다. 643년 당 태종이 염립본(閻立本)에게 개국 공신 이십사 명을 그려 이곳에 모시게 하였다. ○ 拓邊(척변) : 변경의 영토를 넓히다. 당대에는 초기부터 변경을 개척하여 도독부를 설치하였고 개원 이후에는 절도사를 두었다. 그러나 안사의 난 이후에는 서북 지역인 하서(河西)와 농우(隴右)는 대부분 외국의 땅이 되었다.

250) 乘槎(승사) : 뗏목을 타다. 『형초세시기』(荊楚歲時記)에 보면, 장건이 조정의 명을 받고 황하의 근원을 찾으려 뗏목을 타고 갔다고 한다. 여기서는 당의 사신 이지방(李之芳)을 가리킨다. 763년 4월 어사대부 이지방이 티베트에 사신으로 갔다가 억류되었다.

251) 張騫(장건) : 서한의 사신. 서역의 여러 나라에 출사하였고 흉노에 잡혀 억류되기도 하였다.

평석 전겸익이 전주에서 말했다. "이지방이 티베트에 사신으로 갔으나 1년 넘게 억류되어 있어, 장건이 뗏목 타고 간 일로 비유하였다."(錢箋 : "李之芳使吐蕃, 被留經年, 故以張騫乘槎 爲比.") ○ 이 시는 절도사와 번진이 군사를 거느리고 있으면서도 적을 막을 수 없음을 개탄 하였다.(此慨節鎭擁兵, 不能御寇.)

해설 이 연작시는 당시의 시대적 상황에 대해 시로 쓴 정론(政論)이다. 764년 봄 낭주(閬州, 지금의 사천성 閬中市)에서 지었다. 당시 티베트가 장안을 함락시킨 후 비록 물러갔지만 여러 번진(藩鎭)이 발호하였다. 두보는 이를 걱정하여 이 시를 지었다. 제1수는 번진의 장수들이 외적을 막지 못하는 상황을 탄식하였다.

제2수

幽薊餘蛇豕,252)	유주와 계주에는 뱀과 돼지 같은 장수들이 있고
乾坤尙虎狼.253)	하늘과 땅 사이에는 여전히 호랑이와 이리가 있어
諸侯春不貢,254)	무장들은 봄이 되어도 공물을 바치지 않아
使者日相望.255)	조정에서는 하루가 멀다 하고 사신을 파견하네
愼勿呑靑海,256)	신중히 생각하여 청해를 병탄하지 말고

252) 幽薊(유계) : 유주와 계주. 지금의 북경 일대로, 안록산 반란군 세력의 근거지. 안록
산은 죽었지만 그 잔당은 아직 하북 일대에 있었다. ○ 蛇豕(사시) : 긴 뱀과 큰 돼지.
탐욕스럽게 남을 해치는 사람이나 집단. 『좌전』 '정공 4년'조에 "오나라는 큰 돼지와
긴 뱀같이 상국을 삼키려 합니다"(吳爲封豕長蛇, 以薦食上國.)란 말에서 나왔다.
253) 虎狼(호랑) : 호랑이와 이리. 『좌전』 '문공 13년'조에 "진나라 사람은 호랑이와 이리입
니다"(晉人, 虎狼也.)란 말이 있다. 티베트와 강이(羌夷) 등 외족을 가리킨다.
254) 諸侯(제후) : 제후. 여기서는 하북 지역의 반란군에 가담했다가 항복한 장수들을 가
리킨다.
255) 相望(상망) : 서로 바라보다. 사신을 보낸 후 연이어 다시 사신을 보냈기에 그들이
서로 바라볼 정도라는 말로, 사신을 계속하여 많이 보낸다는 뜻.
256) 靑海(청해) : 청해호. 청해성 소재. 중국 최대의 염수호. 고대에는 선수(鮮水) 또는 서
해(西海)라고 했으나 북위시대 때 청해라고 부르기 시작하였다. 티베트의 강역이 된
경우가 많아 당나라는 이 지역에서 티베트와 자주 전투하였다. 두보 시에서 오 회

無勞問越裳. 257)   일부러 수고하여 남조(南詔)의 죄를 묻지 말아야하리
大君先息戰, 258)   대당(大唐)의 군주는 먼저 전쟁을 그치고
歸馬華山陽. 259)   말들을 화산의 양지로 데려와야 하리

평석 조정에서 내지에 관용을 베풀어 공물도 받지 못하는데, 멀리 있는 청해와 남조에 대한
전략을 도모함에 대해 말하였다. '息戰'(식전)과 '歸馬'(귀마)는 완곡한 말로 풍유의 뜻을 나
타내었다.(此言朝廷姑息, 近在內地, 不修貢職, 而勤遠略於靑海·越裳乎? '息戰'·'歸馬', 婉詞以
致諷諭.)

해설 763년 1월 사조의(史朝義)가 죽은 후 하북의 반란군 장수들이 당 조
정에 항복하였다. 이때 복고회은(僕固懷恩)은 항복한 장수들이 하북 지역
을 그대로 다스리게 하자고 상주하였다. 그 결과 번진의 장수들은 자신
의 세력을 가질 수 있었고 이후 발호할 수 있는 기반을 가지게 되었다.
두보는 이 시에서 번진(藩鎭)의 장수들이 군사력을 보유한 채 정부에 대
립하는 사실을 탄식하였다. 이 때문에 청해와 남조에 대해 무력을 쓸 겨
를이 없음을 지적하였다. 지금 당장 전투를 하지 말고 나중을 대비해야
한다는 의견을 내었다.

　사용되었다.
257) 越裳(월상):越常 또는 越嘗이라 쓰기도 한다. 고대 중국의 남쪽 월남에 있었던 나
　　라. 여기서는 남조(南詔)를 가리킨다. 남조는 지금의 운남 지역에 있던 나라로 천보
　　연간부터 티베트와 연합하여 자주 당나라를 공격하였다.
258) 大君(대군):군주.
259) 歸馬(귀마) 구:전투를 끝낸다는 뜻.『상서』「무성」(武成)에 보면, 주 무왕(周武王)이
　　천하를 평정한 후 전투에 부리던 "말을 화산의 남쪽 기슭으로 돌려보내"(歸馬於華山
　　之陽)었다. 전쟁이 종식된 상황을 표현한 말이지만 두보는 이를 자신의 문맥에서 다
　　시 쓰고 있다. 말 2구에 대해 구조오(仇兆鰲)는 세 가지 설로 정리하였다. ① 이민족
　　들이 변란을 일으킬지 경계하라는 설. ② 현종이 강역을 넓혀 이런 후환이 생겼으니
　　전쟁을 그쳐 재난을 없애라는 설. ③ 대종(代宗)이 전쟁을 마쳐 무력을 사용하지 못
　　하게 됨을 완곡하게 비판했다는 전겸익(錢謙益)의 설. 구조오는 세 가지 설이 비록
　　모두 문제가 있지만, ①의 설에 덧붙여 하북의 병사를 데려와 중원을 충실하게 해야
　　한다는 계책으로 보았다.

제3수

洛下舟車入,[260]	낙양은 배와 수레가 모여드는 곳
天中貢賦均.[261][262]	천하의 중앙으로 사방의 거리도 균등하다지
日聞紅粟腐,[263]	날마다 듣건대, 창고에는 쌀이 많아 썩어나가고
寒待翠華春.[264][265]	사람들은 황제의 깃발이 들어오길 기다린다지
莫取金湯固,[266]	내 생각에는, 금성탕지의 견고함을 취하지 말고
長令宇宙新.	정치를 일신하여 오래도록 우주를 새롭게 하기를
不過行儉德,	다만 천자가 검약의 덕을 시행하면 되리니
盜賊本王臣.	도적 같은 장수들도 원래 왕의 신하들이라

평석 당시 정원진은 황제에게 낙양으로 천도할 것을 권하였다. 두보는 완곡한 말로 이를 비판하였는데, 대체로 곽자의의 상주 내용과 일치한다.(時程元振勤帝遷都洛陽, 公婉言以諷之, 大意與郭子儀論秦之旨相合.) ○ '금성탕지의 견고함'과 '우주를 새롭게 하기를' 취하는 것은 정원진의 논의이다. 두보는 천도할 필요 없이 힘써 검약의 덕을 시행하면 도적들이 절로 복

---

260) 洛下(낙하): 낙양. 『사기』「주본기」(周本紀)에 나오는 내용과 관련된다. "성왕이 풍읍에 있으면서 소공에게 낙읍을 다시 세우되 무왕의 뜻에 따라 설계하라고 하였다. 주공이 다시 위치를 잡고 자세히 살펴보고 마침내 건물을 짓고 아홉 개의 정을 놓고는 말했다. '이곳은 천하의 중앙으로 사방의 공물이 들어오는데 있어서 도로의 거리가 균등하다.'"(成王在豐, 使召公復營洛邑, 如武王之意. 周公復卜, 申視, 卒營築, 居九鼎焉. 曰: "此天下之中, 四方入貢道里均.")

261) 심주: 낙양은 천하의 가운데이다.(洛陽天下之中.)

262) 天中(천중): 천하의 중앙. 앞의 주석에서 말한 '천하지중'(天下之中). ○ 貢賦(공부): 공물과 조세. 공(貢)은 지역의 특산물을 납부하는 것이고, 부(賦)는 조세이다. ○ 均(균): 거리가 균등하다. 앞의 주석에서 말한 '도로균'(道里均)의 뜻.

263) 紅粟(홍속): 오래 저장한 탓에 붉게 변색된 묵은 쌀. 풍족한 식량을 가리킨다.

264) 심주: 두보의 뜻은 창고의 쌀을 구휼미로 내어야 하고, 천도는 하지 말아야 한다는 것이다.(公意只宜轉粟, 不宜遷都.)

265) 翠華(취화): 물총새의 깃털로 장식한 깃발이나 차양. 황제의 의장 가운데 하나로 황제의 수레를 가리킨다.

266) 金湯(금탕): 금성탕지(金城湯池)의 준말. 쇠로 만든 성벽에 끓는 물로 둘러쳐진 해자. 난공불락의 성을 말한다.

종한다고 말하였다. 후반 네 구는 직서하였다.(取'金湯固'·'宇宙新', 此程元振議也. 公謂莫用遷
都, 不過力行儉德, 盜賊自服耳. 後半四語直下.)

해설 당시 논의된 낙양 천도를 비판한 시이다. 전반부는 당시의 논의들
이고 후반부는 두보의 의견이다. 763년 10월 토번에게 장안이 공격당할
때 환관 정원진(程元振)은 대종(代宗)에게 티베트의 화를 피하기 위해 낙
양으로 천도할 것을 건의하였다. 대종이 동의하자 곽자의(郭子儀)가 상소
하여 천도는 좋은 계책이 아님을 설파하였다. 두보는 곽자의의 의견에
동의하면서 이를 시화(詩化)하였다.

제4수

丹桂風霜急,[267]	왕실로 상징되는 붉은 계수나무엔 바람과 서리 들이치고
青梧日夜凋.[268]	종번(宗藩)으로 비유되는 푸른 오동나무는 밤낮으로 시들어
由來強幹地,[269]	예부터 왕실의 줄기가 강한 땅에는
未有不臣朝.	번진이 발호하는 왕조가 없었더라
受鉞親賢往,[270]	현종은 친왕(親王)에게 부월(斧鉞)을 내리려
卑宮制詔遙.[271]	멀리 성도의 간소한 궁실에서 조서를 전했지

---

267) 丹桂(단계) : 붉은 계수나무 꽃. 『한서』「오행지」(五行志)에 서한시기의 「성제 때 가
요」(成帝時歌謠)를 싣고 있는데, "계수나무가 꽃이 피되 열매를 맺지 못하고, 누런
참새가 그 꼭대기에 둥지를 틀었네"(桂樹花不實, 黃雀巢其顛.)라 하였다. 붉은 색은
오행에서 한왕조를 상징한다. 여기서는 당의 왕실을 비유하였다.
268) 青梧(청오) : 푸른 오동. 당 초기의 상관의(上官儀)가 지은 「은왕을 책봉하는 글」(冊
殷王文)에 "오동을 심은 것을 높이 축하하고, 가래나무를 바라보듯 덕을 이루리라"
(慶表栽梧, 德成觀梓.)는 말이 있다. 오동나무는 줄기보다 가지가 더 잘 자라나므로
이로써 종번(宗藩, 왕실의 종친으로 왕이 된 사람)을 비유하였다.
269) 強幹(강간) : 강한 줄기. 왕실을 의미한다. 줄기는 가지들에 의해 보호된다.
270) 受鉞(수월) : 도끼를 받다. 출정할 때 대장이 천자로부터 부절(符節)과 부월(斧鉞)을
받는 일. 군사를 지휘할 권한을 위임한다는 뜻이 들어 있다. ○ 親賢(친현) : 종친 가
운데 현능한 사람. 763년 대종이 즉위한 후 옹왕(雍王) 이적(李適)을 병마원수(兵馬
元帥)로 삼았다.

終依古封建,²⁷²⁾   결국 고대 봉건의 제도를 따른다면

豈獨聽簫韶!²⁷³⁾   순 임금의 교화가 지금도 이루어지리!

평석 붉은 계수나무는 왕실을 비유하는데 한대의 「성제 때 가요」에서 유래하였다. 푸른 오동나무는 종번을 비유하는데 상관의의 「은왕을 책봉하는 글」에 나오는 뜻을 사용하였다.(桂比王室, 用漢成帝時童謠. 梧比宗藩, 用上官儀冊殷王文.) ○ 조정에서 종번을 세워 역적이 두려워하도록 하자고 하였으니, 방관이 번진을 분할하여 역적을 토벌하자는 의논과 일치한다.(諷朝廷建立宗藩, 以懾叛臣, 與房琯建分鎭討賊之議相合.)

해설 조정에서 종친을 번국에 봉하여 왕실을 보호하고 번진을 억제하기를 건의하였다.

제5수

盜滅人還亂,   도적이 소멸되어도 민심은 아직 어지럽고

兵殘將自疑.   병사들이 남아 있어 장수들이 다른 마음 먹는다

登壇名絶假,²⁷⁴⁾²⁷⁵⁾   장군으로 임명하여 실제 관작(官爵)을 주었는데

---

271) 卑宮(비궁): 간소한 궁실. 여기서는 현종이 피난 간 성도에 세운 행궁을 가리킨다. ○ 制詔(제조): 군주의 명령. 여기서는 현종이 성도에 있을 때 방관(房琯)의 건의를 받아들여 내린 조칙으로, 태자 이형(李亨)더러 삭방(朔方)을 통할하고, 여러 왕들에게 중진(重鎭)을 수비하게 한 일을 말한다. 숙종이 즉위한 후에는 비록 아들들에게 군사통제권을 주었으나 모두 장안에 있으면서 멀리서 지시만 할 뿐이었다. 이에 종번이 약화되고 번진이 발호하였다.

272) 封建(봉건): 봉토건국(封土建國). 고대의 군주가 친척이나 공신에게 작위와 토지를 주어 일정한 지역을 토대로 나라를 세우게 함. 이때 여러 왕국들은 종주국을 보호한다는 뜻에서 번국(藩國)이라 하였다.

273) 簫韶(소소): 순 임금 때의 음악. 『상서』 「익직」(益稷)에 "소소(簫韶)를 아홉 번 연주하니, 봉황이 와 춤추고 위용을 드러내었다"(簫韶九成, 鳳皇來儀)라는 말이 있다. 순 임금이 이 음악을 지었다 함은 곧 교화를 완성하였음을 비유한다.

274) 심주: 직무 대행이 결코 아니다.(絶異於假攝也.)

275) 登壇(등단): 무장으로 임명하다. 한 고조 유방(劉邦)이 한왕(漢王)일 때 특별히 단을

報主爾何遲!²⁷⁶⁾　　　그대들은 군주에 보답하기가 어찌하여 그리 느린가!

領郡輒無色,²⁷⁷⁾　　　자사(刺史)들은 이에 밀려 언제나 면목이 없어

之官皆有詞.²⁷⁸⁾　　　관직에 부임하며 모두가 투덜투덜 원망하네

願聞哀痛詔,²⁷⁹⁾　　　내 바라노니, 황제가 애통조(哀痛詔)를 내리고

端拱問瘡痍.²⁸⁰⁾²⁸¹⁾　　엄숙하게 정치하며 백성의 아픔을 위로해야 하리라

평석 당시 절도사를 중시하고 자사를 경시하였기에 이 시를 썼다. 나중에 일어난 번진의 난
을 두보는 미리 예상하였다.(因當時重節制而輕郡守, 故云. 後藩鎭之亂, 公先料之矣.)

해설 조정에서 번진의 장수를 우대하고 자사를 경시함을 비판하였다. 번
진의 발호에 대응하는 방책으로 자사를 중임하면 백성의 고통을 치유한
다는 의미도 들어가 있다. 전반부는 번진 장수들의 발호를 서술했고 후
반부는 조정에 대한 바람을 서술하였다.

　　　쌓아 한신(韓信)을 대장군에 임명한 일에서 나온 말. ○名絶假(명절가) : 직책을 주
　　　되 임시직이나 허직(虛職)을 붙이지 않고 직책에 상응하는 실제 권한을 주다. 한신
　　　이 제(齊) 지방을 평정할 때 왕의 이름을 빌려 써서 임시 왕이 되어야 지역이 안정
　　　될 것이라고 건의하자, 한 고조 유방이 "대장부가 제후를 평정하면 진짜 왕이 되어
　　　야지 어찌 임시 왕이 된단 말인가?"(大丈夫定諸侯, 卽爲眞王耳, 何以假爲?)라고 하였
　　　다. 『한서』 「한신전」(韓信傳) 참조. 여기서는 763년에 절도사들에게 실지 작봉을 수
　　　여함을 말한다.

276)　爾(이) : 너. 장수들을 가리킨다.

277)　領郡(영군) : 군(郡)을 다스리다. 당대에는 군이 없었으므로 여기서는 주(州)를 다스
　　　리는 자사(刺史)를 가리킨다. 절도사의 권한이 커 가렴주구(苛斂誅求)하는데 반해
　　　자사는 위축되어 무안하다는 뜻. ○無色(무색) : 무안(無顏)하다. 부끄럽다.

278)　之官(지관) : 관직에 나아가다. 주(州)에 부임하다. ○詞(사) : 불만에 찬 말.

279)　哀痛詔(애통조) : 군주가 재해나 전란 등으로 백성이 살기 어려워질 때 자신에게 잘
　　　못이 있음을 알리는 조서. 763년 11월 태상박사 유항(柳伉)이 상소하여, 티베트에 장
　　　안이 함락된 것은 대종(代宗)이 공신을 멀리 하고 소인을 총애했기 때문이라며 잘못
　　　을 인정하고 책임을 지라고 하였다.

280)　심주 : 군주를 지지하고 존중함이다.(歸重人君.)

281)　端拱(단공) : 단정히 앉아 두 손을 맞잡음. 일반적으로 제왕이 엄숙하게 정무를 살피
　　　는 모습을 가리킨다. ○瘡痍(창이) : 상처. 여기서는 백성의 고통.

잠시 백제성에 갔다가 다시 동둔에 돌아와(暫往白帝, 復還東屯)[282]

復作歸田去,[283]	다시 동둔의 논밭으로 돌아온 건
猶殘獲稻功.	아직 거둬야할 벼가 남았기 때문
築場憐穴蟻,	타작장 만드느라 개미굴이 부셔져 개미들에게 미안하고
拾穗許村童.[284]	이삭을 줍도록 마을 아이들을 내버려 두네
落杵光輝白,[285]	절구통을 찧으니 껍질 속이 하얗게 빛나고
除芒子粒紅.[286]	까끄라기를 벗기니 쌀알이 붉구나
加餐可扶老,	밥을 지어 먹으니 늙은 몸에 힘이 생겨
倉廩慰飄蓬.	창고에 가득 찬 쌀이 나그네를 위로하네

평석 제3, 4구는 부처의 마음과 덕왕의 정치가 겸하여 있다.(三四佛心王政, 兼而有之.)

해설 동둔에서 추수를 감독하며 쓴 시이다. 두보는 766년 봄부터 768년 봄까지 만 이 년 동안 기주(夔州)에 거주하였는데, 이 시기에 기주 경내에 있는 적갑산(赤甲山), 양서(瀼西), 동둔(東屯) 등지를 옮겨 다니며 살았다. 767(56세)년 가을 기주 동둔에서 지었다.

---

282) 白帝(백제) : 백제성(白帝城). 당시 기주(夔州)에 속했다. 지금의 중경시 봉절현(奉節縣) 백제산(白帝山) 소재. ○東屯(동둔) : 기주 적갑산(赤甲山, 지금의 子陽山)의 동쪽, 백염산(白鹽山, 지금의 적갑산)의 북쪽에 소재. 동한 초기 공손술 병사들이 둔전(屯田)하던 곳이다. 767년 기주도독 백무림(柏茂琳)이 동둔의 공전(公田) 백 경(頃)을 관리해달라고 하였기에, 두보는 가을에 벼 수확을 감독하기 위해 이곳에 띳집을 짓고 살았다.
283) 歸田(귀전) : 밭으로 돌아감. 여기서는 동둔으로 돌아감을 말한다.
284) 심주 : 『시경』 「대전」(大田)에 나오는, 농부가 일부러 이삭을 떨어뜨려 '과부의 이익' 이 되게 한다는 뜻이다.(卽'寡婦之利'意.)
285) 落杵(낙저) : 절구통에 공이를 떨구다. 쌀을 찧다.
286) 除芒(제망) : 까끄라기를 까다. 나락 껍질을 벗기다. ○子粒(자립) : 쌀알.

공안으로 이사하며, 산속의 객관에서(移居公安山館)[287][288]

南國晝多霧,[289]	남국이라 낮에도 안개가 짙은데
北風天正寒.	북풍이 불어 마침 하늘이 찰 때라
路危行木杪,[290]	위태로운 길은 나무 가지 끝으로 지나가고
身遠宿雲端.	몸은 멀리 구름 끝에서 밤을 보내네
山鬼吹燈滅,[291]	산 귀신이 입김을 불어 등불을 끄고
廚人語夜闌.[292]	부엌 사람이 밤새도록 하는 얘기 들리더라
鷄鳴問前館,	닭이 울 때 다음 역관의 상황을 물어보나니
世亂敢求安![293]	난세의 시절에 어찌 편한 잠을 바라리오!

해설 768년 겨울 형주(荊州)에서 배를 타고 공안으로 가는 도중 산중의 역관에서 묵으며 지었다. 낮부터 다음 날 새벽까지의 일정을 순서대로 그리면서 경물과 역관의 모습을 묘사하였다. 두보는 공안에서 몇 개월 간 머물며 고계사(顧誡奢), 이진숙(李晉肅, 李賀의 부친), 태역(太易) 스님을 만 났고, 연말에 다시 악주(岳州, 양양시)로 갔다.

---

287) 원주: "도중에 머물며 짓다."(原注: "途次所作.")
288) 移居(이거): 거처를 옮기다. 이사하다. ○ 公安(공안): 형주 강릉부(江陵府)의 속현. 지금의 호남성 공안. 한대에 유강구(油江口)라 하였는데 삼국시대 유비(劉備)가 이 곳에 진주하면서 개명하였다. 좌장군(左將軍) 유비가 적벽대전 이후 이곳을 다스릴 때 사람들이 유비를 좌공(左公)이라 부른데서 지명이 만들어졌다. ○ 山館(산관): 산 지에 있는 역관.
289) 南國(남국): 고대에는 장강과 한수 일대의 제후국을 가리켰다. 『시경』「사월」(四月) 에 "도도히 흐르는 장강과 한수는, 남국의 줄기라네"(滔滔江漢, 南國之紀.)라는 말이 있다. 일반적으로 남방 지역을 통칭한다.
290) 行木杪(행목초): 나뭇가지 끝에 해당하는 높은 곳을 걸어가다. 아래에서 산 위를 바라 보았을 때 가까이 있는 나무의 가지 끝 뒤로 보이는 산의 높은 곳을 걸어간다는 뜻.
291) 山鬼(산귀): 산에 산다는 요괴.
292) 夜闌(야란): 밤의 절반이 지난 때. 밤늦도록.
293) 求安(구안): 편안한 잠을 구하다.

장강과 한수(江漢)[294]

江漢思歸客,	강가에서 귀향을 생각하는 나그네 있으니
乾坤一腐儒.[295]	하늘과 땅 사이에 있는 고지식한 서생이로다
片雲天共遠,	조각구름 흐르는 곳, 하늘처럼 멀리 있고
永夜月同孤.	길고 긴 밤, 달처럼 짝도 없이 외로워
落日心猶壯,[296]	해가 떨어져도 마음은 아직도 장대하고
秋風病欲蘇.	가을바람이 불어오니 병이 나으려 하는구나
古來存老馬,[297]	예부터 늙은 말을 기르는 것은
不必取長途.[298]	먼 길을 달리려 함이 아니라 지혜 때문이어라

해설 768년(57세) 가을과 겨울 사이 공안에 있을 때 지은 것으로 보인다. 온갖 고생을 다하며 늙도록 떠돌았지만 여전히 비관하지 않고 분발하는 정신을 노래했다. 이는 조조(曹操)의 「보출하문행」(步出夏門行)에 나오는 "천리마가 늙어 말구유에 있어도, 그 마음은 천 리를 달리고 싶어 하고, 열사가 나이 들어 노년이 되어도, 웅대한 마음은 수그러들지 않네"(老驥伏櫪, 志在千里. 烈士暮年, 壯心不已.)라는 정신과 일치한다.

---

294) 江漢(강한) : 장강과 한수. 일반적으로 장강과 한수 사이의 호북성 일대를 가리킨다.
295) 乾坤(건곤) : 하늘과 땅 사이. ○ 腐儒(부유) : 고지식한 선비. 말이나 행동이 과거의 기준에 맞추느라 시대의 조류를 따르지 못하는 서생. 두보 자신을 가리킨다.
296) 심주 : 여전히 세상에 소용됨을 보였다. '해가 떨어져도'는 노년을 말한다.(見猶可用世, '落日'猶云暮年.)
297) 存(존) : 보존하다. ○ 老馬(노마) : 늙은 말의 지혜. 춘추시대 관중(管仲)의 고사를 가리킨다. 관중이 제 환공(齊桓公)을 따라 고죽(孤竹)을 치러 갔다가 돌아오는 길에 길을 잃었다. 관중은 늙은 말을 풀어 이를 따라 가니 마침내 길을 찾았다. 『한비자』「설림」(說林) 참조. 여기서는 늙은 말은 비록 먼 길을 달려가는 힘은 없지만 그 경험과 지혜는 쓸 수 있다는 뜻으로, 두보 자신의 재능은 아직 쓰일 수 있음을 말하였다.
298) 심주 : 그 지혜를 취한다.(取其智.)

우 임금 사당(禹廟)[299]

禹廟空山裏,	우 임금 사당은 빈 산 속에 있어
秋風落日斜.	가을바람에 석양이 기울어라
荒庭垂橘柚,[300]	황량한 정원에는 귤과 유자가 매달려있고
古屋畵龍蛇.[301][302]	오래된 벽에는 용과 뱀이 그려져 있어
雲氣生虛壁,[303]	빈 골짜기 절벽에서 구름이 일어나고
江聲走白沙.[304]	강가의 흰 모래톱에서 물결소리 드높아라
早知乘四載,[305]	일찍부터 들었나니, 네 가지 탈것을 타고 다니며
疏鑿控三巴.[306]	강물을 트고 산을 뚫으며 삼파(三巴)의 강을 열었음을

평석 '귤과 유자'와 '용과 뱀'에 대해 송대 손신로는 우 임금의 일을 가리킨다고 하였으니 이는 결코 견강부회가 아니다.('橘柚''龍蛇', 孫莘老謂點染禹事, 并非附會.) ○ 말미에서는 네 가지 탈것으로 강물을 다스렸음을 일찍부터 알았지만, 만약 그 개착의 유적을 보려면 반드시 몸소 삼파에 가야 비로소 관통의 방법을 알 수 있다는 뜻이다.(末意乘四載以治水, 早知之矣, 若疏鑿遺迹, 必親至三巴, 始知控引之方也.)

---

299) 禹廟(우묘) : 하(夏)의 우 임금을 모신 사당. 충주(忠州, 중경시 충현) 임강현(臨江縣)의 남쪽에 있는 민강(岷江) 남안에 소재.

300) 垂橘柚(수귤유) : 귤과 유자가 가지에 매달려 있다. 전설에 의하면 우 임금이 치수할 때 사천 일대에 귤과 유자를 심었다고 한다.

301) 심주 : 사당의 안을 묘사했다.(廟之內.)

302) 畵龍蛇(화용사) : 용과 뱀을 그리다. 전설에 의하면 우 임금이 사악한 용과 뱀, 맹수들을 몰아냈다고 한다.

303) 虛壁(허벽) : 빈 골짜기의 절벽.

304) 심주 : 사당의 밖을 묘사했다.(廟之外.)

305) 乘四載(승사재) : 우 임금이 치수할 때 타던 네 가지 교통도구. 『사기』「하본기」(夏本紀)에 "육지에서는 수레를 타고, 강에서는 배를 타고, 뻘에서는 썰매를 타고, 산에서는 등산용 나막신을 신었다"(陸行乘車, 水行乘船, 泥行乘橇, 山行乘欙.)고 했다. 『상서』「익직」(益稷)에도 비슷한 표현이 있다.

306) 疏鑿(소착) : 강물의 흐름을 트고 산의 굴을 뚫다. ○ 控(공) : 당기다. 여기서는 물길을 이끌어 낸다. ○ 三巴(삼파) : 파군(巴郡, 중경시), 파동(巴東, 봉절현), 파서(巴西, 합주). 지금의 중경시 일대를 총칭한다.

해설 765년 가을 충주(忠州, 중경시 충현)의 우 임금 사당에 들러 지은 시이다. 사당의 방문, 사당 안의 모습, 사당 밖의 풍경, 우 임금의 공적 등을 차례로 묘사하며 정연한 구성 속에 웅장한 기상을 그려내었다.

떠도는 밤에 감회를 쓰다(旅夜書懷)[307]

細草微風岸,	잔풀이 미풍에 흔들리는 강 언덕에
危檣獨夜舟.[308]	돛대 높은 밤배를 홀로 대노라
星垂平野闊,	광활한 들에는 별들이 쏟아지고
月湧大江流.	출렁이는 강물에선 달이 솟구친다
名豈文章著?[309]	문장으로 이름이 드러났지만
官應老病休.[310]	나이와 병 때문에 관직도 그만 두어야했어라
飄飄何所似?[311]	표표히 떠도는 신세 무엇과 같은가
天地一沙鷗.	하늘 밖 한 마리 갈매기일세

평석 백성을 구제할 마음이 있기에 어찌하여 문장 때문에 이름이 드러났느냐고 말하였고, 관직은 국사를 논의하다 파직되었지만 나이와 병 때문에 그만 두어야 한다고 했으니, 입론의 절묘함이 이와 같다(胸懷經濟, 故云名豈以文章而著; 官以論事罷, 而云老病應休, 立言之妙如此.)

---

307) 旅夜(여야) : 여로 중의 밤. ○書懷(서회) : 감회를 쓰다.
308) 危檣(위장) : 높은 돛대. ○獨夜(독야) : 혼자 있는 밤.
309) 名豈(명기) 구 : 직역하면 "이름은 어찌하여 문장 때문에 드러났나?"로, 곧 문장은 물론 그 이외에도 능력이 있음을 자부하였다. 여기서는 의미를 순조롭게 하기 위해 의역하였다.
310) 應(응) : 때문에. 764년 6월 두보는 서천절도사 엄무(嚴武)의 추천으로 검교공부원외랑(檢校工部員外郞)에 임명되었으며, 다음 해인 765년 3월 병으로 사직하였다. 곧이어 4월에는 엄무도 죽었다.
311) 飄飄(표표) : 바람에 불리거나 날리는 모양. 떠도는 모습.

해설 765년 가을 충주를 떠나 장강을 따라 운안(雲安, 지금의 중경시 雲陽縣)으로 가는 도중에 지은 명시이다. 제3, 4구는 장강의 장대한 밤을 표현한 명구로 청대 홍량길(洪亮吉)은 "표현의 역량이 종이를 뚫는다"(力透紙背)고 하였다.

떨어지는 해(落日)

落日在簾鉤, [312]	떨어지는 해는 주렴 고리에 걸려있고
溪邊春事幽. [313]	시냇가엔 봄빛이 깊고 조용해라
芳菲緣岸圃,	강 따라 이어진 밭에는 향기로운 꽃이요
樵爨倚灘舟. [314][315]	여울에 기댄 배에선 밥 짓느라 불을 때네
啅雀爭枝墜, [316]	참새들이 가지에 서로 앉으려다가 떨어지고
飛蟲滿院遊.	벌레들이 정원 가득 노닐며 날아다니네
濁醪誰造汝? [317]	탁주여, 누가 너를 만들었나?
一酌散千愁.	한 잔을 따라 마시면 온갖 시름 다 사라지니

해설 761년 봄 성도 초당에 머물 때 쓴 것으로 보인다. 초당 주위의 봄날 저녁 풍광을 그렸다. 작은 사물에도 즐거워하는 한적한 심정이 탁주에게 공을 돌리고 있다. 제5, 6구는 동물들의 작은 동작을 생동감 있고 구체적으로 그려내었다.

---

312) 심주 : 첫머리가 초연하다.(起超然.)
313) 春事(춘사) : 봄빛.
314) 심주 : 잘 그려진 그림이다.(名畵.)
315) 樵爨(초찬) : 나무하여 불을 땔 때 밥을 짓다.
316) 啅(탁) : 쪼다. ○爭枝(쟁지) : 여러 마리의 새들이 서로 가지에 앉으려고 다투다.
317) 濁醪(탁료) : 탁주. ○汝(여) : 탁주를 가리킨다.

벼 벤 후 감회를 읊다(刈稻了詠懷)

稻穫空雲水,	벼를 거두니 구름과 강이 텅 비고
川平對石門.318)	강물이 낮아지니 구당협 협문이 높이 솟는다
寒風疎落木,	차가운 바람에 낙엽이 떨어지고
旭日散鷄豚.319)320)	아침 햇빛 아래 닭과 돼지가 흩어져있어
野哭初聞戰,321)322)	들에서 들려오는 곡소리에 전쟁이 있음을 알겠고
樵歌稍出村.323)	나무꾼의 노래가 조금씩 마을에서 들려오네
無家問消息,	고향에는 소식을 물어볼 집도 없으니
作客信乾坤.324)	나그네 되어 천지 사이를 마음대로 다니노라

해설 767년 겨울 기주 동둔에서 지었다. 추수 후의 광활한 벌판의 삭막한 풍경 속에 고향을 그리는 마음을 토로하였다.

---

318) 石門(석문) : 구당협(瞿塘峽)의 입구. 구당협의 초입은 강 양쪽에 벼랑이 높이 마주서 있어 마치 거대한 문과 같이 보이므로 석문이라 하였다. 이 구는 겨울이 되어 수위가 낮아지는 모습을 묘사하였다.

319) 심주 : 가난한 마을을 눈앞에 보이듯이 그려냈다.(畫寒村如見.)

320) 旭日(욱일) 구 : 이른 아침 논밭에서 가축들이 먹이를 찾는 모습을 그렸다.

321) 심주 : 전쟁에 패하여 여기저기 돌아왔다.(戰敗信歸.)

322) 初聞戰(초문전) : 막 전쟁에 대해 듣다. 당시 티베트가 영주(靈州, 지금의 영하회족자치구 靈武)를 공격한 일을 가리킨다. 촉 지방 장정들이 멀리 종군하였다가 죽었기에 도처에서 곡성이 일어났다.

323) 심주 : '稍(초, 조금)자는 노래보다 곡소리가 많음을 보였다.('稍'字見哭多於歌.)

324) 信(신) : 맡기다. 마음 내키는 대로 하다.

구당협의 양안 벼랑(瞿塘兩崖)[325]

三峽傳何處?[326]	사람들이 말하는 삼협은 어디에 있는가?
雙崖壯此門.	바로 두 벼랑이 웅장한 이 석문이 아니런가
入天猶石色,	위로 하늘에 솟구쳐도 여전히 바위 빛이요
穿水忽雲根.[327]	아래로 강물을 뚫고 내려도 그래도 바위라
猱玃鬚髯古,[328]	원숭이들 수염은 천 년이나 오래되었고
蛟龍窟宅尊.	교룡은 굴속에서 위엄을 부리고 살아라
羲和冬馭近,[329]	희화(羲和)가 겨울에 가까이 다가오면
愁畏日車翻.	해 실은 현거(懸車)가 뒤집힐까 걱정되어라

평석 제3구는 그 높음을 형용하였고, 제4구는 그 깊음을 형용하였다. 마무리에서는 양쪽 벼랑이 하늘에 꽂혀있어 햇빛이 들지 않고 희화도 해 수레가 뒤집힐까 두려워 피해간다고 말하였다.(三語狀其高, 四語狀其深, 結意言兩崖揷天, 日光不到, 羲和亦畏日車之翻而避之也.)

해설 거대한 구당협의 협문을 바라보고 지은 시이다. 기이한 상상을 하면서도 소박함을 잃지 않았다. 766년 겨울 기주에서 지었다.

---

325) 瞿塘(구당) : 구당협(瞿塘峽). 삼협 가운데 가장 서쪽에 위치한다. 일명 기협(夔峽). 중경시 봉절현 동쪽에 소재. 강폭은 가장 넓은 곳이 약 150미터이고 좁은 곳은 50미터밖에 안 되어, 삼협 가운데 가장 짧고 가장 좁으며 가장 웅대하다.

326) 三峽(삼협) : 장강 중류에 강을 끼고 있는 세 협곡. 서쪽의 중경시(重慶市)에서 동쪽의 호북성에 걸쳐 있는 구당협(瞿塘峽), 무협(巫峽), 서릉협(西陵峽)의 총칭. 전체 길이는 193킬로미터이나, 이 가운데 협곡만을 친 구간은 약 97킬로미터이다. 여기서는 삼협 가운데서도 구당협의 입구를 가리킨다.

327) 雲根(운근) : 바위. 전설에 의하면 구름은 바위에서 생겨나므로 이런 말이 만들어졌다.

328) 猱玃(노확) : 긴팔원숭이와 큰 원숭이.

329) 羲和(희화) : 신화에서 해를 싣고 다니는 신. 매일 여섯 마리의 용이 끄는 현거(懸車)에 태양을 싣고 공중을 운행한다. 『회남자』「천문훈」(天文訓)의 고유(高誘) 주석에 "해를 실은 수레를 여섯 마리 용이 끌며 희화가 부린다"(日乘車, 駕以六龍, 羲和御之.)고 하였다. ○冬馭近(동어근) : 겨울에는 태양을 실은 수레가 벼랑 가까이 다가온다. 겨울에는 태양이 낮게 내려오므로 이러한 표현을 썼다.

동방(洞房)[330]

洞房環佩冷,[331]	동방(洞房)에는 패옥소리 차겁고
玉殿起秋風.[332]	궁전에는 가을바람 불리라
秦地應新月,[333]	장안에 지금 분명 초승달 떠오르고
龍池滿舊宮.[334]	흥경궁 용지(龍池)에는 가을 물이 차오르리
繫舟今夜遠,[335]	오늘 밤 멀리 기주에서 배를 대고
淸漏往時同.[336]	좌성(左省)에서 듣던 물시계 소리 생각하네
萬里黃山北,[337]	만 리 멀리 황산궁의 북쪽
園陵白露中.[338]	현종의 능묘에는 이슬이 가득하리

평석 배에서 달을 바라보며 궁중의 쓸쓸함을 생각하여 지었다. 시속에 비량하고 침통한 글자가 없지만 정서는 어둡다. 결말에서는 눈물이 먹물과 섞여 쓰인 것을 느낀다.(此因舟中見月, 感宮掖凄凉而作. 詩中無悲凉痛楚字面, 而情致黯然, 一結尤覺淚和墨下.)

해설 766년 기주(夔州)에서 살면서 멀리 장안의 일을 회상하였다. 가을밤에 양귀비와 현종의 옛일을 연상하며 금석지감(今昔之感)을 나타내었다. 구체적인 사건은 가리키지 않는 가운데 일말의 풍자의 어조가 깃들어 있다.

---

330) 洞房(동방) : 동굴같이 깊고 조용한 내실. 일반적으로 여인의 거처를 말한다.
331) 環佩(환패) : 여인들이 차는 패옥.
332) 玉殿(옥전) : 아름다운 궁전. 여기서는 양귀비와 현종이 함께 지냈던 흥경궁(興慶宮).
333) 秦地(진지) : 진 지방. 섬서성 일대. 여기서는 장안을 가리킨다.
334) 龍池(용지) : 흥경궁에 있는 연못. ○滿(만) : 물이 차오르다.
335) 繫舟(계주) : 배를 묶다. 기주(夔州)에서 배에 살림을 두고 사는 일을 말한다.
336) 淸漏(청루) : 물시계에서 물방울이 떨어지며 나는 맑은 소리.
337) 黃山(황산) : 황산궁(黃山宮). 한 무제(漢武帝)가 묻힌 무릉(茂陵)이 그 북쪽에 있다.
338) 園陵(원릉) : 한 무제의 무릉(茂陵)을 말한다. 여기서는 현종이 묻힌 태릉(泰陵)을 비유한다. 현종은 764년 3월에 태릉에 묻혔다.

강 위에(江上)

江上日多雨,	강 위에 날마다 비가 많이 내리는데
蕭蕭荊楚秋.³³⁹⁾	쓸쓸하여라, 기주(夔州)는 벌써 가을이로다
高風下木葉,	높은 바람에 낙엽이 떨어지고
永夜攬貂裘.³⁴⁰⁾	긴 밤에 담비 가죽옷을 끌어당긴다
勳業頻看鏡,³⁴¹⁾	공훈을 이루지 못해 자주 거울을 들여다보고
行藏獨倚樓.³⁴²⁾	나감과 물러섬을 알지 못해 홀로 누대에 기대노라
時危思報主,	위태로운 시국에 군주의 은혜에 보답하고 싶어
衰謝不能休.³⁴³⁾	몸이 쇠약해져도 내 마음 거둘 수 없어라

해설 가을이 온 기주에서 나그네 신세를 돌아보며 나라를 걱정하는 마음을 나타내었다. 766년 가을 기주 서각(西閣)에 살 때 지었다.

나의 친척(吾宗)³⁴⁴⁾³⁴⁵⁾

吾宗老孫子,³⁴⁶⁾	나의 친척으로 종손(從孫)인 두숭간은

---

339) 荊楚(형초) : 형주 지역. 『좌전』을 보면 노 장공(魯莊公)까지는 '형'(荊)이라 하고 노 희공(魯僖公, 재위 기원전 659~627년)부터는 '초'(楚)라고 하였다. 지금의 호북성과 호남성 일대. 여기서는 기주(夔州)를 가리킨다.
340) 貂裘(초구) : 담비 가죽 옷.
341) 勳業(훈업) : 공적. 업적. 여기서는 공적을 이루지 못했다는 생각에 자주 거울을 보며 나이가 들어감을 아쉬워한다는 뜻.
342) 行藏(행장) : 행함과 숨음. 벼슬에 나감과 은거함. 『논어』「술이」(述而)에 "쓰이면 행하고 안 쓰이면 숨는다"(用之則行, 舍之則藏.)란 말에서 나왔다.
343) 衰謝(쇠사) : 쇠약해지고 시듦. 여기서는 몸이 쇠약해짐.
344) 원주 : "위 창조 두숭간."(原注 : "衛倉曹杜崇簡.")
345) 吾宗(오종) : 나의 동성동본 일가친척.
346) 孫子(손자) : 형제의 손자. 사촌의 아들. 종손(從孫).

質朴古人風.	질박한 성품에 고인의 풍모가 있어
耕鑿安時論.[347]	'밭 갈아 먹고 우물 파 마신다'는 평판에 편안해하나
衣冠與世同.	옷차림과 예관은 시속과 같아라
在家常早起,	집에서는 항상 일찍 일어나고
憂國願年豐.[348]	나라를 걱정하여 풍년 들기를 기원해
語及君臣際,	화제는 언제나 군신 사이의 일이요
經書滿腹中.[349]	배 속에는 경전이 가득해라

해설 두보가 우연히 종손 두숭간(杜崇簡)이 양서(瀼西) 부근에서 은거하는 것을 보고 이 시를 지어 칭찬하였다. 두보의 시 가운데 이밖에 「종손 두숭간에게 부침」(寄從孫崇簡)이란 시가 있다. 767년 기주에서 지었다.

시름을 달래며(遣憂)

亂離知又甚,	장안에 다시 난리가 났다고 들었거니와
消息苦難眞.	소식을 진짜라고 믿기가 참으로 어려워라
受諫無今日,[350]	만약 간언을 들었더라면 오늘의 화가 없을 터

---

347) 耕鑿(경착) : 밭을 갈고 우물을 파다. 고대의 시 「격양가」(擊壤歌)에서 나온 말. "해가 뜨면 일하고 해가 지면 쉬고, 우물 파서 마시고 밭을 갈아 먹으니, 임금의 덕이 내게 무슨 소용이 있으랴"(日出而作, 日入而息; 鑿井而飮, 耕田而食; 帝力於我何有哉!) ○安時論(안시론) : 당시 사람들의 평판에 편안해 하다.
348) 願年豐(원년풍) : 풍년이 들기를 바라다. 두숭간의 관직이 창조참군(倉曹參軍)이므로 수확이 풍성하기를 바란다는 뜻.
349) 滿腹中(만복중) : 배 속에 가득하다. 동한 말기 조일(趙壹)의 「세태를 미워하는 시」(疾邪詩)에 "문장과 책이 배에 가득 들었어도, 한 자루의 돈보다 못하구나!"(文籍雖滿腹, 不如一囊錢!)란 말이 있다.
350) 受諫(수간) : 간언을 받아들이다. 763년 4월 곽자의(郭子儀)가 대종(代宗)에게 티베트에 대해 경계하라고 여러 차례 상주했지만 대종이 받아들이지 않았다. ○今日(금일) : 오늘의 사태.

臨危憶古人.[351]　　　국난에 임하여 이전의 현신을 생각하노라
紛紛乘白馬,[352]　　　분분히 백마를 타고 반란에 가입하고
攘攘著黃巾.[353]　　　어지러이 병사들이 황건을 머리에 둘렀다 하네
隋氏留宮室,[354]　　　수나라가 남겨놓은 수많은 궁실이
焚燒何太頻![355]　　　어찌하여 그리도 자주 불탄단 말인가!

평석 제3, 4구는 안록산의 난으로 장구령을 생각한다는 뜻이다.(三四語卽祿山亂而思曲江意.)

해설 763년 11월 낭주(閬州)에서 장안이 함락되었다는 소식을 듣고 지었다. 두보는 낭주에서 장안의 급박한 소식을 들으며 연일 시를 썼는데 그 가운데 한 편이다. 763년 10월 티베트가 경주(涇州)를 공격하자 자사 고휘(高暉)가 성문을 열고 항복하였으며, 스스로 티베트 군의 길잡이가 되어 장안을 공격하였다. 대종은 어쩔 수 없이 섬주(陝州)로 피난 갔다. 역사서를 보면 티베트가 장안에 들어가 창고를 약탈하고 능침(陵寢)을 불태웠다는 말은 있어도 궁실을 불태웠다는 기록은 없다. 말미는 두보가 소문을 듣고 쓴 듯하다.

---

351) 古人(고인) : 고대의 현명한 군주와 신하.
352) 乘白馬(승백마) : 백마를 타다. 남조 양대(梁代) 무제(武帝) 때인 548년 후경(侯景)이 반란을 일으키며 백마를 타고 병사들은 모두 청건(靑巾)을 머리에 둘렀다. 이후 '백마'에는 반란자의 의미가 추가되었다.
353) 攘攘(양양) : 어지러운 모양. ○著黃巾(저황건) : 황건을 머리에 두르다. 동한 말기 영제(靈帝) 때 거록(鉅鹿)의 장각(張角)이 스스로 천공(天公)이라 칭하고 거병하였는데 그 병사들이 모두 황건을 머리에 둘렀다.
354) 隋氏(수씨) : 수나라.
355) 焚燒(분소) : 궁실을 불태우다.

한식날 종문과 종무에게 시를 보임(熟食日示宗文宗武)[356][357]

消渴游江漢,[358]	소갈병을 앓으며 기주(夔州)에서 노니니
羈棲尙甲兵.[359]	아직도 전란 중에 객지를 떠도는구나
幾年逢熟食,	몇 년 동안이나 타향에서 한식을 맞이했던가
萬里逼淸明.[360]	만 리 멀리에 다시 청명절이 다가오는구나
松柏邙山路,[361][362]	솔과 측백 우거진 북망산에 성묘도 못하는데
風花白帝城.[363][364]	여기 백제성에는 바람에 꽃잎이 날린다
汝曹催我老,[365]	너희들이 자란 만큼 나는 점점 늙어가니
廻首淚縱橫.	고개를 고향 쪽으로 돌리니 눈물이 어지럽구나

해설 한식과 청명을 맞이하여 고향으로 성묘가지 못하는 안타까움을 토로하고 전란 중에 떠돌아다니며 늙어가는 자신을 되돌아보았다. 767년 기주 양서(瀼西)에서 지었다.

---

356) 심주 : 熟食(숙식)은 곧 한식이다.(熟食卽寒食.)
357) 熟食日(숙식일) : 한식일. 왕기(王琦)는 "진 지방에서는 한식을 숙식이라 부른다"(秦人呼寒食爲熟食)고 주석하였다. 불을 피우지 않기에 미리 음식을 익혀놓은 다음 이를 가지고 절기를 지내므로 그렇게 불렀다. 제(齊) 지방에서는 '냉절'(冷節) 또는 '금연절'(禁煙節)이라고 한다. ○宗文宗武(종문종무) : 두보의 두 아들.
358) 消渴(소갈) : 한의학에서 말하는 소갈병. 증상은 목이 마르고 쉽게 배가 고프며 오줌을 자주 누고 신체가 마른다. 지금의 당뇨병에 해당한다. ○江漢(강한) : 장강과 한수 일대. 여기서는 기주(夔州) 지역을 가리킨다.
359) 羈棲(기서) : 객지에 머물러 있음.
360) 淸明(청명) : 절기의 하나. 양력 4월 5일 전후에 해당한다. 날씨가 온화해지고 맑아 파종하는 시기로 알려졌다. 고대에는 답청(踏靑)과 성묘 등의 풍속이 있었다.
361) 심주 : 고향이다.(故里.)
362) 松柏(송백) : 소나무와 측백나무. 무덤 주위에 심던 나무들이다. ○邙山(망산) : 북망산(北邙山). 낙양 근처의 하남부(河南府) 언사현(偃師縣) 북쪽에 있는 낮은 언덕으로, 풍수 명당 자리여서 한대 이래 왕후장상의 무덤이 몰려있었다. 두보의 고향은 여기서 가까운 공현(鞏縣)으로, 여기서는 조상들의 무덤을 환기한다.
363) 심주 : 타향이다.(客中.)
364) 風花(풍화) : 바람에 날리는 꽃잎.
365) 汝曹(여조) : 너희들. 두 아들을 가리킨다.

다시 두 아들에게 시를 보임(又示兩兒)

令節成吾老,[366]   아름다운 절기가 오면 내가 또 늙은 줄 아니

他時見汝心.[367][368]   나중에 너희들도 내 마음을 알게 되리라

浮生看物變,   이 뜬세상에서 갖가지 사물의 변화를 보았고

爲恨與年深.   마음속의 한은 해가 갈수록 깊어졌구나

長葛書難得,[369][370]   장갈현의 남동생 편지는 받기 어렵고

江州涕不禁.[371][372]   강주의 여동생을 생각하면 눈물을 멈출 수 없어

團圓思弟妹,   형제자매가 모두 모일 날을 생각하면서

行坐白頭吟.[373]   앉으나 서나 흰 머리로 늙은 내가 읊조린다

해설 앞의 시와 같은 때 지었다. 앞의 시에서 다 말하지 못한 미진한 부분을 언급하였다. 멀리 장갈현과 강주에 있는 형제자매를 그리워하면서 자신의 연로함을 안타까워하였다.

외기러기(孤雁)

孤雁不飮啄,   외기러기 한 마리 먹지도 마시지도 않고

---

366) 令節(영절) : 가절(佳節). 좋은 절기. 한식을 가리킨다.

367) 심주 : 다른 날 너희들이 나를 생각함은 지금 내가 부모를 생각하는 것과 같을 것이다.(他日汝之思我, 猶今我之思親.)

368) 他時(타시) 구 : 나중에 너희들이 나의 마음을 알게 될 것이다. 이 구에 관해서는 이설이 많으나, 여기서는 '汝見(我)心'으로 보았다.

369) 심주 : 남동생을 가리킨다.(指弟.)

370) 長葛(장갈) : 허주(許州)의 속현. 지금의 산동성 소재. 두보의 남동생이 이곳에 있었다.

371) 심주 : 여동생을 가리킨다.(指妹.)

372) 江州(강주) : 지금의 강서성 구강시(九江市). 두보의 여동생이 이곳에 살았다.

373) 行坐(행좌) : 걸으나 앉으나. ○ 白頭吟(백두음) : 흰 머리가 되어 읊는 노래. 이 시를 가리킨다.

飛鳴聲念群.	날아가며 소리 내며 무리를 찾고 있네
誰憐一片影,	누가 이 미약한 그림자를 불쌍히 여기랴?
相失萬重雲?	만 겹의 구름을 두고 헤어져버린 걸
望盡似猶見,[374]	멀리 바라보는 모습은 아직도 찾는 듯하고
哀多如更聞.	애처로운 울음은 무리의 소리를 들은 듯하다
野鴉無意緖,	들에 모인 까마귀들 아무런 뜻도 없이
鳴噪自紛紛.	지저귀는 소리가 절로 시끄럽구나

해설 무리에서 떨어진 외기러기를 통해 난리통에 하늘 끝을 떠도는 자신의 비애를 표현하였다. 뜻도 없이 시끄러운 까마귀들 때문에 외기러기의 슬픔이 더욱 깊어진다. 766년 기주에서 지었다.

귀뚜라미(促織)

促織甚微細,	귀뚜라미는 아주 작고 가는 곤충이지만
哀鳴何動人!	그 슬픈 소리는 얼마나 사람을 감동시키는가!
草根吟不穩,	풀뿌리 사이에서 불안스레 울다가
床下夜相親.	침상으로 들어와선 밤이 되면 나와 친해진다네
久客得無淚?	객지에서 떠도는 나그네 어찌 눈물 없이 들으며
故妻難及晨.[375]	혼자 사는 과부는 차마 새벽까지 들을 수 없으리
悲絲與急管,[376]	슬픈 현악기나 격한 관악기의 소리도
感激異天眞.	마음을 치는 이 천진함을 따를 수 없어라

---

374) 望盡(망진) : 멀리 보이는 데까지 바라보다.
375) 故妻(고처) : 전처. 내쳐진 여인. 과부.
376) 悲絲(비사) : 슬픈 현악기 소리. ○急管(급현) : 가락이 빠른 관악기 소리.

평석 '천진함'은 귀뚜라미를 가리키니, 현악기나 관악기와 같지 않음을 말하였다.('天眞'指促織, 言非絲管所能同也.)

해설 가을밤에 귀뚜라미 소리를 듣고 쓴 시이다. 말미에서 귀뚜라미의 천진한 소리를 강조하기 위해 음악을 대비시킨 것은 앞의 「외기러기」(孤雁) 시에서 기러기의 슬픔을 강조하기 위해 까마귀를 등장시킨 것과 같다.

티베트 검(蕃劍)[377]

致此自僻遠,[378]	외지고 먼 곳에 이 검이 왔는데
又非珠玉裝.	게다가 주옥으로 장식한 갑도 없어라
如何有奇怪,[379]	어찌하여 이처럼 신비로운가?
每夜吐光芒?	매일 밤 광망을 발하고 있으니
虎氣必騰上,[380]	호랑이의 정기이니 분명 날아오를 것이요
龍身寧久藏![381]	용의 화신이니 어찌 오래 감추어져 있으리!
風塵苦未息,[382]	괴롭게도 전쟁이 아직 끝나지 않았으니
持汝奉明王.	너를 밝은 군왕께 바칠까 하노라

평석 너무 가깝지도 너무 멀지도 않으니, 하나의 사물을 쓰면서 전체 정신이 모두 드러났다.

---

377) 蕃劍(번검) : 티베트의 검.
378) 致此(치차) : 검을 이곳에 가져오다. ○ 僻遠(벽원) : 외지고 멂.
379) 奇怪(기괴) : 신기하다. 신비롭다.
380) 虎氣(호기) : 보검의 정기(精氣). 『오월춘추』(吳越春秋)에 보면, 오왕 합려(闔閭)가 죽었을 때 편저(扁諸, 검의 이름) 삼천 자루를 함께 묻었다. 검의 정기가 흰 호랑이가 되어 무덤 위에 누웠다. 이에 이곳을 호구(虎丘)라 하였다.
381) 龍身(용신) : 검신(劍身). 『예장기』(豫章記)에 보면, 진(晉)의 뇌환(雷煥)이 풍성(豐城, 지금의 강서성 풍성현)의 감옥 지하에서 용천(龍泉)과 태아(太阿) 두 보검을 얻었다. 나중에 이 두 검은 두 마리 용이 되었다.
382) 風塵(풍진) : 바람에 흩어지는 먼지. 안사의 난을 비유한다.

다른 시인들의 영물시는 사소한 기준에 맞추느라 전전긍긍하는데, 여기에서 고수와 하수가 갈라진다.(不粘不脫, 寫一物而全副精神皆見. 他人詠物, 斤斤尺寸, 惟恐失之, 此高下之分也.)

해설 티베트 양식의 검을 노래한 영물시(詠物詩)이다. 소박한 외양의 검에 호랑이의 기상과 용의 전설을 덧입혀 자신에게 비겼다. 난리를 평정하고자 하는 자신의 절박한 심정과 자신의 재능을 발휘하고자 하는 뜻을 함께 표현하였다.

자규(子規)

峽裏雲安縣,[383]	협곡 속의 운안현
江樓翼瓦齊.[384]	강가의 누대 처마가 날개처럼 가지런해라
兩邊山木合,	누각 양쪽의 나무들이 하나로 연결되고
終日子規啼.	해종일 자규가 우는구나
眇眇春風見,[385]	작디작은 모습이 봄바람 속에 보이고
蕭蕭夜色淒.	바람 소리 어울려 밤 풍경이 처연해라
客愁那聽此,	시름 깊은 나그네 어찌 이를 들을 수 있나
故作傍人低.	그런데도 일부러 옆에 다가와 낮게 지저귀네

해설 봄날에 두견새의 울음소리를 듣고 일어나는 객수를 읊었다. 766년 봄 운안(雲安)에서 지었다.

---

383) 雲安縣(운안현) : 파군(巴郡)의 속현. 지금의 중경시 운양현(雲陽縣).
384) 江樓(강루) : 강가의 누각. 두보가 말하는 수각(水閣)으로 자신의 거처이다. ○ 翼瓦(익와) : 새의 날개처럼 가지런한 기와.
385) 眇眇(묘묘) : 작디작은 모양.

두관이 곧 도착한다기에 기뻐 다시 시를 짓다(喜觀卽到, 復題短篇)³⁸⁶⁾³⁸⁷⁾

巫峽千山暗,	무협은 수많은 산으로 어두운데
終南萬里春.³⁸⁸⁾³⁸⁹⁾	만 리 멀리 종남산엔 봄이 왔으리
病中吾見弟,	병중에서 내 아우를 만날 수 있다니
書到汝爲人.³⁹⁰⁾³⁹¹⁾	편지가 오는 걸 보니 아직 살아 있었구나
意答兒童問,³⁹²⁾³⁹³⁾	아이들이 물길래 편지 내용을 알려주니
來經戰伐新.³⁹⁴⁾³⁹⁵⁾	아우는 최근의 전쟁터를 거쳐왔다고 하는구나
泊船悲喜後,	배가 도착하여 기쁘고 슬픈 감정 쏟아낸 후
款款話歸秦.³⁹⁶⁾	장안으로 돌아갈 이야기를 즐거이 나누리라

해설 동생 두관(杜觀)이 장안에서 강릉(江陵, 호북성 형주시)에 도착하여 기주로 오고 있다는 편지를 받고 기뻐 지은 시이다. 767년 기주 양서에 있을 때 지었다. 2수 가운데 제1수이다.

---

386) 심주: '곧 도착한다'는 아직 도착하지 않았다는 뜻이니, 시를 음미하면 그 뜻이 절로 드러난다.('卽到'尚未到也, 玩詩中意自見.)

387) 觀(관): 두관(杜觀). 두보의 남동생 4명 가운데 하나.

388) 심주: 열 글자로 한 문장을 만들었다.(十字成句.)

389) 終南(종남): 장안 남쪽에 있는 종남산.

390) 심주: 침통하다.(沈痛.)

391) 爲人(위인): 사람이다. 귀신이 아닌 사람이란 뜻으로, 아직 살아있음을 반겨 표현한 말이다.

392) 심주: 두보의 아들이다.(公之子.)

393) 意答(의답): 아이들이 물어보기에 편지의 내용으로 답하다. 편지를 읽고 있는데 아이들이 삼촌 두관의 일을 묻자 한편으로 대답하고 한편으로 읽는 정황을 묘사하였다.

394) 심주: 이는 편지 속의 말이다.(卽書中語也.)

395) 戰伐新(전벌신): 최근의 전쟁. 767년 1월 대종이 곽자의(郭子儀)에게 밀조를 내려 관중에서 위세를 부리는 주지광(周智光)을 토벌하게 하고, 대장군 혼감(渾瑊)과 이화광(李懷光)에게 명하여 위수(渭水)에 주둔하게 하였다. 당시 주지광은 동주(同州)와 화주(華州) 절도사로 분란을 일으켰으며 이 때문에 장안으로 가던 사람들이 길을 돌아가야 했다. 이에 주지광이 화가 나 일부러 길을 막고 수많은 사람을 죽였다.

396) 款款(관관): 즐거운 모양. ○秦(진): 진 지방. 장안 지역.

다섯째 동생 두풍이 혼자 강좌에 있으면서 최근 삼사 년 동안 소식이 없기에 가는 사람에게 찾아보길 부탁하며 이 시를 부침(第五弟豐獨在江左, 近三四載寂無消息, 覓使寄此)[397]

聞汝依山寺,	듣자하니 너는 산사에서 산다는데
杭州定越州.[398)399)]	항주가 아니면 월주이리라
風塵淹別日,	전란의 먼지 속에 헤어진 지 오래인데
江漢失淸秋.[400)]	내가 있는 기주는 한 해의 가을이 또 지나간다
影著啼猿樹,	몸은 원숭이 우는 나무 아래 기대있지만
魂飄結蜃樓.[401)]	혼은 신기루가 일어나는 바다로 날아간다
明年下春水,	내년에는 봄 강물을 따라 내려가
東盡白雲求.[402)]	동쪽 흰 구름이 다하는 곳으로 너를 찾아가리

해설 멀리 헤어져 있는 동생의 안부를 걱정하여 쓴 시이다. 두보는 안사의 난이 일어나자 피난가면서 여러 동생들과 헤어졌다. 이미 헤어진 지 십 년이 되었으나 최근에 소식이 없어 그쪽으로 가는 사람에게 찾아달라고 부탁하면서 이 시를 주었다. 766년 기주에서 지었으며, 2수 가운데 제2수이다.

---

397) 豐(풍): 두보의 동생 두풍(杜豐). ○江左(강좌): 강동(江東)이라고도 한다. 장강 하류 남쪽 지방을 가리킨다. 오늘날의 화동 지역.
398) 심주: '정'(定)이란 '정해지지 않음'을 말한다.(定者, 不定之謂.)
399) 杭州(항주): 지금의 절강성 항주시. ○越州(월주): 지금의 절강성 소흥시.
400) 江漢(강한): 기주(夔州)를 가리킨다. ○失淸秋(실청추): 가을을 보내다. 또 한 해가 지나갔다는 뜻을 내포한다.
401) 結蜃樓(결신루): 신기루를 만들다. 고대인들은 바다에 사는 이무기(蜃)가 뿜어내는 입김 때문에 이루어졌다고 생각하여 '신기'(蜃氣)라고 하였다. 여기서는 동생이 살고 있는 화동 지역을 가리킨다.
402) 심주: 사방을 다 돌아다니며 찾겠다.(歷盡雲水以求之.)

공안현 회고(公安縣懷古)403)

野曠呂蒙營,404)	드넓은 들판에는 여몽의 병영이 있고
江深劉備城.405)	깊은 강 옆에는 유비의 성이 있어
寒天催日短,	차가운 하늘이라 하루해는 짧고
風浪與雲平.	풍랑은 구름만큼이나 높이 치솟아
灑落君臣契,406)	멋스러워라, 유비와 신하의 어울림이여
飛騰戰伐名.407)	높이 뛰어올랐어라, 여몽의 공훈이여
維舟倚前浦,	앞의 포구에 배를 묶어두고
長嘯一舍情.	길게 휘파람 불며 옛날을 생각하노라

평석 '灑落'(쇄락, 멋스러워라) 두 글자는 수어지교의 즐거움을 형용하였다. 말미는 헐거워졌다.('灑落'二字, 形得歡如魚水意出. 結鬆.)

해설 공안에서 삼국시대 촉한과 동오의 일을 회고하였다. 유비의 군신 화합을 부러워하고 여몽과 같이 국난을 극복할 뛰어난 장수가 없음을

---

403) 公安縣(공안현) : 지금의 호남성 공안현.

404) 呂蒙營(여몽영) : 여몽의 병영. 공안현 북쪽 이십오 리에 소재. 삼국시대 동오의 명장 여몽이 둔병했던 곳.

405) 劉備城(유비성) : 공안현의 잔릉성(孱陵城). 동한 말기 208년 적벽대전 이후 손권이 유비를 좌장군(左將軍) 및 형주목(荊州牧)에 추천하여 유강구(油江口)에 진주하게 하였다. 당시 사람들이 유비를 좌공(左公)이라 불렀기에 지명을 공안(公安)이라 개명하였다.

406) 灑落(쇄락) : 활달하고 시원스러운 모양. ○ 君臣(군신) : 유비를 비롯하여 관우, 장비, 제갈량 등을 가리킨다. 유비는 자신과 제갈량의 관계를 수어지교(水魚之交)에 비유하였다. ○ 契(계) : 만남이 잘 어울리다.

407) 飛騰(비등) 구 : 여몽이 환성(皖城, 안휘성 懷寧縣)을 함락시킨 공훈을 말한다. 213년 조조가 주광(朱光)을 파견하여 환성을 차지하고 둔병시키자, 동오의 여몽이 계책을 내어 성을 탈환하는데 공을 세웠으며 이 일로 여강태수(廬江太守)가 되었다. 또 220년 관우(關羽)가 번성(樊城)을 공격하는 틈을 타 형주성을 함락시키고, 육손(陸遜)을 추천하여 관우를 생포하는데 공을 세웠다. 유비와 동오의 대립은 공안으로부터 시작되었으므로 유비와 여몽의 일을 언급하였다.

안타까워하였다. 768년 늦가을 공안에서 지었다.

악양성 아래에 배를 대고(泊岳陽城下)[408]

江國踰千里,[409]	천 리를 넘어 강 마을에 오니
山城僅百層.[410]	다만 산기슭에 백 층 성읍을 보겠네
岸風翻夕浪,	강가에서 불어오는 바람은 저녁 파도를 높이고
舟雪灑寒燈.	배에 내리는 눈발은 차가운 등잔에 뿌려져라
留滯才難盡,[411]	객지에 머물러도 재주는 마르지 않고
艱危氣益增.[412]	어려움 속에서도 의기는 더욱 솟구친다
圖南未可料,[413]	남으로 갈 생각은 아직 할 수 없지만
變化有鯤鵬.[414]	구천을 나르는 붕새로 변할 수도 있으리

해설 768년 늦겨울 배를 타고 악양에 도착할 때의 광경과 심회를 표현하

---

408) 岳陽(악양): 악주(岳州) 파릉(巴陵). 지금의 호남성 악양시. 서쪽으로 동정호(洞庭湖)
와 면해 있으며, 북쪽으로 무협과 통하고, 동쪽으로 장강이 이어지며, 남쪽으로 소
상(瀟湘)이 흘러오는 교통의 요지이다.

409) 江國(강국): 강이 많은 지방. 수국(水國)이란 말과 비슷하다.

410) 山城(산성): 산 아래 있는 성. 악양은 천악산(天岳山) 기슭에 있으므로 산성이라 하였다.

411) 留滯(유체): 머물다. 어려운 처지에 머물다. ○才難盡(재난진): 재주가 다하기 어렵
다. '강엄재진'(江淹才盡)이란 고사를 환기한다. 남조 양(梁)의 강엄(江淹)은 젊어서
문명이 높아 사람들이 강랑(江郞)이라 불렀는데, 만년에는 꿈에 곽박(郭璞)이라고
하는 사람이 나타나 빌려준 붓을 가져가겠다고 하였다. 강엄은 품속에서 오색필(五
色筆)을 꺼내 주었다. 이후 강엄은 뛰어난 글을 쓰지 못하였고 사람들은 '재주가 다
하였다'(才盡)고 하였다. 『남사』(南史) 「강엄전」(江淹傳) 참조.

412) 艱危(간위): 어려움과 위태로움.

413) 圖南(도남): 원대한 포부. 『장자』 「소요유」(逍遙遊)에 나오는, 북명(北冥)에 사는 물
고기 곤(鯤)이 붕새(鵬)로 변하여, "그리고서 장차 남쪽으로 가려 한다"(而後乃今將
圖南)는 말에서 유래하였다. 여기서는 시인의 포부와 남쪽으로 가려는 의도를 중의
적으로 표현하였다.

414) 鯤鵬(곤붕): 곤과 붕새.

였다. 후반부는 오랜 객지생활에 지치고 몸이 쇠했어도 아직 강건한 기
상이 있음을 말하였다.

악양루에 올라(登岳陽樓)[415]

昔聞洞庭水,	일찍이 동정호에 대해 들었거니
今上岳陽樓.	지금에야 비로소 악양루에 오른다
吳楚東南坼,[416]	오 지방과 초 지방을 동남으로 갈랐고
乾坤日夜浮.[417]	호면에는 하늘과 땅이 밤낮으로 떠 있어라
親朋無一字,	친척과 친구에서 한 자 소식도 없는데
老病有孤舟.[418]	늙고 병든 몸에 있는 것이라곤 쪽배뿐
戎馬關山北,[419]	관산(關山)의 북쪽에는 아직 군마가 있다 하니
憑軒涕泗流.[420]	난간에 기대어 눈물을 뿌리노라

평석 제3, 4구는 고금을 걸쳐 웅장함을, 제5, 6구는 암담한 마음을 썼다. 제5, 6구를 썼기에

---

415) 岳陽樓(악양루) : 악주성의 서문 위에 있는 누각. 성문은 바로 동정호와 면해 있다.
　　당대 장열(張說)이 악주에 폄적되었을 때 건축하였다.
416) 吳楚(오초) : 춘추전국시대 오나라와 초나라. ○坼(탁) : 가르다. 이 구는 오나라의 강
　　역은 호수 동쪽에, 초나라의 영토는 호수 남쪽에 있었기에, 호수가 이를 나누고 있
　　다고 하였다.
417) 乾坤(건곤) : 하늘과 땅. 『수경주』「상수」(湘水)에서 동정호는 "호수의 둥근 둘레는
　　오백여리 되고 해와 달이 그 속에서 나고 든다"(湖水廣圓五百餘里, 日月若出沒於其
　　中.)고 했다.
418) 老病(노병) : 늙고 병들다. 소척비(蕭滌非)에 의하면 두보는 기주에 오기 전에 폐병,
　　악성 학질, 중풍에 걸려 있었고, 기주시대 이후로는 오른쪽 팔이 경직되고 왼쪽 귀
　　가 들리지 않고, 이도 반이나 빠졌다.
419) 戎馬(융마) : 군마(軍馬). 전쟁을 비유한다. 당시 768년 가을 티베트가 영무(靈武)와
　　빈주(邠州)에 침입하여 장안이 계엄에 들어갔으며, 조정에서는 곽자의에게 명하여
　　봉천(奉天)에 나가 방비하게 하였다.
420) 憑軒(빙헌) : 누대의 난간에 기대다. ○涕泗(체사) : 눈물과 콧물.

비로소 판에 박히지 않게 되었다.(三四雄跨今古, 五六寫情黯淡, 著此一聯, 方不板滯.) ○ 맹호연의 「동정호에서 장구령 승상께 올리다」(臨洞庭上張丞相)는 제3, 4구에서 동정호를 실(實)의 방법으로 썼지만, 두보는 여기에서 허(虛)의 방법으로 썼다. 그런데도 다른 시구로 바꿀 수 없으니 실력이 더욱 뛰어나다.(孟襄陽三四語實寫洞庭, 此只用空寫, 却移他處不得, 本領更大.)

해설 악양루를 중심으로 한 광대한 배경 속에 개인의 처지와 동란의 시국을 함께 생각하였다. 768년 겨울 두보는 가족을 이끌고 작은 배를 타고 악양에 도착하였다. 이 시는 이때 악양루에 올라 주위를 돌아보고 지었다.

엄무(嚴武)

반첩여(班婕妤)[1]

賤妾如桃李,	천첩은 도리(桃李)꽃 같으나
君王若歲時.[2]	군왕은 네 계절 변함없네요
秋風一已勁,	가을바람이 거세게 불면
搖落不勝悲.	수척하게 떨어지니 슬픔을 이길 수 없어요
寂寂蒼苔滿,	적적하게 파란 이끼 가득하고

---

1) 班婕妤(반첩여) : 서한의 궁녀(기원전 48?~6?년). 성은 반(班)씨이고 이름은 알려지지 않았다. 첩여(婕妤)는 한대 궁중의 여성 관직의 명칭이다. 누번(樓煩, 산서성 朔縣) 사람이다. 성제(成帝, 재위 기원전 32~7년) 초기에 입궁하여 성제의 총애를 받았다. 나중에 조비연(趙飛燕)의 모함을 받아 총애를 잃자 스스로 장신궁(長信宮)에 가서 태후(太后)를 모시고 살겠다고 자청하였다. 이때의 심정을 묘사한 「자도부」(自悼賦)가 『한서』에 실려 있으며, 『문선』(文選)에 실려 있는 「원가행」(怨歌行)도 역대로 그녀의 작품으로 간주되었다.
2) 歲時(세시) : 네 계절. 일 년.

沈沈綠草滋.　　　침침하게 푸른 풀 무성하네요
繁華非此日,　　　이제는 꽃이 번성한 때 아니니
指輦競何辭!³⁾　어연(御輦)에 동승하자시면 사양하지 않겠어요!

해설 서한 성제 때의 궁녀 반첩여의 어조로 군왕의 총애를 잃은 비애를
그렸다. 『악부시집』에는 '상화가사'에 넣고 있으며 작자도 엄식현(嚴識玄)
이라 하였다. 한대 「원가행」 이래로 반첩여의 정황을 그린 악부시는 「원
시행」(怨詩行), 「원시」(怨詩), 「반첩여」(班婕妤), 「첩여원」(婕妤怨), 「장신원」
(長信怨) 등의 제목으로 지어졌다. 이 시는 말미에서 반어법으로 어진 사
람의 실총(失寵)을 안타까워하였다.

장순(張巡)

피리 소리를 들으며(聞笛)

岧嶢試一臨,¹⁾　　드높은 성루에서 한 번 내려다보니
虜騎附城陰.²⁾　　적의 기병이 북쪽 성벽에 바짝 붙어있구나

---

3) 指輦(지연) 구 : 성제가 어연에 함께 탈 것을 권하자 반첩여가 사양한 일을 가리킨다.
　　『한서』 「반첩여전」(班倢伃傳)에 나온다. "성제가 후정에서 노닐며 일찍이 첩여에게
　　어연에 함께 타고자 하였다. 첩여가 사양하며 말했다. '고대의 일을 그린 그림을 보
　　니 성현의 군주 옆에는 모두 명신이 있고 삼대의 말주(末主) 옆에는 총애하는 여인
　　이 있으니, 지금 저에게 동승하시라 하심은 이와 비슷하지 않으신지요?' 성제가 그
　　말을 칭찬하며 청을 거두어들였다."(成帝遊於後庭, 嘗欲與倢伃同輦載, 倢伃辭曰:"觀
　　古圖畫, 聖賢之君皆有名臣在側, 三代末主有嬖女, 今欲同輦, 得無近似之乎?" 上善其
　　言而止.)
1) 岧嶢(초요) : 높고 험준한 모습. 여기서는 성루가 높음을 형용한다.
2) 虜騎(노기) : 오랑캐 기마. 여기서는 반란군 장수 윤자기(尹子奇)가 이끄는 군사.

不辨風塵色,　　　　전쟁의 승패도 분별할 수 없는데
安知天地心.³⁾　　천지의 마음을 어찌 알 수 있으랴?
門開邊月近,　　　　문을 여니 변방의 달이 가깝고
戰苦陣雲深.⁴⁾　　전투가 고되니 구름이 짙어
旦夕更樓上,⁵⁾　　깊은 밤 경루(更樓)에 올라
遙聞橫笛音.⁶⁾　　멀리서 부는 횡적 소리 듣노라

평석 한 조각 충의의 기운이 흘러나오니, '피리 소리를 듣는다'는 뜻 하나로 충분하다.(一片
忠義之氣滾出, '聞笛'意一點自足.) ○ 제3, 4구는 전쟁의 처참함도 알지 못하거니와 천심의 향
배도 알지 못한다고 말했는데, 전후로 개합을 이루어 균형을 맞추려고 한 말이 아니다. 송
대 학자는 백이와 숙제가 고난을 당한 것은 하늘의 뜻이 아니라고 하였는데, 이 성의 함락
도 마찬가지로 하늘의 뜻이 아니라는 뜻이다.(三四言不識風塵之愁慘, 幷不知天意之向背, 非
一開一闔語也. 宋賢謂伯夷、叔齊欲與天意違拗, 正復相合.)

해설 반란군에게 포위된 휴양(睢陽)성을 지키며 달밤에 피리 소리를 듣고
쓴 시이다. 피리 소리 자체보다는 반란군과 대치한 상태에서의 밤중 정
황과 소회를 그려 긴장감이 충만하다. 757년 10월 휴양성이 함락되기 전
에 지었다.

　　○ 城陰(성음) : 성의 북면 밖.
3)　天地心(천지심) : 천지의 마음. 천지가 지향하는 뜻. 현대 학자 이화(李華)는 이 구를
　　『주역』「복」(復)괘의 "복괘(復卦), 천지가 지향하는 마음을 볼 수 있으리라"(復, 其見
　　天地之心乎.)와 연결하여 풀이하였다. 즉 복괘는 다섯 개의 음효와 한 개의 양효로,
　　여러 음 속에 양이 있으므로 사지에서 살아나오는 것으로 풀이하였다.
4)　戰苦(전고) 구 : 작자의 「금오장군 수여에 감사하여 올리는 표」(謝金吾表)에 "신은 사
　　십칠 일간 포위되었으며 모두 천팔백여 차례 싸웠습니다"(臣被圍四十七日, 凡一千八
　　百餘戰.)라는 말이 있다.
5)　更樓(경루) : 밤의 시각을 알리는 누대.
6)　橫笛(횡적) : 북방 민족에서 전래된 단소(短簫).

형거(邢巨)

봄에 놀며(遊春)

海嶽三峰古,	바다에 세 봉우리는 오래되고
春皐二月寒.	봄이 온 언덕에는 이월이 아직 추워
綠潭漁子釣,[1]	푸른 연못에서 어부가 낚시하고
紅樹美人攀.[2]	나무의 붉은 꽃을 미인이 꺾는다네
弱蔓環沙嶼,	연약한 넝쿨이 모래섬을 두르고
飛花點石關.[3]	휘날리는 꽃잎이 돌문에 흩어지는구나
溪山遊未厭,	계곡과 산에서 놀면서도 싫증나지 않아
琴酌弄晴灣.	거문고와 술로 맑은 물굽이를 감상하노라

해설 초봄의 정경을 모자이크 식으로 그렸지만, 중심이 되는 이미지가 없어 다소 산만하다. 『전당시』에 '금곡가사'(琴曲歌辭) 2수로 되어 있다.

---

1) 漁子(어자) : 어부.
2) 紅樹(홍수) : 붉은 꽃이 달린 나무.
3) 點(점) : 점철하다. 장식하다.

당시별재집 권11

유장경(劉長卿)

평석 중당시는 구성을 다듬는 방향으로 나갔고 언어 선택에 뛰어났으나 혼후한 기운은 부족하다. 풍격이 낮아졌고 가락도 떨어졌다. 유장경은 주제의 단련에 뛰어났고, 그 공교로움이 아정함을 다칠 정도는 아니어서 전대 시인의 틀을 가지고 있다.(中唐詩近收斂, 選言取勝, 元氣不完, 體格卑而聲調亦降矣. 劉文房工于鑄意, 巧不傷雅, 猶有前輩體段.)

목릉관 북쪽에서 어양으로 돌아가는 사람을 만나 (穆陵關北逢人歸漁陽)¹⁾

逢君穆陵路,	목릉관 가는 길에 그대를 만났나니
匹馬向桑乾.²⁾	그대는 필마로 상간하로 가는구나
楚國蒼山古,	여기 초 지방은 푸른 산이 유구하나
幽州白日寒.³⁾⁴⁾	유주는 햇빛이 차가우리라
城池百戰後,	성과 해자는 수많은 전쟁에 부서지고
耆舊幾家殘?⁵⁾	살아남은 늙은이도 거의 없으리
處處蓬蒿遍,	도처에 쑥대가 널려 있어
歸人掩淚看.	고향에 돌아간 사람 눈물 훔치며 보리라

해설 황주 목릉관에서 유주로 돌아가는 사람을 만나 쓴 시이다. 유주로 돌아가는 사람은 아마도 안사의 난으로 피난했다가 고향으로 돌아가는 듯하다. '백일한'(白日寒)은 단순히 날씨만 묘사한 것이 아니라 백성들의 비참함을 함께 환기한 것으로 명구로 알려졌다. 작자가 767년 회서(淮西)에 사신으로 가면서 광주(光州)와 황주(黃州)를 지날 때 지은 것으로 보인다.

---

1) 穆陵關(목릉관): 木陵關이라 쓰기도 한다. 황주(黃州) 마성현(麻城縣, 호북성 마성현) 서북에 소재. 남북조시대에 군사 요지였다. ○ 漁陽(어양): 어양군(漁陽郡). 742년(천보 원년) 계주(薊州)를 어양군으로 개명하였다. 치소는 지금의 천진시 계현(薊縣).

2) 桑乾(상건): 지금의 영정하(永定河). 탑하(㶟河) 또는 노구하(盧溝河)라고도 불렀다. 산서성 마읍현(馬邑縣) 상건산(桑乾山)에서 발원하여 북경 서남으로 돌아든다. 여기서는 어양 일대를 가리킨다.

3) 심주: 침울하다. (沈鬱.)

4) 幽州(유주): 지금의 북경시와 하북성 북부 일대. 치소는 지금의 북경시. 안록산이 이곳에서 범양절도사(范陽節度使)로 있으면서 안사의 난을 일으켰다.

5) 耆舊(기구): 노인. ○ 殘(잔): 부서지고 남다.

침주가는 사신을 만났기에 그 편으로 정 협률에게 부침(逢郴州使因寄鄭協律)[6]

相思楚天外,	초 지방 하늘 너머 그대를 그리워하니
夢寐楚猿吟.[7]	꿈속에서도 원숭이 울음소리 들려라
更落淮南葉,[8]	더구나 회남에는 나뭇잎이 떨어지니
難爲江上心.[9]	장강 강가에서의 심정은 견디기 어려우리
衡陽問人遠,[10]	형양이 어디인가 물으니 머나먼데
湘水向君深.	상수는 그대 쪽을 향하여 깊어라
欲逐孤帆去,	떠나는 쪽배를 따라 가고 싶지만
茫茫何處尋?	망망한 천지에 어디에서 그대를 찾으랴?

해설 유장경의 다른 시 「피리 듣고 지은 노래-정 협률을 두고 떠나며」
(聽笛歌別鄭協律)에서 "친구는 장사로 폄적 가는 나를 가엾게 여겨"(舊遊憐
我長沙謫)란 말이 있는 것으로 보아, 정 협률은 예전부터 친했던 사이로
보인다. 나중에 정 협률은 침주로 좌천되었고, 유장경은 마침 그곳에 가
는 사람이 있어 시를 써서 보내었다. 지역성이 강한 풍경으로 그리움을
나타낸 면에서 성당 산수시의 신운(神韻)이 엿보인다.

---

6) 郴州(침주) : 강남서도(江南西道)의 속주. 한대에는 계양군(桂陽郡)이었는데 수대에
   침주로 개명했다. 치소는 지금의 호남성 침주시. ○協律(협률) : 협률랑(協律郎). 태
   상시(太常寺)의 속관으로 음악을 관장한다. 품계는 정8품상.
7) 夢寐(몽매) : 잠자거나 꿈꾸는 상태.
8) 淮南葉(회남엽) : 회남 지역의 나뭇잎. 또는 『회남자』에 나오는 낙엽의 비유를 가리
   킨다. 『회남자』「설산훈」(說山訓)에 "떨어지는 낙엽 하나를 보고 한 해가 저물 것을
   안다"(見一葉落而知歲之將暮)는 말이 있고, "나뭇잎 떨어지니 장년이 슬프다"(木葉落
   而長年悲)는 말이 있다.
9) 難爲(난위) 구 : 이 구는 『초사』「초혼」(招魂)에 "출렁이며 흐르는 장강이여 강변에는
   단풍이요, 천 리 멀리 바라보니 춘심(春心)이 슬프니"(湛湛江水兮上有楓, 目極千里兮
   傷春心.)를 환기한다.
10) 衡陽(형양) : 형주 형양현. 지금의 호남성 형양시. 그 남쪽에 침주가 접해 있다.

악양의 객관에서 동정호를 바라보며(岳陽館中望洞庭湖)

萬古巴丘戍,[11]	만 년을 이어온 파구의 수자리
平湖此望長.	여기에서 바라보는 호수는 광활하기만 해
問人何淼淼,[12]	얼마나 넓은지 사람에게 물어보지만
愁暮更蒼蒼.	시름겨운 저물녘이면 더욱 창망하여라
疊浪浮元氣,[13]	파도가 뒤집힐 때면 호수는 허공에 떠 있는 듯하고
中流沒太陽.	호면의 중앙이 태양을 삼키는 듯하다
孤舟有歸客,	쪽배에는 고향으로 돌아가는 나그네
早晚達瀟湘?[14]	조만간 소수와 상수가 만나는 곳에 이르리

평석 제5, 6구는 아직 기세가 있지만 맹호연과 두보의 두 작품을 보면 장강과 황하가 형초(호남성과 호북성)에 맞서는 것과 같다.(五六猶有氣焰, 然視襄陽、少陵二篇, 如江、黃之敵荊楚矣.)

해설 악양에서 동정호를 바라보며 지은 시이다. 제5, 6구는 동정호의 광대한 기상을 묘사한 명구로 꼽힌다. 악악전운사판관(鄂岳轉運使判官)으로 있을 때인 771년(약 46세) 가을 지금의 호남성 일대를 순행할 때 지었다.

---

11) 巴丘戍(파구수) : 파구의 수자리. 악주 파릉현(巴陵縣, 지금의 호남성 악양시)의 천악산(天岳山)을 가리킨다. 『태평환우기』(太平寰宇記) 「악주」(岳州)에 "『여지지』에 '파구에 대둔수(大屯戍)가 있으며 노숙이 진수하였다'고 했다. 풀이하건대 군성은 노숙이 지었다. 『촉서』에 '서쪽으로 백제의 병사를 늘이고 북쪽으로 파구의 수자리를 늘였다'고 했는데 모두 이곳이다."(『輿地志』云:'巴丘有大屯戍, 魯肅守之.' 按郡城卽肅所築也. 『蜀志』曰:'西增白帝之兵, 北增巴丘之戍', 皆此地.) 파구는 파릉(巴陵)이라고도 하며, 악양시 서남 동정호에 면해있다. 전설에 따르면 하나라 왕 예(羿)가 이곳에서 뱀을 죽여 그 뼈가 쌓여 산이 되었기에 파릉이라 했다고 한다.

12) 淼淼(묘묘) : 물이 드넓은 모양.

13) 元氣(원기) : 하늘과 땅이 나뉘기 전 혼돈 상태의 기운. 일반적으로 우주 자연의 기운을 가리킨다.

14) 瀟湘(소상) : 소수(瀟水)와 상수(湘水). 일반적으로 지금의 호남성 지역을 가리킨다.

북으로 돌아가다 추포현 청계 객관에서 묵으며(北歸次秋浦界淸溪館)[15]

萬嶺猿啼斷,	원숭이 울던 수많은 고개를 넘어와
孤村客暫依.	나그네 외로운 마을에 잠시 의지하네
雁過彭蠡暮,[16]	기러기가 팽려호를 지나가는 저녁
人向宛陵稀.[17]	완릉으로 가는 사람 적어라
舊路靑山在,	청산에는 옛길이 여전하나
餘生白首歸.	남은 생애에 흰머리 이고 돌아가누나
漸知行近北,	점점 알겠나니, 북으로 올라갈수록
不見鷓鴣飛.[18]	날아다니는 자고새가 보이지 않음을

해설 강서의 팽려호에서 선주 가는 도중에 지은 시이다. 지리적 이동을 표시하는 지명으로 이동의 속도감을 표시하면서 인생에 대한 감회도 섞었다.

여간 객사(餘干旅舍)[19]

搖落暮天迥,	초목이 떨어진 저녁 하늘이 아득한데
靑楓霜葉稀.	이슬에 물든 단풍잎이 성기어라

---

15) 次(차) : 묵다. ○秋浦(추포) : 선주(宣州)의 속현. 지금의 안휘성 귀지(貴池). ○淸溪(청계) : 추포현 경내의 강. 안휘성 함산현(含山縣) 마자연(馬子硯)에서 발원하여 서남으로 흐르다가 책수(柵水)로 들어가는데, 이곳이 곧 청계구(淸溪口)이다. 청계관은 청계구에 세워진 객관이다.
16) 彭蠡(팽려) : 팽려호(彭蠡湖). 지금의 강서성에 있는 파양호(鄱陽湖).
17) 宛陵(완릉) : 선주 선성(宣城). 한대에는 완릉이라 하였다.
18) 鷓鴣(자고) : 메추리 비슷하면서 몸집은 꿩만큼 큰 새. 추위를 싫어하고 따뜻한 곳을 좋아하여 주로 강남에 살며 아침과 저녁에는 잘 나타나지 않는다. 중국인은 그 우는 소리를 "씽부더이에 꺼꺼"(行不得也哥哥)라 들어 "가지 말아요, 형아"로 이해하였으며, 객지를 가는 사람에게 가장 쉽게 시름을 일으키는 새였다.
19) 餘干(여간) : 요주(饒州)의 속현. 지금의 강서성 여간.

孤城向水閉,　　　외딴 성은 강물을 향해 닫혀있고
獨鳥背人飛.　　　새 한 마리 사람을 등지고 날아간다
渡口月初上,　　　나루터에 달이 막 떠오르는데
鄰家漁未歸.　　　이웃 집 어부는 아직 돌아오지 않았어라
鄕心正欲絶,　　　고향을 그리는 마음에 애가 끊어지는데
何處搗寒衣?　　　어디에서 겨울옷을 다듬이질 하는가?

해설 객사 주위의 풍광을 묘사하고 말미에서 향수를 노래하였다. 유장경
은 758년 사건에 연좌되어 남파(南巴, 광동 茂名)위로 좌천되었고 760년 홍
주(洪州)에서 양이(量移)되었다. 그러므로 759년에서 762년까지 소주(蘇州)
에서 홍주(洪州) 사이를 여러 차례 오갔다. 이 시는 이 기간에 지어졌다.

표모 무덤을 지나며(經漂母墓)[20]

昔賢懷一飯,[21]　　한신이 품었던 밥 한 그릇의 은혜
玆事已千秋.　　　이 일은 이미 천 년이 지났어라
古墓樵人識,　　　오래된 무덤은 나무꾼도 알아
前朝楚水流.[22]　　한나라 때 회수가 아직도 흐른다
渚蘋行客薦,[23]　　지나가는 나그네 네가래를 따서 바치고

---

20) 漂母(표모) : 빨래하는 아낙. 일반적으로 서한 한신(韓信)에게 밥을 먹인 여인을 가리
킨다. 『사기』「회음후열전」(淮陰侯列傳)에 의하면, 한신은 가난하여 성 아래에서 낚
시하며 살았다. 한 표모가 한신이 굶주리는 것을 보고 가엾게 여겨 밥을 주었다. 한
신이 초왕(楚王)이 된 후 하비(下邳)에 도읍을 정하고 표모를 불러 천 금을 하사하
였다. 그녀의 무덤은 회음성(淮陰城) 동쪽에 소재.
21) 昔賢(석현) : 예전의 현인. 한신을 가리킨다. ○懷(회) : 은혜를 품다. 『사기』「범휴전」
(范雎傳)에 "한 끼 밥의 은덕도 반드시 갚는다"(一飯之恩必償)는 말이 있다.
22) 前朝(전조) : 한(漢) 왕조. ○楚水(초수) : 회수(淮水)를 가리킨다. 회음(淮陰)은 전국시
대에 초나라의 강역이었다.
23) 渚蘋(저빈) : 물가의 네가래. ○行客(행객) : 지나가는 나그네. ○薦(천) : 제사에 제물

山木杜鵑愁.	두견새는 산의 숲에서 시름겹게 운다
春草茫茫綠,²⁴⁾	봄풀은 끝없이 푸른데
王孫舊此遊.²⁵⁾	이곳에 놀았던 왕손은 다시 돌아오지 않네

평석 원대 방회가 말했다. "뜻이 깊어 드러나지 않는다. 아마도 초한지쟁과 그 흥망은 사라지고 남은 것은 강물뿐이다. 표모의 무덤을 나무꾼도 알 정도니 그녀의 한 끼 밥의 은덕이 여기에도 있다."(方虚谷云: "意深不露. 蓋謂楚、漢興亡, 唯有流水耳. 一老母之墓, 樵人猶能識之, 以其有一飯之德于時也.")

해설 회안(淮安)은 한신의 고향으로, 이곳에 있는 표모의 무덤을 지나가며 어린 한신에게 은혜를 베풀었던 표모를 기렸다.

·

한양 별장으로 돌아가는 이 중승을 보내며(送李中丞歸漢陽別業)²⁶⁾

流落征南將,²⁷⁾	객지에서 떠도는 정남장군
曾驅十萬師.	일찍이 십만 대군을 이끌었었지
罷歸無舊業,²⁸⁾	관직을 그만두니 옛 가업도 없고

을 올리다. 『좌전』 '은공 3년'조에 "네가래, 쑥, 마름이라도 (…중략…) 귀신에게 제물로 바칠 수 있고"(蘋蘩蘊藻之菜, 可薦於鬼神.)라는 말이 있다.

24) 春草(춘초) 구: 서한 회남소산(淮南小山)의 「은사를 부르다」(招隱士)에서 "왕손(王孫)이여, 그대 떠나간 후 돌아오지 않더니, 봄풀은 자라서 파릇파릇 우거졌네"(王孫遊兮不歸, 春草生兮萋萋.)란 구절을 환기한다.

25) 王孫(왕손): 귀족. 여기서는 한신. 『사기』 「회음후열전」에서도 표모가 한신을 왕손이라 불렀다.

26) 中丞(중승): 어사중승. 어사대(御史臺)의 부장관. 숙종 이래 절도사나 관찰사가 어사대의 직책을 겸직하는 경우가 많았으므로 여기서도 허직(虛職)으로 보인다. 이 중승은 미상. ○ 漢陽(한양): 한수의 북안. 양주(襄州), 호북성 양양을 가리킨다. 다른 판본에서는 제목이 「양주로 돌아가는 이 중승을 보내며」(送李中丞歸襄州)라 되어 있다.

27) 流落(유락): 객지에서 떠돌다.

28) 罷歸(파귀): 관직을 그만두고 귀향하다. ○ 舊業(구업): 원래의 사업.

老去戀明時. 29)　　　　늙어가며 태평성대를 그리워하네
獨立三邊靜, 30)　　　　홀로 우뚝 서서 변방을 평정하고
輕生一劍知. 31)32)　　　목숨을 아까워않음을 긴 칼만이 알았네
茫茫江漢上,　　　　　끝없이 펼쳐진 장강과 한수에서
日暮欲何之!　　　　　해는 저무는데 어디로 가려는가!

해설 노년에 고향으로 돌아가는 장군과 헤어지며 쓴 시이다. 장군의 청
렴(제3구)과 충정(제4구)을 추앙하고 그 공훈을 칭송하면서, 이에 반해 만
년에는 떠돌아다니는 상황을 안타까워하였다.

악주로 옮기며 현양관에 묵으며 옛집을 그리다(移使鄂州, 次峴陽館, 懷舊居)33)

多慚恩未報,　　　　　나라의 은혜에 보답하지 못함이 부끄러운데
敢問路何長?　　　　　감히 묻나니 길은 얼마나 먼가?
萬里通秋雁,　　　　　만 리에 가을 기러기만 오가고
千峰共夕陽.　　　　　천 개 산봉우리가 석양을 함께 받는다
舊遊成遠道, 34)　　　예 놀던 곳은 먼 길 밖에 있고
此去更違鄉. 35)　　　이곳을 떠나면 고향이 더욱 멀어지리

---

29) 明時(명시) : 정치가 청명한 시대.
30) 三邊(삼변) : 변경 지역을 통칭하는 말. 한대에는 유주(幽州), 병주(幷州), 양주(涼州)
　　를 가리켰다.
31) 심주 : 이는 예전의 공적을 서술한 것이다.(此追敍其向日之功.)
32) 輕生(경생) : 나라를 위해 목숨을 아까워하지 않다. ○ 一劍知(일검지) : 공훈이 있음
　　을 차고 있는 칼이 알고 있다. 다른 사람들은 알아주지 못한다는 뜻이 깃들어 있다.
33) 鄂州(악주) : 악악관찰사(鄂岳觀察使)의 치소. 지금의 호북성 무한시 무창(武昌). ○ 峴
　　陽館(현양관) : 악주 영흥현(永興縣) 현산(峴山)에 있는 객관을 가리키는 듯하다. 지금
　　의 호북성 양신현(陽新縣) 소재.
34) 심주 : 현양관이다.(峴陽館.)
35) 심주 : 예 살던 곳을 그리워하였다.(懷舊居.)

草露深山裏,	깊은 산 속 풀 이슬
朝朝落客裳.	아침마다 나그네 옷깃에 떨어지네

해설 양주에서 악주로 근무처를 옮길 때 길 도중에서 고향을 그리며 지었다. 이동하는 구간에 일어나는 감회를 읊는 유장경 시의 특징이 잘 드러났다. 특히 제3, 4구는 명구로 친다. 770년경 지은 것으로 본다.

황보 시어가 부쳐준 시에 답하며,
최근 상국 고장공이 군에 부임하시다(酬皇甫侍御見寄, 時前相國姑臧公初臨郡)[36]

離別江南北,	강을 두고 남북으로 헤어져 있었는데
汀洲葉再黃.[37]	강가의 나뭇잎이 다시 한 번 누렇게 변했다
路遙雲共水,	길이 멀어 구름만이 강물과 함께 하고
沙逈月如霜.	모래톱이 아득하여 달빛이 서리 같아라
歲儉依仁政,[38]	흉년에는 어진 정치를 베풀어야 하고
年衰憶故鄉.	나이가 들었기에 고향을 그리워한다네
佇看宣室召,[39]	황제가 그대 부르기를 장차 볼 터이니

---

36) 皇甫侍御(황보시어) : 황보증(皇甫曾). 황보염(皇甫冉)의 동생. 일찍이 전중시어사(殿中侍御史)였기에 황보 시어라고 했다. 유장경과 가까운 사이로 유장경 시에 자주 등장한다. ○ 姑臧公(고장공) : 이규(李揆). 숙종 때 재상이었다. 그 출신이 고장대방(姑臧大房)이기에 고장공이라 하였다. 777년 4월 이규는 목주자사(睦州刺史)에 임명되어 가을에 부임하였다.

37) 葉再黃(엽재황) : 나뭇잎이 다시 누렇게 되었다. 이 년 전인 775년 늦가을에 황보증이 유장경의 벽간(碧澗) 별장을 방문하였기에 이렇게 말하였다.

38) 歲儉(세검) : 흉년이 들다.

39) 宣室(선실) : 한대 미앙궁의 선실전(宣室殿). 『사기』 「굴원가생열전」(屈原賈生列傳)에 나오는 한 문제(漢文帝)와 가의(賈誼)의 문답을 환기한다. "나중에 일 년쯤 지나 가의는 다시 징초되었다. 문제는 마침 선실에서 제사의 고기를 받았다. 이에 문제가 귀신의 일에 대해 생각이 미치어 귀신의 근본에 대해 물었다. 가의는 귀신의 유래에

漢法倚張綱.[40]　　　법의 시행은 한나라의 장강(張綱)에 따르리

해설 황보증은 771년부터 서주사마(舒州司馬)가 되었고 유장경은 774년 목주사마(睦州司馬)로 좌천되었다. 두 사람은 장강을 두고 떨어져 있으면서 황보증이 자주 강남으로 내려갔다. 777년 가을 고장공 이규(李揆)가 목주자사(睦州刺史)로 부임하였기에, 유장경은 황보증의 시에 대한 답시 겸 이규에게 이 시를 증정하였다.

괄주를 다스리러 가는 제 낭중을 보내며(送齊郎中典括州)[41]

星象移何處?[42]　　　별은 어느 곳으로 움직이는가?
旌麾獨向東.[43]　　　깃발 행렬이 홀로 동으로 가는구나
勤耕滄海畔,　　　　바닷가에서 힘써 밭을 갈고

대해 모두 말하였다. 한밤이 되자 문제가 방석을 앞으로 끌어 가까이 앉았다. 문답 후 문제가 말하였다. '짐이 오래도록 가의를 만나지 못해 스스로 그보다 낫다고 생각했는데 지금 보니 그에 미치지 못하는구나."(後歲餘, 賈生徵見. 孝文帝方受釐, 坐宣室. 上因感鬼神事, 而問鬼神之本. 賈生因具道所以然之狀. 至夜半, 文帝前席. 旣罷, 曰: "吾久不見賈生, 自以爲過之, 今不及也.")

40) 張綱(장강): 동한 순제(順帝) 때 사람. 『후한서』「장강전」(張綱傳)에 강직한 관리로 나온다. 당시 광록대부(光祿大夫)로 모두 팔 인이 함께 지방 행정을 순시하러 나갔다. 이들 중 나이가 가장 어리고 관직도 가장 낮은 장강은 낙양 도정(都亭)을 얼마 나가지 않아 탄식하며 말했다. "이리와 늑대가 길을 막고 있는데 어찌 여우를 찾으랴?"(豺狼當道, 安問狐狸?) 그리하여 수레를 땅에 묻어버리고 낙양으로 되돌아가 권세가 드높은 대장군 양기(梁冀)를 탄핵하는 상소를 올렸다.

41) 齊郎中(제낭중): 욱현호(郁賢皓)는 『당자사고』(唐刺史考)에서 제공(齊犿)으로 보았다. 대력 말기 이부랑중(吏部郎中)에서 괄주자사(括州刺史)가 되었다. ○ 括州(괄주): 본래 괄주 영가군(永嘉郡)이었으나 779년 덕종의 이름에 피휘하여 처주(處州)로 바꾸었고, 군명은 742년 진운군(縉雲郡)으로 개명하였다. 지금의 절강성 여수(麗水).

42) 星象(성상) 구: 고대에는 낭관(郎官)은 별자리와 대응시켰다. 만약 사람을 잘못 쓰면 그 백성이 재앙을 받게 된다고 생각하였기 때문이다.

43) 旌麾(정휘): 정절(旌節)과 기치. 여기서는 깃발.

聽訟白雲中.　　　　흰 구름 속에서 송사를 들으리
樹色雙溪合,[44]　　　나무의 푸른빛은 쌍계와 어우러지고
猿聲萬嶺同.　　　　원숭이 소리는 모든 골짜기에서 한가지로 울리라
石門康樂住[45]　　　석문에는 사령운이 살았으니
幾里枉帆通.[46]　　　몇 리를 돌아가면 통할 수 있으리

해설 지방으로 떠나는 제 낭중을 보내며 지은 시이다. 임지인 괄주(括州)
에서의 생활과 풍광을 미리 연상하여 묘사한 전형적인 송별시이다.

상주하러 장안으로 가는 왕 단공을 보내며(送王端公入奏赴上都)[47]

舊國無家訪,[48]　　　장안에는 찾아갈 집도 없는데
臨歧亦羨歸.　　　　갈림길에 서니 돌아가는 사람 부러워라
途經百戰後,　　　　길은 수많은 전쟁을 거친 뒤라
客過二陵稀.[49]　　　효산(崤山)으로 가는 나그네 드물어라
秋草通征騎,　　　　가을 풀 사이로 기마가 지나가고
寒城背落暉.　　　　차가운 성 뒤로 해가 떨어지리

---

44) 雙溪(쌍계) : 괄주 진운현 경내에 있는 강. 호산계(湖山溪)와 금계(金溪)가 합류하여
　　구주(衢州)에서 절강으로 들어간다.
45) 石門(석문) : 괄주 청전현(青田縣) 남쪽에 소재. 두 봉우리가 수십장 높이로 마주 보
　　고 서 있다. ○康樂(강락) : 사령운(謝靈運). 일찍이 강락후(康樂侯)에 봉해졌으므로
　　사강락(謝康樂)이라 부른다. 사령운은 영가태수(永嘉太守)로 있을 때 석문에서 노닐
　　었으며 이와 관련된 시도 여러 수 남겼다.
46) 枉帆(왕범) : 배가 뱃길을 둘러 감.
47) 端公(단공) : 시어사(侍御史). 어사대(御史臺)의 최고위직이므로 단공이라 하였다. 왕
　　단공은 미상. ○入奏(입주) : 조정에 들어가 군주에게 아뢰거나 상서를 올림. ○上
　　都(상도) : 수도. 762년에 장안을 상도라 하였다.
48) 舊國(구국) : 당의 수도 장안. 고향이란 뜻도 있다.
49) 二陵(이릉) : 효산(崤山)의 두 능선. 지금의 하남성 낙녕현(洛寧縣) 북 소재. 하남에서
　　섬서로 들어가는 관문이다.

行當蒙顧問,⁵⁰⁾　　지금 가면 응당 황제께 자문하리니
吳楚歲頻飢.　　오 지방과 초 지방에 자주 기한이 들었다 말하소

평석 왕 단공이 시대를 구하기를 바랐으니 일반적인 수답시가 아니다.(望其救時, 不是尋常酬應.)

해설 강남에서 장안으로 가는 왕 시어를 보내며 쓴 시이다. 왕 시어는 지방의 상황을 순시한 후 귀경하는 듯하다. 안사의 난이 끝난 뒤인 763~764년경에 지었다.

월 지방으로 가는 장계 사직을 보내며(送張繼司直適越)⁵¹⁾

時危身適越,　　위태로운 시기에 몸은 월 지방에 가니
事往任浮沈.　　지나간 일일랑 강물이 부침하듯 순리에 맡기기를
萬里三江去,⁵²⁾　　만 리 멀리 삼강(三江) 지역으로 떠나니
孤舟百戰心.　　외로운 배에선 수많은 전투를 지나온 마음이리
春風吳渚綠,　　봄바람에 오 지방 물가가 푸르러지고
古木剡溪深.⁵³⁾　　오래된 나무들에 섭계(剡溪)가 깊으리라
明月滄洲路,⁵⁴⁾　　밝은 달빛이 창주(滄洲) 가는 길을 밝히면
歸雲不可尋.　　산으로 돌아가는 구름 찾을 수 없으리

---

50) 顧問(고문) : 돌아보고 물어봄. 자문을 구함.
51) 張繼(장계) : 중당시기의 시인. 시인 소전 참조. ○司直(사직) : 대리시(大理寺) 소속으로 종6품이며, 관리의 규찰과 범인의 심문 등을 담당한다. ○適越(적월) : 월 지방에 가다.
52) 三江(삼강) : 『오월춘추』(吳越春秋)에서는 절강(浙江), 포양강(浦陽江), 섬강(剡江)을 가리킨다. 강이 많은 화동 지역을 통칭한다.
53) 剡溪(섬계) : 대계(戴溪)라고도 한다. 지금의 절강성 승현(嵊縣)에 있는 조아강(曹娥江)의 상류.
54) 滄洲(창주) : 강가. 일반적으로 고결한 은사가 지내는 곳을 가리킨다.

해설 월 지방으로 가는 친구 장계를 보내며 쓴 송별시이다. 제5, 6구는 성당(盛唐)의 신운(神韻)이 감도는 명구이다.

북산의 절에서 묵으며(宿北山禪寺)[55]

上方鳴夕磬,[56]	절에서 저녁 경쇠를 울리니
林下一僧還.	숲 아래 스님 한 분이 돌아오는구나
密行傳人少,[57]	밀행(密行)의 법을 전하는 사람 적은데
禪心對虎閑.[58]	선정에 든 마음은 호랑이를 마주해도 한가로워
靑松臨古路,	오솔길 옆에 푸른 소나무 서있고
白月滿寒山.	차가운 산에 흰 달빛 가득해라
舊識窓前桂,	예전에 보았던 창문 앞의 계수나무
經霜更待攀.[59]	가을 서리를 맞았지만 다시 오를 만하여라

해설 북산에 있는 밀종 계통의 절을 방문하여 묵으며, 스님들의 수행하는 모습과 주위 환경을 그렸다. '호랑이를 마주해도 한가로운' 모습이 불

---

55) 北山(북산) : 종산(鍾山). 장산(蔣山) 또는 자금산(紫金山)이라고도 한다. 특히 남조 제(齊)의 공치규(孔稚珪)가 「북산이문」(北山移文)을 쓴 후 북산이라 부르게 되었다. 강소성 남경시 소재.
56) 上方(상방) : 방장(方丈)이 거주하는 곳. 여기서는 절의 가장 높은 곳을 말한다.
57) 密行(밀행) : 밀종(密宗)에서 말하는 수행 방법. 어밀(語蜜), 신밀(身密), 의밀(意密) 등 삼밀(三密)의 방법을 전한다.
58) 禪心(선심) 구 : 선정에 든 흔들림 없는 마음이 호랑이를 보고도 한가하다. 『법원주림』(法苑珠林)에 나오는 동진의 승려 우법란(于法蘭)의 이야기를 환기한다. 우법란이 밤에 좌선하고 있을 때 호랑이가 방에 들어와 침상 앞에 쭈그리고 앉았다. 우법란이 손으로 머리를 쓰다듬자 호랑이가 귀를 흔들며 엎드렸다. 호랑이는 며칠 수 떠났다.
59) 攀(반) : 반계(攀桂). 계수나무 가지 위로 올라가다. 또는 그 가지를 꺾다. 서한 회남소산(淮南小山)의 「은사를 부르다」(招隱士)의 "계수나무 우거졌네, 깊은 산 속에 (…중략…) 계수나무 숲 속에 살면서, 나오지 않는구나"(桂樹叢生兮山之幽 (…중략…) 攀援桂枝兮聊淹留.)에서 유래하였다. 나중에 과거 급제 또는 은사를 징초한다는 뜻으로 쓰인다.

법의 오묘함과 강력함을 효과적으로 전해준다.

남계의 상 도사를 찾아(尋南溪常道士)[60]

一路經行處,[61]	한 줄기 길은 경행하는 곳으로 이어져
莓苔見履痕.[62]	파란 이끼 위에 나막신 흔적 뚜렷해라
白雲依靜渚,	흰 구름은 고요한 물가에 머물고
芳草閉閑門.	향기로운 꽃은 한적한 문 안에 피어있다
過雨看松色,	비가 지난 뒤라 소나무 빛 바라보고
隨山到水源.	산길을 따라가니 샘솟는 곳 이른다
溪花與禪意,[63]	계곡의 꽃과 선정에 든 마음
相對亦忘言.[64]	마주 보매 다시 말을 잊는다

평석 결말은 상 도사가 선리에 능통함을 말하였다.(結意言其道士能通禪理也.)

해설 남계의 스님을 찾아간 과정과 그 주위를 그린 시이다. '폐한문'(閉閑門)에서 스님은 은거지에 없음을 알 수 있다. 그런데도 제5, 6구의 주체

---

60) 常道士(상도사) : 성씨가 상(常)인 스님. 도사는 도교의 도사라는 뜻 이외에 불교 승려의 뜻도 있다. 제7구의 '선의'(禪意)가 이를 잘 말해준다. 다른 판본에서는 「상산 남계 도인의 은거지를 찾아」(尋常山南溪道人隱居)라 되어 있다.

61) 經行(경행) : 불교 용어로 일정한 지역을 왕복하거나 돌아오며 걷는 행위. 몸의 긴장을 풀거나 잠을 자기 위해서, 또는 건강을 위해서나 경의를 나타내기 위해 한다.

62) 莓苔(매태) : 이끼. ○ 履痕(이흔) : 나막신의 흔적.

63) 禪意(선의) : 맑고 고요한 심경.

64) 忘言(망언) : 마음속으로 뜻을 체득하였기에 말로 표현할 필요가 없음. 『장자』「외물」(外物)에 "말이란 뜻을 전하는 데 있는데, 뜻을 얻으면 말을 잊는다」(言者所以在意也, 得意而忘言.)고 하였다. 잘 알려진 구로 도연명의 「술을 마시며」(飮酒) 제5수에 "여기에 참된 도리가 있으니, 그 뜻을 따지려 하나 이미 말을 잊는다"(此中有眞意, 欲辨已忘言.)는 말이 있다.

는 작자인지 상 도사인지 명확하지 않다. 말 2구에서 계화(溪花)와 '선의'(禪意)의 대비는 의취가 풍부하다. 스님을 찾지 못하는 것은 진리는 찾아도 보이지 않는 속성을 비유한 듯하며, 결국 저 홀로 피는 꽃과 무위의 '선의'(禪意)만 남는 과정을 그린 듯하다.

벽간 별장에서 황보 시어의 방문을 기뻐하며(碧澗別墅喜皇甫侍御相訪)[65]

荒村帶晚照,	황폐한 마을에 저녁노을이 물들고
落葉亂紛紛.	낙엽만 어지러이 나부끼며 떨어져
古路無行客,	오래된 길에 다니는 사람조차 없는데
空山獨見君.	빈 산에서 유독 그대를 보는구나
野橋經雨斷,	들의 다리는 내린 비에 끊어지고
澗水向田分.	계곡의 물이 넘치어 논밭을 향해 흘러간다
不爲憐同病,[66]	뜻이 같은 지기가 아니라면
何人到白雲?[67]	그 누가 흰 구름 머무는 은거지를 찾아오리오?

해설 산속의 은거지에 찾아온 친구를 만난 기쁨을 묘사하였다. 선명한

---

65) 碧澗別墅(벽간별서) : 상주(常州) 의흥(義興, 지금의 강소성 의흥시) 양선산(陽羨山)에 있는 유장경의 별장. ○ 皇甫侍御(황보시어) : 황보증(皇甫曾).

66) 同病(동병) : 동병상련(同病相憐)을 의미한다. 유장경은 774년 악악전운사(鄂岳轉運使) 유후(留後)였다가 관찰사 吳仲孺(오중유)의 참언에 목주사마(睦州司馬)로 강등되었다. 이에 잠시 의흥의 벽간별서에 가게 된다. 황보염 역시 771년에 전중시어사에서 서주사마(舒州司馬)로 좌천되어 있다가 임기가 만료되어 잠시 상주에 들렀다. 두 사람의 처지가 같음을 말했다.

67) 白雲(백운) : 산속의 은거지를 가리킨다. 남조 양(梁) 도홍경(陶弘景)의 「산에 무엇이 있느냐는 황제의 물음에 시를 지어 답하다」(詔問山中何所有, 賦詩以答)에 "산에 무엇이 있는가? 고개 위에 흰 구름만 많소이다. 스스로 즐길 수 있을 뿐, 잡아서 보낼 수 없구료"(山中何所有? 嶺上多白雲. 只可自怡悅, 不堪持寄君)라 하였다. 또 사령운도 「팽려호 입구에 들어」(入彭蠡湖口)에서 "봄이 한참 지나니 푸른 들이 빼어나고, 바위가 높으니 흰 구름이 머문다"(春晚綠野秀, 巖高白雲屯)고 하였다.

이미지로 늦가을의 풍경을 백묘(白描)로 그리고 말미에서 멀리서 찾아온 친구의 마음을 헤아리며 기뻐하였다. 774년 늦가을 황보염이 의흥(義興)에 있는 유장경의 별장을 방문했을 때 지었다.

해염현 관사의 이른 봄(海鹽官舍早春)[68]

小邑滄洲吏,[69]	작은 성읍의 바닷가 관리
新年白首翁.	새해 되니 머리가 센 노인이어라
一官如遠客,	관직 하나에 먼 길 가는 나그네 같은데
萬事極飄蓬.[70]	수많은 일 속에 나부끼는 쑥대같구나
柳色孤城裏,	외로운 성 안에 버들 빛 새롭고
鶯聲細雨中.	가는 비 속에 꾀꼬리 울음 들린다
羈心早已亂,[71]	객지에 머무는 마음 이미 어지러운데
何事更春風?	무슨 일로 봄바람이 다시 불어오는가?

해설 758년 해염현 현령이 되어 먼 바닷가로 갔을 때 지었다. 새해가 되어 새로워진 봄 풍경 속에 어지러운 심사를 대비시키고 있으며, 봄바람과 같은 일말의 기대를 보이고 있다.

---

68) 海鹽(해염) : 소주(蘇州)의 속현. 지금의 절강성 해염현.
69) 小邑(소읍) : 작은 성읍. 해염현성을 가리킨다. ○滄洲吏(창주리) : 물가에서 사는 관리. 창주에는 은거지라는 뜻도 있으므로 중의적으로 썼다.
70) 飄蓬(표봉) : 바람에 나부끼는 쑥대머리.
71) 羈心(기심) : 객지에 사는 나그네의 심정.

남방으로 유람가는 왕십일을 전별하며(餞別王十一南遊)[72]

望君煙水闊,[73]	그대가 바라보는 안개와 강물이 드넓어
揮手淚沾巾.	손을 흔들고 눈물로 수건을 적신다
飛鳥沒何處?	날아가는 새는 어디로 사라졌나?
青山空向人.	푸른 산은 부질없이 사람을 마주하고 있어라
長江一帆遠,	장강에 돛배 하나 멀어지는데
落日五湖春.[74]	해질 무렵이면 봄이 온 태호에 이르리
誰見汀洲上,	그 누가 모래톱 위에서
相思愁白蘋?[75]	네가래 바라보며 기다림에 시름겨워 하였나?

해설 장강 강가에서 친구를 보내며 지은 송별시이다. 제4구는 '사람은 부질없이 청산을 마주한다'는 뜻의 '인공향청산'(人空向青山)이라 해야 하나, 거꾸로 말함으로써 헤어질 때의 두서없는 마음을 표현하였다.

새해에 지음(新年作)

鄉心新歲切,[76]	고향을 그리는 마음 새해라 더욱 절실한데

---

72) 餞別(전별) : 떠나는 사람을 위해 잔치를 베풀어 보내다. ○ 王十一(왕십일) : 미상.
73) 煙水(연수) : 안개가 낀 수면. 여기서는 안개와 물.
74) 五湖(오호) : 오월(吳越) 지방의 호수들. 다섯 군데 호수에 대해서는 역대로 여러 설이 있고, 주위가 오백 리인 호수를 가리킨다는 설도 있다. 『태평환우기』(太平寰宇記)에 따르면 "태호에는 공호, 유호, 서호 등의 이름이 있는데 곧 오호이다"(太湖中有貢湖、遊湖、胥湖等名, 是謂五湖)는 말에서 일반적으로 태호(太湖)를 가리킨다.
75) 白蘋(백빈) : 네가래. 개구리밥처럼 생긴 수중 식물로, 수면에 뜬 네 잎이 밭 전(田)자 모양이므로 '전자초'(田字草)라고도 한다. 말 2구는 남조 양(梁) 유운(柳惲)의 「강남곡」(江南曲)의 "모래톱에서 네가래를 캐는, 해 저무는 강남의 봄"(汀洲採白蘋, 日落江南春)을 환기하였다.
76) 切(절) : 절실하다.

天畔獨潸然.⁷⁷⁾　　　　하늘 끝에서 홀로 눈물 줄줄 흘린다

老至居人下,　　　　나이 들어서도 다른 사람 아래 머물며

春歸在客先.⁷⁸⁾⁷⁹⁾　　봄이 돌아와도 나그네 돌아가지 못하네

嶺猿同旦暮,　　　　아침저녁으로 고개의 원숭이와 벗하고

江柳共風煙.　　　　강가의 버들과 함께 바람에 흔들린다

已似長沙傅,⁸⁰⁾　　　이미 장사왕 태부였던 가의(賈誼)와 비슷하니

從今又幾年?　　　　지금부터 다시 몇 해를 지내야 하나?

해설 폄적지에서 새해를 맞이하는 소회를 썼다. 제3구로 보아 목주사마
(睦州司馬)로 있을 때 쓴 것으로 보인다.

송강에서 홀로 자며(松江獨宿)⁸¹⁾

洞庭初下葉,⁸²⁾　　태호에 나뭇잎 떨어지기 시작하니

孤客不勝愁.　　　　외로운 나그네 시름 이기지 못할레라

明月天涯夜,　　　　밝은 달이 비치는 하늘 끝의 밤

青山江上秋.　　　　청산이 있는 강위의 가을

一官成白首,　　　　관직 하나로 먹고 살며 머리가 희었나니

萬里寄滄洲.　　　　만 리 멀리 창주(滄洲)에 깃들어 살아라

久被浮名繫,　　　　오래도록 뜬 이름에 묶였으니

---

77) 天畔(천반) : 천애(天涯)와 같다. 하늘 끝. ○ 潸然(산연) : 줄줄. 눈물 흐르는 모양.
78) 심주 : 공교한 구이다. 성당과 다른 점이 바로 이런 것이다.(巧句. 別于盛唐, 正在此種.)
79) 春歸(춘귀) 구 : 봄은 돌아왔지만 나그네는 돌아가지 못하다. 客(객)은 시인 자신.
80) 長沙傅(장사부) : 서한 초기의 가의(賈誼)를 가리킨다. 가의는 대신들의 참언을 받아
　　장사왕의 태부(太傅)로 좌천되었다. 여기서는 자신을 비유하였다.
81) 松江(송강) : 오송강(吳松江), 송릉(松陵), 입택(笠澤) 등으로도 부른다. 태호에서 발
　　원하여 소주(蘇州) 동쪽을 지나 황포강(黃浦江)으로 들어간다.
82) 洞庭(동정) : 태호(太湖)를 가리킨다. 태호 가운데 있는 산을 동정산(洞庭山)이라 한다.

能無愧海鷗?[83]　　　어찌 바다 갈매기에 부끄럽지 않으랴?

해설 낮은 관직으로 객지에서 살아가는 자신의 처지를 읊었다. 은거에 대한 지향도 뚜렷하지 않고 고상한 정신도 강렬하지 않은 점에서, 유장경은 당시 문인들의 보편적인 심정을 대표한다고 할 수 있다.

검중에 판관으로 충원되어 가는 후시어를 보내며(送侯侍御赴黔中充判官)[84]

不識黔中路,	검중(黔中)으로 가는 길이 있는지 몰랐더니
今看遣使臣.	지금 파견가는 사신을 보게 되었네
猿啼萬里客,	원숭이가 만 리 길 가는 나그네를 위해 울고
鳥似五湖人.	새는 태호의 사람과 비슷하리라
地遠官無法,	지역이 편벽되니 관리들의 불법이 많겠고
山深俗豈淳?	산이 깊으니 민풍이 순박하지 않으리라
須令荒徼外,[85]	모름지기 변방의 사람들로 하여금
亦解懼埋輪.[86]	장강처럼 수레를 묻어 법령이 두려운 줄 알게 해야 하리

---

83) 海鷗(해구) : 바다 갈매기. 『열자』 「황제」(黃帝)에 나오는 '해객압구'(海客狎鷗) 이야기를 가리킨다. 바닷가에 살고 있는 어떤 사람이 갈매기를 좋아하였는데 매일 아침 바닷가에 가서 갈매기와 놀면 백 마리 이상이 날아들었다. 하루는 그 부친이 자신이 가지고 놀게 잡아오라고 말하였다. 다음날 그 사람이 바다에 나가니 갈매기들이 더 이상 가까이 오지 않았는데, 기심(機心)이 있었기 때문이었다. 여기서 바다 갈매기는 기심이 없는 순수한 마음을 가진 대상.
84) 侯侍御(후시어) : 미상. ○黔中(검중) : 검중도(黔中道). 733년 증설하였다. 지금의 사천성 동남부, 귀주성 북부, 호북성 서남부, 호남성 서북부 지역이다. 치소는 검주(黔州, 지금의 사천성 彭水).
85) 荒徼(황요) : 황량하고 먼 변방 지역.
86) 埋輪(매륜) : 동한 장강(張綱)이 지방 시찰을 가다가 수레를 묻고 낙양에 돌아온 일을 가리킨다. 앞에 나온 「황보 시어가 부쳐준 시에 답하며, 최근 상국 고장공이 군에 부임하시다」(酬皇甫侍御見寄, 時前相國姑臧公初臨郡) 참조.

평석 검중이란 지역에 착안하여 뜻을 펼쳤다.(從黔中著意.)

해설 지금의 귀주성(貴州省) 지역에 판관으로 가는 후 시어를 송별하며 쓴 시이다. 지역의 풍광과 민풍을 환기하면서 장강(張綱)처럼 엄정한 행정을 당부하였다. 제4구의 '새는 태호의 사람과 비슷하'다(鳥似五湖人)는 구절 은 다른 시에 볼 수 없는 독특한 이미지이다.

전기(錢起)

만년현 성 소부의 「우직」에 화답하며(和萬年成少府寓直)[1]

赤縣新秋夜,[2]	적현(赤縣)에 가을이 시작되는 밤
文人藻思催.[3]	시인의 구상을 재촉하는구나
鐘聲自仙掖,[4]	궁액(宮掖)에서 종소리가 들려오고
月色近霜臺.[5]	어사대에 달빛이 가득하다
一葉兼螢度,[6]	낙엽 하나에 가을이 와 반디가 날고

---

1) 萬年(만년) : 경조부(京兆府)의 속현. 남전현과 이웃하고 있다. 지금의 섬서성 서안 시. ○ 成少府(성소부) : 미상. 少府(소부)는 현위(縣尉). ○ 寓直(우직) : 당직.

2) 赤縣(적현) : 수도에서 다스리는 현. 『통전』(通典)에서는 당대에 현을 적현, 기현(畿 縣), 긴현(緊縣), 망현(望縣), 상현(上縣), 중현(中縣), 하현(下縣) 7등으로 나누었다고 하였다. 만년현은 적현에 속하였다.

3) 藻思(조사) : 시문을 짓는 재주.

4) 仙掖(선액) : 궁액(宮掖). 문하성을 좌액(左掖)이라 하고 중서성을 우액(右掖)이라 했 는데, 이 둘을 모두 가리킨다.

5) 霜臺(상대) : 어사대. 어사대는 관리를 규찰하고 탄핵하는 관서이므로 법의 집행이 엄격하여 마치 서리나 얼음 같다는 뜻을 취하였다. 중서성의 남쪽에 위치했다.

6) 一葉(일엽) : 『회남자』 「설산훈」(說山訓)의 "떨어지는 낙엽 하나를 보고 한 해가 저물

孤雲帶雁來.	구름 하나가 기러기를 데리고 온다
明朝紫書下,[7]	내일 아침 천자의 조서가 내릴지니
應問長卿才.[8]	응당 사마상여 같은 그대의 재주를 물으리라

평석 전기와 유장경 이후의 시인들은 구를 만드는데 공을 들였다.(錢劉以下, 專工造句.)

해설 궁중에서 당직서는 모습을 묘사하고 성 소부를 격려하였다. 현위가 당직을 서지는 않으므로 아마도 성 소부가 현위에서 습유로 옮기게 되자 이러한 시를 주고받은 것으로 보인다.

배적의 남문에서─가을밤 달을 마주하고(裴迪南門秋夜對月)[9]

夜來詩酒興,	밤 내내 시 짓고 술에 흥겨우니
月滿謝公樓.[10]	사조(謝朓)의 누각엔 달빛이 가득해라
影閉重門靜,[11]	달그림자 비치는 문들에 고요하고

것을 안다"(見一葉落而知歲之將暮)에서 유래한 '일엽지추'(一葉知秋)의 의미이다.

7) 紫書(자서) : 조서(詔書). 군주가 쓰는 편지는 붉은 진흙으로 봉하고 그 위에 옥새를 찍었다.

8) 長卿(장경) : 서한 사마상여(司馬相如). 자(字)가 장경(長卿)이다. 이 구는 『사기』「사마상여열전」의 전고를 사용하였다. "촉 지방 사람 양득의는 사냥개를 관리하는 구감(狗監)이었는데, 천자를 시종하고 있었다. 천자가 「자허부」를 읽고 칭찬하며 말하였다. '짐이 유독 이 사람과 같은 시대를 살지 못하였구나!' 양득의가 말하였다. '신의 읍인(邑人) 사마상여가 스스로 이 부를 지었다고 합니다.' 천자가 이를 듣고 놀라 사마상여를 불렀다."(蜀人楊得意爲狗監, 侍上. 上讀「子虛賦」而善之, 曰: '朕獨不得與此人同時哉!' 得意曰: '臣邑人司馬相如自言爲此賦.' 上驚, 乃召問相如.)

9) 裴迪(배적) : 성당시기에 활동한 시인. 처음에는 왕유와 최홍종(崔興宗)과 함께 종남산에 은거하며 창화하였고 나중에 촉주자사(蜀州刺史)가 되었다.

10) 謝公樓(사공루) : 남조 제(齊)의 시인 사조(謝朓)가 선성태수(宣城太守)로 있을 때 지은 누대. 이백의 시에도 자주 등장한다. 여기서는 배적의 집에 있는 누대를 빗대었다. 현대 학자 마무원(馬茂元)은 사장(謝莊)이 「월부」(月賦)에서 노래한 '달 밝은 누대'라고 하였으나 취하지 않는다.

寒生獨樹秋,　　　가을 추위 소슬히 나무에 돋아나네

鵲驚隨葉散,　　　잎 떨어지는 소리에 까치가 놀라 날아가고

螢遠入煙流. [12]　　반딧불은 멀어지며 안개 속에 사라지네

今夕遙天末,　　　오늘 밤 머나먼 하늘가에선

清光幾處愁? [13]　누군들 맑은 달빛에 시름겹지 않으리

평석 달밤에 반딧불이 사라질 때, 멀리 안개 속으로 들어가면서도 여전히 그 흐름이 보인다. 이는 사물 묘사에 가장 공들였다.(月夜螢光自失, 然遠入煙叢, 則仍見其流矣. 此最工於體物.)

해설 달 밝은 가을밤의 정취를 노래하였다. 까치와 나뭇잎이 달빛 속에 함께 하얗게 흩어지고, 반디와 밤 어둠이 함께 아득히 멀어지는 몽환적인 광경을 묘사했다. 전기는 왕유와 배적의 영향을 깊이 받은 시인으로, 이 시는 성당의 운미(韻味)가 남아 있는 수작이다. 이 시의 제목은 『중흥간기집』(中興間氣集)에서는 「배적의 서재에서 달구경하며」(裴迪書齋玩月之作)라 되어 있다.

안서도호부 서기로 충원된 굴돌 사마를 보내며(送屈突司馬充安西書記) [14]

制勝三軍勁, [15]　　적을 제압하고 승리하는 강한 군대로

---

11) 重門(중문) : 전통 가옥 구조에서 정원을 나누는 여러 개의 문. 제3, 4구는 "달그림자가 갇힌 중문의 고요, 추위가 돋아나는 나무의 가을"로 새길 수 있다. 靜과 秋를 명사형으로 마감했다.

12) 煙(연) : 안개. 여기서는 달빛을 형용하였다.

13) 清光(청광) 구 : 달을 바라보며 헤어진 이를 그리워하는 사람이 얼마나 많을까?

14) 屈突(굴돌) : 미상. 굴돌은 복성(複姓). ○司馬(사마) : 도독부의 속관으로 장사(長史)와 녹사참군(錄事參軍) 사이의 관직이다. ○安西(안서) : 안서절도부. 치소는 쿠차(龜玆)로 지금의 신강(新疆) 일대를 관할한다.

15) 制勝(제승) : 상대를 제압하여 승리하다.

澄清萬里餘.	만 리 천지가 맑아졌어라
星飛龐統驥,[16]	유성이 떨어지면 방통과 같은 천리마의 재능이요
箭發魯連書.[17]	화살을 쏘면 노중련 편지같이 뛰어난 문장이라
海月低雲旆,[18]	호수의 달은 구름 그려진 깃발 아래로 떨어지고
江霞入錦車.	강의 노을은 비단 수레로 들어간다
遙知太阿劍,[19]	멀리서도 알게되리니, 태아검(太阿劍)으로
計日斬鯨魚.[20]	며칠 안으로 고래를 자름을

해설 안서로 떠나는 굴돌 사마를 보내며 쓴 시이다. 상대의 뛰어난 재능을 칭송하고 그 풍모를 기리는 한편, 승전을 기원하였다. 변새시와 송별시가 결합된 전형적인 구성이다.

---

16) 龐統(방통) : 삼국시대 양양 사람으로 자는 사원(士元)이다. 당시 사람들이 '봉추'(鳳雛)라고 하였다. 방통기(龐統驥)는 『삼국지』 중의 『촉서』「방통전」(龐統傳)에서 유래한 말이다. 유비가 방통을 뇌양현령(耒陽縣令)에 임명하였으나 행정을 돌보지 않았기에 면직시켰다. 노숙(魯肅)이 유비에게 편지를 써서 보내길, "방통은 백리를 다스릴 인재가 아니오니 치중이나 별가의 임무를 주면 비로소 그가 천리마의 발을 내디딜 것입니다."(龐士元非百里才也, 使處治中、別駕之任, 始當展其驥足耳.)라고 하였다. 제갈량도 이에 동의하였기에 치중종사(治中從事)를 시켰다. 유비가 촉 지방에 들어갈 때 그가 계책을 많이 내었다. 나중에 낙현(雒縣)을 공격할 때 화살을 맞아 죽었다. 방통기(龐統驥)는 뛰어난 재능을 칭찬한 말이다.

17) 魯連(노련) : 노중련(魯仲連). 전국시대 제(齊)나라 사람으로 어렸을 때부터 지략이 뛰어나 '천리구'(千里駒)라 불렸다. 전국시대 연나라 장수가 제나라 요성(聊城)을 함락시킴에 따라 제나라 군사가 반격하였으나 오래도록 되찾지 못하였다. 노중련이 편지를 써서 화살에 묶어 요성에 쏘아 보내니 연나라 장수가 이를 읽고 자살하였다. 『사기』「노중련추양열전」(魯仲連鄒陽列傳) 참조.

18) 海(해) : 서역 지방의 호수. ○雲旆(운패) : 구름 문양이 그려진 대장기.

19) 太阿劍(태아검) : 보검의 이름. 『월절서』(越絶書)에 몇몇 관련 기록이 있다. "초나라 왕이 풍호자를 불러 물었다. (…중략…) 풍호자가 대답하여 말했다. '하나는 용연이고 둘은 태아이고 셋은 공포입니다. (…중략…) 태아에 대해 알고자 하시거든 그 문양을 보십시오. 흐르는 강물의 물결과 같습니다.'"(楚王召風胡子而問之. (…중략…) 風胡子對曰 : "一曰龍淵, 二曰泰阿, 三曰工布. (…중략…) 欲知泰阿, 觀其釽, 巍巍翼翼, 如流水之波.")

20) 計日(계일) : 날짜를 세다. 짧은 시간을 나타낸다. ○鯨魚(경어) : 고래. 재앙을 일으킨 사람을 비유한다.

서쪽으로 가는 소미 상인을 보내며(送少微師西行)[21]

隨緣忽西去,[22]	인연을 따라 갑자기 서쪽으로 가시니
何日返東林?[23]	어느 날 다시 동림사로 돌아오시나?
世路無期別,	세상에는 만남과 헤어짐이란 애초에 없고
空門不住心.[24]	불문에는 일정하게 머무르는 마음이 없어
人煙一飯少,[25]	인가에 들러도 한 끼 밥마저 부족하고
山雪獨行深.	눈 내린 산속에선 홀로 다니시리
天外猿啼處,	하늘 밖 원숭이 우는 곳
誰聞清梵音?[26]	누군가 맑은 독경 소리 들으리라

해설 772년 겨울 촉 지방으로 유람 가는 소미 스님을 보내면 쓴 시이다.
전기 이외에 대숙륜, 노륜, 이단의 송별시도 남아있다.

일본으로 돌아가는 스님을 보내며(送僧歸日本)

上國隨緣住,[27]	인연을 따라 상국에 살러 왔으니
來途若夢行.	오는 길이 꿈속을 걷는 듯하였지
浮天滄海遠,[28]	바다에서 올 땐 하늘에 떠서 온 듯 멀더니

---

21) 少微(소미) : 중당시기에 활동한 명승. 독고급(獨孤及)이 775년에 쓴 「천태산 국청사
에 가는 소미 상인을 보내며─서문」(送少微上人之天台國清寺序)을 보면 이때 급사
중 조연(趙涓)이 시를 쓰고 이에 화답한 자가 스물일곱 명이나 되었다.
22) 隨緣(수연) : 인연에 따라 움직이다.
23) 東林(동림) : 동림사. 지금의 강서성 여산(廬山)에 소재. 남조 동진 때 혜원(慧遠)이
강주자사(江州刺史) 환이(桓伊)의 도움을 받아 세웠다.
24) 空門(공문) : 불문(佛門). 불법. ○住心(주심) : 마음이 한 곳에 머무름.
25) 一飯(일반) : 하루 한 끼. 불교도가 하루에 한 끼 먹는 수행을 말한다.
26) 梵音(범음) : 부처나 보살의 음성. 여기서는 불경 읽는 소리.
27) 上國(상국) : 외국 사람이 중국을 가리키는 말.

去世法舟輕.　　　불법이 비호하는 배를 타니 속세를 떠나는 듯 가벼워라
水月通禪寂,29)　　물에 비친 달을 보고 선정(禪定)을 깨닫고
魚龍聽梵聲.30)　　바닷속 고기들이 독경 소리 들으리라
惟憐一燈影,31)　　오로지 등불 하나를 아끼나니
萬里眼中明.　　　만 리 멀리 가면 눈 속이 밝으리라

해설 일본으로 돌아가는 스님을 보내며 지은 시이다. 당시 신라에서도 유학승이 많이 갔지만 일본에서도 많은 승려들이 갔다. 특히 일본의 지통(智通)과 지달(智達)은 중국을 찾아가 현장(玄奬)에게서 배웠고, 유학승 영예(榮睿)와 보조(普照)는 중국의 고승 감진(鑒眞)에게 일본에 가 포교할 것을 요청하였고, 나중에 이 일이 이루어지기도 하였다.

온 처사가 거처하는 산속 집 벽에 쓰다(題溫處士山居)

誰知白雲裏,　　　누가 알았으랴, 흰 구름 속에
別有綠蘿春?　　　푸른 등라의 봄이 있음을
苔繞溪邊徑,　　　이끼가 돌아가는 개울 옆 길
花深洞裏人.　　　꽃이 우거진 골짜기 속의 사람

---

28) 浮天(부천) : 멀리 바다에서 왔으므로 배가 하늘에 떠서 온 듯하다.
29) 水月(수월) : 물속에 비친 달. 불교에서는 일반적으로 맑고 청징한 대상을 가리키거나, 또는 일체가 물속의 달과 같이 허환(虛幻)함을 비유한다. 『대지도론』(大智度論) 권6에 "모든 법을 이해하니 환상 같고 불과 같으며 물속의 달과 같다"(解了諸法, 如幻如焰, 如水中月.)는 말이 있다.
30) 魚龍(어룡) : 바닷속에 사는 동물.
31) 一燈影(일등영) : 등불 하나. 불법을 비유한다. 『유마경』(維摩經)에 "법문에 무진등이라고 하는 게 있는데 너희들은 응당 배워야 하리라. 무진등이란 비유컨대 등불 하나가 십만 개의 등불을 붙이는 것과 같이, 어두운 것은 모두 밝아지며 밝음이 다하지 않으리라"(有法門名無盡燈, 汝等當學. 無盡燈者, 譬如一燈, 燃百千燈, 冥者皆明, 明終不盡.)는 말이 있다.

逸妻看種藥,[32]	아내는 약초 심는 걸 돌보고
稚子伴垂綸.[33]	어린 아이는 낚시질에 함께 간다
潁上逃堯者,[34]	영수 강가에서 요 임금을 피해 달아난 사람
何如此養眞!	여기에서 본성을 수양함이 어떠할까!

평석 허유가 달아났기에 청고하다는 허명을 얻었으나, 차라리 일상생활 중에 절로 일어나는 초탈한 정취를 가지고 사는 것만 못하다.(許由之逃, 虛言其高, 不如日用常行中自存逸趣也.)

해설 온 처사의 집을 찾아가 그 벽에 쓴 시이다. 산거(山居)하는 가족들의 생활을 그리고 온 처사의 고답한 경지를 칭송하였다.

동으로 가는 하후심 교서랑을 보내며(送夏侯審校書東歸)[35]

楚鄕飛鳥外,	초 지방 고향은 날아가는 새 저 너머인데
獨與片帆還.	홀로 조각배와 함께 돌아가는구나
破鏡催歸客,[36]	헤어진 아내가 있기에 돌아가는 길 재촉하고

---

32) 逸妻(일처): 은일하는 사람의 아내. 곽박(郭璞)의 「유선시」(遊仙詩) 제1수에 "칠원에 는 벼슬을 물리치는 오만한 장자(莊子)가 있고, 노래자(老萊子)에게는 은일을 권하 는 현명한 처가 있다"(漆園有傲吏, 萊氏有逸妻.)는 말이 있다.

33) 垂綸(수륜): 낚싯줄을 드리우다. 낚시하다. 임방(任昉)의 「시내에서 배를 띄우고」(泛 長溪)에 "길에서 낚싯줄을 드리운 노인을 만나, 잠시 말하며 나루가 어디인지 물어 본다"(道遇垂綸叟, 聊訪問津惑.)는 시구가 있다.

34) 潁上(영상) 구: 영수 강가에서 요 임금을 피해 달아난 사람. 허유(許由)를 말한다. 요 임금이 천하를 허유에게 양보하자 허유가 기산(箕山) 아래로 도망가 밭을 일구었 다. 요 임금이 다시 그를 구주(九州)의 장(長)으로 삼으려 하자 허유는 영수(潁水)의 물가로 가서 귀를 씻었다고 한다. 『고사전』(高士傳) 참조. 여기서는 온 처사를 비유 하였다.

35) 夏侯審(하후심): 대력십재자(大曆十才子) 가운데 하나. 780년 과거에 급제하여 교서 랑에 제수받은 이후 영국현승(寧國縣丞), 시어사 등을 역임하였다. 위응물, 한굉, 노 륜, 이가우 등과 친하였다.

殘陽見舊山.　　　　저무는 햇빛 속에 고향의 산을 보리라

詩成流水上,　　　　흐르는 강물 위에서 시를 쓰고

夢盡落花間.　　　　떨어지는 꽃 사이에서 꿈을 다 꾸리라

倘寄相思字,[37]　　만약에 '상사'라는 글자를 써서 부친다면

愁人定解顏.　　　　기다리는 사람은 분명 기뻐 얼굴을 펴리라

해설 고향으로 돌아가는 하후심을 보내며 쓴 송별시이다. 하후심은 780
년 봄 과거에 급제한 후 교서랑의 직책을 받고 잠시 귀향하였다.

날아가는 기러기를 보내며(送征雁)[38]

秋空萬里靜,　　　　가을 하늘 만 리 멀리 고요한데

嘹唳獨南征.[39]　　기러기 높이 울며 홀로 남으로 가는구나

風急翻霜冷,　　　　바람이 빠르니 뒤채는 서리가 차갑고

雲開見月驚.　　　　구름 걷히자 나타난 달에 놀라는구나

塞長憑去翼,　　　　변방은 멀어도 날아가는 날개에 의지하고

影滅有餘聲.　　　　그림자도 없이 소리만 내는구나

---

36) 破鏡(파경) : 고대의 청동거울은 원형으로 생겼는데 이를 반으로 깨다. 『신이경』(神
異經)에 "예전에 부부가 이별 할 때 거울을 깨뜨려 각기 반을 들고 신표로 삼았다"
(昔有夫婦將別, 破鏡, 人執半以爲信.)고 하였다. 부부의 이별을 비유한다.

37) 倘寄(당기) 구 : '상사라는 글자를 부치다.' '고시십구수'의 「초겨울이 되어 한기가 몰
려오니」(孟冬寒氣至)에서 아낙이 객지에 나간 남편으로부터 편지를 받는 내용을 가
리킨다. "먼 곳에서 온 손님이, 나에게 전해준 편지 한 통. 편지의 첫머리엔 '상사'를
말하였고, 편지의 끝에서는 이별의 정한 말하였네. 보내온 편지 품속에 고이고이 간
직하니, 삼 년이 지나도록 글자 하나 안 닳았네"(客從遠方來, 遺我一書札. 上言長相
思, 下言久離別. 置書懷袖中, 三歲字不滅.) 여기서는 아내에게 편지를 보내라는 뜻
을 담았다.

38) 征雁(정안) : 날아가는 기러기.

39) 嘹唳(요려) : 기러기 울음소리.

悵望遙天外,⁴⁰⁾　　　　머나먼 하늘 끝을 처연히 바라보니

鄕愁滿目生.　　　　　　고향 생각에 시름이 눈에 가득 일어나는구나

평석 제6구는 기러기가 날아간 후의 형상을 핍진하게 형용하였다.(六語傳雁去後之神.)

해설 가을에 남으로 돌아가는 기러기를 바라보며 고향을 생각하였다. 시인의 고향은 지금의 절강성 호주(湖州)로 장안에서 동남쪽에 위치한다. 기러기를 통해 자신의 심정을 의탁하였다.

위응물(韋應物)

진릉현 현령으로 가는 종형을 삼가 보내며(奉送從兄宰晉陵)¹⁾

東郊春草歇,²⁾　　　　동쪽 교외에 봄풀이 시들고

千里夏雲生.　　　　　　천 리 멀리 여름 구름이 일어나

立馬愁將夕,　　　　　　그대는 말을 세우고 저녁이 다가옴을 근심하는데

看山獨送行.　　　　　　나는 산을 바라보며 떠나는 사람을 홀로 보낸다

依微吳苑樹,³⁾　　　　흐릿한 오원(吳苑)의 나무

迢遞晉陵城.⁴⁾　　　　머나먼 진릉의 성

---

40) 悵望(창망) : 슬퍼하며 멀리 바라보다.
1) 從兄(종형) : 사촌 형. ○宰(재) : 다스리다. ○晉陵(진릉) : 진릉현(晉陵縣). 당대에는 강남도(江南道) 비릉군(毗陵郡)에 속하였다. 지금의 강소성 상주시(常州市).
2) 東郊(동교) : 동쪽 교외.
3) 依微(의미) : 흐릿하다. ○吳苑(오원) : 오 지방의 정원. 또는 춘추시대 오나라의 장주원(長洲苑)을 가리킨다고 볼 수도 있다. 장주원은 소주의 속현인 장주현(長洲縣) 서남 칠십 리 소재.

慰此斷行別,[5]	이로부터 기러기 행렬에서 떨어져 나가지만
邑人多頌聲.	그곳에 가면 성읍의 사람들이 모두 칭송하리라

해설 초여름 날 저녁 진릉으로 떠나는 사촌 형을 보내며 지은 시이다. 제3, 4구는 종형과 자신의 모습을 각각 묘사했고, 제5, 6구는 종형이 가는 진릉의 모습을 그렸다. 말미에서 위로의 뜻을 남겼다.

분성 왕 주부를 보내며(送汾城王主簿)[6]

少年初帶印,[7]	청년으로 처음 관인을 차고서는
汾上又經過.[8]	분수 강가를 다시 지나가는구나
芳草歸時遍,	돌아가면 향기로운 풀들이 사방에 깔리고
情人故郡多.[9]	살던 곳에는 친구들도 많으리
禁鐘春雨細,[10]	궁중의 종소리 봄비 속에 가늘게 들리는데
宮樹野煙和.	궁궐의 나무가 들의 안개와 섞여든다
相望東橋別,[11]	서로 바라보며 동쪽 다리에서 헤어지나니
微風起夕波.	미풍에 저녁 물결이 일어나는구나

---

4) 迢遞(초체) : 먼 모양.
5) 斷行(단항) : 대열에서 떨어져 나옴. 고대부터 기러기 행렬은 형제를 비유하였다.
6) 汾城(분성) : 임분현성(臨汾縣城). 임분현은 오늘날의 산서성 임분시(臨汾市). ○王主簿(왕주부) : 미상. 주부는 현의 문서 담당 관리.
7) 初帶印(초대인) : 처음 관인을 차다. 처음 관직에 나아가다.
8) 汾上(분상) : 분수(汾水)를 말한다. 산서성 영무현(寧武縣) 관잠산(管涔山)에서 발원하여 태원시를 거쳐 남으로 흐르다가 하진현(河津縣)에서 황하로 들어간다.
9) 情人(정인) : 정이 깊은 사람. 일반적으로 친구를 가리킨다. ○故郡(고군) : 연고가 있는 마을. 분성은 왕 주부의 고향이거나 거주지였던 것으로 보인다.
10) 禁鐘(금종) : 궁중의 종소리.
11) 東橋(동교) : 장안성 동쪽에 있는 파교(灞橋). 장안에서 동쪽으로 떠나는 사람은 대부분 여기서 이별하였다.

평석 왕 주부가 분명 분성에 가서 살게 된다고 생각했기에 제3, 4구가 있게 되었다. 빗속에 들리는 종소리는 가늘기에 마음이 거칠고 조급한 사람은 듣지 못할 수도 있다.(意主簿必向 住汾城, 故有三四語. 雨中聽鐘, 其聲自細, 粗心人未必知之.)

해설 장안에서 분성으로 떠나는 왕 주부를 보내며 쓴 시이다. 특히 말 2 구는 풍경으로 깊은 정감을 표현하였다.

담 효렴을 보내며(送別覃孝廉)[12]

思親當自去,	양친을 생각하면 응당 떠나야 하니
不第未蹉跎.[13]	급제하지 못했어도 실패라 생각 말지라
家住青山下,	집은 청산 아래 있어
門前芳草多.	문전에는 지천으로 꽃들이라지
秭歸通遠徼,[14]	자귀(秭歸)는 머나먼 지방으로 통하고
巫峽注驚波.[15]	무협(巫峽)에는 거센 물결이 흐르리
州擧年年事,[16]	주현(州縣)의 천거는 해마다 있으니
還期復幾何![17]	오래지 않아 금방 다시 오리라!

평석 마음이 평온하고 기운이 온화하게 말했으니 낙제한 사람을 보낼 때는 응당 이와 같이

---

12) 覃孝廉(담효렴) : 미상. 효렴은 한대 이래 관리를 선발하는 과목으로, 763년부터 주현 (州縣)에서 효행이 있고 청렴한 사람을 추천한 후, 경학과 대책 시험을 보아 선발하 였다. 이후 과거에 효렴과가 생겼다. 담 효렴은 과거의 효렴과에 응시한 사람으로 보인다.
13) 蹉跎(차타) : 발을 헛디뎌 넘어지다. 일반적으로 세월을 헛되이 보냄을 비유한다.
14) 秭歸(자귀) : 귀주(歸州)의 속현. 지금의 호북성 자귀현. ○ 遠徼(원요) : 멀고 편벽한 변방 지역.
15) 巫峽(무협) : 장강 중류의 중경시와 호북성 사이에 소재한 협곡.
16) 州擧(주거) : 주현(州縣)에서 천거하다.
17) 還期(환기) : 돌아오는 때. 다음에 다시 장안에 응시하러 오는 때.

해야 하리라.(說得心平氣和, 送不第人, 自應如是.)

해설 장안을 떠나 고향으로 가는 담 효렴을 보내며 쓴 송별시이다. 첫 2 구에서 귀향하는 이유를 들었고 제3, 4구에서 소박한 표현으로 고향의 모습을 그렸다. 말 2구에서는 상대를 격려하였다.

광릉으로 돌아가는 원 창조를 보내며(送元倉曹歸廣陵)[18]

官閑得去住,[19]	관직의 일이 적어 그대 떠나야 하는데
告別戀音徽.[20]	헤어지고 나면 그대 목소리 그리우리
舊國應無業,[21]	고향에는 별다른 사업이 없을 터인데
他鄕到是歸.[22]	타향에서 오히려 되돌아가는구나
楚山明月滿,	초 지방 산에는 달빛이 가득하고
淮甸夜鐘微.[23]	회하의 강가에는 밤 종소리 은은하리
何處孤舟別?	쪽배는 어디쯤 가고 있을까?
遙遙心曲違.[24]	아득히 마음속 굽이굽이 견디기 어려워라

해설 관직을 그만두고 양주로 돌아가는 사람을 보내며 쓴 시이다. 타향 에서 떠도는 상대의 처지에 주안점을 두었다. 송대 유신옹(劉辰翁)은 제4

18) 元倉曹(원창조) : 미상. 창조는 창조참군(倉曹參軍)의 준말로, 주부(州府)에 설치된 육조참군(六曹參軍) 가운데 하나이다. 조세, 관공서, 주방, 창고, 시장 등에 관한 업 무를 관장한다. ○ 廣陵(광릉) : 지금의 강소성 양주(揚州).
19) 去住(거주) : 떠남과 머무름. 편의복사(偏義複詞)로 여기서는 떠남을 가리킨다.
20) 音徽(음휘) : 사람의 음성과 용모. 徽(휘)는 거문고의 소리 자리를 나타내는 표지.
21) 舊國(구국) : 고향. 國(국)은 고장이란 뜻.
22) 심주 : 고언(苦言)이다.(苦句.)
23) 淮甸(회전) : 회하 유역.
24) 心曲違(심곡위) : 마음속 뜻에 위배되다.

구에 대해 보통 시인들이 끄집어내기 어려운 구라 하였다. 말 2구는 헤어진 후 상대를 그리는 마음을 표현하였다.

'저녁 비'를 제목으로, 이주를 보내며(賦得暮雨送李冑)[25]

楚江微雨裏,[26]	초 지방 강가의 가는 비 속
建業暮鐘時.[27]	건업에 저녁 종소리 울릴 때
漠漠帆來重,[28]	막막한 빗속에 배의 돛폭은 무겁고
冥冥鳥去遲.[29]	아득한 허공으로 새는 더디 난다
海門深不見,[30]	바다의 초입은 깊어서 보이지 않고
浦樹遠含滋.	포구의 나무는 멀리 젖어 있는 듯
相送情無限,	보내는 아쉬운 마음 한이 없는데
沾襟比散絲.[31][32]	옷깃을 적시는 건 눈물인지 빗줄기인지 흩어지는 실들

---

25) 賦得(부득) : 제목이 지정되었거나 한정되었을 때 쓰는 말로, "~를 제목으로 하여 시를 짓다"는 뜻. ○ 李冑(이주) : 자는 공국(恭國)으로, 저작랑 이앙(李昻)의 아들. 정원(貞元) 연간에 노산현령(魯山縣令), 호부원외랑(戶部員外郞), 비부랑중(比部郞中) 등을 역임하였다.

26) 楚江(초강) : 초 지방의 강. 전국시대 초나라의 강역이 넓어 지금의 장강 하류와 강소성 일대까지 포함되었다.

27) 建業(건업) : 지금의 남경시(南京市). 전국시대 초 위왕(楚 威王)이 망기술(望氣術)에 따라 이곳에 제왕이 태어난다는 왕기(王氣)가 있음을 보고, 금을 묻어 이를 진압하였기에 금릉(金陵)이라 하였다. 진시황(秦始皇)이 남경 지역에 천자(天子)의 기운이 있다고 하자 땅을 파 언덕을 끊었으며 지명도 말릉(秣陵)으로 바꾸었다. 이후 삼국시대 손권(孫權)이 건업(建業)이라 하였다. 진대(晉代)에 다시 말릉(秣陵)이라 하였다.

28) 漠漠(막막) : 광활한 공간에 끝없이 펼쳐진 모습. 여기서는 비 오는 모습을 형용하였다.

29) 冥冥(명명) : 아득하고 먼 모양.

30) 海門(해문) : 해구(海口). 장강이 바다로 들어가는 곳. 윤주(潤州, 지금의 강소성 鎭江市) 부근.

31) 심주 : 첫머리와 호응한다.(關合.)

32) 散絲(산사) : 흩어진 실. 비를 형용하였다. 서진(西晉) 장협(張協)의 「잡시」(雜詩)에 "높은 구름은 솟아오른 안개와 같고, 세찬 비는 흩어진 실과 같다"(騰雲似涌煙, 密雨如散絲.)라는 말이 있다.

해설 저녁 비 내리는 가운데 사람을 떠나보내며 쓴 송별시이다. 게다가 미우(微雨), 모종(暮鐘), 막막(漠漠), 명명(冥冥), 심불견(深不見), 원함자(遠含滋), 산사(散絲) 등으로 비를 묘사한 영물시이기도 하다. 제3, 4구가 근경인데 반해 제5, 6구는 원경을 묘사하여 풍경에 폭과 밀도를 주었다. 말 2구는 빗물과 눈물을 일체화시켜 고조된 감정으로 송별의 정을 나타내었다.

회하에서 양주 친구를 만나 기뻐하며(淮上喜會梁州故人)[33]

江漢曾爲客,[34]	일찍이 한수 강가에서 나그네로 있을 때
相逢每醉還.	만날 때마다 매번 취하여 돌아갔지
浮雲一別後,[35]	뜬 구름처럼 한 번 헤어지고 나니
流水十年間.[36]	흐르는 물처럼 십 년이 흘렀어라
歡笑情如舊,	다시 만난 즐거움은 예전과 같건만
蕭疏鬢已斑.[37]	성긴 머리에 살쩍은 이미 반백이 되었어라
何因不歸去?	어찌 하여 돌아가지 않는가?
淮上有秋山.	회하 강가에는 가을 산이 있기 때문이지

평석 말뜻은 좋으나 회수 강가에는 사실 산이 없다(語意好, 然淮上實無山也.)

---

33) 淮上(회상) : 회하(淮河) 유역 일대. 여기서는 초주(楚州) 회음현(淮陰縣). 지금의 강소성 회안시(淮安市). ○梁州(양주) : 지금의 섬서성 한중(漢中). 784년 흥원부(興元府)로 개명하였다. 위응물은 안사의 난이 일어나자 이곳으로 피난 간 적이 있다.

34) 江漢(강한) : 장강과 한수(漢水). 한중은 한수의 상류에 해당한다.

35) 浮雲(부운) : 뜬 구름. 인생의 정처 없음을 비유한다. '이릉 소무 시'(李陵蘇武詩) 가운데 「함께 지낸 좋은 시간 다시 오지 않으리니」(良時不再至)에 "달려가는 뜬구름을 바라보나니, 잠깐 사이 엇갈려 흘러가다가, 바람이 불어오니 사방으로 흩어져, 각자가 하늘 끝에 나뉘어졌다"(仰視浮雲馳, 奄忽互相踰. 風波一失所, 各在天一隅.)는 이미지가 있다.

36) 流水(유수) : 흐르는 강물. 세월의 빠름을 비유한다.

37) 蕭疏(소소) : 드물고 성기다. ○斑(반) : 반백.

해설 친구와 십 년 만에 다시 만난 기쁨을 쓴 시이다. 위응물은 안사의 난이 일어나자 756년경 양주(梁州) 일대로 피난 간 적이 있었다. 당시에 사귀었던 친구를 십여 년이 지나 회남에서 다시 만나게 되었다. 제7구의 질문은 친구에게 할 수도 있고 자신에게 할 수도 있어 여운을 남긴다. 769년에서 770년 사이에 회남 일대를 유람할 때 지었다.

낭사원(郎士元)

평석 당시 사람들은 전기와 낭사원의 작품을 얻는 것을 영광이라 생각하였다.(錢郎送人之作, 時得之者以爲寵榮.)

등주로 가는 이 장군을 보내며(送李將軍赴鄧州)[1][2]

雙旌漢飛將,[3]　　깃발을 한 쌍 들고 출사하는 비장군(飛將軍)
萬里獨橫戈.[4]　　만 리 멀리 나가며 홀로 창을 가로 들었어라

---

1) 심주 : 응당 정주(定州)일 것이다. 즉 고대의 중산으로 지금의 진정에서 가깝다. 만약 남양의 등주라면 시 속의 뜻과 맞지 않는다.(應是定州, 卽古之中山, 近今之眞定. 若 南陽鄧州, 與詩中意不合.)

2) 李將軍(이장군) : 미상. ○ 鄧州(등주) : 지금의 하남성 남양시 서남부. 619년 등주(鄧 州)라 하였다가 742년 남양군(南陽郡)으로 개명했으며 758년 다시 등주라 하였다. 그러나 『전당시』에는 '정주(定州)'라 되어 있다.

3) 雙旌(쌍정) : 한 쌍의 깃발. 당대에는 절도사의 출행에 한 쌍의 깃발을 의장으로 들 고 간다. 『신당서』「백관지」(百官志)에 절도사가 "떠나는 날, 깃발 한 쌍과 부절 한 쌍을 하사한다"(辭日, 賜雙旌雙節.)고 하였다. ○ 漢飛將(한비장) : 한나라의 비장군 이광(李廣). 기원전 128년 우북평태수(右北平太守)로 부임하자 흉노가 그를 '한의 비 장군'(漢之飛將軍)이라 불렀다. 여기서는 이 장군을 비유하였다.

春色臨關盡,[5]	봄기운은 관문 끝까지 이르렀으나
黃雲出塞多.[6][7]	관새 밖에는 누런 구름이 많구나
鼓鼙悲絕漠,[8]	북소리는 사막의 절역(絕域)을 슬퍼하고
烽戍隔長河.	봉수대 수자리는 황하 건너 서있다
莫斷陰山路,[9]	음산으로 가는 길을 끊지 않아도
天驕已請和.[10]	천교(天驕)가 벌써 항복을 청한다

해설 변방으로 출병하는 이 장군을 보내며 쓴 시이다. 변새시의 구성 속에 변방의 모습과 이 장군의 개선을 기렸다.

티베트에 화평 사절로 가는 양 중승을 보내며(送楊中丞和蕃)[11]

錦車登隴日,[12]	비단 수레가 농산을 오르는 날

---

4) 橫戈(횡과) : 창을 가로 들다. 전투를 한다는 뜻.

5) 春色(춘색) 2구 : 왕유의 「평담연 판관을 보내며」(送平澹然判官)의 "누런 구름으로 봄의 기운은 넘어오지 못하고"(黃雲斷春色)와 같은 의미이다.

6) 심주 : 지극히 경이롭고 뛰어난 말로, 왕유는 黃雲斷春色(황운단춘색, 누런 구름 낀 서역에는 봄빛이 오지 않고) 다섯 자로 이를 모두 표현했다.(極警拔語, 右丞則以"黃雲斷春色"五字盡之.)

7) 黃雲(황운) : 변방의 구름. 사막이 많은 변방에 황사가 일어 누렇게 보이는 구름.

8) 鼓鼙(고비) : 큰 북과 작은 북. 전고(戰鼓) 소리를 말한다. ○悲(비) : 북소리가 빠르고 격렬하다. ○絕漠(절막) : 사람의 왕래가 없는 머나먼 사막.

9) 陰山(음산) : 음산 산맥. 내몽골자치구의 남부에 있는 산맥으로 흥안령에서 영하(寧夏)에 걸쳐 있다. 길이 약 1200킬로미터에 해발 약 1500~2000미터. 한대에 흉노들은 주로 음산에 거주하면서 한나라를 공격하였다.

10) 天驕(천교) : 흉노가 스스로를 칭하는 말. 『한서』 「흉노전」(匈奴傳)에 선우(單于)가 한나라에 보낸 글에 "남쪽에는 위대한 한(漢)이 있고, 북쪽에는 강한 호(胡)가 있다. 호(胡)란 하늘의 뛰어난 아들이다(南有大漢, 北北有强胡. 胡者, 天之驕子也.)"란 말에서 유래했다. 일반적으로 서북의 민족 또는 그 왕을 가리킨다.

11) 楊中丞(양중승) : 양제(陽濟). 자는 이섭(利涉). 밀주자사(密州刺史), 대리소경(大理少卿), 어사중승(御史中丞) 등을 역임하였다. ○和蕃(화번) : 토번(吐蕃)과 화해하다.

12) 錦車(금거) : 비단으로 장식한 수레. 또는 사신의 수레. ○登隴(등농) : 농산(隴山)에

邊草正萋萋.[13]	변방의 풀이 마침 무성하리
舊好隨君長,[14]	예전에는 토번 군장의 뜻을 따라 우호 관계 맺었는데
新愁聽鼓鼙.	요즘에는 전장의 북소리로 새로이 근심이 되었다네
河源飛鳥外,[15]	날아가는 새 너머에 황하의 수원이 있고
雪嶺大荒西.[16]	대황(大荒)의 서쪽에 설산이 있다는데
漢壘今猶在,	한대의 참호가 지금도 그대로 있으니
遙知路不迷.	사신께서 길을 잃지 않음을 멀리서도 알겠네

해설 766년 2월 대리소경 겸 어사중승인 양제(楊濟)가 티베트에 사신으로 갈 때 써준 시이다. 당시 낭사원은 교서랑으로 장안에 있었으며, 감찰어사 황보증(皇甫曾)도 같은 제목의 시를 썼다. 제5, 6구는 변방의 광활한 의경을 잘 그려낸 구로 알려졌다. 말 2구에서 한대의 승전과 지금의 화해를 대비시켜 완곡한 방법으로 외교정책을 비판하였다.

오르다. 지금의 섬서성과 감숙성을 가르는 산. 장안에서 서쪽으로 오갈 때는 반드시 거쳐야 한다.

13) 萋萋(처처) : 풀이 무성한 모양.

14) 君長(군장) : 토번의 수령.

15) 河源(하원) : 황하의 근원. 이는 사신과 관련된 전고로, 『사기』「대완전」(大宛傳)의 "한나라의 사신이 황하의 끝을 찾아가니 수원이 돌무더기에서 흘러나왔다"(漢使窮河源, 河源出於寶)는 말과, 『형초세시기』(荊楚歲時記)에서 장건(張騫)이 조정의 명을 받고 황하의 근원을 찾으러 뗏목을 타고 갔다는 전설을 환기한다.

16) 雪嶺(설령) : 설산. 토번의 강역에 있는 산.

전기를 보내며(送錢大)[17]

暮蟬不可聽,	저녁 매미 울음 들으려니 마음 어지러운데
落葉豈堪聞?	낙엽 떨어지는 소리 어찌 견딜 수 있으랴?
共是悲秋客,	다 같이 가을을 슬퍼하는 나그네
那知此路分?	어찌 알았으랴, 여기에서 헤어질 줄을
荒城背流水,	황량한 성은 흘러가는 강물을 등지고
遠雁入寒雲.	먼 기러기는 변방의 구름 속으로 들어간다
陶令東籬菊,[18]	도연명과 같은 현령 집의 울타리 아래 핀 국화
餘花可贈君.	꽃들을 모아 그대에게 주노라

평석 고중무는 낭사원이 발단에 공교롭다고 말했지만, '들으려니 마음 어지러운데'와 '어찌 견딜 수 있으랴?'는 의미가 중복되었다. 내가 보기에 마무리에서 상대방이 높은 절개를 가지기를 바랐으니 더욱 음미할 만하다.(高仲武謂工於發端. 然'不可聽''豈堪聞', 未免於複. 愚謂 結意望其能秉高節, 更耐尋繹也.)

해설 시인 전기와 헤어지며 준 시이다. 낭사원은 전기와 친했으며 여러 차례 만나고 헤어졌다. 가을의 풍경과 계절감 속에 이별의 정을 녹여내었다. 제5구의 황성은 자신의 장소를 말하고 제6구의 기러기는 전기를 가리키는 듯하다.

---

17) 錢大(전대) : 전기(錢起). 大(대)는 동일 증조(曾祖) 할아버지 아래의 형제들 사이의 차례를 나타내는 항제(行第)에서 첫째임을 말한다. 당송시대에는 항제로써 이름을 대신하는 경우가 많았다. 다른 판본에는 제목이 「주질현 정기 댁에서 전기를 보내며」(盩厔縣鄭礒宅送錢大), 「전기를 송별하며」(送別錢起), 「친구를 보내며」(送友人別), 「정의를 보내며」(送鄭礒) 등으로 되어 있다.

18) 陶令(도령) : 팽택령(彭澤令)을 지냈던 도연명(陶淵明). ○ 東籬菊(동리국) : 동쪽 울타리 아래의 국화. 도연명의 「술을 마시며」(飮酒) 제5수에 "동쪽 울타리 아래에서 국화를 따고, 고개 들어 멀리 남산을 바라본다"(采菊東籬下, 悠然見南山.)는 말을 가리킨다. 여기서는 주질현령(盩厔縣令)인 정의(鄭礒)를 비유한다.

오 지방으로 돌아가는 해가를 보내며(送賈奚歸吳)[19]

東南富春渚,[20]	동남의 부춘강 강가
曾是謝公遊.[21]	일찍이 사령운이 유람했었지
今日奚生去,	오늘 해생(奚生)이 돌아가니
新安江正秋.[22]	신안강은 마침 가을이리라
水容清過客,	맑은 물빛에 비쳐 나그네가 지나가고
霜葉落行舟.	떨어지는 낙엽 속에 배가 나아가리
遙想赤亭下,[23]	멀리서 생각하나니, 적정산(赤亭山) 아래
聞猿應夜愁.	원숭이 울음 듣는 밤에는 시름 깊으리

해설 부춘강으로 돌아가는 해가(奚賈)를 보내며 쓴 시이다. 시각과 청각을 동원한 이미지가 선명하고 시상이 맑고 산뜻하다.

---

19) 賈奚(가해) : 奚賈(해가)라 해야 옳다. 목주(睦州, 절강성 건덕시) 사람으로 성당시기에 활동한 시인. 부춘강가에서 은거하였으며 상건(常建)과 수창하였다. 현재 시 3수가 남아있다.

20) 富春渚(부춘저) : 부춘강의 강가. 지금의 절강성 동려현(桐廬縣) 서남에 소재. 가해는 이곳에서 은거하였다. 사령운은 절강 일대를 유람하였으며 「부춘강의 강가」(富春渚)라는 시가 있다.

21) 謝公(사공) : 남조 유송(劉宋)시기의 시인 사령운(謝靈運).

22) 新安江(신안강) : 절강(浙江, 전당강)의 상류. 안휘성 흡현(歙縣) 황산(黃山)에서 발원하여, 동남으로 절강성 순안현(淳安縣)을 지나 건덕시(建德市) 매성현에서 난계(蘭溪)와 합류하여 전당강으로 흘러든다.

23) 赤亭(적정) : 적정산. 지금의 절강성 부양현(富陽縣) 정산(定山) 동쪽에 소재. 지금은 계롱산(鷄籠山)이라 한다. 사령운의 「부춘강의 강가」(富春渚)에 "정산은 멀어지며 운무가 자욱한데, 적정산은 머물지 않고 지나간다"(定山緬雲霧, 赤亭無淹薄.)는 말이 있다.

조정으로 들어가는 팽언과 방유를 보내며,
더불어 전기와 이서에게 부침(送彭偃、房由赴朝, 因寄錢大郞中、李十七舍人)[24]

衰病已經年,[25]	쇠약하고 병든 채 한 해를 넘겼는데
西峰望楚天.	서쪽 봉우리에서 초 지방 하늘을 바라본다
風光欺鬢髮,	바람과 햇빛은 나의 머리카락을 희게 하고
秋色換山川.	가을 기운은 산천의 모습을 바꾸는구나
寂寞浮雲外,	뜬 구름 밖에서 적막하고
支離漢水邊.[26]	한수 강가에서 지치고 초췌하여라
平生故人遠,	평소의 친구들이 멀어지니
君去話潸然.[27]	그대들 떠난다는 말에 눈물이 줄줄 흐르네

해설 낭사원은 777년에 영주자사(郢州刺史)로 부임하였다. 영주는 지금의 호북성 중부에 위치한 종상시(鍾祥市)로 양번(襄樊)과 무한(武漢)의 중간에 해당한다. 779년 양염(楊炎)이 다시 재상으로 복귀하면서 그 전에 무주자사로 좌천된 이서 등이 조정으로 복귀하였다. 또 이 무렵 전기도 고공랑중(考功郞中)이 되어 장안으로 들어갔다. 이 시는 자신의 처지와 심경에 초점을 두었다.

---

24) 彭偃(팽언) : 대력 연간 말기 도관원외랑(都官員外郞)을 지냈다. ○房由(방유) : 사부원외랑(祠部員外郞), 호부원외랑(戶部員外郞)을 역임했으며 나중에 탁지랑중(度支郞中)이 되었다. ○錢大(전대) : 전기(錢起). 당시 고공랑중(考功郞中)이 되었다. ○李十七(이십칠) : 이서(李紓). 비서성 교서랑, 좌보궐, 지제고, 중서사인, 무주자사(婺州刺史)를 지냈고, 나중에 괵주자사, 예부시랑, 이부시랑 등을 역임하였다.
25) 經年(경년) : 한 해가 지나감.
26) 支離(지리) : 찢어지고 흩어지다. 여기서는 초췌하다. 『장자』 「인간세」(人間世)의 "그 외양이 불구인 사람도 그 몸을 잘 돌보아서 천수를 누릴 수 있을진대, 하물며 내면에 덕이 필요 없는 사람에 있어서랴!"(夫支離其形者, 猶足以養其身, 終其天年, 又況支離其德者乎.)는 말이 있다. ○漢水邊(한수변) : 한수의 강가. 당시 낭사원은 영주(郢州, 지금의 호북성 鍾祥市)에 자사로 부임하였다.
27) 潸然(산연) : 눈물이 줄줄 흐르는 모양.

봄날 장 사인 댁의 잔치에서(春日宴張舍人宅)[28]

懶尋芳草徑,	느긋하게 꽃길 사이를 돌아들어가
來接侍臣筵.[29]	시신(侍臣)이 베푸는 자리에 앉는구나
山色知殘雨,[30]	산 빛을 바라보니 흩어지던 비가 걷혔음을 알겠고
牆陰覺暮天.	담장이 어두워지니 날이 저물어감을 알겠어라
鶯歸漢宮柳,	꾀꼬리는 한궁(漢宮)의 버들로 돌아오고
花隱杜陵煙.[31]	꽃은 두릉(杜陵)의 안개 속에 잠겨드는구나
地與東鄰接,	위치가 동쪽으로 이웃하고 있어
春光醉目前.	봄의 풍광이 눈을 취하게 만드는구나

해설 장 사인 댁에서 열린 잔치를 그렸다. 잔치 자체보다는 봄날 비가 그친 저녁의 산뜻한 풍광에 초점을 맞추어 잔치의 분위기를 환기하였다. 시의 배경은 장안성 남쪽으로 보인다.

---

28) 張舍人(장사인) : 장연상(張延賞). 763년 대종(代宗)이 섬주(陝州)로 피난갈 때 급사중(給事中)이 되었고, 어사중승(御史中丞), 중서사인(中書舍人)을 역임한 후 767년 하남윤(河南尹)이 되었다. 그러므로 이 시는 767년 이전에 지어졌다.

29) 侍臣(시신) : 군주를 가까이서 모시는 신하. 장 사인을 가리킨다. 사인(舍人)은 기본적으로 군주나 태자를 근시(近侍)하는 직책이다.

30) 山色(산색) : 산의 경색. 산의 풍경.

31) 杜陵(두릉) : 장안 동남쪽 교외에 있는 한대 선제(宣帝)의 능묘. 일반적으로 그 일대를 지칭하는 지명으로 쓰인다.

황보염(皇甫冉)

무산은 높아(巫山高)[1]

巫峽見巴東,[2]	파동에 가면 무협이 있으니
迢迢半出空.	아득히 높다랗게 하늘 가운데 솟아있네
雲藏神女館,[3]	구름은 조운(朝雲)을 모신 신녀관을 덮고
雨到楚王宮.	비는 초 회왕(楚懷王)이 묵었던 이궁(離宮)에 내리네
朝暮泉聲落,	아침저녁으로 떨어지는 샘물 소리
寒暄樹色同.[4]	추우나 따뜻하나 변함없는 숲의 경관
清猿不可聽,[5]	맑은 원숭이 울음 차마 듣기 힘든데
偏在九秋中.[6]	구십 일 가을 석 달 어디서나 울려 퍼지네

평석 말미가 온당하고 적절하여 심운경의 작품을 이었다고 할 수 있다.(終篇穩稱, 可繼沈雲卿作.)

---

1) 巫山高(무산고) : 한대 악부제 가운데 하나. 원래 한대 '요가 십팔곡' 가운데 제7곡이
   다. 무산은 중경시(重慶市) 무산현(巫山縣) 동쪽과 호북성 파동현(巴東縣) 서쪽 사이
   에 위치한 산이다. 장강 중류에 걸쳐 있으며, 중경시와 호남성의 경계를 이룬다. 산
   모양이 '巫'자와 같아서 이름 붙여졌다.
2) 巴東(파동) : 동한 때 설치된 파동군(巴東郡). 지금의 중경시 봉절현.
3) 神女(신녀) : 초 회왕(楚懷王)이 무산에서 만났다는 선녀 조운(朝雲)을 말한다. 송옥
   (宋玉)의 「고당부」(高唐賦)에 의하면, 초 회왕(懷王)이 고당(高唐)에 놀러갔다가 꿈
   에 선녀를 만났는데, 그녀가 스스로 말하기를 자신은 "아침에는 구름이 되고 저녁에
   는 비가 됩니다. 아침마다 저녁마다 양대의 아래에 있습니다"(旦爲朝雲, 暮爲行雨.
   朝朝暮暮, 陽臺之下.)고 하면서 침석을 함께하기를 바랐다. 나중에 회왕은 여기에
   조운을 모시는 사당을 짓게 하였다.
4) 寒暄(한훤) : 차가움과 따뜻함.
5) 清猿(청원) 구 : 삼협의 강변에는 원숭이가 많고 그들의 울음소리가 객수를 자아내기
   로 유명하다. 『수경주』(水經注) 「강수」(江水)에 「파동삼협가」(巴東三峽歌)가 실려있
   는데, "파동의 삼협 가운데 무협이 가장 긴데, 원숭이 울음소리 세 마디에 눈물로 옷
   을 적신다"(巴東三峽巫峽長, 猿鳴三聲淚沾裳.)고 하였다.
6) 九秋(구추) : 가을. 가을 석 달 구십 일을 말한다.

해설 무협에 얽힌 초 회왕과 조운의 이야기를 시화(詩化)하였다. 이 시는 동시대 사람인 고중무(高仲武)와 유우석(劉禹錫)의 상찬을 받았으며, 황보염의 친구 이단(李端)은 「무산은 높아 ― 황보 습유에 창화하며」(巫山高和皇甫拾遺)란 작품을 지었다.

한 사직을 보내며(送韓司直)[7]

遊吳還適越,	오 지방을 돌아보고 다시 월 지방에 가니
來往任風波.	바람과 물결 따라 오가는구나
復送王孫去,[8]	떠나가는 왕손을 다시 보내나니
其如春草何?	봄풀이 푸르러진 걸 어찌할거나
岸明殘雪在,	언덕이 환하니 잔설이 남아있음을 알겠고
潮滿夕陽多.	조수가 밀려오니 석양빛이 더욱 밝아라
季子留遺廟,[9]	계자를 모신 사당이 있으니
停舟試一過.	배를 멈추고 한 번 들어봄도 좋으리

해설 이 시는 유장경(劉長卿)과 낭사원(郎士元)의 시문집에도 실려 있지만, 『극현집』(極玄集)과 『문원영화』(文苑英華) 등 초기 선집에 황보염의 이름으로 실려 있고, 작품 속의 계자묘(季子廟)도 상주에 있어 황보염이 무석

---

7) 韓司直(한사직) : 미상. 사직은 대리시(大理寺) 소속으로 관리의 규찰과 범인의 심문 등을 담당한다. 종6품상.
8) 王孫(왕손) : 원래 귀족 자제란 뜻이나 후대에는 일반적으로 나그네를 의미한다. 한대(漢代) 회남소산(淮南小山)의 「은사를 부르다」(招隱士)에서 "왕손(王孫)이여, 그대 떠나간 후 돌아오지 않더니, 봄풀은 자라서 파릇파릇 우거졌네"(王孫遊兮不歸, 春草生兮萋萋)란 구절이 있다.
9) 季子(계자) : 춘추시대 오나라의 공자 계찰(季札). 나중에 연릉 땅에 봉해져 '연릉의 계자'(延陵季子)라 불리었다. 협기가 있고 한 말은 지키는 것으로 유명하다. 연릉은 오나라의 성읍으로 지금의 강소성 상주(常州).

현위(無錫縣尉)에 있을 때 지은 것으로 보인다. 황보염은 유장경과도 친했으므로, 자신의 일 또는 유장경의 일에 대해 바르게 규찰해 줄 것을 당부한 것으로 보인다. 특히 말미에서 계찰의 사당을 들러보라는 것은 계찰처럼 높은 의리를 베풀어달라는 뜻을 암시한다.

신안으로 가는 강 판관을 보내며(送康判官往新安)[10]

不向新安去,	신안으로 가지 않으면
那知江路長.	어찌 강줄기가 긴지 알랴
猿聲近廬霍,[11]	원숭이 울음소리 들으니 여산(廬山)이 가깝고
水色勝瀟湘.[12]	강가의 풍경은 소상(瀟湘)보다 뛰어나다
驛路收殘雨,	역참 길에는 비가 걷히고
漁家帶夕陽.	어부의 집에는 석양이 물들어
何須愁旅泊,	어찌 여로를 근심할 필요 있으랴
使者有輝光.[13]	사신의 앞길에는 광휘가 있는 걸

해설 강을 따라 떠나는 강 판관을 보내며 쓴 송별시이다. 강남의 풍광을 그리면서 말미에서 보내는 낙관적인 격려는 성당의 유풍을 닮았다.

---

10) 康判官(강판관) : 미상. ○ 新安(신안) : 목주(睦州)의 속현. 지금의 절강성 건덕시.
11) 廬霍(여곽) : 여산(廬山)의 크고 작은 봉우리들. 霍(곽)에 대해 『이아』(爾雅) 「석산」(釋山)에서는 "큰 산이 작은 산을 포위하고 있다"(大山繞小山)고 해석하였다. 여산은 지금의 강서성 구강시 남쪽에 소재.
12) 瀟湘(소상) : 소수와 상수. 호남성 경내를 흐르는 강.
13) 심주 : 후세의 상투적인 표현이 여기에서 시작되었다.(開後人套語.)

왕 상공의「초봄 서주성에 올라」에 삼가 화답하며(奉和王相公早春登徐州城)¹⁴⁾

落日憑危堞,¹⁵⁾	해 저물 때 높은 성벽의 성가퀴에 기대니
春風似故鄉.	봄바람이 마치 고향과 같구나
川流通楚塞,¹⁶⁾	강물은 초 지방 경계로 흘러가고
山色繞徐方.¹⁷⁾	산빛은 서주를 둘러싸고 있다
壁壘依寒草,	보루에는 풀이 자라고
旌旗動夕陽.	석양빛이 깃발 따라 펄럭인다
元戎資上策,¹⁸⁾	원수께서는 높은 책략이 있어
南畝起耕桑.¹⁹⁾	논밭을 경작하고 양잠을 일으켰다네

해설 봄이 온 서주성에 올라 주위를 둘러보고 지은 시이다. 황보염은 765년 서주에 주둔하고 있는 절도사 왕진(王縉)의 막부에 장서기(掌書記)로 들어갔다. 말 2구가 의례적인 칭송이어서 전체 시의 격이 떨어졌다.

길에서 권삼 형제를 보내며(途中送權三兄弟)²⁰⁾

淮海風濤起,²¹⁾	양주 바닷가에 파도가 드높으니

---

14) 王相公(왕상공) : 왕진(王縉). 왕유의 동생으로 일찍부터 왕유와 함께 문장으로 이름
이 났다. 시어사(侍御史), 무부원외랑(武部員外郎), 태원소윤(太原少尹), 좌산기상시
(左散騎常侍) 등을 역임했고 대종(代宗) 때인 764년에 재상이 되었다. 같은 해 이광
필(李光弼)의 뒤를 이어 서주에 주둔하며 하남, 회서, 산남동도(山南東道) 절도사가
되었다. ○ 徐州城(서주성) : 서주의 치소인 팽성(彭城).
15) 危堞(위첩) : 높은 성벽. 첩(堞)은 성가퀴.
16) 楚塞(초새) : 초 지방의 변방.
17) 徐方(서방) : 서주(徐州).
18) 元戎(원융) : 통수(統帥). ○ 資上策(자상책) : 높은 책략을 가지다.
19) 南畝(남무) : 남향으로 난 논밭.
20) 權三兄弟(권삼형제) : 권삼의 형제. 미상.

江關幽思長.[22]	강남으로 간다니 맺힌 정이 더욱 깊어라
同悲鵲繞樹,[23]	나 역시 둥지를 찾지 못한 까마귀인데
獨作雁隨陽.[24][25]	그대들은 그래도 기러기처럼 나란히 가는구나
山晚雲和雪,[26]	저녁이 온 산에는 구름에 눈발이 뒤섞이고
汀寒月照霜.	차가운 물가에는 달빛이 서리를 비춘다
由來濯纓處,[27]	예전부터 갓끈을 씻은 곳
漁父愛滄浪.	어부는 창랑의 물을 사랑하였다네

해설 양주에서 권삼 형제를 보내며 쓴 시이다. 시인 역시 나그네 신세로 '객중송객'(客中送客)의 의미를 환기하였다. 말 2구로 보아 권삼 형제는 은거하러 가는 길로 보인다.

---

21) 淮海(회해): 회하와 황해. 일반적으로 양주 지역을 가리킨다. 『상서』 「우공」(禹貢)에 "회수와 황해 사이가 양주이다"(淮海惟揚州)라는 말이 있다.

22) 江關(강관): 강남 지역. ○幽思(유사): 깊은 생각. 또는 마음속에 맺힌 감정.

23) 鵲繞樹(작요수): 둥지를 찾으러 까마귀가 나무를 돈다. 조조(曹操)의 「단가행」(短歌行)에 "달 밝고 별 드무니 날 샌 줄 알고, 까마귀가 남으로 날아가네. 나무를 세 번 돌아도, 앉아 쉴 가지가 없네"(月明星稀, 烏鵲南飛. 繞樹三匝, 何枝可依?)라는 말에서 나왔다.

24) 심주: 떠돌며 의지할 곳 없음을 비유한다.(喩漂泊無依.)

25) 雁隨陽(안수양): 기러기가 양기(陽氣)를 따라 가다. 기러기는 양기를 따라 가는 새라 하여 '수양조'(隨陽鳥)라 부르기도 한다. 고대에는 기러기는 곧잘 형제에 비유되므로, 여기서는 권삼 형제를 가리킨다.

26) 和(화): 뒤섞이다. 다른 판본에는 藏(장) 도는 初(초)로 되어 있다.

27) 由來(유래) 2구: 『맹자』 「이루」(離婁)와 『초사』 「어부」(漁父)에 나오는 갓끈 씻기와 발 씻기에 대한 비유를 가리킨다. "창랑의 강물이 맑으면 내 갓끈을 씻고, 창랑의 강물이 탁하면 내 발을 씻으리라."(滄浪之水清兮, 可以濯我纓. 滄浪之水濁兮, 可以濯我足.)

낙수를 건너 돌아가며(歸渡洛水)²⁸⁾

暝色赴春愁,²⁹⁾	저녁 어스름이 봄 시름을 일으켜
歸人南渡頭.³⁰⁾	돌아가는 사람 남으로 나루터를 건넌다
渚煙空翠合,³¹⁾	물가의 안개는 비췻빛 하늘색과 어우러지고
灘月碎光流.	여울의 달빛은 일렁이며 부서진 채 흐른다
澧浦饒芳草,³²⁾	예수(澧水)의 강가에는 향기로운 꽃들
滄浪有釣舟.³³⁾	창랑(滄浪)의 물가에는 낚시하는 배
誰知放歌處,	누가 알아주랴, 크게 노래하는 곳
此意正悠悠!³⁴⁾	마음은 그와 다르게 깊이 잠겨있는 걸

해설 봄날 저녁 나루터의 풍경을 묘사하였다. 하늘과 강물의 미묘한 움직임을 포착하고 사람 드문 강가의 아름다움을 표현하였다.

---

28) 洛水(낙수): 황하의 지류로 하남성 서부에 위치한다. 섬서성 낙남현(洛南縣)에서 발원하여 동쪽으로 하남성에 들어가 낙양시를 거쳐 공의시(鞏義市)에서 황하로 들어간다. 일반적으로 낙양 남쪽 교외로 흐르는 낙수를 가리키는 경우가 많다.

29) 暝色(명색): 밤의 어두운 색깔.

30) 심주: 나루를 건너는 저녁 풍경으로 자연스럽고 절묘하다. 두보의 "떨어지는 해는 주렴 고리에 걸려있고"와 같은 도입 방법이다.(寫渡水晚景, 自然入妙, 與"落日在簾鉤"一種起法.)

31) 渚煙(저연): 물가나 주도(洲島)를 감싸고 있는 안개. ○空翠(공취): 하늘 아래의 비췻빛 산색. 또는 비췻빛 하늘.

32) 澧浦(예포): 예수(澧水) 강가. 예수는 하남성 동백현(桐柏縣)에서 발원하여 서북으로 흘러 당하(唐河)로 들어간다.

33) 滄浪(창랑): 청록색의 강물. 또는 한수(漢水) 등 강 이름으로 보는 설도 있다. 일반적으로 은거지를 가리킨다.

34) 悠悠(유유): 여러 가지 뜻이 있으나 여기서는 생각에 잠긴 모양.

장납을 만났기에 이 시를 주다(逢莊納因贈)[35]

世故還相見,[36]	세상의 변고로 다시 만나
天涯共向東.	하늘 끝에서 함께 동쪽으로 가네
春歸江海上,	봄날 강위에서 돌아가는 길
人老別離中.	사람은 이별 속에서 늙어가네
郡吏名何晚,[37]	군의 관리로 이름은 알려지지 않았으나
沙鷗道自同.[38]	갈매기와 짝하며 바른 도리를 지키네
甘泉須早獻,[39]	조만간 「감천부」 같은 뛰어난 문장 헌상하리니
且莫歎飄蓬.[40]	그러니 떠도는 신세를 탄식하지 않으리

해설 우연히 만난 친구를 격려한 시이다. 시의 내용으로 보아 친구는 군의 관리로 행실과 문장은 뛰어나지만 오랫동안 이름 없이 지냈다. 이는 당시 많은 문인들의 초상화라 할 것이다.

---

35) 莊納(장납) : 미상.
36) 世故(세고) : 세상일의 변고.
37) 郡吏(군리) : 군의 관리. 장납을 가리킨다.
38) 沙鷗(사구) : 모래밭 위의 갈매기. 『열자』 「황제」(黃帝)에 나오는 기심(機心) 없이 갈매기와 사귀는 '해객압구'(海客狎鷗) 이야기를 가리킨다.
39) 甘泉(감천) : 양웅이 「감천부」(甘泉賦)를 바친 일을 가리킨다. 서한 성제(成帝) 때 어떤 사람이 양웅의 작품이 사마상여와 비슷하다고 말하자, 성제가 불러 승명전(承明殿)에 대조(待詔)하게 하였다. 성제를 따라 감천궁에 다녀와선 「감천부」를 써 올리니 성제가 이를 크게 상찬하였다. 후대에 주상에게 진상하여 크게 상찬 받는 문장을 가리킨다.
40) 飄蓬(표봉) : 정처 없이 떠도는 쑥대.

황보증(皇甫曾)

형주 가는 사람을 보내며(送人往荊州)[1][2]

草色隨驄馬,[3]	풀빛은 총마를 따라
悠悠共出秦.[4]	유유히 함께 장안을 나서는구나
水穿雲夢曉,[5]	강물이 뚫고 가는 운몽택의 새벽
山接洞庭春.	산 너머 나타나는 동정호의 봄
帆影連三峽,[6]	돛 그림자는 삼협으로 이어지고
猿聲近四鄰.[7]	원숭이 울음소리 사방에서 가까우리
青門一分手,[8]	장안성 청문에서 한 번 헤어지면
難見杜陵人.[9]	두릉 사람 그대를 다시 보기 어려우리

해설 장안을 떠나 형주로 가는 사람을 보내며 쓴 시이다. '총마'를 탄다고 한 것으로 보아 시어사(侍御史)인 듯하고, '두릉인'(杜陵人)이라 한 것으

---

1) 심주 : 다른 판본에서는 이단의 시로 되어 있다.(亦作李端詩.)
2) 荊州(형주) : 지금의 호북성 형주시.
3) 驄馬(총마) : 청색과 흰색의 털이 뒤섞인 말. 일반적으로 어사(御史)가 타는 말 또는 어사를 가리킨다. 동한의 시어사 환전(桓典)은 법의 집행을 엄격하게 하여 환관들마저 모두 그를 두려워했는데, 환전이 총마(驄馬)를 타고 다녔으므로 경성 사람들이 환관을 가리켜 "가다가 서는 것은, 총마 탄 어사를 피하기 위해서라네"(行行且止, 避驄馬御史.)라고 노래를 지었다.
4) 秦(진) : 진 지방. 진의 수도 함양은 장안의 북쪽에 있으므로, 곧 장안을 가리킨다.
5) 雲夢(운몽) : 고대의 거대한 습지로, 호북성의 장강 남북에 걸쳐 분포되어 있었다. 당대에는 없어졌으므로 일반적으로 동정호 등의 호수를 가리킨다.
6) 三峽(삼협) : 장강 중류의 중경시(重慶市)에서 호북성에 걸쳐 있는 세 개의 협곡인 구당협(瞿塘峽), 무협(巫峽), 서릉협(西陵峽)의 총칭.
7) 四鄰(사린) : 사방. 주위.
8) 青門(청문) : 장안성의 동남문. 원래 패성문(霸城門)이었는데 문의 색이 청색이어서 청성문(青城門) 또는 청문(青門)이라고 했다.
9) 杜陵(두릉) : 장안 동남쪽 교외 일대. 한대 선제(宣帝)의 능묘가 있다.

로 보아 그곳에서 살았던 듯하다. 제3, 4구는 특히 공들여 만든 가구(佳句)이다.

본도로 돌아가는 이 중승을 보내며(送李中丞歸本道)[10]

上將宜分閫,[11]	상장(上將)이 도성에 있는 것은 바람직하지 않아
雙旌復出秦.[12]	한 쌍의 깃발을 앞세우고 다시 장안을 떠난다
關河三晉路,[13]	관문과 강을 지나 삼진(三晉)으로 가는 길
賓從五原人.[14]	수행하는 자들은 모두 오원(五原) 등 변방 사람
孤戍雲通海,	외떨어진 수자리에 구름이 바다로 이어지고
平沙雪度春.	평평한 사막에는 눈보라가 봄까지 휘날려
酬恩看玉劍,[15]	은혜에 보답코자 보검을 바라보니
何處有煙塵?[16]	그 어느 곳에 전쟁이 있을 것인가?

해설 변방으로 나가는 이 중승을 보내며 쓴 시이다. 제5, 6구는 이 중승

---

10) 李中丞(이중승) : 이포진(李抱眞). 769년 택로절도유후(澤潞節度留後) 겸 어사중승(御史中丞). 어사중승은 한대에는 어사대부의 부관이었고, 수대에는 어사대의 부장관이었으며, 이후 흡서시어사(洽書侍御史)로 개명하였다. 정5품상. ○ 本道(본도) : 자신이 관할하는 도(道). 당대 개원(開元) 연간에 전국을 열다섯 개 도로 나누었다. 각 도에 대한 감찰은 채방사(採訪使)가 주축이 되었으나 안사의 난 후에는 절도사가 직권을 갖게 되었다.
11) 上將(상장) : 주장(主將). ○ 分閫(분곤) : 출정 나간 장수 또는 주요 지방관.
12) 雙旌(쌍정) : 한 쌍의 깃발. 당대에는 절도사가 출행할 때는 한 쌍의 깃발을 들고 나갔다.
13) 三晉(삼진) : 삼진 지방. 춘추시대 진(晉)나라의 조씨(趙氏), 위씨(魏氏), 한씨(韓氏) 등 세 경(卿)이 진나라를 삼분하여 나라를 세운데서 만들어진 말. 지금의 산서성과 하남성 일대에 해당한다.
14) 賓從(빈종) : 복종하다. 귀순하다. ○ 五原(오원) : 다섯 곳의 벌판. 여기서는 오원군(五原郡)으로 변방 지역을 가리킨다. 지금의 내몽골자치구 오원현(五原縣).
15) 酬恩(수은) : 은혜에 보답하다.
16) 煙塵(연진) : 봉홧불 연기와 전쟁터의 먼지. 전쟁을 가리킨다.

이 가는 곳의 자연 경관이자 앞으로 겪게 될 험난한 환경을 묘사하였다. 변새시의 풍격이 강한 송별시이다.

공 징사를 보내며(送孔徵士)[17]

谷口多幽處,[18]	곡구(谷口)에는 깊고 그윽한 곳이 많아
君歸不可尋.	그대 가고 나면 사람들이 찾을 수 없으리
家貧靑史在,	가난해도 이름은 청사에 길이 남고
身老白雲深.	몸이 늙어도 흰 구름 깊이 묻혀 산다
掃雪開松逕,	눈을 쓸어 소나무 길을 열고
疏泉過竹林.	샘물을 틔워 대숲으로 끌어내리
餘生負丘壑,[19]	여생을 언덕과 골짜기를 베고 산다 하니
相送亦何心?	보내는 나의 마음 또 무엇과 같은가?

해설 공 징사의 고결한 마음과 간소한 전원생활을 그렸다. 공 징사는 당시 청명(淸名)을 얻은 사람으로 중당 시인들의 시에 곧잘 보인다.

---

17) 孔徵士(공징사) : 孔述睿(공술예). 징사는 조정의 징초에 나가지 않은 사람. 공술예는 젊어서부터 형 공극부(孔克符)와 동생 공극양(孔克讓)과 함께 숭산에서 은거하였다. 대종(代宗)이 태상사(太常寺) 협률랑(協律郎)으로 칭초하였다. 공술예는 인사하러 조정에 나갔다가 열흘 후 병을 핑계로 사직하고 은거지로 돌아갔다. 덕종(德宗)은 간의대부(諫議大夫)로 징초하였다.

18) 谷口(곡구) : 한대(漢代) 곡구현(谷口縣)으로 지금의 섬서성 경양현(涇陽縣) 서북에 소재. 성제(成帝)의 삼촌인 대장군 왕봉(王鳳)이 예를 갖추어 곡구에 사는 정자진(鄭子眞, 鄭樸)을 초빙했으나 정자진은 응하지 않았다. 여기서는 공 징사의 거처를 가리킨다.

19) 丘壑(구학) : 구릉과 골짜기. 은사가 거처하는 심산유곡. 『한서』 「서전」(敍傳)에 "골짜기에서 낚시하니 만물이 그 뜻을 범하지 못하고, 언덕에서 한가히 쉬니 천하가 그 즐거움을 바꾸지 못한다"(漁釣於一壑, 則萬物不奸其志; 棲遲於一丘, 則天下不移其樂.)는 말이 있다.

사공서(司空曙)

운양관에서 한신과 밤을 새운 후 헤어지며(雲陽館與韓紳宿別)[1]

故人江海別,[2]	친구와 강과 바다를 두고 헤어진 후
幾度隔山川.	몇 번이나 산천을 두고 격절되어 있었던가
乍見翻疑夢,[3]	갑작스런 만남이 오히려 꿈만 같아
相悲各問年.[4]	얼마 만에 만나는지 자꾸만 물어보네
孤燈寒照雨,	외로운 등불은 빗줄기를 차갑게 비추고
深竹暗浮煙.	젖은 대숲은 안개 속에 어두워
更有明朝恨,	또 다시 내일이면 헤어져야 하리니
離杯惜共傳.	아쉬운 마음에 이별의 술잔 다시 권하네

평석 제3, 4구는 오래 헤어졌다가 갑자기 만난 감정을 썼고, 제5, 6구는 밤에 함께 자는 정경을 그렸다. 전편이 하나의 기운으로 이루어졌는데, 당시에 이미 '높은 풍격'으로 여겼다.(三四寫別久忽遇之情, 五六夜中共宿之景, 通體一氣, 無餖飣習, 爾時已爲高格矣.)

해설 역관에서 우연히 친구를 만나고선 금방 다시 헤어지는 아쉬움을 그렸다. 오랜 이별에 짧은 만남의 순간을 그린 제3, 4구가 전신(傳神)을 잘 나타냈으며, 말 2구에서 만남의 기쁨에서 드는 술잔이 곧 송별의 술잔이

---

1) 雲陽館(운양관): 운양현(지금의 섬서성 涇陽縣)에 있는 역관(驛館). ○韓紳(한신): 미상. 다른 판본에는 韓昇卿(한승경)이라 되어 있다. 한유(韓愈)의 숙부인 한신경(韓紳卿)으로 추측하는 학자도 있으나 취하지 않는다. ○宿別(숙별): 함께 자고 다음 날 헤어지다.
2) 江海(강해): 강과 바다. 또는 사방.
3) 乍(사): 갑자기, 잠깐. ○翻(번): 오히려, 반대로.
4) 問年: 헤어진 지 몇 해가 되었는지 물어보다. 더 나아가 그동안 어떻게 지냈는지 물어보다. 나이가 얼마인지 물어본다는 뜻으로 새길 수도 있다.

되는 슬픔도 잘 드러냈다. 다음에 나오는 이익(李益)의 「사촌 동생을 만나 기뻐하다가 다시 헤어지며」(喜見外弟又言別)와 함께 역대로 이별의 심정을 잘 표현한 시로 꼽힌다.

반란이 평정된 후, 북으로 가는 사람을 보내며(賊平後送人北歸)[5]

世亂同南去,[6]	난리가 났을 땐 함께 남쪽으로 내려왔는데
時淸獨北還.	반란이 평정되니 홀로 북으로 돌아가누나
他鄕生白髮,	타향에서 흰 머리가 나기 시작했지만
舊國見靑山.[7]	고향에 가면 청산만은 변함없으리
曉月過殘壘,	새벽달이 부서진 보루를 지나가고
繁星宿故關.[8]	무리 진 별들이 고향의 관성에서 빛나리
寒禽與衰草,	겨울의 새들과 시든 풀들
處處伴愁顔.	도처에서 시름 찬 그대 얼굴과 함께 하리

평석 제4구는 전기의 "저무는 햇빛 속에 고향의 산을 보리라"와 마찬가지로 절묘하다.(四語與"殘陽見舊山"同妙.)

해설 안사의 난이 평정되고서 고향을 찾아가는 사람을 보내며 쓴 시이다. 떠나는 사람에 대한 정의를 표현한 것 이외에도 전쟁에 대한 상감과 세월의 흐름에 대한 감개도 함께 펼쳐놓았다.

---

5) 賊平(적평) : 반란이 평정되다. 763년 1월 사조의(史朝義)가 자살함으로써 칠 년 삼 개월간의 안사의 난은 일단락되었다.
6) 世亂(세란) : 안사의 난을 가리킨다.
7) 舊國(구국) : 고향. 국(國)은 고장이란 뜻이다.
8) 故關(고관) : 고향의 관성(關城).

영남으로 폄적되는 정 명부를 보내며(送鄭明府貶嶺南)[9]

青楓江色晚,[10]	푸른 단풍이 서있는 강이 어두워질 때
楚客獨傷春.[11]	초 지방에 온 나그네 특히 봄이 슬퍼라
共對一尊酒,	함께 한 동이 술을 두고
相看萬里人.	만 리 멀리 가는 사람을 바라보노라
猜嫌成謫宦,[12]	시기와 의심에 유배 가는 관리 되었으니
正直不妨身.[13]	바르고 곧음이 몸을 지키지 못했어라
莫畏炎方久,[14]	무더운 곳에 오래 있다 두려워 말게
年年雨露新.[15]	해마다 비와 이슬이 새롭게 내리리니

해설 먼 남방으로 폄적 가는 현령을 보내며 지었다. 시의 내용을 보면 바르고 곧아도 시기와 의심으로 좌천되었음을 알 수 있는데, 이는 또 시인 자신의 처지이기도 하다. 말미에서 조만간 조정의 은사가 있으리라 말하며 상대를 격려하였다.

---

9) 鄭明府(정명부) : 미상. 명부는 한대 군수(郡守)에 대한 존칭. 당대에는 일반적으로 현령을 가리켰다. ○ 嶺南(영남) : 지금의 광동성과 광서 지역.

10) 靑楓(청풍) : 푸른 단풍. 강남을 나타내는 대표적인 이미지. 굴원(屈原)의 『초사』 「초혼」(招魂)에 "출렁이며 흐르는 장강이여 강변에는 단풍이요, 천 리 멀리 바라보니 춘심(春心)이 슬퍼라"(湛湛江水兮上有楓, 目極千里兮傷春心.)란 말에서 유래했다.

11) 楚客(초객) : 초 지방에 온 나그네. 시인 자신을 가리킨다. 당시 사공서는 강릉부(江陵府) 장림현승(長林縣丞)으로 있었는데, 영남으로 가려면 이곳을 지나야 했다.

12) 猜嫌(시혐) : 시기와 의심. ○ 謫宦(적환) : 폄적된 관리.

13) 심주 : 다섯 글자는 소위 말하는 "물건을 선사하기보다 말을 선사하라"는 격언에 해당하는 말이다.(五字可謂贈人以言.)

14) 炎方(염방) : 남방의 무더운 지역.

15) 雨露(우로) : 비와 이슬. 만물을 윤택하게 한다는 뜻에서 황제의 은택을 비유한다.

황폐해진 보경사를 지나며(經廢寶慶寺)

黃葉前朝寺,	누런 낙엽 떨어지는 옛 왕조 때 세운 절
無僧寒殿開.	승려는 없고 차가운 전각은 열려진 채로다
池晴龜出曝,¹⁶⁾	날 개인 연못에 거북이 나와 볕을 쬐고
松暝鶴飛回.	저물녘 소나무에 학이 날아 돌아온다
古砌碑橫草,	오래된 섬돌 앞에는 비석이 잡초에 가로누웠고
陰廊畵雜苔.	음산한 회랑에는 이끼가 어지러이 그림을 그렸다
禪宮亦消歇,¹⁷⁾	사찰마저 쇠락하였으니
塵世轉堪哀.	속세 사람의 마음이 더욱 애달파라

해설 폐사의 모습을 그린 시이다. 황량한 모습을 선명한 이미지로 부각
시켰다. 퇴락한 절을 소재로 삼은 자체가 중당시기의 시대적 특징을 나
타내며, 시에 있어서도 대력 연간의 시풍을 반영하고 있다.

사촌 동생 노륜이 찾아와 자고 감을 기뻐하며(喜外弟盧綸訪宿)¹⁸⁾

靜夜四無鄰,	사방에 이웃도 없는 조용한 밤
荒居舊業貧.¹⁹⁾	황량한 거처에 재산도 없어
雨中黃葉樹,	빗속에는 누런 나뭇잎 달린 나무
燈下白頭人.	등불 아래에는 머리 흰 사람
以我獨沉久,²⁰⁾	내 유독 뜻을 이루지 못한지 오래이기에

---

16) 曝(폭) : 햇빛에 쬐다. 햇빛에 말리다.
17) 禪宮(선궁) : 승려가 거주하는 곳. 절. ○ 消歇(소헐) : 사라지다. 쇠락하다.
18) 外弟(외제) : 고종사촌 또는 외종사촌이면서 손아래인 사람. 곧 고모 또는 이모의 아
   들. ○ 盧綸(노륜) : 중당시기의 시인. 시인 소전 참조.
19) 舊業(구업) : 집안의 재산.

愧君相訪頻.	자주 찾아주는 그대에게 부끄러워
平生有深意,	평소 깊은 마음 있으니
況是蔡家親.[21]	더구나 채옹과 양호처럼 친척인 것을

해설 친척이자 시인인 노륜의 방문을 기뻐하며 쓴 시이다. 전반부는 자신의 처지와 형상을 간략한 필치로 잘 그려내었으며, 후반부는 자신이 어려울 때 찾아온 정의도 고맙지만 친척인 점도 기쁘다고 말하였다.

노륜(盧綸)

이단을 보내며(送李端)[1]

故關衰草偏,[2]	시든 풀 널린 오래된 관문에서
離別正堪悲.[3]	이별을 두고 슬픔을 견디네
路出寒雲外,	길은 차가운 구름 밖으로 뻗어있는데
人歸暮雪時.	사람이 저녁 눈 내릴 때 돌아가는구나
少孤爲客早,[4]	어려서 고아로 일찍부터 나그네 되었는데
多難識君遲.	환난을 지내오느라 그대를 늦게 알았어라

---

20) 沉(침) : 가라앉다. 여기서는 낙백하다.
21) 蔡家親(채가친) : 채씨 집안의 친척. 서진 양호(羊祜)는 채옹(蔡邕)의 외손(外孫)으로, 여기서는 사공서가 노륜과의 친척 관계임을 나타낸다.
 1) 李端(이단) : 중당 시인. 대력십재자 가운데 한 사람. 노륜과 절친하여 서로 주고받은 시가 상당수 남아있다. 시인 소전 참조.
 2) 故關(고관) : 오래된 관문(關門). 고향.
 3) 堪(감) : 감당하다. 견디다.
 4) 少孤(소고) : 어려서 부모를 잃음.

掩泣空相向,[5]　　　얼굴을 가리고 울며 부질없이 마주 하니
風塵何所期?[6]　　　아직도 전란 속인데 어느 때 다시 만나랴?

해설 친구와 헤어지며 쓴 시이다. 첫 2구에서 이별의 장소와 시간을 쓰고, 이어서 떠나가는 정경을 그렸다. 제5, 6구에서는 보통의 송별시와 달리 자신의 신세를 언급함으로써 깊은 아쉬움과 슬픔을 표현하였다.

변방으로 돌아가는 한 도호를 보내며(送韓都護歸邊)[7]

好勇知名早,[8]　　　용맹으로 일찍부터 이름이 나
爭雄上將間.　　　장수들 사이에서 최고를 다투었어라
戰多春入塞,　　　잦은 전투 속에 봄날 변경으로 들어가고
獵慣夜燒山.　　　익숙한 사냥에 밤중의 산에 불을 지르리라
合陣龍蛇動,[9]　　　진영을 펼치면 용과 뱀이 꿈틀대는 듯하고
移軍草木閑.[10]　　　군사를 움직여도 초목이 움직이지 않으리
今來部曲盡,[11]　　　이제 가면 예전의 부하 하나 없을지니
白首過蕭關.[12]　　　백발을 하고서 소관을 지나가리라

---

5) 掩泣(엄읍) : 얼굴을 가리고 울다.
6) 風塵(풍진) : 먼지바람. 전란을 가리킨다.
7) 韓都護(한도호) : 미상. 도호는 도호부의 지휘관인 대도호(大都護) 또는 도호(都護).
8) 好勇(호용) : 용감하다. 무예를 드러내기 좋아하다.
9) 龍蛇動(용사동) : 용이나 뱀이 움직이는 듯하다. 군사의 진형(陣形)을 형용하였다. 『회남자』 「병략훈」(兵略訓)이나 『손자』 「구지」(九地) 등에 청룡진(靑龍陣)이나 상산사진(常山蛇陣) 등의 이름이 나온다.
10) 草木閑(초목한) : 초목이 움직이지 않고, 그 사이를 조용히 지나가다. 『손자』 「행군」(行軍)에 나오는 "나무들이 움직이는 것은 적군이 왔기 때문이다"(衆樹動者, 來也.)는 말을 반대로 사용하였다.
11) 部曲(부곡) : 고대의 군대 편제 단위. 여기서는 부하를 가리킨다.
12) 蕭關(소관) : 관소의 이름. 지금의 영하회족자치구의 고원현(固原縣) 동남에 위치. 관중에서 변방으로 통하는 요충지이다.

해설 변방으로 들어가는 한 도호를 보내며 지은 시이다. 무용과 지휘에 뛰어난 점을 부각하고 말미에선 이미 노장수가 되었음을 나타내었다. 특히 제5, 6구는 진법을 운용하는 장면과 행군을 지휘하는 모습을 인상적으로 묘사하였다.

밤중에 순주 조 사마 시랑의 편지를 받고
돌아가는 사신에게 부치며(夜中得循州趙司馬侍郞書, 因寄回使)[13]

瘴海寄雙魚,[14]	장독 심한 남방에서 부친 편지
中宵達我居.	한밤에 나의 거처에 이르렀네
兩行燈下淚,	등불 아래 흘러내리는 두 줄기 눈물
一紙嶺南書.	영남에서 보내온 한 통의 편지
地說炎蒸極[15]	땅에 대해서는 찌는 듯 덥다 말하고
人稱老病餘.	사람에 대해서는 늙고 병 많다 하네
殷勤報賈傳,[16]	가의(賈誼)와 같은 그대에게 정성껏 알리니
莫共酒杯疏.[17]	술잔을 자주 들고 입에서 떼지 말게

---

13) 循州(순주) : 영남도(嶺南道)의 속주. 지금의 광동성 혜주시(惠州市) 동쪽에 소재. ○ 趙司馬侍郞(조사마시랑) : 조종(趙縱). 노륜과 절친한 사이. 공부시랑(工部侍郞)과 호부시랑(戶部侍郞)을 역임하였고, 782년 순주사마로 좌천되었다.

14) 瘴海(장해) : 장기(瘴氣)가 있는 남방 해안 지역. 순주를 가리킨다. 『자치통감』 권234의 호삼성(胡三省) 주석에 "순주와 신주는 다른 주현보다 장기가 심하다"(循新瘴氣特重於諸州縣也.)고 하였다. ○ 雙魚(쌍어) : 편지. 한대 고시 「장성 아래 샘에서 말에 물 먹이며」(飮馬長城窟行)에 "먼 곳에서 온 손님이, 나에게 쌍 잉어 편지함을 주어서, 어린 종을 시켜 잉어를 갈랐더니, 뱃속에서 비단 편지 나왔지요"(客從遠方來, 遺我雙鯉魚. 呼兒烹鯉魚, 中有尺素書.)란 말에서 유래했다.

15) 炎蒸(염증) : 찌는 듯한 더위.

16) 殷勤(은근) : 깊고 두터운 정. ○ 賈傅(가부) : 가태부(賈太傅)의 준말. 가의(賈誼). 서한의 가의는 일찍이 장사왕 태부로 좌천되었다. 여기서는 남방으로 좌천된 조종(趙縱)을 비유하였다.

17) 莫共(막공) 구 : 당대 사람들은 술이 장려(瘴癘)의 독기를 완화해준다고 여겼다.

해설 남방으로 좌천된 친구의 편지를 받고 답으로 쓴 시이다. 제3, 4구는 흉중에서 자연스레 흘러나온 말로 깊은 정을 느끼게 하며, 제5, 6구는 편지의 내용으로 남방에서 지내는 고초를 표현하였다.

최 단공 정원에 적다(題崔端公園林)[18]

上士愛淸輝,[19]	고상한 선비는 맑은 풍광을 좋아하여
開門向翠微.[20]	파르스름한 산을 향해 정원의 문을 열었다
抱琴看鶴去,	거문고를 뜯으며 날아가는 학을 바라보고
枕石待雲歸.[21]	돌을 베고 누워 구름이 돌아가길 기다린다
野坐苔生席,	이끼를 자리 삼아 어디서든 앉고
高眠竹挂衣.	대나무에 옷을 걸어두고 편히 잠잔다
舊山東望遠,[22]	동쪽 멀리 예 살던 곳 바라보며
惆悵暮花飛.	날리는 저녁 꽃에 마음 슬퍼하여라

해설 전원의 한담한 정취를 노래하였다. 비록 그 전원은 소박한 은자의 집이 아니라 고관의 정원이지만 이끼 위에 앉고 대가지에 옷을 거는 소탈한 야취를 살렸다.

---

18) 端公(단공) : 시어사(侍御史). 어사대(御史臺)의 최고위직.
19) 上士(상사) : 품덕이 고상한 사람. ○淸輝(청휘) : 맑은 빛. 일반적으로 햇빛이나 달빛을 가리키나, 여기서는 청명한 풍경을 가리킨다.
20) 翠微(취미) : 산기슭의 깊은 곳에 낀 파르스름한 기운. 『이아』(爾雅)에서 "산의 정상 아래를 취미라 한다"(山未及上, 翠微.)고 했다. 여기서는 푸른 산을 가리킨다.
21) 심주 : 자연스러운 부분은 왕유의 풍격에 가깝다.(自然處猶近摩詰.)
22) 舊山(구산) : 고향의 산. 또는 살던 집.

이단(李端)

길중부의 환속 소식을 듣고 이 시를 지어주다(聞吉中孚還俗, 因而有此贈)¹⁾

聞道華陽客,²⁾	듣자하니 화양객(華陽客)이라는 도사
儒衣謁紫微.³⁾	유자(儒者)의 옷을 입고 군주를 알현했다지
舊山連藥賣,	산속에서 약을 가져 나와 팔고
孤鶴帶雲歸.	한 마리 학처럼 구름과 함께 돌아갔었지
柳市名猶在,⁴⁾	장안의 저자거리에 아직 이름이 높은데
桃源夢已稀.⁵⁾	도화원을 찾는 꿈은 벌써 희미해졌구료
還家見鷗鳥,⁶⁾	집에 돌아가 갈매기를 보려고 해도
應愧背船飛.	그대를 등지고 날아가니 분명 부끄러워하리라

평석 환속은 정도로 돌아가는 것인데, 시에서는 오히려 불만이 있다.(還俗, 歸於正也. 詩中却
有不滿意.)

해설 길중부는 중당에 활동한 시인으로 이단과 함께 대력십재자 가운데

---

1) 吉中孚(길중부) : 중당시기의 시인. 대력십재자 가운데 한 사람. 원래 도사(道士)였다
   가 대력 연간(766~779년) 초기에 환속하였다. 773년 과거에 급제했으며, 나중에 벼
   슬이 중서사인(中書舍人)까지 이르렀다.
2) 華陽客(화양객) : 도사. 원래 남조 제량(齊梁)시기의 도홍경(陶弘景)이 모산(茅山)에
   서 은거하며 스스로 화양은거(華陽隱居)라 부른 후, 후세 사람들이 도사를 화양객이
   라 하였다.
3) 紫微(자미) : 자미원(紫微垣). 북두칠성 동북에 있는 별자리이다. 그것이 하늘의 중심
   에 있는데 대응하여 지상의 중심에 있는 왕궁이나 조정을 가리킨다.
4) 柳市(유시) : 한대 장안에 있었던 아홉 개 시장 가운데 하나.
5) 桃源(도원) : 도원명의 「도화원기」(桃花源記)에 나오는 마을. 여기서는 은거하며 수
   련하는 곳.
6) 鷗鳥(구조) : 갈매기. 『열자』「황제」(黃帝)에 나오는 기심(機心) 없이 갈매기와 사귀
   는 '해객압구'(海客狎鷗) 이야기를 가리킨다.

한 사람이다. 이 시는 원래 도사였던 그가 환속한다는 소식을 듣고 아쉬움을 표현하였다. 길중부는 이후 고관을 지냈으며, 현존하는 시는 2수밖에 없다. 다만 노륜(盧綸)은 그에 대해 "시를 새로 지으면 장안에 널리 퍼지고"(新詩滿帝鄕)라 하였고, 이단도 "여러 사람들이 '시백'(詩伯)이라 떠받드네"(衆口宗詩伯)라고 한 데서 당시 시명도 높았음을 알 수 있다.

고황(顧況)

낙양의 이른 봄(洛陽早春)

何地避春愁?	어느 곳에 있다한들 봄의 시름을 피할 수 있으랴?
終年憶舊遊.	일 년 내내 예 놀던 친구 생각하노라
一家千里外,	식구들은 모두 천 리 밖에 있는데
百舌五更頭.[1]	백설조가 새벽까지 울어쌓는다
客路偏逢雨,	나그네 길에선 하필이면 비를 만나고
鄕山不入樓.	고향의 산은 누대에 올라도 보이지 않아
故園桃李月,	동산에는 복사꽃과 오얏꽃 피었을 터인데
伊水向東流.[2]	이수(伊水) 강물만 동쪽으로 흘러가누나

해설 봄날 타향에서 고향을 그리워하였다. 산과 강, 달과 꽃, 새와 비 등

---

1) 百舌(백설) : 새 이름. 온 몸이 검으나 부리만 노랗다. 입춘 이후부터 하지까지 운다. 『역통괘험』(易通卦驗)에 "혀를 뒤집어 백 가지 새의 소리를 낼 수 있다"(能反復其舌如百鳥之音)고 하여 이름지었다고 하였다. ○ 五更頭(오경두) : 새벽 동틀 무렵의 시간.
2) 伊水(이수) : 하남성 노씨현(盧氏縣)에서 발원하여 동북으로 숭현(嵩縣), 이양(伊陽), 낙양, 언사(偃師)를 거쳐 낙수(洛水)로 들어가는 강.

봄날의 신선한 이미지들이 어우러져 '봄의 시름'(春愁)을 만들고 있다. 제4구는 특히 봄의 새벽을 감각적으로 형상화하였다.

경위(耿湋)

봄날 보이는 대로(春日卽事)

數畝東皐宅,	몇 마지기 밭에 동쪽 언덕의 집
青春獨屛居.[1]	푸른 봄에 혼자 은거하며 지내노라
家貧僮僕慢,[2]	집이 가난하니 종들이 말을 안 듣고
官罷友朋疎.	관직을 그만두니 친구도 드물어
强飮沽來酒,[3]	술을 사서 억지로 마시고
羞看讀破書.	독파한 책이 적어 부끄러워라
閑花更滿地,	아름다운 꽃들이 가득 피었거늘
惆悵復何如?	울적해한들 또 무엇하리오?

평석 제3, 4구는 당시에 널리 애송되었다.(三四語當時傳誦.) ○ 두보는 "책을 읽어 만권을 독파하고, 글을 쓰면 신이 도와주는 듯"이라고 했다. 여기서는 '부끄럽기만 해'라고 했으니 독파한 책이 적다는 말이다.(少陵云: "讀書破萬卷, 下筆如有神." 此云'羞看', 言讀破者之少也.)

해설 은거하며 봄을 맞이하는 소회를 그렸다. 자신이 살아가는 모습을

---

1) 青春(청춘): 봄. ○屛居(병거): 손님을 막고 홀로 살다. 은거하다.
2) 僮僕(동복): 종. ○慢(만): 게으르다.
3) 强飮(강음): 술을 억지로 마시다. ○沽來(고래): 술을 사다.

주로 그렸으며 봄의 정경은 배경으로 얼핏 걸쳤을 뿐이다. 제3, 4구는 세정(世情)을 간파한 명구로 알려졌다. 비슷한 구로 두보의 "굶주림과 추위에 종들마저 천히 여기고"(飢寒奴僕賤)라는 말과 맹교의 "병이 많다 보니 친구가 드물어라"(多病故人疏)는 말이 있다.

이가우(李嘉祐)

도관원외랑 묘발의 「가을밤 당직하며 비를 마주하고」에 화답하며, 지기들에게 서간 삼아 보내다(和都官苗員外秋夜寓直對雨, 簡諸知己)[1]

多雨南宮夜,[2]	비가 줄곧 내리는 남궁의 밤
仙郎寓直時.[3]	선랑(仙郎)이 당직을 서는 때
漏長丹鳳闕,[4]	물시계가 길게 이어지는 단봉루
秋冷白雲司.[5]	가을이 차가운 형부의 관서
螢影侵階亂,	반디의 그림자 섬돌 위에 어지럽고
鴻聲出苑遲.	기러기 울음소리 정원 밖을 천천히 지나가

---

1) 都官(도관) : 형부(刑部)에 속한 관직. 유배와 노예 관리 등을 관장한다. 종6품. ○ 苗員外(묘원외) : 묘발(苗發). 중당시기의 시인. 대력십재자 가운데 한 사람. ○ 寓直(우직) : 당직을 서다. ○ 簡(간) : 편지.
2) 南宮(남궁) : 상서성 육부를 통칭한 말. 상서성은 별자리의 남궁에 해당한다.
3) 仙郎(선랑) : 상서랑(尙書郎). 여기서는 묘발을 가리킨다.
4) 丹鳳闕(단봉궐) : 대명궁(大明宮) 남면에 있는 다섯 문에서 가운데 있는 문. 문 위에 궐루가 있으므로 단봉궐이라 하였다. 일반적으로 왕궁을 가리킨다.
5) 白雲司(백운사) : 전설에 의하면 황제(黃帝) 때 구름으로 관직명을 만들었는데, 추관(秋官)은 백운(白雲)에 해당한다. 추관은 곧 형부(刑部)이므로 형부를 백운사라 하였다. 여기서는 형부 관서.

蕭條人吏散,　　　　　　드문드문 관리들이 흩어진 후
小謝有新詩.[6]　　　　　　오로지 사조(謝朓)같은 그대 새로운 시를 지었으리라

평석 사조 시에 「중서성에서 당직을 서며」와 「아침 비를 바라보며」 두 편이 있는데, 제목의 '비를 마주하고'와 긴밀히 호응하므로 언급하였다.(玄暉有直中書省及觀朝雨二詩, 與題中對雨關合, 故云.)

해설 묘발이 당직하며 지은 시에 대해 화답한 시이다. 전반부는 비에 대해 초점을 맞추었고, 후반부는 궁중에서 시를 짓는 묘발을 형용하였다. 지은 시기는 767년 가을로 추정된다.

길주자사 삼촌을 뵈러 가는 왕목을 보내며(送王牧往吉州謁使君叔)[7]

細草綠汀洲,[8]　　　　　모래톱에 가는 풀 푸른데
王孫耐薄遊.[9]　　　　　왕손은 어이하여 멀리 유람 떠나나
年華初冠帶,[10]　　　　나이는 이제 막 관을 쓴 때
文體舊弓裘.[11]　　　　행동거지는 조상의 모습이 있구나

---

6) 小謝(소사) : 남조 제(齊)의 시인 사조(謝朓). 이 구는 사조가 지은 「중서성에서 당직을 서며」(直中書省)와 「아침 비를 바라보며」(觀朝雨)를 환기한다. 여기서는 묘발을 비유하였다.

7) 王牧(왕목) : 덕종 때 고공원외랑(考功員外郎)을 지냈다. ○吉州(길주) : 지금의 강서성 길안시(吉安市). ○使君(사군) : 자사(刺史). 현대 학자들은 780년 길주자사(吉州刺史)가 된 왕진(王縉)으로 추정한다. ○叔(숙) : 삼촌.

8) 細草(세초) 구 : 한대(漢代) 회남소산(淮南小山)의 「은사를 부르다」(招隱士)에 나오는 "왕손(王孫)이여, 그대 떠나간 후 돌아오지 않더니, 봄풀은 자라서 파릇파릇 우거졌네"(王孫遊兮不歸, 春草生兮萋萋.)의 구절을 환기한다.

9) 薄遊(박유) : 두루 유람하다. 일정한 목적 없이 자유롭게 다니는 여행.

10) 年華(연화) : 나이. 『예기』 「곡례」(曲禮)에 "남자는 나이 스물에 관을 쓰고 이름 대신 자를 부른다"(男子二十冠而字初冠帶)는 말이 있다.

11) 文體(문체) : 우아하고 절도 있는 행동거지. ○弓裘(궁구) : 대대로 전해 내려오는 사

野渡花爭發,　　　들판 나루터에 꽃들이 다투어 피고
春塘水亂流.　　　봄 연못가에 물이 어지러이 흐르리라
使君憐小阮,[12]　자사께선 완함과 같은 그대를 사랑하여
應念倚門愁.[13]　응당 문에 기대어 기다리고 있으리

평석 천연스러우며 수려하다고 할 만하다. 당시에 제량의 풍격이 있다고 했는데 근거 없는 말이 아니다.(天然名秀, 當時稱其齊梁風格, 不虛也.)

해설 봄날 먼 길을 가는 왕목을 보내며 쓴 시이다. 전반적으로 왕목의 집 안을 칭찬하면서 여로의 평안을 기원하였다. 특히 제5, 6구에 대해 동시 대 평론가 고중무(高仲武)는 『중흥간기집』(中興間氣集)에서 '문장의 면류 관'(文章之冠冕)이라 칭찬하였다.

업. 『예기』「학기」(學記)에 "뛰어난 대장장이의 아들은 반드시 가죽 옷 만드는 것을 배우고, 훌륭한 궁장(弓匠)의 아들은 반드시 키 만드는 것을 익힌다"(良冶之子, 必學 爲裘; 良弓之子, 必學爲箕.)는 말에서 나왔다.

12) 小阮(소완): 위(魏)의 완함(阮咸)으로 완적(阮籍)의 조카이다. 여기서는 왕목을 비유 하였다.

13) 倚門(의문): 부모가 문에 기대어 자식이 돌아오기를 기다림. 『전국책』「제책」(齊策) 권6에서 유래한 말이다. "왕손가는 15세부터 제 민왕을 섬겼다. 왕이 제나라를 떠났 을 때 왕이 있는 곳을 잃어버렸다. 이에 그 어머니가 말했다. '네가 아침에 나가 저 녁에 돌아오면 나는 문에 기대어 네가 돌아오길 기다린다. 네가 저녁에 나가 돌아오 지 않으면 나는 마을 길문에 기대어 네가 돌아오길 기다린다.'"(王孫賈年十五, 事閔 王. 王出走, 失王之處. 其母曰: "女朝出而晚來, 則吾倚門而望; 女暮出而不還, 則吾倚 閭而望.")

칠리탄에 이르러 짓다(至七里灘作)[14]

遷客投於越,[15]	좌천된 나그네 부춘강에 이르러
臨江淚滿衣.[16]	강을 마주하니 눈물이 옷에 가득 적셔라
獨隨流水去,	흐르는 강물 따라 홀로 멀리 갔더니
轉覺故人稀.	비로소 친구들이 적음을 알겠노라
萬木迎秋序,[17]	나무란 나무는 모두 가을을 맞이하고
千峰駐晚暉.	모든 봉우리마다 저녁노을이 머물렀어라
行舟猶未已,	떠가는 배 아직도 멈추지 않으니
惆悵暮潮歸.	구슬퍼 저녁 조수 타고 돌아가고 싶어라

해설 절강 칠리탄에 이른 객수를 표현하였다. 자신을 '천객'(遷客)이라 한 것을 보면 아마도 파양령(鄱陽令)으로 좌천되거나 또는 그곳에서 강음령(江陰令)으로 갈 때 지은 것으로 보인다.

위 윤주를 삼가 모시고 학림사를 유람하며(奉陪韋潤州遊鶴林寺)[18]

野寺江城近,[19]	들의 절은 강가의 성에 가까워

---

14) 七里灘(칠리탄) : 지금의 절강성 동려현 서남 엄릉산 서쪽에 소재. 두 산을 끼고 동양강(東陽江)이 흘러가는데 빠른 물줄기가 칠 리나 이어져 있어 이름 붙여졌다. 북안은 부춘산으로 엄자릉이 농사짓고 낚시한 곳이다.

15) 遷客(천객) : 폄적되어 가는 사람. 자신을 가리킨다. ○ 於越(어월) : 춘추시대 월나라. 절강성 일대 또는 절강(浙江)을 가리키기도 한다. 현대 학자 부선종(傅璇琮)은 간월정(干越亭)으로 보았으나 취하지 않는다.

16) 江(강). 부춘강.

17) 秋序(추서) : 가을의 절기. 가을.

18) 韋潤州(위윤주) : 위원보(韋元甫, ?~771년). 762년부터 764년 사이에 윤주자사로 임직하였다. 이때 이가우는 강음령으로 있었다. ○ 鶴林寺(학림사) : 지금의 강소성 진강시(鎮江市) 교외 황학산 아래 소재. 진대(晉代) 창건되었다.

雙旌五馬過, [20)]　　　자사께서 깃발 한 쌍에 다섯 마리 말 끌고 찾아간다
禪心超忍辱, [21)]　　　선정에 든 마음은 인욕(忍辱)을 초월하고
梵語問多羅. [22)]　　　범어로 쓰여 있어 패엽경을 물어본다
松竹閑僧老,　　　　솔숲과 대숲 속에 한가한 승려가 늙어가고
雲煙晚日和.　　　　구름과 안개는 저녁 해와 뒤섞인다
寒塘歸路轉,　　　　차가운 연못에서 돌아가는 길 꺾으니
清磬隔微波.　　　　맑은 경쇠 소리가 잔물결 건너 들려온다

해설 학림사를 찾은 과정을 썼다. 제3, 4구는 이어(理語)로 사찰에서의 정
신적인 활동을 그렸고, 제5, 6구는 운어(韻語) 승려와 환경을 묘사하였다.
같은 제목의 황보증의 시도 남아있다.

---

19) 江城(강성): 강가의 성읍. 장강 남안에 있는 윤주를 가리킨다.

20) 雙旌(쌍정): 한 쌍의 깃발. 당대에는 절도사 또는 자사의 출행에 한 쌍의 깃발을 의장
으로 들고 간다. ○五馬(오마): 한대 태수가 타는 수레를 끄는 다섯 마리 말. 『송서』
(宋書) 「예지」(禮志)의 주석에 "천자는 여섯 마리, 제후는 다섯 마리, 경은 네 마리,
대부는 세 마리, 사(士)는 두 마리, 보통사람(庶人)은 한 마리를 끈다"고 기록하였다.
한대 「길가의 뽕」(陌上桑)에 "태수의 수레가 남쪽에서 오더니, 다섯 마리 말이 길 위
에 멈추었네"(使君從南來, 五馬立踟躕.)란 구절이 있다.

21) 忍辱(인욕): 어려움을 참고 견딤. 불교에서는 보시(布施), 지계(持戒), 인욕(忍辱), 정
진(精進), 선정(禪定), 반야(般若)를 육바라밀(여섯 가지 수행)이라 한다.

22) 梵語(범어): 산스크리트. 고대 인도어. ○多羅(다라): 나무 이름. 인도어 Pattra의 음
역. '貝多羅'(패다라)라고 하기도 한다. 종려나무와 비슷하며 잎이 길고 조밀하다. 그
잎에 불경 등 글씨를 쓰기도 하는데 이를 패엽(貝葉)이라고 한다.

엄유 (嚴維)

유 원외에게 받은 시에 답하며(酬劉員外見寄)[1]

蘇耽佐郡時,[2]	소탐(蘇耽) 같은 그대 군(郡) 행정을 보좌하니
近出白雲司.[3]	그 전에는 형부(刑部)에서 일하다 나왔지
藥補清羸疾,[4]	약으로 마르고 허약한 몸을 보하며
窓吟絶妙詞.	창가에서 뛰어난 시를 읊조리리라
柳塘春水漫,	버들 선 연못에는 봄물이 가득하고
花塢夕陽遲.	꽃 핀 언덕에는 석양이 더디 지는구나
欲識懷君意,	그대를 그리는 마음을 알리고자
明朝訪楫師.[5]	내일 아침 사공을 불러 배타고 가리라

평석 구양수가 『육일시화』에서 말했다. "하늘의 모습과 계절의 형상이 따뜻하고 화창하니 마치 눈앞에 보이는 듯하다."(歐公云 : "天容時態, 融和駘蕩, 如在目前.")

---

1) 劉員外(유원외) : 유장경. 767년부터 다음 해까지 원외랑으로 임직했다. 그리고 764년에는 전중시어사(殿中侍御史)를 역임하기도 하였다.

2) 蘇耽(소탐) : 전설 중의 신선. '소선공'(蘇仙公)이라고도 한다. 한 문제 때 호남 침주(郴州) 사람으로 알려졌으며 갈홍(葛洪)의 『신선전』 「소선공」(蘇仙公)에 어려서 효성이 지극하였는데 어느 날 산에 올라가 신선이 되었다고 하였다. 어머니를 떠날 때 우물물과 귤잎을 따서 먹으면 병이 낫는다고 하였으며, 궤짝 하나를 주면서 필요한 것이 있으면 두드리라고 하였다. 나중에 어머니가 궤짝을 열어보니 안에서 백학 두 마리가 날아갔고 궤짝은 더 이상 영험을 보이지 않게 되었다. 삼백 년 후 백학 한 마리가 성 동북 누각에 앉았는데 그가 곧 소탐이라 하였다. 또 그가 신선이 된 후 백마를 타고 산으로 들어간 걸 보았다고 하여 그곳에 사당을 세우고 산을 마령산(馬嶺山)이라고 개명하였다. 여기서는 유장경을 가리킨다. ○佐郡(좌군) : 군의 행정을 보좌하다. 목주사마(睦州司馬)의 직책을 가리킨다.

3) 白雲司(백운사) : 형부(刑部).

4) 清羸(청리) : 마르고 약하다.

5) 楫師(즙사) : 뱃사람. 선원. 좌사(左思)의 「오도부」(吳都賦)에 "사공과 선원은 복건에서 뽑아오고"(篙工楫師, 選自閩禺.)란 말이 있다.

해설 엄유는 평소 유장경과 친하였는데, 유장경이 774년부터 목주사마(睦州司馬, 절강성 건덕시)로 좌천되어 강남으로 내려가면서 자주 시문을 주고받게 되었다. 당시 엄유는 절동절도사 막부에 있다가 고향 월주(절강성 소흥시)에서 한거하고 있었다. 이 시는 776년 봄 유장경이 「술을 두고 엄유에게 부침」(對酒寄嚴維)에서 "문 앞에 칠리탄이 흐르니, 조만간 엄자릉이 오리라"(門前七里瀨, 早晚子陵過.)라 한데 대한 답시이다. 특히 제5, 6구는 봄의 풍경을 그린 명구로 송대 구양수도 칭찬하였지만, 명대 사진(謝榛)도 "화사하되 흐트러지지 않고, 정밀하되 일부러 새기지 않았다"(華而不靡, 精而不刻.)고 평하였다.

형계 역관에서 의흥 구 현령께 드림(荊溪館呈邱義興)[6]

失路荊溪上,[7]	형계에서 길을 잃었더니
依人忽暝投.[8]	현령에게 의지하여 밤에야 투숙했네
長橋今夜月,[9]	오늘 밤 달 밝은 곳은 장교(長橋)인데
陽羨古時州.[10]	예전의 고을 이름은 양선(陽羨)이라네
野燒明山郭,	들에 불을 지피니 산촌이 환한데
寒更出縣樓.[11]	밤 경점(更點) 치는 소리 현청에서 울려나온다
先生能館我,[12]	선생께서 나를 묵게 하시니

---

6) 荊溪(형계) : 지금의 강소성 의흥시(宜興市) 남쪽 소재의 강. 가까이에 형남산(荊南山)이 있어 이름 지어졌다. ○ 邱義興(구의흥) : 구씨 성을 가진 의흥현(義興縣) 현령. 의흥은 상주(常州)의 속현으로 지금의 강소성 의흥시(宜興市).

7) 失路(실로) : 길을 잃다. 뜻을 얻지 못한다는 뜻.

8) 暝投(명투) : 저녁에 투숙하다.

9) 長橋(장교) : 형계교(荊溪橋)라고도 한다. 의흥 성남에 있는 다리. 서진(西晉)의 주처(周處)가 교룡을 칼로 벤 곳으로 알려졌다.

10) 陽羨(양선) : 양선현. 의흥에 대해 한대에 붙여진 지명.

11) 寒更(한경) : 추운 밤에 경점(更點)을 알리는 북소리.

12) 館我(관아) : 나를 묵게 하다. 館(관)이 동사로 쓰였다.

無事五湖遊.[13]　　　무사히 오호를 유람할 수 있겠네

해설 오월 지방을 유람하다가 신세를 입은 의흥현령에게 바친 시이다.
의흥의 형계 근처에는 양선산(陽羨山)이 있고, 이곳에는 일찍이 유장경이
나 황보염 등이 은거하였기에 일정한 연고가 있다. 아마도 길을 잘못 든
탓에 헤매었고 현령의 도움으로 묵게 되었던 듯하다. 짧은 시 속에 여정
의 행로, 하루의 행적, 현령의 배려, 시인의 감사 등이 세세히 담겨졌다.

유방평(劉方平)

신춘(新春)

南陌春風早,　　　남쪽 길로 봄바람이 일찍 불어오더니
東鄰曙色斜.[1]　　　동쪽 이웃집에 새벽빛이 환해라
一花開楚國,[2]　　　초 지방에 꽃 한 송이 피어나고
雙燕入盧家.[3]　　　제비 한 쌍 노씨 집안에 날아드네

---

13) 五湖(오호) : 오월(吳越) 지방의 호수들. 또는 태호를 가리킨다는 설도 있다. 의흥의
　　동쪽에 바로 태호가 있다.
1) 東鄰(동린) : 동쪽의 이웃. 그러나 초 송옥(宋玉)의 「등도자호색부」(登徒子好色賦)에
　　"천하의 미인은 초나라가 가장 뛰어나고, 초나라의 미인은 신이 사는 마을이 가장
　　뛰어납니다. 신이 사는 마을에서도 저의 동쪽 이웃에 사는 여인이 제일이지요."(天
　　下之佳人莫若楚國, 楚國之麗者莫若臣里, 臣里之美者莫若臣東家之子.)라고 한 후 '동
　　린'은 미녀를 가리킨다. 이 구는 중의법을 사용하였기에 "동쪽 이웃에 미인이 살고
　　있어 주위가 새벽처럼 환해진다"는 뜻도 환기한다.
2) 楚國(초국) : 초 지방. 춘추전국시대에는 강남 지역도 초나라 강역이었기에, 아래에
　　서 말하는 서시의 고향인 월나라도 넓은 의미에서는 초 지방에 들어갈 수 있다.
3) 盧家(노가) : 노씨 집안. 젊은 아낙이 시집 가 사는 곳. 양 무제 소연(蕭衍, 464~549

眠罷梳雲鬢,⁴⁾   잠에서 일어나 구름같은 머리를 빗고

粧成上錦車.   화장을 마친 후 비단 수레에 올라라

誰知如昔日,   누가 알리오, 예전에는

更浣越溪紗?⁵⁾   월 지방 개울가에서 빨래하고 살았던 것을

평석 시의 내용은 미인의 새봄을 그렸으니, 일반적인 새봄을 노래한 시와 다르다.(詩意詠美
人新春, 與泛然迎春不同.)

해설 이른 봄의 활기를 미인의 모습으로 형상화하였다. 여기에서 그리는
여인이 서시(西施)임을 말구에서 말해주며, 귀인이 되면 가난한 시절을
잊는다는 의미를 환기한다. 다른 한편 평범한 여인이 귀인으로 변한 모
습에서 화려함이란 사회적 관점의 차이에서 비롯됨을 말해주기도 한다.
유방평은 악부체에 뛰어났는데 이 시 역시 악부의 풍운이 강하다.

가을밤 배를 띄우고(秋夜泛舟)

林塘夜泛舟,   숲 속의 연못가에 밤배를 띄우니

蟲響荻颼颼⁶⁾   지릉지릉 벌레 소리 억새 소리 속에 들려온다

년)이 「황하의 물 노래」(河中之水歌)에서 "열다섯에 시집가 노씨 집안 아낙 되어, 열
여섯에 아이 낳아 자(字)를 아후라 했네"(十五嫁爲盧家婦, 十六生兒字阿侯.)라 노래
한 이후, 후인들은 노가(盧家) 또는 노가부(盧家婦)란 말로 젊은 아낙을 대칭하곤 하
였다. 이 구는 심전기(沈佺期)의 「고의」(古意)란 시에 "노씨 집안 젊은 아낙 향실에
사는데, 대모 장식 서까래에 제비 한 쌍 집 지었네"(盧家少婦鬱金堂, 海燕雙棲玳瑁
梁.)란 말을 이용하였다.

4) 雲鬢(운계) : 구름처럼 말아 올린 쪽진 머리. 여인의 풍성한 머리를 미화시킨 말. 같
 은 뜻으로 운환(雲鬟) 또는 운계무환(雲鬢霧鬟)이란 말도 쓰인다.

5) 更浣(갱완) 구 : 춘추시대 월나라 미녀 서시(西施)의 일을 가리킨다. 원래 빨래를 하
 며 가난하게 살았으나, 나중에 월왕 구천(句踐)이 그녀를 오왕 부차(夫差)에게 바치
 자 하루아침에 신분이 높아졌다.

萬影皆因月,	모든 사물의 그림자는 달빛 때문에 생기고
千聲各爲秋. 7)8)	들려오는 온갖 소리는 가을 때문이라
歲華空復晚, 9)	한 해가 속절없이 다시 저물어가니
鄕思不堪愁.	고향 생각에 시름을 견디기 어려워라
西北浮雲外,	서북 쪽 뜬 구름 너머
伊川何處流? 10)	이천(伊川)은 어디로 흐르고 있는가?

해설 가을밤 고향을 그리워한 시이다. 유방평의 고향이 낙양임을 말구가
잘 말해준다. 객지에 나그네로 있기에 가을에 대한 상감(傷感)이 더욱 강
하게 드러났다.

한굉(韓翃)

수양으로 가는 진 녹사를 보내며(送壽川陳錄事) 1)

壽陽南渡口, 2)	남쪽으로 나루터를 건너 수양에 가면

---

6) 荻(적) : 물억새. ○ 颼颼(수수) : 쏴쏴. 바람 부는 소리.
7) 심주 : 공교롭되 섬세하지 않다.(巧而不纖.)
8) 千聲(천성) : 온갖 소리. 가을에 일어나는 여러 가지 소리. 바람 소리, 풀잎 서걱거리
   는 소리, 벌레 소리, 나뭇잎 떨어지는 소리, 기러기 울음소리 등을 말한다.
9) 歲華(세화) : 해. 세월.
10) 伊川(이천) : 이수(伊水). 지금은 이하(伊河)라고 한다. 하남성 노씨현(盧氏縣)에서 발
    원하여 동북으로 숭현(嵩縣), 이양(伊陽), 낙양, 언사(偃師)를 거쳐 낙수(洛水)로 들
    어간다.
1) 壽川(수천) : 다른 판본에는 壽州(수주)라 되어 있다. 수주는 곧 수양(壽陽)으로, 지금
   의 안휘성 회남시 남쪽의 수현(壽縣). ○ 陳錄事(진녹사) : 미상. 녹사는 녹사참군(錄事
   參軍)의 준말로 주군(州郡)에서 문서를 담당하고 부절과 관인을 관리하는 직책이다.

斂笏見諸侯.[3] 홀을 들고 자사를 뵙게 되리라
片雨楚雲暮,[4] 초 지방 구름이 비를 내리는 저녁
千家淮水秋. 회수 가의 집집마다 가을을 맞으리라
開簾對芳草, 주렴을 열어 꽃을 마주하고
送客上春洲. 봄 모래톱 위에서 손님을 보내네
請問山中桂,[5] 묻노니 산중의 계수나무에
王孫幾度遊? 왕손은 몇 번이나 놀러갔었나?

해설 수양으로 가는 사람을 보내며 쓴 송별시이다. 봄날 강가에서 헤어
지면서 가을의 회수를 상상하였다. 말 2구를 보면 진 녹사는 여러 번 은
거했던 사람으로 보인다.

천복사 형악 선사 방에 적다(題薦福寺衡岳禪師房)[6]

春城乞食還,[7] 봄이 온 성에 걸식하고 돌아왔다더니
高論此中閑. 고담준론이 이 가운데 한가로워
僧臘階前樹,[8] 승랍(僧臘)은 섬돌 앞의 나무의 나이이고

---

2) 壽陽(수양) : 수춘(壽春).
3) 斂笏(염홀) : 관원들이 조회 때 홀을 들다. ○ 諸侯(제후) : 태수 또는 자사를 가리킨다.
4) 片雨(편우) : 한바탕 내리는 비.
5) 山中桂(산중계) : 산속의 계수나무. 서한 회남소산(淮南小山)의 「은사를 부르다」(招隱士)의 "계수나무 우거졌네, 깊은 산 속에 (…중략…) 왕손이여, 어서 돌아오라! 산속은 오래도록 머물 곳이 아니라네"(桂樹叢生兮山之幽 (…중략…) 王孫兮歸來, 山中兮不可以久留.)에서 유래하였다. 여기서는 은거지를 가리킨다.
6) 薦福寺(천복사) : 장안의 명찰인 대천복사(大薦福寺). 속칭 소안탑(小雁塔). 684년 무측천이 고종의 명복을 빌기 위해 창건하였다. ○ 衡岳禪師(형악선사) : 원래는 형산(衡山)에 있다가 장안에 온 승려로 보인다.
7) 春城(춘성) : 봄이 온 성. 장안성을 가리킨다.
8) 僧臘(승랍) : 승려가 수계를 받은 후의 햇수. 실제 나이인 '세수'(世壽)와 대응되는 나이.

禪心江上山.　선정(禪定)에 든 마음은 강물에 비친 산이라
疎簾看雪卷,　성긴 주렴 사이로 휘날리는 눈발을 보고
深戶映花關.　깊은 방문은 둘러쳐진 꽃으로 가려져 있다네
晚送門人去,[9]　저녁에 제자를 떠나보낼 때에는
鐘聲杳靄間.[10]　아득한 어둠 속에 종소리 떠돌아라

해설 형악 선사의 풍모와 생활을 그렸다. 제3구가 흔히 볼 수 없는 명구로 뽑히며, 제5, 6구도 비교적 뛰어난 구로 꼽힌다. 말 2구도 감정의 여운을 잘 그렸다.

매화락(梅花落)[11]

新歲芳梅樹,　새해가 돌아오니 매화나무 향기로워
繁花四面同.　사면이 한가지로 화사하게 꽃 피었네
春風吹漸落,　봄바람 불어와 하나씩 떨어지더니
一夜幾枝空.[12]　하룻밤에 빈 가지로 남아있구나
少婦今如此,　젊은 아낙도 지금 이와 같으니
長城恨不窮.[13]　장성(長城)이 쌓일수록 한도 쌓인다네
莫將遼海雪,[14]　그러니 요동 바닷가에 내리는 눈으로
來比後庭中.　후원에 내리는 눈에 견주지 말아라

---

9) 門人(문인) : 제자. 또는 손님.
10) 杳靄(묘애) : 어둡고 먼 모양.
11) 梅花落(매화락) : 한대 악부제로 횡취곡(橫吹曲)에 속하는 악곡.
12) 심주 : 서릉과 유신의 소시와 비슷하며, 후인들의 상투적인 영매시의 기법에 빠지지 않았다.(似徐庾小詩, 不落後人詠梅坑塹.)
13) 長城(장성) : 장성 쌓기. 이 구는 남편들이 장성 축성에 끝없이 동원되면서 아낙들의 한도 끝없다는 뜻.
14) 遼海(요해) : 요하(遼河) 동쪽의 연안해 지역. 당대에는 변방에 해당하였다.

해설 남편을 변방의 수자리에 보낸 아낙의 한을 그렸다. 전반 4구는 화사한 매화꽃이 쉽게 지는 것으로 아낙의 젊은 시절이 빨리 지나감을 형상화하였다. 비록 고대부터 상투적인 발상이나 그 표현은 새롭다. 후반부는 꽃에 비해 차갑고 딱딱한 성벽의 이미지로 여인의 한을 비유하였다. 보통 유방평(劉方平)의 시로 알려졌다.

무릉 이 소부에게 부침(寄武陵李少府)[15]

小縣春生日,	작은 현에 봄이 온 날
公孫吏隱時.[16]	공손홍 같은 그대가 이은(吏隱)하는 때
楚歌催晩醉,	초 지방의 노래에 저녁 취기가 더하고
蠻語入新詩.[17]	남만의 말로 시를 쓰고 있으리
桂水遙相憶,[18]	계수가 멀어도 그리워하고

---

15) 武陵(무릉) : 무릉현. 지금의 호남성 상덕시(常德市). ○李少府(이소부) : 미상. 소부는 현위(縣尉).

16) 公孫(공손) : 서한 초기 때의 승상 공손홍(公孫弘). 젊었을 때는 설현(薛縣)의 옥리(獄吏)였다. 여기서는 이 소부를 공손홍에 비겼다. ○吏隱(이은) : 관직의 봉록과 명예에 뜻을 두지 않고 관리생활을 은거로 삼음. 문인들이 일반적으로 한직에 있거나 낮은 관직일 때 이런 말로 자위하였다.

17) 蠻語(만어) 구 : 동진 학융(郝隆)이 남만(南蠻)의 말로 시를 지은 일을 가리킨다. 『세설신어』 「배조」(排調)에 나온다. "학융이 환온의 남만교위참군에 임명되었다. 삼월 삼일 불계(祓禊) 모임에서 시를 지었는데, 시를 짓지 못하는 사람은 벌주로 석 되를 마셔야 했다. 학융은 처음에는 시를 짓지 못해 벌을 받았는데, 술을 마시고 나서 붓을 들어 한 구를 지었다. '추우(㘉隅)가 연못에서 뛰어 올라라.' 환온이 '추우는 무엇인가?'라 물으니 답하였다. '남만의 말로 물고기이옵니다.' 환온이 '시를 짓는데 왜 남만의 말을 쓰는가?'라 물으니 학융이 말했다. '천 리 멀리에서 공에게 투신하여 처음 남만 군부의 참군이 되었는데 어찌 남만의 말을 쓰지 않겠습니까?"(郝隆爲桓公南蠻參軍, 三月三日會, 作詩. 不能者, 罰酒三升. 隆初以不能受罰, 旣飮, 攬筆便作一句云: "㘉隅躍淸池." 桓問: "㘉隅是何物?" 答曰: "蠻名魚爲㘉隅." 桓公曰: "作詩何以作蠻語?" 隆曰: "千里投公, 始得蠻府參軍, 那得不作蠻語也!")

18) 桂水(계수) : 광서장족자치구에 흐르는 강으로 서강(西江)의 지류. 상수(湘水)와 방향이 다를 뿐 수원이 같기에 시문에서는 상수를 계수라 하기도 한다. 때문에 호남성

花源暗有期.[19]	도화원이 가려져 있어도 언젠가 갈 수 있으리
郢門千里外,[20]	영도(郢都)의 성문이 천 리 밖에 있으니
莫怪尺書遲.	편지가 더디 도착해도 나무라지 말게나

해설 무릉의 친구에게 편지 삼아 보낸 시이다. 편벽한 곳의 환경과 현지의 풍속을 써서 상대에 대한 상념을 형상화하였다.

정석(鄭錫)

강서로 가는 나그네를 보내며(送客之江西)[1)]

乘軺奉紫泥,[2)]	자주 인주 봉해진 조서 받들고 수레를 타니
澤國渺天涯.[3)]	수향(水鄉)은 아득한 하늘 끝
九派春潮滿,[4)]	아홉 줄기 강물에 봄 조수가 차오르면
孤帆暮雨低.	외로운 돛폭은 저녁 비에 젖어 낮아지리
草深鶯斷續,	우거진 풀숲에선 꾀꼬리 울음이 끊겼다가 들리고

남부의 계양현(桂陽縣), 침주시(郴州市), 계동현(桂東縣) 지역의 강도 계수라 한다.

19) 花源(화원) : 도화원(桃花源). 도원명의 「도화원기」(桃花源記)에 나오는 마을로, 글에서 무릉(武陵) 경내에 있다고 하였다.

20) 郢門(영문) : 영도(郢都)의 성문. 영도는 춘추전국시대 초나라의 도성으로, 지금의 호북성 강릉 동북이다.

1) 江西(강서) : 강서관찰사. 치소는 지금의 강서성 남창시(南昌市).

2) 軺(초) : 초거(軺車). 한 필의 말이 끄는 가벼운 수레. 사신의 탈것. ○紫泥(자니) : 황제의 조서. 자주색 진흙으로 봉한 서류.

3) 澤國(택국) : 소택지가 많은 고장. 수향(水鄉).

4) 九派(구파) : 아홉 갈래의 강줄기. 여러 가지 설이 있으나, 한 유흠(劉歆)은 팽려호(彭蠡湖, 지금의 鄱陽湖)로 흘러드는 아홉 개의 강으로 보았다. 여기서는 이에 따른다.

花落水東西.　　　꽃잎이 떨어지는 강물은 여기저기 흐르리

更有高堂處,5)　　더구나 높은 당에는 부모님이 계시니

知君路不迷.　　　그대 길 잃지 않길 바라며 기다리시리라

평석 비를 맞으면 돛폭이 무거워진다. 사물의 절묘한 형용이 '低'(저) 한 글자에 있다.(著雨則帆重, 體物之妙, 在一低字.)

해설 강서로 가는 나그네를 배웅하며 지은 시이다. 제3구는 상당히 활달한 의경이며 제4구는 섬세하다. 제7구의 '高堂'(고당)은 '高唐'(고당)이라 되어 있는 판본도 있는데, 그렇게 되면 여인과의 정사를 환기하므로 상대방에게 경계하라는 뜻이 된다.

농두의 이별(隴頭別)6)

秋盡初移幔,7)　　가을의 끝자락에 이제 군대를 옮긴다니

霑裳一送君.　　　눈물로 치마 적시며 그대를 보낸다

據鞍窺古堠,8)　　안장에 앉아 오래된 봉화대 엿보고

開竈爇寒雲.9)　　부뚜막에 불을 지펴 차가운 구름을 데우리라

登隴人廻首,　　　농산에 오르면 사람들은 머리 돌려 진천을 바라보고

臨關馬顧群.　　　관문에 이르면 말들은 말무리들을 둘러보리

---

5) 高堂(고당) : 부모가 거처하는 정실. 다른 판본에는 '高唐'(고당)이라 되어 있지만 취하지 않는다.

6) 隴頭(농두) : 지금의 섬서성과 감숙성 경계에 있는 농산(隴山)의 꼭대기. 농판(隴坂) 또는 농저(隴坻)라고도 한다. 아홉 굽이로 산세가 험준하여 올라가는데 7일이 걸렸다. 중원과 하서회랑을 가르는 경계에 해당한다.

7) 移幔(이막) : 다른 군막(軍幕)으로 이동하다. 군대 소속을 옮기다.

8) 據鞍(거안) : 말안장에 타다. 말을 타고 가다. ○ 堠(후) : 봉화대.

9) 爇(설) : 타다.

| 從來斷腸處,[10] | 예부터 애간장 끊어지는 곳 |
| 皆向此中分.[11] | 모두가 여기서 헤어졌다지 |

해설 변방의 군대로 옮겨가는 사람을 이별하며 쓴 시이다. 농산 꼭대기에 물이 나와 동서로 나뉘어 흐르는 물줄기 '분류수'(分流水)를 통해 이별의 뜻을 강조하였다.

관산을 넘으며(度關山)

象弭插文犀,[12]	물소 뿔을 활고자에 끼우고
魚腸瑩鷿鵜.[13]	들오리 기름으로 어장검(魚腸劍)을 닦는다
水聲分隴咽,[14]	농산(隴山) 꼭대기에 나뉜 물소리 울어 에이고
馬色度關迷.[15]	관산을 넘어서니 말이 겁에 질려
曉幕胡沙慘,	새벽 막사에 불어오는 북방 모래바람 어둡고
危峰漢月低.	위태로운 봉우리에 예전의 달이 낮게 걸렸다

---

10) 斷腸處(단장처) : 애간장이 끊어지는 곳. 남조 「농두가」(隴頭歌)에 "농두의 물이여, 그 소리가 오열하는 듯. 아득히 진 지방 평원을 바라보니, 심장과 간이 끊어지네"(隴頭流水, 鳴聲嗚咽. 遙望秦川, 心肝斷絶.)라는 구절이 있다.

11) 分(분) : 헤어지다.

12) 象弭(상미) : 상아로 만든 활고자. ○文犀(문서) : 무늬가 있는 물소 뿔. 文(문)은 紋(문)의 뜻.

13) 魚腸(어장) : 어장검(魚腸劍). 보검 이름. 한 조엽(趙曄)의 『오월춘추』에 관련 내용이 나온다. 춘추시대 월왕 원상(元常)이 구야자(歐冶子)에게 만들게 한 다섯 자루 보검 가운데 하나. 또 오나라 공자 광(光, 나중의 오왕 합려)이 전저(專諸)를 시켜 오왕 요(僚)를 살해하게 할 때 구운 물고기 속에 검을 숨겼기에 이름 붙여졌다. ○瑩(영) : 밝다. 빛나다. ○鷿鵜(벽제) : 되강오리. 논병아리. 고대에는 그 기름을 금속에 발라 녹을 방지하였다. 양웅(揚雄) 「방언」(方言)에 "들오리는 작고, 물속에 잠기기를 좋아하고, 그 기름은 도검을 빛내는데 쓰인다"(野鳧也, 甚小, 好沒水中, 膏可以瑩刀劍.)고 하였다.

14) 水聲(수성) 구 : 앞의 시에 나오는 분류수(分流水)를 말한다.

15) 馬色(마색) : 말의 표정. 말의 정신 상태.

仍聞數騎將,　　　여전히 듣나니, 적 기병대의 장수들
更欲出遼西.¹⁶⁾　　다시 요서(遼西)를 넘어오려 하는 것을

해설 긴장감이 감도는 변방의 상황과 환경을 그렸다. 농산은 서북에 있
고 요서는 동북에 있어 일치된 지역이 아니나, 변새의 보편적인 상황을
두로 반영하였다고 볼 수 있다.

포하(包何)

천주로 부임하는 이 사군을 보내며(送泉州李使君之任)¹⁾

傍海皆荒服,²⁾　　　바닷가는 모두 변방 지역이니
分符重漢臣.³⁾　　　부절 든 신하의 임무가 무겁구나
雲山百越路,⁴⁾　　　구름 낀 산 너머 백월(百越) 지방에 가면
市井十洲人.⁵⁾　　　시장에는 십주(十洲)에서 온 사람들로 넘치리

---

16) 遼西(요서): 요하(遼河)의 서쪽. 진(秦) 이래 요서군(遼西郡)이 있었다.
1) 泉州(천주): 지금의 복건성 복주시(福州市). ○李使君(이사군): 미상. 使君(사군)은
　자사(刺史)의 별칭. ○之任(지임): 부임하다.
2) 荒服(황복): 변방 지역. 고대의 구역 개념으로 왕기(王畿)로부터 오백 리를 단위로
　멀어질수록 각각 후복(侯服), 전복(甸服), 수복(綏服), 요복(要服), 황복(荒服)으로 나
　누었는데, 그중 가장 먼 지역을 가리킨다. 이들을 오복(五服)이라 한다. 복(服)은 천
　자에 복종한다는 뜻이다.
3) 分符(분부): 부절을 나누다. 자사가 조정의 명령을 받아 임지로 갈 때 부신(符信)을
　반으로 나누어 한쪽은 조정에 두고 한쪽은 가지고 나가 신물로 삼았다. 당대에는 동으
　로 만든 물고기 모양의 동어부(銅魚符)를 사용하였다. 주의 장관으로 부임하다는 뜻.
4) 百越(백월): '百粤(백월)'이라 쓰기도 한다. 고대 중국 남방 민족의 총칭으로 지금의
　절강성, 복건성, 광동성, 광서성 등지에 거주하던 민족들을 말한다.
5) 十洲(십주): 도교에서 말하는 바다 가운데 신선이 살고 있다는 조주(祖洲), 영주(瀛

執玉來朝遠,[6]	남방 민족을 감화시켜 수령들이 멀리 조회 오고
還珠入貢頻.[7]	청렴한 정치로 공물을 자주 보내오리
連年不見雪,	여러 해가 지나도 눈이 내리지 않는다고 하니
到處卽行春.[8]	사시사철 행춘(行春)하며 농사를 권장하리라

해설 멀리 남방으로 부임하는 이 사군을 보내며 쓴 시이다. 복주의 지역적 특징을 잘 파악하였으며 특히 제4구는 남방의 이미지를 잘 묘사하였다. 시작과 말미에서 모두 지방관인 자사로서의 훌륭한 치적을 이룰 것을 당부하였다.

최동(崔峒)

숭복사 선원에 적다(題崇福寺禪師院)[1]

| 僧家竟何事, | 스님이 하는 일은 결국 무엇인가? |

洲), 현주(玄洲) 등 열 곳의 섬. 『해내십주기』(海內十洲記)에 자세하다.

6) 執玉(집옥) : 옥을 들고 회맹에 참가하다. 『좌전』 '애공 7년'조에 "우 임금이 도산에서 제후를 회합시킬 때, 옥과 비단을 들고 귀부하는 나라가 만 개나 되었습니다"(禹合諸侯於塗山, 執玉帛者萬國.)고 하였다. 두예(杜預) 주(注)에 "제후는 옥을 들고, 부용국 군주는 비단을 든다"(諸侯執玉, 附庸執帛.)고 하였다. 옥과 비단은 회맹(會盟)의 예기(禮器)로 화해를 표시한다.

7) 還珠(환주) : 진주가 다시 나오다. '합포주환'(合浦珠還)의 고사. 합포군(合浦郡, 지금의 광서성)에 진주가 많이 났는데, 당시 태수들이 지나치게 캐어내자 진주들이 점점 교지(交趾) 쪽으로 가버렸다. 맹상이 태수로 부임한 후에 이러한 폐해를 없애니 1년이 채 되지 않아서 진주들이 돌아왔다. 『후한서』 「순리열전」(循吏列傳) 참조. 일반적으로 관리의 청렴과 뛰어난 행정을 의미한다.

8) 行春(행춘) : 한대의 제도로 태수가 봄철에 관할 주현을 순시하면서 농잠을 권장하는 일.

1) 崇福寺(숭복사) : 미상. 현재 산서성 삭현(朔縣) 성안에 665년 창건한 숭복사가 있다.

掃地與焚香.	마당을 쓸고 향을 사르는 일뿐
淸磬度山翠,	맑은 경쇠 소리 비췻빛 산을 넘어가고
閑雲來竹房.	한가한 구름 대숲 속 방까지 오는구나
身心塵外遠,[2]	몸과 마음은 속세를 멀리 떠나 있고
歲月坐中忘.	세월도 좌선 중에 잊어버렸네
向晚禪堂掩,[3]	저녁 무렵 선당의 문이 닫히면
無人空夕陽.	사람 없는 빈 산엔 석양뿐이어라

해설 산사의 한가한 생활과 그윽한 환경을 묘사하였다. 왕유나 맹호연의 운미가 농후하며 특히 제3, 4구는 명구로 꼽힌다.

우량사(于良史)

겨울날 들을 바라보며(冬日野望)

地際朝陽滿,	땅 끝 멀리서 아침 햇빛 가득하고
天邊宿霧收.[1]	하늘 끝에 묵은 안개가 걷힌다
風兼殘雪起,	바람은 잔설과 함께 일어나고
河帶斷冰流.	강물은 조각난 얼음을 싣고 흐른다
北闕馳心極,[2]	궁궐로 달려가는 마음 지극한데

그러나 시에서는 심산 속에 위치한 것으로 묘사되어 있어 이곳으로 보이지 않는다.
2) 塵外(진외) : 속세의 밖.
3) 向晚(향만) : 저녁 무렵.
1) 宿霧(숙무) : 밤이 새고도 걷히지 않은 안개.
2) 北闕(북궐) : 조정. 군주는 남면(南面)하고 신하와 백성은 북면하므로, 군주 이외의

南圖尚旅遊,[3]	웅대한 포부 있으나 아직 객지에서 떠돌아
登臨思不已,	높은 곳에서 바라보니 심사가 끝없는데
何處得銷憂?	그 어디에 가야 나의 시름이 사라질 수 있을까?

해설 겨울날 높은 곳에 올라 들을 바라보는 심회를 읊었다. 고대부터 산이나 누각에 올라 인생과 사회에 대한 총체적인 상념을 노래하는 전통이 있었다. 전반부는 서경에 치중하였는데, 제3, 4구는 명대 호응린(胡應麟)이 '중당구'(中唐句)의 대표로 뽑았다. 후반부는 높은 뜻을 실현할 수 없는 고통을 노래하였다.

한가히 지내며 설화에게 부침(閑居寄薛華)[4]

隱几讀黃老,[5]	안석에 기대어 황로(黃老) 서적을 읽으니
蕭齋耳目清.[6]	서재에 있어도 귀와 눈이 맑아진다
僻居人事少,[7]	궁벽한 곳에 사니 일이 적고
多病道心生.[8]	병이 많으니 깨달음이 생겨나네

모든 사람들 입장에서 궁궐의 심리적인 위치는 북쪽에 있게 된다.
3) 南圖(남도): 도남(圖南)과 같다. 남으로 가다. 『장자』 「소요유」(逍遙遊)에 북명(北冥)에 사는 물고기 곤(鯤)이 새로 변하여 붕새(鵬)가 되는데, "그리고 나서 장차 남쪽으로 가려 한다"(而後乃今將圖南)고 하였다. 원대한 포부를 비유한다. ○旅遊(여유): 타향에서 떠돌다.
4) 薛華(설화): 미상.
5) 隱几(은궤): 안석에 기대다. ○黃老(황로): 황제(黃帝)와 노자(老子). 일반적으로 도가의 사상이나 저작을 가리킨다.
6) 蕭齋(소재): 서재. 양 무제(梁武帝)가 절을 창건할 때 명필 소자운(蕭子雲)에게 '소'(蕭)자를 쓰게 하였다. 당대 이약(李約)이 재산을 긁어 강남에서 사들여 낙양에 가져와 작은 정자에 걸어두고 즐겼는데 정자 이름을 '소재'(蕭齋)라 하였다. 이에 후인들이 서재를 소재라 하였다.
7) 僻居(벽거): 궁벽한 곳에서 살아감.
8) 道心(도심): 진리를 깨우친 마음.

雨洗山林濕,	비는 산림을 씻어내 습윤하고
鴉鳴池館晴.	까마귀는 연못가 집에서 울어 청아하다
晩來因廢卷,[9]	저녁 되면 책을 덮고
行藥至西城.[10]	약기운을 떨치려 서성(西城)까지 산보한다

해설 한거의 즐거움을 그렸다. 풍경과 심경이 어울려, 풍경으로 심경을 드러내고 심경으로 풍경을 환기하였다.

융욱(戎昱)

영사(詠史)

漢家靑史上,[1]	한나라 역사서에서
計拙是和親.[2]	졸렬한 계책이란 바로 화친이라
社稷依明主,[3]	사직은 밝은 군주에 의지하면서
安危托婦人.	평안과 위험은 여인에게 맡겼지
豈能將玉貌,	어찌하여 아름다운 미모로

---

9) 廢卷(폐권) : 책을 놓다. 독서를 그만두다.
10) 行藥(행약) : 위진남북조 이래 사대부들이 양생을 위해 먹는 오석산(五石散) 등 약물은 복용 후 반드시 산보를 하여 약성을 산발시켜야 했다. 이를 행약(行藥) 또는 행산(行散)이라고 했다.
1) 靑史(청사) : 역사책. 고대에는 푸른 죽간에 사실을 기록하였기 때문에 청사라 하였다.
2) 計(계) : 계책. ○和親(화친) : 동아시아의 독특한 국제 관계 중의 하나로, 중국이 타민족이나 국가의 통치자와 혼인 관계를 맺음으로써 우호를 유지하는 정책.
3) 社稷(사직) : 토신(土神)과 곡신(穀神). 고대의 천자 또는 제후가 제사지내는 대상이다. 또는 그 토신과 곡신을 제사지내는 장소를 말한다. 일반적으로 국가나 정권을 의미한다.

便擬靜胡塵!(4)　　오랑캐의 침입을 막으려 했는가!

地下千年骨,　　땅속에 묻힌 천 년 전의 뼈들 중에

誰爲輔佐臣?　　그 누가 나라를 보좌하는 신하였던가?

평석 의론이 바로고 크다.(議論正大.) ○융욱의 다른 시에 "허물은 참언 후 무거워졌지만, 은덕은 죽기 전에 베풀어야 맞으리라"는 구가 있는데 의론이 훌륭하다.(昱又有句云: "過從讒後重, 恩合死前酬", 此議論之佳者.)

해설 화친에 대한 의견을 제시한 영사시이다. 당 범터(范攄)의 『운계우의』(雲溪友議)에 이에 대한 일화가 실려 있다. "헌종 때 북적이 자주 변방을 침입하여 대신들이 '예부터 화친은 다섯 가지 이익이 있으면서도 천금이 들지 않습니다'며 상소하였다."(憲宗朝, 北狄頻寇邊, 大臣奏議: '古者和親有五利, 而無千金之費.') 그러자 헌종이 위의 융욱 시를 읊으며 "위강(魏絳, 춘추시대 진(晉)나라의 경으로 처음으로 융족과 화친을 주장하여 실천하였다)의 공로가 어찌 그리 겁이 많은가!"(魏絳之功, 何其懦也!)라고 말했다. 이에 "대신들의 화친론이 자취를 감추었다."(大臣遂息和戎之論矣.)

새하곡(塞下曲)(5)

北風凋白草,(6)　　북풍에 백초가 시드니

胡馬日駸駸.(7)　　오랑캐 말이 날마다 내달린다

---

4) 胡塵(호진): 이민족 지역에서 일어난 먼지. 북방민족의 군사 침입을 가리킨다.
5) 塞下曲(새하곡): 악부(樂府)의 제목 가운데 하나. 「새상곡」(塞上曲)과 함께 당대에 유행한 악부제(樂府題). 주로 변방의 전쟁과 병사들의 노고를 내용으로 한다.
6) 白草(백초): 수크령 종류의 들풀. 속칭으로 낭미초(狼尾草)라고 한다. 건조한 지역의 산비탈이나 길가에 자란다.
7) 駸駸(침침): 말이 빨리 달리는 모양.

夜後戍樓月,　　　늦은 밤 수루에 뜬 달은

秋來邊將心.　　　가을이 온 변방 장수의 마음

鐵衣霜雪重,[8]　　철갑에 서리와 눈이 무겁고

戰馬歲年深.　　　전마도 보낸 세월이 깊었어라

自有盧龍塞,[9]　　예부터 노룡새(盧龍塞)를 지키느라

煙塵飛至今.[10]　　연기와 먼지가 지금도 날린다

해설 변방의 모습을 그린 변새시이다. 가을이 되면 북방 민족들이 전쟁을 시작하므로 한족들도 긴장하며 준비하였다. 침중한 정조가 독특한 미감을 자아낸다.

계주의 섣달 팔일 밤(桂州臘夜)[11]

坐到三更盡,　　　삼경이 다 가도록 앉아 있나니

歸仍萬里賒.[12]　　돌아갈 길은 만 리 멀리 아득하구나

雪聲偏傍竹,　　　눈 내리는 소리는 옆 대숲에서 서걱이고

寒夢不離家.　　　찬 밤의 꿈속은 언제나 고향이로다

曉角分殘漏,[13]　　새벽 호각 소리에 물시계 소리 잦아들고

孤燈落碎花.[14]　　등불에서는 깜부기불이 꽃잎처럼 떨어진다

---

8) 鐵衣(철의) : 철갑(鐵甲). 쇠 조각을 붙여 만든 전투복.

9) 盧龍塞(노룡새) : 지금의 하북성 희봉구(喜逢口) 부근. 고대에는 하북 평원에서 동북 지역과 연결되는 교통의 요충지였다.

10) 煙塵(연진) : 봉홧불의 연기와 전쟁터의 먼지. 전쟁을 가리킨다.

11) 桂州(계주) : 치소는 임계(臨桂). 지금의 광서 계림시. ○臘夜(납야) : 음력 12월 8일의 밤. 종름(宗懍)의 『형초세시기』(荊楚歲時記)에 "12월 8일은 납일이다"(十二月八日爲臘日)는 말이 있다.

12) 歸(귀) : 돌아가는 기약. ○賒(사) : 멀다. 아득하다.

13) 曉角(효각) : 새벽을 알리는 뿔 나팔 소리. ○分(분) : 밤과 새벽의 시각을 나누다. ○殘漏(잔루) : 물시계의 물 떨어지는 소리가 약해지다.

二年隨驃騎, [15]   이 년 동안 표기장군을 따르며
辛苦向天涯.   힘겨움 참으며 하늘 끝에 왔노라

해설 섣달 밤 고향을 생각하며 지은 시이다. 774년 겨울 융욱이 계관관찰사 이창노(李昌巎)의 막부에 있을 때 지은 것으로 보인다.

이익(李益)

사촌 동생을 반가이 만나고 바로 헤어지며(喜見外弟又言別)[1]

十年離亂後, [2]   난리로 십 년 동안 헤어진 후
長大一相逢.   이제야 만나니 어느새 장성했구나
問姓驚初見,   성씨를 물어보다 처음 본 듯 놀라고
稱名憶舊容.   이름을 듣고서 비로소 옛 모습이 생각나네
別來滄海事, [3]   헤어진 후 세상이 상전벽해처럼 변했으니
語罷暮天鐘.   이야기 끝마치니 울려오는 저녁 종소리
明日巴陵道, [4]   내일은 파릉으로 떠난다고 하는데

---

14) 碎花(쇄화) : 등불의 심지가 마지막으로 타들어가며 보이는 꽃 모양의 깜부기불.
15) 驃騎(표기) : 표기장군. 일반적으로 서한의 곽거병을 지칭한다. 여기서는 계주절도사 이창노(李昌巎)를 가리킨다. 이창노는 773년부터 781년까지 계주자사, 계관방어관찰사(桂管防禦觀察使)를 지냈다.
1) 外弟(외제) : 외종 사촌 아우. 고모의 아들.
2) 十年離亂(십년리란) : 755년부터 763년까지 지속된 안사의 난으로 인한 이별과 난리.
3) 滄海事(창해사) : 거대한 변화. 갈홍(葛洪)의 『신선전』(神仙傳)에서 선녀 마고(麻姑)는 일찍이 동해가 세 번 뽕나무밭으로 바뀌는 걸 보았다고 하였다. 곧 상전벽해(桑田碧海)로 세상의 거대한 변화를 비유한다.
4) 巴陵(파릉) : 악주(岳州) 파릉군(巴陵郡). 치소는 파릉현으로 지금의 호남성 악양시이다.

秋山又幾重.　　　가을 산 넘어가려면 또 몇 겹이련가

평석 사공서의 "갑작스런 만남이 오히려 꿈만 같아, 얼마 만에 만나는지 자꾸만 물어보네"
와 마찬가지로 마음을 어루만지고 정성을 술회하니 모두 지극한 정회이다.(與 "乍見飜疑夢,
相悲各問年", 撫衷述悰, 同一情至.) ○ 단숨에 휘돌아간 필법은 중당시에서 극히 드물게 보인
다.(一氣旋折, 中唐詩中僅見者.)

해설 우연히 사촌 동생을 만난 기쁨과 바로 헤어지는 아쉬움을 표현하였
다. 의외의 기회에 이루어진 짧은 봉별에서 희비가 교차하는 순간을 절
실하고도 뚜렷하게 각화하였다. 더불어 난세를 살아가는 인생의 감개도
배경으로 깔려 있어, 인생이란 이처럼 창졸간의 만남과 헤어짐에 다름
아님을 환기한다.

우곡(于鵠)

변방으로 가는 나그네를 보내며(送客臨邊)

若到幷州北,[1]　　　만약에 병주의 북쪽에 간다면
誰人不憶家?　　　그 누가 고향 생각 않으리?
塞深無伴侶,　　　변새는 깊어 함께 갈 사람 없고
路盡只平沙.　　　길은 끊어져 오로지 사막뿐이라

---

1) 幷州(병주): 한 무제 때 설치한 '13자사부'(刺史部) 가운데 하나. 지금의 산서성 중부
   와 하북성 서부. 치소는 태원(太原). 당대에 이 지역은 변방으로 이곳의 병사들은 평
   생 전란 속에 살아갔다.

磧冷唯逢雁,[2]　　자갈은 차가운데 다만 기러기만 만나고

天春不見花.　　계절은 봄일지라도 꽃은 보이지 않으리

莫隨征將意,　　출정한 장수의 뜻을 따르지 말게나

垂老事輕車.[3]　　노년이 되어서도 경거장군을 모시게 되나니

해설 변방에 나가는 사람을 보내며 위로하고 격려한 시이다. 말 2구에서 시인의 의도가 드러나 있다.

유 선생님의 죽음에 곡하다(哭劉夫子)

近問南州客,[4]　　근자에 남방에서 온 사람에게 들으니

云亡已數春.　　돌아가신지 이미 여러 해 되었다 하네

痛心曾受業,[5]　　일찍이 수업을 받았거늘 너무나 슬프고

追服恨無親.[6]　　찾아가 추복(追服)을 하여도 친지조차 없구나

孀婦歸鄕里,　　홀로 남은 사모(師母)는 고향으로 돌아가셨고

書齋屬四鄰.　　서재는 이웃들이 차지했구나

不知經亂後,　　알 수 없어라, 난리가 지난 후에

奠祭有何人?[7]　　제사를 올릴 사람 그 누가 있을지?

---

2) 磧(적) : 자갈밭. 사막.

3) 垂老(수로) : 노년이 되어감. ○輕車(경거) : 서한 경거장군(輕車將軍) 이채(李蔡). 이광(李廣)의 사촌 동생으로, 흉노를 이긴 공로로 한 무제 때 경거장군이 되었고 안악후(安樂侯)에 봉해졌다. 나중에 승상을 지냈다.

4) 南州(남주) : 남방 지역. 구체적으로 가리키는 지역은 일정하지 않으며 남양(南陽), 서주(徐州), 예장(豫章), 광동(廣東) 등이 해당된다.

5) 受業(수업) : 스승에게서 배우다.

6) 追服(추복) : 상을 당한 때 입지 못한 상복을 나중에 가서 입음.

7) 奠祭(전제) : 술과 음식을 차려 제사 지내다.

해설 돌아가신 유 선생님을 애도한 시이다. 돌아가신지 여러 해 지난 후 소식을 듣고 찾아가 상복을 입고 애도하였다. 아마도 시인이 일찍이 공부를 했던 스승이었는데, 사후에는 제사를 올릴 사람마저 없어져버렸다. 당시 일부 지식인들의 생활과 처지를 알 수 있다.

이웃집에 적다(題隣居)

僻巷鄰家少,[8]	후미진 골목이라 이웃이 많지 않아
茅簷喜幷居.	다행히 띳집 지붕 아래 함께 산다네
蒸梨常共竈,[9]	야채를 삶을 때도 부엌 하나에서 하고
澆薤亦同渠.[10]	염교를 씻을 때도 같은 도랑에서 하지
傳屐朝尋藥,[11]	아침에 약초 캘 때 나막신을 빌려주고
分燈夜讀書.[12]	밤에 책 읽을 때 등불 하나로 함께 쓰지
雖然在城市,	비록 번화한 성안에 살고 있어도
還得似樵漁.	우리는 마치 나무꾼이나 어부처럼 살아가지

평석 구절마다 이웃이 있다.(語語中有隣在.)

해설 이웃과 화목하고 따뜻하게 어울리며 살아가는 모습을 그렸다. 도연

---

8) 僻巷(벽항) : 후미진 골목.
9) 蒸梨(증리) : 蒸藜(증려)와 같다. 야채를 데치다.
10) 薤(해) : 염교. 백합과의 식물로 마늘과 비슷하며 그 뿌리는 식용한다.
11) 屐(극) : 나막신. 진흙 위를 다니기 좋게 바닥을 나무로 만든 신발.
12) 分燈(분등) : 등불 하나로 이웃과 함께 독서하거나 일함. 『서경잡기』(西京雜記) 권2에 서한 광형(匡衡)의 고사가 있다. "광형은 자가 치규(稚圭)로, 성실히 공부하였으나 촛불이 없었다. 이웃집에 촛불이 있으나 그 불빛이 자기에게 미치지 않았다. 이에 광형이 벽을 뚫고 그 빛을 끌어들여 책에 비추어 글을 읽었다."(匡衡字稚圭, 勤學而無燭, 鄰舍有燭而不逮, 衡乃穿壁引其光, 以書映光而讀之.) 『열녀전』「제녀서오」(齊女徐吾)에도 유사한 기록이 있다.

명과 두보가 이웃에 대한 정을 주목하고 시의 제재로 쓴 이래, 이 시 역
시 그러한 문학적 전통 속에 이웃과 어울려 살아가는 삶을 담박하게 노
래하였다. 말 2구는 도시에 살아도 소박한 향촌생활과 다름없음을 말하
였다.

두숙향(竇叔向)

담석호를 지나며(過擔石湖)[1)]

曉發魚門戍,[2)]	새벽에 어문(魚門) 수자리를 출발하여
晴看擔石湖.	날이 개이니 담석호를 바라본다
日街高浪出,	해는 높은 파도 사이에 물려 솟아나고
天入四空無.[3)]	하늘은 사방의 허공에 들어가 보이지 않는다
咫尺分洲島,	섬은 지척에 있는 듯 뚜렷하고
纖毫指舳艫[4)]	꼬리 물고 가는 배는 가느다란 터럭같다
渺然從此去,	이곳에서 아득히 멀리 사라지면
誰念客帆孤?	그 누가 배에 있는 나그네 기억해줄까?

해설 담석호를 지나가며 바라본 광경과 떠오르는 감회를 그렸다. 제3, 4

---

1) 擔石湖(담석호) : 지금의 강서성 남창시(南昌市) 동북에 소재. 호수에 돌섬이 2개 있
   는데 구멍이 뚫려 있는데, 장사가 막대기에 끼워 짊어왔다는 전설이 있다.
2) 魚門戍(어문수) : 미상. 담석호 근처의 유적지로 보인다.
3) 四空(사공) : 사방의 하늘.
4) 舳艫(축로) : 배의 이물과 고물. 뱃머리와 배꼬리. 일반적으로 연이어 가는 배를 가리
   킨다.

구는 근경을 그리고 제5, 6구는 원경을 그려 담석호에 깊이와 폭을 주었다. 말 2구에서 총체적인 소감을 토로하였다.

주만(朱灣)

가을밤 왕 낭중 댁 잔치에서
'이슬 속의 국화'를 제목으로 받아(秋夜宴王郎中宅, 賦得露中菊)

衆芳春兢發,[1]	다른 꽃들은 봄에 다투어 피지만
寒菊露偏滋.	국화만은 차가운 이슬이 가득하지
受氣何曾異?[2]	대자연의 기운을 어찌 다르게 타고 났나?
開花獨自遲.	꽃 피는 시기가 유독 혼자만 늦구나
晩成猶有分,[3]	늦게 이루어도 오히려 자질이 있어
欲採未過時.	때가 가기 전에 딸 수 있겠네
忍棄東籬下,[4]	그러니 어찌 동쪽 울타리 아래 버려두어
看隨秋草衰!	가을 풀과 함께 시들어가도록 할 것인가!

해설 가을 이슬 속에 피어난 국화를 칭송하였다. 자신도 늦게 성취할 것

---

1) 衆芳(중방) : 여러 가지 꽃.
2) 受氣(수기) : 대자연의 기운을 받음.
3) 晩成(만성) : 국화가 봄이 아닌 가을에 늦게 피므로 사람이 늦게 성취함을 비유한다. 대기만성(大器晩成)의 뜻. ○分(분) : 소질. 천분.
4) 忍棄(인기) : 차마 버리지 못함. ○東籬下(동리하) : 동쪽 울타리 아래. 도연명의 「술을 마시며」(飮酒) 제5수에 "동쪽 울타리 아래에서 국화를 따고, 고개 들어 멀리 남산을 바라본다"(采菊東籬下, 悠然見南山.)는 말에서 유래하여, 국화가 자라는 곳을 가리킨다.

이므로 버리지 말고 발탁해 줄 것을 기탁하였다. 동시대 평론가 고중무는 제3, 4구에 대해 "『시경』 '국풍'의 뜻을 깊이 체득한 구절이다"(國風之深者也)고 하였다.

대숙륜(戴叔倫)

평석 고중무는 대숙륜의 시에는 골기가 조금 가볍다고 했고, 송대 조공무도 당대 역사 기록에 시를 잘 짓는다는 칭찬이 없는 것은 바로 골기가 섬약하기 때문이라고 하였다. 그러나 그 당시 시의 풍격이 날로 낮아졌으나 대숙륜은 이미 출중하여 높이 뛰어났다고 할 수 있다. 나는 다른 사람들이 말한다고 해서 그대로 말할 수 없다.(高仲武謂叔倫骨氣稍輕, 晁公武謂唐史不稱其能詩, 正以少其綿弱. 然爾時詩格日卑, 幼公已云矯矯, 愚不能人云亦云也.)

제야에 석두역에서 묵으며(除夜宿石頭驛)[1]

旅館誰相問?[2]　　　역관에 있으니 그 누가 안부를 묻나?
寒燈獨可親.　　　　차가운 등만이 오로지 가까이 할만 해라
一年將盡夜,[3]　　　한 해가 장차 저무는 밤
萬里未歸人.　　　　만 리 멀리에서 돌아가지 못한 사람

---

1) 除夜(제야): 한 해의 마지막 날 밤. ○ 石頭驛(석두역): 지금의 강서성 신건현(新建縣) 공강(贛江) 서안에 소재.
2) 問(문): 문안하다. 안부를 묻고 위로하다.
3) 一年(일년) 2구: 양 무제(梁武帝, 蕭衍)의 「자야사시가」(子夜四時歌)에 "한 해 동안의 물시계는 곧 다하는데, 만 리 멀리 간 사람은 돌아오지 않네"(一年漏將盡, 萬里人未歸.)는 말을 이용하였다.

寥落悲前事,⁴⁾　　　그동안 이룬 일 없음을 슬퍼하고
支離笑此身.⁵⁾　　　지금도 객지에 떠도는 자신을 비웃어
愁顔與衰鬢,　　　　　수심에 찬 얼굴과 반백의 살쩍
明日又逢春.　　　　　내일이면 다시 봄을 맞으리

평석 만 리 멀리서 고향으로 돌아가다 석두역에서 묵었을 것이다. 그렇지 않다면 석두성이
금단(강소성)과 멀지 않으니 어찌 '만 리'라고 했겠는가(應是萬里歸來, 宿於石頭驛, 未及到家
也. 不然, 石城與金壇相距幾何, 而云萬里乎?)

해설 객지에서 제야를 보내며 느낀 소회를 썼다. 쓸쓸한 역관의 모습에
서 시작하여 자신의 처지에 이르기까지 나그네로 연말을 보내는 정황과
마음이 절실하다. 심덕잠은 시 속의 '만 리'라는 말에서 먼 객지에서 지
금의 남경인 석두성에 온 것으로 보고 있으나, 이는 강서의 석두역을 남
경의 석두성으로 잘못 해독한 결과이다. 만년에 무주자사(撫州刺史)로 있
을 때 쓴 것으로 보인다.

여남에서 동 교서를 만나(汝南逢董校書)⁶⁾

擾擾倦行役,⁷⁾　　　행역이 지루하여 마음 어지러운데
相逢陳蔡間.⁸⁾　　　진 지방과 채 지방 사이에서 그대 만났네
如何百年內,　　　　　어찌하여 살아가는 백 년 동안

---

4) 寥落(요락) : 성기다. 드물다.
5) 支離(지리) : 찢어지고 흩어지다. 여기서는 떠돌다.
6) 汝南(여남) : 지금의 하남성 여남현. 이 시의 제목은 『우현집』(又玄集)에는 「진주를 지
　나며」(過陳州)라 되어 있고, 다른 판본에서는 「친구를 보내며」(送友人)라 되어 있다.
7) 擾擾(요요) : 어지러운 모양. ○ 行役(행역) : 병역이나 노역 또는 공무로 멀리 여행함.
8) 陳蔡(진채) : 진 지방과 채 지방. 당대의 진주(陳州)와 채주(蔡州)에 해당한다. 진주의
　치소는 완구(宛丘, 하남성 회양현)이고, 채주의 치소는 여양(汝陽, 하남성 여남현)이다.

不見一人閑?	한가로운 사람 하나 없나?
對酒惜餘景,[9]	술잔을 들며 지는 해를 아쉬워하고
問程愁亂山.	여정을 물으며 첩첩 산길을 걱정한다
秋風萬里道,	가을바람 불어오는 만 리 먼 길
又度穆陵關.[10]	다시금 목릉관을 넘어가야 하리라

평석 만당의 두순학(杜荀鶴)은 "그 누가 죽기 전에 한가할 수 있나?"라고 했는데, 제3, 4구를 읽어보면 이 때문에 탄식하게 된다.(前人有"誰人肯向死前閑"句, 讀三四語, 爲之慨然.)

해설 객지에서 친구를 만나고 헤어진 일을 묘사하였다. 제3, 4구는 총망하게 살아가는 사람의 생활을 요약한 것으로 고시(古詩)의 풍미가 있다.

산에서 살며 보이는 대로(山居卽事)

巖雲掩竹扉,	바위를 안은 구름이 대나무 사립을 가리고
去鳥帶餘暉.	돌아가는 새 둥지에 저녁노을이 빛난다
地僻生涯薄,[11]	편벽한 곳이라 생활이 누추하나
山深俗事稀.	산이 깊어 속세의 일이 드물다
養花分宿雨,[12]	꽃을 키우기에 밤새 내린 빗물을 갈라내고
剪葉補秋衣.	나뭇잎을 잘라 가을 옷을 기운다
野渡逢漁子,	나루터에서 어부를 만나면
同舟蕩月歸.	함께 배 타고 달빛에 흔들리며 돌아오노라

---

9) 餘景(여경) : 저물기 전의 남아있는 햇빛.
10) 穆陵關(목릉관) : 광주(光州)와 황주(黃州) 사이에 있는 관문. 지금의 호북성 마성(麻城)에 있으며 하남성과 호북성의 경계를 이룬다.
11) 生涯(생애) : 생활. 생계.
12) 宿雨(숙우) : 어젯밤부터 내리는 비.

해설 산에서 살아가는 한가함과 즐거움을 노래하였다. 왕유의 같은 제목의 시와 구성이 비슷하며, 왕유 시의 풍취가 깃들어 있다.

병으로 누워서(臥病)

門掩青山臥,	문 닫고 청산 속에 누워 있으니
莓苔積雨深.	오랜 비에 이끼가 짙구나
病多知藥性,	병이 잦으니 약물의 성격을 알데 되었고
客久見人心.	나그네로 오래 있으니 사람의 마음이 보이는구나
衆鳥趨林健,	새들은 숲 속으로 씩씩하게 날아가는데
孤蟬抱葉吟.	매미 한 마리 나뭇잎을 안고 읊조리는구나
滄州詩社散,[13)	강가의 시 모임이 오래 전에 파했는데
無夢盍朋簪.[14)	친구들 만나는 꿈조차 아직 꾸지 못했어라

해설 병으로 누워있는 고적감을 노래하였다. 시종일관 친구들과의 관계 속에서 자신의 처지를 대비하였다. 제5구의 새들(衆鳥)로 친구들을, 제6구의 매미 한 마리(孤蟬)로 자신을 비유하였다.

---

13) 滄州(창주) : 강가. 은사의 거주지. 앞에서 자주 나왔다.
14) 盍朋簪(합붕잠) : 친구들과의 모임. 『주역』「예」(豫)괘에 "의심하지 않으면 벗들이 모여들리라"(勿疑, 朋盍簪.)는 말이 있다.

양거원(楊巨源)

장성에서 피리 소리를 들으며(長城聞笛)

孤城笛滿林,　　　　외진 성에서 들려오는 피리 소리 숲에 가득한데
斷續共霜砧.[1)]　　　끊어질 듯 이어지며 다듬이소리와 뒤섞인다
夜月降羌淚,[2)]　　　달 뜬 밤에는 강족(羌族)의 눈물을 흐르게 하고
秋風老將心.[3)]　　　가을바람 속에서는 장군의 마음을 약하게 한다
靜過寒壘遍,　　　　잔잔하게 차가운 보루를 두루 퍼져나가
暗入故園深.　　　　저도 모르게 고향의 동산을 연상케 한다
惆悵梅花落,[4)]　　　구슬퍼라,「매화락」의 곡조 따라 매화가 날려도
山川不可尋.[5)]　　　산천에서는 오히려 매화를 찾을 수 없어라

해설 장성에서 피리 소리를 듣고 일어나는 감회를 형상화하였다. 음악이 주는 청각적 이미지를 시각적 효과로 변환한 전통은 멀리는 한부(漢賦)에서 찾을 수 있고 가까이는 성당 시에 풍부하다. 이 시는 피리 소리를 매개로 변새와 고향을 연결시켜 감정의 폭을 넓히고 있다.

---

1) 霜砧(상침): 이슬이 내리는 가을날의 다듬이 소리.
2) 降(강): 떨어지다. 여기서는 흘리다.
3) 老(노): 늦게 하다. 지치게 하다. 타동사로 쓰였다. ○ 將心(장심): 장군의 마음.
4) 梅花落(매화락): 악곡의 이름. 한대 횡취곡(橫吹曲)에 속하며 피리곡이다. 동시에 매화가 떨어지는 정경을 가리키기도 한다.
5) 山川(산천) 구: 고적(高適)「변새에서 피리 소리를 들으며」(塞上聽吹笛)의 "묻노니 매화는 어디에 떨어졌나? 밤새 바람 불어 관산에 가득할 터인데"(借問梅花何處落, 風吹一夜滿關山.)의 뜻을 이용하였다.

백거이(白居易)

'고원의 풀'(古原草)이란 제목으로 송별시를 지음(賦得古原草送別)[1]

離離原上草,[2]   언덕 위에 무성히 자란 풀

一歲一枯榮.   해마다 한 번 피고 한 번 시드네

野火燒不盡,   겨울 들불도 다 태우지 못하고

春風吹又生.   봄바람이 불면 또 다시 자라난다네

遠芳侵古道,[3]   멀리 뻗은 풀은 옛길을 뒤덮고

晴翠接荒城.[4]   화창한 봄날 황량한 성까지 이어졌네

又送王孫去,[5]   다시금 길 떠나는 친구를 보내니

萋萋滿別情.[6]   이별의 정은 봄풀처럼 무성하여라

---

1) 賦得(부득) : 제목이 지정되었거나 한정되었을 때 그 제목 앞에 쓰는 말. "~를 제목
으로 하여 시를 짓다"는 뜻이다. 賦得古原草는 古原草라는 제목을 받아 시를 쓴다는
뜻이다. 이런 시제가 위응물(韋應物)의 「'저녁 비'를 제목으로, 이주를 보내며」(賦得
暮雨送李胄) 등 주로 송별시에 많이 보이는 것은 떠나는 사람을 위해 여러 사람이
미리 제목을 나누어 시를 짓기 때문이다.

2) 離離(이리) : 더부룩하다. 무성한 모양. 회남소산(淮南小山)의 「은사를 부르다」(招隱
士)와 한대 악부시 「장성 아래 샘에서 말에 물 먹이며」(飮馬長城窟行) 이래로 무성
한 풀은 이별의 이미지와 연결되어 사용되어왔다.

3) 遠芳(원방) : 멀리까지 푸르게 자라나 있는 풀. 이 두 구는 한대 악부시 「장성 아래
샘에서 말에 물 먹이며」(飮馬長城窟行)의 첫 2구인 「파릇파릇한 강가의 풀, 아득히
먼 길을 그리워합니다」(靑靑河邊草, 綿綿思遠道.)란 시구를 원용하였다. ○古道(고
도) : 오래된 길.

4) 晴翠(청취) : 맑은 하늘 아래의 푸른 풀. 여기에서 고도(古道)와 황성(荒城)은 나그네
가 다니게 되는 곳으로, 이 두 가지 낡은 이미지와 원방(遠芳)과 청취(晴翠)라는 새
롭게 자라는 자연의 생기를 대비시키고 있다.

5) 王孫(왕손) : 회남소산(淮南小山)의 「은사를 부르다」(招隱士)에서 "왕손은 떠나간 후
돌아오지 않고, 봄풀은 자라서 파릇파릇 우거졌네"(王孫遊兮不歸, 春草生兮萋萋.)란
구절에서 유래한 말로 원래 귀족을 가리킨다. 여기서는 떠나는 친구를 가리킨다.

6) 萋萋(처처) : 풀이 무성한 모양.

평석 이 시는 고황의 인정을 받았고 백거이는 이로부터 이름이 났다. 그러나 노련하지만 신운이 적은데 백거이의 명작들은 이와 같지 않다(此詩見賞於顧況, 以此得名者也. 然老成而少遠神, 白詩之佳者, 正不在此.)

해설 봄마다 새로 자라는 풀을 통해 영원한 생명력을 노래하였다. 후반부는 전통적으로 풀의 이미지에 깃든 이별의 의미와 연관시켜 친구를 배웅하였다. 이 시는 백거이가 16세 때 지었다고 전해진다. 당(唐) 장고(張固)의 『유한고취』(幽閑鼓吹)에는 이 시와 관련한 일화가 소개되어 있다. 백거이가 처음 장안에 갔을 때 그동안 쓴 시를 들고 고황(顧況)을 찾아갔다. 고황은 먼저 백거이의 이름을 보고서는 얼굴을 들여다보며 "마침 쌀값이 비싸니 살아가기가 쉽지 않은 걸세"(米價方貴, 居亦弗易.)라고 말했다. 그런 연후에 고황이 백거이의 첫 작품인 위 시를 보고는 감탄하여, (원대 신문방(辛文房)의 『당재자전』(唐才子傳)에는 제3, 4구를 보았다고 했다.) "이런 말을 쓸 정도라면, 살아가기가 쉬울 걸세"(道得個語, 居卽易矣.)라고 고쳐 말했다. 이로부터 백거이의 이름이 크게 떨쳐졌다고 한다. 그러나 백거이는 11세(782)부터 18세(789)까지 강남에 있었고, 고황은 789년에 요주(饒州)로 좌천되었다가 소주(蘇州)로 전직되었으므로 두 사람이 장안에서 만날 가능성은 희박하다. 아마도 이 이야기는 지어진 전설일 가능성이 크다.

오랫동안 한 시랑을 만나지 못해
　　　　농으로 4운을 지어 주다(久不見韓侍郎, 戲題四韻贈之)[7]

近來韓閣老,[8]　　　　　근래에 한 각로 그대가

---

7) 韓侍郞(한시랑) : 한유(韓愈). 당시 병부시랑(兵部侍郞)이었다.
8) 閣老(각로) : 당대 중서성과 상서성의 관원이 상대를 존칭하여 부르는 칭호. 당시 백거이는 중서사인으로 중서성에 있었고, 한유는 병부시랑으로 상서성에 속했다.

疎我我心知.	나와 소원한 점은 나도 마음으로 알고 있네
戶大嫌酤酒,[9]	주량이 크다 보니 단술은 꺼리고
才高笑小詩.[10]	재주가 많다 보니 내가 지은 시는 웃어버린다
靜吟乘月夜,	그대 없이 조용히 읊조리며 달밤을 보내고
閑醉曠花時.	한가히 취하며 꽃 핀 시절을 헛되이 지냈나니
還有愁同處,	더구나 함께 걱정하는 바도 있으니
春風滿鬢絲.	봄바람이 살쩍에 가득 불어오는 일

해설 만난 지 오래 된 한유를 만나고 싶다는 뜻을 써서 보낸 시이다. 821년에 한유(54세)는 병부시랑(兵部侍郎)이 되었고, 백거이(50세)는 중서사인(中書舍人)이었다. 다음 해 8월 백거이가 항주자사(杭州刺史)로 부임하기 전에 지어진 것으로 보인다.

주연이 끝난 후(宴散)

小宴追涼散,	작은 술자리가 밤 되어 서늘해지자 파하여
平橋步月回.[11]	다리를 지나 달빛 아래 거닐며 돌아오노라
笙歌歸院落,[12]	생황을 불며 정원으로 돌아가려
燈火下樓臺.	등불을 들고 누대를 내려간다
殘暑蟬催盡,	매미가 울자 늦더위가 사라지고
新秋雁帶來.	기러기가 날아오며 가을을 데리고 왔구나
將何迎睡興?[13]	무엇으로 잠의 흥취를 삼아볼거나?

---

9) 戶大(호대) : 주량이 세다. 대주가. ○酤酒(첨주) : 쌀로 빚은 단맛이 나는 술. 술 애호가들은 단맛 나는 술은 좋아하지 않는다.
10) 小詩(소시) : 백거이가 지은 시. 또는 짧은 시라는 설도 있다.
11) 步月(보월) : 달빛 아래 산보하다.
12) 院落(원락) : 정원. 마당.

臨臥擧殘杯.   눕기 전에 남은 술잔을 기울어보자

평석 제3, 4구는 부귀의 기상을 전해준다.(三四傳出富貴氣象.)

해설 저녁 잔치가 끝난 후의 정경을 묘사하였다. 비록 작은 모임이지만 연회 후의 독특한 충만감과 쓸쓸함을 계절 감각과 함께 빚어내었다.

인정(人定)[14]

人定月朧明,[15]	주위가 고요하고 희미하게 달 밝은데
香消枕簟淸.[16]	향이 타고 나니 베개와 자리가 서늘해라
翠屛遮燭影,[17]	녹색 병풍으로 촛불을 가리고 나니
紅袖下簾聲.	붉은 소매 계집이 주렴을 내리는 소리 들려라
坐久吟方罷,	오랫동안 앉아 시 읊기도 그만 두고
眠初夢未成.	잠들려 누웠어도 아직 꿈에 들지 않았는데
誰家敎鸚鵡,	어느 집에서 앵무에게 말을 시켜
故故語相驚.[18]	꾸꾸거리는 소리에 나의 꿈을 깨우는가

평석 바로 앞의 시와 비슷하다.(與前一首相似.)

해설 늦은 밤 잠들기 전의 모습을 그렸다. 지극히 일상적인 모습에 소재

---

13) 睡興(수흥) : 잠의 흥취.
14) 人定(인정) : 밤이 깊어 사람들이 활동을 그치고 잠을 자다.
15) 朧明(농명) : 달이 흐릿하게 밝다.
16) 枕簟(침점) : 베개와 삿자리. 침구.
17) 翠屛(취병) : 녹색 병풍.
18) 故故(고고) : 의성어. 새가 우는 소리.

를 취하여 시적으로 형상화하는 백거이의 특징이 잘 드러난 시이다. 그의 다작은 이러한 일상의 시화(詩化)에서 비롯되었다.

하정에서 사방을 바라보며(河亭晴望)[19][20]

風轉雲頭斂,	바람이 바뀌니 구름이 흩어지고
煙銷水面開.	안개가 사라지니 수면이 넓게 드러난다
晴虹橋影出,	날 개어 뜬 무지개는 다리 모양으로 나타나고
秋雁櫓聲來.	가을 기러기 울음은 노 젓는 소리처럼 들려온다
郡靜官初罷,	주군(州郡)이 한가하여 자사 직을 마쳤는데
鄕遙信未廻.	고향이 멀어 편지 아직 돌아오지 않는구나
明朝是重九,[21]	내일 아침은 중양절인데
誰勸菊花杯?[22]	더불어 국화 술잔을 권할 자 없어라

해설 중양절 전날 하정에서 사방을 둘러보고 지은 시이다. 구성과 기세에서 두보의 풍격과 비슷하다. 826년(55세) 소주자사(蘇州刺史)를 마치고 난 때 지은 것으로 보인다.

---

19) 심주 : 구월 구일.(九月八日.)
20) 河亭(하정) : 강가의 정자.
21) 重九(중구) : 구월 구일. 중양절.
22) 菊花杯(국화배) : 국화주를 담은 술잔. 중양절에는 국화주를 마시는 풍속이 있다.

상비월(常非月)

〈담용낭〉을 노래함(詠談容娘)[1]

擧手整花鈿,[2]	손을 들어 꽃 비녀를 바로 잡고
翻身舞錦筵.[3]	몸을 돌려 화려한 잔치에서 춤을 추네
馬圍行處匝,[4]	말들이 길목을 둘러싸 터를 잡고
人壓看場圓.[5]	사람들이 공연장에 밀려들어 둥글게 모였다
歌索齊聲和,[6]	부르는 노래는 추임새를 끌어내고

---

1) 談容娘(담용낭) : 가무극 이름. 답요낭(踏搖娘)이라고도 한다. 남북조시대의 가무극의 일종으로 당대에 성행하였다. 성당시기에 활동한 최령흠(崔令欽)의 「교방기」(敎坊記)에 자세하다. "북제시대에 성이 소씨인 사람이 있었는데 주먹코에다 관직에 나가지도 않으면서 스스로 낭중이라 하였다. 술을 좋아하고 술주정을 했는데 매번 취할 때마다 그 처에게 주먹질을 하자 처가 슬퍼하며 이웃에 호소하였다. 이에 당시 사람들이 이를 흉내 내어 극을 만들었다. 남자가 여인의 옷을 입고 천천히 마당에 들어오며 노래하는데 매 절마다 옆에 있는 사람들이 한 소리로 후렴을 띄운다. '답요화래!(踏搖和來) 답요낭고화래!(踏搖娘苦和來!)' 걸어가면서 노래하므로 '답요'(踏搖)라 하였고, 그 원망을 말하기에 '고'(苦)라 하였다. 이때 그 남편이 나타나 구타하는 장면을 연출하면 관중들이 웃으며 즐거워한다. 지금은 여인들이 연기하면서 '낭중'(郎中)이라 부르지 않고 '아숙자'(阿叔子)라 하며 익살을 부리고 전당포 대목이 덧붙여졌는데 전부 그 본뜻을 잃었다. 또 '담용낭'이라 부르는데 이것도 잘못이다."(北齊有人姓蘇, 皰鼻, 實不仕, 而自號爲郎中. 嗜飮酗酒, 每醉輒毆其妻, 妻銜悲訴於鄰里. 時人弄之, 丈夫著婦人衣, 徐步入場行歌, 每一疊, 傍人齊聲和之云 : "踏搖和來! 踏搖娘苦和來!" 以其且步且歌, 故謂之'踏搖', 以稱其寃, 故言'苦'. 及其夫至, 則作毆鬪之狀, 以爲笑樂. 今則婦人爲之, 遂不呼'郎中', 但云'阿叔子', 調弄又加典庫, 全失其旨. 或呼爲'談容娘', 又非.)
2) 花鈿(화전) : 보석으로 만든 꽃 모양의 비녀.
3) 錦筵(금연) : 비단으로 깐 잔치 자리. 성대한 잔치.
4) 行處(행처) : 사람들이 많이 다니는 곳.
5) 看場(간장) : 노천 공연장.
6) 齊聲(제성) : 여러 사람이 함께 같은 소리를 내다. 위의 주석에서 말한 '답요화래! 답요낭고화래!(踏搖和來! 踏搖娘苦和來!)를 가리킨다. ○和(화) : 화답하다. 응하는 소리. 여기서는 추임새.

情敎細語傳.[7]   극 속의 사정은 낮고 세세한 말로 전해진다
不知心大小,[8]   알지 못해라, 사람의 마음이 얼마나 큰지
容得許多憐.[9]   그렇게 많은 연민을 다 받아들일 수 있으니

해설 가극 〈담용낭〉이 공연되는 모습을 노래하였다. 첫 2구는 동작과 춤
을 묘사했고, 제3, 4구는 공연장의 모습을 그렸으며, 제5, 6구는 노래와
대사의 장면을 서술하였다. 말 2구는 이 가극의 예술적 효과를 말하였다.
이 시는 공연 모습, 공연장, 공연 내용 등을 상당히 자유로운 구성 속에
고도로 밀집시킨 시작품일 뿐만 아니라 당대 연희 현장을 묘사한 중요
한 자료이기도 하다.

---

7) 細語(세어) : 낮은 소리로 자세하게 하는 말.
8) 大小(대소) : 얼마나 큰가? 의문사로 쓰였다.
9) 심주 : 남조 양진시대 사람의 유명한 말투이다.(梁陳人名語.)

당시별재집 권12

한유(韓愈)

송별연(祖席)[1][2]

淮南悲木落,[3]	회남왕 유안은 떨어지는 나뭇잎을 슬퍼했는데
而我亦傷秋.	나 또한 가을이 와 마음이 아프구나
況與故人別,	더구나 친구가 떠난다는데

---

1) 심주: '추'(秋)자 운을 받았다.(得秋字.)
2) 祖席(조석): 송별의 술자리. 조(祖)는 떠날 때 길의 신에게 제사하는 일. 황제(黃帝)의 아들 유조(纍祖)가 여행을 좋아했는데 길에서 죽었기에 후인들이 길의 신으로 삼았다고 한다.
3) 淮南(회남): 서한 회남왕 유안(劉安). 이 구는 『회남자』 「설산훈」(說山訓)에 "뽕나무 잎이 떨어지면 노인이 슬퍼한다"(桑葉落而長年悲)는 말을 환기한다.

那堪羈宦愁![4]	객지의 벼슬살이 시름을 어찌 견디랴!
榮華今異路,	이제 영화와는 다른 길로 들어섰지만
風雨昔同憂.[5]	예전에는 비바람을 함께 겪었었지
莫以宜春遠,[6]	의춘(宜春)이 멀다고 생각하지 말고
江山多勝遊.	강산이 아름다우니 실컷 둘러보게나

평석 대력 이후 이러한 용필을 이해한 사람이 없었다. 한유만이 세속을 초탈하여 오언 근체에 고풍을 운용했으니 호매한 필력이 사람을 압도한다.(大曆以下, 無人解此用筆矣. 昌黎高超邁俗, 五言近體中運以古風, 筆力英氣逼人.) ○『회남자』에서 "노년이 되면 낙엽을 슬퍼한다"고 했다.(淮南子云: "長年悲木落.")

해설 808년 친구 왕애(王涯)를 송별하며 쓴 시이다. 당시 왕애의 조카이자 한유의 제자인 황보식(皇甫湜)이 과거 시험 보는 중 대책(對策)에서 재상 이길보(李吉甫)를 비판한 일이 있었다. 이 일로 왕애까지 연좌되어 괵주사마(虢州司馬)로 좌천되었다가 곧 원주자사(袁州刺史)로 변경되었다. 이에 한유는 낙양에서 원주로 떠나는 왕애를 보내며 시 2수를 썼는데 그중 한 수이다.

---

4) 羈宦(기환): 타향에서 벼슬을 하다.
5) 風雨(풍우): 비바람. 『시경』에 「풍우」(風雨)라는 시의 뜻을 환기한다. "비바람이 몰아쳐 어두우면, 닭울음소리 그치지 않는다"(風雨如晦, 鷄鳴不已)는 말이 있는데, 「소서」(小序)에서 난세에 군자를 그리워한다고 해석하였다.
6) 宜春(의춘): 원주(袁州)의 치소. 지금의 강서성 의춘현.

계림으로 가는 엄 대부를 보내며(送桂州嚴大夫)⁷⁾⁸⁾

蒼蒼森八桂,⁹⁾	푸르고 무성한 여덟 그루 계수나무
茲地在湘南.	그곳은 상수(湘水)의 남쪽에 있다네
江作青羅帶,	강은 청색 비단 허리띠
山如碧玉篸.	산은 푸른 옥비녀
戶多輸翠羽,¹⁰⁾	집집마다 물총새 깃털을 공물로 내고
家自種黃甘.¹¹⁾	가가호호 노란 황피과(黃皮果)를 심는다지
遠勝登仙去,	거기 살면 차라리 신선보다 훨씬 나으니
飛鸞不假驂.¹²⁾	난새 타고 날아갈 필요 없다네

해설 계림의 풍광과 민속을 노래하였다. 이 가운데 "강은 푸른 비단 허리띠, 산은 푸른 옥비녀"라는 비유는 지금도 계림을 묘사하는 구절로 많이 인용된다. 한유는 계림의 산수를 단아한 여성의 이미지로 파악하였다.

---

7) 심주 : 이름이 모(謨)이다.(名謨.)

8) 桂州(계주) : 영남도 계관경략사(桂管經略使) 치소. 지금의 광서 계림시. ○ 嚴大夫 (엄대부) : 엄모(嚴謨). 822년 4월 계주관찰사가 되었다.

9) 八桂(팔계) : 여덟 그루의 계수나무. 『산해경』「해내남경」(海內南經)에 "계수나무 숲 의 여덟 그루 나무는 번우의 동쪽에 있다"(桂林八樹, 在賁隅東.)고 하였다. 나중에 팔계라는 말로 광서 지역을 가리켰다.

10) 翠羽(취우) : 물총새의 깃털. 당대 이래 진귀한 장식품으로 사용되었다.

11) 黃甘(황감) : 계림에서 나는 남방 과일로 지금은 황피과(黃皮果)라고 한다.

12) 飛鸞(비난) : 난새. 신선이 타고 다닌다는 새. ○ 驂(참) : 타다. 원래 곁말이란 뜻이나 여기서는 동사로 쓰였다.

병부장 시랑의 「운주 마 상서께서 부름을 받아 가는 도중에 시를 받고 답하며」에 삼가 화답하며―개봉한 날 마 상서가 다시 운주를 다스리라는 명령을 받다(奉和兵部張侍郎酬鄆州馬尙書被召途中見寄, 開緘之日, 馬帥已再領鄆州之作)[13][14]

來朝當路日,	조정을 향하여 길 가고 있던 날
承詔改轅時.	조서를 받게 되어 수레를 돌리셨지
再領須句國,[15]	옛 수구국(須句國)의 지역을 다시 다스리고
仍遷少昊司.[16]	거기다가 형부(刑部)의 직책도 받으셨지
暖風抽宿麥,[17]	따뜻한 바람에 보리가 싹을 뽑아 올리고
淸雨卷歸旗.	맑은 빗방울에 돌아가는 깃발이 감기리라
賴寄新珠玉,[18]	다행히 보석보다 더 귀한 시를 새로 부쳐주시어
長吟慰我思.	길게 읊조리며 나의 그리움을 위로하노라

평석 『좌전』에서 "희공 21년 주나라 사람이 수구를 멸하였다"고 하였다. 그 땅은 동평 수창

---

13) 심주 : 장의 이름은 가이고 마의 이름은 총이다.(張名賈, 馬名總.)
14) 張侍郎(장시랑) : 장가(張賈). ○ 鄆州(운주) : 치소는 수창(須昌). 지금의 산동성 동평(東平). ○ 馬尙書(마상서) : 마총(馬總). 818년 동평 지역이 안정되면서 예부상서였던 마총이 운조복절도사(鄆曹濮節度使)로 나갔다. 이 년 후 조정에서 불러들여 별도로 임무를 주려했으나 지역의 민심을 얻고 있어 821년 4월 재차 천평군절도사(天平軍節度使)로 임명하였다. 다른 판본에는 제목이 「장 시랑의 '마 상서에게 답하며'에 화답하다」(和張侍郎酬馬尙書)로 되어 있다.
15) 須句國(수구국) : 須朐(수구)라고도 쓴다. 춘추시대의 나라 이름. 당대의 운주(鄆州) 지역으로, 지금의 산동성 동평현에 소재했다. 기원전 639년 이웃의 주국(邾國)의 침범을 받아 멸망했다가, 다음 해 노(魯)나라의 도움으로 나라를 되찾았으나 얼마가지 못해 노나라에 귀속되었다.
16) 少昊(소호) : 신화에 나오는 황제(黃帝)의 아들로 가을을 주관하는 신. 가을은 형벌과 관련 있고, 마총이 검교형부상서(檢校刑部尙書)이므로 여기서는 형부(刑部)를 가리킨다.
17) 宿麥(숙맥) : 겨울을 넘긴 보리.
18) 珠玉(주옥) : 시를 말한다. 『순자』 「비상」(非相)에 "사람에게 선사하는 말(言)은 금이나 보석보다도 더 값지다"(贈人以言, 重於金石珠玉.)는 말이 있다.

현이다. 추제 소호는 형벌을 주관하며, 당시 마총은 검교형부상서가 추가되었다.(左傳 : "僖公二十一年, 邾人滅須句." 地在東平須昌縣. 秋帝少昊主刑, 時馬總加檢校刑部尙書.)

해설 821년 천평군절도사(天平軍節度使)로 나가는 마총(馬總)에게 보낸 시이다. 마총은 지금의 산동성 지방에서 장안으로 들어오는 도중에 조서를 받고 되돌아갔으므로 한유는 그를 만나지 못하였다. 한유는 당시 병부시랑으로 있었다.

유종원(柳宗元)

어사중승 서준의 「보녕군 관사 연못에서 보이는 대로」를
받고 답하며(酬徐二中丞普寧郡內池館卽事見寄)[1]

鵷鴻念舊行,[2]	예전에는 기러기처럼 조정에서 함께 다녔는데
虛館對芳塘.	지금은 빈 관사에서 꽃 핀 연못을 마주하노라
落日明朱檻,	떨어지는 해에 붉은 난간이 환하고
繁花照羽觴.[3]	우거진 꽃이 술잔을 밝게 비추리라
泉歸滄海近,	샘물은 가까이 있는 바다로 흘러들고

---

1) 徐二中丞(서이중승) : 서준(徐俊). 815년에 장안현령(長安縣令)에서 용관경략사(容管經略使)가 되었다. 경략사는 일반적으로 어사중승을 겸직하므로 중승(中丞)이라 하였다. ○ 普寧郡(보녕군) : 용주(容州, 지금의 광서 容縣). ○ 池館(지관) : 연못가의 관사(館舍).
2) 鵷鴻(원홍) : 봉황과 기러기. 이들은 무리지어 날아다니므로 일반적으로 조정 관리의 행렬을 비유한다. 서준과 조정에서 함께 근무하였음을 말한다.
3) 羽觴(우상) : 술잔의 일종. 술잔의 좌우 귀가 새의 날개 모양이어서 붙여진 이름. 일설에는 빨리 마시라는 뜻으로 술잔에 깃털을 꽂았다고도 한다.

樹入楚山長.　　　　나무들은 멀리 뻗은 산으로 들어간다
榮賤俱爲累,[4]　　　영달과 비천이 모두 얽매임이니
相期在故鄕.[5]　　　고향에서 만나기를 약속하노라

해설 서준(徐俊)에게 보낸 답시이다. 815년 유종원은 유주자사(柳州刺史)로
재차 좌천되었으며, 같은 해 서준도 용주(容州)로 나갔다. 용주는 지금의
광서 남부로 유주(柳州)보다 더 남쪽에 위치하여 바다와 가까웠다. 말미
에서 아득한 남방에 있게 된 상대는 물론 자신도 위로하였다.

매우(梅雨)[6]

梅實迎時雨,[7]　　　매실이 익기 전에 비가 내리니
蒼茫値晚春.[8]　　　흐릿한 기운 속에 때는 늦봄이라
愁深楚猿夜,　　　　초 지방 원숭이 울음에 밤 시름이 깊어지고
夢斷越鷄晨.[9]　　　월 지방 닭 울음에 놀라 새벽꿈이 깨어
海霧連南極,[10]　　　바다 안개는 남쪽 땅 끝까지 이어지고
江雲暗北津.[11]　　　강가의 구름은 북쪽의 나루터까지 어둡다

---

4) 심주 : '영달과 비천'은 자신과 어사중승을 합하여 말하였다.('榮賤, 合己與中丞言之.)
5) 相期(상기) : 약속하다.
6) 梅雨(매우) : 매실이 익어서 떨어질 때에 내리는 장마라는 뜻으로, 장강 중하류에서는
　　일반적으로 유월 중순부터 칠월 상순까지에 해당한다. 남조 양 원제(梁元帝)의 『찬요』
　　(纂要)에 "매실이 익을 때 내리는 비를 매우라 한다"(梅熟而雨曰梅雨)고 하였다. 호남
　　지역은 이보다 더 이른 시기에 내리므로 제2구에서 만춘(晚春)이라 하였다.
7) 迎時(영시) : 제철보다 이른 때.
8) 蒼茫(창망) : 흐릿한 모습.
9) 越鷄(월계) : 월 지방 닭. 『장자』「경상초」(庚桑楚)에 "월 지방의 닭은 고니의 알을
　　부화시키지 못하지만, 노 지방의 닭은 원래 가능합니다"(越鷄不能伏鵠卵, 魯鷄固能
　　矣.)는 말이 있다. 성현영(成玄英)은 "월계는 형계이다"(越鷄, 荆鷄也.)고 주석하였다.
　　춘추시대에는 영주(永州)가 형(荆)나라에 속하였다.
10) 南極(남극) : 남쪽의 끝. 광서 지역을 가리킨다.

素衣今盡化,[12]   흰 옷이 지금 모두 바래진 것은

非爲帝京塵.   수도의 먼지 때문이 아니라 남방에 왔기 때문이라네

평석 육기의 말을 활용하였으며, 도읍을 그리워하고 방축을 슬퍼하였다.(活用陸士衡語, 所以 念帝鄕, 傷放逐也.)

해설 남방의 장마가 지는 계절에 자신의 시름과 고적감을 표현하였다. 유종원은 남방의 특이한 기후와 풍물로 자신의 고립감을 나타내는 경우 가 많은데 이 작품 역시 그러하다. 영주(永州)로 좌천된 초기에 지은 것으 로 보인다.

유우석(劉禹錫)

제야의 감회(歲夜詠懷)[1]

彌年不得意,[2]   나이가 들어도 뜻을 펴지 못했으니

新歲又如何?   새해가 된다한들 또 어쩔 것인가?

念昔同遊者,   예전에 함께 지냈던 사람들 생각하니

而今有幾多?   지금도 살아있는 자 몇이나 되는가?

---

11) 北津(북진) : 북방의 나루터.
12) 素衣(소의) 2구 : 육기(陸機)의 「고언선을 대신하여 그의 아내에게 주는 시를 짓다」 (爲顧彦先贈婦)에 "서울 낙양에는 먼지가 많아, 흰 옷이 검은 옷으로 변하였네"(京洛 多風塵, 素衣化爲緇.)란 구절을 이용하였다.
 1) 歲夜(세야) : 제야(除夜). 한 해의 마지막 날 밤.
 2) 彌年(미년) : 고령. 나이가 많음.

以閑爲自在,[3]	한가로움을 자유로움이라 여기고
將壽補蹉跎.[4]	오래 사는 것으로 허송세월을 벌충하리
春色無新故,[5]	봄빛은 묵은해와 새해를 가리지 않고
幽居亦見過.[6]	조용한 나의 거처에 다시금 다가오는가

해설 838년(67세) 한 해의 끝에서 인생을 돌아보았다. 오래 전 '영정 개혁'의 실패 후 역경을 거쳐 온 시인의 정신적 면모가 한 편 속에 새겨졌다. 제5, 6수는 나이 들어 한가한 자신의 처지를 자조 섞인 어조로 토로하였다. 이 시에 화답하여 백거이(白居易, 67세), 노정(盧貞), 우승유(牛僧孺, 59세) 등이 같은 제목으로 지은 시가 남아있다. 당시 유우석은 태자빈객이고 백거이는 태자소부(太子少傅)로, 원래 친했던 두 사람이 함께 낙양 동궁(東宮)을 출입하면서 창화를 많이 하였다.

팔월 십오일 밤 달을 바라보며(八月十五夜觀月)

天將今夜月,[7]	하늘이 오늘 밤 달로써
一遍洗寰瀛.[8]	한 번에 온 세상을 씻어버렸네
暑退九霄淨,[9]	더위가 물러가니 하늘이 말갛고
秋澄萬景清.	가을이 맑으니 온갖 사물이 선명해라
星辰讓光彩,	크고 작은 별들은 광채를 숨기고
風露發晶英[10]	바람과 이슬은 빛을 발하는구나

---

3) 自在(자재): 구속 없이 자유로움.
4) 蹉跎(차타): 발을 헛디뎌 넘어지다. 일반적으로 세월을 헛되이 보냄을 비유한다.
5) 新故(신고): 신구(新舊). 묵은해와 새해.
6) 幽居(유거): 후미지고 조용한 거처.
7) 將(장): "~을". 목적어를 가져오는 역할을 한다.
8) 寰瀛(환영): 환우영해(寰宇瀛海). 땅과 바다. 세상 또는 우주라는 뜻.
9) 九霄(구소): 가장 높은 하늘. 또는 신선의 거처.

能變人間世,　　　　　인간 세상을 바꾸니
脩然是玉京.[11]　　　　자유로운 이곳이 바로 신선세계이어라

해설 팔월 보름의 달을 노래하였다. 달 자체에 대한 묘사를 억제하면서 달빛으로 달라진 풍경과 계절을 뛰어나게 묘사하였다.

장적(張籍)

계북에서 고향 생각하며(薊北旅思)[1]

日日望鄕國,　　　　　날마다 고향을 생각하며
空歌白紵詞.[2]　　　　부질없이 백저가를 노래하노라
長因送人處,　　　　　송별의 장소에 오래도록 있으니
憶得別家時.　　　　　집 떠나올 때가 생각나는구나
失意還獨語,　　　　　실의에 그저 혼자 중얼거리고
多愁祇自知.　　　　　시름이 많아도 알아주는 이 없어
客亭門外柳,[3]　　　　역참 문밖의 버드나무

---

10) 晶英(정영) : 빛.
11) 脩然(소연) : 구속 없이 자유로운 모양. ○玉京(옥경) : 도교에서 옥황상제가 산다고
　　 하는 곳.
 1) 薊北(계북) : 계주(薊州)를 가리킨다. 지금의 천진시 계현(薊縣) 이북 지역.
 2) 白紵詞(백저사) : '백저무가(白紵舞歌)'를 가리킨다. 백저(白紵)는 지금의 화동 지역인
　　 오 지방에서 나는 비단으로, 백저무 또한 오 지방의 춤이다. '자야사시가(子夜四時
　　 歌)'의 전신으로, 남조의 왕검(王儉)과 양 무제(梁武帝)의 「백저사」(白紵辭)는 인생의
　　 향락을 내용으로 하고 있다. 장적은 악부시에 정통했기 때문에 객지에서 백저가를
　　 연상하며 고향의 정취를 떠올렸다.
 3) 客亭(객정) : 성 밖 또는 동구 밖의 나그네를 보내는 정자.

折盡向南枝.⁴⁾　　　남으로 향한 가지 모두 꺾여있구나

평석 제5, 6구가 평범한 것은 중만당 시의 일반적인 병폐이다.(五六平平, 中晩通病.)

해설 변방의 계북 지방을 떠돌다 고향을 생각하며 지은 시이다. 낯선 객지에서의 고적한 심회를 담았다. 『장사업집』에 실린 첫 번째 시이다.

밤에 어부의 집에 이르러(夜到漁家)

漁家在江口,⁵⁾　　　어부의 집은 강어귀에 있어
潮水入柴扉.　　　조수가 사립문까지 밀려든다
行客欲投宿,　　　나그네가 묵고 가려고 들렀는데
主人猶未歸.　　　주인은 아직 돌아오지 않았어라
竹深村路遠,　　　대숲이 깊어 마을길 멀어 보이고
月出釣船稀.　　　달 떠올라 보이는 고깃배 드물어라
遙見尋沙岸,　　　멀리 바라보니 모래 언덕에 배를 대는 사람
春風動草衣.⁶⁾　　　봄바람에 도롱이가 흔들리는구나

평석 제3, 4구는 직접 말하는 어투로 자연스럽게 나왔다.(三四直白語, 以自然得之.)

해설 저물녘 어촌의 모습을 한 폭의 그림처럼 시각적으로 표현하였다. 성당 산수시의 영향이 농후하나 다만 결말이 약하여 운미가 떨어진다.

---

4) 折盡(절진) 구 : 헤어질 때 버드나무 가지를 꺾어주는데, 남쪽으로 향한 가지가 모두 꺾여 있다는 것은 헤어진 사람이 많다는 뜻이다.
5) 江口(강구) : 강어귀. 강물이 더 큰 강이나 바다로 흘러드는 어귀.
6) 草衣(초의) : 사의(蓑衣). 도롱이.

이하(李賀)

칠석(七夕)¹⁾

別浦今朝暗,²⁾	은하의 물가에선 오늘 아침 만난다는데
羅幃午夜愁.³⁾	비단 휘장 안에서 나는 한밤에 시름겨워
鵲辭穿線月,⁴⁾	바늘 실을 꿰는 밤에 까치가 달을 떠나고
花入曝衣樓.⁵⁾	옷을 말리는 누대에 꽃잎이 날아든다
天上分金鏡,⁶⁾	천상에선 금빛 거울 반으로 나뉘지만
人間望玉鉤.⁷⁾	사람들은 옥 갈고리 같은 달이 둥글기를 바라네

---

1) 七夕(칠석) : 음력 칠월 칠일 밤. 또는 이때 지내는 세시 행사. 전설에서는 천상의 은하수 양쪽에 사는 견우(牽牛)와 직녀(織女)가 일 년에 한 번 만나는 날이다.

2) 別浦(별포) : 이별의 포구. 즉 은하수를 가리킨다. 칠월 칠일에는 은하가 희미해진다는 속설이 있어 '어둡다(暗)'고 하였다.

3) 羅幃(나위) : 비단 휘장.

4) 穿線(천선) : 바늘귀에 실을 꿰다. 칠석날 밤 달빛 아래 바늘귀에 실을 꿰면서 직녀에게 바느질 솜씨가 뛰어나길 기원하는 '걸교'(乞巧) 풍속을 가리킨다. 그래서 칠석을 걸교절(乞巧節)이라고도 한다. 『서경잡기』(西京雜記)에 "한대 궁중의 채녀는 칠월 칠일이면 개금루에서 칠공침에 실을 꿰었다. 민간의 사람들이 모두 이를 따라 하였다."(漢彩女常以七月七日穿七孔針於開襟樓, 人俱習之.)는 기록이 처음 보인다. 또 남조 양 종름(宗懍)의 『형초세시기』(荊楚歲時記)에도 "칠월 칠일은 견우와 직녀가 만나는 밤이다. 이날 저녁에 민간의 여인들이 채루에 모여 칠공침에 실을 꿰며, 어떤 사람은 금은 또는 놋쇠로 바늘을 만들고, 정원 가운데 과일을 늘어놓고 바느질 솜씨가 뛰어나길 기원한다."(七月七日爲牽牛織女聚會之夜. 是夕人家婦女結彩縷, 穿七孔針. 或以金銀鍮石爲針, 陳瓜果於庭中以乞巧.)고 하였다. 칠석과 까치와의 연관은 『회남자』에서 "까치가 은하 속에 들어가 다리를 만들어 직녀를 건너게 한다"(烏鵲塡河以成橋而渡織女)는 기록이 보인다.

5) 曝衣(폭의) : 옷을 말리다. 칠석에는 옷과 책을 햇빛에 말리는 풍습이 있었다. 이 구는 앞 구와의 시간상의 비약이 심하므로 청대 여간(黎簡)은 꽃(花)이 아니라 반디(螢)가 날아든다고 고쳤다.

6) 金鏡(금경) : 금빛 거울. 달을 가리킨다. 음력 칠일이면 반달이어서 거울이 반으로 나뉜 형상이며, 파경(破鏡)의 의미를 빌려 남녀의 헤어짐을 비유한다.

7) 玉鉤(옥구) : 옥 갈고리. 역시 반달을 가리킨다. 반달은 다시 둥글어지므로 이를 통해

錢塘蘇小小,[8]　　　　　전당의 아리따운 소소소
又值一年秋.[9]　　　　　다시 한해를 기다려야 한다네

해설 칠석의 전설을 배경으로 인간 세상의 만남과 헤어짐을 그렸다. 옥
으로 빚은 듯한 시어로 청정하고 고결한 이미지를 만들어내었다. 특히
말 2구는 고음(苦吟)으로 얻어내었으나 그 흔적이 보이지 않는 천의무봉
의 시안(詩眼)으로 지극한 기다림을 시화하였다.

장호(張祜)

광무원에 올라(登廣武原)[1]

廣武原西北,　　　　　광무원 서북을 바라보니
華夷此浩然.[2]　　　　한족과 이족이 살고 있는 대지가 드넓어라
地盤山入海,　　　　　지세는 산을 따라 바다로 흘러들고
河繞國連天.[3]　　　　황하는 감돌아 성읍들이 하늘과 잇닿아 있어

　　남녀의 만남을 기원하였다.
8)　錢塘(전당) : 전당현. 지금의 절강성 항주시. ○蘇小小(소소소) : 남조 제(齊)나라 때
　　전당의 명기(名妓)이다. 여기서는 그리워하는 대상을 가리킨다.
9)　一年秋(일년추) : 일 년.
1)　廣武原(광무원) : 지금의 하남성 형양현(滎陽縣) 동북 광무산 위. 광무산은 두 봉우리
　　사이에 깊이 파인 계곡이 있는데 초한전 때 유방은 광무서산에 성을 쌓고 항우는
　　광무동산에 진지를 구축하였다. 그 거리는 약 이백 보에 불과했다. 완적(阮籍)이 여
　　기에 올라 "당시 영웅이 없어 어린 자식이 이름을 날렸군!"(時無英雄, 使豎子成名!)
　　이라 탄식한 곳으로도 유명하다.
2)　華夷(화이) : 중원의 한족과 동방의 민족. 여기서는 이들이 살고 있는 중국의 북방을
　　가리킨다.

遠樹千門色,[4]　　　멀리 보이는 숲 아래는 형양성의 집들이요

高檣萬里船.　　　높은 돛대는 만 리 멀리 흘러가는 배들이로다

鄕心日云暮,[5]　　　고향을 그리는데 날은 저물어

猶在楚城邊.[6]　　　여직도 초나라 성 옆에 서 있어라

평석 기백도 있고 필력도 있다.(有氣魄, 有筆力.) ○ 장호의 「금산시」는 가장 평범한데, 이 시로 이름을 얻었으니 정말로 이해하기 힘들다.(此公金山詩最爲庸下, 偏以此得名, 眞不可解.)

해설 황하가 보이는 광무원에 올라 광대한 공간과 장구한 시간을 상상하며 시인의 감회를 토로하였다. 제3, 4구는 웅혼한 기상을 잘 표현하였으며, 특히 말 2구는 첫 2구와 호응하여 자신이 이역에 있음을 시간의 격절로 나타내었다.

송정역에 적다(題松汀驛)[7]

山色遠含空,　　　산 빛은 멀리 하늘색을 머금고

蒼茫澤國東.[8]　　　수향의 동쪽은 창망하여라

海明先見日,　　　바다가 밝아오니 해가 먼저 보이고

---

3) 河繞(하요) 구 : 광무산 바로 북쪽에 황하가 동쪽으로 흐르고 있기 때문에, 이곳에 서서 바라보면 광대한 공간 속에 수많은 산들이 낮게 이어져 있는 모습을 볼 수 있다.

4) 千門(천문) : 천문만호(千門萬戶). 원래 궁성을 표현하는 말이나 여기서는 형양성을 가리킨다. 초한전 때의 왕성을 환기한다.

5) 日云暮(일운모) : 해가 저물다. 云(운)은 어조사로 어조를 고르는 역할을 할 뿐 뜻이 없다. 이러한 어휘가 『춘추좌전』이나 『시경』에 나오는 구법이라 관용적으로 사용되었다.

6) 楚城(초성) : 광무동산의 초왕성을 가리킨다.

7) 松汀(송정) : 미상. 시의 내용으로 보아 화동 지역에 있는 강과 호수가 보이는 높은 산중으로 추측된다.

8) 澤國(택국) : 소택지가 많은 고장. 수향(水鄕).

江白迥聞風.	강 물결이 희게 일어나니 먼 바람 소리 들린다
鳥道高原去,9)	토끼길이 고원에서 사라지고
人煙小徑通.	인가 몇에 사람만이 샛길을 오간다
那知舊遺逸,10)	어찌 알았으랴, 예전의 은사(隱士)가
不在五湖中!11)	오호(五湖)에 있지 않는 것을!

해설 바다가 가까운 곳의 산중에 은사를 찾으러 갔다가 만나지 못한 경력을 쓰고 있다. 송정역의 모습은 제5, 6구에서 직접적으로 묘사하고 있다. 산과 강호를 교차시키면서 전개하여 독특한 풍광을 그려내었다.

요합(姚合)

봄날 조회 - 유 기거에게 부침(春日早朝寄劉起居)1)

九衢寒霧斂,2)	아홉 갈래 거리에 안개가 걷히면
雙闕曙光分.3)	새벽빛을 가르며 쌍궐이 일어선다
彩仗迎春日,	울긋불긋한 의장은 봄날의 해를 맞이하고

---

9) 鳥道(조도) : 사람은 갈 수 없고 새만이 넘어 갈 수 있는 산속의 좁고 험한 길.

10) 遺逸(유일) : 천거되지 않은 재야의 선비. 은사(隱士).

11) 五湖(오호) : 화동 지방의 호수들. 다섯 군데 호수에 대해서는 역대로 여러 설이 있으나 일반적으로 태호(太湖) 주위의 호수를 가리킨다.

1) 劉起居(유기거) : 유관부(劉寬夫). 기거(起居)는 황제의 언행을 기록하는 기거사인(起居舍人) 또는 기거랑(起居郞)을 가리킨다. 유관부는 기거랑에 있었다.

2) 九衢(구구) : 여러 방향으로 통하는 거리. 번화한 도성의 거리를 말한다.

3) 雙闕(쌍궐) : 궁중의 문 양쪽에 서있는 망루. 일반적으로 한 쌍으로 되어 있으므로 쌍궐이라 한다. 대명궁에는 서봉궐(棲鳳闕)과 상란궐(翔鸞闕)이 있었다.

香煙接瑞雲.　　　향기로운 연기는 상서로운 구름에 이어진다
珮聲淸漏間,　　　쩔렁이는 패옥 소리 물시계 소리와 섞이고
天語侍臣聞.⁴⁾　황제의 성음을 시신들이 듣는구나
莫笑馮唐老,⁵⁾　풍당이 늙었다고 웃지 마시게
還來謁聖君.　　　돌아와 어지신 임금을 뵈올 터이니

해설 「봄날 조회」라는 제목으로 보내온 시에 대한 화답시로 보인다. 수도의 새벽 모습부터 시작하여 궁중의 아침 조회 장면을 그리고, 말미에서 자신의 심정을 표현하는 장법이 층차가 분명하고 조리가 있다. 아마도 외직으로 나갔다가 내직으로 궁에 들어가면서 지은 만년의 작품으로 보인다.

가도(賈島)

저녁에 산촌에 들러(暮過山村)¹⁾

數里聞寒水,　　　몇 리 밖의 시냇물 소리도 들리는
山家少四鄰.　　　산촌의 집은 이웃도 적어

---

4) 天語(천어) : 황제의 말. 기거랑은 황제의 말과 행위를 기록하므로 유기거의 직책을 환기한다.
5) 馮唐(풍당) : 서한 사람으로 효행으로 낭관이 된 후, 나이가 먹도록 승진하지 못하고 같은 직위에 있는 사람으로 잘 알려졌다. 청렴하며 문제(文帝)에게 운중군(雲中郡)의 일에 관련된 의견을 제시하여 해결한 것으로 유명하다. 여기서는 시인 자신을 가리킨다.
1) 山村(산촌) : 산촌의 집.

怪禽啼曠野,	기이한 새는 넓은 들에서 울고
落日恐行人.2)	떨어지는 해에 행인은 발걸음 재촉해
初月未終夕,	초승달은 밤이 다하기도 전에 지고
邊烽不過秦.3)	변방의 봉화는 장안까지 가지도 않는구나
蕭條桑柘外,4)	쓸쓸하여라, 뽕나무 조밀한 성읍에서 떨어진 이곳
煙火漸相親.	산촌의 연기와 등불이 점점 친근해지는구나

평석 '낙일'과 '초월'은 같은 평측으로 '평두'의 폐병을 범했다.('落日''初月', 平頭之病.)

해설 변방의 산촌에 들렀을 때, 여로의 적막한 모습과 내면의 고적감을 그려낸 시이다. 산촌을 찾아가는 과정을 낮부터 밤까지의 시간 속에 엮었다. 묘사하기 힘든 장면을 언외의 뜻으로 표현한 제3, 4구는 송대 구양수 등 역대 문인들이 상찬한 명구이다.

왕 장군에게(贈王將軍)5)

宿衛爐煙近,6)	황궁을 수비하며 궁궐 주위에 있다가

---

2) 심주 : 나중에 이동이 이를 전적으로 배웠다.(後李洞全學此種.)
3) 邊烽(변봉) : 변방의 봉화. 不過秦(불과진)은 수도 장안까지 미치지 못한다는 말로 전란이 없다는 뜻이다. 당시 문종(文宗)시기는 회흘이나 티베트와 강화를 맺고 있어 비교적 평온한 시기였다.
4) 桑柘(상자) : 뽕나무와 산뽕나무. 뽕나무의 총칭. 후대에는 인구가 조밀한 지역을 가리킨다. 桑柘外(상자외)는 사람이 많이 모여 사는 곳 바깥이란 말로 시인이 있는 변방의 산촌을 가리킨다.
5) 王將軍(왕장군) : 왕무원(王茂元). 복주(濮州) 사람으로 부친 왕서요(王棲曜)와 함께 중당시기 명장으로 알려졌다. 부친은 좌용무대장군, 검교예부상서에 이르렀다. 왕무원은 우신책장군, 검교공부상서, 광주자사, 영남절도사를 거쳐 충무군절도사, 하양절도사를 역임하였다.
6) 宿衛(숙위) : 궁중에서 숙직하며 경비를 담당함. 또는 황제를 경호하는 사람. 여기서는 후자. 왕무원은 궁궐의 수비와 황제의 호종 업무를 담당한 우금오위장군(右金吾

除書墨未乾,[7]	이제 막 새로운 제서를 받았어라
馬曾金鏃中,	말은 일찍이 황금 화살촉을 맞았고
身有寶刀瘢.	몸에는 보검의 상처가 있어라
父子同時捷,[8]	부친과 함께 전투에서 이기고 돌아와
君王畵陣看.	군왕께 진지를 그려가며 알려주었지
何當爲外帥,[9]	언제 임무를 맡아
白日出長安.	빛나는 태양 아래 장안을 떠날까

평석 중만당의 오률에도 가작이 많다. 그러나 창망한 기운이 없어 전대의 시인과 맞서기 어렵다. 이 작품은 그나마 가깝다.(中晩五律, 亦多佳制, 然蒼莽之氣不存, 所以難與前人分道. 此篇庶幾近之.)

해설 우금오위장군 왕무원이 영남절도사가 되어 장안을 떠날 때 써서 준 시로 보인다. 현재의 직책, 장군의 전공, 가문의 명성 등을 차례로 서술하고 말 2구에서 새로운 직무를 띠고 나서는 장군의 영광을 그렸다. 비록 상찬하는 시이나 상투성에 빠지지 않고, 엄정한 구법에 격을 세웠다.

산사에 묵으며(宿山寺)

衆岫聳寒色,[10]	뭇 산봉우리 차가운 하늘 아래 솟아있고

衛將軍)이 된 적이 있는데, 이를 가리킨다. ○爐煙(노연): 향로의 연기. 궁중의 향로에서 피어오르는 연기. 여기서는 황궁을 가리킨다.
7) 除書(제서): 관직을 수여하는 문서. 임명장. 여기서는 왕무원이 영남절도사에 제수된 일을 말한다.
8) 父子(부자) 구: 왕무원이 부친과 함께 황제의 상찬을 받았다는 뜻이다. 『구당서』에 "왕무원은 어려서부터 용맹과 지략이 있어, 부친을 따라 출정 다니며 유명해졌다"(茂元幼有勇略, 從父征伐知名.)는 기록이 있다.
9) 外帥(외수): 수도의 관리가 수도 밖으로 나가 임무를 수행함.

精廬向此分.[11]	사찰이 이들을 양편으로 나누고 있어라
流星透疎木,	흐르는 별은 성긴 나무 사이를 지나가고
走月逆行雲.[12]	달은 떠가는 구름을 거슬러 달린다
絶頂人來少,	산꼭대기라 찾아오는 사람 거의 없고
高松鶴不群.	높은 소나무 위에는 학 한 마리 있어
一僧年八十,	스님 한 분 나이 여든인데
世事未曾聞.	세상일은 일찍이 들은 적도 없단다

평석 가도의 시에 "가을바람 위수에 부니, 낙엽이 장안에 가득해라"는 구가 있는데 풍격이
무척 높다. 아쉽게도 그 시의 전편의 수준이 높지 않으니 여기에 채록하지 않는다.(長江有
"秋風吹渭水, 落葉滿長安"句, 風格頗高, 惜通體不稱, 故不全錄.)

해설 산속의 절에 묵으며 본 산사의 모습과 적막을 묘사한 시이다. 사람
의 발길이 닿지 않는 고적한 모습을 묘사하는데 뛰어난 가도의 특기가
잘 발휘되었다. 특히 제3, 4구는 인상적인 장면을 눈앞에 끌어와 섬세하
게 부각시키는 중만당 시의 특징이 잘 구현된 것으로 역대로 사람들 입
에 회자되었다. 비록 절의 분위기와 만난 스님에 대한 것이지만, 가도 자
신의 정신적 자화상을 그렸다고 할 수 있다.

---

10) 衆岫(중수) : 여러 산봉우리.
11) 精廬(정려) : 정사(精舍). 절.
12) 심주 : 흘러가는 구름을 따라가면 달은 보이지 않는다. 뛰어난 점은 전적으로 '역'자
에 있다.(順行雲則月隱矣, 妙處全在逆字.)

주하(周賀)

장안에서 사람을 보내며(長安送人)

上國多離別,[1]	도읍지라 이별이 많아
年年渭水濱.	해마다 찾아오는 위수의 강가
空將未歸意,	하릴없이 돌아가려는 뜻 이루지 못할 듯한데
說向欲行人.[2]	말을 나누다 보니 내가 행인이 된 듯하네
雁度池塘月,	기러기는 고향의 연못가 달을 지나가고
山連井邑春.[3]	산은 이어져 정읍의 봄에 닿으리
臨岐惜分手,	갈림길에서 헤어짐을 아쉬워하나니
日暮一霑巾.	해 저물녘에 수건을 온통 적시는구나

해설 장안 남쪽 위수 강가에서 고향으로 돌아가는 사람을 전송하며 쓴 시이다. 제3, 4구는 석별의 장소에서 일어나는 감회를 썼고, 제5, 6구는 고향의 모습을 상상하여 표현하였다. 다른 판본에는 제목이 「고향 사람을 보내며」(送鄕人)라 되어 있다.

---

1) 上國(상국) : 도읍.

2) 說向(설향) 구 : 다른 판본에는 '欲說向行人'이라 되어있는데, "행인에게 말을 부치려 하다"는 뜻으로 의미가 더 명확하다.

3) 井邑(정읍) : 성읍(城邑). 마을. 이 말은 『주례』「소사도」(小司徒)의 "아홉 장정이 모여 일 정(井)이 되고, 사 정이 모여 일 읍(邑)이 된다"(九夫爲井, 四井爲邑)는 말에서 나왔다.

이덕유(李德裕)

평석 이덕유는 가난한 선비를 발탁하는데 모든 힘을 쏟았다. 애주사호로 폄적되어 남으로 갈 때 어떤 사람의 시에 "한미한 선비 팔백 명이 함께 눈물 흘리니, 다 같이 고개 돌려 애주 쪽 바라본다"고 하였다.(德裕引拔寒素, 不遺餘力. 及謫官南去, 或有詩曰 : "八百孤寒齊下淚, 一時廻首望崖州." 卽汲引一端, 可以知其生平矣.) ○ 그 문장론에 "시문은 비유하면 해와 달 같아야 하니, 예부터 지금까지 언제나 볼 수 있으면서 그 빛은 언제나 새롭다"고 하였다. 이는 지극히 뛰어난 이론이다.(其論文云 : "譬如日月, 終古常見而光景常新." 斯爲至論.)

가을날 군 성루에 올라 찬황산을 바라보며
감흥이 있어 읊다(秋日登郡樓望贊皇山, 感而成詠)[1]

昔人懷井邑,	옛 사람들은 고향이 그리워도
爲有挂冠期.[2]	공훈을 세우고서야 벼슬을 버리고 갔다지
顧我飄蓬者,	나를 돌아보니 구르는 쑥대같아
長隨泛梗移.[3]	오래도록 물에 뜬 나뭇가지처럼 헤매었지
越吟因病感,[4]	자주 병이 들어 고향의 노래를 읊조리고

---

1) 郡樓(군루) : 주(州)의 성루. 여기서는 동군(東郡, 하북성 滑縣) 성루를 가리킨다. ○ 贊皇山(찬황산) : 하북성 조현(趙縣) 소재의 산. 작가의 고향이다.

2) 挂冠(괘관) : 벼슬을 버리고 은거함. 서한 말기 봉맹(逢萌)이 낙양 성문에 예관과 관복을 걸어두고 가족을 데리고 요동(遼東)으로 간 데서 유래하였다.

3) 泛梗(범경) : 물에 떠 있는 나뭇가지. 불안정한 처지를 비유한다. 소진(蘇秦)이 맹상군에게 유세하면서 흙 인형과 복숭아 나뭇가지 사이의 대화를 통해 지위가 낮은 사람의 처지를 '범경'에 비유하였다. 『전국책』 「제책」(齊策) 참조.

4) 越吟(월음) : 고향을 생각하며 부르는 노래. 월나라 사람 장석(莊舃)이 초나라에 가서 현달했으면서도 월나라를 잊지 못하여 월나라의 노래를 불렀다는 고사에서 유래하였다. 초왕(楚王)이 "장석은 월나라 사람인데, 지금도 월나라를 그리워하는가?"라고 물었다. 중사(中使)가 대답하기를 "사람은 병이 들면 고향을 그리워하기 마련입니다.

潘鬢入秋悲. [5]　　반악처럼 머리가 희어져 가을을 슬퍼한다

北指邯鄲道, [6]　　북으로 한단 가는 길을 가리키니

應無歸去期.　　다시 돌아올 기약 언제일지 몰라라

평석 하나의 기운으로 단숨에 내려가면서 문장을 쓰는 방법으로 시를 만들었으니, 작은 기교를 부리는 사람은 이 방법을 모른다.(一氣直下, 以行文之法成詩, 小家數不解辦此.)

해설 자신의 환유(宦遊)생활을 서술하고 고향에 대한 그리움을 표현하였다. 송대 조명성(趙明誠)은 『금석록』에서 이 시를 830년(44세)에 지은 것으로 판단하였다. 이때는 시인이 활주자사 겸 의성절도사로 재직할 때이다. 마음속에 은거를 생각하고 있으나 오히려 공업을 이루기 전에는 돌아가지 않는다는 추구가 더 강렬하다.

검문에 적다(題劍門) [7]

奇峰百仞懸,　　기이한 봉우리가 백 길 높이로 걸려있어

장석이 월나라를 그리워한다면 월나라 노래를 읊을 것이요, 월나라를 그리워하지 않는다면 초나라 노래를 읊을 것입니다"고 하였다. 이에 왕이 사람을 시켜 알아보니 과연 장석은 월나라 노래를 읊고 있었다. 『사기』「장의열전」(張儀列傳)에 나온다.

5) 潘鬢(반빈) : 반악(潘岳)의 귀밑머리. 젊음이 쉽게 사라짐을 비유한다. 서진의 문인 반악은 나이 32세에 이미 귀밑머리와 머리카락이 반백이 되었다. 반악의 「추흥부」서문에 나온다.

6) 邯鄲(한단) : 자주(磁州)의 속현. 지금의 하북성 한단시. 시인이 있는 활주에서 고향 조군으로 가려면 이곳을 거쳐야 한다.

7) 劍門(검문) : 검문산(劍門山). 대검산(大劍山) 또는 양산(梁山)이라고도 한다. 지금의 사천성 검각현(劍閣縣) 동북에 소재. 검문산은 동서로 이백여 리 이어져 있으며 예부터 관중에서 촉 지방으로 들어가는 요도였다. 산의 중간에 갈라진 부분이 있는데 양쪽에 절벽이 구름 속으로 치솟아 있는 모습이 마치 검으로 세워진 문과 같아 검문이라 하였다. 삼국시대 제갈량이 북벌을 하러 이곳을 지나가면서 관문을 설치하여 검문관(劍門關)이라 하였다.

清眺出嵐煙.[8]	멀리 바라보니 남기(嵐氣)가 흘러나와
逈若戈回日,[9]	아득하기는 창이 되어 태양을 되돌릴 듯하고
高疑劍倚天.	높기는 칼이 하늘에 기대어 있는 듯해라
參差霞壁聳,[10]	들쭉날쭉 붉은 벽들이 솟아있고
合沓翠屛連.[11]	올망졸망 비취 병풍이 이어져 있어
想是三刀夢,[12]	바란 것은 칼 세 자루 꿈에 익주자사 되는 일
森然在目前.	지금 바로 눈앞에 뚜렷이 서있네

해설 830년 11월 활주자사에서 검남서천절도사로 전직되어 현지로 부임하면서 쓴 시이다. 같은 때 지은 「검각명」(劍閣銘)도 남아있다. 검각의 웅위한 모습을 묘사하고 자신의 포부까지 비추어내었다.

---

8) 嵐煙(남연) : 남기(嵐氣). 산속에 생기는 가느다란 안개. 푸른색을 띠고 있어 청람(嵐嵐)이라고도 한다.

9) 戈回日(과회일) : 창으로 태양을 되돌리다. 『회남자』 「남명훈」(覽冥訓)에 춘추시대 초나라 노양공(魯陽公)이 전투를 마저 끝내기 위해 창으로 지는 해를 잡아 되돌렸다는 이야기가 있다. 오늘날에는 일반적으로 노과회일(魯戈回日), 노양휘과(魯陽揮戈)라 하여 위기의 상황을 되돌리려 한다는 의미로 사용한다. 여기서는 검각의 봉우리가 태양에 이를 만큼 높다는 뜻으로 사용하였다.

10) 霞壁(하벽) : 붉은 색 벽.

11) 合沓(합답) : 중첩되거나 모여 있는 모양.

12) 三刀夢(삼도몽) : 칼 세 자루의 꿈. 승진을 의미한다. 서진의 왕준(王濬)이 꿈을 꾸었는데 칼 세 자루가 방안의 들보에 걸려있었다. 조금 후 다시 칼 한 자루가 더해졌다. 왕준이 놀라 잠에 깨어나 이를 무척 껄끄럽게 생각하였다. 이때 주부 이의(李毅)가 축하하며 말하였다. "칼 세 자루는 州(주) 자이고(古字는 刕) 또 한 자루가 더해졌으니 이는 더한다는 뜻의 益(익) 자입니다. 현령께서는 익주(益州)로 부임하신다는 뜻이 됩니다." 과연 왕준은 익주자사가 되었고 결국 오나라를 정벌하는 공을 세웠다. 『진서』 「왕준전」(王濬傳)에 나온다.

장효표(章孝標)

농가(田家)

田家無五行,[1]	농가에서는 오행이 무엇인지도 몰라
水旱卜蛙聲.[2]	물이 가물면 개구리 울음으로 점을 치지
牛犢乘春放,	봄이 왔으니 송아지 풀어주고
兒孫候暖耕.	따뜻해지니 아이 손자들 밭을 간다
池塘煙未起,	연못에는 아직 아지랑이 일어나지 않는데
桑柘雨初晴.	뽕나무에 비 지나가고 이제 막 개었다
歲晚香醪熟,[3]	연말에 담은 탁주가 익어
村村自送迎.	마을마다 서로 보내고 맞이하네

평석 첫 구에 '無'(무)자는 '모른다'로 새긴다. 전편이 소박하고 적절하다.(首句'無'字作不識意解. 通體村朴稱題.)

해설 봄이 오는 농가의 생기 있는 모습을 그렸다. 기후와 인사와 자연 등 여러 측면에서 전형적인 장면들을 뽑고 마지막 제7, 8구에서 이들을 하나의 혼융한 모습으로 그려내었다.

---

1) 五行(오행) : 오행. 여기서는 오행으로 길흉화복을 예측하는 점술가.
2) 卜蛙聲(복와성) : 개구리 울음소리로 날씨를 예측하다.
3) 醪(료) : 탁주.

이상은(李商隱)

평석 이상은의 오언율시는 전고가 지나치게 많아 성령을 잃고 있으니, 여기서는 특히 풍격이 있는 몇 편만 보이기로 한다.(義山五言近體, 徵引過多, 性靈轉失, 玆特取有風格者數章.)

하청에서 조씨 형제의 술자리에 모여,
두보를 본떠 지음(河淸與趙氏昆季燕集, 擬杜工部)[1]

勝槪殊江右,[2]	뛰어난 풍광이지만 강남과 다르고
佳名逼渭川.[3]	하청(河淸)이란 좋은 이름은 위천(渭川)과 비슷하다
虹收靑嶂雨,[4]	무지개 뜨자 푸른 산의 비가 걷히고
鳥沒夕陽天.	새는 석양의 하늘을 자맥질한다
客鬢行如此,[5]	나그네도 장차 새와 같이 멀리 가려는데
滄江坐渺然.	창파 출렁이는 강이 아득히 펼쳐졌구나
此中眞得地,[6]	이 가운데 참으로 좋은 곳이 있으니
漂蕩釣魚船.[7]	고깃배에서 낚시하며 흔들거릴 만하네

---

1) 河淸(하청) : 하남부(河南府)의 속현으로 황하에 면해 있었다. ○ 趙氏昆季(조씨곤계) : 조씨 형제. 송대 유몽득(劉夢得)은 이상은의 다른 시에 나오는 복야(僕射)의 문객들인 조축(趙祝)과 조석(趙晳) 등으로 보았으나 근거가 약하다. ○ 燕集(연집) : 연회에 모이다. ○ 杜工部(두공부) : 두보.

2) 勝槪(승개) : 풍경이 뛰어나다. ○ 江右(강우) : 장강의 동쪽. 강남. 지금의 화동 지역. 이 구는 하청의 하(河)에 대한 의견으로, 풍광이 강남과 다르다는 뜻이다.

3) 渭川(위천) : 위수. 이 구는 하청의 청(淸)에 대한 해석으로, 장안을 흐르는 위수가 항상 맑다고 하지만, 그 이름에서 청(淸)이 들어간 하청도 그에 못지않게 좋다는 뜻이다.

4) 靑嶂(청장) : 병풍처럼 세워진 푸른 산.

5) 客鬢(객빈) : 나그네의 머리카락. 여기서는 나그네. 시인 자신을 가리킨다. ○ 行(행) : 장차.

6) 得地(득지) : 적절한 곳을 찾음.

7) 漂蕩(표탕) : 물 위에서 흔들거림.

평석 시의 풍격으로 뛰어날 수 있었다.(能以格勝.)

해설 행역을 나가면서 차린 술자리 또는 행역 도중의 술자리에서 황하의 풍광을 그리고 자신의 감정을 술회하였다. 하청은 시인의 고향인 회주(懷州)와 가까운 곳이어서 더욱 정감이 배인 곳으로 보인다. 뚜렷한 골격 속에 감회가 스며들어 있어 두보의 격을 얻었다고 할 수 있다.

매미(蟬)

本以高難飽,[8]	본디 청고한 탓에 배부르기 어려워
徒勞恨費聲.	헛되이 수고하며 힘들여 소리 지르는구나
五更疎欲斷,	새벽 오경이 되면서 목이 쉬어 끊어질 듯한데
一樹碧無情.[9]	나무는 동정심도 없이 온통 푸르기만 해라
薄宦梗猶泛,[10]	미관말직이라 물에 뜬 나뭇가지처럼 떠도는데
故園蕪已平.[11]	고향의 동산은 잡초가 우거져 덮여 있으리
煩君最相警,	번거롭게도 그대 나에게 귀향하라고 알려주나
我亦擧家淸.	나 또한 집안이 가난해 그럴 수 없다네

해설 처절하게 울면서도 이슬을 먹고 사는 매미에서 청빈 속에 고결함을

---

8) 高(고) : 청고(淸高). 고결(高潔). 『오월춘추』에 "가을 매미는 높은 나무에 올라 맑은 이슬을 마시며, 바람에 따라 흔들리며 길게 읊조리고 슬프게 운다"(秋蟬登高樹, 飮淸露, 隨風搖搖, 長吟悲鳴.)고 하였기에 나무의 높은 곳이란 뜻으로 풀이할 수도 있으나, 여기서는 배부르지 않는 이유와 연관되므로 고결하다고 해석함이 적절하다.

9) 심주 : 매미가 지닌 정신적 면을 취하였다.(取題之神.)

10) 薄宦(박환) : 낮은 관직. 『남사』(南史) 「도잠전」(陶潛傳)에 "도연명은 이십대에 낮은 관직에 있으면서 거취를 따지지 않았다"(潛弱年薄宦, 不絜去就之跡.)는 말이 있다.
○ 梗猶泛(경유범) : 나뭇가지가 아직도 물에 떠 있다. '물에 뜬 나뭇가지'는 객지에서 벼슬살이함을 비유한다.

11) 蕪已平(무이평) : 잡초가 우거진 결과 풀들이 같은 높이로 자라 평평하게 보이다.

추구하는 시인 자신의 모습을 비유하였다. 청고한 탓에 낮은 직책으로 떠돌고, 노력하나 누구도 동정하지 않는 운명을 그렸다.. 매미와 시인의 모습이 번갈아가며 교착되는 구법은 역대로 칭송되었다. 자신의 처지를 매미에 비기는 전통은 초당의 우세남(虞世南)과 낙빈왕(駱賓王)에서 이어져와 그 맥락을 잇고 있다.

영호 사인이 어젯밤 중서성에서 달을 감상하셨다기에 농으로 지어 드림(令狐舍人說昨夜西掖玩月, 因戱贈)[12]

昨夜玉輪明,	어젯밤 옥 굴레가 밝아
傳聞近太淸.[13]	천궁에 가까이 갔다고 말씀하셨지
凉波衝碧瓦,	차가운 물결이 파란 유리기와에 부딪치고
曉暈落金莖.[14]	새벽 달무리가 승로반에 떨어졌다지
露索秦宮井,[15]	두레박줄이 놓인 진나라 궁중의 우물
風絃漢殿箏.	바람이 스치고 가는 한나라 전각의 쟁(箏)
幾時綿竹頌,[16][17]	그 언제 「면죽송」을 읊어 양웅을 천거하고
擬薦子虛名.[18][19]	「자허부」를 쓴 사마상여를 천거하시나요?

---

12) 令狐舍人(영호사인) : 영호도(令狐綯). 849년 중서사인이 되었다. ○ 西掖(서액) : 중서성. 당대 궁궐에서 정궁 선정전을 중심으로 동쪽에 문하성이 있고 서쪽에 중서성이 있었다. 그래서 문하성을 좌액(左掖) 또는 동액(東掖)이라 하고, 중서성을 우액(右掖) 또는 서액이라 하였다.

13) 太淸(태청) : 가장 높은 하늘. 도교에서 말하는 옥청(玉淸), 상청(上淸), 태청(太淸)의 세 하늘 가운데 태청이 가장 높다.

14) 金莖(금경) : 승로반(承露盤)을 떠받치는 구리 기둥. 여기서는 승로반.

15) 露索(노색) : 노천 우물의 두레박 줄.

16) 심주 : 「면죽송」은 양웅의 작품으로 양장이 성제 앞에서 음송하였다.(綿竹頌, 揚雄作, 楊莊誦於成帝.)

17) 綿竹頌(면죽송) : 서한 양웅이 지은 작품. 성제 때 직숙랑 양장이 이 문장을 음송하자 성제가 "사마상여의 문장과 비슷하군"이라고 말하였다. 이에 양장이 "아닙니다. 소신이 살던 읍의 양웅이 지었습니다"고 대답하였다. 이에 성제가 양웅을 불러 황문시랑으로 삼았다.

해설 궁중에 뜬 달을 빌어 자신을 천거해 줄 것을 바란 시이다. 제2구의 '천궁'은 높은 하늘로 중서성을 암시한다. 중간의 4구는 곧 제목에서 말하는 완월의 내용으로, 영호도의 높은 지위를 나타낸다. 말미에서 자신을 천거해달라는 뜻을 드러냈다. 다만 그 뜻을 너무 노골적으로 드러낸 점이 아쉽다.

낙화(落花)

高閣客竟去,	높은 누각에 손님들 모두 돌아가자
小園花亂飛.	작은 정원에 꽃들 어지러이 날려라
參差連曲陌.[20]	들쭉날쭉 굽이진 오솔길에 이어지고
迢遞送斜暉.[21]	멀리 비낀 노을을 보내는 듯해
腸斷未忍掃,	애간장이 끊어져 차마 쓸지 못하겠는데
眼穿仍欲歸.[22]	간절히 바라보아도 그래도 흙으로 돌아가네
芳心向春盡,	향기로운 마음은 봄을 따라 다하니
所得是沾衣.	하는 일이라곤 옷을 적시는 일 뿐

평석 이 제목의 시는 처연해지기 쉬운데, 여기서는 구태의연한 표현이 없다.(題易粘膩, 此能掃却臼科.)

---

18) 심주: 「자허부」는 사마상여의 작품으로, 구감 양득의가 무제에게 지은이의 이름을 알려주었다.(子虛賦, 司馬相如作, 狗監楊得意表其名於武帝.)
19) 子虛(자허) : 사마상여가 지은 「자허부」. 촉 지방 출신 양득의는 개를 관리하는 구감(狗監)이었는데, 무제가 「자허부」를 읽으며 칭찬하자 "소신이 살던 읍의 사마상여가 이 부를 지었다고 합니다"고 말하였다. 이에 무제가 사마상여를 궁으로 불렀다.
20) 曲陌(곡맥) : 굽이진 오솔길.
21) 迢遞(초체) : 迢遆(초체)라고도 쓴다. 먼 모양. 아득히. 멀리.
22) 眼穿(안천) : 뚫어질 듯 바라보다. 간절히 기대하다는 뜻.

해설 떨어지는 꽃을 보고 상심한 시이다. 같은 시제의 다른 시와 달리 아름다움의 소멸에 대한 미망과 아쉬움이 한껏 어우러진 명편이다. 말구의 沾衣(첨의)는 꽃잎이 옷에 물드는 것인지 눈물로 옷을 적시는 것인지 분명하지 않다. 앞의 「매미」에서 매미를 묘사하기보다는 매미를 통해 자신을 표현하였듯이, 낙화를 썼지만 오히려 낙화를 바라보는 자신의 마음을 그렸다.

진나라 후궁(陳後宮)[23]

茂苑城如畫,[24]	무원(茂苑)의 성채는 그림 같고
閶門瓦欲流.[25]	창합문의 기와 유약은 줄줄 흐를 듯해
還依水光殿,[26]	게다가 수광전 옆
更起月華樓.	다시 올린 월화루
侵夜鸞開鏡,[27]	밤이 되면 난새 새겨진 거울을 열고
迎冬雉獻裘.[28]	겨울이 되면 꿩 머리 털로 짠 가죽옷을 바친다지

---

23) 陳(진) : 남조의 마지막 왕조로, 존속 기간은 557~589년이다.

24) 茂苑(무원) : 고대 정원의 이름으로 장주원(長洲苑)이라고도 한다. 지금의 강소성 오현(吳縣) 태호 북쪽에 소재. 좌사(左思)의 「오도부」(吳都賦) 참조. 여기서는 궁중의 화원을 통칭한다.

25) 閶門(창문) : 창합(閶闔). 전설에 나오는 천계에 있는 궁궐의 문. 여기서는 궁문을 가리킨다.

26) 水光殿(수광전) : 궁전 이름. 다음 구의 월화루와 마찬가지로 실제의 전각이나 누각이라기보다는 궁중 속의 일부를 가리킨다.

27) 侵夜(침야) : 入夜(입야)와 같은 뜻. 밤이 되다. ○ 鸞開鏡(난개경) : 開鸞鏡을 도치하였다. 난새가 새겨진 거울을 열다.

28) 雉獻裘(치헌구) : 獻雉裘를 도치하였다. 雉裘는 꿩 머리 떨로 짠 호화로운 옷으로, 일반적으로 호액(狐腋, 여우 겨드랑이)으로 만든 옷과 함께 사치스러운 생활 용품을 형용한다. 『진서』 「무제기」에 서진 초기인 278년, "태의 사마정거(司馬程據)가 꿩 머리 털로 짠 가죽옷을 바치자 무제는 기이한 복식은 전례에서 금하는 것이라며 전각 앞에서 불태웠다"(太医司馬程據獻雉頭裘, 帝以奇技異服典禮所禁, 焚之於殿前.)는 기록이 있다.

從臣皆半醉,　　　　신하들은 모두 반쯤 취해있고
天子正無愁.[29]　　　천자도 마침 아무런 근심이 없어

평석 무원은 대성 안에 있는 것으로, 오나라 성(城)의 무원이 아니다. 창합문도 마찬가지이다. 두 곳은 남조 유송과 제나라 때 축조하였다. 월화루는 곧 진후주가 지은 건물이다.(茂苑在臺城內, 非吳城之茂苑也. 閶闔門亦然. 二處宋齊所建. 月華樓乃陳後主所建.)

해설 남조 진나라의 사치스러운 생활을 통해 당대 현실을 비판한 시이다. 진 후주(陳後主) 진숙보(陳叔寶)는 대대적으로 궁실을 축조하고 금은보화로 장식한 후 행락을 일삼느라 정사를 소홀히 하였다. 총비 이외에 강총(江總)과 공범(孔范) 등 열 사람이 함께 어울렸는데 이들을 '압객'(狎客)이라 하였다. 먼저 여덟 명의 여인이 채색 종이를 접어 오언시를 짓게 한 후, 이어서 열 명의 압객이 화답하게 하였는데, 이때 늦게 지으면 벌주를 마시게 하였다. 임금과 신하가 저녁부터 새벽까지 술을 마셨는데, 이를 당연시하였다. 진나라는 곧 수나라에 망하였다. 시인이 생존하던 때의 경종(敬宗)도 "수시로 행락을 즐겼으며 궁실을 짓기 좋아하였기에"(遊幸無常, 好治宮室) 이를 경계한 것으로 본다. 말 2구는 비록 진나라가 아니라 북제(北齊)와 관련된 전고이나, 의미 맥락에서 변화를 주어 상통시켰다고 할 수 있다.

---

29) 無愁(무수): 근심이 없다. 여기서는 북제(北齊)의 후주(後主)를 가리킨다. 후주 고위(高緯)는 어리석고 황음무도하였는데 일찍이 「무수곡」(無愁曲)을 짓고는 스스로 비파를 타면서 노래하니 민간에서는 '무수천자'(無愁天子)라 불렀다. 그 곡조가 슬퍼 울지 않는 사람이 없었다고 한다.

정대유 은거처에 적다(題鄭大有隱居)[30]

結構何峰是?[31]	얽어 만든 집은 어느 봉우리에 있는가?
喧閑此地分.[32]	소란함과 한가함이 여기서 갈리네
石梁高瀉月,	높다란 돌다리엔 달빛이 쏟아지고
樵路細侵雲.	나무꾼 오솔길은 구름으로 이어졌네
偃臥蛟螭室,	교룡의 굴에서 눕고
希夷鳥獸群.[33]	새와 짐승의 무리 속에서 뒤섞이는구나
近知西嶺上,	요즘에 알겠나니 서쪽 고개 위에선
玉管有時聞.[34]	때로 신선이 부는 옥 생황 소리가 들려옴을

해설 정대유의 은거지의 벽에 쓴 시로, 은거지의 위치와 그의 정신적 세계를 칭송하였다. 첫 2구는 도연명의 「술을 마시며」(飮酒) 제5수의 "사람 사는 마을에 초막을 지었으나, 수레와 말이 오가는 소란스러움이 없다" (結廬在人境, 而無車馬喧.)는 구절을 연상시킨다. 말 2구에서 상대방을 신선 왕자교에 비유하였다.

---

30) 鄭大有(정대유) : 청대 풍호(馮浩)는 정전(鄭畋)으로 보았다. 정전은 18세에 진사과에 급제하고 22세에 서판발췌과에 급제하여 위남위(渭南尉)가 되었다. 나중에 재상이 되었다. 그가 은거한 때는 위남위 임기가 끝난 849년 이후로 이상은은 이때 경조연 조(京兆掾曹)와 태학박사로 있을 때이다. 그러나 정전은 배항이 첫 번째로 정대(鄭大)로 할 수 있으나, 불필요한 유(有)자가 있는 것으로 보아 다른 사람일 가능성도 있다.

31) 結構(결구) : 연결하고 얽어 방을 만들다.

32) 喧閑(훤한) : 소란함과 한가함.

33) 希夷(희이) : 비어 있으면서 현묘하다. 『노자』에 "보아도 보이지 않는 것을 '이'라 하고 들어도 듣지 못하는 것을 '희'라 한다"(視之不見名曰夷, 聽之不聞名曰希.)는 말에서 나온 것으로, 색도 없고 소리도 없는 청정한 세계를 말한다.

34) 玉管(옥관) : 옥 생황. 말 2구는 낙양과 숭산의 중간에 있는 구씨산(緱氏山)의 왕자교(王子喬) 사당을 환기한다. 왕자교는 이곳에서 신선이 되어 백학을 타고 하늘에 올랐다고 한다. 왕자교는 생황을 잘 불어 봉황의 울음을 내었기에 이를 가리킨다.

맑게 갠 저녁(晚晴)

深居俯夾城,[35]	옹성이 내려다보이는 깊은 곳
春去夏猶淸.	봄이 가고 초여름이 오니 맑고 좋아라
天意憐幽草,	하늘은 그윽한 풀을 사랑하사
人間重晚晴.	인간 세상에 다시 맑게 갠 저녁을 주셨어라
倂添高閣迥,	더불어 높은 누각에서 멀리 보도록 하고
微注小窓明.	얇은 빛으로 작은 창문을 밝게 비치는구나
越鳥巢乾後,[36]	남방의 새는 둥지가 마른 후라
歸飛體更輕.	돌아가는 날갯짓에 몸이 더욱 가벼워라

해설 초여름의 맑게 갠 저녁을 노래하였다. 자신을 그윽한 풀(幽草)이나 새(越鳥)에 비유하여 신세를 토로하면서 자연의 조화 속에서 위안을 얻고 있다. 제3, 4구는 경물을 보고 저절로 튀어나온 명구로 역대로 애송되었으며, 제5, 6구는 이상은 시의 특징이자 만당시의 특징이라 할 수 있는 섬세함이 잘 드러났다.

가는 비(細雨)

蕭灑傍回汀,[37]	굽이진 물가 옆에서 흩뿌리다가

---

35) 深居(심거) : 세상에서 떨어진 후미지고 조용한 곳. ○ 夾城(협성) : 양쪽으로 높은 벽담을 세운 통로. 여기서는 성문을 이중으로 만든 옹성(甕城). 협성이 내려다 보인다는 말로 거처하는 곳이 높음을 알 수 있다.
36) 越鳥(월조) : 월 지방의 새. 남방의 새. 한대 '고시십구수' 중의 「걷고 걸어 또 쉬지 않고 걸어가니」(行行重行行)에 "북방에서 온 말은 북풍을 그리워하고, 남방에서 온 새는 남쪽가지에 둥지를 튼다"(胡馬依北風, 越鳥巢南枝.)는 말이 있어, 일반적으로 타지에서 고향을 그리워하는 뜻으로 사용한다.
37) 蕭灑(소쇄) : 가는 비가 뿌리는 모습. ○ 回汀(회정) : 굽이진 물가의 평지.

依微過短亭.³⁸⁾	스치는 듯 역참을 지나간다

依微過短亭.[38] 　스치는 듯 역참을 지나간다

氣凉先動竹, 　기운 서늘히 먼저 대숲을 움직이다가

點細未開萍. 　점점이 가늘어 부평을 흔들지도 못하네

稍促高高燕, 　제비가 높이 날도록 조금 재촉하더니

微疎的的螢.[39] 　한 점 한 점 반딧불을 약간 흩어지게 한다

故園煙草色, 　고향의 동산에 덮인 무리 진 풀빛은

仍近五門青.[40)41)] 　지금도 궁문의 푸른색과 비슷하리라

해설 이슬비 내리는 풍경을 섬세하게 그렸다. 제1, 2구에서 원경을 묘사한 후, 제3, 4구에서는 근경의 정태를, 제5, 6구에서는 근경의 동태를 각기 그렸다. 말 2구에서 우중에 떠오르는 고향 생각을 궁성을 배경으로 가볍게 덧보탰다. 역대로 제3구를 높이 치는 경우가 많았다. 제5, 6구에서 이상은의 특징인 섬세한 묘사가 돋보인다.

장 수재의 「낙화 유감」에 화답하며(和張秀才落花有感)

晴暖感餘芳, 　화창한 날에 짙은 향기 내뿜으며

紅苞雜絳房. 　붉은 꽃들 속에 진홍 꽃이 어우러졌어라

落時猶自舞, 　떨어질 때가 되자 절로 춤을 추더니

---

38) 依微(의미) : 희미한 모습. ○短亭(단정) : 행인들이 쉬거나 유숙하는 장소로 일종의 소규모의 역참. 고대에는 십리마다 장정(長亭)을 두고, 오리마다 단정(短亭)을 세웠다.

39) 的的(적적) : 밝고 선명한 모양. 남조 양(梁) 간문제(簡文帝)의 「곽신을 잃고」(傷郭新)에 "흐릿하게 달빛이 떠오르고, 뚜렷하게 밤 반디가 난다"(朧朧月色上, 的的夜螢飛.)는 말이 있다.

40) 심주 : 『예기』 주에 "천자의 다섯 문은 고문(皐門), 치문(雉門), 고문(庫門), 응문(應門), 노문(路門)이다"고 하였다.(禮記注 : "天子五門, 皐、雉、庫、應、路也.)

41) 五門(오문) : 고대 궁정에는 오문을 설치하였는데, 밖에서부터 고문(皐門), 고문(庫門), 치문(雉門), 응문(應門), 노문(路門)이라 하였다. 여기서는 궁문을 가리킨다.

掃後更聞香.	쓸고 난 후에도 더욱 향기 짙어라
夢罷收羅薦,[42]	꿈에서 깨어나 비단 자리를 거두는 것 같고
仙歸敕玉箱.[43]	선녀가 돌아가려고 옥 가마를 채비하는 듯
廻腸九廻後,[44]	이를 보매 애간장이 아홉 번이나 뒤틀리는데
猶有剩廻腸.	아직도 그보다 더한 슬픔 남아있어라

해설 찬란하고 선연한 꽃들이 시들어 떨어지는 모습과 이를 바라보는 감성을 읊었다. 제3, 4구는 낙화의 모습과 향기를 묘사하고, 제5, 6구는 섬세한 비유로 아름다운 꽃의 소멸을 형상화하였다. 이 시는 비단 낙화의 애석함과 안타까움을 노래하였을 뿐만 아니라, 시간의 짧음과 자신의 처지에 대한 감개도 섞여 있어, 낙화를 통해 인생도 함께 들여다보고 있다.

요 효자의 여막에 들러 우연히 쓰다(過姚孝子廬偶書)[45]

| 拱木臨周道,[46] | 한길 가에 무덤의 나무가 서 있고 |

---

42) 羅薦(나천) : 비단 깔개.
43) 玉箱(옥상) : 옥으로 장식한 가마.
44) 廻腸(회장) : 걱정으로 창자가 뒤틀려 돌아감. 일반적으로 구회장(九廻腸)이라 하여 아홉 번 뒤틀린다고 하여 지극한 시름이나 근심을 표현한다. 사마천의 「임안에게 보내는 편지」(報任少卿書)에서 "그리하여 창자는 하루에 아홉 번 뒤틀어진다"(是以 腸一日而九廻)는 말에서 유래하였다.
45) 姚孝子(요효자) : 중당시기 효행으로 유명한 산서 영락현의 효자 요서균(姚栖筠). 요서균이 아직 세 살이었을 때인 정원(貞元) 연간에 그 집안에서 군역을 나가게 되자 요서균의 아버지가 아들이 아직 없는 형 대신 부역을 나가 전몰하였다. 이후 요서균의 어머니가 재가하자 백모가 요서균을 데려다 길렀다. 요서균은 백모가 죽자 장례를 치르고, 그 부친도 이장하여 모셨다. 이후 묘 옆에 여막을 짓고 죽을 때까지 슬퍼하였다. 현령이 이 일을 돌에 새겨 널리 알렸고, 그 마을을 요효자장(姚孝子莊)이라 하였다. 『소씨견문록』(邵氏見聞錄)에 자세하다.
46) 拱木(공목) : 두 손을 벌여 잡을 만큼 큰 나무. 『좌전』의 용례에서 무덤에서 자란 나무로 사용한 이후 일반적으로 묘 옆에 선 나무를 가리킨다. ○周道(주도) : 대로. 한길.

荒廬積古苔.	황량한 여막에는 이끼가 켜켜이 쌓여있어
魚因感姜出, [47)48)]	강시(姜詩) 부부의 효성에 감동하여 잉어가 나왔고
鶴爲弔陶來. [49)50)]	도간(陶侃)의 모친을 조문하러 학이 날아 왔다지
兩鬢蓬常亂,	양쪽 살쩍은 언제나 쑥대처럼 어지럽고
雙眸血不開.	두 눈동자는 항시 울음으로 충혈되어 있어
聖朝敦爾類, [51)]	밝은 조정에서 그대를 격려하시니
非獨路人哀. [52)]	길 가는 사람들만 슬퍼하는 게 아니어라

해설 산서 영락현의 요효자장(姚孝子莊)에 들렀을 때 요 효자의 효행을 상기하고 칭송하였다. 청대 풍호(馮浩)는 시인이 모친상을 당하였을 때 이를 생각하고 지은 것이라 하였다. 말구의 '노인'(路人)은 자신을 포함하여 일반인을 가리킨다.

---

47) 심주: 강시가 어머니를 효성으로 모시자 집 옆에 샘물이 솟았다. 매일 아침 잉어 한 쌍이 나왔으므로 어머니께 반찬으로 해드렸다.(姜詩事母孝, 舍側涌泉, 每旦出雙魚以供母膳.)

48) 魚因(어감) 구: 후한의 유명한 효자 강시(姜詩). 후한시대 사천 광한(廣漢)에 사는 강시(姜詩)는 그의 부인 방씨(龐氏)와 함께 효성이 지극하였다. 어머니가 장강 물을 좋아하자 방씨가 칠십 리 떨어진 장강에 가서 물을 길러 왔으며, 어머니가 생선을 좋아하자 부부가 함께 열심히 잡아 드렸다. 나중에 집 옆에 갑자기 감천수가 솟더니 장강 물과 맛이 같았으며 매일 아침 잉어 한 쌍이 나왔다고 한다. 이 이야기로부터 '용천약리'(涌泉躍鯉), '실내강류'(室內江流), '사측용천'(舍側涌泉), '일약쌍리'(日躍雙鯉) 등의 성어가 만들어졌다. 『화양국지』와 『후한서』에 자세하다.

49) 심주: 도간이 모상을 치르고 있을 때 손님 두 사람이 와서 조문하더니 학이 되어 날아갔다.(陶侃居母憂, 二客來弔, 化鶴飛去.)

50) 鶴爲(학위) 구: 서진 도간(陶侃)이 어머니 장례를 치를 때 묘 아래 홀연 손님 두 사람이 와서 조문하였다. 곡을 하지 않고 물러났는데 예법과 복식이 보통과 달라 일반인이 아닌 듯하였다. 사람을 보내 살피게 하였더니 다만 학 두 마리가 하늘로 솟아 날아가는 것만 보였다. 『세설신어』 참조.

51) 敦(돈): 면려하다. ○ 爾類(이류): 너희 가문. 『시경』 「기취」(旣醉)에 "효자의 효성이 다함이 없으리니, 길이 너희 가문에게 복을 내리로다"(孝子不匱, 永錫爾類)에서 나왔다.

52) 路人(노인): 길 가는 사람. 당사자와 관련이 없는 사람.

젊은 장수(少將)

族亞齊安陸, [53)54)]	가문은 남제 안륙후만큼 존귀하고
風高漢武威. [55)56)]	풍도는 서한 무위태수보다 높다
煙波別墅醉,	안개 낀 강가 별장에서 술에 취하고
花月後門歸.	꽃 핀 달밤에 뒷문으로 들어간다
青海聞傳箭, [57)]	청해에서 적이 침입했다는 신호가 전해오고
天山報合圍. [58)]	천산에서 포위되었다는 보고가 들어오니
一朝携劍起,	단번에 검을 들고 일어나
上馬卽如飛.	말에 오르니 날아가는 듯해라

해설 종실의 젊은 장수를 칭송한 시이다. 전반부는 평소의 풍류를 묘사하고, 후반부는 변방의 위급에 앞서 수비하는 기개를 표현하였다. 역대 주석 가운데는 장수가 요행히 공을 세워 교만을 부린다는 의견도 있으나 뚜렷한 근거가 없으므로 여기서는 취하지 않는다. 청대 풍호(馮浩)는 당대에 고장(姑臧)과 무위(武威) 지역은 이씨가 봉호를 받았으니 아마도

---

53) 심주 : 소면은 안륙후에 봉해졌다.(蕭緬封安陸侯.)
54) 齊安陸(제안륙) : 남제 소도성(蕭道成)의 조카인 소면(蕭緬). 소도성이 제나라를 선양받을 때 안륙후에 봉해졌다. 나중에 벼슬이 올라 옹주자사(雍州刺史)가 되었다.
55) 심주 : 유자남이다.(劉子南.)
56) 漢武威(한무위) : 서한 무위태수 유자남(劉子南). 『신선감응록』(神仙感應錄)에 따르면, 유자남은 도사 윤공(尹公)으로부터 도술을 배웠고 무성자(務成子)로부터 형화환(螢火丸) 제조법을 전수받았다. 역병과 온갖 귀신을 물리치고 뱀과 전갈 등의 독을 물리칠 수 있었으며, 여러 가지 병기와 도적의 해침에서 벗어날 수 있었다. 영평(永平) 연간에 적과 전투를 하였는데 화살이 비처럼 쏟아졌지만 유자남의 말 수척 앞에 떨어졌을 뿐이다.
57) 青海(청해) : 지금의 청해호(青海湖) 또는 그 일대. 고대에는 서해(西海)라고 했으나 북위시대 때 청해라고 부르기 시작하였다. 당대에는 티베트 영역이었다. ○傳箭(전전) : 신호용 화살. 적의 침입 때 화살로 신호를 하였다.
58) 天山(천산) : 지금의 신강 위구르자치구 경내에 있는 산. 산에는 일 년 내내 눈이 덮여 있어 설산(雪山) 또는 백산(白山)이라고도 한다.

이씨일 것이라 추측하였다. 변새시 계열의 시로 볼 수 있으나 성당시의 기상과 박력은 훨씬 감해졌다.

온정균(溫庭筠)

상산의 이른 길(商山早行)¹⁾

晨起動征鐸,²⁾	새벽에 일어나 수레 방울 딸랑거리며 떠나니
客行悲故鄕.	나그네 길이라 고향 생각 간절하구나
鷄聲茅店月,³⁾	새벽달 뜬 초가 객점에 닭 울음소리
人迹板橋霜.⁴⁾⁵⁾	서리 내린 판교에 찍혀진 사람 발자국
槲葉落山路,⁶⁾	떡갈나무 잎이 산길에 떨어지고
枳花明驛牆.⁷⁾	탱자나무 꽃이 역참 울타리에 환해라
因思杜陵夢,⁸⁾	어젯밤 꿈에 두릉을 보았는데
鳧雁滿回塘.	굽이진 연못에 오리들이 가득했더라

---

1) 商山(상산): 상령(商嶺), 지폐산(地肺山), 초산(楚山) 등으로도 불린다. 섬서성 상락시(商洛市) 동쪽에 소재. 지형이 험하고 경관이 뛰어나다. 서한 초기 사호(四皓)가 이 산에 은거했던 곳으로 유명하다.
2) 征鐸(정탁): 멀리 가는 수레에 매달린 방울.
3) 茅店(모점): 띠풀로 엮은 객사.
4) 심주: 「이른 길 떠나며」의 명구는 이 한 연뿐이다.(早行名句, 盡此一聯.)
5) 板橋(판교): 목판으로 만든 다리.
6) 槲葉(곡엽): 떡갈나무 잎. 떡갈나무 잎은 겨울에 매달려 있다가 봄에 새잎이 날 때 떨어진다.
7) 枳花(지화): 탱자나무 꽃. 봄에 흰 꽃이 핀다.
8) 杜陵(두릉): 장안 동남쪽 교외에 있는 한대 선제(宣帝)의 능묘. 일반적으로 그 일대를 지칭하는 지명으로 쓰인다.

평석 중만당 율시는 으레 제5, 6구가 떨쳐 일어나지 못해 종종 흥이 싹 없어진다.(中晚律詩, 每於頸聯振不起, 往往索然興盡.)

해설 장안에서 상산을 거쳐 남으로 내려가며 지은 시이다. 송대 매요신(梅堯臣)은 행로의 어려움이 언외에 보인다고 칭찬하였으며, 명대 이동양(李東陽)도 긴밀하게 관련된 물색과 글자를 선택함으로써 의상(意象)이 구비되었다고 하였다. 민국시대 문일다(聞一多)는 인상파 화가들이 색을 하나씩 캔버스에 올려 서로 어울리게 하듯이, 온정균은 문법의 규칙에 의해서가 아니라 글자와 글자들이 서로 어울리고 빛나게 하였다고 평하였다.

동으로 유람 가는 사람을 보내며(送人東遊)

古戍落黃葉,	황폐한 수자리에 누런 낙엽 떨어지자
浩然離故關.[9]	친구는 호방하게 이곳을 떠나는구나
高風漢陽渡,[10]	한양의 나루에 부는 높은 바람
初日郢門山.[11]	형문산에 떠오르는 아침 해
江上幾人在?	강에는 사람 몇이 없는데
天涯孤棹還.[12]	하늘 끝에 오로지 쪽배만 돌아가네
何當重相見,	어느 때 다시 만나

---

9) 浩然(호연) : 원래 강물이 장대한 모양을 말하나, 일반적으로 『맹자』의 용례에 따라 마음이 넓고 뜻이 원대함을 가리킨다. 여기서는 막힘없고 미련 없이 떠나는 호매한 모습으로 쓰였다.

10) 高風(고풍) : 강한 바람. 가을바람. ○漢陽渡(한양도) : 한양의 나루터. 한양은 지금의 장강 중류에 있는 호북성 무한시 한구(漢口).

11) 郢門山(영문산) : 곧 형문산(荊門山). 지금의 호북성 의도현(宜都縣) 서북에 소재. 북안에 있는 호아산(虎牙山)과 함께 장강 양쪽에서 거대한 문처럼 서 있다.

12) 孤棹(고도) : 쪽배. 棹(도)는 배의 노. 고전시에서 부분으로 전체를 표현하는 제유법이 상용된다.

尊酒慰離顏.　　　한 잔 술로 수척한 그대 얼굴 위로할거나

평석 첫 가락이 가장 높다.(起調最高.)

해설 동쪽으로 떠나는 친구를 위로하며 쓴 시이다. 첫 2구와 이어지는 제3, 4구는 기상이 활달하고 격조가 높아 송별시가 항용 보이는 쓸쓸함이 없어 성당시의 유풍으로 높이 평가된다. 이 시는 한양이나 형문산이란 지명이 있는 것으로 보아 온정균이 860년(60세) 말부터 이 년간 강릉의 형남절도사 막부에 종사로 재직할 때 쓴 것으로 보인다.

태자서지(太子西池)[13]

花紅蘭紫莖,　　　붉은 꽃에 자주색 난초 대궁이
愁草雨新晴.　　　비 개자 풀들이 환해지네
柳占三春色,　　　버들은 봄철의 푸른빛을 머금고
鶯偸百鳥聲.　　　꾀꼬리는 온갖 소리를 다투어낸다
日長嫌輦重,　　　날이 길기에 가마가 무거운 듯하고
風暖覺衣輕.　　　바람이 온화하기에 옷이 가볍게 느껴진다
薄暮香塵起,[14]　　　저물녘 향기로운 먼지 일어나니
長楊落照明.[15]　　　장양궁에 낙조가 비친다

---

13) 太子西池(태자서지) : 삼국시대 오나라 손등(孫登)이 처음 만들고, 진 명제(明帝)가 수복한 호수. 『세설신어』에는 명제가 태자였을 때 호수와 누대를 세우려 했으나 원제(元帝)가 허락하지 않자, 태자가 무사들을 동원하여 하룻밤 만에 완성했다는 일화가 실려 있다.

14) 香塵(향진) : 여성이 탄 수레가 지나가며 일어나는 먼지.

15) 長楊(장양) : 장양궁. 지금의 섬서성 주지현 동쪽 종남현에 소재. 원래 진 소왕(秦昭王)이 처음 건립하였는데 궁 안에 수양버들이 많아 이름 지어졌다. 서한의 황제들이 이곳에서 수렵을 관람하는 경우가 많았다. 성제 때 양웅(揚雄)이 이를 소재로 황제

해설 한대 궁중의 경관과 궁인들의 모습을 묘사한 궁체시이다. 궁인들이 황제를 따라 장양궁에 가서 수렵을 관람하고 저녁에 환궁하는 모습을 그린 것으로 보인다. 제목은 시의 내용과 관련이 없는데, 제량체(齊梁體)의 관례를 따라 붙인 듯하다.

노씨 연못에서 비를 만나, 함께 놀던 사람들에게 주다(盧氏池上遇雨, 贈同游)

簟翻涼氣集,[16]	대자리가 들썩이고 서늘한 기운 모여
溪上潤殘棋.	개울 옆 바둑판이 젖어든다
萍皺風來後,	바람이 분 뒤엔 부평이 주름 잡히고
荷喧雨到時.	빗방울 내릴 때는 연잎이 소란스러워
寂寥閑望久,	적막 속 오래도록 한가히 바라보고
飄灑獨歸遲.	흩뿌리는 빗속 홀로 천천히 돌아왔었지
無限松江恨,[17]	송강에 가지 못하는 안타까움 끝이 없으니
煩君解釣絲.[18]	그대들 연못에서 낚시 드리우기를

평석 제4구는 맹호연의 "마른 연잎에 빗방울 떨어지는 소리"와 마찬가지로 뛰어나다.(四語與'荷枯雨滴聞'同妙.)

해설 노씨 집의 연못에서 놀던 일을 그렸다. 제3, 4구는 명구로 치나 역

의 지나친 유렵을 풍간하는 「장양부」(長楊賦)를 지었다.
16) 簟翻(점번): 대자리가 뒤집히다. 빗발이 뒤채는 모습을 비유하였다.
17) 松江(송강): 오송강(吳松江), 송릉(松陵), 입택(笠澤) 등으로도 부른다. 태호에서 발원하여 소주(蘇州) 동쪽을 지나 황포강(黃浦江)으로 들어간다. 온정균은 예전에 송강 강가에서 살았다.
18) 解釣絲(해조사): 낚시를 이해하다. 이는 서진의 장한(張翰)이 가을바람이 불자 고향 오 지방의 순채국과 농어회 맛이 생각나 벼슬을 버리고 귀향했다는 이야기를 가리킨다. 곧 은거를 의미한다.

시 만당의 섬세한 경향이 깃들어있다. 온정균의 시에 노씨(盧氏), 노 처사 (盧處士), 노생(盧生) 등의 인물이 등장하는데 동일 인물로 보인다.

허혼(許渾)

난계로 돌아가는 나그네를 보내며(送客歸蘭溪)¹⁾

花下送歸客,	꽃이 떨어질 때 돌아가는 나그네 보내니
路長應過秋.	길이 멀어 응당 가을을 지나리라
暮隨江鳥宿,	저물면 강물의 새를 따라 잠들고
寒共嶺猿愁.	추우면 산마루의 원숭이와 함께 시름겨우리
衆水喧嚴瀨,²⁾	강물들이 모여 들어 엄뢰가 소란하고
群峰抱沈樓. ³⁾⁴⁾	뭇 봉우리들이 팔영루를 들러 안고 있으리
因君幾南望,	그대로 해서 남쪽을 바라보나니
曾向此中遊.	일찍이 나 또한 그곳에서 놀았으니

해설 늦봄에 남쪽으로 내려가는 사람을 보내며 쓴 송별시이다. 거리로

---

1) 蘭溪(난계): 무주(婺州)의 속현으로 지금의 절강성에 있다. 그곳에 있는 난계라는 강이름에서 지명이 만들어졌다.
2) 嚴瀨(엄뢰): 칠리뢰(七里瀨). 지금의 절강성 동려현 엄릉산 서쪽에 소재. 두 산 가운데 동양강(東陽江)이 흘러가는데 빠른 물줄기가 칠 리나 이어져 있어 이름 붙여졌다. 북안은 부춘산(또는 엄릉산)으로 동한 초기 엄자릉이 농사짓고 낚시한 곳이다.
3) 심주: 심루는 곧 원창루로, 팔영루라고도 한다.(沈樓卽元暢樓, 又名八詠樓.)
4) 沈樓(심루): 현창루(玄暢樓). 지금의 절강성 금화(金華, 당대 무주 치소) 소재. 남조시대 심약(沈約)이 이 누대에서 「누대에 올라 가을달을 보며」(登臺望秋月) 등 8수를 지었기에 후인들이 이 누대를 '팔영루'(八詠樓)라 하였다.

보아 장안에서 쓴 것으로 보인다. 제3, 4구와 제5, 6구는 모두 대우가 공정하고 엄격하다.

유산 신흥사에서 놀고,
석병촌 사씨 노인의 집에서 묵으며(遊維山新興寺, 宿石屏村謝叟家)[5]

晚過石屏村,	저녁에 석병촌에 들르니
村長日漸曛.	마을이 길어 해가 천천히 어두워지는구나
僧歸下嶺見,	돌아가는 스님이 고개 아래 보이고
人語隔溪聞.	사람의 말소리가 시내 건너 들린다
谷響寒耕雪,	추위 속에 눈을 갈아엎으니 계곡이 울리고
山明夜燒雲.	밤에 구름이 불타오르니 산이 훤하다
家家扣銅鼓,	집집마다 구리북을 두드리며
欲賽魯將軍.[6][7]	노숙(魯肅) 장군의 신을 불러 굿을 하려고 하네

해설 저녁에 들른 마을에서 일어나는 일을 서술하였다. 강남의 어느 편벽한 마을의 모습과 굿을 준비하는 사람들의 모습이 긴장감 있게 그려져 한 편의 그림을 보는 듯하다.

---

5) 維山(유산) : 장소 불명. 『전당시』에서는 樵山(초산)이라 된 판본도 있다고 주석하였다. 新興寺(신흥사)와 石屏村(석병촌) 역시 장소 불명. 노숙 장군을 모시는 곳으로 보아서는 지금의 절강 지역으로 보인다.

6) 원주 : "마을에 노숙의 무덤이 있다."(原注 : "村有魯肅墓.")

7) 賽(새) : 곧 새신(賽神). 의장, 악대, 잡희 등으로 신을 맞이한 후 사당을 나와 거리와 골목을 다니며 즐겁게 모시며 복을 기원하는 일. ○ 魯將軍(노장군) : 삼국시대 오나라 명장 노숙(魯肅).

초 지방으로 돌아가는 나그네를 보내며(送客歸湘楚)[8]

無辭一杯酒,	잔을 들어도 말을 잇지 못하는 건
昔日與君深.	지난 날 그대와 정이 깊어서이지
秋色換歸鬢,[9]	가을빛에 돌아가는 그대 살쩍이 희게 바뀌고
曙光生別心.	새벽 여명에 이별의 아쉬움 일어나리
桂花山廟冷,	계수 꽃이 산위의 사당에서 차갑고
楓樹水樓陰.	단풍나무가 물가 누대에서 서늘하리
此路千餘里,	이 길이 천여 리인데
應勞楚客吟.[10]	굴원의 노래가 그대를 위로하리

해설 장안에서 지금의 호남성 일대로 돌아가는 사람을 보내며 지은 송별 시이다. 헤어짐의 슬픔에 말을 하지 못하는데 시인은 떠나는 친구의 희어질 머리카락을 걱정한다. 제5, 6구는 친구가 갈 초 지방의 풍광을 미리 그리는 송별시의 전형적인 작법이다. 말 2구에서 비방을 받은 친구의 억울함을 완곡하게 드러내었다.

---

8) 湘楚(상초) : 상수 유역과 초 지방. 지금의 호남성 일대를 가리킨다.
9) 秋色(추색) : 가을의 경치나 기상. ○ 歸鬢(귀빈) : 돌아가는 사람의 귀밑머리.
10) 楚客(초객) : 전국시대 초나라의 시인인 굴원(屈原)을 가리킨다. 충성하였으나 중상을 받아 방축되었으며 초 지방 일대를 떠돌았다. 초객음(楚客吟)은 굴원의 작품을 가리킨다.

마대(馬戴)

저물녘 멀리 바라보며(落日悵望)

孤雲與歸鳥,	조각구름과 돌아가는 새
千里片時間.[1]	천 리가 한 순간이로다
念我何留滯,	객지에 머문 지 얼마나 되었나 생각하니
辭家久未還.	집을 떠나온 후 오래도록 돌아가지 못했네
微陽下喬木,[2]	흐릿한 해가 높은 나무 아래로 내려가고
遠色隱秋山.[3]	먼 하늘빛이 가을 산 뒤로 물러선다
臨水不敢照,	물가에서도 얼굴을 비쳐보지 못하는 건
恐驚平昔顔.[4]	예전의 얼굴이 아닐까 두려워서라네

평석 내용과 풍격이 모두 좋다. 만당시에서 군계일학이라 할 만하다.(意格俱好, 在晚唐中可云軒鶴立鷄群矣.)

해설 황혼 무렵 일어나는 객수를 묘사하였다. 첫 구의 구름과 새는 모두 귀소로 돌아가는데, 이로써 객지에서 돌아가지 못하고 있는 자신의 처지를 환기하였다. 이는 제5, 6구의 나무와 하늘빛으로 이어진다. 말 2구는 초췌해진 자신의 모습에 스스로 놀랄까 두려워하는 모습으로, 객지생활의 노고와 심리를 잘 형상화하였다.

---

1) 片時(편시) : 잠시. 짧은 시간.
2) 微陽(미양) : 흐릿한 햇빛.
3) 遠色(원색) : 먼 하늘의 빛깔.
4) 平昔(평석) : 예전.

촉 지방으로 유람 가는 사람을 보내며(送人遊蜀)

別離楊柳陌,[5]	이별의 장소는 버드나무 늘어선 길
迢遞蜀門行.[6]	아득히 먼 촉 지방으로 이어지네
若聽淸猿後,[7]	맑고 구슬픈 원숭이 울음 들으면
應多白髮生.	그대는 응당 흰 머리카락 생겨나리
虹霓侵棧道,[8]	무지개가 잔도 위에서 피어나고
雨雪雜江聲.[9]	눈비 내리는 소리가 강물 소리와 섞이리
過盡愁人處,	어려운 길 다 지나가고 나면
煙花是錦城.[10]	꽃무리 진 곳이 바로 금관성이리

평석 두보가 "음력 십일월인데도 무지개가 나타난다"고 했는데, 아마도 촉 지방에서만 무지개와 눈비가 함께 보이는가 보다.(杜云'仲冬見虹霓', 豈蜀中虹霓與雨雪竝見耶?)

해설 촉 지방으로 떠나는 사람을 보내며 쓴 송별시이다. 촉으로 가는 길이 험난함을 환기하면서, 연도에서 만날 풍광을 예시하며 염려하였다. 한 편의 시 속에 출발지부터 도착지까지 일련의 노정을 담아내고 있다.

---

5) 楊柳陌(양류맥) : 길 양옆에 버들이 늘어서있는 길. 고대에는 헤어질 때 버들가지를 꺾어주는 습속이 있으므로, 일반적으로 사람을 떠나보내는 강가나 역참에 버드나무가 심어져 있었다.

6) 蜀門(촉문) : 촉문산. 곧 사천성 검각현에 소재한 검문(劍門)을 말한다. 일반적으로 촉 지방을 가리킨다.

7) 淸猿(청원) : 원숭이. 맑고 구슬프게 운다는 뜻에서 '청'자를 붙였다. 사천성 지역에는 다람쥐만한 작은 원숭이들이 많고 그 울음이 구슬픈 것으로 유명하다.

8) 棧道(잔도) : 험준한 절벽에 구멍을 판 후 각목을 끼워 넣고 그 위에 널을 올려 만든 길. 고대에 사천성 지방에는 잔도를 놓아 통행한 곳이 여럿 있었다.

9) 심주 : 즉 아래에서 말하는 '어려운 길'이다.(卽下所云'愁人處'.)

10) 煙花(연화) : 꽃무리 진 풍경. 일반적으로 봄날의 맑고 아름다운 풍경을 가리킨다. ○ 錦城(금성) : 금관성(錦官城)의 준말. 사천성 성도(成都)를 가리킨다. 성도는 대성(大城)과 소성(少城)으로 되어 있었는데, 삼국시대 촉한 때 소성에 비단을 관장하는 관서가 있어 금관성이라 하였다.

연주로 아우를 보러가는 유 수재를 보내며(送柳秀才往連州看弟)[11]

離人非逆旅,[12]	그대는 유람하러 가는 게 아니라
有弟謫連州.	연주에 폄적 나간 아우를 보러 간다지
楚雨霑猿暮,	초 지방의 비가 원숭이를 적시는 저녁
湘雲拂雁秋.	상수의 구름이 기러기를 스쳐가는 가을
蒹葭行廣澤,[13]	갈대 사이로 동정호를 지나가고
星月棹寒流.[14]	달과 별 빛나는 밤에 찬 강물을 저어가리
何處江關鎖?[15]	어느 곳이라 강가의 닫힌 관문이
風濤阻客愁.	바람과 파도에 나그네 시름을 막아주리오?

해설 지금의 사천 지방으로 떠나는 유 수재를 보내며 쓴 송별시이다. 동정호와 상수가 나오는 것으로 보아 유 수재는 육로가 아니라 장강을 거슬러 올라가는 것으로 보인다. 한 편의 시 속에 상대방의 행로를 따라 시인의 정감이 잘 어우러졌다.

---

11) 柳秀才(유수재) : 미상. ○ 連州(연주) : 지금의 사천성 균련현(筠連縣).
12) 離人(이인) : 떠나가는 사람. 여기서는 유 수재를 가리킨다. ○ 逆旅(역려) : 객사(客舍). 손님을 맞이하는 곳. 역(逆)은 '맞이하다'는 뜻으로 쓰였다. 이 구에서 '역려가 아니다'(非逆旅)고 한 것은 객사에서 묵으며 유람하는 목적으로 가는 게 아니라는 뜻이다.
13) 廣澤(광택) : 드넓은 소택지. 동정호를 가리킨다.
14) 棹(도) : 노. 여기서는 동사로 쓰여 '노를 젓다'는 뜻이다.
15) 江關(강관) : 관문 이름. 전국시대 촉(蜀)과 파(巴)가 대치할 때, 지금의 중경시 봉절현 적갑산(赤甲山) 위에 관문을 세웠는데 이를 '강관'이라 하였다. 여기서는 장강 중상류에 있는 관문을 가리킨다.

초강 회고(楚江懷古)[16]

露氣寒光集,	이슬에 냉기 모이는데
微陽下楚丘.[17]	흐릿한 해는 초강 산언덕 아래로 넘어간다
猿啼洞庭樹,	원숭이는 동정호의 나무에서 울고
人在木蘭舟.[18][19]	사람은 목란나무 배에 있어
廣澤生明月,	넓은 호수에 밝은 달이 떠오르고
蒼山夾岸流.	강물은 푸른 산 사이로 흘러가네
雲中君不降,[20]	운중군(雲中君)께서 강림하지 않으시니
竟夕自悲秋.[21]	밤이 다하도록 절로 가을을 슬퍼하네

해설 동정호의 늦가을 저녁 풍광을 노래하였다. 보통의 회고시와 달리 회고하는 역사나 인물이 뚜렷하지 않으나, 제7구의 운중군으로 마음속으로 존경하는 사람을 설정하였다. 역대로 제3, 4구를 명구로 치는데, 예컨대 명대 호진형(胡震亨)은 "풍치가 절로 뛰어나다"(風致自絶)고 하였다. 「초강 회고」는 모두 3수로 이 시는 제1수이다.

---

16) 楚江(초강) : 장강 중하류 일대. 또는 상수(湘水). 춘추전국시대에 초나라 강역이었기에 '초강'이라 하였다.
17) 楚丘(초구) : 초 지방의 산과 언덕.
18) 심주 : 두 구가 연속되어 비로소 뛰어남을 보였다.(二語連續, 乃見標格.)
19) 木蘭舟(목란주) : 목란 나무로 만든 배. 목란은 향목이기에 아름답고 향기로운 배를 의미한다. 『술이기』(述異記)에 "목란주(木蘭洲)는 심양(潯陽) 강 가운데 있는데 목란 나무가 많이 자란다. 칠리주(七里洲)에서 노반(魯班)이 목란을 잘라 배를 만들었는데, 그 배가 아직도 있다"는 기록이 있다.
20) 雲中君(운중군) : 『구가』 「운중군」(雲中君)에 나오는 구름의 신. 시의 중간에 "이미 강림하신 빛나는 신(神)은, 빠르게 구름 속으로 다시 돌아간다"(靈皇皇兮旣降, 猋遠擧兮雲中.)는 구절이 있다.
21) 竟夕(경석) : 밤이 다하다.

촌로의 집에 들러(過野叟居)

野人閑種樹,[22]	야인이 한가히 나무를 심었더니
樹老野人前.	나무가 크게 자라 야인 앞에 있더라
居止白雲內,[23]	흰 구름 속에서 생활하며
漁樵滄海邊.	바닷가에서 고기 잡고 나무 하더라
呼兒採山藥,	아이를 불러 산 약초를 캐라 하고
放犢飮溪泉.	송아지를 풀어 냇물을 마시게 하고
自著養生論,[24]	스스로 「양생론」을 지으며
無煩憂暮年.	노년에 근심이 없더라

해설 자연에 순응하며 한적하게 살아가는 촌로의 모습을 그렸다. 첫 2구는 평범하게 보이나, 크게 자란 나무를 통해 촌로의 작위 없는 일상과 무수한 이야기를 연상하게 한다. 노장 사상의 시화(詩化)라 할 수 있다.

조하(趙嘏)

동으로 돌아가는 길에(東歸道中)

未明喚僮僕,	날이 새지 않았는데 시동을 부르고

---

22) 野人(야인) : 산야에 사는 사람. 또는 농부.
23) 居止(거지) : 움직이고 멈추다. 살다.
24) 養生論(양생론) : 양생에 관한 저작. 『장자』에 「양생주」(養生主)가 있으며, 위진시기 혜강(嵇康)도 「양생론」을 지었다. 노장 사상은 세상의 분란을 피하고 생명을 보존하며 자신의 본성을 지키는 것을 중시하였다.

江上憶殘春.[1]	강가에서 늦봄을 음미하노라
風雨落花夜,	비바람에 꽃이 떨어지는 밤
山川驅馬人.	산과 강 사이를 말 달리는 사람
星星一鏡髮,[2]	거울 가득 백발이 성성한데
草草百年身.[3]	백 년 사는 몸 바쁘기만 해
此日念前事,	오늘 예전의 일들을 생각하니
滄洲情更親.[4]	창주로 은거하려는 마음 더욱 절실해라

해설 행역을 다니는 도중에 평생의 감회를 토로한 시이다. 평생 분주하게 추구했던 일이 자신을 수고롭게만 하였을 뿐이어서 차라리 세상사에서 벗어나 은거하고 싶다고 하였다. 이는 도연명의 정신과 상통한다.

이원(李遠)

촉 지방으로 가는 사람을 보내며(送人入蜀)

蜀客本多愁,　　　　촉 지방은 험하여 본디 근심스러운데

---

1) 殘春(잔춘) : 봄이 끝나가는 무렵. 늦봄.
2) 星星(성성) : 머리털이 흰 모양. 백발이 성성하다는 뜻.
3) 草草(초초) : 총망하고 바쁜 모양. 이 구는 동한 말기 「고시십구수」 가운데 "사람 살아 백 년을 못 가는데, 언제나 천 년의 시름을 안고 사네"(生年不滿百, 常懷千歲憂.)라는 구절을 환기한다.
4) 滄洲情(창주정) : 은거하려는 마음. 창주는 강가를 의미하며, 흔히 은사가 지내는 곳을 가리킨다. 양웅(揚雄)의 「격령부」(檄靈賦)에 "세상에 황공(黃公)이란 사람이 있었는데, 창주(滄洲)에 살며, 정신을 함양하고 도(道)와 더불어 놀았다"(世有黃公者, 起於滄州, 精神養性, 與道浮遊.)고 하였다.

今君是勝遊.[1]	지금 그대는 즐거운 유람이리라
碧藏雲外樹,[2]	푸른 것은 구름 너머 숨어 있는 나무요
紅露驛邊樓.	붉은 것은 역참 옆에 드러난 누대라
杜魄呼名語,[3]	두견새가 '불여귀'라며 자신의 이름을 부르고
巴江學字流.[4]	파강은 '파'(巴)자를 따라 휘돌아 흐른다지
不知煙雨外,[5]	안개비 내리는 그곳이 아니라면
何處夢刀州?[6]	어디에서 익주(益州)로 부임하는 꿈을 꾸리오?

해설 촉 지방으로 가는 사람을 보내며 쓴 송별시이다. 제2구에서 밝혔듯이, 시의 전체적인 정조가 명랑한 것으로 보아 떠나는 사람은 승진하여 부임하는 것으로 보인다. 이원 특유의 호매한 정신이 시 속에 잘 담겨있다.

---

1) 勝遊(승유) : 즐거운 유람. 또는 그 장소.
2) 碧藏(벽장) 구 : 제3, 4구는 수사적인 이유로 각기 도치되었다. 바르게 잡는다면 "碧 樹藏雲外, 紅樓露驛邊"이 될 것이다.
3) 杜魄(두백) : 두견새. 『화양국지』(華陽國志)에는 촉 지방에 "어부(魚鳧) 왕이 죽은 후 두우(杜宇)라는 왕이 있었는데, 백성들에게 농사를 가르쳤고 별호를 망제(望帝)라 하였다"고 간략하게 기술되어 있다. 『성도기』(成都記)에는 "망제가 죽은 후 그 혼이 새가 되었는데 이름을 두견 또는 자규라 하였다"고 기록하였다. 이러한 전설에서 두 견새를 두백 또는 두혼(杜魂)이라고 한다. 우는 소리는 불여귀(不如歸)로 들어 이를 새 이름으로 부르기도 한다.
4) 巴江(파강) : 사천성 남강현(南江縣) 북대파산(北大巴山)에서 발원하여 남쪽으로 파중 현(巴中縣)을 거쳐 합천현(合川縣)에서 부강(涪江)으로 흘러드는 강. 북송 초기에 편 찬한 지리서 『태평환우기』(太平寰宇記)에서 인용한 『삼파기』(三巴記)에 의하면, 낭수 (閬水)와 백수(白水) 두 강이 남으로 휘어 돌아가는 모습이 '巴'(파)자 같다고 한다.
5) 煙雨(연우) : 안개와 비. 안개 속에 내리는 가랑비.
6) 刀州(도주) : 익주(益州). 익주는 지금의 사천성이다. 『진서』「왕준전」(王濬傳)에 나 오는 왕준의 꿈 이야기에서 유래한 말이다. 서진의 왕준(王濬)이 밤에 칼 세 자루가 방안의 들보에 걸려있었고, 조금 후 다시 칼 한 자루가 더해지는 꿈을 꾸었다. 왕준 이 놀라 잠에 깨어나자 주부 이의(李毅)가 "칼 세 자루는 州(주)자이고(古字는 刕) 또 한 자루가 더해졌으니 이는 더한다는 뜻의 익(益)자입니다. 현령께서는 익주(益 州)로 부임하신다는 뜻이 됩니다." 과연 얼마 후 왕준은 익주자사로 부임하였다.

이군옥(李群玉)

포간사 뒤 바위에 올라(登蒲澗寺後巖)[1]

五仙騎五羊,[2]   다섯 신선이 다섯 마리 양을 몰고
何代降茲鄉?   이곳에 왔던 때가 그 언제인가?
澗有堯年韭,   계곡에는 요 임금 때 부추가 자라고
山餘禹日糧.   산에는 우 임금 때의 곡식이 아직도 많아라
樓臺籠海色,   누대는 바다의 풍광을 둘러싸고
草樹發天香.   풀과 나무는 아름다운 향기를 발한다
歌嘯波光裏,[3]   물결 사이에 노랫소리 부딪혀 나오는데
浮溟興甚長.[4]   배를 타고 나가면 흥취가 무척 높으리라

해설 광주(廣州)에 있는 포간사에서 바라본 경관을 노래하였다. 남방의 풍
광과 신선의 전설을 섞어 선미(仙味)가 나는 독특한 시를 만들었다. 3수
가운데 제1수이다.

1) 蒲澗寺(포간사) : 광주(廣州) 백운산(白雲山)에 있는 절.
2) 五仙(오선) 구 : 전설에 의하면 다섯 명의 신선이 오색 양을 타고 여섯 개의 이삭을
   가지고 왔다고 한다. 『태평환우기』에서 인용한 『속남월지』(續南越志)에 보인다. 당
   대 정웅(鄭熊)이 쓴 「번우잡기」(番禺雜記)에도 "광주는 예전에 다섯 신선이 양을 타
   고 왔기에 '오양이라고 칭한다"(廣州昔有五仙騎羊而至, 遂名五羊.)는 기록이 있다.
3) 歌嘯(가소) : 노래하고 휘파람불다.
4) 浮溟(부명) : 浮海(부해). 배를 타고 바다에 나가다.

우무릉(于武陵)

소나무 파는 사람에게(贈賣松人)

入市雖求利,　　　　그대 비록 돈을 벌려고 시장에 왔지만

憐君意獨眞.　　　　나는 그대가 나무를 파는 진정한 뜻을 높이 친다네

欲將寒澗樹,　　　　차가운 계곡에서 자란 나무를

賣與翠樓人. 1)2)　　비취 누각에 사는 사람들에게 팔려고 하는구나

瘦葉幾經雪,　　　　마른 잎을 보니 눈 내린 겨울을 거쳐 왔고

淡花應少春. 3)　　　꽃이 담담한 걸 봐선 응당 햇수가 적으리

長安重桃李,　　　　장안 사람들은 복사꽃과 오얏꽃을 좋아할 뿐인데

徒染六街塵. 4)　　　왜 부질없이 육가(六街)의 먼지를 묻히려는가?

해설 소나무를 파는 사람에게 준 시이다. 말 2구로 보아 소나무를 잘라 파는 것이 아니라 정원에 심기 위해 파는 것을 알 수 있다. 시에서는 세 부류의 사람, 즉 시인과 소나무 파는 사람과 장안의 비취 누각에 사는 사람 등 삼자의 시선이 각기 다름을 흥미롭게 드러냈다. 소나무 파는 사람은 강직과 지조의 상징을 보여주기 위해 소나무를 팔지만 장안 사람들은 그저 관상용으로 취급한다. 시인은 이러한 세태를 한껏 아쉬워하였다.

---

1) 심주 : 사려는 곳에 팔려는 것이 아니다.(所賣非所需.)
2) 翠樓(취루) : 비췻빛 녹색으로 칠한 누각. 일반적으로 화려하고 아름다운 누각을 가리킨다.
3) 淡花(담화) : 옅은 색의 꽃. ○ 少春(소춘) : 지나온 봄이 적다. 아직 어리다.
4) 六街(육가) : 장안성 안의 여섯 갈래 길. 동서 대가 셋과 남북 대가 셋으로 되어 있다. 일반적으로 도성의 길 또는 저자를 가리킨다.

동문의 길(東門路)[5]

東門車馬路,	동문으로 통하는 차마 길
此路有浮沈.[6]	이 길에는 부침과 성쇠가 있지
白日若不落,	태양이 만약 지지 않는다면
紅塵應更深.[7]	홍진은 응당 더욱 쌓이리
從來名利地,	예부터 명리를 추구하는 곳
皆起是非心.	모두 시비의 마음에서 일어나지
所以青青草,[8]	그러므로 푸르고 푸른 풀은
年年生漢陰.[9]	해마다 한음(漢陰)에서 자란다네

---

5) 東門路(동문로) : 한대 악부제 「동문행」(東門行)을 모의하여 지은 악부제. 원래 「동문행」은 '슬조곡'(瑟調曲)으로 가난을 견디다 못한 남자가 불법을 저지르려했고, 그 아내가 말렸으나 듣지 않는 정황을 묘사하였다. 시작 부분은 "동문 밖을 나가 다시는 돌아오지 않으려 했는데, 다시 동문을 들어서니 마음속이 비통하다"(出東門, 不顧歸; 來入門, 悵欲悲.)로 되어있다.

6) 浮沈(부침) : 뜨고 가라앉음. 성함과 쇠함. 이 구는 조식(曹植)의 「칠애시」(七哀詩)에 나오는 아낙과 남자 사이를 먼지와 진흙으로 비유한 일을 환기한다. "그대는 한길의 먼지같이 높고, 천첩은 흙탕물의 진흙처럼 낮지요. 본디 하나이나 뜨고 가라앉음이 다르니, 만남은 어느 때 이루어지는가요?"(君若淸路塵, 妾若濁水泥. 浮沈各異勢, 會合何時諧?)

7) 紅塵(홍진) : 말과 수레가 일으키는 먼지. 불교에서 말하는 인간세상이란 뜻도 중의적으로 사용하였다.

8) 青青草(청청초) : 푸른 풀. 여기서는 홍진에 물들지 않은 깨끗한 풀.

9) 漢陰(한음) : 한수(漢水)의 남안. 『장자』 「천지」(天地)에 나오는 자공(子貢)이 노인을 만난 이야기에서 일반적으로 은사 또는 순박한 농부가 사는 곳을 가리킨다. 자공이 남쪽으로 초 지방을 노닐다가 진(晉) 지방으로 돌아가면서 한음(漢陰)을 지나갔다. 마침 한 노인이 밭에 물을 주는데 땅을 파고 우물에 들어가 옹기에 물을 담아 나와 뿌리는데, 힘은 많이 써도 효과는 적어 보였다. 자공이 "기계가 있다면 하루에 백 마지기 밭을 적실 수 있을 터인데 어찌 쓰지 않는가요?" 이에 노인이 화를 내며 얼굴색이 변하더니 잠시 후 웃으며 말하였다. "내 스승에게 듣기를 기계를 가진 사람은 반드시 기사(機事)가 있고, 기사가 있는 사람은 반드시 기심(機心)이 있다고 했소. 기심이 가슴 속에 있으면 순백(純白)이 갖춰지지 않고, 순백이 갖춰지지 않으면 정신과 본성이 불안정하고, 정신과 본성이 불안정한 사람에게는 도가 깃들지 못하오. 내가 모르는 게 아니라 부끄러워서 쓰지 않을 뿐이오."

해설 악부제를 빌려 명리를 추구하는 번화한 도시의 삶을 청정한 삶과 대비시켰다. 한대 악부는 구체적인 사건을 절취하여 인간의 삶을 전형적으로 보여주는데 비해, 이 시는 번화한 동문 길에서의 홍진의 삶과 푸른 풀이 자라는 청정한 한음에서의 생활을 관념적으로 대비시켰다. 시인은 결국 이러한 도회의 명리와 시비를 떠난 청정한 삶에 가치를 두고 이를 제시하고자 하였다.

항사(項斯)

민중으로 가는 구양곤을 보내며(送歐陽袞之閩中)[1]

秦城幾年住,[2]	장안에서 몇 년을 지내며
猶著故鄕衣.	여전히 고향의 옷 입고 있었지
失意時相識,	실의할 때 서로 알았는데
成名後獨歸.	급제 후에 홀로 고향으로 돌아가는구나
海秋蠻樹黑,	바다에 가을이 오면 남만(南蠻)의 나무가 검고
嶺夜瘴雲飛.[3]	고개에 밤이 되면 장독(瘴毒)의 구름이 날아가리
爲學心難滿,	공부란 만족하기 어려운 것

---

1) 歐陽袞(구양곤) : 복주(福州) 민현(閩縣) 사람으로 825년 과거에 급제하였으며, 시어사(侍御史)가 되었다. 약간 수의 시가 전한다. ○閩中(민중) : 지금의 복건성 복주시(福州市). 이름의 유래는 진나라가 민월(閩粤)을 통일하면서 그 군왕을 없애고 민중군(閩中郡)을 설치하여 생겼다.

2) 秦城(진성) : 장안. 장안은 전국시대 진(秦)의 강역이었다.

3) 瘴雲(장운) : 장기(瘴氣)를 품은 구름. 장기는 남방의 산림에서 뿜어져 나오는 덥고 습한 공기. 이를 접촉하면 악성 학질과 같은 열병에 걸린다고 믿었다.

知君更掩扉.[4]　　　그대 다시 사립문 닫고 지내리라

해설 어려울 때 장안에서 알고 지냈던 친구가 과거 급제 후 고향 민중(閩中, 지금의 복건성 복주시)으로 갈 때 배웅하며 지은 시이다. 구양곤은 825년에 급제하였으니 바로 이후에 지은 시로 보인다. 두 사람의 처지와 우의(友誼)가 구절마다 배어 있다.

기당부(紀唐夫)

의춘으로 돌아가는 친구를 보내며(送友人歸宜春)[1]

落花兼柳絮,　　　낙화와 버들개지

無處不紛紛.　　　분분히 날리지 않는 곳 없는데

遠道空歸去,　　　멀고 먼 길을 하릴없이 돌아가니

流鶯獨自聞.[2]　　꾀꼬리 울음만 유난히 절로 들으리

墅橋喧碓水,[3]　　들판의 다리에선 물방아 소리 소란스럽고

山郭入樓雲.　　　산마을에선 누각으로 구름이 흘러 들어가리

故里南陔曲,[4]　　고향은 효자들이 모여 사는 곳

---

4) 심주: 즉 잠삼이 말한 "힘써 배운 것이 오히려 착오임을 알겠고"라는 뜻이다.(卽'勤學翻知誤'意.)

1) 宜春(의춘): 원주(袁州)의 치소. 지금의 강서성 의춘현.

2) 流鶯(유앵): 꾀꼬리. '유'(流)자로 새 울음소리가 물이 흘러가듯 매끄럽고 변화가 많다는 뜻을 넣었다.

3) 墅橋(서교): 들에 놓인 다리. ○碓(대): 물방아.

4) 南陔(남해): 『시경』 「소아」의 편명. 현재 제목만 남아 있고 시는 없는 여섯 편 가운데 하나이다. 『모시서』(毛詩序)에 "「남해」는 효자를 타일러 부모를 봉양하게 한다"

秋期欲送君.⁵⁾　　　가을 시험 때는 향공으로 그대를 선발하리

평석 낙제한 후 고향으로 부모 뵈러 가는 사람을 보내는 장면이 분명하다. 가을에 다시 도성으로 들어오기를 기약하였다.(應是下第後送歸故里省親, 至秋期復送之入都也.)

해설 의춘으로 돌아가는 친구를 보내며 쓴 송별시이다. 시의 내용으로 보아 상대는 낙제하여 고향으로 가는 친구로 보인다. 장안에서는 일반적으로 이월에 과거 시험을 보고 바로 발표가 나기 때문에 낙제자들은 봄이 한창때인 삼사월에 고향으로 돌아가는 경우가 많았다. 첫머리에서 이별의 장소와 때를 묘사하고, 중간에서 거쳐 가는 지역을 서술하고, 말미에서 상대를 격려하는, 전형적인 송별시의 격식이다.

주박(周朴)

동령수(董嶺水)¹⁾

湖州安吉縣,	호주 안길현
門與白雲齊.	문과 구름이 나란하다
禹力不到處,²⁾	우 임금 치수도 이곳엔 미치지 못해

(孝子相戒以養也)고 해설하였기에, 일반적으로 부모에게 효도하고 봉양하는 전고로 쓰인다. 남해(南陔)는 또 글자대로 풀이하면 남쪽 언덕이란 뜻이므로 '남해곡'(南陔曲)은 남쪽 언덕 아래 굽이진 곳이란 뜻도 들어있다.

5) 秋期(추기) : 가을 시험을 보는 때. 주부(州府)에서 향공(鄕貢)을 선발하는 때.
1) 董嶺水(동령수) : 호주 안길현(安吉縣, 절강)에 있는 강.
2) 禹力(우력) 구 : 전설에 의하면 우 임금이 치수를 하면서 강물을 모두 동쪽으로 이끌어 바다로 빠지게 하였는데, 동령수 만큼은 동쪽에서 서쪽으로 흐르므로 그의 힘이

河聲流向西.	강물 소리가 서쪽으로 흘러간다
去街山色遠,	마을을 나서면 산 빛이 멀리 둘러있고
近水月光低.	강물에 다가서면 달빛이 낮게 떠 있어
中有高人在,	그중에 고인(高人)이 있어
沙中曳杖藜.[3]	모래톱에서 지팡이를 끄는구나

평석 안길현의 물길은 산들에 둘러 싸여 있는 탓에 실제로 서쪽으로 흘러간다. 그 노련한 용필이 탄복스럽다.(安吉縣水勢實流向西, 因衆山圍合也. 服其用筆之老.) ○ 제5, 6구는 기운이 약해졌다.(五六少力.) ○ 주박은 '우 임금 치수도 이곳엔 미치지 못해, 강물 소리가 서쪽으로 흘러간다'는 구절을 좋아하였다. 어느 선비가 나귀를 타고 가다가 주박을 만나자 짐짓 거짓 으로 '강물 소리가 동쪽으로 흘러간다'고 읊으며 황급히 지나갔다. 주박이 몇 리를 쫓아가 말하기를 '동쪽이 아니라 서쪽으로 흘러가오'라고 말하였다고 한다. 당시에 소담으로 전해 졌다.(朴自愛'禹力不到處'二語. 有一士跨驢而行, 遇朴, 佯誦'河聲流向東', 促驢行. 朴直追數里, 告之以'流向西', 非東也. 當時傳以爲笑.)

해설 안길현에 있는 동령수의 풍광을 묘사하였다. 유현하고 창연한 산의 풍광과 서쪽으로 흐르는 강물로 인간세상과 격절된 모습을 그렸다. 첫 2 구는 청대 말기 안길현 출신의 오창석(吳昌碩)이 상찬하며 전각(篆刻)한 일로 유명하다.

진도를 곡하다(哭陳陶)[4]

繫馬向山立,	말을 묶어두고 산을 향해 서서

미치지 못하였다고 표현하였다.
3) 杖藜(장려) : 명아주 지팡이. 또는 지팡이를 짚다.
4) 陳陶(진도) : 만당 시인. 시인 소전 참조.

一杯聊奠君.	한 잔 술로 잠시 그대의 명복을 비네
野煙孤客路,	들의 안개 속 외로운 나그네 떠나고
寒草故人墳.	차가운 풀이 친구의 무덤을 덮으리
琴韻歸流水,5)	거문고 음율은 친구를 그리는 〈유수〉를 켜고
詩情寄白雲.6)	읊었던 시는 은거를 노래하며 〈흰 구름〉에 부쳤지
日斜休哭後,	해 저물어 곡하고 나니
松韻不堪聞.	솔바람 소리 차마 들을 수 없을레라

해설 시인 진도의 죽음을 애도한 시이다. 진도는 약 874년에 작고하였는데, 이때는 주박이 죽기 오 년 전이었다. 아마도 객지에서 이 소식을 들은 듯 시인은 간단히 술 한 잔을 떠 놓고 애도하였다. 친구의 생애를 한 편의 시 속에 간결하게 요약하며 깊은 슬픔을 표현하였다.

---

5) 流水(유수): 고산유수. 우아한 악곡을 가리킨다. 『열자』「탕문」(湯問)과 『여씨춘추』「본미」(本味) 등에 나오는 백아(伯牙)와 종자기(鍾子期)의 고사와 관련이 있다. "백아(伯牙)는 거문고의 명수이고, 종자기(鍾子期)는 음악을 잘 분별한다. 백아가 거문고를 타는데 (…중략…) 마음이 흐르는 물에 가 있으면 종자기가 '뛰어나도다! 넘실넘실하여 강과 같구나'라 하였다."(伯牙善鼓琴, 鍾子期善聽. 伯牙鼓琴, (…중략…) 志在流水, 鍾子期曰: '善哉! 洋洋兮若江河.')

6) 白雲(백운): 은거 생활을 가리킨다. 양(梁) 도홍경(陶弘景)의 「산에 무엇이 있느냐는 황제의 물음에 시를 지어 답하다」(詔問山中何所有, 賦詩以答)에 나오는 白雲(백운)의 의미를 환기한다. "산에 무엇이 있는가? 고개 위에 흰 구름만 많소이다. 스스로 즐길 수 있을 뿐, 잡아서 보낼 수 없구료"(山中何所有? 嶺上多白雲. 只可自怡悅, 不堪持寄君.)

육구몽(陸龜蒙)

저물녘 마을에서 바라보며(村中晚望)

抱杖柴門立,	지팡이를 짚고 사립문에 서니
江村日易斜.	강마을이라 해가 쉬이 기우는구나
雁寒猶憶侶,	기러기 바라보니 형제들 생각나는데
人病更離家.[1]	병든 몸에 더구나 집을 떠나 있어라
短鬢堪成雪,[2]	머리카락 드문데다 하얗게 세었고
雙眸舊有花.[3]	두 눈동자 나이 먹어 흐릿해졌네
何須萬里外,	어찌 집이 만 리 밖에 있어서이리오?
即此是天涯.	바로 곁에 있다고 해도 하늘 끝인 걸

해설 객지에 살면서 고향을 그리워한 시이다. 더구나 나이 들어 병들고, 머리가 세고 눈이 어두워졌으니 고향에 대한 그리움은 더욱 절실하기만 하다. 저물녘 사립문에 나와 선 고독한 노인의 모습을 대오를 이루고 가는 기러기와 뚜렷이 대비시켜, 주제를 충분히 드러내었다.

---

1) 更(갱) : 또.

2) 短鬢(단빈) : 적어진 머리카락. 短(단)은 '짧다'가 아닌 '적다'는 뜻으로 새겨야 할 것이다. 이러한 용례는 두보의 「봄의 조망」(春望)에서 "흰머리 긁다보니 더욱 드물어져"(白頭搔更短)에서도 보인다.

3) 花(화) : 흐릿해지다. 여기서는 노안으로 원시가 되어 사물이 흐릿하게 잘 보이지 않게 됨을 말한다.

피일휴(皮日休)

서하사에서 놀며(遊棲霞寺)[1]

不見明居士,[2]	남조의 명승소(明僧紹)가 없기에
空山但寂寥.	빈 산이 적막하기만 해라
白蓮吟次缺,	읊조리는 사이 흰 연꽃이 시들고
靑靄坐來銷.[3]	앉은 사이 푸른 구름이 흩어진다
泉冷無三伏,	샘물이 차가워 삼복더위도 사라지고
松圍有六朝.	육조 때 소나무는 안을 만큼 자랐다
何時石上月,	어느 때였던가, 바위 위에 달 떠오르는데
相對論逍遙?[4]	마주하며 「소요유」를 논할 때는?

평석 지금의 서하사의 소나무 가운데 한 아름 이상 되는 것이 수십 그루인데, 세 사람이 팔을 벌려 안을 만한 소나무가 아홉 그루나 된다. 지금의 황제께서 '구주송'이란 이름을 내렸고, 황제가 지은 시가 바위에 새겨져 있다.(今棲霞之松成圍者幾十株, 三人始能圍者九株, 今上賜名九株松, 有御製詩勒石.)

해설 지금의 남경 서하산에 있는 서하사를 찾아가 읊은 시이다. 사찰이

---

1) 棲霞寺(서하사) : 지금의 남경시 북쪽 서하산에 있는 절. 남조시대의 중요한 사찰로 강남의 명찰이었다.
2) 明居士(명거사) : 명승소(明僧紹). 명 징군(明徵君)이라고도 한다. 남조 제(齊)의 은사. 건원(建元) 연간(479~482년) 섭산(攝山, 곧 서하산)에 은거하였으며, 승려인 승원(僧遠), 법도(法度)와 교류하였다. 조정에서 누차 불렀으나 가지 않았으며, 나중에 그 집은 서하정사(棲霞精舍)가 되었다. 당대 초기 고종이 「명징군비」(明徵君碑)를 써서 내렸다.
3) 靑靄(청애) : 푸른색의 구름 기운.
4) 逍遙(소요) : 『장자』「소요유」(逍遙遊). 천지간에 만물은 자신의 본성대로 사는 것이 귀함을 논하였다.

명승소의 거처에서 유래하였고 또 명승소가 삼론(三論)에 밝았으므로, 이를 이어 불법과 노장 사상을 논하고자 하였다. 다른 한편으로 명승소와 같은 친구가 지금 서하사에 없으니 만나고 싶은 뜻도 함께 실었다.

장고(張喬)

친구 허당을 보내며(送友人許棠)[1]

離鄕積歲年,	고향을 떠나 여러 해를 보냈으니
歸路遠依然.[2]	귀향의 길은 여전히 멀었지
夜火山頭市,	밤 불빛이 환한 산마루 위의 저자
春江樹杪船.	나뭇가지 사이로 보이는 봄 강의 배
干戈愁鬢改,	전란 속 시름에 살쩍은 하얗게 변했는데
瘴癘喜家全.	장려(瘴癘) 속에도 가족이 모두 모여 즐거우리
何處營甘旨?[3]	어디에서 부모께 드릴 맛진 음식 구할까?
波濤浸薄田.	파도에 척박한 밭이 잠겼을 터인데

해설 고향으로 돌아가는 친구 허당을 보내며 지은 시이다. 허당과 관련된 시는 장교의 현존하는 시집 가운데 5수나 된다. 제3, 4구는 허당의 고향 경현(涇縣)의 번화한 모습을 그린 것으로 원근감을 이용한 시각적 효과가 신선하다.

---

1) 許棠(허당) : 만당 시인. 시인 소전 참조.
2) 依然(의연) : 예와 같이. 여전히.
3) 甘旨(감지) : 단맛. 맛있는 음식. 營甘旨(영감지)는 맛있는 음식을 구한다는 뜻으로, 일반적으로 부모를 봉양한다는 의미로 쓰인다.

허당(許棠)

위남현루에 올라(登渭南縣樓)[1]

近甸名偏著,[2]	장안 교외에 있으며 이름이 널리 퍼졌는데
登城景又寬.	성에 오르니 경관이 더욱 드넓구나
半空分太華,[3]	하늘 위로 화산이 뚜렷이 보이고
極目是長安.[4]	눈길 닿는 끝에 장안이 있어라
雪助河流漲,	강물이 불은 것은 눈이 내렸기 때문이요
人耕燒色殘.[5]	들불 놓은 흔적은 밭을 갈았기 때문이라
閑來時甚少,	한가한 때 아주 드물어
欲下重憑欄.	내려가 난간에 기대 더 보고자 하노라

평석 머리 높이 들고 활보하는 기세이나 아쉽게도 마무리가 조금 약하다.(高瞻闊步, 可惜結法稍弱.)

해설 위남현 현루에 올라 바라본 경관을 그렸다. 중국고전문학에서 등루(登樓) 소재는 인생과 사회에 대한 감회를 드러내는 것으로 사용되어왔는데, 여기서는 주로 경관에 대한 묘사에 치중하였다. 제3, 4구는 원경을, 제5, 6구는 근경을 그렸다.

---

1) 渭南縣(위남현) : 경조부(京兆府)의 속현으로 장안 남쪽에 소재하였다.
2) 近甸(근전) : 장안 교외. 외성 밖을 교(郊)라 하고, 교 밖을 전(甸)이라 한다.
3) 分太華(분태화) : 화산을 분별하다. 分(분)은 식별하다는 뜻이고, 太華(태화)는 서악 화산을 가리킨다.
4) 極目(극목) : 눈길이 닿는 데까지 바라봄.
5) 燒(소) : 들불 놓기. 겨울에 들불을 놓아 논밭을 기름지게 하는 방법.

주질현 설능 소부에게 부침(寄盩厔薛能少府)[6]

滿縣唯雲水,	현(縣)에는 온통 구름과 강물에 둘러싸여
何曾似近畿.[7]	전혀 근기(近畿) 지역 같지 않구나
曉庭禽集慣,	새벽 마당에는 으레 새들이 모여들고
寒署吏衙稀.[8]	겨울 관청엔 아전이 공무 보는 일 드물구나
冰色封深澗,	얼어붙은 풍광이 깊은 계곡을 가두고
樵聲出翠微.[9]	나무꾼 노래가 산기슭에서 울려나온다
時聞迎隱者,	때로 은자를 맞이하기 위해서
依舊著山衣.[10]	여전히 산의(山衣)를 입고 있으리

해설 설능은 이빈(李頻)과 함께 당시 '함통 십철'(咸通十哲) 등 한사(寒士) 그룹의 후원자 역할을 하였기에 특히 허당과 관련이 깊었다. 854년 설능 (약 38세)은 주질현 현위로 부임하였는데 이 시기에 지어 보낸 것으로 보인다. 같은 시기 허당(35세)은 과거에 낙제하여 고향으로 돌아갈 때로 설능 또한 시를 지어 주었다. 허당이 바라본 설능의 풍도가 잘 드러난 시이다.

들을 거닐며(野步)

閑賞步易遠,	한가한 산책이라 걸음이 절로 멀리 가고

---

6) 盩厔(주질): 경조부의 속현으로 지금의 섬서성 주지(周至)현. ○ 少府(소부): 현위. 당대에는 관직을 다른 이름으로 붙여 부르기를 좋아하였다. 현령을 명부(明府)라 하고, 현승(縣丞)을 찬부(贊府)라 부르는 등이다.
7) 近畿(근기): 경성 부근 지역.
8) 衙(아): 아전이 관청에 나가 상관에게 공무를 청하다.
9) 翠微(취미): 산기슭의 깊은 곳에 긴 파르스름한 기운.
10) 山衣(산의): 산에 사는 사람이 입는 옷. 은자가 입는 옷.

野吟聲自高.	들에서 읊노라니 소리가 절로 높아지누나
路無人到迹,	길에는 사람 다닌 자취 없고
林有鶴遺毛.	숲에는 학이 떨군 깃털 있어
物外趣多別,[11]	세속 밖의 정취 각별한데
塵中心枉勞.[12]	홍진 속에 마음만 번거로웠어라
沿溪收墮果,	개울을 따라 가며 떨어진 과일을 주워
坐石喚飢猱.[13]	바위에 앉아 주린 원숭이를 부르노라

해설 숲 속과 계곡을 거닐며 체득한 한가한 경지를 읊었다. 제5, 6구는 도연명의 정취가 있다. 그 밖의 구는 모두 담백한 가운데 깊은 아취를 남기고 있어 허당이 지향하는 정신 세계와 시 세계를 잘 보여준다. 특히 말 2구는 형상성이 강해 전체 시를 생동감 있게 만든다.

이함용(李咸用)

친구를 찾아갔으나 만나지 못하고(訪友人不遇)

出門無至友,[1]	문을 나서 봐도 친한 친구 없어
動卽到君家.	걸핏하면 그대 집을 찾아간다
空掩一庭竹,	마당은 온통 대나무로 무성한데

---

11) 物外(물외) : 세속을 초탈한 세계.
12) 塵中(진중) : 홍진 세상의 가운데. ○枉勞(왕로) : 헛되이 수고하다.
13) 猱(노) : 원숭이의 일종. 몸이 작고 민첩하며 나무에 잘 오른다. 오늘날엔 미후(獼猴)라고 부른다.
1) 至友(지우) : 가장 친한 친구.

去看何寺花?	그대는 어느 절에 꽃을 보러 갔는가?
短僮應捧杖,	키 작은 시동은 지팡이를 받아들고
稚女學擎茶.[2]	어린 딸은 차를 들고 나오네
吟罷留題處,	시를 짓고 글을 적어 남기는 곳
苔階日影斜.	이끼 낀 계단에 햇빛이 비끼는구나

평석 이함용의 시 가운데 "높은 성의 삼 면은 강물이고, 고목의 한쪽 편은 봄이로다"와 "봄비는 오색을 품고 있어, 흩뿌려지자 꽃이 돌아가며 피는구나"가 명구로 전해진다.(推官有"危城三面水, 古樹一邊春", 及"春雨有五色, 灑來花旋成", 傳爲名句.)

해설 친구를 찾아갔다가 만나지 못하고 나온 일을 적고 있다. 첫 2구에서 친한 친구가 집을 나가 없다는 것을 알면서도 그 집에 자주 찾아간다고 말했다. 두 사람은 스스럼없는 사이로, 친구의 생활과 취향이 담박한 필치 속에 드러나 있다. 제5, 6구는 도연명이나 두보 작품에서 유사한 의경을 볼 수 있지만, 제4구에서 갑자기 끼어드는 "어느 절에 꽃 보러 갔는가?"와 같은 구는 일품이다. 말 2구도 자연스러운 여운을 남긴다.

샘물 소리 들으며(聞泉)

淅淅夢初驚,[3]	졸졸 흐르는 소리에 꿈에서 막 깨어나니
幽窓枕簟清.	어두운 창문 아래 베개와 자리가 청량하다
更無人共聽,	더구나 함께 듣는 사람도 없이
只有月空明.	달빛만 부질없이 밝아라
急想穿巖曲,[4]	가파를 때는 바위 모서리를 돌 것이요

---

2) 擎茶(경차) : 차를 받들다. 차를 준비하여 차리다.
3) 淅淅(석석) : 비가 내리거나 바람이 부는 소리. 의성어.

低應過石平.　　　낮아지면 응당 평평한 돌 위를 지나리

欲將琴强寫,5)　　　이를 거문고로 억지로 흉내 낸다면

不是自然聲.　　　그것은 자연의 소리가 아닐 것이리

평석 제5, 6구에서 '듣다'의 신운을 나타내었다.(五六傳'聞'字之神.)

해설 밤중에 자다 깨어나 샘물 소리를 듣고 일어나는 감상을 적었다. 고전시에서 샘(泉)은 우물이 아니라 계곡의 물이나 작은 물줄기를 가리키는 경우가 많은데, 이는 그 수원이 샘이기 때문이다. 여기서도 방 옆을 지나가는 작은 물줄기를 가리킨다. 제3, 4구는 왕유(王維) 시의 정취를 가졌다. 제5, 6구는 물줄기가 흘러가며 나오는 완급의 소리를 연상하였고 여기에서 제7, 8구의 설리(說理)를 도출하였다.

가을날 뜻이 맞는 친구를 방문하고(秋日訪同人)6)

忽憶同心友,7)　　　불현듯 뜻이 같은 친구가 생각나

携琴去自由.　　　거문고 들고 스스럼없이 찾아가노라

遠尋寒澗碧,　　　벽옥 색 차가운 계곡물을 멀리 찾아가고

深入亂山秋.　　　어지러이 흩어진 가을 산을 깊이 들어간다

見後却無語,　　　만나서는 오히려 말이 없다가

別來長獨愁.　　　헤어져 돌아와 오래도록 혼자 시름겹구나

---

4) 巖曲(암곡) : 바위가 굽이도는 곳.

5) 寫(사) : 옮기다. 베끼다.

6) 同人(동인) : 지향하는 뜻이 같은 친구.

7) 同心友(동심우) : 뜻이 같은 친구. 이 말은 『주역』「계사」(繫辭)에 있는 "두 사람의 마음이 일치하면 그 예리함은 쇠를 자를 수 있고, 같은 마음으로 나누는 말은 그 향기가 난초와 같다"(二人同心, 其利斷金. 同心之言, 其趣如蘭.)는 말을 환기한다.

幸逢三五夕,　　　　다행히 보름날 밤이 되면
露坐對冥搜.[8]　　　노천에 앉아 달을 보며 그리워하노라

해설 마음을 같이 하는 친구와의 만남을 시화하였다. 여기에는 특히 거문고의 명인 백아와 그의 친구 종자기 사이의 '고산유수'(高山流水) 고사를 이용하여 감정의 지극한 경지를 형상화하였다. 특히 친구 사이의 깊은 감정을 제5, 6구에서 무어(無語)와 독수(獨愁)로 심화시켰다.

최도(崔塗)

제야 유감(除夜有感)

迢遞三巴路,[1]　　　아득히 삼파 가는 길
羈危萬里身.[2]　　　힘겹게 만 리 멀리 떠나온 몸
亂山殘雪夜,　　　　어지러운 산에 잔설이 쌓인 밤
孤燭異鄕人.　　　　외로운 촛불 아래 타향 사람 되었어라
漸與骨肉遠,　　　　하루하루 친지들과 멀어지고
轉於童僕親.　　　　조금씩 동복과 친해지네
那堪正飄泊,　　　　어찌 견디랴, 떠도는 중에

---

8) 冥搜(명수) : 깊이 생각하다.
1) 三巴路(삼파로) : 촉 지방으로 들어가는 길. 삼파는 파군(巴郡, 중경시), 파동(巴東, 봉절현), 파서(巴西, 합주)로, 지금의 사천성 동부 일대를 말한다. 동한 말기 유장(劉璋)이 영녕(永寧)을 파군으로, 고릉(固陵)을 파동으로 바꾸면서 행정 이름으로 삼파가 생겼다.
2) 羈危(기위) : 객지에서 떠돌아다님이 험난함.

明日歲華新.³⁾　　　　내일이 새해가 시작되는 것을

평석 제5, 6구가 걸출하다. 왕유의 "외로운 나그네라 노비하고만 친해진다"는 얼마나 간략하면서도 빼어난가! 제5, 6구에서 열 글자로 늘였어도 왕유만 못하다.(頷聯名俊. '孤客親僮僕', 何許簡貴! 衍作十字, 便不及前人.)

해설 파촉 지역에서 제야를 맞는 고적한 심경을 그렸다. 원경에서 근경으로 '이향인'까지 수렴하였다가 다시 이향인이 표박하는 새해를 생각하는 구성으로, 객지의 시름을 무한히 펼쳤다.

이창부(李昌符)

객지에서 봄을 슬퍼하며(旅遊傷春)¹⁾

酒醒鄕關遠,²⁾	술에서 깨어나니 고향이 더욱 멀리 있는 듯
迢迢聽漏終.³⁾	새벽이 오는지 가늘어지는 물시계 소리
曙分林影外,	새벽은 숲 그림자 너머 다가서고
春盡雨聲中.	봄은 빗소리 가운데 저물어간다
鳥倦江村路,	새는 강마을 길을 다니느라 지치고
花殘野岸風.	꽃은 들가 언덕의 바람에 시들었구나

---

3) 歲華(세화) : 해. 시간.
1) 傷春(상춘) : 봄이 되어 만물이 변화하고 시간이 흐른 것에 대해 느끼는 슬픈 감정.
2) 鄕關(향관) : 고향. 이 구는 고향 생각을 잊으려고 술을 마셨는데, 술에서 깨어나니 오히려 더욱 처량해짐을 반어적으로 표현하였다.
3) 漏終(루종) : 물시계의 물이 다 떨어지다. 밤이 다하다.

| 十年成底事?[4] | 십 년 동안 무슨 일을 이루었는가? |
| 羸馬厭西東.[5] | 병든 말 타고 지겹도록 동서를 헤매었노라 |

해설 객지에서 고향에 대한 그리움을 표현한 시이다. 봄이 저물고 비가 내리는 때, 고향 생각을 잊으려 술을 마셨건만 새벽이 되어 더욱 처량한 정황을 그렸다. 전란으로 황폐해진 만당시기, 출로를 찾기 어려웠던 사인(士人)들의 자화상이라 할 수 있다.

늦가을 예 살던 곳에 돌아와(晩秋歸故居)

馬省曾行處,[6]	말도 예전에 왔던 곳을 아는지
連嘶渡晩河.	저녁 강을 건너며 연이어 히히힝 운다
忽驚鄕樹出,	고향의 숲나무에 갑자기 놀라는데
漸識路人多.	길에는 아는 사람이 점점 많아지는구나
細徑穿禾黍,	작은 길 따라 벼와 기장 사이를 질러가니
頹垣壓薜蘿.[7]	무너진 담에 승검초와 새삼 덩굴이 덮여있어
乍歸猶似客,	갑자기 돌아오니 오히려 나그네 같은데
鄰叟亦相過.	이웃 촌로도 찾아와 보는구나

평석 정과 경이 모두 진실하니, 말미의 의미는 곧 두보의 "이웃 사람들은 담장 위로 가득 나

---

4) 底事(저사) : 무슨 일. 저(底)는 의문사로 쓰였다.
5) 羸馬(리마) : 비루먹은 말. 여윈 말. ○ 西東(서동) : 동과 서로 나뉘다. 동사로 쓰였다. 원래 동서(東西)이나 운을 맞추기 위해 서동(西東)이라 하였다.
6) 省(성) : 알다. 기억하다.
7) 薜蘿(벽라) : 승검초와 새삼 덩굴. 모두 덩굴식물이다. 『초사』 「산귀」(山鬼)에 "승검초로 옷 입고 새삼 덩굴로 띠 둘렀네"(被薜荔兮帶女羅)란 말이 있다. 후대에는 은사의 복장이나 거처를 의미한다.

와, 탄식하며 또 흐느껴 우네"의 뜻이다.(情景俱眞, 結意卽老杜"鄰人滿牆頭, 感歎亦歔欷"意.)

해설 황폐해진 고향에 돌아온 감회를 적었다. 이는 한대 악부시 「열다섯에 전쟁터에 나가」(十五從軍征)와 같이 집에는 사람이 보이지 않는데, 다만 두보의 「강촌」(羌村)처럼 이웃이 나와 보는 점이 다르다. 만당시의 섬세함을 가지면서도 질박한 표현을 잃지 않고 있다.

새상행(塞上行)[8]

朔野煙塵起,[9]	외족이 북방의 들에 흙먼지 일으키자
天軍又擧戈.[10]	천군(天軍)이 다시 창을 들고 나섰다
陰風向晚急,	저녁 되자 음산한 바람 드세고
殺氣入秋多.	초가을이라 살기가 가득해라
樹盡禽棲草,[11]	나무들이 없어지자 새들은 풀에 깃들고
冰堅路在河.	얼음이 단단하기에 강으로 길이 났다
汾陽無繼者,[12]	분양왕 곽자의 같은 장수 없으니
羌部肯相和?[13]	강족들이 어찌 화친하려 하겠는가?

8) 塞上行(새상행) : 악부(樂府)의 제목 가운데 하나로 당대에 새로 나타난 제목이다. 塞上(새상)은 '변방 너머'라는 뜻이다. 다른 판본에서는 「변경을 다니며 본 일을 쓰다」(邊行書事)라 되어 있다.
9) 煙塵起(연진기) : 먼지가 일어나다. 전쟁이 시작되다.
10) 天軍(천군) : 천자의 군대. 관군.
11) 樹盡(수진) 구 : 병사들이 진지를 만드는 등 작전을 위해 나무를 모두 베어내자 새들이 깃들 곳이 없어 풀에 앉는다는 뜻이다.
12) 汾陽(분양) : 곽자의(郭子儀)를 가리킨다. 765년 회흘(回紇)과 티베트(吐蕃)가 연합하여 침입하자, 곽자의가 회흘을 설득하여 함께 티베트를 격파하였다. 안사의 난을 진압한 최대 공로자로 태위(太尉), 중서령(中書令)을 역임했고, 분양군왕(汾陽郡王)에 봉해졌다.
13) 羌部(강부) : 강족(羌族)의 부족. 강족 뿐만 아니라 회흘족과 티베트족 등 서북의 이민족들을 가리킨다.

해설 서북 지역에서 일어난 이민족과의 대립을 그렸다. 황량한 변방의 모습을 배경으로 장수의 무능을 개탄하고 있어 성당시기의 호매한 변새시와는 다른 풍격을 보인다. 당대 말기에는 국력이 약해지면서 외환이 많았다. 티베트가 서북 지방을 대부분 점령한 상태에서 849년 진주(秦州), 원주(原州), 안락(安樂) 등지가 수복되고, 861년 장의조(張義朝)가 양주(凉州)를 수복하는 일이 있었으나 전체적으로 수세에 몰렸다. 또 항당(項黨)족이 서북 지역에서 세력을 확대하고 있어 당은 갈수록 위축되었다. 이 시는 당시의 현실을 반영하여 국력의 회복을 희구하는 작품이라 할 수 있겠다.

정곡(鄭谷)

난리 후 길에서 장교를 생각하며(亂後途中憶張喬)[1]

天末去程孤,[2]	하늘 끝을 혼자 다니는 여정
沿淮復向吳.	회수를 따라 다시 오 지방으로 갔으리
亂離知又甚,[3]	난리 때라 사귐이 더욱 각별한데
安穩到家無?	편안히 집에 도착하였는지?

---

1) 亂(난) : 황소의 난을 가리킨다. 875년 하남에서 기병하여 산동, 호북, 안휘, 복건, 광서, 호남 등지를 점령한 후, 880년 12월에 장안을 함락하여 국호를 대제(大齊)라 하고 황소가 황제 자리에 올랐다. 희종(僖宗)은 사천으로 도망갔다가 882년 반격을 시작하여 883년 4월 장안을 수복하였다. 884년 7월 황소가 부하에게 살해당하면서 난은 종결되었다. ○張喬(장교) : 만당 시인. 시인 소전 참조.
2) 天末(천말) : 하늘 끝. 곧 아득히 먼 곳. 천애(天涯) 또는 천변(天邊)이라고도 한다.
3) 亂離(난리) 구 : 통행본에는 '亂離何處甚'(난리하처심)이 되어 있다. 대구와 관련해 보면 이 말이 더 적절하며, 뜻은 "난리라 어디든 피해가 심할 터인데"이다.

樹盡雲垂野,	나무들 모두 베어졌기에 구름이 들을 덮는 듯하고
檣稀月滿湖.⁴⁾	돛대가 없는지라 달빛이 호수에 가득 찬 듯해라
傷心繞村路,	마음 아픈 채 마을 길을 돌아가면
應少舊耕夫.	밭 갈던 농부들도 별로 없으리

해설 황소의 난이 휩쓸고 지나간 후 선배 문인으로 존경하던 장교(張喬)를 생각하며 지은 시이다. 장교는 황소의 난이 일어나자 구화산(九華山)으로 들어가 은거하였다. 제2구에서 당시 장교의 행정을 연상하였다. 제4구는 단순하면서 절실하다.

두순학(杜荀鶴)

춘궁의 원망(春宮怨)

早被嬋娟誤,¹⁾	일찍이 용모가 어여뻐서 잘못 입궁하였으니
欲粧臨鏡慵.	화장을 하려고 해도 거울 앞에선 게으르게 되네요
承恩不在貌,²⁾	임금의 총애는 외모에 있지 않으니
教妾若爲容?³⁾⁴⁾	천첩은 어떻게 단장해야 하나요?

---

4) 檣(장) : 돛대.
1) 嬋娟(선연) : 자태가 아름다운 모습. ○誤(오) : 잘못하여 피해를 입다. 미모 때문에 궁녀로 선발된 일을 가리킨다. 유장경(劉長卿)의 「왕소군」에도 "오히려 아름다운 모습 때문에 몸을 그르치게 되었네"(却使容華臨誤身)란 말이 있고, 양헌(梁獻)의 「왕소군」에도 "아름다운 용모 때문에 몸을 망쳤네"(容華坐誤人)란 말이 있다.
2) 承恩(승은) : 임금의 은총을 받다. 여인에게 있어서는 군왕과의 동침을 의미하는 경우가 많다.
3) 심주 : 부득이 세속을 따른다.(不得已而隨俗.)

風暖鳥聲碎,	바람이 따뜻하니 새 소리 부서지고
日高花影重.[5]	해가 높으니 꽃 그림자가 겹쳐져요
年年越溪女,[6]	해마다 월 지방 냇가의 친구들
相憶采芙蓉.	함께 연밥 따던 때 그리워하겠지요

평석 한창 때를 회상하고 자신을 슬퍼하였으니, 이러한 뜻을 체득하여야 한다.(回憶盛年以自傷也, 須曲體此意.)

해설 고독한 궁녀의 모습을 그렸다. 절제되고 쉬운 언어로 선묘를 하듯이 묘사하였다. 송대 문인들은 당대 궁사(宮詞) 가운데 가장 뛰어난 작품으로 쳤다. 고대 시인들은 궁녀의 생활을 통해 재능을 발휘하지 못하는 자신을 비유하는 경우가 많다. 이 시 역시 단순히 궁녀에 대한 동정을 표현했다기보다는, 이러한 문학적 전통을 나타냈다고 보아야 할 것이다.

오 지방으로 놀러가는 사람을 보내며(送人遊吳)[7]

君到姑蘇見,[8]	그대 고소(姑蘇)에 가서 보면
人家盡枕河.	집들이 모두 강을 베고 있으리
古宮閑地少,[9]	오나라의 도읍지라 집들이 즐비하고

---

4) 若爲容(약위용) : 어떻게 자신을 단장하는가.

5) 重(중) : 겹치다. 중첩되다.

6) 越溪女(월계녀) : 월나라 냇가의 여인. 전국시대 월나라 서시(西施)와 함께 빨래했던 여인. 여기서는 고향에 있는 궁녀의 친구를 가리킨다.

7) 吳(오) : 오 지방. 춘추전국시대 오나라의 강역. 수도 소주를 중심으로 지금의 강소성과 상해 대부분, 그리고 안휘성과 절강성의 일부에 해당한다. 당대에는 오군(吳郡)이라고도 하였다.

8) 姑蘇(고소) : 소주(蘇州) 오현(吳縣)의 별칭. 성 밖에 있는 고소산(姑蘇山)에서 이름이 유래하였다. 수(隋)가 진(陳)을 멸망시킨 후 소주(蘇州)라 이름 지은 것도 여기에서 가져왔다.

水港小橋多.¹⁰⁾　　　　수향에 작은 다리가 많으리
夜市賣菱藕,　　　　　야시장에서는 마름과 연근을 팔고
春船載綺羅.　　　　　봄 강의 배는 비단을 싣고 다니지
遙知未眠月,　　　　　멀리서도 아나니, 잠 못 드는 달밤
鄕思在漁歌.　　　　　어부의 노래에 고향 생각 깊으리

해설 오 지방의 풍광을 묘사하였다. 신선한 필치로 강남 수향의 특징을
잘 잡아 그림처럼 묘사하였으며, 말미에서 석별의 뜻을 가볍게 드러내었
다. 전반 4구는 강남 고진(古鎭)을 묘사한 명구로 알려졌다. 시어들이 깔
끔하고 정겹다.

오현 현령으로 부임하는 사람을 보내며(送人宰吳縣)¹¹⁾

海漲兵荒後,¹²⁾　　　해수면이 오르거나 전란이 지난 뒤에는
爲官合動情.　　　　　목민관은 백성의 마음을 움직여야 하리
字人無異術,¹³⁾　　　사람을 다스리는 데는 별다른 방법이 없어
至論不如淸.¹⁴⁾¹⁵⁾　　지극히 뛰어난 이론보다 청렴이 낫지

---

9) 古宮(고궁) : 고도(古都)의 뜻으로 쓰였다. 춘추시대 오나라 도성이 있었다. ○ 閑地
　　少(한지소) : 공한지가 적다는 말은 인구가 조밀하고 집들이 잇닿아 있다는 뜻이다.
10) 심주 : 오중 지방 풍광을 그림처럼 그렸다.(寫吳中如畵.)
11) 宰(재) : 다스리다. 일반적으로 관리를 통칭하나, 여기서는 동사로 쓰여 '주재하다'는
　　뜻으로 쓰였다.
12) 海漲(해장) : 해수면이 크게 오르다. 일반적으로 해일이나 지진으로 해면이 크게 높
　　아지는 현상을 말한다. 그 결과 사람이 다치고 논밭이 침식되고 가축이 유실되는 등
　　손실을 입게 된다. ○ 兵荒(병황) : 전쟁으로 일어난 기아 따위의 재난.
13) 字人(자인) : 백성을 다스리다. 字(자)는 기르다. 『일주서』(逸周書) 「본전」(本典)에 "백
　　성을 다스리는 바른 방법은 예악에서 생겨난다"(字民之道, 禮樂所生)는 말이 있다.
14) 심주 : 천 년 후에도 바뀌지 않을 말이다.(千古不易.)
15) 至論(지론) : 지극히 뛰어난 이론.

草履隨船賣,	짚신을 배로 싣고 다니며 팔고
綾梭隔岸鳴.[16]	비단 짜는 북 소리 강 건너에서 들려오리
惟持古人意,	오로지 옛 사람의 뜻만을
千里贈君行.	천 리 먼 길 떠나는 그대에게 주노라

해설 오현으로 가는 사람에게 준 송별시이다. 상대가 현령으로 부임하기 때문에 주로 목민관으로서 청렴하길 바라는 조언을 하였고, 제5, 6구에서 오 지방 풍광과 백성들의 행업을 개괄하면서 시에 생기를 불어넣었다.

나은(羅隱)

평석 남당 이씨 왕조에서 일찍이 사신을 보내 월 지방에 뛰어난 사람을 초빙해 오도록 하였다. 월 지방 사람이 "나은을 만나보았소?"라고 묻자 사신은 "모르오. 이름도 못 들었소"라 대답했다. 월 지방 사람이 "사해에 '나 강동'이란 이름이 파다한데 어찌 그걸 모른단 말이오?"라 하였다. 그러자 사신이 대답하기를 "과거 급제 방에 이름이 없으니 모르는 것이오"라 하였다.(南唐李氏嘗遣使聘越, 越人問 : "見羅給事否?" 使人云 : "不識, 亦不聞名." 越人云 : "四海聞羅江東, 何拙之甚?" 答云 : "爲金榜無名, 所以不知.")

---

16) 綾梭(능사) : 비단 짤 때 사용하는 북. 여기서는 베를 짤 때 북이 베틀을 오가면서 내는 소리.

육구몽에 부침(寄陸龜蒙)[1]

龍樓李丞相,[2]	궁중의 용루에 계신 이 승상께서
昔歲仰高文.[3]	예전에 그대의 뛰어난 시를 우러러보셨지
黃閣尋無主,[4]	황각에서 물러나신 다음에는
靑山竟未聞.	청산에서 그런 사람 다시 나오진 않더이다
夜船乘海月,[5]	야항선은 바다 위 달을 싣고
秋寺伴江雲.	가을 절은 강가의 구름과 벗하리라
却恐塵埃裏,	오히려 두려운 건 세상의 먼지 속
浮名點汚君.	뜬 허명이 그대를 더럽힐까 하노라

평석 당시 승상 이울(李蔚)이 육구몽의 시를 수집하면서도 발탁하지 않았으므로 이 시를 써서 보냈다.(時李相公蔚常徵其詩而未能用, 故寄此詩.)

해설 육구몽에게 보낸 시이다. 육구몽이 당시 시명이 높았음을 재상 이울(李蔚)이 육구몽의 시를 찾는 일에서 보이고 있다. 제5, 6구는 육구몽의 야인생활을 상상하였으며, 말미에서 혹여 관직에 나가더라도 고상한 언행을 잃지 말기를 기원하였다.

---

1) 『전당시』에는 제목 아래 "이 상공께서 회남에 계실 때 육구몽의 시를 수집하셨다"(李相公在淮南徵陸龜蒙詩.)는 주석이 있다.
2) 龍樓(용루) : 문루에 용 조각이 장식된 누각. 궁중의 누각을 가리킨다. ○李丞相(이승상) : 이울(李蔚)을 가리킨다. 870년부터 오 년 동안 회남절도사를 역임했으며, 875년부터 사 년간 재상을 지냈다.
3) 昔歲(석세) : 회남절도사였을 때를 가리킨다. ○高文(고문) : 좋은 시문. 육구몽의 시를 가리킨다.
4) 黃閣(황각) : 승상이 근무하는 관청. 한대(漢代)에 승상과 삼공이 정무를 보는 관청을 황색으로 칠하였기에 황각이라 하였다. ○無主(무주) : 주요한 일이 없다. 여기서는 재상에서 물러난 일을 가리킨다.
5) 夜船(야선) : 야항선(夜航船). 강남 지역에서 화물이나 우편물을 싣고 밤에 운항하던 배.

유기장(劉綺莊)

양주에서 사람을 보내며(揚州送人)

桂楫木蘭舟,[1]	계수나무 노에 목란나무로 만든 배
楓江竹箭流.	단풍나무 선 강 위를 살대처럼 흘러간다
故人從此去,	친구가 이곳을 떠난 후
望遠不勝愁.	멀리 바라보며 슬픔을 이기지 못할레라
落日低帆影,	저녁 해는 돛 아래로 기울고
廻風引棹謳.[2]	뱃노래는 바람에 실려 들려오네
思君折楊柳,[3]	그대 생각에 버들가지 꺾어주나니
淚盡武昌樓.[4]	무창의 누각에 가면 더 흘릴 눈물도 없으리

해설 양주에서 떠나가는 사람을 전송하며 쓴 송별시이다. 강물이 출렁이 듯 노래 가락이 유장하며, 강남의 온화한 정조가 가득하며 악부의 운치 가 깊다.

---

1) 木蘭舟(목란주) : 목란나무로 만든 배. 목란은 향목이기에 아름답고 향기로운 배를 의미한다. 자주 사용되는 시어이다.
2) 棹謳(도구) : 뱃노래. 일반적으로 도가(棹歌)라고 한다.
3) 折楊柳(절양류) : 버들가지를 꺾다. 고대 중국에서는 헤어질 때 버들의 가지를 꺾어 둥글게 말아서 떠나는 사람에게 주는 습속이 있었다. 음악에서는 '절양류'라는 횡취 곡이 있으며, 악부제로도 잘 알려져 있다.
4) 武昌樓(무창루) : 무창의 누각. 무창은 지금의 호북성 무한시의 장강 남안 지역. 이 구는 남조 진 후주(陳後主) 진숙보(陳叔寶)가 쓴 「절양류」에 "무창에는 새로 심은 나 무가 보이고, 관도에서는 예전의 것이 아직 남아 있어라"(武昌識新種, 官渡有殘生.) 는 구절을 환기하고 있다.

위장(韋莊)

연흥문 밖에서 지음(延興門外作)[1]

芳草五陵道,[2]	향기로운 꽃들의 오릉으로 이어진 길
美人金犢車.[3]	미인이 타고 가는 금빛 송아지 수레
綠奔穿內水,[4]	푸른 것은 궁성을 뚫고 나오는 물길이요
紅落過墻花.	붉은 것은 담장을 넘어 떨어지는 꽃이라
馬足倦遊客,	떠도는 나그네로 말발굽 소리도 듣기 지쳤는데
鳥聲歡酒家.	새 소리는 술집에서 즐거이 재잘거리는구나
王孫歸去晩,[5]	왕손은 아직 돌아오지 않았는데
宮樹欲棲鴉.	궁성의 나무에 까마귀가 깃드는구나

해설 도읍 장안의 풍광과 귀족의 유락을 그린 시이다. 지극히 화려하고
사치스러운 모습을 그렸으나 속되지 않아 일정한 격을 유지하고 있다.
하루의 시간에 따라 나누어 묘사하였으며, 귀족과 부호들의 행락 속에
제5구에서 자신의 모습을 끼워 넣은 솜씨가 비범하다.

---

1) 延興門(연흥문) : 장안성 동면에 있는 세 개의 문 가운데 남쪽 문.
2) 五陵(오릉) : 한대 다섯 군주의 능묘. 모두 장안 근처 위수(渭水)의 북안에 소재한다.
   한대에는 부호와 귀족들이 근처에 많이 살고 있어서 다른 곳과 달리 풍속이 호방했다.
3) 金犢車(금독거) : 소가 끄는 금으로 장식된 수레. 귀족 여자들이 주로 탔다.
4) 綠奔(녹분) 구 : 이 구와 다음 구는 "綠水穿內奔, 紅花過墻落."를 도치시켰다. ○內水
   (내수) : 황궁 안의 물길. 『구당서』 「지리지」에 보면 서내(西內), 동내(東內), 남내(南
   內) 등의 말로 궁성 내의 위치를 말하였다.
5) 王孫(왕손) : 귀족 자제를 말한다.

무주에서 육 간의의 「궐에 가며 양선 산거를 그리며」에
화답하며(婺州和陸諫議將赴闕懷陽羨山居)[6]

望闕路仍遠,	궁궐을 바라보니 길은 여전히 먼데
子牟魂欲飛.[7]	자모(子牟)같이 그대도 궁성을 그리네
道開燒藥鼎,[8]	도사는 솥을 끓여 단약을 만들고
僧寄臥雲衣.[9]	스님은 구름 속에 누워 지내라고 옷을 보내왔네
故國饒芳草,	고향에는 향기로운 꽃들 가득할 터인데
他山挂夕暉.	타지의 산에는 석양이 걸려 있으리
東陽雖勝地,[10]	동양(東陽)은 비록 명승지이나
王粲奈思歸![11]	나 또한 왕찬같이 돌아가기만 바라네

해설 장안으로 가는 육 간의를 보내며 지은 시이다. 육 간의는 무주에서
잠시 친했던 사람으로 위장의 시집에는 그와 관련된 몇 편의 시가 더 있
다. 상대를 보내며 자신 또한 고향을 그리는 마음을 토로하였다.

---

6) 婺州(무주) : 지금의 절강성 동양(東陽). ○陸諫議(육간의) : 이름은 미상. 간의는 간
의대부. 문하성에 소속되어 황제를 시종하며 간언을 맡는다. ○赴闕(부궐) : 도성에
가다. ○陽羨(양선) : 의흥현(義興縣)으로 상주(常州)의 속현. 한대에는 양선현이라
하였기에 옛 이름을 사용하였다. 지금의 강소성 의흥(宜興).

7) 子牟(자모) : 전국시대 위(魏) 공자 모(牟). 중산에 봉해졌으므로 '중산공자 모'(中山公
子牟)라고도 한다. 일찍이 은거하였으나 마음에 덕이 없어 궁성을 그리워하므로 현
자를 만나 "몸은 강가나 호숫가에 있으나 마음은 궁궐 아래 머물고 있소. 어찌해야
하나요?"(身在江海之上, 心居乎魏闕之下. 奈何?)라고 물었다. 『장자』「양왕」(讓王)과
『여씨춘추』「심위」(審爲)에 보인다. 나중에는 조정을 걱정하는 전고로 쓰인다.

8) 燒藥(소약) : 단약을 제조하다.

9) 臥雲(와운) : 높은 산의 구름이 끼는 곳에 거처를 두고 한가하게 지내다. 산림에 은거하다.

10) 東陽(동양) : 군(郡) 이름. 수대(隋代) 이래 동양과 무주라는 이름을 번갈아 쓰다가
758년 무주로 정해졌다.

11) 王粲(왕찬) : 동한 말기 문인(177~217년). 장안이 난리에 빠지자 형주에 가서 유표
(劉表)에게 십오 년간 의지하였다. 이때 유명한 「등루부」(登樓賦)를 지었는데 그중
에 "비록 진실로 아름답다고 하더라도 나의 고향은 아니니 어찌 오래 머물기 족하리
오"(雖信美而非吾土兮, 曾何足以少留.)라는 말이 있다. 작자는 자신을 왕찬으로 비
유하고 있다. ○奈(내) : 어찌할까.

이동(李洞)

안남으로 유람 가는 운경 상인을 보내며(送雲卿上人遊安南)[1]

春往海南邊,	봄에 남쪽 바다를 향해 떠나면
秋聞半路蟬.	가을에는 길에서 매미 소리 들으리
鯨呑洗鉢水,	고래가 주발의 물을 삼키고
犀觸點燈船.[2]	물소가 등불 매단 배에 부딪히리
島嶼分諸國,	섬들마다 나라들이 나뉘어 있지만
星河共一天.	은하수 걸쳐진 같은 하늘을 이고 있으리
長安却回日,	그대 장안으로 되돌아오는 날
松偃舊房前.	예 살던 방 앞에는 소나무가 누웠으리

해설 지금의 광동과 월남 북부 일대로 떠나는 운경 상인을 보내며 지은
시이다. 이국의 풍광과 습속을 그리면서 머나먼 거리와 오랜 시간을 표
현하는데 주력하였다.

---

1) 雲卿上人(운경상인) : 미상. 상인은 상덕지인(上德之人)의 준 말로 승려에 대한 존칭.
   ○安南(안남) : 지금의 광동과 월남 일대를 가리킨다. 679년 안남도호부를 설치하였다.
2) 犀(서) : 물소. 광동, 광서, 월남 등지에는 물소가 많다. 털이 검은 편이며 뿔이 길다.

왕정백(王貞白)

엄릉 조어대에 적다(題嚴陵釣臺)¹⁾

山色四時碧,	산의 모습 사시사철 푸르고
溪光七里淸.²⁾	물빛은 칠 리에 걸쳐 맑다
嚴陵愛此景,	엄릉이 이 풍광을 좋아해
下視漢公卿.³⁾	한나라 공경을 준다 해도 마다하였지
垂釣月初上,	낚싯줄 늘어뜨리면 달이 막 떠오르고
放歌風正輕.	마음껏 노래하면 바람이 곧 가벼워졌겠지
應憐渭濱叟,⁴⁾	저 위수 강가의 늙은이가 애처로우니
匡國只論兵.⁵⁾	나라를 바로잡는데 병법밖에 몰랐으니

평석 바로 단언하는 말이 없기에 시격이 높아졌으며, 필력 또한 주경하다.(正以不著斷語爲
高, 筆力亦復遒勁.)

해설 엄릉의 높은 풍모를 추모한 시이다. 엄릉은 스스로 물러나 낚시를
하는 것으로 나라에 겸손과 도덕의 풍조를 일으킨데 비해, 역시 낚시를

---

1) 嚴陵釣臺(엄릉조대) : 동한 초기 엄릉이 낚시하던 곳. 젊어서 유수(劉秀)와 동문수학
했으며, 유수가 광무제로 즉위하자 부춘산(富春山)으로 들어가 농사지으며 그 아래
동양강(東陽江)에서 낚시하며 지냈다.
2) 七里(칠리) : 칠리탄(七里灘) 또는 칠리뢰(七里瀨)라고 한다. 지금의 절강성 동려현
서남 엄릉산 서쪽에 소재. 두 산을 끼고 빠른 물줄기가 칠 리나 이어져 있어 이름
붙여졌다.
3) 下視(하시) : 하시하다. 경시하다. 멸시하다.
4) 渭濱叟(위빈수) : 위수 강가의 늙은이. 강태공(姜太公), 즉 여상(呂尙)을 가리킨다. 여
든 살 때 위수(渭水)의 반계(磻溪)에서 낚시하다가 주 문왕(周文王)을 만나 재상이
되었다고 한다. 문왕과 무왕을 도와 주나라를 건국하는데 큰 공을 세웠다.
5) 匡國(광국) : 바른 정치로 나라를 바로잡다. 궁정을 보좌하다.

하다가 발탁된 강태공은 적을 무찔러 나라를 보좌한 일과 비교하고 있다. 엄릉이 자신을 낮추어 문제를 해결하는 도가적 방식을 썼다면, 강태공은 적극적으로 참여하여 문제를 해결하는 유가적 방식을 썼다고 할 수 있겠다.

어구수(御溝水)[6]

一派御溝水,	궁중을 흐르는 물 한 줄기
綠槐相蔭淸.	우거진 푸른 홰나무 아래라 절로 맑아라
此中涵帝澤,	이 가운데 제왕의 은택이 가득하니
無處濯塵纓.[7]	어디서든 갓끈을 씻을 수 있으리
鳥道來雖險,[8]	험한 산에서 내려올 땐 비록 가팔아도
龍池到自平.[9]	궁성의 용지에 이르면 절로 평평해져
朝宗心本切,[10]	바다로 향하는 마음이 본래 절실하니
願向急流傾.	원컨대 빠르게 기울어 흐르고 싶어라

---

6) 御溝水(어구수) : 황궁을 거쳐 흐르는 물길의 물.
7) 濯塵纓(탁진영) : 먼지 묻은 갓끈을 씻다. 『맹자』「이루」(離婁)에 "창랑의 강물이 맑으면 내 갓끈을 씻고, 창랑의 강물이 탁하면 내 발을 씻으리라."(滄浪之水淸兮, 可以濯我纓. 滄浪之水濁兮, 可以濯我足.)는 말에서 유해한 것으로 '갓끈을 씻다'는 말은 세속을 초탈한 고결한 마음을 가리킨다.
8) 鳥道(조도) : 험준한 산속의 좁은 길로, 새만이 날아다닐 수 있는 길.
9) 龍池(용지) : 장안 융경방(隆慶坊, 지금의 흥경공원)에 있었던 연못. 현종이 즉위하기 전 융경방의 저택 동쪽에 오래된 우물이 있었는데 갑자기 물이 솟아 연못이 되었다. 그 속에서 가끔 황룡이 나타나곤 하였다. 현종이 즉위한 후 용지라 이름 붙였다. 『당육전』(唐六典) 권7 참조.
10) 朝宗(조종) : 모든 강물이 바다로 흘러 들어감. 나아가 모든 신하들이 군주에게 알현함을 가리킨다. 『서경』「우공」(禹貢)에 "장강과 한수가 바다로 모여든다"(江漢朝宗於海.)는 말이 있고, 『시경』「면수」(沔水)에도 "넘실넘실 흐르는 저 강물은 모두 바다로 흘러드네"(沔彼流水, 朝宗于海.)라는 구절이 있다.

평석 제3구는 처음에 '차파'(此波)라 하였다. 관휴에게 시를 보이자 관휴가 말하기를 "아주 좋으나 글자 한 자가 많소"라 하였다. 왕정백이 떠나자 관휴가 "이 사람은 사고가 민첩하니 금방 돌아오리라" 하면서 손바닥에 중(中)자를 쓰고 기다렸다. 과연 조금 후 왕정백이 금방 돌아와서 말하기를 "글자를 '차중'(此中)이라 고쳤소"라 하였다. 이에 관휴가 손바닥을 펴보이자 고친 글자와 같은 게 아닌가. 두 사람이 서로 바라보며 웃었다.(三語初作'此波', 以示貫休. 休曰: "甚好, 只是剩一字." 貞白去. 休曰: "此公思敏." 書一'中'字於掌. 頃貞白回, 曰: "已改'此中'." 休以掌示之, 相視而笑.)

해설 어구수를 빌려 군주에 대한 지향을 토로하였다.

가을날의 나그네 회포―중서성 정 습유에게 부침(秋日旅懷寄右省鄭拾遺)[11]

永夕愁不寐,	긴 밤 내내 시름으로 잠 못 드니
草虫喧客庭.	풀벌레 울음이 객사에 낭자하구나
半窓分曉月,	반 열린 창문이 새벽달을 반 가리고
當枕落殘星.	베개 베고 있으니 잔별들이 떨어진다
鬢髮遊梁白,[12]	양(梁) 지방을 떠돌다 살쩍이 희어졌는데
家山近越靑.[13]	월(越) 지방에 가까운 고향엔 산이 푸르리라
知音在諫省,[14]	지음(知音)이 중서성에 있는데

---

11) 右省(우성) : 중서성. ○鄭拾遺(정습유) : 정곡(鄭谷). 정곡은 894년부터 다음 해까지 우습유로 있었다.

12) 遊梁(유량) : 양 지방을 유람하다. 서한 때 양효왕(梁孝王, ?~기원전 144년)이 어질고 사람을 좋아해, 사방의 호걸을 초빙하니 관동 지역의 유세객들이 모두 모였다. 이에 추양(鄒陽), 매승(枚乘), 장기(莊忌), 사마상여 등이 모두 양 지방을 유람하였다. 『사기』 「사마상여열전」에 나온다. 일반적으로 벼슬이 만족스럽지 못할 때 쓰인다. 이 구와 다음 구는 "遊梁鬢髮白, 近越家山靑."를 도치시켰다.

13) 近越(근월) : 월 지방에 가깝다. 정곡의 고향은 강서성 의춘으로 소흥 일대의 월 지방과 가깝다.

14) 諫省(간성) : 간관(諫官)이 있는 관청.

苦調有誰聽?   그대의 충언 그 누가 들어줄 것인가?

해설 정곡을 그리며 쓴 시이다. 전반부는 자신에 대해 쓰고 후반부는 상대에 대해 쓰는 구성을 사용하였다. 제5, 6구는 시간과 장소의 대비 못지 않게 색채감까지 어울려 정곡의 일생을 간략히 요약하였다.

장빈(張蠙)

선우대에 올라(登單于臺)[1]

邊兵春盡廻,	봄이 되자 변경의 군사들 모두 돌아가고 없는데
獨上單于臺.	홀로 선우대에 올라라
白日地中出,	빛나는 태양은 땅 속에서 솟아오르고
黃河天上來.	황하는 하늘에서 흘러내려온다
沙翻痕似浪,	모래가 휘날리니 흔적이 물결치는 듯하고
風急響疑雷.	바람이 빠르니 소리가 우레 치는 듯해라
欲向陰關度,[2]	음산의 관문을 나가려 하나
陰關曉不開.	음산의 관문은 새벽에도 열리지 않는구나

해설 북방의 선우대에 올라 변방의 모습을 노래한 변새시이다. 제3, 4구

---

1) 單于臺(선우대) : 고대의 지명. 지금의 내몽골자치구 후허하오터시 서쪽에 소재.『한서』「무제기」(武帝紀)에 무제가 "장성을 나가 북쪽에 있는 선우대에 올랐다"(出長城, 北登單于臺)는 기록이 있다. 單于(선우)는 흉노의 왕.
2) 陰關(음관) : 음산(陰山)의 관문들을 통칭한다. 선우대는 음산의 남면, 북황하의 북쪽에 소재한다.

는 성당의 웅혼한 기상이 남아 있어 명대 호응린(胡應麟)은 "당시의 장대하고 혼융한 작품은 여기에서 끝난다"(唐詩之壯渾者, 終于此.)고 평가하였다. 청년기 장빈의 시명을 높인 작품이다.

주요(周繇)

바다를 바라보며(望海)

蒼茫空泛日,	아득한 하늘에 해가 떠 있고
四顧絶人煙.	사방에는 사람 흔적 하나 없어
半浸中華岸,	중화의 언덕을 반은 적시고
傍通異域船.	이역의 선박들이 왕래하누나
島間知有國,	섬들 사이에 나라가 있는 줄 알겠는데
波外恐無天.	파도 너머에는 아마 하늘도 없으리라
欲作乘槎客,[1]	뗏목 타고 은하수에 가려고 해도
翻愁去隔年.[2]	일 년이 더 걸릴까 싶어 걱정 되어라

---

1) 乘槎客(승사객) : 뗏목을 타고 가는 사람. 장화(張華)의 『박물지』(博物志)에 나오는 전설에 의하면, 바닷가에 사는 사람이 매년 팔월이면 뗏목을 타고 은하수에 갔는데, 한번은 어느 곳에 이르니 직녀가 방안에서 베를 짜고 있고, 남자가 물가에서 소에게 물을 먹이고 있었다. 바닷가에서 온 사람이 이곳이 어느 곳인지 묻자 남자는 "촉군의 엄군평을 찾아가면 알 수 있을 것이오"라고 하였다. 이 사람이 나중에 촉에 가서 물으니 엄군평은 "어느 해 어느 날 객성(客星)이 견우성(牽牛星)을 침범했는데 그대 말을 듣고 계산해보니 바로 그대가 은하수에 간 날이오"라고 하였다. 일반적으로 바다와 관련된 고사나 사신과 관련된 고사에 사용된다.
2) 翻(번) : 오히려. 반대로. ○去(거) : 은하에 가다. ○隔年(격년) : 일 년 이상의 시간이 걸리다.

평석 친구 비석황(費錫璜)이 「바다를 노래함」 10장을 써서 바다에 던지자 물고기와 용이 뛰어 오르는 것이 마치 시를 맞이하는 듯했다고 한다. 사람들이 재주가 높다고 평가하였다. 바다에 대해 만언을 쓰는 것이 어려운 게 아니라 간략하면서도 포괄하는 것이 중요하다. "섬들 사이에 나라가 있는 줄 알겠는데, 파도 너머에는 아마 하늘도 없으리라"를 읽으면 정신이 상쾌해 자신이 어디에 있는지 잊게 된다.(友人費滋衡詠海詩十章, 投之於海, 魚龍騰躍, 似迎此詩者然. 人以才大目之. 余謂詠海何難萬言, 惟簡而該爲貴也. 讀"島間知有國, 波外恐無天", 爽然自失矣.)

해설 바다를 보고 연상되는 생각을 노래하였다. 바다 건너의 다른 지역에 대한 호기심이 더 구체적으로 나타나지 않고 막연하고 신비로운 이미지로 대체되어 있다. 중국 고전시에는 산에 대한 시가 많은 데 비해 바다에 대한 시는 무척 적은 편이다.

최도융(崔道融)

매화(梅花)

數萼初含雪,	몇몇 꽃받침 눈을 막 머금어
孤標畵本難.[1]	빼어난 가지는 그리기도 어려워라
香中別有韻,	향기 속에 또 다른 운치가 있고
清極不知寒.	지극히 맑은지라 추운 줄도 몰라라
橫笛和愁聽,[2]	「매화락」 횡취곡이 시름과 섞여 들리니

---

1) 孤標(고표) : 높이 솟은 가지. 일반적인 꽃들과 달리 특출하고 청고한 기품이 있는 꽃을 가리킨다.

斜枝倚病看.　　　　기울어진 가지를 병든 몸으로 바라보네
朔風如解意,[3]　　　삭풍이 그 뜻을 알고 있거든
容易莫摧殘.[4]　　　경솔하게 다가가 꺾지 말지라

해설 매화를 노래한 영물시이다. 막 피어난 매화를 향기(香)와 맑음(淸)으로 그 특성을 요약하였으며, 이러한 어휘들이 인간의 정신적인 요소를 환기하고 있다. 이는 다름 아닌 시인 자신의 정신과 기상을 노래한 것이기도 하다.

송약헌(宋若憲)

평석 여기부터는 여류시인의 작품이다.(以下女士.)

화장 재촉 시(催粧詩)[1]

雲安公主貴,[2]　　　운안공주는 존귀하시어
出嫁五侯家.[3]　　　오후(五侯)의 집안에 출가하시네

---

2) 橫笛(횡적) : 한대 악부제로 횡취곡(橫吹曲)에 속하는 「매화락」(梅花落)을 가리킨다.
3) 解意(해의) : 뜻을 이해하다.
4) 容易(용이) : 가볍게. 경솔하게.
1) 催粧(최장) : 당대의 풍속에 의하면 혼례 전야에 신랑이 신부 집에 가서 신부를 데려오는데, 신랑 또는 신랑 쪽의 축하자가 「최장」시를 지어야 신부가 나온다고 한다. 이러한 풍속의 연장으로 송대에는 최장사(催粧詞)가 만들어졌다.
2) 雲安公主(운안공주) : 순종(順宗, 재위 805년)의 딸로 805년 공주로 봉해졌으며, 헌종 때 유창(劉昌)의 아들 유사경(劉士涇)에게 시집갔다.

天母親調粉,[4]	황후께서 친히 분을 발라주시고
日兄憐賜花.[5]	황제의 동생께서 어여삐 꽃을 내리시네
催鋪百子帳,[6]	백자장(百子帳)을 펼치라 재촉하고
待障七香車.[7]	칠향거(七香車)에 휘장을 치라고 이르네
借問粧成未?	묻노니 화장은 다 하셨는지요?
東方欲曉霞.	동방이 바야흐로 밝아지려 하네요

해설 신부를 맞이하기 위해 지은 시이다. 『당시기사』(唐詩紀事) 권34에 의하면, 순종의 공주가 출가하매 백관들이 빈상(儐相)으로 육창(陸暢)을 추천하였고, 그가 「운안공주 출가―어명을 받들어 화장 재촉 시를 지음」(雲安公主下降奉詔作催粧詩)을 지었다고 한다. 육창은 이외에도 같은 제목으로 칠언절구 2수를 더 지었고, 그 밖에 혼인과 관련된 시도 여러 수 남겼다. 이 시 역시 궁중의 여학사로 있던 송약헌이 지은 화장 재촉 시이다. 쉬운 말로 지어 현장의 분위기가 쉽게 전해지는 풍속시이다.

---

3) 五侯家(오후가) : 다섯 명의 후작(侯爵)이 있는 부귀와 권세가 있는 집안. 동한 성제(成帝)가 자신의 외삼촌 다섯 명을 같은 날 '후'(侯)로 봉한 일이 유명하다. 유사경의 부친 유창(劉昌)은 여러 차례 공을 세워 남천군왕(南川郡王)에 봉해졌다.

4) 天母(천모) : 천자의 부인. 황후.

5) 日兄(일형) : 제왕의 남동생이나 여동생. 고대에는 제왕을 태양에 비유하였다. 여기서는 헌종(憲宗, 재위 805~820년)을 가리킨다.

6) 百子帳(백자장) : 당대 혼례 때 상용하던 휘장. 원래 동한 말기부터 서북 지역 유목민들이 빠오의 문에 걸치던 것이 변하여 사대부의 혼례 풍속에 채용되었다. 버들가지를 둥글게 말아, 서로 연결시켜 펼치거나 말 수 있게 하였다.

7) 障(장) : 휘장. 수레에 휘장을 치는 일을 말한다. ○七香車(칠향거) : 일곱 종류의 향목으로 만든 수레. 일반적으로 화려한 수레를 가리킨다.

설원(薛媛)

얼굴을 그려 남편에게 부침(寫眞寄外)[1]

欲下丹靑筆,[2]	채색의 붓으로 얼굴을 그리려고
先拈寶鏡寒.	먼저 들어보니 거울이 차가웁구나
已驚顔索寞,	얼굴이 수척해진 것도 놀라운데
漸覺鬢凋殘.	귀밑머리 드믈어진 걸 이제야 알겠노라
淚眼描將易,	눈물어린 눈을 그리는 건 어렵지 않으나
愁腸寫出難.	녹아나는 애간장은 그리기 어려워
恐君渾忘却,	그대 나를 온통 잊고 있을까 두려워
時展畫圖看.	때로 그림을 펼치고 보아주시기를

평석 남초재가 객지에 나가 있는 중 영주자사의 관심을 받고 그 딸을 아내로 맞이하려 하였다. 설원이 보기에 남초재가 돌아올 뜻이 없음을 알고 시를 써서 부쳤다. 남초재가 이를 받고 스스로 부끄러워하여 돌아가 해로하였다.(楚材旅遊, 受潁牧之眷, 欲妻以女, 無返舊意, 幷詩寄之. 楚材自慙, 還與偕老.)

해설 객지에 나가 있는 남편 남초재(南楚材)에게 자화상과 함께 보낸 시이다. 영주(潁州)에 있던 남초재가 영주자사의 딸과 결혼한다는 소문을 듣고, 거울을 보며 자화상을 그리고 여기에 시를 붙여 남편에게 보냈다. 이를 받아 든 남초재는 크게 잘못을 뉘우치고 돌아와 부부가 해로하였다고 한다.

---

1) 寫眞(사진) : 사람의 용모를 그린 그림. 일반적으로 초상화를 가리킨다. ○寄外(기외) : 아내가 남편에게 편지나 물건을 부치다.
2) 丹靑(단청) : 단사(丹砂)와 청확(靑雘). 적색과 청색.

이야(李冶)

교서랑 일곱째 오빠에게 부침(寄校書七兄)[1]

無事烏程縣,[2]	일 없이 오정(烏程)에 있다가
蹉跎歲月餘.[3]	한 해가 다 가도록 세월만 보냈지요
不知芸閣吏,[4]	운향각의 교서랑 되셨으니
寂寞竟何如?	이제 적막하지는 않겠지요
遠水浮仙棹,[5]	먼 강물에 신선의 배가 떠가고
寒星伴使車.	차가운 별들이 사신의 수레를 따라 가니
因過大雷澤,[6]	도중에 대뢰택을 지나간다면
莫忘幾行書.	편지 몇 줄 잊지 말고 써주어요

평석 깊이 있게 묘사하지 않았는데도 절로 아음이 많다.(不求深邃, 自足雅音.)

해설 오정현에서 장안의 비서성으로 가는 오빠에게 부친 시이다. 전반부는 특별한 구성없이 산만하게 마음속의 말을 토로한 듯하였지만, 제5, 6

1) 다른 판본에는 「한 교서를 보내며」(送韓校書)라 되어 있다. '칠형'은 일곱 번째 오빠.
2) 烏程縣(오정현) : 지금의 절강성 호주(湖州)시.
3) 蹉跎(차타) : 발을 헛디며 넘어지다. 일반적으로 세월을 헛되이 보냄을 비유한다.
4) 芸閣吏(운각리) : 비서성 교서랑. 운각은 운향각(芸香閣)의 준말로 비서성을 가리킨다. 책에 좀이 스는 것을 방지하기 위해 책 사이에 운향을 놓기 때문이다.
5) 仙棹(선도) : 신선이 타고 가는 배. 노로 배를 대칭하였다. 궁중의 도서실을 당대에는 비서성이라 하였지만, 한대에는 신선과 전설에 관련된 비적(秘籍)이 많이 소장되었다고 해서 봉래산(蓬萊山)이라 하였다. 여기서 봉래산은 신선이 사는 곳도 되므로 그곳으로 가는 사람은 곧 신선이라는 뜻이다.
6) 大雷澤(대뢰택) : 지금의 안휘성 망강현(望江縣)에 있는 대뢰수(大雷水). 439년 남조 시인 포조(鮑照)가 임천왕의 징초를 받고 건업(建業)에서 강주(江州)로 가는 도중 대뢰택에서 「대뢰안에 올라 누이동생에게 부치는 편지」(登大雷岸與妹書)를 썼다. 그러므로 시인의 오빠도 이곳에 가면 포조가 여동생에게 편지를 부치듯 여동생인 자신에게 편지를 써달라고 하였다.

구에서 수로와 육로로 그 행정을 공정한 대우로 표현하였고, 말미에서 깊은 정을 표현하였다. 오언율시 가운데 일반적인 구성과 다른 독특한 작품으로 꼽힌다.

서강으로 가는 한규를 보내며(送韓揆之西江)⁷⁾

相看指楊柳,	서로 바라보며 버들가지 꺾어주니
別恨轉依依.	이별의 정한이 더욱 안타까워
萬里江西水,	만 리 멀리 강서로 이어진 강물
孤舟何處歸?	외로운 쪽배는 어느 곳에서 돌아오리?
湓城潮不到,⁸⁾	분성까지는 바다의 조수가 가지 않으니
夏口信應稀.⁹⁾	하구까지 편지도 이르기 어려우리
唯有衡陽雁,¹⁰⁾	오로지 형양의 기러기만이
年年來去飛.	해마다 자유로이 오고가리라

해설 장강 하류에서 배를 타고 거슬러 떠나는 사람을 보내며 쓴 송별시이다. 만나기 어렵고 편지가 통하기 어려운 점에 착안하여, 기러기는 남북으로 계절 따라 오고감에 비해 조수는 역류하기 어려운 점으로 비유하였다. 이별의 슬픔이 깊으나 겉으로 드러내지 않는 애이불비(哀而不悲)의 정서이다.

---

7) 韓揆(한규) : 미상. ○西江(서강) : 장강의 서쪽. 다른 판본에는 제목이 「강주로 가는 염백균을 보내며」(送閻伯鈞往江州)라 되어 있다.
8) 湓城(분성) : 지금의 강서성 구강시. 분수(湓水)가 장강으로 들어가는 곳이어서 이름 붙여졌다.
9) 夏口(하구) : 호북성 무한시 한구(漢口). 한수(漢水)가 장강으로 들어가는 곳으로 장강의 북안이자 한수의 서쪽 지역이다.
10) 衡陽雁(형양안) : 형양의 기러기. 호남성 형양에는 회안봉(回雁峰)이 있는데, 겨울이면 기러기가 이곳까지 날아왔다가 봄이 되면 다시 북으로 간다고 한다.

원순(元淳)

낙중의 여러 자매에게 부침(寄洛中諸妹)[1]

舊國經年別,[2]	고향을 떠난 지 한 해가 지났는데
關河萬里思.	만 리 멀리 관문 너머가 그립구나
題書憑雁翼,	편지를 써서 기러기 날개에 부칠까
望月想蛾眉.[3]	달을 바라보니 아리따운 눈썹들 생각나네
白髮愁偏覺,	흰 머리에 시름이 특히나 깊어지고
歸心夢獨知.	돌아갈 마음 깊음은 꿈으로 유독 알게 되니
誰堪離亂處,	누가 견딜 수 있으랴, 이별과 난리에
掩淚向南枝.[4]	고향 쪽 바라보며 얼굴 가리고 눈물 흘리는 것을

해설 고향 낙양에 있는 자매들을 생각하며 지은 사향시이다. 고향을 떠난 이유는 명확하지 않으나 제7구의 '이별과 난리'(離亂)를 보면 황소의 난이 배경인 듯하다. 구성이 흐트러짐 없이 단정하고 표현이 전아하여 슬픔과 그리움이 더욱 깊이 드러났다.

---

1) 洛中(낙중) : 낙양. 중(中)자에는 중원 또는 국가의 중심이란 뜻이 들어가 있다.
2) 舊國(구국) : 고향. 국(國)은 고장이란 뜻으로 쓰였다. ○ 經年(경년) : 한 해가 지나감.
3) 蛾眉(아미) : 누에나방의 촉수(觸鬚)처럼 가늘게 구부러진 여인의 눈썹. 이 구는 초승달 또는 그믐달의 모습이 여인의 눈썹과 비슷하므로 달을 보니 저절로 자매들이 떠오른다는 뜻이다.
4) 南枝(남지) : 남쪽으로 향해 뻗은 가지. 동한 말기 '고시십구수' 중의 「걷고 걸어 또 쉬지 않고 걸어가니」(行行重行行)에 나오는 "북방에서 온 말은 북풍을 그리워하고, 남방에서 온 새는 남쪽가지에 둥지를 틉니다"(胡馬依北風, 越鳥巢南枝.)에서 유래하였다. 일반적으로 고향을 가리킨다.

교연(皎然)

평석 여기부터는 승려의 작품이다.(以下釋氏.)

· **월주로 가는 유 사법을 보내며**(送劉司法之越州)[1]

蕭蕭鳴夜角,[2]	새벽 뿔 나팔 소리가 웅웅 울리면
驅馬背城濠.[3]	성을 등지고 그대 말을 달리리
雨後寒流急,	비가 내린 후라 찬 강물이 빠르고
秋來朔吹風.[4]	가을이 와 삭풍이 부는구나
三山期望海,[5]	삼신산의 신선을 그리워 바다를 바라보고
八月欲觀濤.	팔월에는 높이 일어나는 조수를 감상하리
幾日西陵路,[6]	언제인가 서릉 가는 길에서는
應逢謝法曹.[7]	응당 사혜련과 같은 친구 만나리라

해설 월주로 가는 유씨에게 준 송별시이다. 전반부는 헤어지는 장소의 광경을 나타냈고 후반부는 월주에서의 모습을 상상하였다. 말구에서 사혜련의 시 속에 나타나는 울분을 환기하는 것으로 유사법도 비슷한 처

1) 司法(사법) : 사법참군사(司法參軍事). 주부(州府)의 속관. ○越州(월주) : 지금의 절강성 소흥시.
2) 蕭蕭(소소) : 의성어. 바람 소리, 말울음 소리, 악기 소리 등을 나타낸다.
3) 城濠(성호) : 호성하(護城河). 해자.
4) 朔吹(삭취) : 삭풍. 북풍.
5) 三山(삼산) : 신선이 살고 있다는 동해의 봉래, 방장, 영주 등 세 개의 섬.
6) 西陵(서릉) : 지금의 절강성 소산(蕭山) 서쪽에 소재. 이 지역에 서릉호(西陵湖), 서릉성(西陵城), 서릉도(西陵渡) 등이 있다.
7) 謝法曹(사법조) : 동진의 시인 사혜련(謝惠連). 일찍이 법조참군(法曹參軍)을 역임했으며, 「서릉에서 바람에 막혀−사령운께 드림」(西陵遇風獻康樂)이란 시를 지었다.

지에 있음을 위로하였다.

원숭이 울음—나그네를 보내며(啼猿送客)

萬里巴江外,	만 리 멀리 파강 밖
三聲月峽深.8)	명월협 속에서 들리는 원숭이 울음소리
何年有此路?	언제부터 이 길이 있었던가?
幾客共沾襟?	얼마나 많은 사람이 눈물 흘렸던가?
斷壁分垂影,	깎아지른 절벽에 그림자가 나눠지고
流泉入苦吟.9)	흐르는 물줄기는 구슬픈 울음소리와 섞인다
凄凄別離後,	쓸쓸히 그대 이곳을 떠난 후
聞此更傷心.	그 소리 들으면 더욱 마음 아프리

해설 파현(巴縣)으로 떠나는 친구를 보내며 쓴 송별시이다. 특히 '원숭이 울음소리'(啼猿)를 제재로 이별의 슬픔과 안타까움을 형상화하였다. 제3, 4구에서는 이러한 정서의 영원성에 대해 물음으로써 슬픔을 순화시키고 있다.

---

8) 三聲(삼성) : 애절한 원숭이 울음소리. 삼협의 강변에는 원숭이가 많고 그들의 울음소리가 객수를 자아내기로 유명하다. 『수경주』「강수」(江水)에 나오는 "파동의 삼협 가운데 무협이 가장 긴데, 원숭이 울음소리 세 마디에 눈물로 옷을 적신다"(巴東三峽巫峽長, 猿鳴三聲淚沾裳.)에서 유래하였다. ○ 月峽(월협) : 명월협(明月峽). 사천성 광원(廣元) 서릉협 동단에 소재하며, 의창(宜昌)에서 약 25킬로미터 떨어져 있다.
9) 苦吟(고음) : 애타게 읊조리다. 여기서는 원숭이의 슬픈 울음소리를 가리킨다.

육홍점을 찾아갔으나 만나지 못하고(尋陸鴻漸不遇)[10]

移家雖帶郭,[11]	성곽 옆으로 이사를 갔다 해도
野徑入桑麻.	들길을 걸어가니 뽕밭과 마밭이 나오네
近種籬邊菊,	근처에는 울타리 옆에 국화를 심었는데
秋來未著花.	가을이 되어도 아직 꽃이 피지 않았어라
扣門無犬吠,	문을 두드려도 개 짖는 소리 없고
欲去問西家.	떠나려 하다가 다시 서쪽 이웃에 물어본다
報道山中去,	이웃이 말하기를 "산으로 갔는데
歸來每日斜.	매번 해질 무렵 돌아오지요"

평석 전편이 대구 없는 산체로 이루어졌기에 여기에 본보기로 남긴다.(通首散語, 存此以識標格.)

해설 친구 육우(陸羽)를 찾아간 정황을 그린 시이다. 전반부는 육우가 은거하는 곳의 위치를 그렸고, 후반부는 찾아간 일과 만나지 못한 일을 나누어 서술하였다. 지극히 평담하고 자연스러운 가운데 두 사람의 높은 품성이 드러났다. 형식적인 면에서는 평측과 압운은 제대로 지켰으나 전편에 대구가 없는 '산률'(散律)을 취하였다.

---

10) 陸鴻漸(육홍점) : 육우(陸羽, 733~804년). 홍점(鴻漸)은 자(字). 경릉(竟陵, 호북 天門) 사람으로 호를 경릉자(竟陵子), 상저옹(桑苧翁), 동강자(東岡子) 등으로 칭하였다. 일찍이 태자문학(太子文學)이 되었으나 곧 호주 초계(苕溪)에 은거하였다. 일생 동안 다도에 몰입하여 『다경』(茶經)을 저술한 것으로 유명하다.

11) 帶郭(대곽) : 성 외곽에 가깝다.

처묵(處黙)

성과사(聖果寺)[1][2]

路自中峰上,	길은 산 중턱에서 올라가
盤回出薜蘿.[3]	빙빙 돌다가 새삼 덩굴 사이로 빠져나오니
到江吳地盡,[4]	전당강까지가 오 지방이고
隔岸越山多.	강 건너부터 산이 많은 월 지방이라
古木叢青靄,	고목에는 푸른 기운이 모여 있고
遙天浸白波.	먼 하늘에는 흰 물결이 부서진다
下方城郭近,[5]	하계에는 성곽이 가까워
鐘磬雜笙歌.	종과 경쇠소리에 노랫소리 섞여 들려라

해설 항주 성과사에 들러 살펴본 경관을 노래하였다. 성과사 자체보다 성과사로 가는 행로와 그곳에서 바라본 주위 풍광에 집중하였다. 제3, 4구는 산에서 내려다본 전당강을 묘사하였고, 제5, 6구는 올려다본 산과 먼 바다를 원경으로 그렸다.

---

1) 심주 : 즉 지금의 오산으로, 사원이 밀집하여 있지만 성과사는 남아 있지 않다. 강의 동쪽인 소산 일대도 모두 그러하다.(卽今之吳山, 寺院比密, 而聖果寺不存矣. 江之東 蕭山一帶皆是.)
2) 聖果寺(성과사) : 지금의 절강성 항주 서호 옆 봉황산 기슭에 있었던 절.
3) 盤回(반회) : 길이나 강이 빙 돌아감. ○薜蘿(벽라) : 승검초와 새삼 덩굴. 모두 덩굴 식물이다.
4) 江(강) : 전당강(錢塘江)을 가리킨다.
5) 下方(하방) : 하계. 인간세계.

제기(齊己)

이른 매화(早梅)

萬木凍欲折,	모든 나무들이 얼어 부러질 듯할 때
孤根暖獨回.[1]	홀로 뿌리에 온화한 기운 끌어들였지
前村深雪裏,	앞마을에 쌓인 눈 속에서
昨夜一枝開.	어젯밤 가지 하나에 꽃이 피었어라
風遞幽香出,[2]	바람은 그윽한 향기 전해주고
禽窺素艷來.	새들은 하얀 꽃을 엿보는구나
明年如應律,[3]	내년에도 만약 철 따라 피어난다면
先發望春臺.[4]	망춘대에서 먼저 환히 피어나기를

평석 제3, 4구는 풍격이 뛰어나지만 제5, 6구는 그저 평범하다.(三四格勝, 五六只是凡語.) ○ 원래는 '昨夜數枝開'인데 정곡이 '수'(數) 자를 '일'(一) 자로 고쳐주어, 사람들이 정곡을 '일자사'(一字師)라 하였다.(原本'昨夜數枝開', 許丁卯改'一'字, 即所謂'一字師'也.)

해설 이른 봄에 피어난 매화를 노래한 영물시이다. 제1, 2구는 대비의 수법으로 혹한을 두려워 않는 매화의 품성을 묘사했다. 제3, 4구는 평담한 표현 속에 지극히 신선한 화면을 제시하였다. 특히 제4구는 원래 '여러 가지에 꽃이 피었어라'(數枝開)였는데, 일찍이 정곡(鄭谷)이 이를 보고 '가지 하나에 꽃이 피었어라'(一枝開)라 고쳐 주었다고 한다. 제5, 6구는 공

---

1) 孤根(고근) : 홀로 자란 뿌리. 매화나무를 가리킨다.
2) 遞(체) : 전하다.
3) 應律(응률) : 때에 맞추어. 매화가 때에 따라 피어남을 가리킨다. 律(율)은 절기의 뜻.
4) 望春臺(망춘대) : 봄날 경치를 바라보기 좋은 누대. 여기서는 수도 장안을 환기한다.

정한 대구로 매화의 자태와 풍운을 표현하였다. 매화를 소염(素艷)이라 표현한 말이 신선하다. 말 2구에서는 적막한 곳에서가 아니라 사람들이 모이는 곳, 즉 장안과 같은 도읍에서 피어나기를 바랐다. 이로써 품성과 재주를 가진 자신을 매화로 비유하였고, '유향'(幽香)과 '소염'(素艷)이 있는 자신이 남에게 알려지기를 바라는 뜻을 기탁하였다.

검객(劍客)

拔劍繞殘樽,	칼을 빼들고 흩어진 술잔 사이 춤추나니
歌終便出門.	노래를 마치고 바로 성문을 나선다
西風滿天雪,	서풍 불고 하늘 가득 눈 흩날리는데
何處報人恩?	은혜에 보답하러 어디로 갈 것인가?
勇死尋常事,	용감히 죽는 건 평범한 일이니
輕讎不足論!5)	원수를 갚는 건 말할 나위도 없어라!
翻嫌易水上,6)	더구나 역수 강가의 형가마저 낮추어보나니
細碎動離魂.7)	노래 같은 사소한 것으로 헤어지는 사람들 움직였으니

평석 호방하고 상쾌하니, 어찌 일찍이 승려가 지은 시라 하겠는가?(豪爽, 何嘗是僧詩?)

해설 호쾌하고 의기에 찬 검객의 모습을 형상화하였다. 산과 바다를 뛰

---

5) 輕讎(경수) : 원수를 가벼이 여기다.
6) 易水(역수) : 하북성 역현(易縣)에 있는 강. 전국시대 말기 연나라 형가(荊軻)가 진왕(秦王, 나중의 진시황)을 암살하러 떠나면서 건너던 강. 이때 강가에서 연나라의 태자 희단(姬旦)이 송별연을 차렸고 고점리(高漸離)가 축(筑)을 치고 형가가 「역수가」(易水歌)를 불렀다. "바람 우수수 불고 역수 차거운데, 장사 한 번 떠나면 다시 돌아오지 못하리."(風蕭蕭兮易水寒, 壯士一去兮不復還.)
7) 細碎(세쇄) : 사소한 일들. 형가가 노래 부른 일 등을 가리킨다.

어넘는 기개로 죽음을 두려워 않는 정신은 곧 시인의 이상적인 인격으로 보인다. 말미에서 이러한 검객은 전국시대 형가보다 더욱 뛰어남을 역설하였다.

가을밤 업 상인의 거문고를 들으며(秋夜聽業上人彈琴)[8]

萬物都寂寂,	만물이 모두 적막한 밤
堪聞彈正聲.[9][10]	바른 소리 들을 수 있어
人心盡如此,[11]	사람의 마음이 모두 이와 같다면
天下自和平.	천하가 절로 조화롭고 평온하리
湘水瀉寒碧,[12]	상수의 강물이 차가운 벽옥을 쏟아내고
古風吹太淸.[13]	상고시대의 바람이 하늘 위를 지나간다
往年廬岳奏,[14]	왕년에 여산에서도 들었는데
今夕更分明.	오늘 밤 더욱 뚜렷하여라

평석 깊고 드넓은 기운을 나타냈으니, 응당 이기와 상건의 사이에 낀다.(淵灝之氣, 應在李頎, 常建之間.)

---

8) 業上人(업상인) : 미상. 상인은 스님을 가리킨다.
9) 심주 : 우주의 기운을 노래했으니, 예전의 영금시(詠琴詩)가 쓰지 못한 것을 썼다.(太和元氣, 從來詠琴詩俱未寫到.)
10) 正聲(정성) : 아정(雅正)하고 조화로운 음악. 『순자』 「악론」(樂論)에 "바른 소리가 사람을 감동시키면 순한 기운이 이에 응하여 일어난다"(正聲感人而順氣應之.)고 하였다.
11) 如此(여차) : 이와 같다. 업상인이 뜯는 거문고 소리처럼 바르고 순정하다.
12) 湘水(상수) : 호남성 경내를 흐르는 큰 강으로 동정호에 흘러든다. 상수는 고대부터 맑기로 유명하여, 『상중기』(湘中記)에 "상수는 대여섯 길 깊이까지 보인다"(湘川淸照五六丈)는 말이 있다.
13) 古風(고풍) : 상고시대에 불던 바람. 여기서는 상고시대의 순박한 음악과 민풍을 함께 환기하고 있다. ○ 太淸(태청) : 하늘. 도교에서 말하는 옥청(玉淸), 상청(上淸), 태청(太淸)의 세 하늘 가운데 태청이 가장 높다.
14) 廬岳(여악) : 여산. 지금의 강서성 구강시 남부에 소재.

해설 거문고 소리를 형상화한 시이다. 당대에는 음악을 형상화한 시가 많고 특히 거문고 소리에 대한 시가 많다. 이 시는 다른 시와 달리 세상 사람들의 마음과 음악을 연관시키고, 이를 바로 잡으려는 뜻을 두고 썼다.

감호 고택의 방간 처사에 부침(寄方干處士鑑湖舊居)[15]

賀監舊山川,[16]	비서감 하지장이 노닐던 옛 산천을
空來近百年.	그대가 근 백 년 만에 다시 갔다지
聞君與琴鶴,	듣자하니 그대는 거문고와 학과 더불어
終日在漁船.[17]	종일 고기잡이배에 있다고 하더군
島露深秋石,	늦가을이 되자 섬들이 바위를 드러내고
湖澄半夜天.	한 밤이 되자 호수는 하늘을 반사하리
雲門幾回去,[18]	운문사를 몇 번이나 찾아가
題遍好林泉.	뛰어난 명승지에 시를 남겼나

해설 친구 방간에게 보낸 시이다. 방간의 실제 생활은 가난하고 보잘 것 없을 것이나 시를 통하여 소탈하고 산뜻한 사람으로 빚어졌다. 이러한 한일한 정신과 삶이 당시 한사(寒士)나 방외인들의 이상적인 경지였다.

---

15) 鑑湖(감호) : 경호(鏡湖)라고도 한다. 후한 때 마진(馬臻)이 준설하여 만들었으며, 지금의 절강성 소흥시에 소재한다.
16) 賀監(하감) : 성당 시인 하지장(賀知章)을 가리킨다. 비서감(秘書監)을 역임하였기에 '하감'이라 하였다.
17) 심주 : 방 처사를 부르면 나타날 듯하다.(方處士呼之欲出.)
18) 雲門(운문) : 운문사. 소흥시 진망산(秦望山) 기슭에 있던 절. 동진 왕헌지(王獻之)의 저택을 절로 만들었다. 「난정집서」도 당대 초기까지 이곳에 보존되었으며, 당대 지영(智永)도 여기에서 서예를 연마하였다.

경운(景雲)

계곡의 늙은이(溪叟)

溪翁居處靜,	계곡의 늙은이 거처가 조용해
溪鳥入門飛.	계곡의 새가 문 안으로 날아든다
早起釣魚去,	아침 일찍 일어나 낚시하러 가면
夜深乘月歸.	밤이 깊어서야 달빛 타고 돌아오네
露香菰米熟,[1]	이슬이 향기로워 줄풀쌀이 익고
煙暖荇絲肥.[2]	안개가 따뜻하여 마름이 살찌는 곳
瀟灑塵埃外,[3]	소탈하여라, 홍진 세상을 떠나
扁舟一草衣.[4]	쪽배 하나에 도롱이 하나 뿐이로다

해설 자족적인 삶을 살고 있는 계곡의 늙은이를 그렸다. 도가에서 '자연'은 인위적 요소가 배제된 것을 말하며, 많은 시인들은 이러한 환경 속에서 자연의 일부로 살아가는 것을 이상으로 여겼다. 그 문학적 전통은 고대의 노래 「격양가」 이래 상당히 뿌리 깊으며, 당대 시인들은 자신이 살아가는 현실 속에 어떻게 형상화할 것인지 고심하였다.

---

1) 菰米(고미) : 줄풀쌀. 육곡(六穀)의 하나. 수생 식물로 가을에 쌀알 같은 열매가 맺히는데 이를 가리킨다.
2) 荇絲(행사) : 마름. 수생 식물로 여름에 흰 꽃이 피고, 뿌리는 양쪽의 끝이 뾰쪽하며 식용한다. 가는 줄기가 실과 같이 많이 나기 때문에 행사(荇絲)라 하였다.
3) 瀟灑(소쇄) : 세상일에 구속 받지 않는 모습. 산뜻하고 자유로운 모습.
4) 草衣(초의) : 사의(蓑衣). 도롱이.